萧国松 著

萧国松文集

❶

寓言

WUHAN UNIVERSITY PRESS
武汉大学出版社

图书在版编目(CIP)数据

萧国松文集.寓言/萧国松著.—武汉:武汉大学出版社,2020.11
芳草文库
ISBN 978-7-307-21603-7

Ⅰ.萧…　Ⅱ.萧…　Ⅲ.①中国文学—当代文学—作品综合集
②寓言—作品集—中国—当代　Ⅳ.I217.2

中国版本图书馆 CIP 数据核字(2020)第 107441 号

责任编辑:黄　殊

出版发行:**武汉大学出版社**　(430072　武昌　珞珈山)
(电子邮箱:cbs22@ whu.edu.cn　网址:www.wdp. com.cn)
印刷:广东虎彩云印刷有限公司
开本:720×1000　1/16　印张:20.75　字数:383 千字　插页:3
版次:2020 年 11 月第 1 版　2020 年 11 月第 1 次印刷
ISBN 978-7-307-21603-7　定价:160.00 元(全 3 册)

《芳草文库》序

刘醒龙

武汉有一批年纪不算太老，但肯定不再年轻的作家，既往作品每出无不风行江汉，后来平淡了些。二〇一五年年初，恰逢一场小聚，其间有老朋友提议给这些在文学创作上颇有成就的作家出版文集，且当场做出关键决策。老朋友提及的作家也是我的朋友，他们的处境很有代表性。

世事流逝到今天，说一点不残酷是不真实的，说太残酷似乎也不科学。值此宁翔雁前羞跟牛后世风，普天之下莫不借口追求日新月异，其实是乡下俗语说的，人人都想一锄头挖出一口井。宁肯臭名远播，哪管丑态百出。忘却不该忘却的，强化不该强化的，是世情中一大不敬。这几年为一位已故作家出版文集，好不容易才成，一来二往之间，见识了足够多的现世生态。似这等才华出众的作家，若非上苍失察，弃之英年，敢不是当今文坛大旗一帜？同理，那些在喧嚣背后悄然尘封的作品，谁能说不是日后人有所诵的典范？天地同根，不是没有高下之分，而是天有天的高度，地有地的厚重。

常住武汉三镇之人，最能体会大江东去、流水落花深意。也是体恤的缘故，又于旷野之间留下高山流水千古知音，以为勉励，兼作念想。朋友提议，饱含诗情，深藏灵性。没有太多商量，三言两语之间，就达成共识，以《芳草》杂志名义，逐年排选，将这批作家的代表性作品编成文集出版。只是由于执业所限，本套书只能以《芳草文库》相称，名头虽小，相信份量不轻。

哲学教会人们认知正确与错误，自然科学是要让人懂得成功与失败。然而，短短人生，包罗万象，其善其美，何止兴衰胜败！文学的存世与流传，其意义正是超然前二者，不以成败对错为目的，也不以卑微尊贵定价值。人非草木，却如同草木，这是文学理由之一，生命不能永恒，却绝对永恒，这是文学理由之二。文学根本理由是，协助芸芸众生在庞杂得无可把握的宇宙间，在神与鬼、灵与欲、虚与实等一切冲突与对立之间，寻找适合每一个体的美妙平衡。

二〇一五年十月十五日

萧国松文集

第一卷　萧国松寓言

序

刘守华

我和国松同志相识已有10多年历史，20世纪90年代末共同参与采录研究土家族第一位女故事家孙家香的口述故事专辑，交往更为密切。我们曾在一起乘船游览过清江两岸的秀美风光，也曾一起爬坡上坎回到他椿树坪的老家采风问俗。现在读到这部《萧国松寓言集》，便油然生出一种特别亲切的感受，觉得有许多话可以说。

寓言是一种饱含生活哲理的小故事，一种遍及世界、贯通古今的文学体裁。《简明不列颠百科全书》曾就此写道："寓言，以散文或诗歌体写成的短小精悍、有教诲意义的故事，每则故事往往带有一个寓意。最早广为流传的寓言是印度、埃及和希腊的动物寓言。"这里还应当补充说明的是，中国先秦诸子散文中引述的寓言，同样也是古代世界寓言宝库中的珍品。用一个生动形象的小故事（以动物故事居多）来寄托某种具有普遍训诫意义的抽象理念，是寓言体裁的基本特征。但只具备这一基本特征还不能算是一则好的寓言，古今寓言中那些不朽之作，仔细品味，莫不是生动有趣的故事和深刻有益的生活理念的巧妙融合；而作为寓言本体的故事也好，所寄托的理念也好，又莫不是民族与时代智慧的体现，这样才能给读者以美的享受和智慧的启迪。萧国松从1992年开始从事寓言创作，经过近10年的探索与磨炼，取得了卓越的成就。这里随手挑出几篇试作赏析。

《猫和老鼠》——猫和鼠是人们在日常生活中常见的两种动物，它们也常在寓言故事里扮演正反面角色。本篇生动地描述了一只凶猛的猫怎样尽情戏弄在自己控制下惊恐万状的老鼠并"仁慈宽容"地宣称："第一，在你死之前，我陪你唱歌跳舞，让你享受生命的最后一次欢乐；第二，在吃你的时候，让你一开始就失去知觉；第三……"老鼠便在临死前说："在小的方面，我感谢你的恩德；在大的方面，我诅咒你的暴行！"这篇刊于1996年第1期《民间文学》杂志的寓言，不禁使人联想起后来在科索沃战争中得到充分暴露的由西方大国导演的那场"人道主义灾难"。不惜以对弱小国家大片土地的狂轰滥炸来维护所谓"人权""人道"，不就是猫"仁慈"的强盗逻辑的体现吗？

《兔子做生》——一只儿孙满堂的兔爷爷张罗庆贺自己的六十大寿，打算借此把平日赶情送礼的钱收回一部分，哪知发出的盛情邀请却不见回应，在宾馆里订好的几十桌酒席竟无人光顾。于是兔爷爷瘫在椅子上叹息道："我们家无权无钱，这种事不消搞得，搞也不过是出丑卖乖!"有权有钱的人家的大人、小孩过生日，送礼赶情者挤破门槛；平头百姓办这种事，门前冷落车马稀。兔爷爷的自嘲，一语道破了世态的炎凉和小民的悲哀，读后不能不发人深思。

《小菩萨和香客》——有个香客到观音阁去敬神，大摇大摆地踩着一排小菩萨的肩膀向里走去，小菩萨受了委屈，打算到后殿向观音娘娘告状。哪知那香客正在后殿给观音娘娘上香、烧纸、叩头礼拜，桌上摆满供果，观音娘娘笑容满面地看着香客。于是小菩萨们转身就走："莫说是把我们踩疼了，就是把我们踩得粉身碎骨，我们告状也无济于事!"观音阁就在萧国松所在的长阳县文化馆东侧，至今香火不断，他以观音阁为背景编撰的这则故事纯属虚构，却又意味深长——现实生活中有多少小民蒙受冤屈却不愿上衙门打官司，不就是因为自己在"大菩萨"面前烧香上供比不过财大气粗的"香客"吗?

以上三篇作品，似乎可以大体代表国松寓言的特色。现已年逾花甲的萧国松，曾先后当过农民、战士、小学教师、乡村干部，1972 年才从事文化工作。他有丰富的人生阅历，而又热切关注现实，尤其深切同情下层民众的疾苦，怀有强烈的正义感。他不是抓住几个抽象的教条来演绎故事，而是将自己从实际生活中感悟得来的有血有肉的人生理念通过一些生动有趣的小故事体现出来。每个故事点题的那两句话不只是富于哲理性，往往还饱含着自己所深切体味到的酸甜苦辣与爱恨情仇。这样，它自然就有了叩击读者心扉的艺术魅力。

国松十分喜爱民间故事，贾芝、孙剑冰选编并于 1958 年问世的《中国民间故事选》第一集，是他在部队里最早接触就爱不释手的文学读物，后来他又有 10 多年时间在县文化馆从事民间故事的采录、编选和研究工作，成为这方面的行家里手。他创作的寓言具有土家族民间故事的鲜明特色，一些代表作在民间文学报刊发表时，常常可以达到以"假"乱"真"的地步。可是简单地模仿民间故事并不能带来新的艺术生命，国松寓言的可贵之处就在于，它们既有土家民间故事的泥土芳香，又透出强烈的时代气息，是传统民间故事的推陈出新。如民间动物故事常用猫和狗做主角，《猫狗结仇》这个在世界上许多地区广泛流行的故事，就是以猫狗结伴出门帮助主人寻找一件失落的宝物为主干情节展开叙说，结果投机取巧的猫冒功受奖，而忠诚老实办事的狗反而因主人的误解而遭受屈辱。由于这类不公正的现象比比皆是，便使得《猫狗结仇》成为一个众口传诵的故事类型走遍世界。国松写的《猫狗和它们的主人》在艺术构思上同这个故事可以说是一脉相承，但作者却在鄂西山区生活背景上，以猫、狗结伴斗野猪来叙述这个主人因被假象迷惑以致赏罚不公的故事，读来就另有一番动人情趣了。再如《观音娘娘出巡》，作者再次以自己住所附近的观音阁为题材来编织故事。观音娘娘在庙里待腻了，乔装出外私访，途中遇见一位好心引路的嫂子，观音开口赐给她一儿一女；后来观音遇到一位心术不好的女人，却开口赐给她五儿五女。回到庙里，讲起这次出巡情况，其他女菩萨对此大惑不解，观音娘娘便讲道："一个女人只生一儿一女，不几年，儿女就拉上了坡，一生中还可过几十年舒服日子；自己年迈，儿女各尽孝心，互不推诿。如果一个女人生得五儿五女，儿女拖上岸，自己也老了，病了，一生中没有一天舒服日子；风烛残年时，儿女们你推我，我推他，没有一个尽孝道的，到头来无人管。"众女神听了说："这倒也是。"叙说就此戛然而止。观音娘娘常被旧时民间称作"送子观音"，妇女们前来拜观音，就是为了求得"多子多孙多幸福"。现在却由作者颠倒过来，让观音娘娘以多生儿女来惩罚那些心术不好的女人。这则故事由当地民俗信仰引申而来，却将新的生育观念倾注其中，使乡土风味与时代气息巧妙融合，由于贴近现实生活，贴近当代民众心理，而显得活泼有趣。传统民间故事中的神仙鬼怪故事有许多本来就并非表现严肃虔诚的信仰，而是借鬼神形象以嘲讽世道人心，如人们常常将"城隍"作为昏官、贪官来鞭挞，将"土地爷"作为保护一方乡民的父母官来颂扬，以不怕"鬼"并捉而卖之来表现一种大无畏精神。上面这篇《观音娘娘出巡》就属于这一类型，是借用民间故事并将叙事文学成果化旧为新的成功之作。

长阳土家族的民间口头文学十分丰富，著名故事家孙家香就是国松的婶子，从国松刚记事的童年开始，直到进入中老年，这位婶娘的故事像山泉一样源源不断地流进他的心田，这就使得国松所编写的寓言故事很自然地烙印着土家族民俗风情和民间文学的鲜明色彩。国松寓言在艺术形式上可以说是广采博收，不拘一格，他十分喜爱俄国寓言家克雷洛夫的寓言并在它的启发下开始寓言创作，有些作品如《溪水》，就有散文诗的抒情格调，透出另一种意趣。可是就大部分作品而言，不仅在内容上以展示土家山寨的民俗风情为主，而且在艺术上以俚俗诙谐中寓深沉、朴野中含雅趣的叙事风格，带有浓重的土家民间故事韵味。湖北省的文学寓言创作不断有新成果涌现，20 世纪 80 年代的"黄瑞云寓言"，就是受人称道的出色之作，黄瑞云也是我的一位友人，长期从事中国古典文学的教学与研究，因喜爱先秦诸子寓言，因而也开始寓言创作进而成为寓言大家。萧国松则是吸取民族民间文学滋养而在寓言创作上自成一家。他们可以说是互相辉映的两颗寓言之星，丰富了含有楚文化流风余韵的湖北当代文学的宝库。

最后我还想说一点，湖北拥有丰富的民间口头文学资源，现在对它的搜集整理已告一段落，除研究工作亟待系统深入地展开而外，面向广大群众、贴近现实生活，对这些民间文学素材进行改编和再创作，赋予它们以新的艺术生命使之再回到群众中去，更是一项十分重要的任务。我省汉川县的王老黑，从民间歌谣中吸取养分，创作了《水味歌谣》；黄梅县的周濯街，吸取民间神话传说素材，创作出多部通俗神话小说；现在，萧国松又将传统民间故事推陈出新，写出了这么多优美的寓言。他们创造性的劳动成果为繁荣社会主义新文艺作出了突出贡献，也为开发我国丰富的民间文学资源提供了宝贵经验。

萧国松这部寓言集，共选录寓言故事1001篇，这个数字含有向阿拉伯著名故事集《一千零一夜》看齐的意思。我希望饱含土家族艺术智慧与当代人文精神的这部书，能够像《一千零一夜》那样受到广大读者的喜爱并传之久远！

2000年6月20日

于桂子山华中师大校园

（序文作者刘守华为华中师范大学文学院教授，博士生导师，兼任湖北省民间文艺家协会主席、中国故事学会副主席、亚洲民间叙事文学学会理事）

目　录

两个菩萨

状元峰修起了金碧辉煌的大庙，山南有两个菩萨准备到那里去。他们一路走着，神采奕奕。两个菩萨的身体，在阳光照耀下金光闪闪。他们走到清江边，江面上波光荡漾，没有船只，幸好他们都有过河的本事，同时下水了。其中的一个浮在江面，迅速前去，原来他是木头雕的，表面镀着金；另一个下水就沉到了江底，缓慢移动，原来他是纯金，表里如一。木菩萨光芒四射，很快被庙里的和尚们发现，他们穿好袈裟，念着经，敲着木鱼，将他迎进来，抬到庙里供奉。他成了这里的祖师菩萨。香火不绝，声名远扬。金菩萨费了很大的力，才到达对岸，被一个挑水的小和尚发现，回去禀告长老，长老叫他把这菩萨拿到庙里，供在木菩萨的侧面。木菩萨说："你怎么这时候才到呢？那么我就先到为君了。"金菩萨说："我迟到了，自然为臣，对此我无怨言。"

时间是公正的，它把木菩萨和金菩萨区别开来。一些年过去，木菩萨表面上的金粉脱落了，木质已经腐败，棉虫开始欺侮他，由凿洞到逐渐把他变成粉状，坍塌下来，香火渐渐减少，直至全部消失。那尊金菩萨稳坐在那里，依然金光四射，神采奕奕，终日香烟缭绕，彻夜经声不绝。有一天，长老叫小和尚们把木菩萨变成的一堆虫屎粉打扫出去，倒进了垃圾堆，把沉甸甸的金菩萨移到了祖师菩萨的位置上。

观音娘娘出巡

观音娘娘久居清江北岸的观音阁内，享受着香火。她想：前来敬香的人这么多，不一定这些人都是行善的。他们的心术如何，还得实地看看。一天，她脱下金衣，换上布衫，头发蓬乱，假扮瞎子，拄着木棍，走出庙来，向西而行。

她来到三里店时，拄着棍子咯咯咯地探着路，她小心翼翼地前行。前面有个年轻妇女对她说：

“婆婆，您只管往前走，前面是平路。”

观音娘娘走过去，果然是平路。她回过头来，对那年轻妇女说：

“我赐给你一儿一女。”

那年轻妇女谢过她后走了，观音娘娘继续西行，来到下渔口，依旧拄着棍子咯咯咯地探着路，她小心翼翼地前行。前面有个年轻妇女对她说：

“老婆婆，只管往前走，前面是平路。”

观音娘娘走过去，原来是一条水沟。她的棍子刚击起水珠时，她的脚已滑进沟里，身子跌下去。她走上来时，浑身都是污水。观音娘娘回过头来，对那年轻妇女说：

“我赐给你五儿五女。”

那妇女听见，笑着走了。观音娘娘转身回到庙里，其他的神仙都来帮她洗涤、换衣。她讲起在路上遇到两个年轻妇女的事，有个女神仙问她：

“怎么心术好的人，您只赐给她一儿一女，而心术不好的人，您却赐给她五儿五女呢？”

观音娘娘说：“一个女人只生一儿一女，不几年，儿女就拉上了坡，一生中还可过几十年舒服日子；自己年迈，儿女各尽孝心，互不推诿。如果一个女人生得五儿五女，儿女拖上岸，自己老了，病了，一生中没有一天舒服日子；风烛残年时，儿女们你推我，我推他，没有一个敬孝道的，到头来无人管。”

众女神仙说：“这倒也是。”

小菩萨和香客

有个男人带了香、红布和供果，到观音阁去敬神，他穿过柳林，向一壁大岩巙下的流丹凝碧的阁内走去。后面主殿内的观音娘娘端坐莲台。前面的小殿里坐着一排小菩萨，是观音娘娘的侍女。这男人迫不及待要敬观音，竟用双脚踩着那些小菩萨的肩膀向里走去。被踩的小菩萨们叽叽喳喳地说：

“这个人太不像话，竟踩着我们的肩膀往上走。我们到观音娘娘那里告他去！”

小菩萨们往后走去，来到主殿前，抬头一望，只见这人给观音娘娘上了香，挂了红，案前摆满了供果，正虔诚地叩头哩！观音娘娘笑容满面。其中一个小菩萨说：

“转去——莫说只把我们肩膀踩疼了，就是把我们踩得粉身碎骨，我们告状也无济于事了！”

她们悄悄地转身，坐回原处，谁也不敢透露曾准备告这个香客的事。

赵公元帅和太上老君

太上老君和赵公元帅化装成凡人，来到人间看看。他们走到一位制作神像的楚师家里，见到摆着各类出售的神像，便向楚师打听价钱。

太上老君问："这太上老君像多少钱一个？"

楚师说："从前是一万元，现在是五千元。"

赵公元帅问："这赵公元帅像多少钱一个？"

楚师说："从前是五千元，现在是一万元。"

两位神仙同时问道："怎么这样涨价和跌价呢？"

楚师说："赵公元帅是管钱财的，叫财神；太上老君就是老子，是讲《道德经》的。当人们一味追求金钱的时候，还讲什么道德呢？"

两截白杨木

椿树坪有棵大白杨树，它的主人把它砍倒，运回家来。这种树木质细嫩，纹路杂乱，因而不裂口。它是雕塑的极佳材料。这户人家是新分出来的，才做的新屋，堂屋正壁上还没供家神。主人把这树锯成若干截后，请来了楚师张月臣从中挑选了一截，雕刻成了一个神像，妆金描彩，形态逼真。

与此同时，主人将这棵树上的另一截木料做成了大门门槛。

神像被供在大桌上，面前摆上高香亮烛。张月臣穿上法衣，敲着木鱼，对着神像喃喃念经，然后将画了符的黄表纸做的“佛脏”塞进神像背后的长方形窟窿里，将它请到精美的神龛上，供奉起来。这堂法事叫作“开光”。从此，神像便开始显灵。

门槛也安装好了。

一些日子过去，门槛说：

“我真是可怜！每天，这个家里的人和他们的客人们进进出出，全从我的头上、身上跨过，有时小伢子还拿石头在我身上乱砸，就连狗、猪、鸡、猫，也从我身上踏过，有的还把屎尿拉在我的头上……我简直受不了这种痛苦！”它想起自己的孪生兄弟现在身为家神，不如求它暗中保佑自己：“苦点没关系，少一点侮辱就好！”

门槛求救于家神，家神说：

“你作为门槛，当然要承受这些。胡叫些什么？”

“你我是亲兄弟呀，讲讲知心话而已。”

“什么，我和你是亲兄弟？你莫在这里侮辱我！你要是继续胡言乱语，就莫怪我手下无情！”

门槛默默地叹息，从此它不吱声了。

岁月的手悄悄地偷走了它们的少壮年华，这尊神像不怎么显灵了，主人再请张月臣来雕刻了新的神像，而从老神像的背上取出了“佛脏”，给新神像安在背上了。这真是一个巨变：曾经显赫一时的神像现在成了一截普通的木头——灵气转附到新的神像身上去了，烧香叩头者全转向了新主。老神像昔日的辉煌消失殆尽，它从神龛上走下来，被小伢子们作为玩具，戏弄腻了之后，塞到门槛底下担负起堵塞小洞的任务：每天夜里，不准狗进来，不准猫出去。要是偶然挡不住狗或猫的进出，主人就拿榔头把它紧紧敲进门槛与硬土之间。这个神像痛苦不堪，对门槛说：

“我俩是亲兄弟，你支持我一下：拦住那些畜生，让我少挨些打呀！”

门槛说：“我知道你从神龛上退下来之后，才会明白我俩本是一母所生的普通木头的。”

菩萨进火海

木菩萨、石菩萨和泥菩萨云游四方，这天来到火海边上，只见浩渺无垠的海面上烈焰熊熊，浓烟滚滚，灼热的气浪使他们喘不过气来。“我们受阻了！”他们同声叹息。

木菩萨说：“我如果下去就成灰了！”

石菩萨说：“我如果下去，就起不来了！”

泥菩萨说：“这里是火海——是火与水的结合物：要经历两种考验，不妨试一下。”他下去了，烈火猛烈地烧着他，他浑身越来越坚硬；他再下到水的深处，那里五颜六色，他在其间畅游。他来到火海岸上，又见到了两个同伴，他们惊奇了，说：“你是一尊五彩缤纷、光彩照人的瓷菩萨了。”他们两个也想下去，瓷菩萨说：“你们原先的考虑是正确的。”

瓷菩萨又向着火海而去，他要到达尚不可知的彼岸。木菩萨和石菩萨转身离开了。

——不要盲目地跟着人家行事，要客观地分析自己的条件。

土地神和萧老

夏天，萧老到城里女儿家去玩。中午，天气很热，他便到路边一个岩洞里歇凉，顿时感到十分舒服。他一扭眼，发现自己衣衫褴褛，头发蓬乱，瘦骨嶙峋，右手拄根木棍，左手端个破碗，浑身颤抖。洞门口走过来一个中年人，他连忙上前磕头，见这人身高一丈，还在长高。他可怜巴巴地说："兄弟，行行好，给我一点吃的吧！"那人扭过头，给了他一个硬币。又来了一个青年人，他连忙磕头，见这人身高两丈，还在长高。他可怜巴巴地说："伯伯，行行好，给我一点吃的吧！"那人看也不看，径直朝前走了。又来了一个儿童，他连忙磕头，见这人身高三丈，还在长高。他可怜巴巴地说："爷爷，行行好，给我一点吃的吧！"儿童瞥了他一眼，说："呸！"他走了。一位白发老爷爷过来了，没等萧老磕头，猛地一掌将他推出洞外。白发爷爷不见了，但见自己又成了进洞前的装束与神态——刚才仿佛做了个梦。他往前走了一段，在一个小镇上赶车，进城去了。

女儿家里客人多。一个客人见到他穿的华丽的土家族衣衫，说这对研究土家族服饰很有价值，花一万元买走了，还要与他联营办个民族服装厂。一个客人见到他的大铜烟袋上吊着个皮荷包，荷包带子上吊着的一块花石头，用五千元买下了。萧老说："我田里尽是这种石头。"这人向他订了十万元的货。一天，他见电视栏目《民族大家庭》中的藏族歌舞，说："这个我也会，不过是土家族的。"有客人把此话传出。第二天，市群众艺术馆来了四个人，分别是词作家、作曲家、歌唱家、舞蹈家。萧老又唱又跳，搞了七天七夜。群众艺术馆的人啧啧称赞："至宝！至宝！"付给他稿费三万元……

萧老在女儿家玩了一个月，成了小财主，把款汇回家去了。回家路上，他又见到了当初歇凉的那个岩洞。扭头又见当初推他出洞的白发老爷爷站在面前。白发老爷爷说："那个洞，是叫花子洞。你如果把立足点立在叫花子位置上，你就只能伸手向别人乞讨。"萧老问："当时，我看别人竟是那么高，越长越高，是什么原因呢？"白发老爷爷说："那是因为你越向别人磕头，你就变得越矮小。其实，你不向别人乞讨，你就不比别人矮。"萧老说："此话有理。"白发老爷爷说："你把立足点从叫花子位置上移开，哪怕一寸一分，你就会发现你自己身上和周围全是宝藏啊!”萧老讲述着这次在城里发财的经过……悄悄中，白发老爷爷不见了，待萧老抬头看时，发现他坐在一个土地庙里，原来他是土地神。萧老久久地望着他，怀着深深的敬意。

虎王执法

虎王颁布了法令：

“现在人类保护我们，停止了对野生禽兽的捕杀，我们也当以礼相报：不做对人类有害的事。从此法公布之日起，凡有害于人类者必惩，有益于人类者必奖……”

整个森林都在宣传此法，贯彻此法，执行此法。

虎王亲自到各地巡察。

有狼来禀告老虎：

“尊敬的大王，有一头野猪偷吃农人地里的红薯，一头豹子看见了，将野猪赶走，救了那块地里的红薯。”

虎王说：“给豹子奖一头野牛。”

狐狸说：“大王，您不能奖它，它曾与您打架，伤害过您。”

虎王说：“那是我们之间的私事，不能带到公事中来。”

豹子得了奖：众兽抓得一头野牛，豹子改善了三天生活。

有鹿来禀告老虎：

“尊敬的大王，有只狸猫抓走了农人的家兔。”

虎王说：“抓来狸猫治罪。”

狐狸说：“大王，您不能惩罚它，它是您的二弟①呀！”

虎王说：“不得因家族关系而影响办理公事。”

狸猫被抓来，遭到了鞭打，直至认罪，并决定改吃老鼠、蛇等小动物。

此后，森林中的野兽损害人类利益的事渐渐少了，虎王的威信更高了②。

---

① 土家族传说：老虎、狸猫和家猫为三兄弟。

② 相传古代巴人首领廪君为白虎星下凡，死后化为白虎升天。巴人后裔——今土家族仍崇拜老虎，以虎为图腾。在土家族民间故事、寓言、歌谣中，老虎是可爱的正面形象。土家人把一切美好的德行赋予老虎。老虎又名老巴子、扁担花、大猫子、绿眼睛、打灯笼的等。虎被奉为神。土家人聚居区有虎庙，有的家中供有虎神像。

虎王测臣

虎王想在群臣中找出一只兽来担任宰相。一天上朝时，它走下龙座，向御花园走去，文武百官紧随身后。在御花园里，它看见一只雉鸡正在绿草丛中蹲着，一动不动。别的动物们尽对虎王叩头朝拜，对无动于衷的雉鸡捏一把冷汗。这雉鸡也有点儿惴惴不安。虎王走过去问道：

“你是在生孩了吗？”

“正是，陛下。”

“生了吗？孩子们吃的奶水充足吗？”

“这……”

虎王的问话和雉鸡的不便答话，已引起群臣的注意。有的在暗暗讥笑虎王不懂民情。

狐狸说：“这雉鸡妈妈的奶水十分充足，因此它的孩子们都长得很壮。”

狼说：“鸡是卵生，没有奶。”

狐狸和狼争执不下。一些和狐狸相好，或害怕狐狸，或有求于狐狸的兽，纷纷谴责狼胡说八道，或犯欺君之罪；一些赞成狼的说法的兽，大部分不吱声，还有少部分说狼说的是正确的。

虎王传来侍官，将雉鸡从草窝里捉来，要每个大臣在雉鸡身上寻找奶，结果没有找着，最后仍让雉鸡返回窝里。

虎王重返金殿，登上龙座，对恭立殿前的群臣说道：

“狼说实话，难能可贵，朕封他为宰相；狐狸不是无知，而是看朕的脸色行事，藏有私心，误大事者，即此种阿谀奉承之辈，朕令将其革去官职！”

——阿谀献媚者说假话反而讨好，正直诚实者说实话反而倒霉，这是常见的事，然而也有贤明的长官相信真话，讨厌假话，这样的长官有坚实的座基：群众拥护他。

虎王求贤

在春天的草坪上，虎王召集了众多的飞禽、走兽、昆虫，对它们说：

“森林里总是弱肉强食，每一个强者都在追捕弱者，而在它身后，又有强者在窥视。没有哪一种生灵有过安全感！为了停止这种厮杀和争斗，给布满鲜花和芳草的环境带来祥和与安宁的气氛，朕需要一只贤能之兽出来，助朕治理森林。今天，朕请各位荐贤。”

锦鸡说：“我推荐孔雀。”

野猫说：“我推荐狐狸。”

刺猬说：“我推荐豪猪。”

蚯蚓说：“我推荐墨蛇。”

蜈蚣说：“我推荐蝎子。”

青蛙说：“我推荐蟾蜍。”

蚊子说：“我推荐苍蝇。”

虎王说：“不用推荐了，看到你们，朕就了解你们所推荐的对象了。各位退去吧！”

——本身是怎样的人，就会举荐怎样的人——正直的人与刁钻之徒不可能同道。

老虎和狐狸

一个午后，虎王在芳草地上徜徉，它感到这翡翠般的春天是多么惬意啊！一头狼和一头野猪来到虎王面前，躬身施礼。狼说：

“大王，您就像这温柔的春风，给大地带来的是万物复苏、生机盎然……”

野猪说：“大王，您就像明媚的阳光，给我们全体兽民带来的是无穷无尽的温暖和幸福……”

虎王紧皱眉头，鄙夷地说：“朕听到这些话就讨厌！”

狐狸走上前去，向虎王微微躬身，然后把脸转向狼和野猪，说：

“大王是圣明之主，最爱的是指出它的缺点的人，所以它就没有缺点。你们这样阿谀奉承，为王所不喜欢，请你们息言。”

虎王听了，淡淡一笑，说：

“你们都说我的好话，但狐狸更胜一筹，使我听起来不觉得是奉承。”

狐狸的脸红到耳根，偷偷地溜走了。

——谄媚之人无论装扮得怎样乖巧，正直的人仍会识破。

虎王访问村寨

虎王到了一户农舍，看见马、牛、驴、骡、羊、狗、猪、兔、鸡、鸭……都相互尊重，彼此友爱，即使有小的摩擦，也忍让过去，不碍大事。它好生奇怪，问农人：

“你采用了怎样的治理办法呢？”

农人说：

“我用牛为官。它勤劳——做任何事任劳任怨，忠心耿耿；它无私——吃的是草，奉献出来的是粮食、奶和骨肉；它贤德——任何时候、任何地方，不捧上压下；它勇敢——它那威严的姿态、敏锐的眼睛、尖利的长角，使一切作恶者望而生畏……别的动物们效法它而各尽其责。这就是榜样，其力量无穷；这就是旗帜，足以号令他兽。它自己光明磊落，就敢以惩罚为非作歹者……”

虎王频频点头，说：“任用贤能是治理国家的关键啊！”

虎王谈马蜂

一株白杨树上有个马蜂窝，像个大圆坛，马蜂们成天飞进飞出，嗡嗡地响。它有毒刺，如果螫到别的动物，多半会致死。附近的动物们害怕它，讨厌它。

一天，虎王从这里路过，动物们选鹿为代表去向虎王反映情况，它说："马蜂总是时刻在威胁我们，我们毫无安全感，望您能降旨改变它：由凶恶变温驯。"

虎王说："在蜂类中，它的个头大，毒刺也大，凶恶是它的本色。每种动物都有自己的本色，那是无法改变的，每种动物——包括人，都只能是那种动物自己，身上的优点和缺点都是自己独特的魅力，构成了这个五彩缤纷的动物世界——本色是自己的，能得到理解和尊重，至少得容许它存在。能有这样一种看法，你们提出的问题也就不难解决了。马蜂轻易伤害过别的兽吗？"

鹿说："没有。我们不撩它，它不螫我们。"

虎王说："是啊！"

——本性难变，看法可变。

虎和狼、豹

秋天的午后，森林边的草地上，阳光灿烂，轻风徐拂，实在是开展娱乐活动的佳境。一匹狼和一头豹子来到这里游玩，它们寒暄了一阵后，便时而嬉闹，时而畅谈。

豹子说："我昨天也准备到这里来玩，走到森林边上便转去了。"

狼问："你怎么不来呢？"

豹子说："我看见虎王正在岩边吃一头大肥猪，怕虎王怀疑我想与它争食。"

狼问："既然它吃农家的东西，为什么下令禁止我们吃？农家的羊，我只能望着流馋涎而已。"

豹子说："是啊！古人曾说'只许州官放火，不许百姓点灯'，是一点也不假呀！"

狼说："就是嘛！"

它们抬头一望，见虎王俯卧在不远的一座大岩石上，默默地望着这里，正侧耳静静地听哩！狼和豹子吓出一身冷汗，心里咚咚直跳，俯身连连叩头，说：

"微臣求大王恕罪。"

虎王一如常态，说：

"没关系，有话只管说，其中哪怕只有百分之一的正确，我也当听取；或根本不正确的，我也当引以为鉴。有直言的大臣，这是身为王者的幸运，朕怎么会计较呢？若是朕听不到或者不能经常听到不同的意见，那么朕就无法发现自己身上的毛病了。直至病入膏肓，不可救药，那时则悔之晚矣！众卿有什么话都可以说，这就是让我置身于你们之中。众志成城，这才是坚不可摧的啊……"

虎王一席话，诚挚而热情，豹子和狼心上的重石落地，随之心情欢畅，浑身舒坦。

豹子说："我们恐怕说的有不对的地方。"

狼说："是呀！"

它们到岩后，在昨天虎王吃肥猪的地方，发现了一对长长的獠牙，原来虎王吃的是野猪。它们的心中更充满了对虎王的敬仰之情。

虎王约它们同在草地上玩，说说笑笑，唱唱舞舞，直到夕阳映照东山，才各自回去。

虎王和老鼠、鹰

虎王要物色一个身材魁梧、力大气壮的动物去帮助伐木工人搬运木料，它在宫中召众禽兽议论此事，大伙说：“只有到南方去请大象。它是做这事的行家，它能用长鼻子卷起又长又粗的木料疾步奔走。”虎王说：“大象是合适的人选，你们谁愿意去请它？”老鼠因为在制定十二生肖的过程中有占了便宜的经验，这次又想抢头功，便抢着说：“我去！”虎王答应了。

老鼠走出王宫，直奔南方。它去了几日后便回来了，进宫向虎王报告：“我寻遍了那里的山岭、沼泽、海滨，没发现大象。”

虎王要重新派其他动物寻找，大鹰说：“大王，让我去找，如何？”虎王应允。

大鹰展翅直奔南方，它在高空盘旋了几圈，落在一群大象面前，说：“尊敬的虎王想请你们中间的一位出山，为善良的伐木工人服务……我总算找到你们了！”为首的大象说：“几天前，一只老鼠从你们那儿来过，我们只在离它一寸远的地方，它似乎没看见我们，当然二话没说就转身走了……”

一头年轻的大象随鹰来到虎王的宫中，虎王高兴得不得了。它召来老鼠，说：“你看这头大象！”老鼠仍没精打采的。虎王说：“你鼠目寸光，是难发现优秀人才的！”

狮王和虎王的谋臣

狮王和虎王争夺领地，各贴出告示：招贤能为谋臣。

狐狸和狗同时看到这广告，一同来到狮王宫中，对狮王施礼说道："我们是应召而来的。"

狮王仔细看了看狐狸和狗，暗想：狐狸聪明、伶俐，定是贤能；狗笨拙、呆傻，定是无能之辈。它说："你们两个都很不错，但我这里对于狐狸来说，可能更为适宜。"它宣布录用狐狸。狗准备退出宫去，狐狸请求狮王允许自己陪狗出去玩玩，因为它们是一路来的。狮王答应了。狐狸想：狗肯定要到虎王那里去，说不定比狮王这里更好。要是在两边都被录用，就有选择的余地了。狐狸和狗又同时来到虎王宫中，对虎王施礼说道："我们是应招而来的。"

虎王仔细看看狐狸和狗，暗想：狗忠诚、勇敢，定是贤能；狐狸油腔滑调，定是刁钻之辈。它说："你们两个都很不错，但我这里对于狗来说，可能更为适宜。"它宣布录用狗。狐狸退出宫去，到狮王处赴任，狗送了它一程。

狐狸和狗分别担任了狮王和虎王的军师。

狮王和虎王为了争夺领地而开战，双方的部队都开赴前线。战斗进行得十分激烈，阵地上杀声震天，血肉横飞。狮王的部队由主攻转为坚守，现在危在旦夕。狐狸对狮王说："请大王坚持住，我去观察一下地形，回来再作计议。"狮王答应了。狗也对虎王说："现在敌人士气低落，我军斗志正旺，应乘胜追击，直至全胜。"虎王和狗军师身先士卒，发起猛攻，狮王的部队伤亡惨重，溃不成军，还在盼望狐狸速回出谋划策，可这位军师一去不返，杳无信息。最后，虎王彻底占领了这块领地。

狮王和狐狸

狮王要物色一位宣传大臣，它到野兽们中间去，暗自考察合适的人选。它约了几种兽在一起散步。它们来到林边的一个水池边上，听见青蛙们咯咯咯地叫。狮王问大伙：

“你们说，青蛙是生活在什么地方的？”

豹子说：“它是水里的。”

狮王不摇头，也不点头。

狼说：“它是陆地上的。”

狮王仍然不动声色。

獾子说：“它水陆两栖。”

狮王无动于衷。

狐狸说：“青蛙是狮王忠实的百姓，狮王叫它生活在哪里它就生活在哪里。”

狮王说：“我叫它生活在空中。”

狐狸说：“它有硕大而刚健的翅膀，浩渺的碧空才是它一展雄姿的处所……”

几天后，狐狸被任命为宣传大臣。

——如果一位官员为迎合主子的欢心而颠倒黑白地说话和行事，他就成了“聋子的耳朵”。

狮王求贤

狮王准备扩大疆域，须训练精锐部队，于是贴出告示，招募智勇双全的统军将领。狮王的大臣豹子到村里找到一只勇猛的狗，约狗去看了广告，然后一同到了狮王的宫殿。时值下午，早朝已过，但狮王求贤心切，在寝宫接见狗，豹向狮王介绍了狗的机智和勇敢，狮王很满意，它叫狗稍稍休息。就在这时，狮王的痔疮疼起来，且流脓滴血，它十分难忍，便对狗说：

"狗，你既然是投我而来，那么就给我舔舔痔疮吧！"

狗愣住了，心中燃起怒火，它强作镇静，说："大王不是需要统军的将领吗？我对打仗略知一二……"

狮王说："不错，不错。但你先做做这个。"

狗说："请大王稍等一下，我的舌头不干净，这样去舔，有侮龙体。让我去用清水洗后再来。"

狮王点点头。狗走出宫来，豹子随后而来，它对狗说："我引你来，蒙受这般侮辱，我向你道歉——太对不起你。我知道，你再不会到这里来了，我也离去，我们一起走吧！"

一路上，它们遇到前来应召的熊、狐狸、狼、象……听到了狗在狮王的宫中的遭遇，全都转头离去了。

——不尊重人才，人才就会离你而去，并且一个人会带走一大群。

狮子和牛

狮王有点儿饿了，它召来群臣，说：

“我的治国之道就在于两个字：奖和惩。有功者奖；有罪者惩。执行这两项只是一个目的：让大地充满安宁。这就要求所有的禽兽安守本分，遵守公德。众卿在下面都为此努力，当然该奖；众卿知否：有哪一种兽对他人构成威胁？它就是要惩的对象。”

狐狸说：“牛对人构成的威胁是很大的，不然人在耕田的时候，为什么用绳子把它的鼻子牵着，还将它浑身套在缆绳里，这是因为它想对人施加武力！”

狼说：“狐狸说的一点也不错，人在耕田时，总是用一个篾嘴笼子将牛的嘴套住，因为要防着牛无时无刻不在想吃农人辛辛苦苦种的庄稼。”

豹子说：“以上二位说的千真万确。人在耕田时，一只手扶着犁，另一只手拿着鞭竿——人的防御武器，因为要防着牛的那么长、那么尖的两只角。它一扭身，向人剜来，人即使不被剜死，五脏六腑也会被剜出来……牛那个东西，对人的罪恶真是罄竹难书啊！”

狮王说：“把牛抓来！”

狮王出巡

有消息传出：狮王会来巡视草地。草地上的各种禽兽无不惊恐万状：即使我们都是忠心耿耿的臣民，也会被狮王挑出毛病，说未尽职尽责——因为狮王即使吃得再饱，也会再饿的。大家聚在一起：“想个办法呀！”大家的目光投向狐狸。狐狸漫不经心地走了几圈，歪着脑袋，问道：

“这消息是谁告诉你们的？”

“豹子，”大伙说，“它是狮王的宰相。”

“它住在哪里？”

“白杨树下的狮王行宫旁边。”

狐狸转身向那里走去，其余的禽兽静静地等待。过了一会儿，狐狸回来了，它满面春风，这神态使众禽兽心上压着的大石头落下了一半，都紧紧地围在狐狸身边。狐狸说：

“我打听到了，狮王最喜欢听唱歌，看跳舞。只要了解到了这一点，我们就有了对策，来它个投其所好……现在都把绝招拿出来。”

“这办法好！”众禽兽一致欢呼。

狮王在群臣的簇拥下走过来了，它看见了热烈的歌舞，它在绿毯上坐下来，认真欣赏。看呀！

驴子在蹦。

野猪在弹。

麂子在摇。

岩羊在晃……

听呀！

黄莺唱歌。

啄木鸟打鼓。

喜鹊弹琴。

画眉吹箫……

狮王目不暇接，心花怒放，说道：“真叫朕陶醉。今天朕进一步感觉到了当王的快乐呀!”歌舞进行了半日，狮王说：“朕有点饿了，但是不能拿它们充饥，否则朕就再也欣赏不到这世界上最完美的歌舞。”豹子说：“今天这队伍中没见到黄牛。”狮王说：“那家伙既不会唱歌，又不会跳舞。”豹子出发去逮了一头黄牛来，狮王边吃边看，直到太阳西下，才满意地离开。

狮王和老鼠

狮王子登基了，隆重的大典刚刚结束，便有一只狗上殿禀报：

“尊敬的狮王，现有一群群老鼠在农田里偷食农人的粮食：水稻、苞谷、黄豆、红薯……它们在田里吃，搬回洞去，弄得田里、草里、树林里、乱岩里……到处都是被糟蹋的粮食。农人怨声载道，但拿老鼠没有办法。请求狮王派大员帮助农人扑灭鼠患。”

狮王问：“那么猫在做什么？”

狗说：“光靠它，力量单薄。”

狮王说：“那就该你给它帮忙，因为你个子比它大，力气比它足。”

狗说：“如果论起个子之大，力气之足，那么就只有大象。”

狮王说：“这就更好，派大象去——宣大象上殿！”

大象来到殿前，叩拜道：“臣参见大王。”

狮王说：“现在农人的田园里，老鼠为患，令你前去剿灭，不得有误。”

大象说：“臣领旨。”

大象摇摇摆摆地来到田园里，果然看见根本无法统计数字的老鼠正在糟蹋粮食。它向老鼠们说道：“老鼠们，你们若不立即停止作恶，我将你们踏成肉浆！”它的四只脚不停地在地上踏着。老鼠们都抬头望着这个庞然大物。鼠王说：“这个家伙魁梧，却很笨拙，看我略施小计，就把它赶出去。”鼠王走过来，趁大象的鼻子垂下来时，钻进那长长的鼻子里去，又爬又咬。大象只觉得又疼又痒，难受至极，似乎老鼠已钻入大脑深处。大象迅速跑远了，直到到了森林边上，鼠王才钻出来。

田里黑压压的老鼠们更为猖獗了。

猫头鹰知道后，约了蛇和猫，说：“狮王在上，不了解基层情况，消灭鼠患还是我们去吧！”

——用人者得尊重人才的特长，用其所长则收到事半功倍的效果，凭主观臆断去“乱点鸳鸯谱”，不仅苦了人才，而且其事必败。

狮子和蚂蚁

火烧坪住着狮王，它每天在群臣簇拥下进入草地，它们的脚总是踩死、踩伤许许多多的蚂蚁，活着的蚂蚁们常冒着生命危险，将死者、伤者运回洞穴。那惨状真是目不忍睹！蚂蚁们来到自己的王宫，向蚁王禀告情况，蚁王听后，也落下泪来。它义愤填膺，派出使者去和狮王交涉。蚂蚁使者来到狮王宫中，向端坐在金殿上的狮王施礼，说道：

“我是蚂蚁国的使者。大王您和您的群臣每天进出，在你们脚下都死伤无以数计的蚁国无辜百姓。我今奉我国国王之命，前来与您交涉，请你们在行走时看看地面，切勿再发生类似事件。”

狮王瞥了一下蚁国使者，冷笑道：

“蚂蚁这小得我用肉眼看不到的东西，还说是有国王，派使者，真是叫人笑掉大牙了！哈哈，你们和粪土、灰尘差得了多少呢？我看你居心不善，是有意来侮辱我举世无双的堂堂狮王的。来人，将这小东西赶出去！”

蚂蚁使者严正地说道：

“国虽有大小强弱，但其尊严是不可侮辱的！”

蚂蚁昂首而去，身后传来狮王的嘲笑声。

蚂蚁使者回国，向蚁王回禀情况后，蚁王说：“欺山易过，欺水难行。自即日起，我蚂蚁国举国上下，进入战备状态。”经过了几天准备，蚁王率领全体军民雄赳赳气昂昂地向狮王的国都挺进。它们迅速越过城墙，静悄悄地进入宫中。狮王正在后宫酣睡。在蚁王指挥下，它们兵分多路，钻入狮王的鼻孔、耳朵和浑身的毛丛里，一齐挥动大刀，奋力厮杀。狮王醒来，只觉浑身剧疼，时而在地上打滚（毛丛里的蚂蚁有不少伤亡），时而蹦起又落下，直到精力耗尽，这时，鼻子里的蚂蚁直抵内脏，耳朵里的蚂蚁钻进脑髓。它无法动弹了，快断气时，发现了这一群群蚂蚁，叹道：“堂堂狮王为区区蚂蚁所灭，让后人去总结教训吧。悲哉！惨哉！”

——强者与弱者各有优势和劣势，强者去欺凌或践踏弱者时，弱者以自己的优势去对付强者的劣势，弱者胜。

狮 王 大 寿

威震森林、草原的狮王一年一度的大寿又将来临。百兽都在为祝寿而奔忙。富裕的兽选择既实惠又美观，且特别具有象征意义的礼物，投狮王所好，它们想得到狮王的重用来获得厚禄，从而更加显贵。贫穷的兽正在四处借钱借物，或者因赊借无门而急得团团转，它们想求得在岩洞中或者草窝里的安宁，以至外出时不至于遭狮王族所屠而粉身碎骨……一切沉浸在紧张或者惶恐之中。

狮王出去巡视了一番，回宫后，下诏广告天下百姓：不要来为朕祝寿，免得耗费钱财。一个时辰后，群兽欢天喜地，纵情歌舞，热闹非凡。

狮王寿诞这天，宫中安宁。到了黄昏，卫戍大臣豹进殿，对狮王说："来了两位祝寿的客人。"

狮王问："哪两位?"

"狐狸和狼。"

狮王说："宣它们进殿。"

狐狸牵来一匹马，说："时值大王寿诞，微民敬献薄礼：马。望大王笑纳。"

狮王看了一下马，鼻子哼道："嗯!"

狼牵来一头驴，说："时值大王寿诞，微民敬献薄礼：驴。望大王笑纳。"

狮王看了一下驴，鼻子哼道："嗯!"

此刻，狮王说："天黑了，你们就在宫中住下。"它令内务大臣野猪安排好客人食宿。

第二天早朝时，狐狸和狼应诏进殿。狮王说："今日，朕出宫游玩，该组成一个卫队。朕封狼为卫队长，狐狸为军师。"

狼和狐狸连忙叩头："谢主隆恩。"

浩浩荡荡的队伍出发了。到了下午，狮王有点饿了，让卫队出去捕猎，仅一会儿，猎物被围在一个大草坝上了。它们是：鹿、獐、獾、熊……全是没给狮王送礼祝寿的。

——对于强者说的那些冠冕堂皇的话，弱者切勿轻信。

狮王和狐狸、豪猪、熊

一头雄狮来到树林中觅食，野兽们丧魂落魄地乱逃，惊恐万状。

一只狐狸来不及逃走，被狮子捉住了，它看见狮子睁圆眼睛，张开大口，那狰狞的牙齿很快就要使它粉身碎骨！但它突然灵机一动，打了几个趔趄，卧倒下来，哀哀呻吟，声音由大变小，眼睛也慢慢闭上了。狮子问它：

“你怎么了？”

狐狸说：“我昨天抓了农人的一只鸡，埋在苞谷田里，今天去把它扒出来吃了。不料，现在肚子疼得厉害，头昏脑涨，四肢无力了。我发觉是那农人在死鸡里放了毒药，专来害我性命的。现在，我就要死了！”说完，它一动也不动了。

狮子想：吃了这中毒的狐狸，我也要中毒而死的。它把狐狸丢到了岩坎下。狐狸在草丛中一溜烟地逃走了。

狮子追上了一头正在奔跑的豪猪，豪猪立刻蜷成圆坨状，那密密的比刺更锋利的长毛向四面张开。狮子看看，暗自说道：“这些刺要是卡在嘴里、喉咙里，还没有办法拔出来，弄得不好连别的食物都不能吃了。”它看了看，怏怏地走开了。豪猪趁机逃走了。

一头熊看见狮子走在山坡上，它缩成一团，瑟瑟发抖，暗暗地祈祷：天地菩萨啊，保佑我吧，别让狮子看见……恰在这时，狮子走过来，猛一下抓住了它的脊背，饥饿的狮子把熊的头迅速送进嘴里……

——命运之神宠爱的仍是有勇有谋者，唾弃的是那些有侥幸心理的人。

狮子和狼、狐狸

狮子躲在深深的草丛中，目不转睛地望着不远处的一块草地。有一匹狼来到这里，看看狮子的神态，也朝狮子望着的方向望去。原来在前面的草地上，有一只大雕在吃着一头死了的野驴。经过了好一会工夫，大雕吃得饱饱的了，展翅飞到山头上去了。这时，狮子便扬起四蹄，翘起尾巴，直奔那剩下的死驴，它贪婪地大吃起来，连骨头也嚼碎了，吃完后才离开。

狼把这一切看在眼里，已继续朝前走着，遇到了一只狐狸，对狐狸说：

“狮子在百兽中间勇猛无比，不可一世，然而它也有胆小的时候，刚才我亲眼看见它怕大雕——雕吃了死驴后走了，狮子才敢上前去吃。”

这话被狮子听见了，它转身走向狼，眼里闪着凶光，长鬃直竖，牙齿老长，真是怒不可抑，说：

“谁敢诽谤我，你不要命了？”

狼吓得魂不附体。

狐狸说：“狮王的机智勇猛盖世无双。一根毫毛落下地来，我们连扛都扛不起来呀！那大雕一见狮王，吓得屁滚尿流，慌忙逃往山外，可见狮王的威风足使它望而生畏。狮王怕大雕走后，有别的兽来吃死驴肉，吃了腐烂的食物可能要中毒的，狮王先去吃，若驴肉中毒，别的兽就不会去吃了，这正是狮王爱民如子的表现啊！”

狮子听得心花怒放，哈哈大笑，它逮了一头鹿奖给了狐狸。它突然想起：王者，该奖惩严明。它命令狼站定，咬断了它的一只后腿。

狐狸和狼走了。

草地上顿时热闹起来，兽们纷纷向狮子那里走去。只听见一头豹子说：“伙计们，你们每一个都必须拿出比蜂蜜还甜的语言，才能得到奖赏！”它们涌向狮子，像潮水一样。

狮子和猴子

威震兽界的雄狮来到一座森林，禽兽们吓得魂飞魄散，仓皇逃命。仅一会儿工夫，这森林成了一座空城。狮子向四面望了望，觉得环境优美，太阳温暖，微风轻柔，它舒适地坐在一堵岩壁边的草地上，懒洋洋地卧下来，不一会儿，竟睡着了。

逃到岩壁上的一只猴子，把狮子的行动看得清清楚楚，并且听见了狮子的鼾声。这时，它从岩壁上掀下一块大石头，正打在狮子头上，头骨裂开，脑髓迸射，狮子没来得及哼一声就断气了。猴子下了岩壁，拔掉狮子头上的黄鬃毛，说道：

“狮子，不管你怎样杀气腾腾、威风凛凛，但当你睡着的时候，弱者在你面前可就成为强者了。”

狮子和猫头鹰、狐狸

狮子在这座森林里可真是强宗大姓、豪门贵族，它们使这里的禽兽们诚惶诚恐。它们对待狮子，有的闻风而逃，有的点头哈腰，有的奉承谄媚……其中不少禽兽会赠送礼物——当然送礼者都有其具体的目的。

一天黄昏，一只猫头鹰衔来一只老鼠——夜里在农田里抓到的最肥壮的也是最可口的一种老鼠，给狮子送去，因为猫头鹰在白天看不见，万一在白天遇到狮子，会被认为目中无狮，而有自高自大之嫌，至少也是失礼，说不定有灾难临头。猫头鹰在狮府门前见到狮太太，猫头鹰说明了来意，狮太太看了看那只老鼠，说："狮为兽正直，它是不收礼物的。你这样做，是看不起它，把它当成了酒囊饭袋。要是它知道了，会大发脾气的。请你快快把东西拿回去！"猫头鹰只得走了。

一只狐狸也正为送礼而来，因为它常常被其他兽类告到狮子那里，它希望狮子给予庇护。它向猫头鹰打听了情况后，把衔来的一只松鼠吃掉了，转身就走，来到一个农人的牛圈里，对牛说："牛哥，你的主人明天要把你卖给宰牛场，你还不快走！"牛问："天黑，往哪里走？"狐狸说："跟我来！"狐狸引着那头黄牛来到离狮府不远的地方，转过一道弯，从狮府的后门进去。狮子夫妇迎上前来。狐狸说："大人不嫌弃礼薄，敬请笑纳。"狮子夫妇满心欢喜，当即收下礼物。

狐狸离开时，狮子夫妇送它到门外。狮太太说："以后谁说你偷鸡摸兔，狮老头就说它诬告！"

——对于贪婪的索贿者，你送小礼，他则以"清正廉洁"而拒收；送大礼，从前门进必遭怒斥，从后门进，则特别受欢迎。

狮豹打猎

狮子和豹子合作进山打猎，它们捕获了一头野驴。野驴已经死去了，身上还是热的。

究竟怎样分配呢？狮子和豹子都在望着猎物沉思。谁都想多得一点，谁都不敢先说出方案。

还是狮子先说道："这是围猎，我不过是你的助手。你该还记得吧，我俩把驴围住了，它无法冲出去，可是一会儿，它看出了我的破绽：就是我的乳房突出得那么大，便断定我生完孩子后不久，身体尚未恢复。再说，孩子们吃奶，我消耗的营养多。总的说来，我体力不支。它便从我这里突破防线，冲杀出去。还是你穷追不舍，把拉大的距离步步缩小……"

豹子说："你也该记得吧，它在一个岩巷里消失了，是你叫我快登上岩去，猛扑而下，骑到驴背上，才擒住了它的。没有你这个主意，我就无法成功！"

狮子说："我那不过是空口说空话，没有你的勇敢行动，我喊一万句叫它站住，也是没用的。这样吧，到我家中，我用刀把它剁成块，你领百分之八十。你就不要推辞了！以后我们还要多次合作的。"

豹和狮共同把死驴拖到狮子洞里。狮子突然叫了一声，一群即将长大的小狮子飞奔而来。母狮说："伢们，现场练兵——"小狮子们一会儿就把豹子撕得粉碎了。

——强者对弱者做所谓"礼让"时，正是在想着如何实施更险恶的计划。

狮子和苍蝇

一头雄狮在草地上徜徉。不远的地方突然射来一颗子弹，雄狮应声倒下，一动也不动了。

这件事震动了森林中的兽类，它们奔走相告，都不敢相信这是真的。它们派出探子前去打听，这个探子要机智、勇敢、目标小，于是派了苍蝇去。苍蝇穿过树林、草丛，飞到雄狮面前，嗡嗡几声，没有任何反应；它又落到狮子的鼻尖上，用脚刨了几下，还是没有任何动静；它又落到狮子头上，屙了一堆屎，狮子仍无动于衷。它飞回去，告诉森林中的兽类（把这个经过讲了一番）：“狮子的确死了！”

群兽奔到狮子身边——直冲过去！

山羊用角抵了几下狮子的肚子，说：“你有什么能耐？我有锋利的角，你却没有哩！”

野猪用尖嘴头撬了几下狮子的鼻子，说：“往日，你一来，我们纷纷让开，你以为是在怕你吗？其实那是贤者在饶恕蠢汉，你还以为是你的威风所在！”

驴子用前蹄敲了几下狮子的脸，说：“你曾嘲笑驴子愚蠢，今天我要把你的眼珠翻过来，看看驴子是怎样绝顶聪明！”

……

这时，狮子的脚动了几下，从地上站起来，身边的这群野兽个个吓掉了魂，拼命逃跑……

原来是动物园的人用的是麻醉弹！

狮子如梦初醒，它觉得头上黏了什么东西，用爪子扒下来一看，说：“最可恶的是苍蝇在头上屙屎！”

——强者逞强时，弱者积怨甚多，一旦强者失势，弱者们都会来踢他一脚。强者再度得势时，弱者们又瑟瑟发抖——在宦海沉浮时，这是经常遇到的情况。

豹代王和独眼豹

虎王因病住进了医院，一头豹子奉命代理兽王之职。森林中的百兽前来祝贺，自是送了许多珍贵礼物。其他的豹成了当然的王族，尽管是暂时的，但它们全引以为傲。其中有一只中年豹子，因患眼疾数月，瞎了一只眼，现在成了独眼豹。就在它的寒窑前，也有一些野兽们送来了厚礼，并热忱地唱起颂歌。独眼豹刚听到“高贵的王族”这一句，便立即制止它们，说：“我的眼快疼瞎的时候，并没有忧心忡忡，但此刻我却饱含悲伤——本来我还可以活下去的，但是现在我觉得已是末日来临！”此话，没有一只兽能够理解。大伙散去了。

过了几天，这只豹在山上捉住一只野羊，扛了回来。不知是谁把这事告到代兽王那里，说它违犯虎王禁止捕杀农人牲畜的法令。代兽王将独眼豹传去审问。独眼豹说：“这是一只地地道道的野羊，大王可以明察。”豹代王令下属将野羊呈上，豹代王仔细察看，果然是野羊，但它说道：“这野羊是农人的家羊的哥哥，也沾一个‘农’字，仍是违法行为。”独眼豹被判决：斩断一条腿。独眼豹从此少了一条腿，抓不到猎物，不久就饿死了。代兽王对大臣们说：“我若不从我的家族动手，还能管理百兽吗——大义灭亲的美德就是从这件事上开始的。”

豹子、獐子和狐狸

黄昏将近，一头豹子来到田边的树林里，潜伏下来，它的目光停留在不远处的农家的猪圈里，那儿有一头壮猪正在酣睡。豹子看着，口边流出馋涎来。

一头回家路过这里的獐子，看出了豹子的心思，对它说："山林里的野猪那么多，何必逮农家的？家猪虽然难以逃走，但它们的主人可是挺厉害的，若刚好是猎人，你可就在劫难逃啊！"

豹子脸色骤变，说："你要再说一句，我就不必去逮那圈里的猪了！"

獐子一听，箭一般地跑远了。

一只回家的狐狸路过这里，见到了刚才的情景，走过来对豹子说："凭您的智慧和勇敢，不仅可以逮来农家的猪，甚至可以逮来农家的牛。它们的主人虽然厉害，但是在这样的夜里，他看不见，即使他有猎枪、大刀，也没有用，因为他不敢用火把来照明，他怕大火烧着他的茅屋，而手电筒，这里的农人还没有。您只管大胆地去！"

豹子听见这番话，十分高兴。天黑后，它走进猪圈，农人从墙缝里打来一铳，几百颗飞射的铁砂将豹子网住，它当即死亡。狐狸听见铳响，暗笑道：除掉了我的心腹之患——豹子毕竟逮狐狸为食。

——确有一种人，听不得正直人的半句忠告，那么阿谀奉承就紧随而来，他听得高兴，殊不知已步入险境。

豹子、狼和狐狸

一匹狼和一只狐狸同住在一片树林里。一天，狼看见农人的一只山羊在田边上吃草，狼从草丛里猛扑过去，衔起羊奔向树林，在那儿悠闲地吃着，直到把最后的一坨肉送到嘴里，便起身往树林深处走去。一只狐狸在远处望着，馋涎一直垂到地上，直到这时才敢上前去，舔着地上的羊血。恰在这时，森林警官豹子路过这里，它把这一切都看得清清楚楚，命令随行的警士野猪们把狼和狐狸抓住，押走。

在一片树林中的老岩边上，豹警官设立法庭，说道："虎王早有明令：严禁一切野兽伤害农人的禽畜，你们为什么吃农人的羊？若不从实招来，定予严惩！"

狼和狐狸说了经过，没有半点谎言。

豹警官说："不管吃羊肉，还是舔羊血，都是杀了农人的一头羊。你们没看到杀羊时，脖子上的血一流出来，羊就死了。以后，即使把它剁成肉酱，它也不觉得疼。因此，食羊血者罪大，食羊肉者罪小。据此，狐狸应被剁掉一只腿，狼应被拔掉尾巴尖上的毛。"当即执行。

两头执刑的野猪私下议论起来。一个说："对狼，等于没处罚，"另一个说："怎么会处罚呢？它是这片树林中的治安委员。"

豹子和狼（一）

一头豹子来到田边，把农人的一头黄牛拖进山林，黄牛的气管被咬断了，现在豹子独自在树林里吃着牛肉。牛肉的香气弥漫在树林里，一匹狼从不远的地方经过，闻香气而来，看见豹子正在吃牛，心想：这么大的一头牛，豹子肯定吃不完，剩下的就该我来吃……它便蹲在地上望着。豹子不慌不忙地细细品尝，从日头当顶一直吃到晚霞凌空。豹子衔着剩下的牛肉往森林中走去，连牛毛也没留下一根。狼失望地离去，说：“看着人家吃得再好，自己不会饱肚子。我白等了足足半天，要是把这段时间用来捕食，说不定早有了美餐哩！”

豹子和狼（二）

一头狼在草丛中遇到了熊，熊饿极了，准备逮狼为食，猛扑过去……不远处，有只豹子看见了，怕狼求援于自己，连忙跑到远远的地方静静地看——它选择的地方，能深深地隐蔽身体，而目光又能穿透过去。

狼毫不示弱，经过一场鏖战，熊败北——狼咬断了它的脖子，狼开始吃起熊肉来。这时，豹子从草丛中大摇大摆地走出来，对狼说："要不是我在远处望着——给你壮胆，让熊生畏，你早就成了熊的美餐，这熊肉至少有一半是我的！"

豹和猪、狐狸

一头猪和一只狐狸在草地上玩，狐狸讲述野外的生活，猪讲述畜圈里的生活，彼此觉得新鲜。有一只豹子早就在窥视它们，它鼓足全身的力气，站在高处，腾空而起，以闪电般的速度扑落下来，一只前爪抓住了猪，另一只前爪抓住了狐狸。豹子押着它们前行。

狐狸突然说："猪兄，我们现在该讨论一个重大学术问题：被俘后怎样逃走？"

猪说："我现在被豹子捉住了，可我是一只非常聪明的猪，我熟读过兵法，知道'兵不厌诈'，应当施用计谋逃跑，因为我拼力气是拼不过豹子的。"

狐狸说："你说的有道理，我却办不到，因为我是一只非常愚蠢的狐狸，我根本不知道有什么兵法之类，只知道庙里供有菩萨，此刻我正在默默地求菩萨保佑：让我生还。"

豹子想：研读了兵法的猪最狡猾，求神保佑的狐狸最愚蠢。于是它准备吃掉猪，把狐狸带回去给孩子们吃。可是就在豹子吃猪时，狐狸已逃得无影无踪了。

豹子和野猪

森林中有一头狮子，使所有的野兽胆战心惊。

有一天，一头野猪正在草坝上拱出一些葛根，贪婪地吃着。一头豹子从林中来到草坝边上，朝野猪望了一会儿。豹子突然扬起腿奔跑，狂叫着：“狮子来了，狮子来了！”

鹿、岩羊、獐、兔……拼命奔跑，刺猬蜷成刺球，獾子躲进岩洞……动物们都处在惊惶和恐怖之中！

这头野猪边跑边伸出獠牙，也吓得魂不附体，豹子来到它的身边，说：

“你怕什么呢？有我在这里，就足以战胜狮子。只要你在我身边，我就有责任保护你。当然啰，你不能用你的这几颗獠牙去撩狮子，它发现这獠牙，误以为你准备反抗它，会先发制人向你发起猛烈进攻的。狮子真正向你进攻时，你的獠牙全然无济于事！”

野猪说：“这该怎么办呢？”

豹子说：“拔掉这几颗獠牙，就不会惹狮子生气了。眼下，我们是患难之交。我可以对天发誓：如不保护你，遭雷打火烧！”

野猪在岩上磕掉了獠牙。豹子说：“实话告诉你：并不是狮子来了，而是我的肚子饿了——我不敢动手，就是因为你的獠牙挺厉害的。哈哈！哈哈！”

豹子和农人的肥猪

一天上午，农人夫妇下田薅草去了，屋后的山顶上蹿来一头豹子，从圈里拖走了家里的一头肥猪。中午，农人夫妇回来，发现少了猪，唤来狗，狗朝地面闻了闻，狂叫着，穿过苞谷林，向屋后林中追去。人紧随着狗，一路吆喝着。

豹子正把将死的猪放在地上，歇息一会儿。它听到了狗叫声，向四面望了望，它决定改变绕过陡岩爬上山顶的路线，转而衔起肥猪攀陡岩直上山顶，它在半山腰里狭窄的岩墩上向下望去，只见狗在岩下朝上仰首狂叫，却没法攀登，人更是望岩兴叹。人和狗只得转身回去了。

豹子攀岩，心惊胆战；负着重，脚瘫手软。登上峰巅，来到深草掩映的家中，妻子和儿女都围了上来，此刻它多么高兴，讲述了逮猪的经过，说："来，我们痛痛快快地吃一顿。还应当有歌舞助兴，以补偿今天付出的沉重代价。记住：损失了的东西是会补偿回来的！"于是它们狂热地边吃边跳，闹得树林、草丛沸沸扬扬。不知不觉间，一根碎骨卡住了公豹的喉咙，动不得，一动便疼。母豹伸爪为它抓，却怎么样也出抓不出来。儿女们也惊呆了。公豹再也不能进食，过了几天，喉咙化脓，连水也不能吞了。一些日子过后，公豹死了。母豹哭着说："你成功在你艰难困苦的时候，你失败在你得意忘形的时候啊！"

一头豹子和一群狗

核桃坪每户人家都养着狗，如果来了野兽，被一只狗发现，吠一两声，村里的狗全围拢来，群起而攻之，能活着逃脱的野兽极少。野兽们是不敢轻易进村的！有一次，一头饥饿的豹子从村边经过，狗们一下围拢来，气势汹汹，杀气腾腾，豹子对它们说：

“我是卫生局派来的检疫官。你们中间有一只狗得了疯病，要是不把它查出来，送医院治疗，全村的狗都要被传染，直至死绝。为了你们的健康和狗类的繁衍，快把它交出来吧！”

狗们害怕得病，在狗群中寻找疯狗。然而这些狗个个身强体壮，精神抖擞，没有一个是疯了的样子。说谁是疯狗，谁都会拼命反对的。如果它真是疯狗，谁被它咬一下，也就疯了，那是死路一条！再说，这群狗全是邻居，早不看见晚看见，说谁是疯狗，情面上都过不去。它们你望我，我望你，静静地，都不知该怎么办好。

一只年纪稍大的花狗说：“我晓得张家的一只黑狗早就疯了，它竭力装成健康的样儿，今天一早到坡上赶野兔去了。”

大伙一看，狗群中果然没有这只黑狗，于是异口同声地说道：“对，它早就疯了！”

狗们等待着。张家的黑狗果然衔着一只野兔从村里经过，狗们一齐围上去，将黑狗推推搡搡。黑狗问：“这是为什么？”众狗说：“你疯了！”不待黑狗申辩，就将它交给了“检疫官”，豹子将它拖进树林中去了。

——人与人在一起时，总是亲亲热热，因为有个情面关系，一旦不在一起时，特别是与利益相关时，你得警惕暗箭！

豹子和狗

夜里，一头豹子走出树林，准备去附近一户农家的羊圈里逮羊——它实在饿极了。在慌忙的奔跑中，听见脚下“咔嚓”一声，它低头一看，是自己踩到了铁猫子①，一只后脚被铁猫子的长而密的“利牙”紧紧咬住了。它挣扎了大半夜，直到天亮，还未能摆脱。它肚里咕咕直叫，头昏眼花。幸好它的力气大，把铁猫子一同带走了。

它到山边的茅屋门口去，那里没有羊圈，连猪圈也没有，但是门前却睡着一只瘦如柴棒的狗，看样子，不仅不是猎狗，而且是一只连看家也没有用的狗。来了野物，它看了一眼，一动也不动。就是这只狗让豹子闻到了肉香，它走过去，准备先咬狗的脖子。可是当它去咬时，狗站起来了，虽然踉踉跄跄，却咬住了豹子的脖子，豹子想奔逃，却怎么也跑不开。而且，此时屋主人开门出来了。豹子叹道：“糟糕！我怎么会被这样一只狗逮住呢？”

狗说：“本来，我对捕猎一窍不通，连野兔也逮不住，何况你是豹子？当你闯上门来撩我的时候，也不想想你的一只腿受伤了，还拖着一个沉重的铁猫子呀——自己的脚疼，就不要去踩人家！”

① 铁猫子：捕捉野兽的铁器。

豹子和兔子（一）

有一次，豹子在山坡上遇到兔子，此刻，豹子还不饿，想将这个小玩意戏弄戏弄，兔子眼见无法逃脱，便假意附和豹子，以便寻找机会溜走。它们边走边聊。

豹子说：“论个子，我是高山，你是土堆。”

兔子说：“当然啦，当然。”

豹子说：“论力气，我是黄牛，你是蚊子。”

兔子说：“正是啊，正是。”

豹子说：“论智慧，我是狐狸，你是猪。”

兔子说：“不错啊，不错。”

正说着，它们同时掉进猎人布下的陷阱里了。望望那高入云天的阱壁，谁都知道这是无法攀登上去的。豹子用恐怖的声音，兔子用凄楚的声音，同时呼唤：“救命啊，救命啊！”

山林中的禽兽们听见这声音，都跑到陷阱口前观看，同时答道：

“你们等着，马上救你们出来。”

一会儿，喜鹊从农人那里衔来一捆麻绳，猴子将绳子解开，由野猪将绳子放下陷阱去。豹子要先上去，它拉住了绳子的一端，兔子为难了，麂子在陷阱上面说：“这样，你们先谁也别拉绳子，我们把绳子收上来，绳子中间拴在一根树干上，再把两端放下来，你们各拉着一端，由我们把你们拉上来。”豹子和兔子同时说：“很好，很好！”

照此办理。兔子很轻，先上来了。轮到豹子时，众兽解下绳子，一齐抛出，把它扔到陷阱下去了。豹子惊叫一声：“我的妈呀！”片刻后，它哭起来。

大伙和兔子说说笑笑地走了。

豹子和兔子（二）

一头老豹走出岩洞晒太阳，一只野兔从它面前经过，老豹见到野兔的两颗尖牙，想：遇到这牙，就会皮开肉绽！它想吓退野兔，说："这兔不够我塞牙齿缝，我在等待吃野猪！"野兔说："那是从前，现在你伤不了野猪一根毛，因为无牙。"老豹逃回了洞中，生怕野兔追来。

豹妈妈和它的儿子

一头母豹和它的幼小的儿子被一个猎人和两只猎狗追赶着，它们翻过了好几座山岭，母豹累了，小豹更是筋疲力尽。这时，身后的猎人和猎狗离远了一点。小豹说："妈妈，我实在跑不动了，稍歇一下行吗？"

"不行！"母豹斩钉截铁地说。

"妈妈，上次，我们也是被一个猎人和两只猎狗追赶，我们不仅从他们的眼皮底下逃脱，而且抓回一头小牛。"

母豹说："儿子啊，你必须记住：凡是猎人聪明而又勇敢的，他选用的猎狗也一定是聪明而又勇敢的；凡是猎人愚昧而又笨拙的，他选用的猎狗也一定是愚昧而又笨拙的。上次我们遇到的是后者，这次我们遇到的是前者！"

正说着，猎狗们已经追近，母子俩只得又拼命地奔跑……

狼、狗和野猪

有一次，狼和狗合作去捕猎，商定获得猎物后，无论大小和好坏，一律平均分配。

它们出发了。步入森林不久，狗闻到了野猪的气味，说："有野猪，要不要?"狼说："要。"于是它们商量了办法：狗将野猪赶到一块草坪上，再一起动手，由狗咬住野猪的脖子，由狼咬断野猪的两只后腿。它们开始行动了，狗到离野猪不远的林中狂吠起来，野猪发现后，扬起四蹄向森林中奔逃——与此相反的地方才是一块草坪。狗迅速拦住了野猪；野猪调头向左边跑——仍是想转个弯儿奔向森林，又被狗拦住，野猪向右转弯，头仍在望着森林，狗又上前把野猪逼了回来……它们兜了许多圈子，好不容易使野猪走向草坪。这当儿，狗猛扑上去，咬住了野猪的脖子。狼冲上来，咬住野猪的后腿，被猪蹄子把脸上弹了一下，它退了下来，蹲在草丛里歇着。这当儿，狗仍在与野猪奋力厮杀，终于将野猪击倒在地。狗躲开野猪的獠牙，咬住它的脖子上下左右地甩动。狼静悄悄地走过去，咬住了野猪的一只后腿。野猪在地上不动了。

狼和狗坐下来，决定分配。狼说："你要前半头，我要后半头。因为你咬的前面部分，我咬的后面部分。"狗说："前面部分的肉孬，后面部分的肉好。从中间剖开，好的孬的都有，这样就公平了。"狼不同意，它们争执起来。

这时，野猪得到了喘息，它起身逃向森林中去了。空空的泡影，只剩下失望了！

狼对狗说："你放走了猎物，现在轮到你当猎物，以补偿我付出的巨大代价！"

没来得及说话，筋疲力尽的狗就被狼撕破了喉咙。

——和心术不正的人共事，小心重演这只狗的悲剧。

狼、狗和羊

一只黄色的狗，体壮，凶猛，十分威严。它看守着主人的一群羊。就因为它，豹子、狼都不敢接近羊。狗的主人——一个简陋的茅舍里的农夫自然是厚待这只狗。

附近树林里有一头狼，和这只狗十分相像。有几次，狼进村去，村民们把它认成这农家的狗，因而无人过问。有几次，这只狗进树林里，豹子以为它是树林里的狼，而不敢靠近。

有一次，狗在树林里被狼发现，狼走到它面前，说：

“我们俩本是兄弟，你看我们长得一模一样，后来分家，你到了人那里，在屋内居住，吃的粮食。而我仍在树林里，像我们共同的祖先一样生活：住山洞，吃生肉。其实你吃肉的犬齿并没蜕化——碰到了肉仍狼吞虎咽，也仍然睡的是草窝。你应当‘回宗’，让我们一道恢复本来面目吧！”

狗说：“不行，人不允许我这样。”

狼说：“你这无用的东西，真是我们家族中的败类——今天我们合作去逮你主人的羊，然后分食。你若不去，就别怪我六亲不认！”狗见狼瞪着一双红眼，伸出尖利的牙齿，吓得后退几步，说：

“我去，其实我本来就是狼。”

它们进入茅舍边的羊圈里，追赶羊，羊们猛烈地叫唤，奔跑。

“砰！”主人举起猎枪，狼被击毙了。狗慌忙跳出羊圈，主人向它瞄准，狗说：“我是狗呀，是被狼逼着来的，你饶了我吧！”

人说：“我知道你是狗。不管你是自愿来的，还是被迫来的，总是与狼同流合污了！”“砰！”狗也倒在了地上。

——与坏人同流合污，会得到与坏人同样的下场。

寡妇和狼

村后的树林里住着一匹狼。有一天，它窜进村里，把农家的一个小孩衔进树林，扒了内脏……

村后的林边，住着一个寡妇和她的五岁的儿子。她知道了狼吃小孩的事，日夜担心：又要干活，又要照看儿子，万一一时不慎，遭了横祸怎么办？她想：狼是吃肉食的，只要有肉吃——不至于挨饿，它又何必去吃人呢？它吃人，是无可奈何，就连人也是“饥寒起盗心”呀！于是她想了个办法：若狼来，就给它吃羊。这样，它的肚子吃饱了，装不下了，人（特别是小孩）的命不就保留下来了吗？有一天，狼果然来到她家门前，她牵出一头羊来，狼衔起羊回树林里去了。第二天，狼又来，她照样给它一头羊。第三天、第四天……狼天天来，寡妇天天给羊。可是终于有一天，圈里的羊没有了，狼又来了，寡妇无羊再给，说：“畜生，我已经没有羊了！”狼说：“没有羊，就把你的小孩送来！”寡妇一听，倒在地上大哭起来。狼冲进屋去，衔起小孩进树林中去了……寡妇急得昏死过去。几天后，寡妇醒来，见狼正坐在她面前。狼说：“我饿了，闻到了你的心肝的香气。”它走上前去……

——狼是喂不饱的，对付狼的办法唯有猎枪。

农人和狼

一个农人走在树林中间的小路上，冷不防从林中蹿出一头狼，它怒目横视，利牙龇出，扑向农人，农人的脖子眼看要被它咬住。说时迟，那里快，农人猛力击出一拳，正打在狼的胸脯上，狼翻倒在地，四脚朝天。霎时，狼爬起来，夹着尾巴回树林里去了。农人吓出一身冷汗。

他走了一段路，来到一面杂草丛生的山坡——已快走出树林，他的心稍稍平静。他感到凉风送来舒适，知了的叫声也很悦耳。不知不觉地，好像有一双手轻轻地温柔地搭在了他的双肩上。他想：是谁呢？难道他乡遇故知？在这荒野地方正需要人做伴哩！他扭转头向后望去，原来是一头狼把两只前爪搭在他肩上。狼咬住了他的喉管……农人断气时说："我怎么总是遇到狼呢？"狼说："你遇到的是同一头狼——我从你前面进攻，你战胜了我；我从你后面进攻，我战胜了你。你的五脏香气扑鼻呀！"

狼和狐狸

狼做了寨主，出榜招一名膳食官，狐狸揭了榜，来到狼的衙门。狼和它的内务长官熊出来对狐狸进行面试。熊问：

“狐狸先生，请你就狼捕食羊一事，谈些你的意见，行吗？”

狐狸说：“羊终身吃草，草又苦又涩，有些草叶刀斧般地锋利，常划破羊的嘴唇，单这一项就够它痛苦的了。它本来就不想来到这个世界，可是它的爹妈硬逼着它来了。它终日渴望结束这种痛苦，狼满足了它的要求，让它葬身狼腹，并携带它的骨骸周游森林、草原，让苦难的灵魂得到慰藉。狼做的实在是永远受人称道的慈善事业啊！”

熊面带微笑，问狼：“可以录用了吧？”

狼说：“三天内等通知。”

狐狸施礼往回走去。狼对熊说：“你跟在狐狸身后，再看它议论些什么。”熊随后走了。

狐狸来到一片栗树林里，看见一只獾在吃地上的橡籽，狐狸走过去，和獾寒暄了几句，便讲起到狼衙门应试的事。说：

“农人喂羊，无论是砍羊草还是放羊，都很辛苦，结果羊被狼吃掉。狼那个王八蛋，只要一闻到羊的气味，口里就流涎，牙齿就伸出尺把长，猛扑上去咬住羊的脖子，要不了几口就吃光，连羊血也舔了又舔；不管是对辛苦的农夫还是温驯的羊，狼都有犯下了滔天罪行。狼作恶多端，绝不会讨到好死的。有一天，猎人捉住它，皮，人用来做衣；尸，人唤狗来吃。就这样，仍不足以平民愤。我诅咒狼，望它遭雷打火烧……”

不远处，熊俯在地上静静地直到听结束。熊回去报告狼，狼说：“这种东西，它当面对你说得越好听，背后对你就攻击得越恶毒！”

狐狸和狮子

狮子威震森林，群兽没有不胆战心惊的。因为它们常常不知道出于什么原因，就被狮子抓获而受处罚，被罚者百分之九十九是被当作了狮子的食物。兽类害怕又仇视狮子，却无可奈何。狐狸害怕狮子，但是在一个山坡上却偏偏遇上了狮子，真是无路可逃了。狮子笑道：

“我闻到一股清香，就知道是我的朋友来了！”

狐狸也微笑着：“久不见您，十分想念，今天特来拜望您的。”

它们寒暄着，相互握手。狐狸看见狮子正在吞着饿涎，牙齿一次次露出来，显然是想一口吞下这到嘴边的食物。真是“饱嗝饿屁冷尿多”，狮子突然放了一个屁。狐狸说：

“我跳个舞，唱个歌，献给您这位尊敬的长者，好吗？”

狮子说：“哈，我一看到优美的歌舞，就不觉得饿了，你尽情地跳吧，唱吧！”

于是，狐狸舒展它柔美的身子，展开它清脆的歌喉，且跳且唱：

春风吹来一股幽香，
不由使我心驰神往，
又见瑞气袅袅升腾，
浩浩宇宙普照祥光……

狮子问：“哪来的这股幽香？”

狐狸说：“刚才从您金柱下的玉洞里传出来的。”

狮子一听，不觉心旷神怡，神采飞扬，随之手舞足蹈起来。它得意忘形了！狐狸向左边舞去，狮子跟着舞去，狐狸往前纵身一跳，狮子也纵身一跳。但是狮子不及狐狸敏捷，却落进了一个深坑——那是猎人布下的。狐狸在陷阱边上说道：“祝君长寿。再见！”

——狐狸谄媚的背后隐藏着恶意，这是狮子的残忍逼出来的。

狐狸竞选

狐狸耗费巨资拉选票，竞选郡长。在大选的日子里，很多野兽选了狐狸，它的票数最多，但是仍差一票达到规定的票数，第一轮选举宣告失败。狐狸坐下来，认真分析，认为是鸡没投它的票。于是，狐狸特别备下厚礼：白米、肉坨、青虫……它去到鸡舍前，躬身说道：

“鸡哥、鸡嫂、鸡弟、鸡妹们，久不见你们，实在是想念。我近来常常独自在家扪心自问，以往的过错实在太多，譬如，有时逮鸡为食，那些鸡说不定是你们的长辈、晚辈，或亲戚朋友，我实在是太对不起它们，也对不起你们。我已对天发誓：从此与鸡和睦相处，若违背诺言，遭雷打火烧，片体不留，并让狐狸断子绝孙，永远从地球上消失……”狐狸说着，不断地揩着伤心的眼泪。

鸡们说：“你能这样幡然悔悟，我们也就不记前仇了！”

狐狸的礼物，鸡们收下了。

在第二轮选举中，鸡投了狐狸一票。狐狸当上了郡长。在隆重的就职大典之后，它任命了一批官员，其中就特别任命鸡类每晚派一名成员作为郡长的膳食官……

狐狸和狼

太阳刚出东山，一只狐狸走出树林，准备去邻近的村里逮鸡——它以为吃了家门口的农户的鸡，农人来逮它，它就没法在这儿安身了。它路过这村子时，发现一户农人的茅舍前聚集着好几个猎人，他们肩上挂着猎枪，腰间系着药壶子，个个年轻威武。一群猎狗正在稻场上走动，它们脖子上的铜铃叮叮当当。这家主人对猎人们说：

“我的一头羯羊是在羊圈里被拖走的，我去屋子周围看了看，发现狼的脚印是朝杉树林子里去了的。”

有几个猎人说：“我们去把这狼打回来了吃晚饭——估计它没跑远的。快点吃了早饭出发。”

狐狸听到了这些话，心想：这头狼阳寿尽了，好歹我们都是野生动物，中间每少一个，就削弱了一分力量，应当给它报个信：让它赶快逃跑。狐狸加快了脚步，经过杉树林，来到一块老岩边，看见狼正站在那儿吃羊肉。它来到狼面前说：

“狼兄——”

狼一见狐狸，说：“你是来抢我的羊肉的吧？”它竖起眉毛，瞪着眼珠，牙齿伸得老长，一副凶恶的样子。

狐狸扭头就走，狼问：“你既然来了，怎么不说事就走了呢？”

狐狸笑道：“我没什么事，闲逛而已。”它迅速地走开了。狐狸到邻村吃了鸡，下午回家，又路过这个村庄，见猎人们正在那户人家的稻场上剥狼皮，猎狗们正在舔地上的狼血。狐狸自言自语道：“这狼，若不是那般傲慢无礼，此刻岂不悠闲自在？”

——一个微小的不慎之举也会带来巨大损失。

狐狸和熊

一对狐狸夫妇和它们的儿女们快乐地生活在草坪上。一天，这里窜来一头饿狮，正贪婪地寻找食物，已离狐狸的家不远了。狐狸夫妇看见，齐声说道："糟了！"妻子说："你快想个办法！"丈夫说："越是危急，越要沉着。"狐狸丈夫出去了，它去到邻居熊那里，说："狮子威胁草地上的生灵，其实并不可怕，我摸到了它的脾气：欺软怕硬。你和它斗，你就活过来了；你怕它，你就成了它的食物。"

熊问："怎样斗法呢？"

狐狸说："第一，要敢于和它斗，首先从精神上战胜它；第二，要善于和它斗，这就要讲究策略……战胜了它，你就扬名天下！"

熊思考片刻，到了离狮子不远的地方，运了运气，勇猛地冲向狮子……它们开始了激战。这当儿，狐狸丈夫迅速回窝，带着妻子和儿女，风驰电掣地逃到了安全地带。过了不久，狐狸丈夫又到原地去看了看，回来说："好好休息。狮子正在吃熊肉。"

——头脑笨拙的家伙做了牺牲品，其内幕他永远不会知道了。

狐狸和黄牛

一头黄牛在草地上吃草，一头饥饿的豹子从林中蹿出，扑向黄牛，黄牛使出全身的力，用一对尖角拼命抵抗，眼看已斗不过敏捷的豹子——黄牛就要成为豹子的美餐。正在这万分危急的当儿，一只从这里路过的狐狸走到黄牛身边，说：

“牛大哥，快逃，一只雄狮追过来了！”

豹子一听，丢下牛，仓皇地逃进森林中去了。

黄牛这才明白，不是有狮子追来，而是狐狸有意搭救了牛。黄牛正要感谢狐狸，狐狸对黄牛说：

“牛大哥，你的主人正从我来的这个方向为寻找你而来，你还不赶快回去！”

黄牛立即朝狐狸来的方向走去，没看见它的主人，倒是在突然之间，跌进了一条深沟里。它跌断了腿，倒在那里痛苦呻吟……

——那种帮助你而又背弃你的人，他的转变只在刹那之间；没有经过思考就立即作出决定的人是靠不住的。

狐狸和狗（一）

有两只狗，黄色的是雄的，白色的是雌的。它们在春天的芳草坝上抓紧时间玩着，因为它们正在走向衰老。它们时而撒欢，时而亲吻，嘴儿挨着嘴儿，都感觉到了对方呼吸的清香，这清香沁人心脾，甜津津，美滋滋。它们窃窃私语。

雄狗说："有爱情的生活真是幸福啊！"

雌狗说："虽然我们有了一把年纪，但爱情能使枯萎之心复活。"……

一只狐狸从林中出来，准备去村里逮鸡，它路过草地边，看见两只狗正说着话，狐狸暗自说道：

"这是两只有经验的猎狗，以往有好几次我逮鸡转来，被它们追赶，好不容易才侥幸逃脱——它们可真是机灵而又勇猛——我才刚刚走出山林，它们的鼻子就闻到了我的气味。看，它们正在秘密地制订一个围歼我的作战方案！狗这种东西，我狐狸的子子孙孙与你不共戴天……"

狐狸慌忙地、悄悄地回树林中去了。

——做坏事的人，总是常常疑心别人在将他揭露。

狐狸和狗（二）

一只狐狸路过一户农家屋旁，看见一只野兔在吃田里的黄豆苗。

狐狸问："你不怕这户人家的狗吗？"

野兔说："这狗病了，躺在阶沿上动弹不得，有好几天了！"

狐狸怕狗，此刻心中有几分惊喜，因为它的肚子饿了，这农家鸡舍里的鸡正散发出一阵阵浓香，狐狸的馋涎早流出来了。但它还怀疑狗是真的病了还是躺在那儿睡觉。狐狸看见一只黄鼠狼从这屋里出来，便走上前去，问道：

"你不怕这户人家的狗吗？"

黄鼠狼说："这狗病了，都快断气了！"

狐狸更为惊喜，不过它仍觉得不可粗心大意。它看见一只乌鸦落在这户人家屋角的地上，便问：

"你不怕这户人家的狗吗？"

乌鸦说："怕什么？我都闻到狗尸的气味了！"

这下，狐狸放了心，狗确实病了。于是它大胆地走向鸡舍，用一双前爪刨鸡舍下面的土。鸡们一阵惊叫。这当儿，狐狸的脖子被什么东西钳子似地夹住了，它扭头一看，正是躺在阶沿上的那条狗。狐狸的脖子流着血，这次它是无法侥幸逃脱了。它叹道：

"它们对我说假话，证明它们恨我。向恨我的人打听实际情况，本身就是愚蠢。"

狐狸和羊

狐狸从村里回去，在农田边遇到羊，狐狸说："你嘴里嚼的什么呀？"羊说："草。"狐狸说："我也是吃草的。"羊知道狐狸在撒谎，便故意说："是呀，我多次看见你吃草。"狐狸兴奋起来，越说越带劲了："我什么草都吃：葛叶、罐头尖、芭芒、蛇茅草……春天吃嫩草，夏天吃青草，秋天吃蔫草，冬天吃枯草。有一次，我应邀出席狮王举行的宴会，看见老虎吃野猪，豹子吃牛，狼吃羊，猫吃老鼠……血淋淋的，满屋腥臭，我一闻就呕吐起来。狮王问我：'你怎么啦？'我说：'我是食草动物，见不得食肉。'狮王连忙为我准备了灵芝草，我真正饱了口福。那次，要不是在狮王宫中，我定要与那些残忍的食肉者决一死战！"羊问："你嘴边上黏着的是什么？"狐狸伸手一摸，落下一根鸡毛，它说："这，这是草呀！"它的脸红了，慌忙跑进了树林。

——谎言掩盖不住事实。

狐狸和一群野猪

月白风清的秋夜，田野里弥漫着成熟的各种农作物的清香。几十头野猪从山林中出来，去偷吃山边上的农人种的红苕。它们争先恐后，像离弦的箭。快接近苕田边时，来了一只狐狸，它看看野猪们凶猛的势头，想：这群野猪一夜要吃多少粮食啊！农人不会不防备的。它悄悄地去田边看了看，吆喝住野猪们，说：

"伙计们，我们都是森林中的野兽，在各种不同的场合为害农人。农人也在千方百计地对付我们啊！不得不防。不信，你们看看，这田里有两路人的脚迹——危险就在这里。"

野猪们都走过来，低头细看，果然有两路人脚迹。

狐狸说："这两路脚迹是一个人走的：一路是进去的，一路是出来的。这就是农人的阴谋所在之处啊！"

野猪们又来看看，说："放你的屁！这是两个人同时出来的。你的眼睛瞎了？这些脚迹是脚尖朝着田外。"它们又朝前走，步伐更快了。

"去不得，去不得！"狐狸更加焦急了。野猪们听得不耐烦，回过头来，说："你不准我们去吃，就是护着让你自己去吃。我们不得上你的当！"

它们纷纷撬来长嘴，亮出獠牙，狐狸没来得及对付，便被野猪们撕得骨碎肉裂。野猪们仍然去苕田里，它们被许多铁猫子夹住，只有几个逃了出来。

狐狸分析的全是正确的。两路脚迹，一路是那个农人进去的，另一路是他出来的——他进去时把草鞋倒穿着。

——在一群愚者中间，智者是要倒霉的。

一同打猎的熊和狐狸

熊和狐狸约定好了，一同上山打猎。它们在山坡上发现了一只雉鸡，决定捕获它。熊走在前，狐狸走在后。准备在离雉鸡不远的地方散开。路上，狐狸发现了草丛中有根细细的绳子，不知它从哪里来，又延伸到哪里去。狐狸想：这根绳子一定有名堂的——猎人往往是极阴险的。它认为再不能前行，便蹲下来，决定分析一番后再行动。熊回头问："你在干什么？"狐狸说："解了大溲再走。"熊怕屎臭，加速往前走去。突然间，轰隆一声巨响。熊倒在地上，肚子上穿了一个窟窿，鲜血直流，原来它绊到了这绳子拴着的一个机关，被猎人的电铳打中了。狐狸撒腿就跑，它知道这电铳的声音，已经通知了前来收获猎物的猎人。当狐狸走在山坳上时，看见猎人扛了熊往家中走去。

狐狸和猴子

一户农家养了一群鸡，每到夜里，附近的一只狐狸便摸进鸡舍，偷偷地逮出鸡来吃掉。鸡的数量的减少已引起了农人的注意，他放出消息：非逮住这个强盗不可！

狐狸知道了这个消息后，认真思考对付的办法。它想到了猴子喜欢模仿别人的动作，准备在猴子身上打主意。一天，狐狸来到这农人家屋后的一座高岩下，它知道那岩上住着一只猴子——这时它的确发现了一只猴子正在高岩上的一棵树上跳来跳去，还不时地看看高岩下的动静。狐狸便在高岩下时而翻跟头，时而跳舞。它忙过一阵之后，稍稍停下，偷看猴子。猴子正在树上看得出神，显示出快活的样子。狐狸又在下面更起劲地翻跟头，跳舞。猴子慢慢地爬下高岩来了，也在草地上学狐狸翻跟头，跳舞。它俩玩得很兴奋。黄昏时，狐狸朝这户农家走来，猴子也跟着走来。夜里，狐狸跳进鸡舍，猴子也来了。狐狸去逮鸡，猴子也学着逮鸡。一时鸡们狂叫起来，满舍乱飞，屋里的主人被惊醒："快，抓强盗！"他立即带着猎枪和猎狗赶赴鸡舍。

这当儿，狐狸衔着一只鸡不声不响地溜走了。

主人赶到鸡舍，见一只猴子在逮鸡，他猛扑上去，卡住了猴的脖子，说："今天总算抓到了你这个偷鸡的，我要剥下你的皮，挽回我的损失！"

狗闻了闻鸡舍里的气味，说："有狐臭味，偷鸡的可能是狐狸而不是猴子，因为猴子是没有这种气味的。"

狗立即沿着狐臭味寻去，在草丛里抓住了正在吃鸡的狐狸，将它拖到主人面前，说："真正的偷鸡贼抓到了。"主人扳开狐狸的嘴，发现里面还有鸡肉和鸡毛。这人放走了猴子。猴子临走时，狗对它说：

"我了解猴子，喜欢盲目地模仿别人，你这个弱点，小心替别人顶罪啊！"

狐狸和鹰

农妇养着一群鸡。屋后树林里住着一只狐狸，每次出来都要逮走一只鸡。到了秋天，这群鸡只剩下一只了，狐狸仍不放过，这天下午，狐狸躲在刚收过的苞谷梗子棚里，看着这只鸡在田野里捡苞谷籽儿吃。正要猛扑过去，空中突然袭来一只雄鹰，抓起母鸡飞向空中……狐狸捕食扑空，闷闷不乐地在田里走着。鹰在空中对狐狸说：

“狐狸先生，你一定是在想发家致富，如果真是这样，就请光临我家。虽不算富裕，但猪、羊、兔、鸡……应有尽有。或许可以开开眼界。”

狐狸说：“我早就知道你非常富有，好生羡慕。改日一定登门，一来求指教，二来饱眼福。不过，今天我太忙，因为我发现这屋子里有几百只鸡正等待放出来侦察食物的鸡回去——它就是你抓着的这只。如果室内的鸡发现这鸡在田里啄食，便会一齐出来——哈哈，几十斤重的肥公鸡比你抓的这只母鸡大十倍。我在这里等着抓大的。”

鹰一听，说：“这只鸡真的太小，让我也抓一只大的！”于是放下鸡来。鸡刚落地，狐狸就衔起来，笑着跑开了。

——智慧优于猛力。

狐狸和天鹅

不知是什么原因，一只天鹅降落在一个山村的荒草坡上，一只狐狸将它捉住，准备吃掉。趁狐狸放下它，换口气时，天鹅略一抬头，展翅、伸脚，跳起又落下……这刹那间，狐狸看见了一个美的精灵，它情不自禁地说："啊，绝妙，绝妙！"它目不转睛地望着天鹅，叹道："有如朝阳照耀，有如白云轻飘……"它对天鹅说："唱支歌好吗？"天鹅张开喉咙唱了几声，狐狸已神魂颠倒，说："银泉般的清脆，蜂蜜般的香甜……"狐狸钦羡至极，说：

"你真是一位天才的艺术家呀！"

天鹅说："我叫天鹅。著名的芭蕾舞剧《天鹅湖》就是从我的哥哥姐姐们那里产生的。"

狐狸说："唉，只怪我居深山幽谷，孤陋寡闻呀！"

天鹅说："你若有兴趣，可到湖边去欣赏我的兄弟姐妹们的表演。"

狐狸说："你回去吧，我宁愿饿死，也要让这醉人的艺术永存。"

就这样，天鹅朝空中飞去了。

——美，或许是一种能战胜敌人的武器。

狐狸与财主

一只狐狸到一个财主的大瓦屋里去偷鸡，在一个偏屋里，它刚向一只鸡扑去，其余的鸡全都惊叫狂飞。财主闻声赶来，发现墙边有一只狐狸。狐狸想：要是他唤来狗，就糟了！但是财主没有唤狗，也没声张，只是对狐狸微微一笑。狐狸一溜烟从财主的腿边跑到了门外。

狐狸回自己的洞里去，在路上，它遇到了一只野兔，对野兔讲起今日抓鸡时财主对它微微一笑的事，野兔说："你危险了！"狐狸说："我安全返回，还危险什么？"野兔说："他在打你的主意。"狐狸说："我不信。"说着便进洞里去了。

一天，狐狸又进这财主的偏屋里去，一进门，就看见墙角里的一只鸡，它俯下身，猛扑过去，突然"哗啦"一声，待它看时，已被关在一个木笼子里了，怎样也出不去。财主进来了，笑得合不拢嘴，说："今年冬天，我有狐皮帽子戴了！"

狐狸这才想起野兔的话来，想：难怪他微微一笑的！

——当奸邪之人对你微笑时，你知道他在想什么吗？

农人和狐狸

一个致力于发家致富的农人，养了许多牲畜。他照管不过来，便贴出广告招纳贤士。一只狐狸前来应聘，农人对它进行考试：合格。

农人说："你去给我照管一百只兔，不能让它们跑到栏外，恐防丢失；不能让狗与它们接触，怕被狗咬伤；这一窝与那一窝不能混杂，以防它们互相残杀。"

狐狸说："这三件，我一定件件做到。"

有一天，农人从田里回来，发现狐狸正在吃一只兔，便走过去，说："你怎么吃兔子?"

狐狸说："这是我的错误，请您原谅，决不重犯。"

农人说："可要改正啊!"

狐狸说："一定改正。"

又有一天，农人从山上背柴回来，发现狐狸又在吃兔子。他放下了柴，走到狐狸身边，说："这次，我可要惩罚你了!"

狐狸吓得胆战心惊，连屎尿也流了出来，因为它曾听说过它的先辈遭人惩罚的事：剥皮、碎肉、烹食……看来阳寿尽了！它不禁落下泪来。

农人说："撤掉你看管兔的职务，任命你去看管鸡。"

失魂落魄的狐狸镇定下来后，想了想，不禁哈哈大笑。

松鼠和狐狸

一只狐狸去苞谷林里逮农人的鸡，鸡们惊叫。农人的一只大恶狗急追而来，狐狸迅速逃走。狗穷追不舍，狐狸立即跑到山坡上的一只羊的身边，用屁股抵了一下羊，狗向羊追去，将羊脖子咬住。这当儿，狐狸跑进了树林。

树上有一只松鼠，看到了这情景，问狐狸："你用的什么本事？"狐狸说："狗的嗅觉和听觉很灵敏，而我的嗅觉和听觉也不差。我还有一个奇异的功能，就是我的后腿之间、尾的基部有臭腺体，分泌一种'狐臊臭'，使狗迷失方向，我就趁机溜走。也有狡猾的狗跟着'狐臊臭'追踪，我就寻找替身，例如今天我把'狐臊臭'喷在羊身上，狗就把羊当成了我……"松鼠说："难怪人说你狡猾的。"狐狸说："人说我有三个救命屁，不假。"

老狐狸谈“变”

一个老汉养着一群鸡，从屋后树林里来了一只狐狸，对老汉说：“我帮你看管鸡。”老汉看看它，说：“你以前吃过我的鸡——你别再打歪主意！”狐狸说：“现在我有十大变——一、年龄变：以前年轻，现在年老。二、体质变：以前骨坚，现在骨松。三、精力变：以前旺盛，现在衰败。四、脾气变：以前强硬，现在脆弱。五、嗅觉变：以前闻鸡是香的，现在闻鸡是臭的。六、追求变：以前求显贵，现在求平凡。七、爱好变：以前喜斗争，现在爱和谐。八、行为变：以前损人利己，现在助人为乐……”

老汉的狗打断它的话，说：“你千变万变，只有一宗没变：本性。”

狐狸说：“狗兄，你怎么不懂辩证法呀！”

老汉说：“任何事都在变。”

狗说：“狐狸照样吃鸡的。”

老汉说：“你滚！”

狗被赶出了家门。

老汉雇狐狸看管鸡，不过鸡一天天地减少。老汉想起了狗，出门去找。狗突然出现在他面前，他们一路回家后，狗逮住了正在吃鸡的狐狸。

——作恶者用一些时髦的言辞去欺骗世人，但明眼者还是不会上他的当。

熊审判长

熊威严地坐在审判长席位上，旁边坐着陪审员、书记员……

原告狗站在对面，说：

“我是被人雇来看守家门的，有狸猫趁我去撒尿时，从苞谷林里钻出来，逮住这户人家的一只肥大的白母鸡，拖向苞谷林中，我闻到有狸猫气味，立即追赶，现作案者和赃物俱在，请法官大人裁决。”

熊说：“被告要知道，法律从不屈从个人恩怨，不循任何私情。对强对弱、对上对下，一律公正无私……你如不从实招来，就别怪刑罚无情！”

狸猫不招，被痛打一顿，它忍受不了，才说道：

“我吃了农人的鸡，这是违法的。”

“你既知是违法，为什么还要吃？”

“因为我看见有别的动物吃鸡，并没治罪。”

“谁？”

“狐狸。”

熊命令道：“传狐狸。”

狐狸被传进来，它首先见到狸猫，若无其事地、亲热地说道：“啊，是狸猫弟弟呀，多久不见，非常想念，还是那次，你请你的哥哥——我的朋友来接我到你家里做客，你盛情款待，我至今忘却不得……”

熊问：“原来你们早就认识？你的朋友？它的哥哥？”

狐狸说：“我们熟得很，我的朋友、它的哥哥，就是老虎呀！”

“啊！”熊吓出一身冷汗，暗自想：真的，它们同是猫科——差一点闹糊涂了！它转了几下眼珠子，说：“言归正传，狸猫，招吧！”

狸猫说：“我上当不小。那鸡骨头太硬，硌了我的牙齿，戳了我的喉咙……”

熊说道：“照这样说来，你是不愿意吃鸡的，是那只鸡身上长了虱子，痒得厉害，请你给它挠痒，而你的脚爪又沾有泥巴和灰尘，怕弄脏鸡雪白的羽毛，于是就用你的牙齿去挠。怎奈鸡虱太多，直往鸡肉里钻，你的牙齿跟踪追击，那鸡虱又钻进鸡骨里躲藏，你的牙齿剥开鸡骨，直到将鸡虱全部擒拿，将其融化在你的肚内的高温里。是这样的吗？”

狸猫答道：“正是。”

熊说：“现在本庭宣布审判结果：狸猫不仅无罪，而且有功。至于在与鸡虱搏斗时，受了重伤，立即治疗。药费嘛，开个条子来，本官批准报销。狗犯了诬陷罪：割掉舌头。——闭庭。”

熊和螃蟹

动物们举行军训，熊被任命为军事教官。

湖滨的开阔的草地上，队列整齐。熊站在队列前点名：松鼠、猫、兔、螃蟹……它们一一答了“到”！

熊说：“课目：齐步走。目标——正前方——走！”

动物们目视前方，整齐地迈开脚步。

太阳火辣辣地照着，热得要命，动物们累得大汗直流，气喘吁吁。谁都想休息一会儿，哪怕是原地站一下也好，可是熊总不喊“立定”，它们仍得继续走。可是队列乱了套，熊看了一下，原来是螃蟹在队列中横着爬，它不是踩了别个的脚，就是别个绊了它。它踩了别个，别个喊痛；别个踩了它，它在喊疼。由于它绊倒别个，后面来的跟着倒下去，熊只得喊了声：“立——定！”

熊命令道：“螃蟹——出列！”

螃蟹出列，仍是横着爬。

熊吼起来：“目标正前方——齐步走！”

螃蟹仍旧横着爬。

熊大怒：“你屡教不改，为严肃军纪，我判处你死刑！”它拉出螃蟹，把它狠狠地扔到湖里去了。

别的动物怕被扔进湖水里淹死，继续操练时，没有一个不严肃认真的，虽然煎熬得如置身烈火中。

其实真正得到好处的还是螃蟹。

熊 裁 判

一个晴朗的秋日，动物们在一块草坪上举行运动会。在赛跑这个项目里，熊当裁判。动物们全站在同一起跑线上。熊举起一面绿色的旗帜，喊道："预备——跑！"动物们向着它们的目标——一百米外的一条白线奋力奔驰。猎豹跑在最前面，其次是羚羊、骏马、狐狸……它们先后冲过白线，集中在草坪上，等待熊裁判公布比赛结果。

熊说道："荣获冠军的是乌龟。"

众兽大吃一惊，齐声问："怎么会是它呢？"

熊说道："你们没读过伊索①先生的寓言吗？那一次，乌龟和兔子赛跑，兔子自恃天生腿跑得快，在途中睡起觉来；而乌龟却一往直前，夺得了胜利的奖品。那次的比赛离现在至少有两千五百年了，在这漫长的时间里，乌龟一直保持着这个荣誉，而且全世界的人，无论男女老幼，还在颂扬乌龟坚韧不拔的精神，今天的冠军当然是属于它的。"

众兽说："既然是这样，又何必要我们参赛？"

熊回答不出。大家不欢而散。

——凭资历来决定先后，新的人才就难以脱颖而出了！

---

① 伊索：公元前六世纪左右的希腊寓言作家。

熊和麻雀、狐狸

一头熊在树林里养了一群鸡，四周用篱笆围着。它是准备办一个鸡肉罐头厂的。它计划将产品由国内进入东南亚市场，到时候东方巨富的桂冠由熊戴上了，“金钱就是一切”，狮子算什么玩意儿？那时，它服服帖帖地当熊的仆人吧！

一天，熊正在清点那些鸡，一只雄麻雀飞到篱笆边上，从地上衔起一匹母鸡肚子上脱落下来的黄色绒毛，正要飞起时，被熊发现，熊呵斥道：

“你这个贼，快把鸡毛放下！”

麻雀把鸡毛放下，哀求道：“我的妻子正要孵育出儿女，儿女们皮肉细嫩，我来求熊爷爷恩赐点儿鸡毛，给它们做个襁褓。我们全家都会记住您的恩德的。再说，这匹小小的鸡毛对您来说，也不是作用很大。”

“怎么不大？”熊说，“我把它们制成羽绒被褂，一件要值几千元。告诉你，我熊富翁不是你穷麻雀的救世主！你不乖乖地把鸡毛放回原处，就别怪我的爪子无情！”

麻雀叹息了一声，把那鸡毛放回原处，飞走了。

过了几天，一只狐狸来到熊这里，对熊说：

“熊老先生，我少小离家，在国外开办了食品加工厂。”说着，狐狸递过名片，熊接过去一看，原来面前站着的是一位企业家，熊喜出望外，说：“欢迎先生光临。”熊向狐狸介绍了它的养鸡情况和成为富翁的计划，说：“还得仰仗狐狸先生帮忙啊！”狐狸说：“好说，好说。只要我们精诚合作，我包你年内得到一百万美元。”熊甚是高兴。

当天下午，熊扛着所有的鸡跟着狐狸往一片草丛中走去……

——对于贫穷的邻居，他非常吝啬和刻薄，而对貌似大人物的骗子却全盘献出而还自觉荣耀无限，可想而知他会败得很惨。

熊和蜜蜂

一棵大树的洞里，住着一窝蜜蜂，那美丽整洁的蜂房里灌满了糖，蜜蜂们可算是丰衣足食。

树林里有一头熊，常爬上这树向洞内探望，蜜的清香使它馋涎欲滴。它伸出爪子去抓蜂蜜，塞进口中，它贪婪地吃着。蜜蜂并不在意，因为蜜很多，蜜蜂们自己吃不完。熊也是吃一次之后，过很多日子才再来。

有一次，熊吃了蜂蜜，正得意时，用爪子捉了一只蜜蜂放在眼前观看：这小东西看不起眼，却有这样高超的手艺？熊想识破这个秘密。不料，蜂儿把熊的眼睛螫了一箭，然后飞走了。蜂儿以为熊要伤害它，为自卫而还击，这一下子却使蜂儿失去了性命！熊感到疼，立即溜下树来，它怒不可遏，要把这棵树拔掉，白使了一番力气而徒劳无功之后，终于想出了一个办法，它用石块和泥巴把那个洞严严实实地堵住了——此后，它再也没有被蜜蜂螫过，当然再也没有吃过蜂蜜了。

狗熊舔刀

岩洞里有窝蜜蜂，一个农人来这里割蜜：用艾蒿烟子把蜂们撵开，拿刀子割了部分蜂房，里面的蜂蜜被他取走了。可是他把割蜂房的尖刀掉在这儿了。附近一只狗熊闻到了蜜的清香，来到这里，流着馋涎。它看见蜜蜂们把蜂房包得紧紧的，无法弄到蜜，却见地上有把闪亮的尖刀，刀上黏着蜜，连忙去舔刀。舌头刚伸过去，就被刀刃划开了一条大口，鲜血直流，它疼得嗷嗷直叫。农人来寻刀子，发现了这情景，对熊说：“蜜再好吃，它在刀刃上，舔得了吗？”

小　鹿

一头小鹿离开妈妈，独自到树林边的草丛里玩耍。这时没有妈妈在身边唠唠叨叨，想到哪儿就到哪儿，想怎样蹦就怎样蹦……是多么高兴啊！它看看草坡上有一头黄牛，想：哎呀，这家伙的个儿真大，两只眼睛快要蹦出来了，特别是又粗又长的角真是吓人啊！要是被这角碰一下，一定会粉身碎骨的。它浑身哆嗦，向后退了几步，转身飞也似地跑开了。它惊魂稍定，准备歇息一下，这时迎面走来一头狼，小鹿望去，见它的个儿不及牛的一半高，头上没有可怕的角，笑眯眯的，好像很亲切。狼说："小鹿，我们一见如故，交个朋友，好吗？"小鹿说："好啊！"它们两个并排走着。狼对小鹿说："我们俩亲个嘴，好吗？"小鹿想起妈妈的亲吻，立即答应了。狼把嘴伸过来时，小鹿发现了它尖利的牙齿，飞也似地跑开了。小鹿回到家，见妈妈正为它急得流泪。小鹿对妈妈讲起今日的事，妈妈说："板着面孔的不一定是敌人，笑容可掬的不一定是朋友。"

一只斜眼鹿

有一只小鹿，生下来，两只眼珠向右倾斜，不能转动。它渐渐长大，眼珠却无变化。它走出窝来，出外谋食，来到一处，这里左面是山坡，绿草如茵，右面是岩壁，深谷万丈。它出来三天了，还没找到一点食物，黄昏时饿死了。它的斜眼只看到了悬崖！

——青草是有的，如果你没发现，请在自己身上找原因吧！

麂子和野兔

晚霞飘在天顶。一只麂子回家去，在山坡遇到一只野兔妈妈引着儿子回家去，麂子说："你们豁着嘴干什么？要知道，口不紧是有危险的，你们看我常常抿着嘴，真是守口如瓶啊！"

兔妈妈和它的儿子都不吱声——没什么可说的，它们的确豁着嘴。

麂子回到家中，坐在庭院里，见月光如水，微风轻拂，此刻它心旷神怡，于是引吭高歌，自我陶醉……

它的歌声飞向高山、河谷、村庄……天蒙蒙亮时，猎人带着几只猎狗突然出现在它身旁，它没逃几步，就被生擒。猎人扛着它走下山去，野兔母子俩看见了，兔妈妈对儿子说："我们天生豁着嘴，这是我们的短处，我们知道了这一点就努力克制：不发出声音或者声音很小，这样就能保护我们自己；麂子抿着嘴，却在思想上失去警惕，反而让声音毁了它……"

猴子和狮子

一只猴子坐在一处陡岩的岩墩上。太阳暖和地照耀着，它身上有点儿痒，便扒开毛丛捉虱子，越捉越痒，越痒越捉……已到了舒适至极的程度。它往岩下一望，见一头狮子也在草地上晒太阳，时而俯卧，时而打滚……猴子想：我们同为兽类，我感受到的舒服应与其他兽共享，不然浪费掉这种舒服，是我们兽类的损失啊！于是它走下陡岩，来到狮子面前，说道：

"狮爷爷，在阳光下捉虱子，非常舒服，我来帮您捉虱子吧？"

"什么？"狮子站起来，"我这高贵的狮子，难道身上还长出龌龊的虱子吗——你这是对我的侮辱！"狮子扑过去，抓住了猴子，将它判了死刑——被狮子当作了一顿小吃。

猴子攒钱

一个猴子冒死攀到一面绝壁上，它的头上白云飘飞，它的脚下苍鹰盘旋。命运赏识它执着的追求，让它发现了绝壁上的一个岩洞里的一瓦缸铜钱，猴子自然是笑逐颜开，它立即解开缠在腰间的一根桐麻绳子，把铜钱终于一个个串起来，准备带回居室，以作养老之用。或许是命运和它开玩笑，猴子的这根绳子下端是没有挽上疙瘩的，它把那些中间有方孔的圆铜钱终于一个个往绳子上串去，快串快漏，慢串慢漏，多串多漏，少串少漏。猴子怀着欢欣，累得满头大汗，缸里的铜钱终于一个不剩了，可它再看看绳子上仍没有一个铜钱，全落到岩下的无底深渊中去了——还是和它来的时候那样，除了那根赤条条的没有疙瘩的绳子，一无所有。

——不知道节约的人，即使挣再多的钱，也等于没挣。

一只猴子宴客

一个年轻的猴子看见它的邻居——一只中年猴子宴请客人：请求资助做生意。开宴会时，猴子们都来了，但提起资助的事，大家都走了。中年猴子把家中积蓄花光，还背了一身债。现在这只年轻猴子也想做生意，它接受邻居的教训，不搞邻居那种宴会，请几个心腹喝几杯就行了——完全不招待是对不起人的。它转念一想：事情不成也要不背时。它决定先弄来酒，再去请客。

它去村里向一个老翁借了一个酒瓶，然后去一个小卖部赊了一斤酒拿回洞中，请来了獾子、麂子和松鼠。喝酒喝得兴味正浓时，猴提出借钱做生意的事，这几个朋友一个也不吱声，后来同声说道：“我们都比你穷啊！”酒喝完了，猴子送走了客人。它独坐洞中，说道：“幸好我比邻居聪明：瓶是借的，酒是赊的。我还不起，欠得起，自己没背多大的时！”

猴子和镜子

一只猴子不知从哪里找来一面镜子，它对着镜子一照：“呀，怎么这么丑?”它一思索：“不对，我本身是很漂亮的，里面的影像相貌丑陋，全然是镜子的问题。”再一照，仍然很丑。猴子发怒了，将镜子在岩上摔得粉碎。它再拿起那些碎片来照，每个碎片里都出现一副丑相。它问道：“镜渣子，我是什么事惹烦了你们?”镜子碎片一齐说道：“我们碎尸万段，也不违心地把美的说成丑的，把丑的说成美的。”

一只负债的猴

一只猴子想立即致富，它出去借粮：野猪的红苕、雉鸡的苞谷、兔子的橡籽、松鼠的柿子、白麋子的拐椒……它的洞里筑满了。每天捡最可口的吃（当然也腐烂了一些）。吃了一年多，猴子的身体肥胖起来，然而讨账的也来了。首先来的是野猪。野猪说：“你借的红苕还给我吧！”猴说：“我还不起，欠得起。你等我几天吧！”野猪转身走了。接着来了兔子、松鼠、白麋子、雉鸡……债主大部分来了。猴子以各种方法，把它们打发走了。野猪又来了，猴子照样还是原来的那套说辞。野猪说：“我的獠牙就不讲情面了！”这当儿，猴子一下跳到树上，才避开了野猪。野猪临走时说：“你跑得了和尚跑不了庙——我在你窝边等待！”野猪走了。猴子坐在一块岩头上屈指一算，它自己也惊奇起来：不说还本，就连累起来的利息，我再变十辈子猴也还不清了！它苦闷起来，边走边想办法：怎样才能甩脱这些债主呢？终于，它眨了几下眼睛，脑子闪电般地清醒过来——它出门去了。

猴子来到狮王面前，叩头道：“微民觐见大王。”

狮王说：“你有何事须奏？”

猴子说：“我的先祖孙悟空到玉皇大帝那里讨封，当了弼马温的官……”

狮王道：“你是不是讨封来了？”

猴子说：“正是。”

狮王略一思索，说道：“朕封你为左都御史。”

猴子连忙叩头：“谢主隆恩。”

此消息很快传遍了森林，前来向猴子送贺礼祝贺的络绎不绝。那些债主没有一个敢来见它。那头野猪听说了这个消息，心想：我得罪过它，恐有大祸临头……于是它跳岩自杀了。

猴子和木盆、篾筛

一只猴子来到一户农家门前，看见一个农妇用一个木盆装水，用一把篾筛筛苞谷。它看得很有兴趣，趁那农妇去屋里后，把木盆和篾筛偷走，带回洞中。

猴子模仿农妇干起活来。它在洞里用木盆筛苞谷，可是它无论怎样用力，那苞谷粒儿怎样也漏不出去，它说：“我亲眼看见那个农妇是这样做的，一点儿也不错。”它继续筛，还是老样子，它发怒了，说：“你调皮，你以为我对付不了你？”它把木盆扔到岩下，摔得粉身碎骨了。猴子又拿起篾筛去溪里端水，可是不管怎样把篾筛沉到水底，一提起来，水便漏得精光。它又发怒了：“你对那农妇服服帖帖，对我却这般刁难，你以为我猴子是好惹的吗？”它用石头把筛子砸得稀烂。

扛猎枪的猴子

“砰！”一声枪响，猎人把一头豹子打翻在地。一个当撵脚[①]的过来说：“你真是好枪法！”猎人笑着说：“一铳二药三打手[②]，关键还是枪好：它打死过九头豹子（连这一只）、二十三头野猪、三十几只野羊……它从来弹无虚发。”他们两个说说笑笑，把一头豹子抬下山去。

他们的话被树上的一只猴子听见了，它想当个猎人，便跟着他们下山去（猴的行动没引起他们的注意），两个猎人在稻场上剥豹子皮，把猎枪挂在墙上。猴把猎枪偷走了。

猴扛着比它长得多的猎枪，走进树林，看见一只松鼠，它向松鼠瞄准；看见一只麂子，它向麂子瞄准；看见一只野羊，它向野羊瞄准……这些动物看见枪，起初都吓了一跳，再定睛一看，都笑起来了。猴说：“你们笑什么？这支猎枪打死过九头豹子、二十三头野猪、三十几只野羊……它从来弹无虚发。它一响，你们都没得命了的！”

松鼠说：“枪倒真的是好枪，就是你不会使用，拿着它也没用！”

——授予一个人权力，他不作为或乱作为，权力就被浪费了。

---

① 撵脚：追赶野兽的人。待在一处用枪打野兽的人，称“坐劲的”。

② 一铳二药三打手：击中目标的要素，按次序排列。

猴子戳蜂窝

山腰上的树林里，长着一根高大的枫橡树，树上有一个褐色的大坛子形的葫芦包蜂窝。每天从清晨到黄昏，少则三五个，多则十几个一寸多长的紫红色的蜂子进进出出。

有一只猴子来到树下，朝蜂窝看了看，便捡了一根棍子，朝树上爬去。这时，树下顿时涌来许多野兽，一齐问："你要干什么？"

猴子说："去捣毁这个蜂窝。"

松鼠说："蜂们没惹你，你为什么要去毁它们的窝？"

麂子说："它们做它们的事，我们做我们的事。互不干扰。你这不是自找麻烦吗？"

兔子说："我们都住在这片树林里，和平相处。你要是惹怒了它们——是先侵犯它们，它们必然自卫。你受伤，我们也要受牵连。这里的宁静祥和的环境就被彻底破坏……"

猴子不听，说："我就是要去戳掉它。"它迅速上树去了。这时，松鼠、麂子、兔子……拼命地奔跑，一会儿就跑过了山坳。猴子爬到蜂窝边，用棍子一戳，那个蜂窝裂开，蜂们立即涌出，方圆几十丈远的地方飞成了一片黑色。蜂们怒不可遏，用长箭螫向猴子，猴子周身被乱箭飞螫，它跌落在地上。蜂们仍一股劲地猛螫，猴子疼得怪叫，在地上打滚，不一会儿猴子被螫死。蜂们在四周寻找猴子的同伙，没发现什么。在树林边上，发现了农人的一头羊，蜂们一齐去螫，直到羊死去。三天了，蜂们还没安静下来。鸟、蝉也都远远地离去了。

猴子捡到板栗包

一棵板栗树上的板栗成熟了，有的已经瓦壳①，籽儿落在地上，更多的即将瓦壳，还一簇簇地吊在枝丫上。树的主人搭起木梯，爬上树去，用长竹竿打掉了板栗。他的妻子捡了板栗包，装进大背篓，他把板栗包背回家去。他俩也捡了些地上的板栗籽儿吃着，真香、真甜呀！

一只猴子在椿树上望着，它看见人吃板栗时那种津津有味的神态，早就流着馋涎。它看得清楚：用手掰，用脚踩，褐色的籽儿就从黄色的包里出来了。那家人走后，猴子便来到板栗树上，四处寻找，没找到板栗包，它又来到树下，到处寻找，不见一粒籽儿。正在失望时，发现草丛里有一个板栗包。它好生喜欢，拿了它带回洞里。它用两只前爪掰，爪子被包上密密麻麻的尖刺锥得怪疼，流出血来；它用一双脚去踩，脚板又被包上密密麻麻的尖刺锥得怪疼，流出血来。它睁大两只眼睛望着板栗包，感到害怕，籽儿的香气又诱惑它。它叹道："要你吧，又锥手；不要你吧，又舍不得丢！"

---

① 瓦壳：即板栗包自己裂口。

农人赶猴子

山坡上有一块农田。秋天，山坡后面的岩上下来一群猴子，在田里掰苞谷。苞谷的主人发现这么多猴子，他一个人对付不了，于是请来了许多邻近农人，每人带来一面大铜锣。早饭后，这一群农人上山坡去，他们边走边打锣，声音震耳。

一群猴子在岩沿上望着，担心被农人逮住。为首的猴子说："今天我们不掰苞谷。去，便是我们的末日到了。怎么办呢？老弱病残的就留在岩沿上，装出害怕的样子，其实不要怕，他们爬岩爬不赢我们。年轻力壮的一齐出动，隐蔽地从两边山洼里迂回到村子里。那里的农人都到这里来了，家里空着，我们去把他们家的脸盆和衣服拿来……这样，我们就有办法了。要听从我统一指挥……"

猴们往下看，见农人站在田边上，只是敲锣，他们看见猴子不敢下来，越敲越带劲。见到有的猴子后退，这群人正以胜利者自居哩！人们从早晨敲到中午，才都回去吃饭去了。饭后，这主人说："还是要麻烦大家，下午上山去，直到把猴子赶远，要它们不敢来……"

下午，这群农人打着锣到山边上来。农田主人发现另一群人也打着锣走到了他们中间，边走边敲。农田主人问最前头的一个人："你们从哪里来的？也在赶猴子呀！"那为首者说："这些猴子太可恶，把这块田里的苞谷掰光了。不把它们赶走不行啊！"农田主人说："是啊，是啊，既然都是赶猴子的，我们就一起赶吧！"于是他们联合行动，从这山脚赶上山顶，从这山赶到那山，忙了一个下午，一只猴子也没发现。他们都在说："这次把猴们赶远了，永远不敢来了！"

人们回到家里，发现洗脸盆和许多衣服不在了，好生奇怪！有几个人才想起白天遇到的另一支赶猴的队伍。他们叹道："那莫不是猴子吧？原来我们在瞎费工夫！"

——农人会对付猴子，猴子也有对策。

一只翻屋茅草的猴子

山边上有一间古老的茅屋，里面住着一位老妇。每年秋天，总有几只老鸦衔了田里的苞谷，站在屋脊上啄着吃。一些苞谷籽落在屋上，第二年，屋上便长出一些苞谷苗来，它们也结出几粒籽儿落在屋上。深秋，一只猴子来到这屋上翻开茅草，寻找苞谷籽。于是，屋上的茅草被猴子翻得稀烂。老妇对猴子说："你别把我的屋顶的茅草翻乱，一下雨就会漏水的。"猴子不听，照样翻那些草。它偶尔捡到一粒苞谷籽送到口里。老妇拿棍子在下面磕，猴子在上面照样翻。老妇捡起石头去砸，猴子纵身一闪，回来照样翻。老妇在下面求情："我的祖宗，你别翻得我没有安身之处……"猴子照样翻，老妇在下面痛哭，它只当没听见的……

天黑了，猴子走后，有邻居为老妇想了个办法。

第二天，猴子照样来翻老妇的屋茅草。猴子突然觉得不对劲，不觉低头一看，一个身材魁梧、腰挎药壶子的男子站在稻场边，正举着猎枪朝它瞄准……猴子一见，慌忙从屋上蹿下来，跑进树林。它吓得魂不附体，屁滚尿流。从此，它再也没来过。

这人就是老妇的邻居。老妇说："强者出现，即使一句话不说，也胜过弱者的千言万语啊！"

猴子打农人

秋天，一只猴子下岩来，在田里掰了一些即将成熟的苞谷，正在这时，农人吆喝着追赶过来。猴子准备带上一个苞谷逃走，然而农人越追越近，猴子准备上岩，又是拿苞谷，又是攀树枝——这苞谷成为累赘了，它索性扔了苞谷只身逃走。农人捡了那苞谷往回走去。猴子觉得白来了一趟，很不服气，捡了一个岩头朝农人的头上砸去，正中农人的头，顿时鲜血直流。

农人回到家中，怒不可遏，请来了有捕猴技能的人，用山棕、桐麻织成了一张大网，罩在猴子们必经的山梁上，然后组织许多人上山去，一路上，打铜锣、放三眼铳，追赶猴子们。猴子们全被赶出来，朝一个方向奔逃，一齐落入网中。这些人把猴子们弄回家去。一个了解情况的老猴子说："唉，为一个苞谷引来了这么大的祸患——如果没有打他那一岩头，不是太平无事吗？"

猴子和玩猴把戏的人

在玩猴把戏的场上，一只猴子从箱子里取出衣物，它先穿上蟒袍玉带，然后戴上乌纱帽，双手叉腰，摇头晃脑。环顾四周围得紧紧的人们，它更觉神气活现，洋洋得意。玩猴把戏的人敲了几下锣，叫它翻跟头。猴子不动，说："你的眼睛瞎了？我现在是官，你算什么玩意儿？一个穷叫花子，你还来指挥我吗？哼！"人说："不错，我的确是叫花子，可是你戴上乌纱帽，依然是猴子的头脑，穿上蟒袍玉带，却遮不住猴子的尾巴。你既然还是猴子，就得服从我这个叫花子的指挥——翻跟头！"人举起了鞭子，猴子只得在场上乖乖地翻起跟头来。

猴子学医

一个老头感到孤独，便养了一只猴子，以便玩耍。一天，猴子病了：发热、咳嗽、身疼……平日里活蹦乱跳，现在可是软如一摊鼻涕了。它眨着眼睛，流下泪来：莫不是死神来接我了？啊，这世界上的一切——哪怕是一片草叶，一滴水珠，此刻我才感到它们是无限珍贵的呀……主人把它送到医院里，医生把它抢救过来，不几日，出院了，它恢复了从前的活力。它想：医学真是伟大，它是拯救生灵的呀！它对医学已崇拜得五体投地。有一天，它去到那家医院，偷来了医生的书籍、听诊器、血压表……它开始读书了。这是些什么玩意呀？像些蚊子翅膀，密密麻麻，一个也不认识呀！它哼哼叽叽地读，一天又一天，一月又一月，到头来还是不知道是什么意思。读嘛，倒是读得头昏脑涨，两眼发花……它拿起听诊器，唉！这哪是倒哪是正呢？搞不清楚；它拿起血压表来，唉！这个铁盒子是装水的还是装苞谷籽儿的？……它发烦了，把书、听诊器、血压表……撕的撕、摔的摔，一会儿全弄得稀烂了。它狠狠地说："医学是毫无价值的东西，摆弄这玩意儿把我的宝贵时间糟蹋了！"

獾子、兔和猫

秋天的夜里，一头獾子从树林里出来，向农田中走去。昏昏月光下，它看见了一只野兔正在吃树林边上的半黄的草叶，便走过去，问：

“田里这么多粮食成熟了或者即将成熟，你怎么还吃这淡而无味的草？”

“我吃这个，习惯了。”野兔接着问，“你到哪儿去呢？”

獾子说：“花生田。花生的味道实在太美，准备去尝尝鲜。”

野兔忧郁地说：“唉，就怕进得去出不来呀！”

“是什么意思？”獾子问。

“你想想，农人那么辛辛苦苦地种它，现在正是成熟季节，他们不会防盗吗？”野兔说。

獾子犹豫起来。这时，路上一只打野食的猫走过来，獾子便问它：

“你知道花生田里安全吗？”

“安全，”猫说，“除了蟋蟀在那里唱歌，没有别的。你如果认为蟋蟀会有危害于你，那么就不安全了。”

“笑话！”獾子说，“难道我堂堂獾子会害怕毫无防卫能力、几乎用肉眼看不见的蟋蟀吗？嗯！”

獾子大胆地走向花生田。刚一进去，它的脚就被铁猫子夹住了，铁猫子的铁牙齿刺穿了腿骨，它怎样也无法逃离。

第二天早晨，农人来捉了獾子，杀死、剥皮、剁烂……原来那只猫就是这户农家的，它得到了赏给它的一大坨獾肉。

——奸邪之人怂恿你走进罗网，正是看中了可以从中获利。

兔子和狮子

一天，狮王巡查，来到一座绿草如茵的山梁上。狮王坐在一块大石头上，群臣捕来了各种各样的食物，狮王和群臣尽情欢宴。太阳偏西时，狮王回宫。途中，狮王见到一只兔子在吃面前的草，吃得那样津津有味。狮王停下脚步，仔细观察，几个时辰过去了，兔子还在吃着。狮王走过去，兔子吓得魂不附体，连忙叩头道："陛下驾到，微民未能远迎，望陛下恕罪。"

狮王说："平身。朕倒是要向爱卿请教。"

兔子说："岂敢！"

狮王说："我的食物是丰盛的：猪、羊、獐、麂、獾、兔、牛、马、驴、松鼠……吃过的有数百样，可没有一样味道是鲜美的。我常常吃得厌烦、苦恼——面对这个'老大难'问题正无法解决时，突然见到你吃食物吃得这么快乐，想必是味美无穷，朕令你谈谈你吃的食物的味道。"

兔子说："这草对我来说，真是又香又甜。"

狮王问："那么对我来说呢？"

兔子说："如果陛下不嫌弃，微民则以此食进贡。"

狮王尝了半匹草叶，立即吐了出来，它哭丧着脸，眼泪也冒了出来，连声说："又苦又涩……"

兔子连忙叩头请罪。

狮王说："朕令你谈谈这件不可思议的事。"

兔子说："我只求吃到草，当我得到它的时候，已经满足，就感到它又香又甜了，而贪欲是永无止境的，它带来的只有苦涩。前者让我快乐，后者让我烦恼，这是必然的。这一点，微民冒死陈述。"

狮王说："言之有理，朕赦你无罪。"

兔圈长

农人的牲畜圈里住着马、驴、骡、牛、羊、猪、兔、鸡……兔羡慕当官的威严，一再向主人申请，要当圈长，开始主人没有在意，认为各个牲畜都在尽职尽责地做自己的事，可兔说："那里非要一个长官不可，而长官非我莫属……"主人说："你就去当圈长吧！"

兔宣誓就职。它规定：凡是这里的公民必须打洞。

马说："我平时只会拉车，战时能当兵……"

兔说："我不需要这个，你走吧！"

马离开了。

驴说："我只会推磨……"

兔说："我不需要这个，你走吧！"

驴离开了。

骡说："我只会驮东西……"

兔说："我不需要这个，你走吧！"

骡离开了。

牛说："我只会耕田……"

兔说："我不需要这个，你走吧！"

牛离开了。

猪说："我是长肉，供给主人的……"

兔说："我不需要这个，你走吧！"

猪离开了。

鸡们说："我们是司晨和下蛋的……"

兔说："我不需要这个，你们走吧！"

鸡们离开了。

……

圈里只剩下了兔。老鼠们知道了这件事，它们来到畜圈里，说："尊敬的兔圈长，我们会打洞，但比起您来，本领是微不足道的……"兔非常高兴，说："我等待的就是你们。"老鼠们在这儿安家落户了。不几天，地下全被打空了。兔说："这才是利在当代、功在千秋啊！"不过，牲畜圈开始剧烈摇晃着……

兔和鸡

一户农家喂着一只兔和一只鸡。一天，兔在屋角里发现一堆苞谷籽，蹲在那儿吃着。鸡发现后，也去吃。兔说："这是我的！"鸡不理睬它，仍继续吃，苞谷籽很快就没有了。

兔越想越生气，跑到树林里找到狐狸，讲了鸡与它争食的事。它请求狐狸给它帮忙：除掉这个恶棍。狐狸答应了。

兔带路。狐狸在苞谷林里咬死了鸡，埋在土里，准备等会儿再取。兔高兴极了，咧嘴大笑。狐狸说："现在该你用兔肉酬谢我了！"它咬住了兔的脖子。兔断气时说："我真不该去求我们共同的敌人呀！"

兔子做生

雄兔快六十岁了，早已儿孙满堂。雌兔送说："爷爷呀，兔一生没几个六十岁，还是来热闹一回吧？你看，在森林里，别的兽做生我们都去了的——不管是三十六还是六十，晓得的必去，不晓得的还专门打听日期。比如说：豹子过生日，我们送的五百元；狼过生日，我们送的四百元；野猪过生日，我们送的三百元；狐狸过生日，我们送的二百元；獾子过生日，我们送的一百元；獐子过生日，我们送的五十元；麂子过生日，我们送的三十元；狸过生日，我们送的二十元；邻近兔兄弟们过生日，我们各送的十元。要是他们中间一部分还情的话，可收回一大笔钱呀！"雄兔说："可以。"

于是，这对兔夫妇在电视台以子孙的名义点歌，实则通知祝寿的时间和地点；它们怕有的兽没看这个频道的节目，又发了上百封请柬；有的还亲自上门去接……生日这天，兔夫妇在宾馆里包了几十桌筵席，专门请了可靠的朋友管礼簿。寿星公准备了热情洋溢的致谢词，寿星母在宾馆前笑吟吟地准备迎接客人。时间一个小时一个小时地过去，从下午五点到九点，没见一个客人来。十点左右，来了邻近的几个兔兄弟和自己的部分儿孙。饭后，它们离去。兔爷爷和兔婆婆一看礼簿，总数只有五十元。它们倒在椅上，异口同声地说道："我们自己和我们的子孙都无权无钱，这种事就不消搞得，搞也不过是出丑卖乖！"

兔子和网

一张网气势汹汹地撒在野外，一只兔子从这儿经过，把网带走了。网说："你别带走我，我在这儿是准备捕获一头狮子的！"

蜗牛和兔子

一只蜗牛沿着墙向一幢高楼顶上爬去，墙边上的一只兔子看见了，吓了一跳，忙喊道："莫爬，莫爬，怕摔下来呀！"蜗牛回头微笑一下，仍然往上爬，爬到墙腰时，兔子更焦急地喊道："爬不得，爬不得，这太危险了！"兔子一跳，迅速离开墙边。蜗牛回头微笑一下，继续往上爬。离墙沿不远了，兔子声嘶力竭地喊："快下来，快下来，摔下来要粉身碎骨的！"它喊着，迅速跑远了——它怕蜗牛掉下来把它压死！这时，蜗牛已上了墙顶，回头对兔子说："我登墙不怕摔，你在地上怕什么死！"

到沟边喝水的野兔

农人的茅屋旁边有条小沟，那儿的清水叮叮咚咚。一只野兔从草丛中出来，到沟里去喝水。它看见农人的稻场上有一只跛脚狗有气无力地走着，看样子受过重伤的，说不定生命垂危。野兔没有在意，径直向沟里走去，抬头一望，看见一头黄牛站在沟边的草地上，正睁着大眼定定地望着它，那样子可怕得很，它向后退了几步。野兔生怕牛跑过来，剜它一角或者踢它一脚，那它就没命了。然而，过了好一会儿，那头牛并没有前来。它小心翼翼地去喝了水，满意地往回走，刚上沟堤，被那只跛脚狗逮住了。野兔叹道："对我来说，受了伤的狗比壮实的牛更厉害!"

财主和拉车的牛

明媚的春天里，一个财主坐在一个用蓝色纱布遮掩的木车子里，用一头牛拉着出去游玩。这头牛年轻、漂亮、聪明、善良。车子在开满鲜花的草坪中间的路上悠闲地走着，财主心旷神怡，浑身舒坦。

财主怕风吹，脸躲在纱帐里，他看见前面出现了岔路，而牛一股劲地向右边走去。财主看看两边的路，说：

“向左边走！”

牛说：“左边没有路。”

财主说：“怎么没有路？那明晃晃的一条不是路是什么？”

牛说：“那是一条水沟。”

财主说：“未必我的眼睛还不如你这头牛的眼睛？我是你的主人，你是我的牲口，主人说那是什么就是什么！牲口只有服从主人的，哪有主人服从牲口的道理？向左走！”

牛说：“不行。”

主人扬起鞭子，在牛背上一阵猛打，牛毛横飞，血肉四溅，吼道：“你服不服从？”

牛只得调过头来，向左走去。刚一迈步，扑通一声，水珠溅起，牛、车和财主都跌进一条深沟里去了。财主爬起来，如落汤鸡。他令牛往后退，将车子拖起来。“回去！”财主吼声如雷。坐在车上回到家后，他抡起斧头，劈碎了车子当柴火，砍碎了牛令人去烹……

官人和牛

一个官人家的长工给官人喂着一头小牯牛，它浑身金色，体格健壮，伶俐活泼，实在逗官人喜爱。它常常跟着妈妈到野外吃草和玩耍，无忧无虑的童年是多么欢乐啊！但是好景不长，它的妈妈被一个牛贩子买走了，它在野外痛哭了多日。时间久了，它才慢慢忘掉昔日的一切：那不过是一场天真的梦！但是在野外，它养成了放纵的习惯，在山里奔来跑去，谁也管不着。官人春游时，看见这情景，说："一定要捉住它，不然成了野家伙！"令长工办理。长工唤它，它不理；长工拿粮食诱它，它也不理；长工拿棍子吓它，它更是不理……人看得见它，却怎么也捉不住它。一天，官人对长工说："世人都爱印把子，为了获得这个东西，多少武夫莽汉都变得规规矩矩、服服帖帖。牛是不是这样的呢？我们不妨试一试。"长工茅塞顿开，说："这是个好主意。"他们详细地商量了一番。

第二天，官人和长工到山上去，站到小牯牛的对面。官人拿出一枚大印，举过头，不断地晃动，对牛说："本老爷要赐给你一枚大印，你只要有了这个东西，就有了荣华富贵。来吧，这是你的幸运。"牛待在那儿，经过一番沉思，迈步走了过来。长工抱住了牛的头，官人说："你能掌管大印的器官就是鼻子。"牛一动不动，官人把大印穿进了牛鼻子内，原来那是一个大印模样的牛鼻桊。"大印"的一端系在一根绳子上，绳子的另一端捏在人手里。从此，它被人牵去耕田、拉车、推磨……

苞壳叶和鞭竿

冬天，一个农人牵着牛，扛着犁，犁上挂着一捆苞壳叶，走过小路，到一块早已收割了的田里去耕板田——把土里的虫子和草根翻出来，让冰雪冻死，以获得明年的好收成。农人把苞壳叶放在路边，然后把牛套在缆子里，从犁上取下一根鞭杆，他左手扶着犁尾巴，右手高举着鞭杆，嘴里打着哨。那牛耕了一犁田，转过身来，看见了那鞭杆，说：“你真是一个聪明的农人，你拿了一捆苞壳叶来，放在我看得见的地方，又拿起一根鞭杆举在我的屁股后面，这就是说：我耕好了田，你奖给我美食；我耕不好田，你就鞭打我。这是你利用了我需要吃食和害怕挨打的缘故啊！”

农人说：“你真聪明啊，这样你就得服服帖帖地耕田。但有一点要进一步说明的：你如果只想要吃食而好好耕田，那么我的鞭竿的威慑就不起作用了；你如果只因为害怕挨打而好好耕田，那么我的食物的诱惑也就不起作用了。”

牛说：“你将这二者结合了，这就是你比我高明之处。”

赶车人和牛

一个夏日的午后，一个人驱赶着一头牛拖一堆车砖爬坡——砖是主人用来做新房子的。坡太陡，车太重，天太热，牛太累，车子虽然没有向后滑，却也没有前进。主人在牛背上挥舞鞭子，一阵比一阵猛，牛拼命地拉，力使尽了，喘不过气来，浑身汗如暴雨，终于无法移动，将要瘫下来了。它对主人说：

“我宁可多跑一次，分做两次拉，行吗？”

主人说：“不行，你偷奸要滑，非一次拉上去不可！”

牛背上的鞭子犹如冰雹降落，牛拼命地拉，终于它眼前一黑，四脚一软，倒下去……主人再抽打一阵，它仍不动，低头一看，牛已经死了！主人搬了几个大石头把车轮抵上后，改用背架子，分成十次才把砖背到做屋的地方去。他叹道：“累死了牛，让自己去当牛！”

一个人和他的牛、鸡

初秋的夜里，一场小雨过后，月色朦胧，凉风习习。一个农人在他的茅舍里睡得又香又甜，因为整个炎热的夏天他没睡好觉。突然间，他被一种雄浑的怪叫声惊醒，经验告诉他：豹子在拖牛。他蓦地溜下床，拿了斧头，开了大门，直向牛栏冲去。经过屋檐下时，他听到鸡的惊叫声——一只黄鼠狼正衔着一只母鸡从笼里出来，向屋角的苞谷林中冲去了。他立刻追向黄鼠狼，追了很远，即将把黄鼠狼逮住时，那只黄鼠狼丢下鸡，跑得不见影踪了。农人捡了受伤的鸡回来后，他再去牛栏，只见栏门洞开，门前的稀泥地上有一路豹子的脚印一直延伸向屋后，他持斧跟踪追去，在树林边上找到了卧在地上的牛，不过牛的后半身不在了。

——愚蠢的人常常是抓了小事而误了大事。

牛和骡

一位官人坐在一辆精美的车轿里，这车轿是用一头牛拉的。走在前面的陡坡上时，牛拉得满头大汗，眼冒金花，那车子还是前进两步，倒退三步，随时都有滑下悬崖的危险。赶车的老头儿不断地在牛背上挥舞着鞭子。

路边上有匹骡子正在吃草，见到这情景，走过去，对牛说：

“我来帮老兄一把。”

牛说：“太谢谢你了。”

骡子正准备帮牛拉车时，官人掀开车轿的门帘，说道：

“你知道我为什么要用牛拉车吗？春秋时，有位大学问家叫老子，他行教时，便是骑的牛。后人在画《老子行教像》时，在两旁写上‘青牛西去，紫气东来’。老子就是后来道观里的祖师菩萨太上老君。那牛自然也是神牛。神牛拉车，你知坐车者何人？哈哈，你嘛，一头骡子，无论你怎样体魁力大，善于拉车，终究是个私生子——驴和马胡作非为而产生的贱种！你还有脸到我这儿来吗？滚开！”他喝令赶车的老头向骡子扬起鞭子。

骡子一气之下跑开了，回到草地上依旧吃草。牛拉的那辆车情况如何，它看也不看——虽然心中着急，样子却清闲。

一个圈里的牛和羊

一头牛和一只羊住在一个栏圈里。牛吃主人给它放在墙角的草，羊吃主人给它吊在另一个墙角的树枝、树叶。夜里，它们常挨着睡觉，白天也一起玩耍。一天，羊在睡觉，牛从野外回来，无意中踩到了羊的一只脚，羊疼得直叫唤，它的心中升起怒火，真想用尖角去剜牛的肚子！这时，牛说："对不起！"羊也真想问牛："眼睛是不是瞎了？"但是它立刻想：牛不是故意踩它的，何况牛已在道歉了，再说，自己也不该睡在路边上。这当儿，牛准备挨羊的打或者被咒骂一通，却听羊说："没关系！"双方震动的心平静下来。晚上，它们都甜甜地睡了一觉。

一些日子过去了，一天，它们各自吃着主人新添来的草，一只狼突然蹿进栏，向羊扑过去，羊躲闪不及，千钧一发的时刻，狼突然被牛的长角剜倒在地，牛刚准备剜破狼的肚子，狼惊惶地逃到栏外，回树林中去了。羊惊魂稍定，对牛说："真谢谢你了！"牛说："那天我向你道歉之后，你若不饶我，我可能就没有今天这样的举动了！"

——朋友之间有时也会发生矛盾的，若能互相谅解、宽容，所获得的好处真是比黄金还要宝贵。

牛和猪

一户农家的畜圈里，喂着一头牛和一头猪，它们时常彼此交谈，多是这圈内的事，因为猪常在家里，牛白天多在外面，牛很少对猪谈及屋外的事，怕猪产生一种“吹牛”的厌恶情绪。它们相处得还算和睦。冬天，它们会依偎着睡觉，当然是猪睡在牛的肚子边上，寻找温暖。猪吃食时，牛在旁边一边吃草，眼睛一边盯着猪，是怕狗来抢吃猪食……牙齿和舌头有时也相撞，这牛和猪有时也闹矛盾，猪讨厌牛的叫声震耳，牛讨厌猪说话啰嗦。有一天，这农户家的一个小儿放学回来，来看牛和猪，它们惊奇地望着他，这伢子来摸摸牛的肚子、脸和眼睛，对牛说：

“我读了唐朝刘叉写的《代牛言》：‘渴饮颍水流，饿喘吴门月。黄金如可种，我力终不竭’，这诗写的多么形象逼真啊！”

“什么，”猪大为惊奇，“它有什么了不得的？论长相，怪模怪样，最难看的是那对角；论才干，它耕田时我也见过，拉得腰弓背驼，大气直喘；论品德，我亲见它偷吃主人失落在地上的苞壳叶……哎，居然还有人歌颂这种货色？”

小伢子说：“还有好多好多的画家、诗人、摄影师用自己的作品赞美牛哩。”

猪说道：“荒唐至极的莫过于人。”

小伢子怒气冲冲地说：“人对牛的评价才是有作用的，猪对牛的评价有屁用！”

牛和狗、猫、鸡

一个农人喂着一头牛、一只狗、一只猫和一只母鸡，这些牲畜都和主人同住在正屋里。牛最受宠爱，它默默地帮人种地，主人常夸它吃的是草，奉献给人的是粮；任劳任怨，不计较任何私利；受到表扬时，也不趾高气扬。人们把默默奉献、品德高尚的人比作牛，把四月八日定为牛王节①。其他的牲畜对此很不高兴，纷纷找到了主人那里，控告起牛来。

狗说："牛长着一对尖硬的长角，角尖比刀还锋，可以把人打死，甚至把人的肠子心肝都剜出来的。"

猫说："是呀，牛那双大眼睛闪着凶光，随时都在窥视人的弱点。"

母鸡说："牛长着那么大的蹄子，要是发起怒来，就会把人的房子踢塌。"

主人说："幸好你们提醒了我，不然我上了当还不知道是怎么回事？哎，我只看到了牛的优点这一面。"

那些牲畜齐声说："牛的险恶用心正是隐藏在这些优点之下。"

从此，人把牛从正屋里赶出去，在离人的正屋百步远的地方，搭一个草棚子，让牛住，而且牛一到正屋门前，人便拿木棍去赶，而狗、猫、鸡却和人在一起，直到现在还是这样。

——当一个人业绩出色，受到社会关注时，攻击和诽谤也就接踵而来。如果头发丛里有个粟米大的疮嘴子，则被放大成鸡蛋大的痈疽。你遭受一个小小的挫折，便给他们带来无限快乐。

---

① 牛王节：古历四月初八。这天，土家人请道士上"牛王表"（一堂法事）。至今，这天牛不用耕田。

牛和豹子

一头黄牛常常在这面山坡上吃草，吃后便卧在树荫下悠闲地咀嚼。

附近树林里有一只豹子，在林边窥视多日，牛肉的美味使它时时馋涎欲滴。有一天，它趁牛半闭着眼睛，卧在地上的时候，猛扑向牛的脖子，企图咬断牛的喉管。说时迟，那时快，牛猛地站起，头一歪，那对尖角像巨岩倾倒般地撞在豹子的肚子上，差点把豹子的肠子剜出来，豹子只得退向远处，回林中养伤去了。现在，豹子已不是单纯闻到牛肉的香味，而是胸中燃烧着复仇的火焰，它想出了一个新点子：牛是反刍动物，我叫你无法反刍，让那些粗草胀死你后，我再吃你，连一根牛毛也不剩下！

一日清晨，这牛照样来山坡上吃草，发现一头皮开肉绽的新鲜肥猪躺在地上，自然是一头死猪。牛去闻了闻，暗自想：这当然是美餐，不过吃不得，贪得这顿美食，就断送了我的性命！因为这肉类特别是油脂吃进了我的胃里，因为滑，粗草就无法反刍到嘴里了。牛毅然走开了，照样去吃草。

躲在林中观察的豹子叹道："暴力不可能毁灭人，而贪图享受却可以毁灭人，牛不仅能抗拒暴力，而且能抵制腐蚀，比人高明。我豹子奈何不得牛啊，算了，找别的食物去吧！"

牛栏里的蛇

一个农人种着十几亩田，耕田、耙地，全靠它养的一条黑牯牛。这牛，他喂了八年，历来驯顺，但近来却开始调皮：收工回来，在门口不愿进栏，勉强拉进去，半夜三更总是乱吼乱叫，乱蹦乱跳。主人很烦恼，去看，又发现不了什么。一天早晨，主人去看牛，发现牛栏坍塌，牛也不知去向……春耕时节，他出去另买了一头牛回来，但一进在原地新盖的牛栏，它又如原来的牛那样调皮，而且又在夜里跑了。整个春天，他买了五头牛，全是这样。

有邻人说："恐怕是牛栏内出了问题。"

这喂牛人还有个长处：能采纳他人意见。他用一把大铁钉耙清除牛栏内的杂草、牛粪时，发现一条碗口粗的蛇藏在杂草丛中。他猛地一钉耙砸去，铁齿刺入蛇体，将蛇按倒，喊邻人帮忙，将蛇用乱棍打死。

有个邻人说："你应把蛇皮绷在牛栏门外的墙上，这就是告示：已清除栏内祸患。那些外逃的牛是会回来的。"真的等了些日子，那六头牛先后回来。它们有的逃在山上，有的在邻人那里。

黄牛、猫头鹰和喜鹊

一头黄牛拉了一天车，黄昏时，在山坡上吃草，它实在是太累太饿。月亮从东山升起来，它的影子映在地面，这才想到该回家了，于是匆匆地往家里走去。接近家时，它一时高兴，绊倒了路边上的一根苞谷秆——小路两旁全是深深的、密密的、翠绿的苞谷秆。牛发现后，站在那儿难过地望着。

田边的梧桐树上有只猫头鹰，把这一切看得清清楚楚，它高声喊叫起来："牛糟蹋了农人的苞谷。混蛋！混蛋……"

这声音震动了山野，禽兽们全不得安宁。核桃树上，一只喜鹊从窝里飞出来，对猫头鹰说：

"白天，这牛为农人耕地、拉车、推磨……你看见过没有？"

猫头鹰说："我一样也没看见。"

黄牛和麻雀

一只麻雀从墙洞里飞出来，歇在稻场边的苦李子树枝上，看见有别的鸟儿从空中飞过，便想：难道我麻雀生来就只能低飞吗？不，我要直冲云霄，俯瞰脚下的世界！它鼓足全身力气，飞到了空中。此刻，它真是大饱眼福啊！首先，看到在翠绿的山坡上有个黑影在微微移动。“啊，那不是一只蚂蚁是什么？待我下去把它吞进肚子里！”它开始往下降，那黑影渐渐变大。它继续下降，黑影变成了庞然大物。“不管三七二十一，抓住它，一口吃不完，分十口、百口、千口地吃，总可以吃完的。”它挨近了庞然大物，原来是一条黄牛，它不敢去啄了。牛问它在干什么，麻雀说了经过。黄牛哈哈大笑，说：“你还是原来那么大，我也是原来那么大。你看我小，不过是因为你的位置改变罢了。当位置变动时，往往会把事情看错，只有当你的位置恢复到与你的才智相适应时，头脑才会清醒，清醒后才懂得高低大小。”

牛和麻雀

春天，一对麻雀夫妇在渐渐长高的草丛里做窝：终日从远远近近的地方衔来枯草、细叶、猪鬃、鸡毛……窝织得圆圆的，中间尤其松软。雌麻雀在里面产了四个蛋，开始孵育；雄麻雀终日不知疲倦地打食回来。它们头脑里充满了美好的想象：可爱的宝宝们出生在一个多么温暖的家，它们会有个多么幸福的童年啊！

然而有一天，不知是谁家的一条黄牛，来到这片草丛里吃草。麻雀夫妇胆战心惊地藏在窝里（护着蛋），大气不敢出，为的是不暴露目标。牛吃着草，越来越近。它们侥幸地希望牛能走开或者被牧童牵走……牛越来越近，托着麻雀窝的草丛在动摇。麻雀夫妇被迫飞走，牛似乎没注意到它们。牛的舌头伸过来，一瞬间，麻雀窝进了它的口里，它慢慢地嚼着，似乎没觉察出异味，更不知麻雀夫妇此刻正在哭泣呢！

——强者有时无意识的举动也会给弱者造成致命的打击，因此弱者在处事时就得处处提防！

将军和狗、马

一位将军在边关作战，立下了战功。他回府后，养了一只哈巴狗和助他建功立业的战马。那狗披一身金色的长毛，走起路来两面摆动，将军细看之下，道："此真乃飘柔也。"那狗趁将军端详它时，嗯嗯嗯地唱起歌，嗒嗒嗒地跳起舞，这让将军更是心花怒放，连连说："举世无双！举世无双！"他每天亲自给狗喂精米饭、精猪肉、精饮料……给狗做了华丽的卧室，铺了锦绣被褥，配了专门兽医……他忘却了他的战马！他的仆人提起喂马的事，他说："给稻草也就够了，最多给点麦麸子。现在不打仗，粮食给马吃是浪费！"仆人只得照他的吩咐办。

一天，朝廷来了圣旨，令将军出征。他去马厩里牵马，马瘦得像枯柴，没精打采，给马备上鞍子，它摇摇欲坠。将军跨上去，"哗啦"一声，马瘫倒在地，将军摔了下来，将军用鞭子奋力抽打，那马仍瘫软如一团稀泥。将军怒道：

"这马没有用了。"

仆人说："军务在急，您只有拿狗当坐骑了。"

将军唤来哈巴狗，那狗摇动浑身长长的金毛，嗯嗯嗯地唱歌，嗒嗒嗒地跳舞……将军怒吼起来：

"不足我的脚背高，怎能骑着打仗？"

他沉默片刻，吼道："你误了我的大事！"他一剑劈来，狗头落地，他再去看马时，马已断了气。

帝命难违，将军徒步出征去。

乞丐和马

一个乞丐每天早晨和晚上都到观音阁庙里来，装三炷香，烧几叠纸，然后磕三个头，说："观音娘娘保佑我发财。"他白天在龙舟坪街上及附近农村乞讨，讨到的钱便攒起来，讨到的高粱便卖掉换钱，这些钱都是用来买香纸的，只有讨来的残汤剩饭是自己吃的。一天早晨，他烧了香纸，正磕头时，一匹白马来到他身边，问：

"我看见你日复一日，月复一月，年复一年地来这里烧香磕头，讨到了观音娘娘的回信吗？"

"没有。"乞丐说。

"既然没有，就不如跟我来，"马说，"我包你能得到好处。"

乞丐跟着马向西走，不一会儿，进街了。到县衙门外，见红色院墙内有个宽敞的庭院，翠柏掩映，鲜花喷香，亭阁流彩，桥映碧波……马对乞丐说：

"你在这儿等到明天早晨，我走出大门后，你就轻轻地拍我的屁股，我走到哪里，你拍到哪里。"

乞丐等到第二天上午，马来到院子里，知县被人簇拥着从衙门里出来，跨上马背，由一个人为他牵着马缰，马走出院门，和往常一样，横蹦直跳。知县在马背上颠颠簸簸。这时，乞丐走到马背后，用手拍拍马屁股，马立刻镇静下来，乞丐缓缓地拍，马缓缓地走，知县坐在马背上晃晃悠悠，觉得十分惬意。阳光把乌纱帽的影子映在地上摇摇摆摆，他更看得舒服。"今天怎么与往日不同？"他向后一望，原来是一个衣衫褴褛的人在拍马屁股。"这真是一个创造，一个令人心旷神怡、浑身舒坦的创造。搞这个创造的人，说他是人才、奇才、天才，全不过分。"他们走过了山山岭岭，到了下属一些地方。晚上，知县回来，仍不觉得疲倦。乞丐这样干了三年。一天，知县对乞丐说："我将卸任，你去射堂村当百长吧！就是管一百户人家。三天后赴任。"乞丐甚是高兴。

乞丐问："那么谁来为新知县大人效劳呢？"

知县说："那时，自有新的拍马屁的人。"

乞丐（早已不是乞丐）当了几年百长后，暴富起来。

赶车人和他的马、驴

一个赶马车的人，拖着一车砖，走过一段平路之后，来到一座山前，他停下来，对他的马和驴说：

“我们给拉砖的老板，在这座山那边。现在我们稍微休息一下，然后翻越这座山——能拉过板车的只有这一条路，坡陡路滑，要准备挥汗如雨……”

马说：“能拉得过去，您只管放心。”

驴说：“在牲畜中，力气大又有耐劲的，莫过于我老驴——当然赶不上大象，只要老驴在此，就没有翻不过的高山，就没有攀登不上的陡岩，就没有拉不上去的重载……走吧，歇什么？再等，我就要头发斑白，牙齿脱落。我是个急性子，搞起事来总是一鼓作气！”

主人的鞭子一响，板车启动。上陡坡时，车子只往后退。马拼出全力，挥汗如雨。驴提高嗓门，声音使群山震动：“加油！加油！曙光在前，胜利在望……”

车拉上去了。在山顶上，车缓缓前行。微风吹来，浑身汗湿的马说：“真是舒服呀！”驴说：“舒服个屁，冷得要死！”人说：“亟待用力时，不知驴的劲在哪里？”驴说：“在嘴上嘛！”

——吹牛的人不使力，使力的人不吹牛。

赶车人和马、牛

有个人赶着一架用一匹马和一头牯牛拉着的板车，板车上堆着沉重的货物——在这大山里，主要还靠这种工具搞运输。这匹马力气大、勤劳、温顺，虽吃的是草，却忠心耿耿，勤勤恳恳。而牛，虽结实魁梧，年富力强，却好吃懒做，造乱子，还经常打人。它们两个同套在一架辕上时，牛不仅不用力拉车，还常常对用力拉车的马用角顶、用脚踢，马身上经常受伤，在炎夏，伤口溃烂还长出了蛆。这架车在平路上就无法前进，更何况翻山越岭？

有邻人对这赶车人说：“你把德行好的和德行坏的放在同一个位置上，忠诚得不到弘扬，奸邪得不到抑制，它们水火不容，必然争斗不已，你能办得成事吗？你应尽快地驱逐这头牛而重用这匹马。”

赶车人说：“这意见很好，我照办。”

一天又一天，一月又一月，一年又一年……赶车人总是说：“这意见很好，我照办。”但他总是没有行动。马叫苦不迭，牛恣意妄为。渐渐地，赶车人和那匹马、那头牛走向了衰老，依旧老样子，无任何效益。

两匹马和它们的主人

一匹个子肥大的公马和一匹身材瘦小的母马同套在一架辕上，被它们的主人驱赶着，拉起重重的一车货物前行。在爬一面陡坡的时候，公马挪到后面去，让母马顶在前面——母马身上的纤绳绷得紧紧的，公马身上的纤绳却松得掉到了地面上。只靠母马单独使力，这辆车子仍渐渐向后面退去。主人在后面挥动长鞭子，叭、叭、叭……不断地抽在母马身上。母马鼓足全身的力气向前拉车，鼻子里喷出粗气，车子仍向后退，主人便使劲地抽打母马，口里还骂着："你不使劲，打死你！"

旁边的路人对这主人说："你该抽打那匹公马。"

主人说："它是个懒家伙，你打它它也不拉！"说着又抽了母马一顿鞭子。

在这说话的当儿，母马喘了一口气，猛一使劲，将车拉上去了。公马在母马身后踱着步子。它们到了上面的平坦处，主人从车上拿下一捆稻草丢给两匹马。公马一个劲地吃着；母马太累了，还在喘气时，草料已经被吃完了。草吃完后，主人又拿起鞭子，一如从前。

——勤快的人累死，懒惰的人玩死。

主人和他的驴、象

一个人养着一头驴和一头象。驴是给他家推腰磨的，象是给他家运输木料的。它们两个干起活来，全是好样的。

象一天天老了，无力干活了，有一天，它走了——离开这里，到它先祖葬身的地方去了。这地方，或许近在咫尺，或许远在天涯，人是根本无法知道的。

大象的活儿留下来了！

主人对驴说："你一向效忠主人，干起活来任劳任怨，不讲价钱，现在我要委你重任，去取代大象的职务，只要你一如从前，成就和荣誉在等待着你，享受和舒适也一定属于你……"

驴说："只恐怕我力不能胜，我还是推磨吧？"

主人说："唉，推磨真是委屈了你，你取代大象的位置没问题——关键不在力气，而在于你效忠主人的那颗心。"

驴勉强答应下来。头一桩事，是把山坡上的一根比水缸还粗的树搬到河边，在那儿运上木船。驴无法把木料背到背上——以往，大象用鼻子一卷，就弄走了。几十个人合力把木料放到驴背上，驴的骨架哗啦一声全都断裂了……此后，磨坊里也悄然无声了。

驴求职

驴吭的声音大，它想凭借这个优势找到一份工作。它钻到一个燕坛——一个肚大口小的陶器里去了，伸长脖子，张开口，一声接一声地奋力吭，那声音真是高亢、雄浑，甚至若雷鸣一般。但是无人问津，驴说："这就巧了！"它索性走出燕坛，来到一个开阔的平坝上，轻轻地吭了一声，那雄浑、高亢的声音向四面散去，不久就来了许多人，聘它推磨、驮货、拉车……它选取了其中一份工作：到一个骡马运输学校里当教练，负责喊口令。

——一个真有才能的人陷在一个狭小的圈子里时，是很难被人发现；不被发现，才能就很难展示。

一个人和驴

一个人装了一板车货，对他的牲口们说："今天要拉货进城，你们谁的力气最大，就来接受这个任务。"牛、马、驴、骡，都争先恐后地说自己力气最大，以便去逛逛街道。

主人无法分辨，说："我要听听你们的声音，谁的声音最大，力气也就最大。"

这一群牲口都拼命地嘶叫，怪声怪气，震得山寨的一切生灵胆战心惊。主人认真辨别，他选中了驴子——真是一点儿也没错。不过，声音大的，未必力气就大，它拉着车子没走多远，便连驴带车摔到岩下去了。

——夸大话的人未必就是实干家，但起初这种人最容易得宠。

驴队长

一头雄驴被任命为运输队长，在一个晴天，它带着妻子来到一块草坪上，雄驴仰着脖子，用雄壮的声音说：

“喂，我们已成立了运输大队，凡有志于驮运大业的兽们，可来报名，我们将择优录用，我们将在山里山外架起一座长桥——把山内的山货土产，运到山外去；把山外的日用杂货，运到山里来。明白吗？我们虽是兽类，却要造福于人类，我们将向世界宣布：兽类和人类同样伟大。”

这震撼山林的广播刚一结束，顷刻之间，草坪上聚满了各种兽，雌驴叫它们列队，让驴队长挑选。雄驴走过它们面前，一一看过，然后点出一批兽站到对面去，它们是：猪、山羊、公鸡、兔……宣布它们被录用。而大象、马、骡和牛却名落孙山。高中者欢欣若狂，落榜者垂头丧气。

事后，驴夫妇回到家里，妻子问：“既然是运输，你怎么不挑力气大的？”丈夫说：“你一个妇道人家晓得什么？——力气大于我的，怕不好管教！”

驴和马、骡

一头跛脚驴夹在一匹马和一头骡中间拉车——这是一架载重车，要拉着它翻山越岭。主人给它们的绳子一样长，主人坐在车上的货物堆上，扬着鞭子，若是其中的一个牲口不听话，就在它们背上各挥一鞭子。当然啦，这是要它们平均使用力气。

马和骡很同情驴，走平路时耗费力气小，就让它在旁边；上坡时耗费力气特别大，便把它放在中间，让它跟着走而已，其实基本上是马和骡拉着车在走——它们太同情这个瘦小而且残疾的朋友了。

有一次，它们拉了一满车墙脚石，爬到一座陡坡上，停下来，歇口气，驴往四面一看，见一群牛正在草地上望着它们，它突然得意起来——此刻它渴望得到这群牛的喝彩，说道：

“哈，好陡的山坡，要不是我驴身魁力壮，尽心尽力，这么沉重的车是绝对拉不上来的！平时它们小看我驴，到了关键时刻，可是我驴作出了关键的贡献。来，朋友们，我们跳起舞，唱起歌，欢呼登上峰巅这一伟大胜利！来，朋友们！”

马和骡非常惊奇，以为驴得了神经病，没有理睬。驴说道：

“啊，是这样，原来你们不会唱歌跳舞。好，我来教你们！”

驴怪叫怪跳。马和骡只觉得眼胀耳麻，心里作呕，身上起疙瘩……它们像得了大病一样，对驴说：“我们病了，你把这车货拖走吧！”它们离开了车子边。

“好，看我的！”驴拖起车没走上三步，车往前一滑，带着驴坠到旁边的深谷里去了。

马和骡叹息道：“一头跛脚驴还表演个什么健美操，搞得车毁货灭！”草地上的一头牛说：“值得惋惜的是少了一个日白佬。”①

① 日白佬：吹牛的人。

驴投宿

一匹马和一头驴被它们的主人赶着，拉一车砖到一个要建大屋的地方去。路陡，载重，走得很慢，在半路上时天黑了下来。主人找栈房住去了，叫马和驴就在一块草坪上休息。人走后，马吃了点草，准备休息。驴望望四周，想找个舒适的地方，也想吃点粮食，喝点水，便对马说：

“我到村里去一下，明天一早就回来，你去不去？”

马说：“你要去就去，我不去。”

驴走了，来到村里，见一个地方有灯光，便朝那儿奔去，原来这儿是一个磨坊，一头驴还在推磨。这头驴走进去，向推磨的驴说：“借个歇处……”话还没说完，磨坊的主人出来，关上大门，笑眯眯地对进来的这头驴说：

“你来得正好：我的一石①麦子要打夜工推完的。而我的驴子推了一整天，太累。你就来代替它吧！”说着，便把这头驴拴在柱头上，解下他自己的驴，把外来的驴套上。他把自己的驴拉出去休息了。他转来挥动鞭子，不由分说地要这头驴拉磨，拉得稍慢了，沉重的皮鞭就落到驴背上。半夜后，那人给这头驴挂上铜铃，再让它拉。他自己却到旁边的屋里吃肉喝酒去了。驴一停下来，那人就立即过来，猛抽几鞭，原来他听不到铃响就知道这驴没拉磨……一石小麦推完了，天也亮了，他才放这头驴出门。

这驴去到昨晚离开的那块草地，见马刚刚醒来。驴不敢说出昨晚的事。赶车的主人来了，它们又开始拉砖。驴想：打算图个舒适，倒受了一夜罪。真是哑巴吃黄连——有苦说不出啊！

---

① 石：十斗为一石，约120公斤。

驴和猫

一个人靠压面条卖维持生活。他家中有一副大腰磨，是用一头驴子拉的。每当这人把晒干的麦子装到磨上，便把驴子的嘴用嘴笼箍上（主人怕它偷食麦子或面粉），让驴去拉磨，日复一日，月复一月，年复一年……

一天，驴在绕磨旋转时，凭它的感觉判断，这副腰磨的木架在摇晃，发出的声音也异样……这是危险的信号！要是这副磨架一断，两块大石磨塌下来，麦子、面粉，全会泼到地上。要是人在腰磨边，会受伤的，驴当然也不例外！它想呼唤主人快采取紧急措施，但是那个箍得紧紧的布嘴笼子使它有嘴说不出话。它心急如焚，浑身冒汗。它看见一只猫坐在附近的窗台上，头仰起来，耳朵也张了几下，它似乎也发觉磨架将断。驴希望猫把这个险况报告主人，但是猫却坐下来，旁若无事，一会儿竟悠闲自得地追着自己的尾巴转圈玩……

终于，轰隆一声，磨架断了，情况比驴预计得更糟糕……

——感觉到了问题的严重，有的人没有说话的机会，有说话机会的人又不说，这就危险了！

驴和它的儿子

一头驴成年累月推磨、拉车……年轻时全凭一股劲儿，从来不知道什么叫疲倦，但是岁月不饶人，它现在老了，又患骨质增生，腰疼、腿软，不能干活了。从前还可以偶尔吃一次粗糙的麦麸子——这是不可多得的美餐，现在连稻草也难得弄上一口。俗话说，“养儿防老，积谷防饥”，它想起它还有个儿子，成年后便离开父母出外谋生，现在在一个运输队里当“开艄骡子”①，当然是个官儿。

驴到了骡子那里。在骡厩外，它遇到一匹骒马，驴说：“我是‘开艄骡子’的父亲，来看儿子的。”骒马一听，立即躬身道：“啊，伯伯，您辛苦了，请您稍候，我立即去禀告队长。”驴被安排在一根桂花树下吃着粮食，喝着清水。一会儿，骒马引着骡子来了，这骡子身材魁梧，滚瓜流油，头配彩色辔头，身披银色薄帐……样子十分气派。它一见驴，眉头紧皱了一下，默不作声。驴走上前去，说：“我儿真有出息。”

骡说：“你认错了吧？”

驴说：“没有，没有。”

骡说：“我没有见过你呀！”

骒马说：“走，走，走！”它掀了一下驴。

驴说：“我是有件事来找你的。我老了，病了，活不得几天了，有一笔遗产要你继承，因为你是长子。若是你不继承，我就只好将它转给你的弟弟了。”

骡顿时欢呼起来，亲热地叫道：“爸爸！”

骒马立即引驴到了骡的豪华的屋里，拿出各种精食和饮料，都是驴从前见所未见、闻所未闻的，它自然是一饱口福。

骡说：“我想立即去看看慈父留给孩儿的宝物。”

“行啊。”驴引骡前行，骡带着它的秘书骒马。它们来到一间磨坊里，驴说：“这就是你父亲用了一辈子的石磨……”

骡顿时火上眉梢，眼里射出凶光。这当儿，骒马看了一下骡的脸色，在驴肚子上狠踢了一脚。它们跨出门去。骡回头骂道：“混蛋！”

---

① 开艄骡子：骡马队里领头的骡子，佩戴豪华，挂铃也是最大最响的。

驴和铃铛

一个生产面条的人对他的驴说："你为我推磨，让我发财致富。有功就该受禄，现在我把你挂铃铛的麻绳换成一条金链子，以示对你的奖励。——你的富有可令其他牲畜钦羡不已，这是你的骄傲与光荣……"当那条亮闪闪的金链子系着原来的铃铛挂上驴的脖子时，驴说：

"麻绳也罢，金链也罢，都是拴着一个铃铛。只要你不听到铃铛响，你就知道我在喘息，棍子便会挥到我身上！"

——有些事情，不管怎样变换花招，说着多么娓娓动听的词儿，但其实质终究未变。

王贤赶骡子

王贤有十八匹骡子，常常运货往来于团包岭和渔洋关之间。他在骡群中挑选出一匹，让它头戴大红花，项挂响铜铃。他在骡群中宣布：

“我任命这匹骡子为开艄骡子，无论何时到何地去，只要它一出发，你们都得出发。它走，你们走；它停，你们停；它快走，你们快走；它慢走，你们慢走……”

其他的骡子全不服气。驮子装好了，开艄骡子行动了，其余的骡子谁也不跟着它走，都站在稻场上默不作声。主人挥动长鞭，“啪！啪！啪！”地响，但谁也不理。主人问：“你们怎么啦？”

骡子们七嘴八舌：“为什么单叫它当官？”“它能当，我怎么不能当？”……

“啊，是这么回事。”主人说，“这样好了：给你们每匹牲口封官，以铜铃为衔。因官阶不同，铜铃的大小也就各异。”

“行。”牲口们一齐说。

主人废黜了开艄骡子，把骡子们按载货多少分成三个等级，按级别配上了铜铃。场上又吵得一塌糊涂了：“这毫无公平可言！”主人说：“好，再给你们每个配一样大的铃。”“行。”主人重配了铃，但是骡子们又吵开了：“这铃的响声不一样，仍然不公平。这个问题不解决，休想我们出发！”主人盛怒之下，把牲口全部卖掉，种田去了。

商人和骡子

有个商人养着一群马、驴和骡子，他就是靠这些牲畜把山货土产从山里运往山外，把日用杂货从山外运往山里——方便了山里的人，他自己也发了财。

商人把一匹肥壮、漂亮的马封为“开艄马”，配上最漂亮的鞍鞯和最响亮的铜铃。出发时，把它放在最前面引路。这商人最最鄙视的是骡子，认为骡子名声不好，因为它是马和驴子的私生子。它吃的是最劣质的草料，驮的是最笨重的货物。挨的鞭子最多，即使马和驴犯了规矩，主人也把棍棒挥在骡子身上。

老商人死了，儿子接过这帮牲畜，继承父亲的商业，他废黜了马，挑选了一匹强悍、精明的骡子，封为“开艄骡子”。有邻人对他说：

“骡子是私生子，怕不吉利吧！”

他说：“骡子是马和驴的儿子，在它身上，有马的勇敢和驴的坚韧，是胜于它的父母亲的，所以能担重任。至于‘私生子’一说，我看人类把虚伪的‘结婚典礼’去掉，或者在这‘典礼’产生之前，谁都是私生子。我办事，不图虚假名声，只求实际效果。能得到效益就是大吉大利。”

后来，他比他的父亲发了更大的财。

向　　导

羊见到骏马当向导，把一骡运输队带到城市里去，它也组织一个兔、猫运输队，又请来田边的一头猪，说："我们请你当向导，带我的运输队进城去。"猪欣然应允。这队伍疾步奔跑，汗流浃背，一会儿，来到一处地方，只见两排平房并列，里面有上千头猪。羊说："这是猪圈嘛！"猪说："这是一座大城市。"

——让猪当向导，只会把你带到猪圈里去。

猪和马

萧兴让有一匹马。这天，他准备从椿树坪驮苞谷到宜都去卖。他给马备鞍子时，把马的铜铃放在阶沿上，一头猪（年纪不大）将铜铃偷走，挂在自己脖子上，到田里玩去了。萧兴让找不到铜铃，却听见了铜铃的响声，立即向发出声音的地方追去。猪跑过小沟、山坡，人也追过小沟、山坡……终于猪跑不过人，被捉住了。

萧兴让问："你为什么偷铜铃？"

猪说："挂上铜铃，我就成了马。"

萧兴让说："马要驮起上千斤的货物，你行吗？"

猪愕然，说："我只佩铜铃，是不驮货物的。"

"不行！"萧兴让毅然拿走猪脖子上的铜铃，给马佩上了。

——享受骏马的待遇，而不履行骏马的职责，是因为没碰上萧兴让。

一头猪和两只狗

一头猪看见一只黑狗和一只白狗在收割后的田里争一块骨头（不知是谁扔在那儿的，也不知是什么动物的骨头，反正香得很），便走过去，站在三尺远的地方望着。两只狗各咬着骨头的一端，往自己的方向拼命拽着，互不相让，它们力量均衡，胜负难分。谁都想独得这一份食物。它们一眼看见了猪，黑狗向猪努了努嘴，这是在告诉白狗：猪也想来争食（它不敢松开口）。白狗说："你在利用猪，想让我松开口！"白狗说这话的当儿，松开了口，黑狗把骨头衔起来跑开了。白狗冲向猪，说："是你帮了它的忙！"它对猪一阵猛咬，猪疼得怪叫。白狗忙向黑狗追去。黑狗正伏身嚼骨头，白狗冷不防追来，夺走了骨头。黑狗追了一程，未追上，便转过身扑向猪，说："它对我突然袭击，一定是你出的主意，我看见了的！"它也对猪一阵猛咬。猪疼得怪叫。黑狗又向白狗追去了。

猪已是遍体鳞伤，血肉模糊，暗暗地想：快逃，不然要被它们撕得粉碎。看来，在强者争夺利益的时候，弱者要远离它们才是……它翘起尾巴，迅速跑开了。

猪和猫

初春，一户农家捉回一头小猪和一只小猫，这时在高山上仍然寒冷。这猫和猪便在主人的火垄边烤火。有时，它们互相逗趣：猫用爪子轻轻地摸猪的脸，猪用嘴头轻轻地拱猫的颈项。田里长出了鲜嫩的草，猪去吃那些草叶，猫就在旁边给猪作伴。它们情投意合，几乎形影不离。直到田里全部播了种，主人怕猪拱田里的庄稼，便把猪关进了圈里。春去夏来，不觉又是秋天了。猪孤单单地生活，它很想念猫：不知这位少年时代的朋友，今日境遇如何？我无法去看望它，它怎么不来看望我呢？离别后，我思念它，真是度日如年啊！它为什么竟连一个口信也不捎来呢……

冬天到了，一日，猫追赶一只老鼠，突然来到猪圈门口，猪一见，立刻惊喜地呼叫起来，猫也跳到猪圈的木齿上，彼此亲热地问候，谈论别后情景。末了，双方决定以后适当来往，因为勤走亲也疏，不走亲也疏。又隔了些日子，猫来看猪，猪愁眉苦脸地说：

“妹妹呀，大事不妙啊！这些日子，主人给我的草越来越少，粮食越来越多，生活虽迅速改善，身子越来越胖，听人说过‘人怕出名猪怕壮’，这一壮就要被杀的呀！我恐怕是再也难得见到妹妹你了啊！说不定就在哪一天……”

“真的？”猫惊奇地问道。

猪流下伤心泪，说：“近来，村里的猪常叫，它们是在被杀呀——因为人快过年了！”

猫突然狂欢起来，又跳又唱，眼里闪烁亮光。

猪问：“妹妹，你这是怎么啦？”

猫说：“我可以吃到新鲜猪肉了。”

猪像触了电似地闪到远处的墙角里，气得直喘粗气，好一会才说道：“好哇，我总算在死之前认识了你！”

猪 和 鸡

一户人家养着一头猪和一只鸡，主人——一个孤老婆婆，每天把粮食放在食槽里，它们只吃就是了。日子倒也逍遥。在一个冬天，主人失火，把茅屋烧了，一切烧得精光。猪和鸡没有粮食吃了。鸡想：我可以找到食物，可我的朋友——猪，那么一个粗壮的圆嘴，到哪里去获取食物呢？猪想：我可以找到食物，可我的朋友——鸡，那么一个瘦削的尖嘴，到哪里去获取食物呢？它们相互担心，蜷缩于野外，彻夜未眠。

第二天早晨，在一块田里，鸡看见猪用圆而粗的嘴向前拱开泥土，那里现出种子、草根、薯……它一件件地吃下去。猪看见鸡用双脚的尖爪交替向后刨开泥土，那里现出种子、蚯蚓、虫……它一件件地吃下去。它们走拢来，哈哈大笑，同声说：“猪往前拱，鸡往后扒——各有各的路。”

猪和狐狸

一头肥猪挣脱了拴着它的柱头，带着半截绳子从农舍里跑出来，到了一个山坡上，它遇到了好些陌生的兽：獐、麂、獾、岩羊、野兔……猪想炫耀一番，让这些兽们刮目相看，于是对大伙说："猪在兽类中可是绝顶聪明的，有的兽说我老猪愚蠢，这是弥天大谎！"

獐子问："比起狐狸来呢？"

猪说："狐狸算什么玩意？我把它卖了，还以为我是请它上餐馆的哩！"

狐狸正在兽群中，出来说道："就依猪先生说的办，请您接我上餐馆，任凭您把我卖到哪儿。"

猪说："说卖你就卖你，不过，要等我找到一家餐馆再说。"实则猪准备推脱这件事，在狐狸面前，它毕竟胆怯，但又要装出一副聪明样儿——如果增添几分勇敢，就更为理想。

狐狸说："我来时就路过一家餐馆门前。"

猪说："我们走。"

这样，猪把那半截绳子的另一端拴在狐狸的脖子上。猪在前，狐狸在后，以表示是猪牵着狐狸走的。它们遇到了一头豹子，狐狸说：

"这就是餐馆老板，我们进去吧！"

"啊，"猪说，"豹老板，我给你卖一头牲口，叫狐狸。它的肉，无论怎样烹调，都鲜美至极。"猪摇着一对大耳朵，肚子挺得快接近地面，以显示阔老板的气派。

豹子问："多少钱？"

猪说："八十元。'要得发，不离八'嘛！"

豹子说："牵来吧！"它一见猪，馋涎就流了出来。这当儿，狐狸取下颈上的绳子，拴在一根树上。豹子来吃猪肉，猪怎样也挣脱不出。

狐狸说："猪先生，我告诉你一句话：聪明的不得糊涂，糊涂的不得聪明。"

猪妈妈的教诲

一群猪伢从墙窟窿里钻进来，它们是到田园里和院子内玩了一会儿回来的。它们神态忧郁、沮丧，有几个还哭哭啼啼。它们对妈妈说道：

“牛、狗、猫……都说我们愚蠢。它们那种轻蔑和讥讽让我们实在受不了……”

猪妈妈说：“我们要别人看重我们，首先我们要自己看重自己。如果自己不能看重自己，人家就会更轻视我们。牛会耕田，狗会看家，猫会捕鼠，这是它们的长处，我们不及。但是我们也有长处，就是肉鲜美，而且长得快，这一点它们就不及。如果单比智慧，所有家畜都不及野外的狐狸，因为家畜们不是单凭智力而挺立于世界上的。所以我们猪仍然要理直气壮地活着。我们猪是办过些蠢事，难道别的兽就没有办过蠢事？也办过的，智者千虑也必有一失嘛！谁都不能以一点代替全面，别的兽们不要小看我们猪，连人也尊重我们，不信，过年时，猪头装在最洁净的盘子里，端去敬家神、庙神、土地神……别的兽谁能享受这种荣誉？唯有猪！当别的兽嘲笑我们的时候，孩子们，就想想这些吧！”

孩子们破涕为笑。

小野猪夜归

一头小野猪出来觅食，到树林里捡橡籽吃。不知是什么时候，太阳已经下山，现在照着树林的是月亮。于是，它急忙回家。这时，它害怕起来——听妈妈说过，在夜晚，山林里常有豹子出没，那是一种黄色的身上布满黑疤——叫“铜钱疤”——的凶猛野兽，我们要是碰上它，十有八九要被它吃掉……它越想越怕，浑身战栗起来。这时，风吹动树叶，发出轻微的响声，它怕是豹子来了，便惊慌地张望。偶尔有一声虫叫，它以为是豹子来了，吓得立即奔逃……它多么希望有个伙伴啊！就在这时，有一头晚归的狼悄悄地出现在小野猪面前，把小野猪吓得惊叫一声，仓皇后退。狼笑眯眯地对小野猪说：

“我是你爸爸的朋友，绝不会伤害你的。”

小野猪看着狼，这来者身上并无“铜钱疤”，断定不是豹子，它的心慢慢地平静下来。

狼问：“你在夜里害怕吗？”

小野猪说：“就是会害怕呢。”

狼问：“你住在哪里？我给你做伴——送你回家去，行吗？”

小野猪说：“板壁岩下的深茅草丛中。”

它们一路走着，没走几步，小野猪成了狼的晚餐。

——与歹徒同行，不如独走夜路。

小猪和蚂蚁

秋天，农户的一头小猪在田里游玩，它偶尔用长嘴撬出一个红薯来，咀嚼着。一群蚂蚁正在旁边搬运一只小黄虫子，它们朝一个方向一齐用劲，真可谓团结奋斗。它们见到那红薯比它们的小虫子大若干倍，便对猪说：

“你独自的劳动胜过我们一个群体的劳动的千倍、万倍，真正的大力士是你呀！”

猪一听，十分得意，笑道：“当然，当然。要是像你们这样，真要把我气死了哟！”说完，猪就慌忙往远处奔去。

蚂蚁们问：“你到哪里去？”

小猪说：“给大象当教练去！”

——有的人受到了一丁点儿表扬或一个玩笑似的“赞美”，就自以为了不得，不知自己姓甚名谁了。

希　望

一头小猪掉到天坑里去了，四面都是由岩石和土，坑很深。它怎样也爬不出来了，大声呼救，传来的只有回音。

它想：必死无疑了，惋惜的是有一个愿望尚未实现：听说朝霞很美丽，只想欣赏一次。它饿了，去吃岩上的青苔和泥巴；渴了，去吮吸泥土里的水分。坚持，绝不放弃生的希望！渐渐地，它瘫软无力了。“即使死，眼睛也要盯着头顶上的丁点儿亮光！”

终于在一个下午，电闪雷鸣，黑云里降下暴雨，条条山洪冲入天坑。水太大太猛，堵在天坑里，它得慢慢地退去。小猪在水中浮游，它随水游到了地面，这已是夜里，云里透出星星。它留在一个山坡上等待明天的朝霞。

——希望给人毅力、勇敢和坚强，只要希望存在，无论处境怎样险恶，都能走出绝境的。

野猪和鹿、狐狸

秋天，一头野猪在田里吃农人即将收获的玉米，一只鹿走过去，对它说：

“你不能这样做，农人种田太辛苦，他们种了玉米是指望吃到玉米的。”

野猪大怒，蹦过去，用嘴撬向鹿，鹿滚倒在地上呻吟。

一只狐狸从这里走过，对野猪说：“你吃了农人的玉米粒，应把玉米秆留给农人。”

野猪说：“是呀，你提出的意见才是中肯的，我一定诚恳接受，坚决改正——说我不采纳正确意见，纯属诬蔑！”

野猪的打猎队

野猪带了獴和兔出去打猎。出发前，野猪对它们说："无论什么猎物，遇到哪个就是哪个，或剥它的皮，或吃它的肉……不浪费！"

它们出发了，走过树林，穿过刺丛，向一面山坡前进。兔跑得最快，如射出的箭，冲在最前面。獴虽然也在奋力前进，但还是慢腾腾的，它急出一身大汗，还是远远落在兔的后面。野猪说："兔真是英勇无畏；獴，你莫不是贪生怕死？"

前面有了响动，野猪说："有猎物！"

兔抬头一望，看见一条大蛇正在爬行，它吓得魂飞魄散——蛇的大嘴可以把它吞得连毛也不剩一根。它迅速向后转去，跑得更快，像疾风驰过一般，一会儿就越过了草丛。獴缓缓前行，来到蛇的身边，不慌不忙地咬起蛇头，将大蛇拖着往回走。在这个过程中，蛇断了气。

野猪说："办事稳重的才可以信赖；轻浮的家伙，前进得快，后退得也快。"

野猪和蛇

一条蛇每天来到农田里吃一两只青蛙（青蛙们住在附近的小溪里，常在农田里寻虫子吃），然后回到洞里去。因为田里还无粮可吃，附近树林里的一头野猪便盯住了这条蛇——野猪也是蛇的天敌啊！这蛇每天都顺利回到洞里去。野猪无法下手，但它每天仍在这儿等待。一天下午，蛇爬进一个农户的鸡圈里去，吃了一只母鸡，慢腾腾地爬回来。它的头钻进了洞里，可胀鼓鼓的肚子被堵在外面，怎样也进不了洞。这时，野猪出现在它身后，说："我知道你有吃得太饱无法进洞的一天。这一天就是你的末日！"说完，野猪当场把蛇吃掉。

野猪和栗树、青藤

一头野猪出林，准备去吃田里的红苕，可一根栗树和一丛青藤挡住去路，野猪烦了，便去啃那树干和踩踏那青藤，说："我非毁掉你们不可！"藤和树说："等着瞧吧！"

农家夫妇上山砍柴（他们为防野兽，带着猎枪），发现了野猪，开了一枪，野猪受了重伤。野猪太重了，他们扯下那些青藤，捆了野猪的四腿，又砍下那栗树穿在野猪的胯间，将它抬到稻场上。藤和树说："对你的下场，我们也助了一把力！"野猪说："不要太兴奋，我们的阳寿都尽了。"——那农妇煮野猪肉时，发现火势不旺，农夫把栗树和青藤都塞在灶膛里了。

羊和它的邻居们

夕阳里，山坡上的一群羊已经回家，只有一头公羊还在山坡上玩着，不知是没吃饱，还是想欣赏一下这初夏的晚景。一头狼突然从树林里蹿出来，扑向羊。这羊也不示弱，跳起来，用角拼命抵抗。战斗愈来愈烈，狼呐喊着，羊也嘶鸣着。羊不能敌，一边勉强支持，一边向邻居们发出求救声。

牲畜们都在向家里走去。牛从树丛间望了望，发现是狼，便翘起尾巴，扬起四蹄奔下山去。马低头一看，发现是狼，一溜烟地跑向村子。驴停下脚步，发现是狼，悄悄地溜下山坡。猪经过这里，发现是狼，冲下山去。兔经过这里，发现是狼，射箭一般地蹿进村子……

山下的茅屋门前，一只狗听见羊的呼唤，急忙奔向山坡——它比疾风还快，从深草丛中闪出，以迅雷不及掩耳之势咬住了狼的脖子，狼疼得直叫唤，趁狗换气时，才仓皇逃向森林……狗扶着羊走回家来。

第二天，羊在屋侧的墙边养伤。周围挤满了邻居。牛说："你怎么不告诉我？我的角足可以剜出狼的肚肠！"马说："你怎么不告诉我？我的蹄子可以叫狼粉身碎骨！"驴说："你怎么不告诉我？我一声吼叫可以叫狼肝胆俱裂！"猪说："你怎么不告诉我？我一嘴撬去，可以叫狼摔到岩下！"兔说："你怎么不告诉我？我可以帮你传信，让人来救援……"

在这闹闹嚷嚷的一群牲畜中，唯独没有狗。

羊和磨刀石

一头羯羊的羊圈门口有块磨刀石，它年年月月蹲在那儿，不声不响，甚至很难感觉到它的存在。羊常常从它身边进进出出，谁也不曾惹怒谁。冬天到了，农人把羊牵出来，按在一条板凳上，农人拿了一把尖刀刺向羊的脖子——准备杀了羊过年。怎奈那刀不快，刺不进去。农人捆了羊，去羊圈门口，在磨刀石上把刀磨锋利了，再来杀，一下就刺进去了，一股鲜血飞射出来。羊闭眼时，看见了磨刀石，说道：“虽然你不声不响，但杀害我的凶手，你也是其中的一个！”

老公羊和它的儿孙们

一只老公羊带着它的儿孙们上山去，经过一块菜园边，那绿油油、香喷喷的白菜吸引着它们。谁都想吃，但谁也不敢吃，因为怕遭到老公羊的斥责。老公羊是这群羊中的最高首领。

老公羊沿菜园边走着，其他的羊也照样走着，虽然眼睛盯着菜叶，鼻子嗅着菜香，口里流着馋涎。老公羊离菜园远了，那一群羊也忍痛离开。

终于，老公羊忍不住白菜的诱惑，回过头来走向菜园，但它的儿孙们跑得更快。老公羊吃了一匹菜叶，它的儿女们吃了一蔸菜，它的孙子们吃了一园菜。

羊送礼

羊圈塌了，一只羊没有住处，咩咩地叫着。狗走过去，看了看，同情地说道："原来是这样。我倒知道牛的屋很宽，可以去暂住一段时间。"羊说："我去和它商量商量。"狗说："不过，不送礼是办不成事的——如今都是这样。你看上次，我们的主人因屋里的老鼠太多，去邻居那里借猫来喂几天，第一次去是空手，猫不理他；第二次去，送了一条腊肉，猫爱理不理；第三次去，送了两斤鲜鱼，猫才来了！"

羊借来了一篓子牛最爱吃的黄豆壳子，送到牛那里。牛问："你怎么给我送礼呢？"羊说："房塌了，想在你这里住几天，因为你的房较宽。"牛说："不行啊！"羊竟急得哭了起来。牛说："你小看了我，难道我是酒囊饭袋吗？你庸俗化了！你带礼物来，我就没有房子让你住；你把礼物收回去，你就搬进来，不管住到什么时候都行。"

羊很惊异，暗自说道："和正直的人相处时，用不正当的方式去讨好他，反而得罪了他啊！"

当天，羊就搬进牛圈里去了。

农人和他的狗

农人对他的狗说：

“你去抓获了野兽，将猎物的一只后腿奖给你。”

狗很高兴，从野外捕回来一只麂子。主人在稻场上将麂子杀死，剥皮，剁成肉块……狗在旁边望着，直到主人把麂肉搬进屋去，悬在楼扦上。拿到最后一块肉的时候，狗去闻了一下麂肉的气味，主人踢了它一脚，怒斥道：“闻什么？”

狗问：“你不是说过给我一只后腿吗？”

主人说：“我没说过。”

狗怏怏地走到稻场边上睡觉去了。

这时，主人和狗同时看见一只香獐从稻场边的树林中走过，主人急忙跑上前来，对狗说：“你去逮住这只獐子，我只要麝香，把獐肉全部给你。”

狗动也不动，主人拿棍子来打它。狗说：

“我宁愿挨打，总比受骗好！”

农人和两只狗

一个农夫养着两只狗：白狗是看家的，黑狗是捕猎的。一天，来了个陌生人，白狗从东边屋角里走过来，望了一下，转身走了。黑狗从西边屋角里走过来，望了一下，转身走了。陌生人觉得奇怪，问：

“你的两只狗，为什么一个脸朝东，一个脸朝西？”

主人说：“这只白狗平时就是吃饭、睡觉，实在说是个懒家伙。但是它有一个绝招：每当我从远处回来，它总是对我连连摆尾巴，欢跳起来去舔我的脚背，让我的疲劳顿时消散。它非常令我喜欢。而黑狗吃了饭、睡了觉后，便到屋后的树林里，不是追赶麂子，就是捕捉兔子，这应该是它的优点，但是它见到主人，总是大模大样，不惹人喜欢，这一缺点就抵销了它的优点。我每在剐它捉回来的野兽的时候，就剁一坨肉给摇尾巴的白狗。时间一长，两只狗互不买账：黑狗鄙视白狗，白狗憎恨黑狗……”

陌生人笑道：“它们也和人一样：遭遇不公平的对待时便会作出反应。”

农夫和狗

一个农夫背柴下山，他的狗跟在身后。一只野兔从路边的草丛里出来，农夫手持打杵猛地打过去，兔子倒地而死。农夫准备把它捡起来，他把打杵倒过来去勾，几次都没成功；他想伸手去捡，但一弯腰，沉重的柴便会滚下来。他的狗便走过来，说：

“我帮您将它衔回家去，交给女主人或者放在水缸边，让您去取。”

主人说：“好。”

狗衔着兔飞也似地下山去了。

农人背柴回到屋角边，把柴往地上一倒，轰隆一声。这当儿，正在枝椏柴缝里的狗听见响声，箭一般蹿出来，跑远了。农人扒开枝椏柴，发现那只兔子已被狗吃得只剩一条尾巴了。农人忿忿地说：

“从私心出发去做好事，实际上是做坏事！”

狗和一个农人

一个农人到他屋角的厕所里去，脚步嗒嗒地响着。刚走到门口，一条耷着双耳的小黄狗从粪缸的板子上跳下来，汪汪地惊叫，它躲到墙角里，浑身颤抖。它以为这人不是给它一棍就是踢它一脚的，无论哪一种，它都受不了！但是这人没有这样做，小狗放了心，舔了几下嘴巴——它是偷吃了这里的屎的。它夹着尾巴冲出去，一直跑向远处的田野。这人并没在意。

这小狗流浪了一些日子，在一个下大雪的晚上，它到一栋大瓦屋门前避风——奇怪，里面传出的气味闻在鼻里实在太美妙了。它卧在那里尽情地嗅闻，真的，它觉得享受着从来不曾期待的幸福。天亮后，大门开了，一个穿长袍马褂、戴狐皮帽的中年男人走出来，拿着一个明晃晃的篾簧火把放在阶沿坎上。他转来时一眼看见这条狗，喜出望外，忙进屋对家人说：

“今年要发大财，我正月初一一清早，开门送发篙就碰上‘黄来金’。”

这屋里住的是大财主。老的，少的，男的，女的，都出来看，虽然见到的只是一条狗，却是金色，于是全都欢呼雀跃：“黄来金，黄来金……”这狗在这里住下了，倍受宠爱。

一些日子过去了，那个农人从这户财主家门前的路上走过。这狗猛扑而来，爪子腾空，牙齿狰狞，声音狂怒，竟如饿狼扑羊一般，直逼他胸前，这农人往旁边一闪，狗扑了空。农人说：

“我绝对认得你这条耷耳朵狗的，你偷我的大粪吃的时候，一副可怜万状的样子，今日你仗了富人的势，竟是如此穷凶极恶！”

主人和偷食狗

一户农人的屋后是一座高山，古树参天。有只豹子就住在这座山上，它常常下山来，逮走这户农人的羊。农人捉来一只猎狗看守羊群。可是这狗有一样坏习惯：无论主人给它多少好吃的东西，只要它一避人眼，便跳到灶上或者碗柜顶上——只要是放着食物的地方，去狠狠地吃上一顿。主人对此并不在意，想到的是它能对付那只豹子。

在一个阴雨天，山上灰蒙蒙的，羊群还在山上吃草，有的咩咩地叫。那只豹子从树林里闪出，衔了一头羊直奔山上。狗闻讯，猛袭而去，奋力追赶。豹子眼看无法逃脱，便丢下羊，逃走了。狗扶受伤的羊回来。主人很高兴，给了狗许多食物。女主人怕这狗偷食，把食物都闩在柜子里，男主人知道后，说："让它偷食，没关系。"她又把食物放到了原处。

狗仍和往常一样偷食。

在一个夜里，羊们惊叫起来，狗闪电一般冲进羊圈，一下咬住了那豹子的脖子，豹子的喉管被撕断，一会儿就断了气。主人十分高兴，连声说："再不用担心损失羊了！"

过了一会儿，男主人在稻场上剐豹皮，偶尔进灶屋里来，见狗又在灶上偷食，他一挖锄打去，狗头破碎，狗滚下灶来。主人说："为了让你对付豹子，我没有计较你的错误，现在豹子已被消灭，你仍不改，那么就是这个结果了！"

吃到美餐的狗

一户人家生了小孩，打喜①。堂屋里，宾朋满座。厨房里，烹调佳肴。全村的狗闻到了这里的各种肉食的浓香，纷纷前来，它们站在厨房门口，呆呆地望着里面。有几条胆大的狗想挤进门去，可是还没过门槛，便被厨房里的人赶了出来。其中一条白狗去到厨房门口，偏着脑袋仔细看了一会儿，便大胆地进去，原先那个赶狗的人朝白狗看看，又朝灶后看看，让这只狗进去了。灶后的一个妇人用碗盛了许多肉和饭，倒在墙边的一个木盆里，让这狗美美地大吃起来。外面的狗们望着，个个流着馋涎。白狗吃完食后，挺着肚子出来。别的狗问："他们不让我们进去，怎么让你这么大吃一顿呢?"白狗说："那个帮厨的妇女是我的主人的干亲家②。"

---

① 打喜：生小孩后，宴请亲朋，以示庆贺。以前，多在小孩出生第三天举行，在这天会第一次给小孩洗澡，又称"喜三"或"洗三"，其礼甚繁。同时敬观音，称"打发送子娘娘"。

② 干亲家：对儿女们结拜为兄弟或姊妹的双方父母的称呼。本不是亲戚，也称为亲戚。

一只做好事的狗

春天，一群狗在草地上玩：时而嬉戏，时而谈笑。和煦的阳光照着，温柔的微风吹着，这是一次多么欢畅的旅游啊！大半天过去了，它们都不想散去。有一只狗说："肚里好像在叫哟！"其余的也说："真的。"于是，它们推选一条黄狗去附近的农户里找点食物来，说："为大伙做点好事，都会记得你的。"黄狗出发了，其余的狗继续嬉戏。一会儿，黄狗拖了一大块腊猪肉前来，其余的狗们一哄而上，狼吞虎咽地吃起来。黄狗也想挤进去吃，可是那些狗相互推挤，黄狗根本插不进去，只好在旁边望着。这时，丢失了腊猪肉的农人拿着大木棒赶来，看到狗们挤在一块儿吃肉，便准备一棒猛打下去，狗们一下抬起头，指着旁边的黄狗说："是它偷来的，它不偷，我们怎么会吃呢？"农人转而持木棒向黄狗打去，正中狗头，黄狗倒在了地上……狗们只顾吃肉，没一只理睬受重伤的黄狗。

狗捡鸡蛋

农妇经常在田里干活，她的狗在门边看家。

主人每天收工回来，天色已晚，打开大门之后，便去猪栏屋里，把墙边鸡笼上鸡窝里的一些鸡蛋拿回屋里，然后喂猪，做饭……她那疲惫的步履，沉重的呻吟……使狗产生极大的同情。“用什么方法帮她一下呢？”它这样想。

一天，太阳下山后，主人扛着锄头从田里回来，狗立刻跳到鸡笼上去，衔起一个鸡蛋向主人奔来——免得她花力气去捡。谁知主人惊叫一声，说：“这狗吃鸡蛋！”忙举起锄头飞奔而来，怒斥道：“杂种，我打死你！”狗扔掉了鸡蛋，迅速跑开。

农妇拣了破损但还没流出蛋清的鸡蛋，说：“明天不打烂你的嘴，是不会放过你的！”她边骂边进屋里去了。

当夜，狗没敢回来。第二天，主人下田后，狗回来了，对猫讲起昨天的事，说：“我全是一番好心，帮她一下，没想到……”

猫说：“你对主人忠心耿耿是有目共睹的，但是你积极到侵入了主人的工作范围之内，恐遭误会。遭了误会，怕有不测之祸呀！”

狗这才明白过来。

厨子和狗

一个厨子在厨房里做肉包子，是准备给大伙作早餐的。门开着，一只狗站在门外，呆呆地望着案板上已蒸熟的热气慢慢减少的一笼包子，口里流出馋涎。厨子认识这狗，问："昨天，我案板上的一块肉是不是你偷走了的？"狗说："正是。"厨子大怒，说："今天我要惩罚你！"说着便抓起一个温热的包子向狗打去。狗挨了一包子，回过头来，把肉包子一口吃了下去。厨子更怒了，抓起两个包子向狗打去，狗挨了两包子，回过头来，把肉包子两口吃了下去。厨子火冒三丈，抓起三个包子向狗打去，狗挨了三包子，回过头来，把肉包子三口吃了下去……厨子不断地用肉包子打狗，狗不断地吃肉包子。厨子怒发冲冠，狗笑逐颜开。狗越来越近，厨子问："为惩罚你，把我的手臂都扬疼了，你挨了这么多包子，难道没被打疼吗？"狗说："我挨了打，却吃了这么多肉包子。我希望每天都受到你这样的惩罚呀！"

人和狗、松鼠

秋天，一只松鼠在树顶上吃核桃，人唤来狗："你上树去捉来松鼠，去呀！"狗说："我不会上树，但我可以施计捉住松鼠。"人说："不上树就捉不到松鼠。"人和狗相持不下。幸好主人回家吃饭去了，狗也立即离开了。松鼠见人和狗都离开，立即下树准备逃走，刚来到地面，狗从岩块背后袭来，捉住了它。狗把松鼠交给了人。人问："你上树了吗？"狗说："没有！"人说："你不服从我的指挥！"狗还是挨了一顿打。

两只狗合作打猎

林中有麂子的叫声，主人令他的两只狗前去捕获。它们同时出发，速度一致。麂子跑得快，两只狗穷追不舍。黑狗感到有点累，慢了下来。白狗逮住了麂子，正搏斗着。黑狗追上来，白狗以为黑狗会帮它一把，不料，黑狗往白狗背上猛咬一口。白狗问："你这是为什么?"黑狗说："我不能让你独自到主人那里邀功。"说话间，那麂子跑了。黑狗脸上出现了笑容。

——本来是为同一目标而奋斗的实力相当的朋友，其中一个超越另一个时，超越者便遭到嫉恨，落后者宁愿都失败，也不让超越者成功。

强盗和狗

山边上的一户农家，男人在外烧白炭，这几年发了财，他的钱放在家中的箱子里，准备过些时将这间古老的旧茅屋换成钢筋水泥的新平房。为防强盗，他买来一只狗养着。这狗不管白天黑夜，只要一发现生人或者闻到生人的气味，便猛地叫起来，声音粗犷、洪亮，经久不息。过路人感到胆战心惊。但它总是离过路人一两尺远，从不咬人。主人每在这个时候，便提高警觉。过路人走远后，狗又回到屋门前。就因为这只狗，想偷这人家的钱的人也不敢前来。

有个强盗来窥探了一下这只狗，说："你常常高声大嗓地唠唠叨叨，自以为你的嘴会说，我叫你有嘴说不成——每听到你一个字，就气死我也！"他弄来一种药，塞在一块腊肉里面，从房子经过时故意掉下。那狗吠了一阵回来，发现肉，便吃了。此后，这只狗成了哑巴。

强盗想：这下，我可以大胆地把这人的钱偷出来——他这个破墙烂壁的屋，从哪里都可以钻进去。在一个昏暗的月夜，强盗来了，找了一个墙洞，把头伸进去。正往里面移动身子时，他的腿却被什么东西咬住了，那牙齿穿过皮肉，钳子似地夹住了骨头，直将他往后拽。他喊道："我的妈呀，疼死我了！"他被拖出洞来，一看，是那只哑巴狗。这只狗使出猛力，"咔嚓"一声，他的腿骨断了，地上流了一摊血。狗又前来，咬伤了他的两只手，血肉模糊。狗重回到大门口去。这人在地上爬着，往自家的方向挪动，他流着泪说道：

"让你吠，我可以提高警觉；不让你吠，增加了你对我的怨恨。而且你现在来报复，我是防不胜防呀——我堵住你的口，铸成了大错！"

鳏夫和狗

一个鳏夫种着一亩地，养着一群鸡，粮丰菜足。他捉来一只小狗看家。有一天，他收工回来，发现小狗蹲在鸡窝里吃鸡蛋（鸡窝放在厕所的鸡笼上），鳏夫捉住小狗，提着它到堂屋里，找来一个铁锥子，照着狗的上颚锥了一下，狗的口里顿时鲜血直流。

主人问：“你还吃不吃鸡蛋？”

狗说：“再不吃了。”

第二天，狗真的不吃鸡蛋。但主人想起了狗吃鸡蛋的事，又捉住狗，在它的口里锥了一下，鲜血直流。狗被放下后，跑到田里汪汪地叫了一阵。第三天，狗还是不吃鸡蛋，但又挨了一锥子，滴了一路血。第四天，它去吃了两个鸡蛋，不消说，又挨了一锥子！狗说：“我吃鸡蛋，挨一锥子，不吃鸡蛋也挨一锥子；我吃一个，挨一锥子，吃两个，也挨一锥子。那么，我每天吃十个，或者一百个，也不过挨一锥子！”

此后，这狗每天挨一锥子，但鳏夫却再也没捡到过鸡蛋。狗暗暗地想：你什么时候停止锥我，我就什么时候停止吃鸡蛋！

猎人和他的猎狗

一个猎人养了一只狗，在训练它捕猎时，说：“我以前养的一只猎狗，在获得猎物后，它要先吃几口，所以被卖到了远方——记住：廉洁是一种美德。”这只猎狗认真听取了，以防重犯那种错误。不久，它被主人带进山林捕猎去了。它在获取猎物后，连伤处的血也不舔一下，并尽量做到一根野兽毛也不损坏。它监守猎物时，不管等到何时都尽职尽责，直到主人前来。主人扛着猎物回家，狗走在旁边，对猎物望都不望一眼。主人宰杀猎物，它就跑到远远的地方去。主人甚是满意。不过，有一次，它捕获了一头野猪回来（同样不自取一根毫毛），发现路上走着一头猪，后面还跟着一个人。这狗猛扑上去，只几口就咬断了那猪的喉管，猪当场死亡。猪后面的人找到狗的主人，要赔偿他的良种约克夏公猪。狗的主人损失不轻——几年来所获野兽卖的钱的总数还不够啊！主人说：“你虽廉洁，却不能分辨是非，同样造成了重大损失啊！若再这样，你就逃不脱你的前任的厄运。”

猎人和他的黄来金、白来银

一个猎人养着两只同样年龄、同样体格、同样威武、同样勤劳的猎狗，所不同的只是它们的肤色：一只是黄色，主人叫它黄来金；另一只是白色，主人叫它白来银。无论春夏秋冬，在农闲的季节，主人带着它们出外打猎，常猎回豹子、野猪、香獐、麂子……主人不仅常吃到野味，而且将这些野兽身上的珍贵材料变成大把大把的钞票，使他过着富裕的日子。

一次，主人带着两只狗在山上捕猎一只大豹子，这豹子很凶猛，黄来金先扑上去，咬住豹子的脖子，奋力厮杀，然后白来银赶上去援助，它们费了很大的劲，坚持到主人赶来，用猎枪对准豹头打了一枪，才终于捕获了豹子。但是黄来金的一只前腿被豹子咬断了……

主人将豹子扛在肩上回家去，黄来金掉得远远的，一颠一跛地总算勉强回来了。

主人在屋角里杀了豹子，先谢了猎神①，然后从豹子身上剔下一坨肉来，托在手上，看了看黄来金后，转身把豹肉给了白来银。白来银吃着，看见主人没有给黄来金递去豹肉，便问：

“怎么不给它一坨肉呢？”

主人说：“它已经再不能打猎了。”

——失去本领或财物耗尽时就被疏远，这样的例子是屡见不鲜的。

---

① 谢猎神：相传土家族猎人张五郎在一次捕猎中为救另一位猎人而坠岩身亡，后被奉为神。今土家族猎户中，供猎神，平时正供，出猎时倒供（因张五郎死时是倒立着的），并许愿：“大获大谢，小获小谢。”猎回野兽后，将枪口血涂于猎神之口，以示还愿。

过路人和一群狗

一个衣着简朴的中年男人，挂着一个黄色帆布包，拿着一把伞，从一户人家门前经过，屋里出来了一只狗，气势汹汹地扑来，它没有吠，在这人的小腿上咬了一口，又跑到前面去，准备咬他的胸前。这人不理睬，直往前走，他把手中的伞举起，却不打下去，最多吼叫一声……这屋不远处的一间屋里又来了一只狗，在这人小腿上咬了一口，又跑到前面去，准备咬他的胸前，这人不理睬，最多吼叫一声……接着，来了第三只、第四只……全村的狗都来了，有十多只，有的咬他的后腿，有的咬他的前胸……他浑身上下到处是血，但仍朝前走着。不知从哪里来了一个老头子，高声对他喊道："狗咬你，你不还击，咬你的狗更多——快捡石头打呀，不然你就没命了！"过路人从田里捡了一颗石头，向一只狗头上砸去，中了，那狗汪汪地叫着，跑远了。他去捡第二颗石头，刚捡起来，还没砸出去，那群狗全跑远了。

——弯腰捡石头，狗就跑开了。

打偷食狗

一户农家放在灶上的饭，被邻居的一只狗偷吃。农人发现后，拿了一根木棒猛地一下打在狗背上，狗汪汪直叫，从灶上跳下来。农人又举棒打去，狗说："我绝不再来偷食了，若再进了你的灶屋门，你用斧头把我的脑壳劈成两半。"狗往门外跑去，人跟着追出门来；狗跨过沟，人也跨过沟；狗跑过大块田，人也跑过大块田；狗跑过荒坝，人也跑过荒坝，狗跑过一条长冲，人也跑过一条长冲……狗回到自己的家，进了屋里，人举着木棒赶进屋去，人的大棒打向狗头，狗纵身一跳，猛扑过来，把人的脸上咬下一块肉来，人的一只眼珠也掉出来了。他的另一只眼再看狗时，狗还凶狠地望着他，看来又准备跳过来咬第二口。人连忙用手捂着流血的眼睛退出来，慌忙逃走，生怕狗从后面追来。不过这狗没朝他追击。他到了医院，在急救中对医生讲了经过，医生说："打偷食狗，打出门就行了，不必打到它家里去!"农人说："是呀!"

贵妇人和狗

一座豪华的吊脚楼里，住着一位贵妇人。她养着一只活泼可爱的白狗。贵妇人待狗不薄：狗的居室、床铺、食物……虽不及人，但比村里的其他狗优裕得多。狗病了，她为它请兽医，熬药；她出门游玩，常带着狗……村里的人们对她说：

“狗这种下贱东西，您待它怎么这样贵重?”

贵妇人说：“牲畜是人的朋友，待朋友就要以诚相见。其实，它们也是懂得感情的。”

有一天早晨，贵妇人坐在门前梳妆，当她挽好发髻，插上银簪的时候，放在膝上的梳子被白狗衔走了。狗衔着梳子朝门前的路上跑去，她起身追赶。狗把梳子放在地上，她刚接近梳子时，狗又衔起梳子朝前跑。她又追赶，狗又放……往返多次，追过了山坳。狗把梳子放下，走远了。这时，她捡起梳子往回走，翻过山坳，抬头一望，她的吊脚楼已被后面滑下来的山埋得无影无踪了——要是她不离开，会连人带屋被卷进去。

——莫嫌弃低贱的朋友，说不定会有得到他帮助的一天。

羊、狗和它们的主人

整个冬天，一只羊被关在羊圈里，过得很沉闷。终于来了一个机会，主人在给它放了豆渣子之后，掩上了门，却没关紧。羊吃了些豆渣子后，从门缝里挤出来，到了稻场上。哈，太阳多么温暖，空气多么新鲜……主人家的一只狗扑过来——它闻到了鲜羊肉的香气，一口拽住羊屁股，猛地撕下一块肉来，衔到墙角里，俯下身，细细地品尝。羊惊叫，主人来了，看了看鲜血淋淋的缺了一大块的羊屁股，以为是来了野兽。他沿着地上的血滴寻找，发现正在吃鲜羊肉的狗，他一切都明白了。他把狗揪到羊身边，拿了一根大棍，对狗说："你为什么要吃羊肉?"将狗打了五十大棍。他又揪住羊，问："你为什么要让狗吃羊肉?"将羊打了五十大棍。他放走这两个牲畜时，狗身上虽然疼，脸上却在笑；羊身上更疼，伤心的泪还簌簌落下。

狗以后继续吃鲜羊肉。

猎狗和豹子、老鼠

一只猎狗从山上擒了一头豹子回来，主人在堂屋里剐豹皮，一只老鼠来到案板下，也想尝鲜，被人发现，令狗去捉，老鼠立刻跑得不见了。人说：“你到底无用，连只老鼠就抓不住。”狗说：“对猎狗来说：‘豹子易捉，老鼠难抓。’”

——做过不少大事的人偶尔做小事失败了，就被说得一钱不值。

狗、羊和豹子

一户农家养着一只狗和一只羊。羊常从圈里跑出来，去偷食庄稼。狗对它说："这是主人的食物，主人没有它不行，而你是吃草的，不要伤害这些庄稼。"羊说："因为你是吃粮食的，名义上是在为主人说话，实则是在为你自己谋取私利。"它们渐渐吵起来了。后来，羊用角去抵狗，狗用牙去咬羊……

附近的树林里，有一头豹子，把狗和羊的殴斗看得清清楚楚，它慢腾腾地走出来，说："停！为什么要用斗殴破坏这个和平、自由的环境呢？"羊陈述了一番之后，豹子说："依我看来，羊的遭遇太不公道了，为什么狗吃粮而羊吃草呢？羊去吃主人的庄稼，是对这种不公道行为的惩罚，全然是正义的。这种争斗应争取到彻底胜利……"

羊理直气壮起来，斥责狗道："你看，正义总有支持者吧！"

狗不想继续争辩，一气之下走开了。

羊很感谢豹子，走拢去，眼里挂着激动的泪花。它们拥抱、亲吻。就在这时，豹子叼起羊，直奔森林而去……

——以动听的言辞支持你的恶习的人，正是怀着恶意的。

狗和豹子、小山羊

一只狗在林边上的草坝上寻地棒果子①吃，那果实又香又甜，使它忘记了周围的一切。一只豹子在林中望了一会儿，向狗猛扑过去，这狗并不笨拙，它机灵地一闪，躲过了豹子，惊叫着，竖起尾巴逃走。走过一个水潭边，它一眼瞧见自己的影子，暗自说道：

“也难怪豹子想抢我为食，谁叫我长得这么肥胖呢？又听人说狗肉十分鲜美，这就怪不着豹子了，它是食肉的动物呀！”

求生存是一切动物的天性，它甩脱豹子后，虽是侥幸，但惊魂不定，心中有一股怒气，无处发泄。它一扭头，看见一只小山羊在林边默默地吃草。狗走过去，猛地一下咬住小山羊的脖子，小山羊鲜血直流，立即逃跑，狗追上去，又咬断它的腿，把它的肚子咬穿，肠子也流了出来。小山羊倒在地上，奄奄一息，痛苦地叫唤。狗忿忿地说道：

“你小小年纪，就长这么长的胡子；我比你爷爷的年纪还大，就才长了几根三须胡。你想在我面前装前辈吗……”

——对强者害怕至极，乃能宽恕、自欺，而把对强者的愤恨倾注在弱者身上。虽然弱者无罪无辜，他也能挑出毛病。这样的人屡见不鲜。

① 地棒果子：一种匍匐茎，根部在夏天长出果实，极香甜。

猎狗和狼、羊

山坡上，一只母羊带着两个孩子在吃草。一只狼从树林中窜出，咬住了母羊的脖子，母羊惊恐地大声叫唤。不远处，一只猎狗听见了，慌忙赶来，以迅雷不及掩耳之势，咬住了狼的脖子，狼疼得大声叫唤，放下了羊，羊躺在地上喘气。猎狗实在凶猛，它几乎撕裂了狼的皮，正准备把狼拖到主人那里去，显然等待狼的是剥皮碎尸。狼流着泪，向母羊求救说：

“老姐姐，你救救我吧，我是一位母亲，要是有个三长两短，家里两个幼小的孩子就活不出来了！好姐姐，你也是一位母亲呀！”

母羊被这番话所感动：真的，我也是母亲啊！于是它对猎狗说：“我求求你，看在它幼小的孩子们身上，放了它吧！”

猎狗说：“放了它，你们就危险了！”

母羊说：“它总归是母亲，天下的母亲对儿女都是仁慈的。从这一点出发，它为自己的孩子们着想，也不会再去干这种冒险的事，而给自己的孩子带来不幸。再说，狼性也是发展的，世界上哪有一成不变的事情呢？你放了它吧！”

猎狗说：“但愿它变成一只善良的狼！”猎狗放下狼回家去了。

狼走到母羊身边说：“谢谢你呀，好姐姐，为报答你的救命之恩，我不让你忍受失去儿女的痛苦，让我先吃掉你，再把你的两个孩子带给我的两个孩子做晚餐。”它重新咬住了母羊的脖子……

——同情恶人，终被恶人所伤！

小狗和大狼

秋天的午后，一只小狗来到一片树林中玩耍，无意中碰上一头身材魁梧、气势汹汹的狼。狗吓得浑身发抖：若与这头狼搏斗，那是鸡蛋碰石头——免不了成为狼的晚餐。蓦地，它心生一计，笑眯眯地对狼说：

“您和我是一个家族，‘亲三辈，族万代’①，按辈分算，您是我的爷爷。”

狼早就饿极了，想吃这狗，它笑道：

“不错，不错，你是我的孙子。既然你是我的孙子，那么你拿什么东西孝敬爷爷呢？”狼希望这狗说出个“我”字来。但狗却说：“味道最鲜美的是羊。”

“羊，当然好，可惜隔得太远。”

“不远，不远，就在离我们不远的地方。”

狼想：若有羊肉，当然比狗肉更好。它跟着狗走进村里，正在窥视一户农家的羊圈，这小狗惊叫几声，村里的狗迅速奔过来，有二三十只，直扑向狼，狼被围住，怎样也冲不出去。村民们也立即围来……天黑前，一张狼皮便钉在一户农家的墙上了。

---

① 亲三辈，族万代：指姑、舅、姨，经历三辈人，则疏远了，而一个家族历经万代仍亲密。

猎狗和狼、貛

一只猎狗在山坡上玩，遇到一头狼，立即向狼扑去，准备将它拖到主人那里。狼与狗对峙起来，经过几个回合，打得难解难分。一只貛子从树林里出来，对狗说："这狼挺厉害，连豹子也怕它三分，你恐怕难以匹敌。快跟我来，去我的洞里，狼绝对钻不进去的——留得青山在，不愁没柴烧啊！"狗正需要援助，立即甩脱狼，跟着貛子前去。

狼愤怒地说："此次，我饶了你，除非你下次不再向我进攻！"它站在那儿望着狗去的方向，喘着气。

狗跟着貛子走着，却突然掉进天坑里去了，它的汪汪的叫声在地面只能隐隐约约听到。貛子回过头来望着。狼也走上前去看着。它们望着那深深的天坑情不自禁地哈哈大笑——狗是永远出不来了！

狼对貛说："我真没想到你还有这么一手。"

貛说："因为猎狗是我们共同的敌人啊！"

——露着笑脸的敌人比瞪着眼珠的敌人更难防范。

狗、鸡和狐狸

一户农家孵了一窝小鸡。

一天，主人从外面捉回一只小黄狗，对妻子说："你看这狗银针插鼻①，长大后是一只好猎狗。"妻子很高兴。

主人们下田去了，给鸡留下苞谷碎米籽，撒在地上；给狗留下懒豆腐泡的苞谷饭，盛在地上的小木盆里。母鸡带着儿女们来抢狗的食物吃——狗初来，对环境陌生，便让鸡们把食物吃光了。中午，狗饿了，便去吃鸡剩下的碎苞谷米籽，母鸡张开翅膀猛扑过来，那喙也真厉害，竟一下子啄瞎了狗的一只眼睛，狗汪汪地叫着，逃走了。

鸡们得意扬扬地吃着食物。一只狐狸从林中慢腾腾地走出来，在稻场边对隔着几丈远的鸡们说道：

"啊，鸡，在禽类中，你们可是一个伟大的民族啊！你们气宇轩昂，举止庄重，更重要的却是你们坚毅勇敢、不畏强暴的精神，只要有这一点，谁欺侮你们必将自食其果。朋友们，展示在你们面前的是辉煌，是不朽……"

母鸡越听越得意，发誓道："我们将寻找机会啄瞎这狗的另一只眼睛！"

"英雄！"狐狸说，"真是举世无双的英雄！"狐狸转身走了，因为它想等这些小鸡长大了再来。

——当敌人赞美你的时候，你应该想一想你做错了什么？

---

① 银针插鼻：狗额正中有一长条白毛，如针形，据说这种狗善捕猎。

狗和狗獾

一只狗在野外玩，发现一只狗獾在吃树林中的橡籽儿，狗猛扑过去，咬住了狗獾的脖子，狗獾在地上挣扎了几下，无力地倒下了。狗说："我俘虏了你，你如果归降我的主人，我请主人封你为狗副官，以后我们就在一起共同为主人效劳。好处是大大的有！我们相互关照，因为同是狗的种族啊！"

狗獾说："我如果不降呢？"

狗说："那就对不起。剥你的皮，抽你的筋，喝你的血，吃你的肉，骨头拿来熬汤，汤也喝干！"

狗獾说："当然这是可怕的。"

"那你就跟着我走。"狗把狗獾押解到了狗的主人那里。那狗一见到主人，立即摇头，摆尾，闻他的屁股，舔他的脚跟……好一副谄媚的样子！那人也伸出手来摸着狗的头，微笑着。狗转身对狗獾说："主人是多么温柔、慈爱，为他效劳将是无限幸福和荣耀的……"

狗獾伸长了脖子，对狗说："请你的主人拿刀来吧，这比被剁成肉酱更可怕！"

被牵着的狗和跛脚的兔

不知是摔坏了，还是被其他的动物咬伤了，反正这是一只跛脚野兔。它在草地上懒洋洋地躺着，冬天的阳光使它感到温暖、舒适。

一只猎狗汪汪地叫着，野兔吓得魂不附体，惊惊惶惶地扭头望去，突然镇定下来，蹲下去，只是张着两个大耳朵注意着动静，因为它发现这只猎狗是被主人用绳子拴着的。那狗的颈项上用黑皮带围成了一道箍，粗麻绳拴在皮箍上，绳子的另一端被人攥在手里。看来，这个人是怕狗任意奔跑，或者违犯他制订的规矩。那绳子的另一端在人手上又挽了两道箍。

“快，前面有只兔子！”那人催促道。

兔子看见猎狗朝着它的方向跑过来，但狗被绳子拉住，怎样也迈不开大步，因为那人走得慢——猎狗的前进速度是不能超过人的前进速度的——大概这就是规矩吧——超过了，恐怕是大逆不道的，是要受到惩罚的：要么不给食物，要么挨打，要么被囚禁……猎狗的前进速度始终是缓慢的，尽管它叫得厉害。空叫，丝毫也不可怕！兔子照样洋洋得意。毕竟猎狗和那人走近了，眼看就要被逮住，兔子不慌不忙地站起身，向前面走去。

那人说：“一只跛脚野兔，咬住它！”

可是那狗终迈不开步，它前爪腾空，发出狂吠。兔子跛着腿，越走越远，它站在一块岩土上笑道：

“这真是一个奇怪的人！你的这种‘奇怪’还想让你的猎狗逮住野物吗？哈哈！哈哈！”

狗和羊、野兔

一条黄狗从一间茅屋的破门缝里挤出来——这门是锁着的，屋主人下田去了。狗衔着一块腊肉，走到屋后的山坡上，卧下来，用两只前爪夹着肉，再慢慢地品尝。突然间，草丛里发出哧啦哧啦的声音，狗慌忙抬头望去，见是一只山羊正在那儿吃草。山羊并没看见狗。狗见到山羊却惊叫一声，倒退几步。山羊听见狗叫，抬头望了一下，狗更胆战心惊，它看见山羊站着不动，才衔起那块腊肉，夹着尾巴逃走。没走多远，狗又惊叫起来，慌忙转身向后逃跑，原来它看见一只野兔正在前面吃草，它眼前直冒金花，浑身冒出汗来。它往回走，又发现了羊。它再望望四周，朝树林蹿去了，依然紧紧地衔着那块腊肉。

羊和兔走到一起来了。

兔说："以前，狗看见我们这些弱者，不是猛烈袭击就是傲慢无理，今天看见我们，怎么吓得魂不附体？"

羊说："它这块腊肉准是偷来的，偷总是不光彩、见不得人的。这腊肉纵然味道鲜美至极，倒不如我们吃草吃得安然自在。"

狗 和 鸡

一个农妇养着一只母鸡，她靠这鸡生蛋卖钱称盐吃。

她买了三只同样大小、同样体格、同样毛色、同样凶猛的狗守护着这只母鸡。

附近有只狐狸，打听到有三只特别厉害的狗守护着这只鸡，准备放弃吃鸡的打算，直到它在树林里观察了一些日子，才放了一百二十个心。在一个阳光照耀的中午，趁着母鸡在稻场上啄食、三只狗也在稻场上撒欢的时候，狐狸大大方方地走到稻场上去，痛痛快快地衔鸡。鸡号哭着向狗求救。三只狗相互望着，都希望另两只狗去追赶狐狸，结果没有一只出发。

狐狸在树林里吃着可口的美餐时，暗想：管事的太多，就谁也不管事——对于我来说，这却正是钻空子的良机！

一只贪吃的狗

一只猫在一堵墙边逗一只老鼠，这老鼠有气无力地在地上爬着，猫不时地用一只前爪去扒一下它的身体，又呆呆地望着老鼠。

一只狗见到这情景，一步抢上前去，准备衔起那只老鼠来——狗有时也吃老鼠，尝点儿异味。猫见到狗贪婪的样子，对狗说：

“这只老鼠不能吃，恐怕它是吃过有毒的食物的。”

狗说：“我也知道鼠肉的味道鲜美，你叫我不要吃，其实不过是留给你自己。”

狗怕猫来抢，狼吞虎咽地将老鼠吃了下去，果然那中了毒的肉，使狗同样中了毒，狗倒在地上，奄奄一息，临终时说道：

“我本是吃饭的东西，为什么偏要去抢那只本来属于猫的老鼠呢——一些灾难大概是因为贪婪才造成的吧！我真是活该！”

狗获得了猎物

一只猎狗在树林里逮住了一只獐子，猎物足有七十斤重。它的主人外出做生意去了，这只獐子该猎狗自己支配。它也不想自己享用，准备用来发展再生产——如今的狗也从人那里学了些发财的技巧。在屋后的树林中，它把獐子咬成三部分：头、正身和腿。坐在那儿细细地盘算：獐子的头，送给狮子——森林之王，一切都要得到它的庇护；獐子的正身，送给豹子——倘若资金不足，须求助于它；獐子的腿，送给狐狸——这是税务官，理所当然地要求得关照。狗准备休息一会儿之后，便往它们的府上去。

正在这时，与狗同屋居住的一只黄猫不知从什么地方突然来到了它的面前，使狗吓得心里咚咚直跳——最怕它来啃上一口。但是猫终于开口了："嗬，狗哥真是大获胜利啊，这下也该你的猫弟尝尝鲜啊！"

狗说："对不起，我这次是要送情的。"

猫说："难道我与你无情吗？"

狗说："哎呀，你也当屙泡尿照照自己的影子。一个叫花子也配享受这名列山珍——獐、麂、兔肉之首的佳品吗？"

猫气得直瞪眼珠，伸出牙齿。这当儿，狗过来咬了猫一口。猫忿忿地说："难怪人说'有的敬奉有的，狗子当咬丑的'。"猫脚一弹，回家去了。

下午，狗把礼物都送出去了。

几天之后，树林中的鸟们在一起玩，它们讲起一件事：狮子、豹子和狐狸把狗送给它们的獐肉扔掉了，都忿忿地说了一句："这么一丁点儿，亏狗拿得出手，难道我们少了这点肉吗？……"

这件事，狗哪里知道？

一些日子过去了，这猎狗在追猎时从悬崖上跌落下来，受了重伤，倒在岩下奄奄一息。它看见狮子、豹子和狐狸从面前走过——它们在秋高气爽的日子里游山玩水。狗准备向它们求救，但听见它们在说话："好像有狗肉的香气，我们小吃一下再走。"它们找到狗，一个个伸出长牙。狗说："别这样，不久前我给你们送过獐子肉的。"狮子、豹子和狐狸异口同声："就是那次才使我们闻到狗肉香啊，等你多日呀，哈哈！”它们的牙齿已接近狗身子了，狗直打哆嗦。

这当儿，从一棵大杉树上传来一个声音：“猎人来了！猎人来了！”狮子、豹子和狐狸吓得拔腿就逃，一会儿就不见影子了。这声音，原来是黄猫发出来的。昨晚，猫不见狗回去，一清早就出来找它的。途中遇到三个凶兽，便爬上树了，这里的情景它看得清清楚楚。

猫来到狗面前，狗痛哭得说不出话……

——弱者为求强者帮助、宽待而送礼，自己费了很大的力，但强者并没放在眼里，他们的欺侮照样进行。在危急时刻，能够帮助你的恐怕还是弱者，甚至是有过旧怨的弱小的朋友。

狗、猫和它们的主人

椿树坪一户农家，男人到龙潭坪去了转来，割回一块新鲜肉（这里的人成年累月吃熏腊的肉，以为新鲜肉不好吃）。当他提着新鲜猪肉跨过大门槛的时候，狗在门外看见，嗅了嗅鼻子，猫在屋内看见，也嗅了嗅鼻子。它们都感觉出了异样的美的气味。

狗走过来，说："我的男主人变吃腊肉为吃新鲜肉，这是伟大的变革表现，只有这样，事物才能发展……"

男主人给了狗一拳，说："你说这些话，就是想吃肉！"狗汪汪地叫着，到门外去了，只是眼睛还盯着堂屋里。

他把这肉交给了妻子，自己下地干活去了。妻子将肉放在灶上，准备弄熟了吃晚饭。猫走过去，对主人说：

"我听有的人说过，新鲜米猪肉不能吃，它带有一种有毒的虫子，吃到人的肚里，这虫子迅速繁殖，人的生命就要立即结束的。为了主人的安全，我愿舍身一试，如果不死，你们再吃行吗？"

女主人给了它一片肉，猫衔起来，立即跑到屋外去了。狗看得清楚，来对主人说："猫吃了这猪肉，正在秒命①！"

女主人说："这新鲜猪肉真的吃不得！"她把猪肉扔到门外，狗将它衔走了。

---

① 秒命：临死前的挣扎。

狗获猎物猫来吃

一清早，狗到屋后山坡上去，在草丛间追到一只野兔，那兔跑得很快，狗追过几个山坳，才将野兔逮住，衔了回来。狗累得喘不过气，浑身被露水湿透，身上、脚上被刺和尖石划了许多口子，流着血。它把野兔送给刚刚背着牛草回来的主人，主人十分高兴，立即在堂屋里杀了兔，把兔皮绷在墙上，把兔的肚肠扔到粪缸里去了，用一根绳子悬着全部兔肉。“咪呜——咪呜——”他唤来了猫，说，“吃，这真是好猫菜。”猫吃着，狗望着。主人踢了狗一脚，说：“闻什么？出去！”狗在门外说：“狗获得的猎物，猫来吃，还不让狗闻气味。见鬼哟！”

狗和公鸡

稻场上，一只白公鸡和一只红公鸡在打架。你啄我的冠子，我啄你的冠子，有时长时间互相拽住不放。两只公鸡的冠子被扯得稀烂。身上糊满了血：白公鸡变成了红公鸡，红公鸡变成了黑公鸡。一只黄狗在旁边望着。一会儿，红公鸡战败，调头逃走，白公鸡向它追击……狗像射出的箭一样扑向红公鸡，张开大嘴准备咬，刚要咬住时，红公鸡展翅飞起，落到屋上。狗望了一会儿，转回来。当天，红公鸡在屋上过夜。第二天，主人在稻场上撒了苞谷，鸡们都来吃，红公鸡才从屋上下来了。吃完苞谷后，白公鸡和红公鸡再次交锋，这次，白公鸡战败，调头就逃，红公鸡向它追击……狗像射出的箭一样扑向白公鸡，张开大嘴准备咬，刚要咬住时，白公鸡展翅飞起，落在屋上。狗望了一会儿，转回来。当天，白公鸡在屋上过夜。第三天，主人在稻场上撒了苞谷，鸡们都来吃，白公鸡才从屋上下来了。它们吃完苞谷后，两只公鸡又交锋，打了大半天，不分胜负。狗在旁边守了大半天。鸡仍在打，狗仍在守。猫走过来，问狗："你怎么总是看它们打架呢？"狗说："我是等着，看谁胜了就帮谁。"

狗和邻居

稻场上有一只羊在吃冒出地面的青草，一只狗从屋里蹦出来，扑向羊，在羊屁股上猛咬一口，羊疼得惊叫，迅速逃离，沿路滴了一些血。一只猫走过来，对狗说：

“这只羊是在吃稻场上的草，还省得主人花工夫去扯草，再说，它没屙屎在这儿，弄脏地面。你最多把它赶走，何必咬伤它呢？”

狗听得不耐烦，眼珠几乎要迸出来，说道：“我和羊的事与你有啥关系？你还袒护它？我也给你点颜色看看！”它四爪腾空，扑向猫。猫真够机灵的，跳到稻场边的一根李子树上，狗不会上树，望着猫汪汪地叫了一阵，到阶沿上坐下来。此刻，它既是成功者，又是失败者，说不出那个又甜又苦的味儿。

它的邻居们围了过来。

猪说：“狗伯，您像山峰一样雄伟，像青石一样坚硬……”

兔说：“狗叔，您像雄狮一样威严，像金鹿一样敏捷……”

鸡说：“狗爹，您像凤凰一样圣洁，像孔雀一样美丽……”

鸭说：“狗爷，您像大鹰一样英勇，像沙鸥一样灵巧……”

狗听得眉飞色舞，忘了猫带给它的烦恼。过了一会儿，它便到野外散步去了。

猫跳下树，问大伙：“你们为啥奉承它呢？”

大伙异口同声地说：“就是怕它用对付羊和你的办法对付我们——你比狗敏捷，逃得脱，可羊笨拙，就倒了霉。而我们却正如羊啊！”

狗和白羊、黑羊

一对农家中年夫妇养着一只狗，他们令狗看守他们家的一只白羊和一只黑羊（他们只养了这两只孪生羊）。

主人在屋角里种了一园茂密的青菜。一天，白羊从圈里挤出来，到菜园里吃了一匹菜叶，被女主人看见了，但她的脸上并无异样，至少没有发怒。出于职责，狗去把白羊和气地赶了出来，狗也没有生气。白羊进圈里去了。主人也进厨房忙去了。黑羊看见白羊吃了菜，还能平安地返回，好生羡慕，也挤出圈来，跑进菜园，牙齿刚触到一匹菜叶的时候，男主人正从田里回来，一见这情景，勃然大怒，虽没有咒骂。出于职责，狗一个箭步冲到黑羊身边，逮住它的后腿，“咔嚓”一声，羊腿断了。黑羊的腿鲜血直流，它大声惨叫。过了片刻，黑羊对狗说：

“你是管理我们这两只羊的，你为什么对它那样宽，对我却这么严？”

狗说：“宽也罢，严也罢，我只看主人的脸色行事。”

黄狗、白狗和一群狗

稻场上，一只黄狗和一只白狗为争一块骨头打起架来了，难解难分，另一群狗在旁边站着只是看。

黄狗把白狗击倒在地上翻滚，白狗只有招架之功而无还击之力，黄狗一股劲地猛咬，白狗皮肉破碎，鲜血淋漓，倒在地上，无法动弹。黄狗松开利牙，以胜利者的姿态四面环顾。这时，在周围围观的一群狗欢欣地走向黄狗，有的闻它的嘴，有的摸它的毛，有的舔它的屁眼，还有一只狗捡起它尾巴上脱落的黄毛，说要珍藏到博物馆去。送礼物的，送恭贺的，闹得熙熙攘攘，其中一只德高望重的大狗抬起前爪按了按，示意安静，它说：

“我代表狗类向当今世上最伟大的狗类英雄致以崇高的敬意：你看这金色的皮毛没有哪一根不是凝聚着伟大和神圣，这双眼睛的一闪岂是日月的光芒所能比喻……至于这条白狗，必然是无赖、混蛋、流氓!”一只狗朝着白狗吠了一声，一群狗狂吠起来，紧围上去，一个劲地朝它猛咬……

这条白狗豁出命来，孤注一掷，它奋力跳起，冲向洋洋得意的黄狗——黄狗因为胜利，已在狗群的一片歌颂声中，全然失去警惕，白狗纵身飞上去，利牙咬住了黄狗的脖子，使劲地来回摇晃，踩住它，拼命一扯，一块皮肉脱落下来，黑血四射。黄狗瘫在地上，断了气似的，而且白狗还逮住不放，看来要撕裂它的全身——黄狗确乎失败了。

这时，狗群中的一只狗欢欢喜喜地朝白狗摆了几下尾巴，说道：“你才是真正的狗中英雄!”然后去吻白狗，舔它的毛。那群狗全围上去——在极其友好的气氛中，它们把白狗的周身吻遍。有的去林中衔来兔子，有的去农家找来红薯，它们组成了一个慰问团，由当初歌颂黄狗的那只大狗带领，给白狗送去礼物，它对白狗热情地说道：

“我代表所有的狗向举世无双的英雄致以最崇高的敬意，你看这银色的皮毛没有哪一根不是凝聚着伟大和神圣，这双眼睛的一闪岂是日月的光芒所能比喻……至于这条黄狗，必然是无赖、混蛋、流氓!”一只狗朝着黄狗吠，这群狗紧紧围上去，一个劲地朝它猛咬……

狗　宝

草坪上有一堆腊肉骨头，一群狗正俯在那儿啃着。不远处的一间茅草屋里，有一只黄色癞皮狗踉踉跄跄地走向草坪，它闻到了腊肉骨头的浓香。狗群中的一只狗发现了它，吠了一声，其余的狗一齐吵嚷起来，要将它驱逐。狗们都要顾着自己咀嚼，便由一位白毛长者命令一只花狗把癞皮狗打发出去。花狗走出狗群，对癞皮狗说：

“你浑身长了癞子。掉了毛的地方，红一块，紫一块，流脓流血；还有毛的地方，疙疙瘩瘩，筋筋条条。臭气熏天，爬满苍蝇。你呼吸过的地方，空气污染三年；你站过的地方，病菌入地三尺。你走吧，不要我来催！对你讲话，臭了我的嘴巴；咬你一下，脏了我的牙齿……”

癞皮狗立即回去了。在家里，它对猫讲起这事，猫说：“狗兄，你该还记得？几天前，有个医生说你身上有宝——凭这一点，我去为你出口气，你等着。”猫出去了。

过了好一会儿，正在屋檐下的草窝里睡觉的癞皮狗被一阵欢叫声惊醒，睁眼一看，见一群狗正在稻场上，个个都以钦佩的目光望着它，其中一位白毛长者躬身说道：“黄公，恭请您屈身于我们的不成敬意的宴会。”癞皮狗说：“不必客气！”其时它已被狗们簇拥着上路，来到几小时前来过的草坪上，这儿摆着各类佳肴：猪头、羊腿、麂肉、獐骨、兔心、鸡肺……癞皮狗被请到中间坐着，几只有身份的狗陪着它。

白毛长者出来讲话：“黄公光临，这是我们众狗的荣幸，我们热烈欢迎。”狗们的爪子一齐敲击草地，扑哧扑哧地响。白毛长者继续说：“我们中间有只花狗，有眼不识泰山，曾侮黄公，是可忍孰不可忍！现将其驱逐，以儆效尤。”几只彪悍的狗将花狗咬得汪汪直叫，赶过了山坳。

宴会开始，白毛长者发表了热情洋溢的讲话：

“欣闻黄公体内的珍宝，价值五千两黄金，是五千两黄金啊！岂值一座城池？这是我们狗类的光荣！人向来看不起我们狗，现在不得不对狗刮目相看，这就是大大提高了我们狗类在世界上的地位。金钱万能，有钱能使鬼推磨，有钱能使活人倒吊起！有钱……敬望黄公在取出狗宝之后，勿忘我们穷哥们啊！”

“好说，好说，”癞皮狗说，“明代医学家李时珍在其伟大著作《本草纲目》中写道：‘狗宝生癞狗腹中，状如白石，带青色，其理层叠，亦难得之物也……’”

众狗齐问：“黄公能否赐给一点癞皮，让我们也致富？”

白毛长者躬身问：“黄公意下如何？”

癞皮狗说：“狗宝生于体内，沾些体内出来之气即可。这气从肛门出来——注意！”

霎时，狗们潮水般地拥挤，纷纷把头对准癞皮狗尾巴根部下面的洞。癞皮狗果真放了一个屁。狗们尽力吮吸，直到深入肺腑，然后一片欢呼声沸腾：“好香的财气呀！好甜的财气呀……”

盛宴至黄昏才散，狗们一齐簇拥着癞皮狗回家了。

狗妈妈的教诲

狗妈妈在墙角里生下了十个儿女。儿女们渐渐长大，能到室内室外玩耍，可爱极了。当主人——一个六十多岁的婆婆在灶屋里做饭时，狗妈妈便站在她的面前，目不转睛地望着她，尾巴旋风似地摆动，有时还用一只前爪去轻轻地扒一下主人的小腿，十分亲热。小狗们也学着妈妈的样儿，望着这位老妇人，尾巴左右摆动。主人喜欢它们，每在饭后便用锅铲子撮给它们一木盆懒豆腐调苞谷饭，狗们吃得很有滋味。

不久，这户人家娶来一个新媳妇，三天之后，她主持了灶屋里的工作：做饭、收拾餐具……婆婆起初退居二线，一个月后全退了，狗妈妈从前的一套办法一点儿不漏地（甚至有新的发展）由老主人那里转向了新主人，而它的儿女们却一如既往地朝着那个老太婆摆着尾巴。妈妈看了看，把它们引到野外，说："孩子们，从前我们朝着那个老太婆摆尾巴，是因为她掌握着锅铲子把——撮饭给我们吃的家什。如今她把锅铲子把交给了她的儿媳妇，再对她摆尾巴已没有用处——我们摆尾巴要转向新主。你们明白吗？"

狗妈妈的长子说："这岂不是对锅铲子把摆尾巴吗？"

狗妈妈说："对握锅铲子把的人摆尾巴。"

家畜们要有一个长官

这户农家养着许多牲畜，它们总是放荡不羁：羊常常从圈里挤出来，到菜园里狼吞虎咽地吃那些鲜嫩的白菜；猪一天到晚用长嘴把种着庄稼的田拱得大坑小坑；驴一挣断绳子，便到田里打滚，农作物被它碾得一巴平；狗在烟叶田里撒欢，宽大的烟叶被它踩得筋筋条条；鸡更不消说，除了把田里趴得稀烂，还把广椒啄得掉下来，遍地皆是。只有牛最守纪律，它在圈里吃主人给它的草，有时虽然跑出来，但最多吃一两根苞谷苗……

主人拿它们没办法，对家畜们时而打，时而骂，仍无济于事，他们恼火至极。一天，妻子说："用牲畜来治理牲畜。"丈夫说："在它们中间委派一名长官？""对呀！"夫妇俩哈哈大笑。

丈夫说："我看可以委派牛，它的品德好：不向人索取，只是默默地劳动；它最守纪律，从不做损害主人利益的事；它有威慑力，长而硬的角，高大的身躯，大而圆的眼睛，厚而有劲的蹄足以使违法乱纪者望而生畏……它本身就是榜样，具有极大的号召力。"

妻子不置可否。她说："牛倒是好，但比起狗来就差多了。狗会揣摩人的心理，处处按人的意图行事，这样，人就省事得多。还有更重要的一点，就是狗嗅觉灵敏，动作敏捷，声音洪亮，无不使主人产生好感。有谁愿意与那种与自己闹别扭或自高自大的人相处呢——那样，使主人的心情最不舒畅！"

丈夫无动于衷。

妻子说："我把它们两个都叫来，进行面试，再做定夺。"

牛和狗都唤来了。

女主人说："我想在你们中间任选一个去管理我们的家畜。"

牛站在那儿一动不动，只是耳朵微微地扇了扇。狗却跳起来，对两个主人摆着尾巴，不时地伸长舌头去舔两个主人的脚背。丈夫见此情景，微笑了一下。妻子说："好啦，委任狗为牲畜们的长官。"狗受宠若惊，连连点头，女主人对它说："记住：以身作则才能管好别人。"

狗走马上任了。它从此不再到田里撒欢了，还制定了一条规定：无论哪种牲畜，损坏主人田园和庄稼的，轻者被追赶，重者咬断腿。鸡去田里啄了一下广椒，被狗追赶出来；驴去田里打滚，狗去咬伤了它的腿……再无牲畜敢违反规定了。

妻子说：“狗虽然有阿谀谄媚的弱点，但却有机智、勇敢的优点。山高则谷深，有缺点也有优点比那种无缺点也无优点的好得多。”

丈夫说：“这倒也是。”

妻子说：“你提到的牛的确好，叫它搞管理不行，倒可以当劳动模范。”

“对，对。”丈夫哈哈大笑。

一只狗和三只狗

一个农人养着一匹马，这是他搬运货物和行远路的工具，爱护备至。一天夜里，屋后树林里的一头豹子进入偏屋里的马圈，想饱食马肉。然而马比豹子的个子大，无法拖走。于是豹子飞身跳到马背上，用四只脚紧夹住马身，再用长而粗的尾巴使力拍打马屁股，马便随豹子走向树林……响声惊动了主人，主人起床，发现马不在了，又看见栏里和田野里的马和豹子的脚迹，明白了是怎么回事，连忙唤来在大门边酣睡的四条狗，说：

“豹子赶走了我的马，你们火速去把马追回来！”

有三只狗相互望望，谁也不动身。另有一只灰色狗冲到马圈里闻了闻，像离弦的箭一样飞射了出去，身影很快消逝在月光下的树丛之中。这狗飞身跳到豹子背上，利牙紧紧咬住豹脖子，豹子回头与狗搏斗，它们厮杀得很激烈。马从豹子的爪子下解脱出来，立即跑出林去。豹子未能敌过狗，逃往森林。马回到家中，狗也立即回来，主人好生高兴，对狗说：

“你真是一只忠于主人而且有勇有谋的狗。你辛苦了！”说完递来两个苞谷粑粑。这狗真的又累又饿，便吃起来。另外三只狗同声说：

“这狗冲进马圈时，挤垮了圈门；追赶豹子时，又撞坏了田里的庄稼；它并没获胜，竟让豹子逃走了……重修圈门要花钱，损失苞谷也是钱，逃走的豹子更是数倍于前几项的钱。主人真是背了大时啊！看，它还得表扬，这一表扬，它就沾沾自喜，把尾巴翘到天上去了……本来，它出发的动机不纯——就是为了这几个香甜可口的苞谷粑粑……”

主人说：“一个人做了好事，反遭一群不做好事的人的攻击，岂非咄咄怪事。你们再说下去，我就不留情面了！”

三只狗不敢当面议论，到背后嘀咕去了。

狗 妈 妈

一只小狗病了，不吃主人给的面饭懒豆腐，对妈妈说："我想吃一次肉，只这么一次。"妈妈允许了。这狗去偷吃一次柜里的腊肉，其他小狗见到，也都去偷腊肉，主人发现了，说："这是一窝偷食狗——将来的大害！"把它们全部卖给一家狗肉餐馆。狗妈妈十分伤心。

——一次偶尔的疏忽也会铸成大错。

猎狗和猎枪

猎人带着猎狗和猎枪上山捕猎豹子。猎人对狗说："你去把豹子赶出来。"对猎枪说："豹子出来，你直射它头颅。"它们发誓：效忠主人。豹子正在吃昨晚抓的这猎人的肥猪。狗先发现了豹子，但它想：我撵出豹子，人还会说是枪打到的。它勉强叫了几声。豹听到狗叫声，向前奔跑。主人正用猎枪瞄准，猎枪想：打到了豹子，人吃肉，狗吃骨，我什么也不会吃到。"轰"的一声，弹丸全散在岩壁上。这次捕猎，他们连豹毛也没得到一根。

——合伙做事，如果各想着自己获利，则意见不统一；意见不统一，则行动不一致；行动不一致，必败，钢板般的誓言化为泡影。

狗嘴巴边上的饭粒

狗正在灶上，听到外面鸡们惊叫狂飞，它迅速下来，直奔屋外，咬住了正在追鸡的狐狸的脖子，准备拖着它到主人那里去——它的职责就是保护家里的牲畜的。狐狸对狗说："其实，我们两个是'你不笑我麻，我不笑你疤'，因为都有偷的毛病：你偷吃你的主人的饭，我偷吃你的主人的鸡——你只当我没看见吧，你刚才在灶上大吃了一顿，嘴巴边上还有饭粒呢！要是你的主人知道，也会像你此刻对待我一样的对待你！"狗的脸开始发烫了：我做的见不得人的事，不是被它掌握在手里了吗？糟糕！它放下狐狸，说："只要你不检举我，我就不揭发你。""行。"狐狸回树林里去了。

过了几天，一匹狼在大白天来圈里衔这农户的羊，狗去咬住了狼的后腿，狼回过头来，说："你嘴巴边上还有饭粒儿呢！"狗的脸红到耳根，放狼回树林里去了。又过了几天。一头豹子在大白天到栏里来拖这户农家的牛，狗猛扑过去，咬住了豹子的背，豹子说："你嘴巴边上还有饭粒儿呢！"狗一听，脸上火辣辣的，它放下了豹子，豹子逍遥自在地回树林中去了。

没多久，这户农家连一畜一禽也不存在了。

——你的把柄被人家捏在手里，你就不敢硬气了！

狗和狗洞

这户农家养了许多鸡和兔，自然这是大大小小的摇钱树。兔们被关在门外的木笼里，鸡们被关在屋内的木笼里。兔常遭狐狸捕食，鸡常遭黄鼠狼捕食。主人无可奈何，他家的狗对他说："可以在墙上挖一个洞，让我随时进出，外追狐狸，内追黄鼠狼。"主人说："这意见很好。"便在墙上凿了一个狗洞。

狗日日夜夜地从这洞里进进出出，狐狸和黄鼠狼放弃了吃这户人家的东西的打算，都暗暗地到别处去了。后来，外面的兔今夜减少一只，屋内的鸡明晚又减少一只。主人好生奇怪，说："这狗洞不起作用，堵上！"狗说："堵不得的，我亲眼看见屋里的黄鼠狼有一群，只有一只拖走了一只鸡，要是我进来不得，它们拖走的就是一群鸡；屋外的狐狸也是一群，只有一只拖走了一只兔，要是我出来不得，兔要被狐狸偷光了。"主人说："这倒也是。"其实是这狗夜夜在调换口味。

——狗洞之所以难堵，就因为狗要从这里得到好处。

卢诺罕尔

一个财主养着一只山狗，它披着一身黄毛，走起路来，像金球滚动，煞是好看。财主令仆人每天给它喂人吃的大米饭、鲜鱼、香肠、牛奶……在狗的精美的瓷钵里，食物多得吃不完。可是这狗还是跑到农人的茅厕里偷大粪吃。农人见是财主的狗，不敢驱赶，却在“闲聊”中让财主知道这件事。财主不相信，偷偷地跟着狗去看，果然如此！财主回到家里，和妻子说：“这狗吃屎，丢了我的脸面！”妻子说：“它既然叫作狗，哪有不吃屎的？”财主恍然大悟，说：“对，就是不该给它取个叫‘狗’的名字，我们给它换个名字，叫‘卢诺罕尔’，这是一位高贵的国王的名字。看它再吃不吃屎！”

他认真地将狗训练了几个月。狗在田野里玩时，他喊道：“卢诺罕尔！”它便高高兴兴地跑过来了。他说：“卢诺罕尔，走！”它便迅速离开。他很满意。有一天，财主带它出门，走在半路上，卢诺罕尔不见了。他急急地呼唤：“卢诺罕尔，卢诺罕尔！”过了一会儿卢诺罕尔从一户农人的茅厕里出来了，舔着嘴，嘴巴上还黏着大粪。他惊愕了！

买鱼的人

高山上有个农人进城去卖山货，他回来时买了一条鱼——这一带的人不仅没吃过这个东西，而且没有见过。他把鱼放在柜里，想到柜门上有洞，怕老鼠进来吃，便将鱼挂在柱头上。

一只狗抬头望了望鱼，说：

“这是稀奇东西，我来看管它，万无一失。”

人说：“有老鼠来吃鱼，你就对老鼠没办法。能对付老鼠的唯有猫，还是让猫来。”他把猫唤来，对猫说：“你看管这鱼，切勿让老鼠吃。”猫愉快地接受了任务。

过了一会儿，人来看鱼，发现柱头上没有鱼了，见猫正在吃鱼尾巴。他去摸猫的肚子，胀得滚圆。他说：“我只知道担心老鼠吃鱼，却不知道猫也吃鱼啊！”

——用贪心的人管理钱财，就是请猫看守鱼啊！

农人和猫、兔

有个农人从山上背柴回家，每次都从一个岩巷里经过，这里已被他从荆棘和杂草中踩出了一条平坦的路。

路边的草丛里有一只野兔，它的洞就打在这个岩巷附近。它看见农人每天下午从这岩巷里经过，几次想走拢去，对他报告这岩巷里的危险情况：这里就要穿一个天坑了。但是它怕农人的打杵打中它：岂不做了农人的美餐？它不敢前来，但它一直在附近，想找个合适的机会告诉农人。一天下午，这农人又背着柴从山上回来，他身后跟着他的猫。在接近岩巷时，兔走过去，对猫说：

“这人背着沉重的柴，千万别从这岩巷里走过，这巷的表壳已经比纸还薄，下面是无底深渊。你是他宠爱的家畜，你去说，会生效的。”

人发现了兔，准备用打杵去击它，可是打杵太短了。兔立即逃走了。

农人问猫：“兔向你说了什么？”

猫说：“今天可多背几回柴，怕明天有雨下。”

农人走进岩巷，哗啦一声，那路陷了下去，人和他的柴无踪无影了，那里已是无底深渊。猫正在不远的岩上望着。

农人的儿子请来很多人，费了九牛二虎之力，也没打捞起他的尸体。

唉，别人敬献实话，却被自己宠信的心怀歹意的人有意阻挡，灾难恐怕就难避免了！

寡妇和猫

一个寡妇买回一只小猫。有一天，这猫捉到了一只小老鼠，主人好生喜欢，把它抱在怀里，轻轻地抚摸，说："这猫真了不起，竟然捉到了一只老鼠——先是和老鼠逗趣，再是从老鼠的脑壳顶一直吃到尾巴尖。嘿嘿，真是一个英雄。"为了鼓励，她奖给它一条鲜鱼。过了两天，猫的肚子渐渐瘪了，准备去捕鼠，主人又把它抱在怀里，轻轻地抚摸，说："这猫真了不起，竟然捉到了一只老鼠——先是和老鼠逗趣，再是从老鼠的脑壳顶一直吃到尾巴尖。嘿嘿，真是一个英雄。"她又奖给它一条鲜鱼。第六天，第八天，第十天……第二年，第三年，第四年……天天、月月、年年如此。这猫渐渐老了，有一天，它看见一只老鼠从面前跑过，惊叫一声，倒地便死了。它一辈子只捉过那一次老鼠，但却吃了奖励的一千多条鲜鱼。

猫和农妇

一个农妇从一户人家捉回去一只小猫，在堂屋正中拜过神像后，对猫说：

“捕鼠是你的职责，切不可玩忽职守……”

猫说：“一定尽职尽责，您大可放心。”

猫渐渐长大，终于在一个黄昏第一次捉到了一只老鼠。这老鼠正值中年，当猫在极度兴奋中和老鼠嬉戏的时候，老鼠吓得浑身颤抖。它在绝望的时候，突然闪现出一线生存之光，说：

“我的死期在眼前，您让我在死前得到了快乐。为报答您，我决心为您敬献一条鲜鱼！”

猫知道农妇的橱柜里有鱼，苦于取不出来，它知道老鼠挖洞的能力比它强，便说：

“若献不来鱼，我则诛灭你九族！”

“行。”老鼠说。

当夜，老鼠从木柜后面攀上去，在靠墙的暗处将橱柜啃了一个洞，用爪子扒出一条鱼来，献给猫，猫自是高兴。猫吃鱼后，留下鱼尾，招来那只老鼠，说：

“把鱼尾放到神龛上去！”

老鼠照办了。

农妇发现橱柜里没有鱼了，正要查问，发现鱼尾摆在神龛上，以为是神吃了，甚是高兴，于是天天往橱柜里放鲜鱼，猫天天以同样的方法吃到鱼。猫在吃鱼时，老鼠总在旁边望着，于是猫就把鱼的内脏留给老鼠。

老鼠和猫用农妇的东西行贿受贿，农妇还蒙在鼓里呢！

老妇和猫

有位农妇六十多岁了，两眼昏花。她勤劳，会盘算，丰衣足食。她养着一只黄猫，并不期待它能捉多少老鼠，而是要它陪伴每个孤独的夜晚——她没有生儿育女，五年前老伴去世了。她总对人说："我是一只孤雁！"她对待这猫，如同慈祥的祖母对待幼小的孙儿一样。她觉得这猫使她的生活充实多了。

一天，一个客人见到这猫受宠的样子，问道："你这猫不捉老鼠吧？"

没等老妇回答，猫便说："老鼠一闻到我的气味，听到我的声音，便跑到野外去了，不见踪迹。"

老妇笑道："是啊，是啊！"

（其实，成群结队的老鼠夜夜来偷吃老妇的大米）

客人走后，猫滴下几滴眼泪来。老妇说："这种人多管闲事，讨厌！"猫才恢复了常态。它对老妇说："屋里虽然没有老鼠，但你的新大米却在逐渐减少呀！"

老妇说："我还没动这大米，怎么会减少呢？"

猫说："就是你的那群小鸡偷吃了的！"

（其实，鸡并没有偷吃大米）

老妇说："你去惩处它们：每天吃一只，吃光为止——一次不能多吃，那会胀坏肚子的！"

小鸡们从此倒了霉。

——奸邪的人受到恩宠，好人就遭殃了。

家猫和狸猫

农人的一只母猫刚刚引着孩子们来到屋后的树林边上，发现一只狸猫和两只貛一路走着，狸猫在中间。前面的一只貛对狸猫说：“虎王传你进宫，有要事相商，请你快走。”它们的身影迅速消失在树林中了。

母猫望了一会儿，对孩子们说：

“我们猫类是伟大的。虎是至高无上的王，狸猫是虎的二弟，这次进宫，肯定要封侯，而我们家猫——三弟，是皇亲国戚，也有高官厚禄在等着我们！在这期间，更要尊重大哥、二哥，如果我们侍候不周或出言不逊，到手的东西也会失去的！”

猫们备下了丰厚的食物：老鼠、鸡、蛇……都是狸猫爱吃的，恭候着狸猫走出宫来。狸猫从宫中出来了，前后仍是两只貛。猫妈妈带着儿女们笑盈盈地走上前去，躬身说道：

“向我的二哥、我的孩子们的二爹请安！”

两只貛说：

“你们的家事，以后再说吧。今天虎王找狸猫，是因为狸猫吃了农人的鸡，令它去向农人道歉并赔偿损失的。”

家猫大惊失色，悄悄地引孩子们到草丛里，说道：

“快别说我们和狸猫有血缘关系。见了面也不要打任何招呼。为了划清界限，要咒骂它是王八蛋，向它喷唾沫，甚至咬它几口！记住了吗？”

柜上的猫和地上的狗

橱柜顶上放一木甑新鲜苞谷饭，浓香阵阵，狗想吃，但够不着，只好呆望。猫也想吃这饭，它从椅上跳上柜顶，扳倒木甑，甑连同饭一起落到地上。狗贪婪地吃起来，见到猫走近了，狗咧嘴怒吼，猫被吓跑了，狗吃光了全部的苞谷饭。中午主人从田里回来，见到饭甑和柜顶上的猫脚迹，猫挨打，狗暗笑。

——猫扳倒甑，倒给狗占了便宜。

猫、狗和牛

主人在这一年里，生产搞得好，卖给国家的粮食多，得到了政府颁发的奖金。他回家后，招来家中的牲畜，说："人畜一般，我今年获了奖，也要在你们中间进行一次评奖活动——谁的贡献大，就能获得它最心爱的食物。方法嘛，是互相推荐。"

羊说："贡献最大的要算牛，主人家的几十亩田全是它耕出来的！能打下这么多粮食，其中有它的血汗。我推荐牛。"

猫说："贡献最大的要算狗，主人家能打这么多粮食，全是狗的保卫工作干得出色，不然乌鸦、獾子、野猪……会把粮食都吃光的。我推荐狗。"

羊说："牛可是勤勤恳恳呀！"

猫说："狗可是兢兢业业呀！"

……

它们争执得脸红脖子粗。牛怕它们伤了和气，便谦虚地说："我干得也并不太理想。"

猫说："这就是牛也向狗投了一票。"

主人说："好啦！少数服从多数，狗中了奖。"主人当即奖给狗一只腊猪蹄。

狗衔起猪蹄，约了猫到树林里去，它们一同品尝着，哈哈大笑。狗说："我懂得了，你为什么要尽力推荐我？"猫说："明人不说暗话：牛最好的食物不过是苞壳叶，对我俩来说，屁用都没得！"

猫扒汤罐

主妇在灶后挥刀剁一块肉——最近农活太苦，准备让全家人好好打个牙祭。她的狗在灶边仰头望着，想吃到一块骨头。农妇见了，心头火起，踢了它一脚，说："滚！"狗号叫着到火垄的尾上睡觉去了。一会儿，她的猫跳到灶上，农妇一见，满脸堆笑，说："啊，乖乖！"她立即切下一坨肉递给猫，说："吃，这回只吃这一坨，下回再给你大坨的肉！"

猫衔着肉，在火垄边上的椅子上很快吃完了。火垅里，女主人把装满腊肉的汤罐煨在火边，罐子里的汤沸腾起来，浓浓的香气飘在屋内外。猫的心醉了，它用一只前爪去捞罐子里的一坨肉，脚爪烫了一下，迅速缩回，却把本来没有蹾稳的汤罐弄泼了。浸满油的汤落在火里，一刹那，火焰腾空，一直冲上竹条楼，屋上的茅草也被点燃了。狗身上着火了，汪汪地叫着直往外跑。主人从浓烟和烈火中走出来。这当儿，猫安全地跑到了田里。人一见到狗，举起大棒向它直追过去，吼道："就是你搞出了这么大的事！"

唉，人们往往难以知道大的祸患正是他所宠爱的人造成的。

猫的忍耐

猫和狗是邻居。猫想：搁得邻居好，如同捡个宝。于是，它遇好吃的东西总会送一些给狗；狗发怒了，它就避开……有一次，狗追赶猫，猫爬到一株大杉树的树顶上，狗想咬猫，但无法上树。狗守着，猫不下树，说：“我让你，不是在怕你。”狗说：“不怕，是什么？”猫说：“你等着！”说时迟，那时快，猫一下跳到狗头上，抓掉了狗的一颗眼珠，又准备再抓另一颗时，狗求情：“你饶了我，我再不冒犯你了！”猫这才从狗头上下来。以后狗见到猫则毕恭毕敬的。

——你尊敬他，他反而欺负你；你给他点厉害看看，他反而敬畏你，这就是狗的性格。

获麂子的狗与获泥鳅的猫

一天早晨，农家的一只狗听到林中有麂子的叫声，立即前去。麂子发觉了，立即逃跑。狗追了三道岭、九条湾，才将麂子捕获，拖回家来。在稻场上，狗发现猫抓获了一条泥鳅，正在逗着玩：放下泥鳅，让它蹦，蹦一会儿后，又捉住……猫甚是得意。狗说："抓住这么个小玩意，还在这儿逗，看见恶心！"猫说："不要认为你抓了大的，就了不得——事情要看它的结尾，而不是它的开头！"它们相互瞥了一眼，再不理睬。

不一会，主人在山上割了牛草回来，看见麂子，高兴万分，连忙拖起麂子进屋，网在箕罩里。早饭后，他拿了刀，在稻场上杀麂子：剐皮、剁肉。狗在旁边闻了一下最后收进屋的一块麂肉，主人就在它头上狠狠地打了一拳，狗汪汪地叫，跑到远处望着，再不敢靠近一步。这时，狗看见猫玩腻了泥鳅，正品尝着泥鳅肉。狗馋得流出涎来，走向猫，但猫已吃得只剩泥鳅尾巴了。猫对狗说："你捕获的东西目标大，容易被人掠夺；而我捕获的东西，在人看来微不足道，所以尽归我享受。"

母猫和鼠官

农户楼上的篾篮子里，有些破旧衣服，一只母猫整理了一番，在这里生下了四个儿女。母猫看着这些小宝贝们，虽然没睁眼，也没长毛，但却有虎的神态，长大后，说不定个个都是捕鼠英雄，母猫心里有说不出的高兴。它温柔地舔宝贝们的全身，亲切地喂奶，轻轻地将它们搂在怀里。母爱在这里得到了充分的展示。

这窝猫对全屋的老鼠产生了巨大震慑。鼠中的最高长官（论年龄、辈分、资历和威望，它是当然的长者）召集老鼠代表会议，研究对策。经过了一番认真讨论，由最高长官作了决定。它兴致勃勃地说道：

“猫沉浸在生儿育女的狂喜之中，在这种时候，最容易感情冲动，那么就容易说错话，做错事——往日的冷静沉着、深谋远虑就烟消云散——理智失去了控制！那么，我们就要利用这个大好时机，发起进攻，把我们的天敌扼杀在摇篮里。”最后，它宣布了措施。

一群老鼠浩浩荡荡地打着彩旗，吹着唢呐，抬着轿子，来到猫府。母猫初见时，吃了一惊，它还没见到过这种热闹场面。鼠官上前躬身说道：

“为庆贺猫太太喜得贵子、千金——这是我们整个兽类的大喜日子。这一天，不论种族、亲疏、贵贱，尽皆同庆。我们老鼠也略备薄宴，恭请猫太太光临……”

母猫眉开眼笑，说：

“感谢诸位。我宣布：今日严禁猫捕捉任何老鼠，以示庆贺。”

母猫上轿，来到鼠们的盛大宴会厅，这里管弦齐奏，歌舞升平。鼠官的贺词，母猫的答谢，众鼠的欢声笑语……响成一片。鼠们一阵阵劝酒，使猫有了几分醉意。鼠官说：

“为表寸心，我们献上鼠类的金童玉女，供猫太太夜餐之用，敬请笑纳。”

母猫说：“我就不客气了。”

一群老鼠将酩酊大醉的母猫送回猫窝里。母猫在半夜里吃光了老鼠的献礼。不过，当它酒醒后，再也没见到自己的儿女——自己把它们当老鼠吃了。

——醉酒误事，又有多少人是用酒作为进攻的武器的。

猫和老鼠

一只猫在一个墙角的洞前守候了一天一夜，终于它的捕杀目标——一只老鼠从洞里出来，猫一下咬住了它的脖子，不过猫的牙齿落得很轻，没有刺伤鼠的皮肉。猫的鼻子里发出呜呜呜的声音——这是胜利的欢呼。

猫把老鼠衔到宽大的稻场中间放下，老鼠惊惶万分，猫在旁边望着，一动也不动。老鼠逃跑了几步，猫仍不动，老鼠跑到一条石坎边，准备钻进洞去，猫才跳过去，把它衔回原处。这时老鼠吓得纹丝不动，猫又用脚爪轻轻地挠老鼠的背，直到挠得老鼠开步逃跑。双方的动作都十分轻快、敏捷，且有一种优美感。在这全过程中，猫呜呜呜地喊，老鼠叽叽叽地叫，甚是悦耳。这样往返了许多次，猫对老鼠说：

“我是一只仁慈的猫，有以下三点可以证明：其一，在你死之前，我陪你唱歌跳舞，让你享受生命的最后一次欢乐；其二，先吃你的头，让你一开始就失去知觉，这样，当我的牙齿粉碎你的五脏六腑时，你就绝对感觉不到痛苦；其三，我到一个黑暗的、幽静的地方吃你，免得让你的家人看见后万分悲痛。这第一点，你已亲眼看到；第二点，你即将看到一半；第三点，请你相信我的誓言。”

老鼠说：“在小的方面，我感谢你的恩德；在大的方面，我诅咒你的暴行！”

猫和鼠王

秋收时节，老鼠们总是偷农家的粮食，猫杀鼠、赶鼠，累得喘不过气来。它静下来，悄悄观察老鼠们，逮住了为首者，双爪将它按住，说："此刻我是阎王!"老鼠说："是啊，陛下!"老鼠深知性命在猫的手中。猫说："你愿意为朕效劳吗?"鼠说："忠于陛下。"猫说："朕封你为威武侯，率领鼠军，此处留少量留守者，其余驻守边疆。你走时禀报于朕。"老鼠想：我为鼠之王，又为猫之侯——还升官了。它叩头谢恩说："臣领旨。"它率领老鼠们搬到森林边上去了。这屋里安静下来了。

——谚云：茅草服的茅草扎。

一截鱼尾

一只猫蹲在板壁边，伸出长长的舌头舔着嘴唇四周。一群群老鼠在它面前去去来来。猫为了教育这群老鼠，便将面前的一截鱼尾衔起来，爬上柱头，把鱼尾挂到一个铁钉子上，然后跳下来，对老鼠们说：

“你们不要去干偷盗这种罪恶勾当！你们看，我把从柱头上掉下来的一截鱼尾又送到柱头上去，堪称拾金不昧呀——不是不想吃，但吃不得啊！吃了就损害我猫的道德和动物界的尊严……”

老鼠们争相爬上柱头，去抢那截鱼尾。

猫竖起眉毛、胡子，怒吼起来：“你们放肆，我吃掉你们！”

老鼠们说：“倘若不是那条鱼快要胀破你的肚子，我们是绝对不敢到这里来的呀！”

猫一听，脸红到耳根，撒腿就跑了。

猫和鳝鱼

一条已被剖出五脏六腑的鳝鱼，被农妇放到一块砧板子上。鳝鱼看见一只猫正蹲在灶上，便对猫说：

“我本来住在一个舒适的塘里，吃着水里的小鱼、虾、泥……却偏偏闻到旱田里的蚯蚓的香味，我去寻找，发现一个篾篓子内有蚯蚓，便钻进去。那食物味美至极，吃了个痛快，但是却怎样也钻不出去了，于是就随篾篓子到这里来了。眼下会被刀砍，油炸……唉，满足了那一瞬间的欲望，导致了生命的毁灭！”

猫说：“你知道这一点时已经迟了！”

农妇将剁成若干小节的鳝鱼掀到滚烫的锅里，鳝鱼的每一截却拼命往锅外蹦去，农妇拿锅盖盖住——挣扎全然是徒劳。

瞎猫和老鼠

一只猫来到一户人家。它叫了起来，老鼠们纷纷外逃。直到有只老鼠发现这猫并不捕鼠，原来它是个瞎子。消息传出，鼠们全部返回，吃粮、吃肉……猫吼道："你们再捣乱，我就彻底消灭你们！"鼠们哈哈大笑："我们到广场上去跳舞啊！"它们涌到猫背上……

——没有能力的猫只会遭到老鼠的欺侮！

两只猫

主人捉回了同样大小的两只猫，一只是黄色的，一只是灰色的。它们同样聪明、伶俐、健壮，但是主人却喜欢黄猫，不喜欢灰猫。

主人在黄猫的碗里，每天放上鲜鱼、腊肉……在灰猫的碗里仅放点白菜、萝卜，有时连这些也忘记放了。黄猫的肚子每天胀得鼓鼓的，吃了就睡，醒了就吃；灰猫的肚子每天饿得瘪瘪的，喵喵直叫，它见到黄猫大吃大喝，直流口水，有时去吃一口，被黄猫咬出血来，还被骂为盗贼。若被主人发现，还会挨一顿打。

也是天不生绝人之路，饥饿迫使灰猫投入战斗：去捉老鼠。就这样，它在干中学，在学中干，渐渐地掌握了很好的捕鼠技能，老鼠越捕越多，日子越过越富裕了，它深深感受到了勤劳致富的快乐。

几年过去了，老主人一命归天。新主人对两只猫说："猫本身就应该捉老鼠，可以自谋生计，从此再不另给食物。"两只猫碗被主人没收了。

岁月不饶人，两只猫年事已高，灰猫一如既往地生活，而那只黄猫自己不会捕鼠，现在从头学，已力不从心，再加上自命清高，不要灰猫给的食物。终于在一个晚上，它饿死了。

灰猫和黄猫

赵寡妇种着一大份田，每年打下许多粮食，但粮食总被老鼠糟蹋。她一气之下，喂起两只猫：一只灰色，一只黄色。灰猫勤劳，日日夜夜捕鼠，但有一个坏习惯：把捉来的老鼠衔到椅子上吃——有时吃完了，有时吃不完就剩在那儿。主人晚上收工回来，劳累至极，往椅子上一坐，屁股上不是沾了鼠血，就是沾上残肉渣或者一些鼠毛，她十分恼火，发现一次，便将这灰猫痛打一顿，灰猫疼得呜呜直叫，可是刚疼完，它又去捉来老鼠衔到椅子上吃。这灰猫每天为此要挨几次打。主人说："黄猫就不像你，它从来不把鼠血、鼠肉和鼠皮弄在椅子上，所以它就没挨过打。"主人下田去了，灰猫问黄猫："你把有时没吃完的鼠血和鼠毛丢在什么地方？"黄猫说："我从来没捉过老鼠，自然没有犯你这样的错误，所以我生活得自由自在、无忧无虑。"

猫和黄鼠狼

猫觉得捕鼠太苦，便躲在楼上睡觉。主人说：“老鼠成群，不给饭你吃！”猫到野外找到黄鼠狼，说：“你在野外捕鼠很艰难，把我的地盘租给你捕鼠，我提成百分之三十。”黄鼠狼同意，来到这户农家，被杀死的老鼠越多，猫的提成越多。主人见到鼠已很少，就奖给猫鱼和肉。后来，猫吃鼠、鱼、肉吃腻了，它想着自己就是没吃过黄鼠狼肉。它找到黄鼠狼，说：“那些死老鼠吃了后会生病，你不是有抓鸡的本事吗……这户人家喂了很多鸡。”夜里，黄鼠狼去抓鸡喝鸡血。猫对主人说：“有贼偷鸡！”主人前去，捉住正在抓鸡的黄鼠狼。主人剥下黄鼠狼的皮后，把肉给了猫。

——阴险者献上美丽的项链让你戴，你可能到死也没发觉那是绞索。

猫 和 鸭

田边有一口碧波粼粼的河堰，堰边有棵大柳树，它的枝桠伸在河堰的上空。附近农家的一只猫爬到柳树上玩，不幸失足落进河堰中去了。它将头伸出水面，疾呼道：

“救命啊！救命啊！”

堰边上的田里有只鸭子，听见呼救声，连忙走到堰堤上来，看见一只猫正在水中起起伏伏地动弹，眼看生命垂危。鸭连忙游到水中去，靠近猫，说：

“快，你爬到我的背上来。”

猫费了很大力气，爬向鸭背，怎奈鸭背上的羽毛很滑，猫又掉入水中。鸭朝下一钻，到了下沉的猫的肚子下面，将猫托出水面。鸭对猫说：“你用四只脚夹住我的身子，用口咬住我的脖子，就巴得稳了，巴稳后，我驮你上岸。”

猫照办了，终于被鸭驮上岸来。猫牙很尖，咬伤了鸭的脖子，血流出来，肉也露出毛外。这当儿，猫用舌头舔了几下自己的牙，惊奇地发现鸭肉竟是这么香，这么可口！真是相见恨晚。

它猛扑过去，咬断了鸭的脖子，吃起鸭肉来。

迟老太的鸡倌

迟老太养了许多鸡，屋后有一窝狐狸，天天逮鸡吃。迟老太出去找狗，在一个茅屋门前发现两只狗，她找主人商量后，决定买其中一只灰狗。迟老太问："你愿去我家看管鸡吗？"灰狗说："我体格不魁梧。"迟老太说："但却健壮。""我样子丑陋。""我不重视相貌。""我能力弱小。""这是你谦虚。"……。成交。她带狗回来，自此日起，数月没丢失一只鸡。一日，她给狗递食物时，无意中斜了狗一眼，狗觉得这一斜视似含轻蔑，它离开了，不知跑到哪里去了。

迟老太再出门找狗，路上遇到一只黄狗，迟老太说："你愿意帮我看鸡吗？"狗说："愿意！"黄狗随她来了。这狗一见到狐狸就吓得躲进柴屋。鸡被狐狸吃了一大半。迟老太说："你离开吧！"狗说："离开可以，有三个条件：一、耽误我一个月，我的工价是每日百元，必须给齐。二、你给的粗糙食物坏了我的肠胃，需大海的珍珠才能治好，拿珍珠来。三、我身上三根金毛被这里的风吹到月亮上，你给我将它们取回栽上。"迟老太无法，只得让它住下。

——有用的人，不容易招来，但即使来了，一点脸色会使他离去；无用的人，容易招来，但不起作用，要弄走他可就难了。

众兽得到一本皇历

有一天，一头猪从主人的小椅子上拿到一本书。猪不识字，拿到树林里请猴看看，猴翻看了一会，大为惊奇，说："这是皇历。真是叫人气愤——老鼠居然排在十二生肖之首！它有什么德行？"猴拿着皇历到村庄和森林里，向四面高喊："看啦，老鼠名列十二生肖之首！"众禽兽一下子聚拢来，看着皇历上的生肖图，没有一个不气愤的。猪看到这种局面，想到自己不该惹出这个事来，便说道：

"老鼠今日的地位不同了，也许它成了德才兼备的良才。"

大伙看了看，这里没有老鼠，便一致提出："我们不声不响地去看看它的德行。"

"好！"大伙说了声，便悄悄地散开，出发了。它们在一块农田里，发现老鼠正把农人的苞谷往一个岩洞里拖。大伙吼了一声，老鼠衔起苞谷一下就在岩缝里不见了。

大伙说："老鼠仍没改一个'偷'字，这种家伙位居榜首，岂不是提倡一个'偷'字？既是这样，我们'一个不偷，就是憨头'！"从此，猪去偷田里的苕，狗去偷灶上的饭，鸡去偷盆里的米，猴去偷田里的苞谷，羊去偷园里的菜，兔去偷田里的黄豆苗，蛇去偷农人的鸡……

农人给老鼠的馈赠

秋收季节，农人的屋里堆满了粮食：苞谷、黄豆、水稻、红苕……一些老鼠趁这个时候，把各种粮食拼命地往自己窝里搬，农人奈何不得。

一天，这农人捉到一只老鼠，老鼠以为自己的阳寿尽了，非常悲伤。但这农人一点也没伤害它，倒是轻轻地抚摸它，说道：

“伙计，我们同住在一个屋里，总算和睦，现在粮食丰收，我赠给你一颗又圆又大、又滑又亮，又香又甜的黄豆——这是一颗神奇的豆子，只要有它，你终生就不会挨饿，当然也就用不着日日夜夜、忙忙碌碌、辛辛苦苦地积攒粮食了，你就可以与父母兄弟及儿孙们在舒适的家中尽享团圆之乐了。”

老鼠非常高兴，它服服帖帖地让这个人把一颗大黄豆从它的屁眼里塞进去，然后又用针线把它的屁眼缝住。

主人说：“好了，你走吧！”

老鼠蹦蹦跳跳地回窝里去了。

两天过去了，它的肚子开始膨胀，吃的东西屙不出来，难受至极。它那火气无处发泄，看见别的老鼠能吃能屙，生活得那么愉快，它仇恨它们，便去追赶，要是逮住一只，便拼命地把它身上咬烂。屋里的老鼠们被它赶得四处逃窜，一群群直奔野外，不敢回来。这只老鼠早已不能再吃东西，越难受，就越满屋狂跳。这段时间里，主人已把粮食全部晒干扬净，装在仓里了。

这只老鼠临终时才知道上了人的当。

——别认为凡是馈赠都是有益的！

农人和老鼠

除夕的头一天，一户农家在吃团年饭前①，一个男人把香喷喷、黄灿灿的熟猪脑壳肉装在盘子里，准备端去敬水井，还没动身，一只老鼠偷偷地跑去吃一只猪耳朵，它被那男人捉住了。这男人火冒三丈，拿了煤油和火柴来，说："我要烧死你！"

老鼠说："我求你不要这样，这对我来说，太痛苦了！我反正是死，无论刀砍、斧劈、还是给猫吃掉，都行。"

这男人说："太便宜你了！"他把煤油淋遍老鼠的全身，然后在它身上点了一把火。全家人围来看稀奇。老鼠身上燃烧起来，疼得极为难受，逃窜出去。人不敢伸手去捉，猫也无法去抓，老鼠沿着柱头爬上去。人们忙去拿木棍，准备打老鼠，木棍还没找着，老鼠已上了楼，它身上的火焰点着了屋上的茅草，茅屋立即燃烧起来，浓烟弥漫，烈焰腾空，不一会儿，屋子及全部财产都被烧毁了。

这家人急得大哭起来！

——无论什么事，做过了头，就会带来灾难。

① 土家族过年比汉族提前一天，称为"过赶年"。

鼠妈妈和猫婆婆

鼠妈妈在农妇的茅屋楼上生了一窝小老鼠，这些小宝贝们太可爱了，鼠妈妈看着他们，想：俗话说，“老鼠下儿给猫攒起的”。说起猫，老鼠要恨它一千年，一万年，一亿年……对付敌人的办法不外乎是两种：一种是来硬的，另一种是来软的。前者它无法办到，后者倒可以试试。鼠妈妈准备了许多礼物：猪肉，羊肉，骨头，鱼尾……（都是夜里从农妇灶屋里偷出来的）它拖了长长的一串食物，向猫府走去。

猫正在农妇床前扁缸上的一件旧衣服上睡觉，那儿是它的窝。鼠妈妈在远远的地方喊道：“家里有人吗？”猫被喊醒，问道：“谁呀？”起身一看，是一只老鼠，准备扑过去，但见到那串珍贵的食品，停住了脚步。老鼠说：“我特备薄礼，请猫婆婆笑纳。”猫说：“你为何这样？”老鼠说：“我生了一窝儿，想得到猫婆婆的关照，让它们健康成长——天下父母哪有不疼爱儿女的呢？”猫说：“是啊，是啊，我也当过母亲，现在是祖母了，完全懂得你的心情。世界上最伟大的人是母亲，最伟大的爱是母爱。”老鼠说：“您比我体会更深刻。”猫说：“这个屋里，有时来蛇，有时来黄鼠狼，它们是我们共同的敌人。你家住在什么地方啊？要是我发现敌人，便不让它们接近你的家。”老鼠说：“在楼上的一堆杉皮中间。”猫收下了礼物，老鼠走了。

就在当天，猫来到楼上的一堆杉皮旁边，遇上那只母老鼠给伢们打食回来，猫扑上去，把它咬伤在地，接着刨开杉皮，把那些刚睁眼的小老鼠吃光，再来吃母老鼠。母老鼠问：“您说保护我们的，怎么来伤害我们呢？”猫说：“其实，在你找我之前，我并不知道这里有一窝老鼠——猫不去找老鼠，老鼠倒来找猫，这个灾祸是你自己招来的啊！”

老鼠经过猫府前

一只老鼠因公出差，出发前，上司找它谈话：

“你此行必经猫府前——猫，这个地球上最凶残的猛兽，一见到我们鼠类，连一根鼠毛尖尖也是容不得的。对于这个不共戴天的敌人，我们子子孙孙仇恨它，对付它。时下，你无可避免地要经过它的门前，你打算怎样通过呢？”

老鼠说：“我带厚礼去见它，请求通行。”

上司不吱声。

老鼠说：“我给它磕头，请求通行。”

上司仍不吱声。

老鼠说：“我举着大刀，它来了我就砍！”

上司依旧不吱声。

老鼠好一会儿沉默，上司则哈哈大笑起来，说：“你给它送礼，送礼越多，惹的麻烦越多；你给它磕头，磕头越多，它看你越矮；你给它来硬的，它的爪子尖伸来，你就皮开肉绽。你倒不如这样：来点派头。”……

一辆豪华轿车从猫府门前经过，猫皱了皱鼻子，扑了过去，厉声说道：

“停！”

车子停了下来。猫说：“打开车门。我要检查！”

车门开了，猫上前一看：一个人戴着金丝眼镜，穿着笔挺挺的西装、亮闪闪的皮鞋，手指上戴着金戒指，腋下夹着公文皮包……猫吃了一惊，笑道：

“啊，原来是您呀，对不起，我真是有眼不识泰山呀！”

老鼠问：“还检查吗？”

猫苦笑道：“哎，我闻到了一股老鼠气味，那是我的嗅觉过敏。不啦，不啦！”

车子呜的一声就开过去了。

发了财的老鼠

农家的一只母猫在楼上一个装枯猪草的篾篓子里生了个儿子。在它坐月子的日子里，食物全是由女主人送来的，因此它不必出窝来。一窝老鼠趁这段时间，把农人的腊肉、苞谷、红苕……朝自己的洞里拖，洞内塞满了，又打新洞……积攒起来的食物能让它们的玄孙的玄孙，还有享受不尽的荣华富贵。

母猫引着小猫正要离开窝时，女主人因急事回娘家去了（男主人外出打工了），忘了给猫留足够的食物，母猫带着儿子出来寻吃的，腊肉、苞谷饭、熟苕，一样也寻不到，但听见了老鼠们的嬉笑声，猫对儿子说："我们不必挨饿了！"循着老鼠的声音找去，刚到洞门口，看见一窝大大小小的老鼠，正在欢宴。其中一只大老鼠走上前来，站得笔挺挺的，轻蔑地看了猫一眼，说："哪来的两个叫花子，你们要讨点什么呢？"母猫准备像往日见到老鼠一样猛扑过去，老鼠们反而一拥而上，哈哈大笑。那只笔挺挺的老鼠说："你瞎了猫眼，我今日已经是亿万富翁。你呢？肚子饿得巴到背脊骨上去了。千年的石头也有翻身之日，好吧，你们母子俩把我家老祖公抬上，让它周游世界，回来后，我是不会少你们的工钱的。"母猫深知：老鼠众多时会伤害猫的，何况它们财大气粗，现在猫母子俩是逃不出去了。为了保命，猫母子俩只得用几个老鼠找来的凉轿将一个老态龙钟的老鼠抬着，在屋里楼上楼下走了一趟，回来后说："给工钱吧！"笔挺挺的老鼠说："母猫，先给老祖公叩头，往下依次一直叩向它的玄孙。呼老祖公为高祖父，往下依次呼到它的玄孙为叔，方给工钱。"母猫照办。末了，笔挺挺的老鼠说："好吧，给你工钱——我的洞门外有几根猪毛，拿去吧！"

老鼠避难

冬天，农家的火垄里架着火，火上的鼎锅里烘着红苕。女主人到菜园里摘青菜去了。一只老鼠从牲口屋里跑进火垄屋，准备吃墙角里的生红苕。正在这时，女主人回来，顺手关上了火垄屋的耳门。在墙角里睡觉的一只狗出来吃女主人剥下的苕皮，偶尔发现了墙角边上俯卧的老鼠，扑了过去，老鼠迅速奔向耳门，准备从门缝里逃走，无奈门关上了，它只得折回，沿四面墙角跑，企图找到一个缝隙钻出去，然而没有。狗仍在穷追不舍，老鼠四面看看，见到火垄尾上有个筛子粗的一节木料正立着，上面有个洞，便射箭一般地钻进洞内去了，这里有食物，还有棉絮。累极了的老鼠顿时感到舒适，更可贵的是这里安全：狗在洞外看着，连嘴也伸不进来。现在老鼠可放心地歇息一下了。一只猫从火垄屋墙上的小窗里进来，它大摇大摆地进了木料上的洞里，原来这儿是猫窝。猫一下子抓住老鼠，衔了出来，在地上逗了一阵后，开始咬向鼠头。这一刹那，老鼠说：“我躲避了狗难，却逃进了猫窝。不怪你们，是我送上门来的！”

小老鼠和猫

小老鼠在洞里，它的妈妈从厨房里给它拖回去一截鱼尾，无奈洞口太小，鱼的尾翅太宽，拖不进去，母老鼠便将鱼尾放在洞门口，说：“你先吃，吃得小些了，就拖得进去了。”说完，又外出寻别的食物去了。

猫闻到鱼腥味，走过来，衔了鱼尾往外走。小老鼠走出洞来，说：“这是我的鱼尾，不能衔走。”猫不理，仍往前走。小老鼠追了上来，吼道：“还我鱼尾！”猫仍不理，继续往前走。小老鼠追上去，咬住猫的尾巴，说：“你不放下鱼尾，我就吃掉猫尾！”这时，猫把鱼尾放下，小老鼠来衔鱼尾时，猫逮住了小老鼠，两三口便吃完了，然后衔着鱼尾继续往前走……

唉，小老鼠，你怎么能和猫争食呢？

一只母老鼠

一只名门望族的母老鼠将临产，整个屋子内外（也就是全世界）的老鼠们都在关注这件事。有一天，母老鼠生了十个儿女，风声刚露，整个鼠类都知道了，仅一会儿工夫，屋内外全是黑压压的老鼠，它们送来了厚礼：腊肉、干鱼、羊肝、麂肺、鸡腿、鸭舌……楼快被压塌了，只得又把礼物搬到地下。母老鼠的丈夫笑呵呵地迎送客人，它请人管礼账，算盘噼噼啪啪地打了七天七夜。有一只大老鼠衔了一串腊香肠来，迟到了，未能写上，竟急得撞破脑壳而死。

真是天有不测风云，一只猫蹿进老鼠家里，咬死了公老鼠，咬伤了母老鼠，它们的儿女被猫吃得一个不剩。幸存的母老鼠号啕大哭，急得昏死过去，三天三夜后才苏醒过来，发现丈夫的尸体上长了蛆，堆积如山的礼物也不知到哪里去了——不是被猫吃光，就是被别的老鼠抢走。可怜的母老鼠的境地已是一落千丈、一贫如洗了。它可怜巴巴地出去，向邻居们借点吃的，可是它们一看见它，要么就是关上大门，要么就绕道走开，要么就说："我们不认识呀！"要么就说："哎呀，你真可怜，可是我三个月没吃东西了，比你更可怜呀……"母老鼠叹道："它们都只会锦上添花，而不会雪中送炭呀！"

野猫和家老鼠

一只家老鼠在野外被野猫捉住，将被吃掉。家老鼠说：“我拜继您，喊您爹！”野猫答应了，说：“到你那里看看！”“行！”野猫到了干儿子住的农家，见到一块腊肉，想要，家老鼠就把腊肉给野猫送去了。野猫再来农家，见到一笼鸡，又想要，家鼠又把鸡一只只地送到野猫家，送最后一只鸡时，野猫说：“什么腊肉、鸡，都是粗粮，现在爹想要细粮，儿，拿你的肉来孝敬爹吧！”它衔起了家老鼠。

——因怕死而为敌效劳，当敌人的目的已经达到、你再无用场的时候，你的阳寿也就尽了。

船工和猫、老鼠

船工的家在岸上，他每晚回家，一坐下，猫跳到他身上来，船工一边抚摸它，一边说："你帮我保护了粮食。"奖给它一条小鱼。有天早晨，船工到船上去，猫轻轻地跟在他身后，人上船后，一转头，见猫在跳板上也准备上船，他火了，拿起竹篙来打，猫问："为什么?"船工说："怕你伤害我船上的老鼠——有一次船行江心，船上一只老鼠突然离开船，泅水上了对岸，我知道要出事了，立即调头靠岸，我刚上跳板，船就沉没了——老鼠可预报险情!"猫跳上岸去了。

——人或物并无固定的贵贱，其价值要看他（它）在特定的环境中所起的作用而定。

老鼠兄弟救妈妈

猫捉一只母老鼠，
场上逗趣放呀扑，
鼠的伢们看见了：
“妈妈就要进猫腹，
快快想法去救母！”

大哥背条大鲜鱼，
朝着大猫前面去：
“请您放我妈妈走，
妈妈正在患鼠疫！”
猫不放鼠却收鱼。

二哥背截大香肠，
对着大猫轻声讲：
“请您放我妈妈走，
它被人的毒药伤！”
猫收香肠鼠不放。

三哥背把闪亮刀，
向猫献匹黑鸡毛，
猫一见到放鼠走：
“终于得到凤凰毛，
十年做梦也欢笑！”

桅杆上的老鼠

木船上有一只老鼠，倍受人的宠爱，给它最喜爱的食物和住处——从古至今，凡船上的人都认为老鼠能预报险情（或翻，或沉，或触暗礁等），若可能要出事，它便逃上岸去。人见它逃了，便立即采取防范措施，以化险为夷。

一天，老鼠从舱底出来，爬到桅杆上玩。船老板问它："爬到这上面做什么？"老鼠说："观风景，看世界。"老板说："我给你一句忠告：绝不可爬到顶端——任何事到了极限，危险也就在其中了。"老鼠说："我记得人说过'站得越高，望得越远。'"老板说："这就看在什么情况下，要做具体分析……"老鼠不等他说完，一股劲地爬到了桅杆的顶端。正在这时，一只老鹰飞来，将它叼走了。

老鼠的乐趣

清江上有只木船，船上住着一只老鼠。这船从资丘运山货土产下宜都，从宜都运油盐布匹上资丘。这老鼠也终年随船行驶。它住在船舱底板下面，不免感到寂寞，便用牙齿去磨船底板。当它磨牙时，感受到了一种极度舒适的感觉，同时牙齿发出咔咔咔的声音，它觉得这声音是最美妙的音乐。二者加起来，实是享受啊！它天天磨，月月磨，船底板上被磨出了一个圆洞。它兴奋得跳起来，说："看啦！别的老鼠只会在地上打土洞，而我能在水上打木洞，这就是我创造的奇迹。可以辉映日月呀！当然，在这个过程中，我找到了真正的乐趣……"圆洞里涌进了水，而且越涌越多。船工来舀水往外泼，无济于事。他不知是哪里穿了窟窿！船仍在下沉，船工急忙往岸边驶去，刚调头，船连同上面的人和货都沉到了江底。

老鼠呢，它把屁股一拍，泅水上岸去了。

瞎眼老鼠享福

一只瞎眼老鼠住在一户财主家堂屋里的墙洞里。一天，它听见财主说："这次我出门，骑马，马晃晃荡荡，坐在上面真是享福啊！"瞎眼老鼠问一位邻居："马是什么样？"邻居老鼠说："马，高大，头上有两耳，浑身毛茸茸的，有尾巴。"瞎眼老鼠记住了。

一天，一只猫在墙边睡觉，瞎眼老鼠去摸了摸，想：这不就是马吗？于是它骑到猫背上去。猫醒来，看见这老鼠，觉得有趣，决定再逗逗它，于是起身走动，摇摇晃晃。瞎眼老鼠觉得悠闲自得。邻居老鼠见了，远远地对瞎眼老鼠说："这太危险了！"瞎眼老鼠说："我尝到了享福的滋味。"邻居老鼠说："你这是把祸当成了福啊！"

农人和蛇

秋天的上午，一个农人在查看他即将收获的粮食时，发现老鼠们把他的苞谷吃了许多，只有一些苞谷桯子还留在秆子上，黄豆也被吃不少，地上铺着一层空空的豆荚壳。他流着泪，忧伤地说：

“这些老鼠为害，我们农人真拿它们没办法啊！”

他说这句话时，玉皇大帝的巡察官正从这里路过，他听见了这句话，立刻返回天庭，对玉皇大帝讲述了此事。

玉皇大帝说：“农人真是太苦啊！往往有所劳而无所获，这样，派蛇下界帮农人消灭田里的老鼠——对付老鼠，蛇甚至比猫更能干。”他宣蛇上殿……

蛇来到这户农家门前，对这位可怜的农人说：

“我奉玉皇大帝圣旨来帮你消灭田里的鼠患。来你这里报到后，我会立即开始工作了。”

这农人惊呆了，他想起他的先辈曾经听伊索先生说过：有个农人在冬天可怜一条冻僵的蛇，把蛇揣在怀里，蛇醒过来后，竟把救它的农人咬死了。这农人想到这里，竟颤抖起来：我虽是农人，绝不是那个傻农人的后代。他对蛇说：“我很感谢你。”当天，蛇去捕鼠，在田里却被农人一锄头打死了。

这件事被原先那个巡察官报到玉皇大帝那里，玉皇大帝说：“可怜的农人啊，你只听片面之词，就会做出有害于自己又有害于他人的蠢事来！”

少年和蛇

一个农家少年常常光着身子到自家门前的一道堰里洗澡，那儿的水是清澈的，少年站在水中，水也只漫到腹部。他常带着一个小木桶，洗过澡后，便从稀泥下层的硬土中的小洞里捉出许多鳝鱼来，放在桶里，带回家去。

一次，他的妈妈看了看桶里，说："这其中有一条是小水蛇。"并叫他细看蛇与鳝鱼所不同的地方——水蛇：粑粑头，身上有方格花，尾细。鳝鱼：扁扁头，身上有不规则花点，尾秃。

少年发现了这一条与众不同的"鳝鱼"，确认是蛇，但是他说："环境能对它产生影响，甚至能使它的性格改变。它生活在鳝鱼中间，虽然仍为蛇，但也会具有鳝鱼的特征而改变蛇的个性的。"

妈妈说："蛇和鳝鱼绝不可能成为同一种东西。这蛇是毒蛇，怕它伤人，一定要捉出来，并打死它。"

儿子拗不过，用火钳把蛇夹了出来，说："把它拿到野坝坡里处死。"他真的把蛇夹出去了，但等到妈妈走开之后，他又悄悄地把它捉回鳝鱼桶中。一次，他伸手去桶里捉鳝鱼，手指触到了蛇，被蛇咬中，这少年一会儿便毒发身亡了。

农人和拄路棍

昏昏月色下，一个人正行路，一头豹子向他追来，他左右躲闪，仍无法避开，干脆抡起一块巨石砸中了豹头，豹子才跑开了。这时，他感到筋疲力尽，倒在了路上。突然，他发现了一根木棍，拾起它来，说：“有你的帮助，我可以到家了。”手上突然一疼，他扔下木棍，原来这是一条蝮蛇！他断气时说：“使我害怕的被我战胜了，让我寄予希望的却将我毁灭了！”

蝮蛇和人

一个人在野外捉到一条蝮蛇，恰在这时，南方有人委托当地供销社收购各类蛇，这人便把这条蝮蛇捉到供销社去。售货员不会捉蛇，便叫这人把这蛇放到磅秤上称过，再让他把蛇捉到一个铁丝编织的笼子里关住了。售货员按价付给这人五十元钱，这人高兴至极，心想：这蛇值这么多钱呀！若是再重一点，不是值更多的钱吗？于是他对售货员说：

"你刚才看错了秤吧？我在家称过这蛇，怎么少了半斤？"

售货员说："不可能吧！"

这人说："你是不是想克扣我的斤两？不行，再称一次！"

售货员说："也行。"

这人伸手去铁笼里捉那条蝮蛇，刚一触到它的身体，蛇一调头，将这人的手咬了一口，他当即倒在地上。售货员连忙喊人把他抬到医院去，但刚出大门，这人便断了气。

蛇和狗

夏天的午后，下了一场不大的雨，天气仍然闷热。

一条墨蛇①在路上的树荫下乘凉。

一个人带着他的一条狗向这里走来——不远处就是他们的家。人走在前，狗走在后。人猛然间发现那条蛇，吓了一跳，但他一抬脚，从蛇的上方跨过去了，继续往前行，丝毫没有伤害蛇的想法。狗猛然间发现了那条蛇，也吓了一跳，它立即狂吠起来，对主人说：

“这条蛇就在我们的家附近，如不除掉它，说不定会伤害你的孩子的！”

主人转过身来，往回走，接着他搬起一块大石头朝蛇的七寸砸去，蛇当即死亡。

——得罪了头目的心腹要人，比得罪头目更容易招来祸患。

① 墨蛇：即乌梢蛇，无毒。

兔子和响尾蛇

夏天，骄阳似火，山野仿佛在燃烧。

一只野兔在山坡上行走，它口干舌燥，喉咙里冒出烟来——热得快要昏死！它一抬头，忽然听见清脆的潺潺的流水声，一线生存的希望复活了。它的腿上有了力气，立即奔向山泉，准备喝个痛快，它驰过草丛，直奔水响处，睁大眼睛寻找流水。猛然间，一张大口伸出利牙向它扑来，原来是一条蛇。蛇对它说："你在寻找水吗？你听——"待它看去，那蛇摇着尾巴，水声就是从那里发出来的。蛇说："小东西，明白吗？我就是靠这种方法觅食的。"野兔蓦地明白：上当了！它慌忙调转头，拔腿就跑。那蛇穷追不舍，咬住了野兔的尾巴，野兔挣断了尾巴，跑了出去。它不知跑了多远，才在山坡上歇了下来，身子软得像一团泥。

不远的地方有哗哗的水响，那么清脆，那么悦耳。这次，野兔一点也不想喝水了——那是要命的东西——那条蛇一定正跟踪而来。不过，这次真的是清清的流泉。但兔子一听见水声，便慌忙逃命，它又累又渴，终天倒在山坡上，永远地闭上了眼睛。

——常常有这样的人，一件事办坏了，遇到好事也不干了。

蛇、青蛙和红蚂蚁

山边有一口碧波粼粼的河堰，堰里住着青蛙；堰边是一块绿荫覆盖的苞谷田，田地里住着红蚂蚁。一条蛇住在附近，常在这一带出没。

一天，蛇在堰堤上休息，一只青蛙从水里露出头来，一见到蛇，先吓了一跳，接着对蛇如朗诵诗一般地说道：

"啊，友好的邻居，龙的后裔！您德高望重，像太阳一样地给我们光明和温暖；您正直善良，用崇高的品德和纯洁的心灵指引着我们的生活之路；您英勇无畏，给外敌以无穷的震慑，使我们生活在一个和平、宁静的国度……"

这只青蛙的颂歌才开了个头，蛇游进水中，吞食了它，接着又吞食了好几只青蛙。水中的青蛙纷纷逃上岸来，蛇又追赶上岸……蛙们遭了劫难！它们多数束手就擒，侥幸的逃脱者也是惊恐万状，哭声一片。这里沉浸在血腥杀戮之中！

田里的一群红蚂蚁，见此情景，毫在犹豫地围攻上去，它们成千上万，爬满蛇的全身，用力狠狠地叮。蛇虽是庞然大物，却是孤军奋战；蚂蚁虽然弱小，却组成了一个坚强的大兵团。经过几个小时的激战，蚂蚁伤亡甚多，蛇也一命呜呼。

幸存的蛙们这才喘了一口气，说："红蚂蚁为我们除了一害！"

红蚂蚁们说："面对敌人，你越乞求，它就越欺侮你，结果是被吃掉；你挺身搏斗，说不定会杀出一条生路！"

龟兔再次赛跑

春日照耀下的草坪上，动物们的运动会正在进行。这个项目是龟兔赛跑。乌龟和兔子进入了场内，全场观众都注视着。参赛者到了起跑线上，乌龟那个慢腾腾的样儿，真叫人着急；兔子精神抖擞，信心百倍。这当儿，有记者（獾）来采访它们。乌龟说："我一向不慌不忙。"兔子说："众所周知，在第一次的龟兔赛跑中，兔子自恃跑得快，没把慢腾腾的乌龟放在眼里，竟在途中睡起觉来，让乌龟讨了个便宜。两千多年来，人们赞扬乌龟坚韧不拔，批评兔子骄傲自满。我兔子决心在此次比赛中荡涤耻辱，修正史册，还兔子奔驰如飞的本来面目。等着吧，在电视台和报纸上会见到兔子创造的奇迹，让这一新闻震撼大地……"

随着裁判（猪）手中的绿色旗帜一挥，龟兔开始了赛跑。兔子的四条腿真像离弦的箭，快极了，但是它突然翻了几个跟斗，头破血流，腿断脊折，躺在那儿只是呻吟，翻着红眼，根本无法动弹了。兔子躺在送往医院的担架上，抬头望着赛场，乌龟又到了胜利的终点。兔子长长地叹息了一声。它听见了猪在广播里的声音：

"刚才，兔子想一下吃成个胖子，却被胀破了肚皮，连瘦子也当不成了。大家要吸取这个教训！"

空中音乐会

鹫、鹰和鹞在空中相聚，共同说道："云雀、百灵和黄莺在低空组织了春季音乐会，它们赞扬春天的美丽，歌词优美，曲调悠扬，赢得了全鸟类的热烈称赞。它们这些禽类中的弱者能做到，而我们是鸟类中的强者，也必然能做到，甚至超过它们百倍，千倍。来吧，我们也在高空举办一个春季音乐会，让我们的歌声响彻万里云天，让太阳俯首倾听，让月亮、星星鼓掌……"它们唱起来：

扬起嘹亮的歌喉，
赞美明媚的春天。
芳草是这么翠绿，
百花是这么鲜艳……

歌唱的确优美，甜蜜，充满祥和的气氛。然而，低空的喜鹊、斑鸠、农家的鸡鸭……全都惊恐万状地、射箭一般地奔回自己的窝里，连呼吸也不敢大声。它们各自暗暗想道：这些猛禽相聚，定是在制订捕食方案，我们的末日也就来临……它们全颤抖着，缩成一团。

——强者常使弱者遭灭顶之灾，以致强者们的聚会、娱乐，本没打算伤害弱者，也会使弱者胆战心惊、魂飞魄散。

鹫和蝙蝠

不知是哪只鸟，飞到天上，偷食了王母娘娘的仙桃。王母娘娘在御花园里发现了桃蒂和落在地上的鸟粪，便来到凡间，招来一只鹫，对它说：

“我封你为法官，把偷仙桃的鸟缉拿法办。”

鹫领了旨，召集众鸟开会，说：

“谁偷食了王母娘娘的仙桃，自己说出来，可以减罪。”

谁也不说话，鹫叫它们想想后再来报告，便散会了。

一些日子过去了，没有任何一只鸟前来自首。

鹫再次召集众鸟说：“你们互相检举揭发。不查出来，一个也不放你们走。”

鸟们相互之间，你望望我，我望望你，都觉得是森林中的邻居，早不看见晚看见，检举任何一只鸟都会情面上过不去的。不过，大伙怀疑是天鹅偷食了的，因为在鸟类中只有它飞得最高，那纯玉般的身子像一朵白云，最容易混淆视线；那黑色的大鹰虽然也能高飞，但容易暴露目标，所以没有那样的胆量。大伙看看天鹅美丽的容颜、轻柔的姿态和庄重的举止，谁也不说出口。最后，乌鸦说道：

“真正偷食仙桃的鸟，它因为害怕，不敢到这里来——我亲眼看见蝙蝠在一个月夜，张开翅膀，直向天上飞去了……”

鸟们一齐附和：“对，偷食仙桃的就是它。”

斑鸠说：“不过，它不是鸟，而是兽。”

其他的鸟说：“它有翅膀，能飞，怎么不是鸟？”

“对呀！”鹫说道。它下令缉拿蝙蝠。鸟们连夜出动，捉住了蝙蝠，捆绑起来，押送天庭。

王母娘娘亲自审问，没审出结果，不由分说，把蝙蝠贬到屋檐下，从此不准它高飞。白天，用黑网罩住，倒挂在树枝上。

一些日子过去了，王母娘娘下界巡察，发现地面上的蚊子减少了很多，人们齐声欢呼，说是一种鸟捕杀了那些蚊子。王母娘娘决定给这种鸟以嘉奖。她下令鹫负责查清此事。

鹫召百鸟集会，说明了王母娘娘的意图：“这次要嘉奖在地面上捕食蚊子的鸟。”

鸟们争先恐后地讲述了自己捕杀蚊子的经过，个个讲得那么详细，连逮住一只蚊子腿也会不说漏。燕子提到蝙蝠，说："我住在人家的梁上，看得很清楚，那蝙蝠夜夜捉蚊子吃，捉得又快又多，蚊子没有能逃脱的。"

乌鸦说："蝙蝠捉蚊子倒是多，不过，它不是鸟——身上长的不是羽毛。"

众鸟（除了燕子之外）一齐说："是呀，蝙蝠有牙齿，胎生，幼蝙蝠靠吃母乳长大……这明明是兽嘛！"

鹫说："对，在王母娘娘要嘉奖的鸟类中，除去蝙蝠的名字吧！"

——在生活中，确有这种人。在有坏事时，赖在他身上，可以找到理由；在遇到好事时，把他排挤在外，也是可以找到理由的。

孔雀、大鹰和狐狸

草坪上，一只孔雀和一只大鹰相遇了，彼此观望着。孔雀说："你这么个丑陋的家伙，难看极了。我真不明白：鸟类的祖先把你造成这个样子，这对于你来说，是一种痛苦；对鸟类来说，是一种耻辱！"大鹰说："你是幸运的……"没等大鹰把话说完，孔雀说："那是当然啦！我的羽毛五彩缤纷，蝴蝶看见，不敢展翅；鲜花看见，纷纷凋落；月亮看见，躲进云层；太阳看见，失去光芒……我的美丽在宇宙间是无与伦比的！"

正在这时，一只狐狸跑来，大鹰双翅一张，飞上天空。孔雀没走几步，被狐狸生擒，狐狸拖着它离去。孔雀看见大鹰在空中飞翔，好生羡慕。大鹰说："在我丑陋的外衣下，有强健的身躯，蕴藏着力量。比起你的羽毛来，也是一种美啊！"

小孩子和鹰

一个小孩子从一棵大树上的窝里捉来一只雏鹰放进鸡笼里，鸡们见它的怪样子，吓得乱逃乱撞。过了些日子，鸡们发现怪物没伤害它们，才安静下来。它和鸡们和谐相处，与鸡们过同样日子。一天，小孩的父亲发现鹰，问了捉鹰经过后，说："它是鸟中之王，万里长空才是它活动的地方，快放它回去，让它的父母教它学习飞翔。"小孩把雏鹰放回了原来的窝中。鹰的爸妈带它学飞，它不学，自己又回到鸡笼里——虽为鹰，但习性实在与鸡一样了。

——鹰没学会飞翔，就变成了鸡。

麻雀与鹞

秋收后的农田里，一群鸡正在觅食。一只鹞子在空中飞了一阵，落下来……稻场边的果树上有一只麻雀，见此情景，连忙飞到鸡们中间，焦急地说："快跑，鹞子来了！"鸡们一下子全跑进了屋里。

鹞子扑了个空，恨透了麻雀，它跟踪追击麻雀。麻雀飞回到自家门——一个墙洞，把身子藏在洞内，把头露在洞外，对鹞子说："你这个家伙，把坏事做绝了，必然讨不到好死的——有一天被枪打死，被刀砍碎，血给猫喝，骨给狗吃，毛被蚂蚁拖走……"鹞子气得说不出话，向麻雀猛地冲去，头一下子撞在墙上，当即裂开，落下地来……

——强者在弱者家门口，应小心被欺侮，甚至可能会惨遭失败。

农人和鸡、兔

农家来了贵客。女主人在灶里架火，准备烧开水，男主人拿了薄刀去鸡笼里捉鸡。农人揭开鸡笼上面的一块窄板子，将手伸进鸡群——捉到哪只是哪只。鸡们一阵惊叫，张开翅膀，一齐用头冲开了鸡笼上面的木板子，全都展翅飞往屋后的树林，只剩那些木板噼噼啪啪地落进鸡笼。农人看着空空的鸡笼，十分失望。他一扭头，看见了旁边的兔笼，一群兔子吓得挤在笼内的一角，像毛茸茸的棉絮。农人揭开兔笼上面的一块木板，伸手去抓，那些兔子一动不动，他顺利地逮住了最肥的一只……他在稻场上杀兔的时候，鸡们在远处望着，它们惊魂已定。其中一只母鸡说："不管怎么说，老实的先挨刀！"

一只公鸡和母鸡、猫

一群母鸡对一只穿戴华丽、风度翩翩的大公鸡说："你，使我们为之倾倒，我们向你献出诚挚的爱……"猫见到这一幕，说："热到极点就会向冷却转化！"公鸡厉声斥道："老鳏夫，你嫉妒吗？"猫跑开了。过些日子，主人在稻场杀公鸡，还没杀死，进屋提挦毛的开水去了，那群母鸡围来，骂道："你这个无耻的流氓，平日把我们背上的毛都踩掉了！"它们纷纷啄它脖子上刀口里的肉吃，公鸡求情道："别啄，我疼得厉害！"母鸡越发啄得狠了。猫猛扑过去，母鸡们全都飞散开了。公鸡望着猫，流下了泪。

——以前讨厌的人，后来可能成为朋友；以前友好的人，后来可能成为敌人。在一会儿得势，一会儿失利的时候，就能将他们分辨出来。

母鸡和鹞子

鹞子抓住母鸡，狗追来了，鹞子只得逃走。过些日子，这只母鸡伤愈了，在田里觅食，见鹞子站在面前，鸡想到它伤害过自己，立即要离开，鹞子说："阿姐，我是特意来向你认错的，上次让你受惊，我难过极了！我想过：我们鸟类是同一祖先，有什么比骨肉之情更宝贵的呢？绳子挽起疙瘩比断了的好，全部解开又比留下疙瘩好，我今天是来解疙瘩的，望阿姐助我一臂之力。"母鸡已被感动，欣然答应了。狗扑向鹞子，鸡说："我们认了家族，正共修永远友好大计，你离开吧！"狗走了。鹞子说："让我们忘掉过去的不愉快，朝着一个更高的目标飞翔……"它们并肩向空中展翅，到鹞子的窝里去了。

——忘记以往的教训，愚蠢的家伙就又会上当。

幼鸡和鹞、鹰

一只离开妈妈不久的年幼的白母鸡独自到田里玩，一只鹞子扑来，抓向它的背，它虽逃脱了，背还是受了伤。幼鸡疼得颤抖，流着泪。

一只鹰飞来，落在幼鸡面前，问："小姑娘，你为什么伤心?"幼鸡说："一只鸟抓伤了我的背，疼得厉害，我实在太痛苦了！"鹰说："这鸟是鹞子，它太残忍了，要遭雷打火烧的！我真是同情你的遭遇，你到我家里去，我有灵丹妙药医治你的创伤，叫你永远不再痛苦。"幼鸡说："您真好。"

鹰抓住幼鸡飞到窝里去了。

——不幸者的眼泪是无法受到残忍者的怜悯的，披着怜悯外衣的残忍者更凶残。

公鸡和鸭们

一只公鸡对一群鸭说："因为我叫天才亮。于是，大地充满生机，万物生长，一切生灵开始活动，包括你们鸭类……"鸭们对公鸡自然是感恩不尽。

有一天黄昏，主人家来了客，夜里把公鸡杀了做菜。这件事让一只晚归的老鸭亲眼看见了，它焦急地回到鸭棚，对鸭们报告了这个噩耗，鸭们看着笼罩它们的可怕的暗夜，结结巴巴地说：

"从此，我们将什么也看不见了，水也找不着了，鱼、虾、虫子，弄不进嘴了……世界的末日到了，一切都要毁灭！还不如跟着伟大的公鸡一起死了的好！呜呜——呜呜——"当即有几只鸭子急得撞脑而死。

它们一阵接一阵地痛哭。在这绝望的哭声中，天慢慢地亮了，一切都和往日一样。鸭们破涕为笑，狂欢起来……走出鸭棚，它们互相说："公鸡吹牛使我们受了一场虚惊！

白　鸡

春天，一群鸡在草地上觅食：谷壳、砂子、虫卵、蚯蚓……阳光是这样和煦，春风是这样温柔，草地是这样碧绿，百花是这样鲜艳，一群鸡赏心悦目，怡然自得。

一只白色母鸡走到一口小水潭边，低头看了看自己的影子：身上水晶般地闪亮，羽毛绒丝般地轻柔。它感谢父母赐给它无瑕的装束，感到自己是贵族的后裔……一种优越感将它笼罩，它抖了抖身子，自豪地离开那面波光粼粼的镜子，再看看周围那些鸡，黑色的像炭，褐色的像灰，黄色的像泥，麻色的像粪……“真是不堪入目！再看它们一眼，心里就作呕，身上就起鸡皮疙瘩。它们全是劣种，我与它们在一起，太损我的脸面，简直是对我的玷污！”它离开这群杂色鸡，独自觅食去了：“只有我，才与这融融春光的色调协调。

一只老鹰在空中盘旋，它的目光早盯在这只白色的鸡身上——因为它最显眼。由于这些鸡聚集在一起，若是鹰俯冲而来，鸡们必然乱叫狂飞，这只白色鸡就会仓皇逃走。现在它远离鸡群，正是时机到来。老鹰从高空冲下，毫不费力地抓起这只白色的鸡直冲云霄……

其余的鸡只是受了点虚惊。

——越是炫目的东西，就越潜藏着危险，若再加上高傲，情况就会更糟。

一只公鸡的规劝

稻场上有两只母鸡，为争夺一条蚯蚓闹得脸红脖子粗。这个衔起蚯蚓时，那个又来将蚯蚓夺走，这个又追赶那个；那个抢走蚯蚓时，这个又去追赶。如此这般地往返进行。一只公鸡走过去，对它们说：

"停下，把蚯蚓放在地上！"两只母鸡遵命，公鸡摇头摆尾地说："听我劝劝你们。一条蚯蚓嘛，是件小事，何须这样争夺？让其中一个吃掉，再去垃圾或泥土里寻找嘛；这玩意儿多的是，或吃了蚯蚓的另去寻一条来给没吃的，不也是公平合理的吗？即使不公平也没关系，总得有点舍己为人的精神嘛！一句话，要讲团结。你们看：乌云团结在一起，就能给龟裂的土地降下甘霖；涓涓细流团结在一起，就能成为奔腾的江河；纱线团结在一起，就能捆住雄狮……这样的例子，我就是说上七天七夜也说不完。一句话：团结就是力量，团结就是胜利，团结就是……"

话没说完，另一只公鸡跑来，从地上叼走了那条蚯蚓，这只公鸡猛扑过去，它没有去抢蚯蚓，而是用利嘴逮住那只公鸡的鸡冠，两只公鸡拼命地厮杀起来，鲜血四射，鸡毛乱飞……它们谁也不饶谁，比那两只母鸡的争斗残忍千百倍。

——会劝别人，不会劝自己。

一只夸大话的公鸡

初冬，一群鸡在稻场上寻找主人失落在那儿的谷粒。它们中间有一只公鸡。一只老鹰在空中盘旋，太阳把它的影子映到稻场上来，鸡们抬头观看，个个胆战心惊。公鸡对它们说："你们别害怕，那鹰固然勇猛，但它比不过我厉害。我是你们尊敬的丈夫，你们是我的心爱的妻子，保护你们是我的神圣的职责——只要鹰敢衔走你们的一匹毛——不，是一丝毛，我就逮住它，碎尸万段，供你们一饱口福！"

正说着，鹰俯冲而下，飕的一声，像龙卷风袭来。鸡们全跑进鸡舍，往一个角落里猛钻，钻在母鸡们的胯缝里不停地颤抖的恰恰是那只公鸡。

——夸大话的往往难以履行承诺。

一只花母鸡

老太婆在出嫁的女儿家玩了些日子，回来时，女儿送给她一只花母鸡。晚间，她把花母鸡送到鸡笼里去。这笼里原有十多只鸡，都把头夹在翅下蹲着睡觉。花母鸡也蹲下来，它想，陌生的鸡见面，总要啄一阵子后再成为朋友的，只能在黑夜里得到太平——那是难熬的时刻啊！这里既然是一群鸡，就一定有个头目，它必然是公鸡，只要把公鸡拿住，其余的鸡谁还敢惹我？不仅能渡过目前的难关，就是以后我说不定会成为王后哩——那可是至尊至贵的呀……第二天，曙光透进鸡笼，开始还平静，可是待大伙看到了一只陌生的花母鸡时，全笼骚动起来，终于一只母鸡开始啄它，其余的母鸡都来啄它。于是花母鸡跑到公鸡身边，先用翅膀蹭一下公鸡的翅膀，见公鸡不反感，便用脸去蹭一下公鸡的脸，公鸡微笑了一下，它再用嘴壳去挨公鸡的嘴壳，公鸡也用嘴壳挨了挨它的嘴壳……情意尽在不言中。此刻，别的母鸡都离开了，无一个敢来再动它一根毫毛。花母鸡神气起来了。

女主人（老太婆的儿媳妇）抽开鸡笼门，让这群鸡去到田野上。公鸡和花母鸡依偎在细土中，时而弹弹腿，时而拍拍翅。温柔的阳光照在它们身上，它们有倾吐不尽的甜言蜜语。别的母鸡都远远地望着。然后，它们一起去啄食各类虫子和谷粒。公鸡发现了一条蚯蚓，便咯咯咯地叫着，衔到花母鸡嘴边，花母鸡将蚯蚓吞下去，再和公鸡肩并肩地向前迈着步子。有一只母鸡说：“我宁可把眼睛闭着，不愿因看到这情景而恶心！”这话被花母鸡听见，报告给公鸡，说：“它说，我俩是狗屎，它看见就恶心。”公鸡跑过去，几乎把那只母鸡的脑浆啄出来。此后，别的母鸡都离它们远远的。

一天下午，主人家来了贵客。夜里，男主人（老太婆的儿子）把手伸进鸡笼里，捉住公鸡，当晚杀了，第二天做了早餐。花母鸡倒霉的时刻到了，曙光刚透进鸡笼时，那些母鸡一齐啄来，一会儿，它的两只翅膀上的毛被撕掉，背上的肉被鸡们啄了吃。这样，日复一日，月复一月，花母鸡身上的肉刚长出来，又被鸡们啄了吃。它们说：“不啄它的脑，让它死还便宜了它。”

老太婆见这情景，对花母鸡说：“不会搁的搁一人，会搁的搁一群。是你自己做错了啊！”

雉鸡和狐狸

严寒的冬天，山野被积雪覆盖起来。一只饥饿的雉鸡在岩边觅食，什么也没找到，它呼唤起来：“有哪个好心的朋友借给我一点粮食，待积雪融化，我找到粮食后，加倍偿还。”

一只狐狸听见，从洞里出来，说：“你真可怜，到我家里来吧，不管要哪种粮食，我应有尽有。谁没有困难呢？再说，又有谁会永久地困难呢？十年滩成潭，十年潭成滩，困难和富裕是互相转化的。尽管来吧，亲爱的朋友！”

雉鸡撒腿就往远处奔跑。狐狸问：“你怎么又不借了呢？”雉鸡说：“我已看见了你嘴上的鸡毛！”

鸭的提拔

山边上的瓦屋里住着一个农妇，年年五谷丰登，六畜兴旺。她买回一只狗，对它说：

“我这里鸡鸭成群，你的重要任务之一就是看守它们，不得损失一只，尤其要防备狐狸。记住了吗？”

狗说：“记住了，一定照办。”

一天，鸡妈妈引着小鸡、小鸭们在门前水塘边的田里寻找食物：虫、虫卵、石子、嫩草……一只小鸡在塘边失足落入水中，它拍着翅膀，惊呼：“救命，救命！”但身子仍在下沉……在这千钧一发的时刻，一只老鸭慌忙奔下塘，钻入水下，驮着小鸡游上岸来……

这一切，主人在屋檐下看得很清楚，鸡的得救使她十分高兴，但她一眼瞥见在稻场边上无动于衷的狗，火冒三丈，唤来狗，说：

“我叫你看管鸡鸭，你玩忽职守。今天若不是老鸭当机立断，险些儿造成重大损失。”说着便抡起木棒将狗一顿痛打，说：“我撤了你的现职，叫你到猪圈里去！”

狗走了。农妇唤来老鸭，对它说：

“我提拔你为鸡鸭看守官——取代狗的职务。”

老鸭十分高兴，摆着尾巴，“嘎嘎嘎”地叫着。

农妇对所有的鸡鸭宣布：“以后一律听从老鸭指挥。”鸡们“咯咯咯”地叫着，鸭们“嘎嘎嘎”地喊着。

一天，一群鸡鸭在门前的田里觅食，一只狐狸从苞谷林里钻出来，衔走了一只最肥的母鸡，鸡们全都狂叫惊飞。老鸭可是忠于职守的，它“嘎嘎嘎”地叫着，向狐狸的方向奔去，屁股扭得圆圆的——可对狐狸无任何震慑作用。

岸上的鸡和塘里的鸭

好几个月没下雨了，溪里、井里的水都干了。一只公鸡好几天没喝到水，便到水塘边上去，那一汪碧水波光荡漾，一只鸭子正在那儿游着。它承包了这个塘，是塘的主人。

鸡说："我口里渴得要冒烟了，你借给我一点水吧——我俩是同一个妈妈孵出来的。"

鸭说："当然啦，我俩是亲兄弟。不过我的喉咙里正燃着烈火，连嘴巴也烧得焦黄，变成扁形的了。你还没到我这种程度！你能'咯咯咯'地高声歌唱，而我连'嘎嘎嘎'的低微呻吟也快停止了。哎，我比老兄你渴得更厉害呀！"

凤凰、啄木鸟和乌鸦

凤凰巡视森林时，听见许多虫吃树木的声音，看到许多树枯死了。她见到喜鹊，问：“你知道谁能消灭树内的虫吗?”喜鹊说：“名声最大的是孔雀，它一定能消灭树内的虫。”孔雀被封为灭虫官，可它灭不了树内的虫，哀叹道：“此官难当!”乌鸦知此事后，到凤凰那里，说：“我举荐啄木鸟去灭树内的虫。”凤凰见到啄木鸟尖尖的长喙和长长的勾舌，便免去孔雀的灭虫官职务，任命啄木鸟为灭虫官。不久，虫子被全灭，树林重又变得葱茏。凤凰召颁奖大会，第一名为乌鸦，第二名为啄木鸟。

——优秀的人才被发现，推荐者功不可没。

放牛娃和天鹅

一只洁白的天鹅像一颗晶莹的星星掠过万里无云的蓝天，地上有一只黄鼠狼看见了，贪婪的眼睛眨也不眨地盯着天鹅，口里流出几尺长的馋涎。它说道：“我多么想吃天鹅肉啊！”然而天鹅去得无影无踪了。黄鼠狼的话，人们传下来，成了一句歇后语：黄鼠狼吃天鹅肉——痴心妄想！

这只天鹅是去参加一次艺术表演的，它和它的兄弟姐妹们在一个碧波荡漾的湖上以各种优美的动作翩翩起舞……一个艺术团体的演员们学习它们的舞姿，创作了享誉世界的芭蕾舞剧《天鹅湖》。

以前掠过长空的那只天鹅在返回故乡途中，被一个放牛伢用猎枪射落下来，落在草坝上，翅膀还在扇动。放牛伢唤来他的狗，说：“黄鼠狼无法吃到的东西，你来吃吧！”狗看了天鹅一眼，便吃起来……一些散落的毛如晶莹的白雪。

——天才遇到无知者，不免落个悲惨的下场！

乌鸦参赛

春天来了，大地披上了绿叶鲜花，景色极为绚丽，但是没有音乐，大地仍缺乏生机。百灵鸟提议，举办一次歌唱会演，以推动全鸟类的歌咏活动，也将使一切生灵都生活在一个完美的世界。宣告发出后，百鸟奔走相告，报名者络绎不绝。

乌鸦明知自己歌喉不佳，但还是决定去参赛，当它出现在报名地点时，鸟们叽叽喳喳地吵起来。

黄莺说："它唱起来，比猪叫还讨厌！"

云雀说："它唱起来，比驴叫还刺耳！"

画眉说："它唱起来，比狗叫还烦人！"

鸟们七嘴八舌，说它没有资格参赛……

百灵鸟说："乌鸦，你是我们鸟类中的一员，不管你的声音怎样，你总是代表着你自己，即鸟类中的乌鸦。真正有价值的是自己的歌唱，因为这种歌唱为你所独有，这就是你的风格。如果百鸟一音，千鸟一曲，我们这个音乐会就失去了意义。退一步说，你唱得难听，难听到了极度，别的鸟谁也唱不出来，你的歌会因新奇而变得动听起来。在此次会演中，我衷心地祝你成功！"

乌鸦参赛了，它获得了鼓励奖。

乌鸦和乌梢蛇

一只乌鸦落在一户农家屋后的梧桐树上，看了看屋内外的情景，听了听那儿的动静，便立即飞走了。它掠过一块农田的上空，看见一条乌梢蛇正在吞食一只老鼠，便低飞过去，对乌梢蛇说："你快快逃命！"

乌梢蛇问："为什么？"

乌鸦说："那户人家死了妻子，她是在田里摘地黄瓜时，被一条蝮蛇咬了中毒而死的。他们正在打跳丧鼓①，人安葬后，会来报此一仇的。"

乌梢蛇说："咬死他的妻子的是蝮蛇，而不是我乌梢蛇；蝮蛇是毒蛇，而乌梢蛇是无毒的；再说，我每年消灭成百上千的老鼠，保护了人的庄稼啊……"

乌鸦说："人有一样脾气，就是一旦发怒时，不分青红皂白地乱打一气，不管是不是你咬的，也不管你有毒无毒，更不管你有功还是有罪，只要你是蛇，就逃不脱惩罚！再说，那作恶者早已逃之夭夭，而憨厚老实的则往往成了替罪羔羊……我这是忠言啊，朋友！"

乌梢蛇说："我还不相信聪明的人会糊涂到如此地步吧！"

乌鸦走了。

果然，这户人家邀来了一群捕蛇者，见蛇就打七寸，死蛇堆成了山，其中当然有那条乌梢蛇，反而没有咬死农妇的那条蝮蛇。

---

① 跳丧鼓：土家族中的老年人丧亡后，一人击鼓，多人边歌边舞，通宵达旦。

斑鸠、凤凰和众鸟

春天，风和日丽，花红叶绿，一个迷人的世界。由喜鹊主持鸟类服装大比赛。各个参赛者都在清澈的溪流里洗涤，整理自己的衣裳——谁都希望在大赛中取得名次。一只斑鸠在碧潭边看了看自己的羽毛，觉得自己这身灰装比不上孔雀、锦鸡的艳丽，但是它又想获胜，让斑鸠在鸟类中一展风采，从此名扬森林，让鸟类对斑鸠充满热爱和崇拜。它想了一个办法：在一个月白风清的夜晚，送了许多竹实①到凤凰那儿去。

大赛这天，鸟们麇集森林，斑鸠也出现在百鸟中间，谁也没有注意它。比赛一个个地进行，轮到斑鸠时，所有的鸟哄堂大笑。评委们各发表意见。

黄莺说："颜色灰暗。"

鹦鹉说："款式陈旧。"

雉鸡说："臭气熏天！"……

其余的鸟们叽叽喳喳地议论，没有一个不指责它的。

比赛完毕，评委们在宣布比赛结果前，坐在喜鹊身后的至高无上的太后凤凰说："斑鸠的服装才是真正有特色的。"

黄莺说："特色之一是色彩鲜艳，耀人眼目。"

鹦鹉说："特色之二是款式新颖，花样别致。"

雉鸡说："特色之三是香气扑鼻，沁人心脾。"

"对呀，对呀！"鸟群中响起阵阵赞美声。

喜鹊代表评论组宣布此次服装比赛结果——金奖获得者：斑鸠；银奖获得者：孔雀；铜奖获得者：锦鸡……

---

① 竹实：据说是凤凰爱吃的食物。

麻雀和鹰

初春，一对麻雀夫妇正在寻找一个地方建筑巢穴，准备在那里生儿育女。它们落在一根小树枝上，偶一抬头，看见一只雄鹰从高入云天的一座岩峰上飞出来，穿过闪亮的云丝，盘旋在空中，然后飞回云崖，大概是进窝里去了。

麻雀夫妇看得出神。

雄麻雀说："你看鹰把窝做在云崖之上，一出窝，就乘坐白云，驾驭疾风，驰骋蓝天，它们所拥有的世界是何等辽阔……哎，想到我们，把窝筑在灌木丛中或墙洞里，狭小的天地束缚了我们的一切：理想、志向、行动……直至饮食起居，我们何不在麻雀的家族中做第一个叛逆者，和鹰那样一展雄姿，直冲云天呢？"

雌麻雀说："是呀，我们的翅膀是干什么的？"

于是，它们向云天之上的悬崖飞去，飞着飞着，它们的力气越来越小了，往上一望，才飞到悬崖的小腿边；它们的翅膀越来越软了，往上一望，才飞到悬崖的大腿边；它们的骨头越来越酸了，往上一望，才飞到悬崖的肚子前哩……雄麻雀说："加油，胜利在望！"它们又飞了一程，雌麻雀说："不行了，我要掉下去了！"雄麻雀说："我也无法前进了！"于是它们降落下来，喘息着，又落到原来的小树上。

雌麻雀说："我们的能力办不到的事，就不要勉强。"

雄麻雀说："是呀，我们还是小小的雀雀做个的小小窝窝。"

不久，它们仍在灌木丛里做了一个舒适的窝，并且有了儿女，享受着天伦之乐。

明媚的春天，把鹰搂在怀抱里，同样也把麻雀搂在怀抱里。

麻雀和猫

春天，一对麻雀夫妇衔着草和猪毛歇在屋檐下的一根木挑上，准备在一堵破墙的缝隙里做窝——在那里生儿育女。

墙边的地上坐着一只猫，对它们说道：“这是一堵坏墙，主人正准备维修，你们要是把家安在这里，那真是危险极了，我劝你们把窝做到树上去。”

雄麻雀说：“你这个不怀好意的家伙，我去年亲眼见到你几步就爬到一根树上，吃掉我们的同族。我知道你现在肚子饿了，望着我们正流口水！”

雌麻雀说：“你一定是想吃我们那还没出世的儿女了！”

雄麻雀说：“我们偏要把窝做在这墙缝里。”

雌麻雀说：“让你这个家伙把眼睛望瞎！”

“我不会骗你们的。”猫又说道。

“呸！”两只麻雀同声说道，“好歹毒的猫！”

两只麻雀飞进墙缝里去了，猫也离开了这里。

麻雀夫妇经过艰苦的努力，做成了一个舒适的窝，孵出了四个儿女。麻雀夫妇心中有说不出的高兴：“看呀，多么可爱的小宝宝，给我们带来了多少欢乐呀！”可是有一天，麻雀夫妇衔着麦粒从外面回来，见不到它们的家的影子了——没有任何力量能把那严严实实的白石灰弄开。心爱的儿女们，不须说，是被闷死在墙缝里了！它们痛哭道：“要是当初听猫的劝导就好了。”

——如果对某人有成见，他提的意见哪怕是正确的，也容易被当成是错误的。

麻雀和蝙蝠

黄昏，一只蝙蝠从农舍的屋檐下出来，扇动翅膀，去去来来。墙洞里有一只麻雀探出头来，问道：

“你到哪里去呀？”

蝙蝠说：“寻吃的。”

“我也随你去。”麻雀说。

“你不要去。”蝙蝠说，“这不适合你。”

“怎么不适合呢？你还小看我？啊，我猜着了，你是怕我占了你的一份美餐！”麻雀显出生气的样子。

“你要是这样认为，你就去吧！”

蝙蝠出发了，麻雀也出发了；蝙蝠快快地飞，麻雀也快快地飞；蝙蝠慢慢地飞，麻雀也慢慢地飞；蝙蝠高高地飞，麻雀也高高地飞；蝙蝠低低地飞，麻雀也低低地飞；蝙蝠飞到屋前，麻雀也飞到屋前；蝙蝠飞到屋后，麻雀也飞到屋后……月亮已经西沉，天快亮了。蝙蝠歇在檩子上，麻雀也歇到檩子上去。

麻雀问：“你有什么收获吗？”

蝙蝠说：“我吃了好多只夜蚊子。”

“啊？”麻雀大吃一惊，它叹道：“我只是瞎熬了一个通宵，一无所获，倒是快把我累死了！”

麻雀和鹦鹉（一）

一对麻雀夫妇住在一户农家茅屋的破土墙洞里，在一个大雨倾盆、山洪暴发的夏夜，茅屋倒塌了，麻雀窝也全毁了。雌麻雀遇难了，雄麻雀侥幸逃了出来。依然是雷电交加，大雨滂沱。雄麻雀无处安身。在闪电的亮光中，它发现不远处一户财主的高大楼房岿然屹立，便飞到那里去，又是一道闪电，它看见走廊上一个银圈内站着一只鹦鹉，便过去说："好邻居，我的家被山洪所毁，想在这里暂住一夜。行么？"鹦鹉说："行。"麻雀在鹦鹉的下边住下了。雷电消失了，风雨渐渐停了。鹦鹉对屋中的一只猫说："来了美餐。"猫跑过来，向麻雀望去，麻雀感觉到有危险，但已无法逃走，猫捉住了它……

麻雀和鹦鹉（二）

一户富人家的长廊上有一个金丝笼，里面住着鹦鹉妈妈和它的儿女们。长廊下面的墙洞里住着一对麻雀夫妇。

一天，鹦鹉妈妈对它的儿女们说：

“一切生活必需品：吃的、喝的、住的、玩的……都由主人为我们准备好了，而且样样都是这样的精美和珍贵，简直可以和王公贵族们相比。但是你们要学几句讨主人喜欢的话，好比‘高贵的主人，您好！辛苦了！’‘您是至高无上的，我永远做您忠实的玩物！’什么的。有了这些话，就有享受不尽的欢乐和幸福，一句话：要顺从主人的意志，讨主人的欢心。要用心学习，学不会，就要像其他的鸟们那样，终日劳苦奔波，只为找一颗吃的——那是什么粗糙玩意儿啊！不信，你们看看麻雀过的是一种什么样的穷苦日子哟！”

麻雀夫妇愤怒地说：“放你妈的胡屁！”

当天，麻雀夫妇舍弃了窝里的一切，飞到别处去了。

老头和青蛙

一个退休的老头，因害神经衰弱症，住在城郊的一个幽静的地方，四周翠竹摇曳，鲜花盛开，他的茅舍整洁雅致。竹林外有一口小塘，碧波粼粼，里面住着青蛙的家族。在春天到来的时候，它们的鼓噪开始影响到这位老人了。

一个夜里，闪电道道，雷声隆隆，大雨哗哗啦啦地下着。青蛙们也在竭力鼓噪，企图压倒雷鸣和雨声。然而躺在床上圆睁双眼的老头只觉得雷声和雨声震耳欲聋，他并没有听见青蛙们的鼓噪——蛙声对他毫无影响，他害怕、他讨厌的绝不是蛙们。但是到第二夜，月白风清，万籁俱寂，青蛙们又鼓噪起来，它们的声音和昨夜一样大，但使老头根本无法睡觉，他恨透了那声音——比雷鸣还要刺耳。好容易熬到了天亮。这天上午，他请了几个人来，在山边挖来土，把这个塘填平了，青蛙们全都死在了泥土中。

青蛙们哪里知道，在安定的环境里作乱所遭到的惩罚要若干倍地重于在混乱时作乱所遭到的惩罚啊！

青蛙和狗

屋角的塘里住着青蛙家庭，每天夜里咯咯咯地叫，狗说："吵什么呀！"青蛙们说："这几年主人发家致富了，家中各类电器、高档衣物……应有尽有。我们在提醒他防盗——不要睡熟了。"狗说："他们夜夜睡得很熟。"狗走了。一天夜里，有贼来偷牛栏里的牛，狗"汪"地叫一声，主人被惊醒了，拿着手电筒追来，贼丢下牛逃走了。第二天，青蛙们对狗说："我们夜夜叫，让他们防盗，他们不理睬；你只吠一声，他们怎么就被惊醒了呢？"狗说："我在这个岗位上，主人就会听我的；你们不在这个岗位上，同样的一句话哪怕说上一万遍，也不会引起主人的注意。"

青蛙驸马

青蛙公主病了，碧玉般的宫廷里挤满了水族中的名医，虽经过精心治疗，但百药无效。还是一位老中医献出了家传秘方：大海里的珍珠能治愈公主的病。国王召见青蛙驸马，驸马到殿上叩头："儿臣觐见父王。"国王传下御旨："朕令贤卿去大海取珍珠，为公主治病。取到这药物后，火速回宫。"驸马叩头道："儿臣领旨。"

青蛙驸马出宫后，沿着河流，到了大海，从海蚌里取到了晶莹闪亮的珍珠，准备立即返回。但是它见到大海里珍宝麇集：红色的珊瑚、翠绿的海藻、玲珑的贝壳……真是应有尽有！让青蛙驸马眼花缭乱，目不暇接。几时能再到大海来一次啊？"见财不抓，不是行家。"它尽力搜索，拼命拉到背上，准备返回宫廷后，让塘中的水族们一饱眼福——那时谁不夸耀我青蛙驸马的富有啊！然而它未能走多远，就被压死在大海深处了。

青蛙公主久久等待，不见丈夫回来，病情加重，终于停止了呼吸。

——忘记了奋斗目标，何谈能达到目的！

青蛙和蛇

一条蛇盘在溪边的草坪上睡觉。一只鹰在低空盘旋，影子映在地面。正在溪边游玩的一只青蛙，看看蛇，又看看鹰，想：鹰在寻找食物，说不定它发现了蛇；而蛇正在睡觉，不知死神将到来。快，救蛇一命，胜造七级浮屠。它慌忙走到蛇的身边，推醒了蛇，说："快逃，鹰来了！"蛇抬头看看空中，吓得颤抖了几下，一扭头，把青蛙吞进嘴里，然后迅速向一个岩壑里爬去……

——把善心献给敌人，他给你的报答是毁灭。

青蛙和泉水

在大旱的日子里，有一口井里的水干了，里面一只小青蛙陷在泥浆里，它想跳出井来，可是被干旱摧残了的腿完全无力跳过深深的井壁。它听见离井不远的岩缝里有泉水在潺潺地流着，便向它大声疾呼：

“泉水哥哥呀，给我一点水救救命吧？”

泉水明明听见了，但它不理。青蛙一次又一次的求救，全是徒劳无功。

有一天下午，天上乌云密布，闪电道道，雷声隆隆。大雨终于落下来了。水从四面八方沁入井里，井里的水快漫出来了。小青蛙活过来了，它生活得舒舒服服，开始“咯咯咯”地唱歌，并且跳到附近的农田里捕捉害虫。

这时，泉水一股劲地涌到井里去，对小青蛙说：“青蛙妹妹，我为你储水多日，今天给你送水来了！”

小青蛙说：“要是在涨水之前，你送给我哪怕是一点儿水，我会终生不忘啊！当我需要你的援助时，你置之不理；不需要时，你又这么‘慷慨’！这让我看清了你的品行。”

被带上龙座的青蛙

一个八岁的皇太子在群臣山呼万岁的声浪中登上龙座，他做了皇帝。他的右手掌心里托着一只青蛙，这是他在御花园里的水池边结交的朋友。大典完毕，他离开龙座，对青蛙说：

“在这样神圣的地方，在这样庄严的时刻，让你和朕同享至高无上的滋味，却不见你激动，你在想什么呀？”

“禀陛下，”青蛙说，“微民正回忆在水池里的幸福时光。”

两只青蛙

两只青蛙在青翠的苞谷林里相遇了，彼此端详，相互寒暄。

一只问："你住在哪里？"

另一只答："我住在堰里。"

一只问："你住在哪里？"

另一只答："我住在井里。"

"堰里的情况怎样？"

"哈，堰里呀，宽整得很。"

"井里的情况怎样？"

"哈，井里呀，安静得很。"

"堰里是遨游的最佳场所。"

"井里是休息的最佳场所。"

……

它们各自讲着家乡的优点，各有着无穷的乐趣。

蜗牛和狗

狗在窝里睡，一头小猪无意中到它的窝边玩，狗咬了小猪一口，说："这么窄的窝，只差你来挤了！"猪跑开了，狗跟着赶。蜗牛说："狗大爷，据我观察，小猪不是来占你的窝的，即使是，也可通过对话解决，何必动武呢？"狗说："事情轮到你名下，和我一样的！"蜗牛说："不一定。我的屋够窄了。有时鸡伸嘴壳啄我的头，我把头缩进屋里，鸡走开。蚊子伸进来，我用薄帘挡住，它就飞走。屋虽狭小，心却宽阔——少怄许多酸气，这就是享受快乐。"狗听了，停止了对猪的追赶。

蚱蜢和蜗牛

秋天，在离农户家不远的一块草地上，一只蚱蜢跳过来，落在草丛间，它看见一只蜗牛在缓缓地爬着。蚱蜢说："要是我也像你这样笨拙，就没有命了！"蜗牛说："要是我像你这样灵巧，也就没命了！"不一会儿，这里来了一只雄鸡，鸡看见了蜗牛，偏着脑壳望了望，伸出嘴壳去，准备啄食蜗牛的肉。那尖尖的嘴壳刚伸过来，蜗牛便把身子缩进坚硬的壳里去。鸡啄了几下那壳，无法啄破，它用脚爪一弹，蜗牛滚到坎下的深草丛中去了，安然无恙。鸡继续迈步朝前走，蚱蜢见鸡爪已到面前，它怕被踩着，立即纵身一跳——其实鸡并没发现它，这一跳反而让它被鸡发现了，鸡猛扑而来，衔起蚱蜢，一下子就吞进喉咙里去了。

——正是你引以为骄傲的长处，用在不适当的场所时，可能会给你招来致命的打击。

蚊子和驴

山坡上有一头驴在吃草。林中窜出一头饥饿的豹子，它看见这头驴，馋涎从嘴里垂到了地面。它向驴猛扑而来，毫无防备的驴仓皇应战，吼叫声宛如雷鸣，四蹄乱弹，致使尘土飞扬。然而这一切都不能挡住豹子的进攻，眼看豹子就要咬住驴的脖子，驴想立即逃走，可屁股已在豹子的前爪控制之下。驴危在旦夕。豹子说：

“我俩签订和平条约。”

驴问：“什么条件？”

“割让驴屁股。

“可以。”

不远处有一只麻蚊子，看见这情景，飞过来，利箭一般地钻入豹子的耳朵里，用尖利的长嘴直咬耳内的嫩肉。豹子难受至极，连连摇头，想把这个异物倒出来。可它的两只前爪仍狠狠地抓住驴屁股，怎样也不松开。蚊子鼓足力气，更猛烈地咬，豹子疼得直吼叫，说：“你是什么东西，出来！我俩签订和平条约。”

蚊子飞了出来（豹子见它虽小，却没抓住它），豹子颤抖起来。

蚊子说：“以你放开驴为条件，不然我再进入你耳朵里、脑里，必置你于死地。”

“行。”豹子放开驴。驴往村里走，蚊子一路护送它。驴问：“都是签订和平条约，为什么你能成功，而我答应了部分妥协条件还不能成功？”

蚊子说：“足够战胜敌人的实力才是和谈的基础啊！”

螳螂和蚱蜢

一只蚱蜢在吃农人田里的蔬菜，被田边上的一只螳螂发现了，它准备去逮蚱蜢——它是靠吃虫子度日的。正在这时，农人走来了，蚱蜢的脚一蹬，跳到远处的草丛中去了。农人发现蔬菜叶被什么虫子吃了一些，他低头细看，没发现什么虫子，只发现一只螳螂站在那儿，动也不动。农人说："我一看你这两个锯齿般的爪子，就知道菜叶是被你割断后吃了的!"他把螳螂捉起来，撕成了两段。

——把朋友当敌人消灭，敌人会感谢你为他帮忙。

屎壳郎和珍珠

一只屎壳郎在草坪上的一堆牛屎里拱动时，发现了一粒珍珠（不知珍珠怎样沦落到了牛屎里），它看了半天，说：“这家伙闪亮闪亮，倒是漂亮，不过对于我来说，没有什么作用。我拱牛屎的目的，是在寻找一种建筑材料，为儿女们造房子。”珍珠说：“我本是宝贵的东西，小则可作医药，大则可镶嵌在神圣的皇冠上。现在在这儿，被你发现，知道对你来说没有作用，但是我希望能被你推荐，以便能到发挥作用的地方去。”屎壳郎说：“你一说，我就明白，但是我却要告诉你：认识你的人，无权推荐；有权推荐的人，又不认识你！”

蜘蛛和风筝

一只龙形风筝制成了，挂在墙上，等待着和煦的春风。墙角里有一只蜘蛛，爬到风筝面前，说：

“伟大的龙啊，您就要登上蓝天，去亲吻太阳，去抚摸月亮，去把星星装进你的荷包里……啊，何等神圣，何等伟大，何等庄严！您莫把地球扔了，更不要忘了您的邻居——微不足道的蜘蛛啊！”

风筝说：“哪能呢？若蜘蛛妹妹不嫌弃，我们就一道去遨游太空吧？”

蜘蛛说：“好哇！”

在一个晴朗的日子，蜘蛛爬到了龙风筝的角上。它们的梦寐以求的时刻来到了——这天，丽日高照，春风和煦，山碧水绿，鸟语花香。风筝来到一块草坝上，由一根长线牵着，徐徐飞上蓝天。弯弯曲曲，飘飘荡荡，地上好多人仰首观望，啧啧称赞。龙风筝角上的蜘蛛，看看下面的高山、河流、草地、银湖……说：“我居然还有这样飞黄腾达的一天，那些貌似强大的东西，统统扔在我的脚下。哈哈，我懂得了一条最基本的经验：若想飞腾，必须攀附于庞然大物之身——我对于这巨龙实在是相见恨晚啊！”

正在这时，风筝扑通一声跌了下来，粉身碎骨，原来是牵着它的那根线断了。蜘蛛摔得奄奄一息，再仔细一看龙风筝，惊奇地问道：“它怎么是纸糊篾扎的呢？”

蜘蛛（一）

山边上有一幢四水归池的大风火屋，卧槽[1]两边各有一面刻有麒麟的大石鼓。大门高耸，但油漆脱落，而且长时间不开了。下午，有一只大蜘蛛和一只小蜘蛛在门边织网。

大蜘蛛说："当年，这户人家的男主人在朝为官，每次回来都坐八抬大轿，大大小小的官员如彩云簇拥身边。屋里的男女仆人数十个，做饭时香飘十里之外。逢年过节，来这里送礼的人拥挤不堪。各种珍贵食物都吃不完，被仆人们背出去，丢在大沟里，堵塞了流水，五十里内的狗都来这里饱餐。大红灯笼高悬的匾额之下，门卫也显出无限威严。我的高祖也是冒天之大不韪，竟来这大门的角落里织网，被仆人用刷子扫下来，踩得粉碎……"

小蜘蛛说："我们该不会重蹈您高祖之覆辙吧？"

大蜘蛛说："不会，绝对不会，永远不会。那个官因为贪污，被砍了脑壳。树倒猢狲散，他的妻子改嫁，带着一个幼女远走了。当年如云的人流已远走高飞——那时不是他的亲戚的，也说是他的近亲；后来是他近亲的人，却说连远亲也不是。你看现在这里何尝有个人影呢？有的只是门前草丛中的狐狸、屋脊上的乌鸦……它们对我们不会构成威胁。你记住，走运的人家那里，我们不能去；倒霉的人家那里，才是我们的去处。"

小蜘蛛说："您说的极是。"

---

① 卧槽：大门两侧凹进去的部分。

蜘蛛（二）

一只大蜘蛛在大门前的屋檐下布下了一张大网，它自己俨然如一位元帅坐镇在这威严的军帐内。它发布命令说：

“谁要是碰到我的网，就休怪我铁面无私——我立即将你用法线缠住，送进我的肚内去——为了这个世界的安宁，我不得不使用这种刑罚。”

这声音回荡在四周。

一群蚊子从这里经过，一个个被粘在网上，一个个被法线缠住，一个个被送进蜘蛛肚里。

几个苍蝇从这里经过，遭到了同样的厄运。

一个飞蛾从这里经过，遭到了同样的下场。

一只麻雀从这里经过，撞碎了蛛网，那蜘蛛吓得浑身战栗，丧魂失魄，它仓皇逃走，躲进黑暗的墙缝里，喘了一口气，说道：“要不是我逃得快，就要葬身于雀腹！”

它看见麻雀闯进闯出，不敢出一口大气。

蛀虫和牙

在一个农人的口腔中，有一颗牙里住着一个蛀虫，它把牙啃成一个洞穴。每当它啃的时候，那人便觉得钻心似的剧痛。旁边的一颗好牙对它说：

“你不要这样做，这人太可怜了！”

蛀虫说：“每当我吃得又香又甜的时候，这人便‘嘘嘘嘘地我的妈呀我的妈呀’地唱歌，同时跳起舞来，时而单脚跳，时而双脚蹦，甚至在地上车轮般地滚动。这歌，这舞，即使在世界上最负盛名的舞厅里也难以见到，无与伦比，甚至登峰造极……哈哈，这是在为我助兴呀！”

好牙说：“这不是他在唱歌跳舞，而是在呻吟挣扎！你把自己的幸福建立在别人的痛苦上，心术不正，定会遭到惩罚的！有一天，那人请医生会把你连同老巢一起拔掉的。”

“这有可能。”蛀虫害怕起来。

第二天，这人到了一个赤脚医生的土药房①里，那医生拿起钳子来，叫农人张开嘴。蛀虫吓得胆战心惊，面如土色，三魂已经掉了两魂！猛然间，“扑哧”一声……蛀虫和它的老巢巍然屹立，倒是旁边那颗好牙被连根拔出来了，随之涌出一股鲜血。蛀虫虚惊一场后镇定了下来，它把头伸到洞穴外，对夹在钳子上的好牙说道：

“你说的那番话，简直是狗子过门槛时放的屁。谁受到惩罚，你明白了吧！”

好牙被扔到废物桶里去了，它真是无话可说。

---

① 在二十世纪七十年代，中国农村中亦农亦医的医生被称为“赤脚医生”，其药房中多为草药，称为“土药房”。

蚂蚁和青虫

秋天，农人在田里播下了白菜种子，多日过去了，还不见嫩芽出土。他拨开土，没有发现种子，却见到处是忙碌的黄蚂蚁，其中还有几只正扛着种子奔走。农人找来农药遍地喷洒，蚂蚁们尸横遍野。

却说有一只走在田边上的蚂蚁，没有遇到农药，侥幸地迅速逃走了，它走在一条堆满岩石的山谷里，准备歇下来喘口气，刚才实在太累了。这时，蚂蚁遇到了一只青虫，它们攀谈起来。不远处的农人把一级级水田里的水放下来，准备放干水后冬耕。这湍急的浑水像倒下的一堵墙猛扑而来，将它们卷走，它们随波浪起伏。“完了！完了！”它们惊惶地叹道。在这垂危的时刻，它们同时抓住了一片树叶——这是救命的帆船啊！它们登上去了。树叶随波漂流，它们高兴得拥抱。可就在这时，蚂蚁却伸出两只前爪去夹青虫，准备将它当作午餐。不甘充当强者食物的弱者拼命反抗，于是它们对打起来。青虫不能敌，它说道：“我死，也绝不让你活！”当蚂蚁咬住它的背的时候，青虫用力一扳，脱离了树叶，它们再次同时落入水中……

蚯蚓和鸟们

一条蚯蚓在干燥的路面上艰难地爬行。一只麻雀飞过，见它可怜，决定帮它飞起来——让它和我们享受着同样的欢乐，就永远脱离苦海了。麻雀靠近它，教它学飞。麻雀扇着翅膀，弄得汗流浃背；它不断地讲述飞翔的要领，弄得口干舌燥，但蚯蚓仍飞不起来……

麻雀去求喜鹊，喜鹊飞来，教蚯蚓起飞，蚯蚓飞不起来。

喜鹊去求黄莺，黄莺飞来，教蚯蚓起飞，蚯蚓还是飞不起来。

黄莺请乌鸦来教，蚯蚓仍然飞不起来。

乌鸦请大鹰来教，蚯蚓照样飞不起来。

鸟们吵吵嚷嚷，焦急万分。

一只狐狸跑来，看了看，说："蚯蚓没有翅膀，怎么飞得起来呢？你们的力气都白使了。恕我直言：你们这是恶作剧。"

众鸟再仔细一看，都飞走了。

蝶 恋 花

一只美丽的蝴蝶在空中飞着，它发现地上开着一朵花，蓝得出奇，浓香扑鼻。它降下去，落在花瓣上，嘴儿吻着花蕊——世间再没有比这更甜蜜的感觉，这恋情是何等幸福啊！在这如痴如醉的时刻，那花瓣将它钳子似地夹住了，它定睛一看，原来是一种虫，虫说："感谢你给我送来了美餐。"蝴蝶说："我把真情献给你算是倒霉了，不过我的死让你在世人面前暴露出了伪善的面目。"

蝴蝶和蜻蜓

一只蝴蝶在空中飞着，遇到了一只蜻蜓，蜻蜓看着蝴蝶，看得入迷，说："尊敬的蝴蝶姐姐，你实在太美了。任何美丽的花朵在你面前都会褪色，空中的彩虹在你面前都会黯淡，连太阳看见了你，也会羞得闭上眼睛……"

蝴蝶说："小弟弟过奖了。"

它们肩挨肩地在空中飞行，甚是快乐。

蝴蝶说："小弟弟，你这么喜欢我，我也喜欢你呀，我送给你一件好吃的东西，也是作为姐姐的一点薄礼吧！"

"太好了。"蜻蜓说。

蝴蝶递给蜻蜓一样东西——像人类做的香肠。蜻蜓尝了一口，说："味道真美啊！"它一口吃了大半截，还在细细品尝。

蝴蝶说："我有事先走了，以后再一起玩。"

蜻蜓说："谢谢大姐的厚礼。"

蝴蝶走后，蜻蜓独自飞行。怎么，身体有点异样的感觉？它回头一看，发现尾巴短了一截，它沉思片刻，立即明白了：蝴蝶送给我的美食，原来是我自己的尾巴。它惊愕地说："我感谢你是暂时的，我蔑视你是长久的！"

蟋蟀的情歌

在运动场上，无论跳高还是竞走，蟋蟀都败下阵来，它比不过蚂蚱，蝈蝈……在飞行中，它败给蜻蜓、蜜蜂……在形象比赛中，它又输给螳螂、蝗虫……

这只雄蟋蟀说："我退出比赛！"它看见了一只雌蟋蟀，便走过去，想向它一吐心中的不快，但是它们却愉快地唱起情歌来了。

雄："溪沟边上慢慢行，
　　水潭倒映妹儿影。
　　哥到潭边唱口水，
　　将妹影儿一口吞，
　　一颗水珠也醉人。"

雌："桃林里面慢慢行，
　　这个桃子两人啃。
　　哥啃一口甜透肺，
　　妹啃一口甜透心。
　　带回这颗桃子仁。"

它们抬头看时，只见四周围满了同伴们，都赞不绝口：真是无限美妙的音乐。那蟋蟀去参加音乐比赛，一举夺冠，远胜于蝉、蝼蛄……人在秋天的月夜常到野外听蟋蟀的歌唱，甚至把它们请到家中来，享受美妙的轻音乐晚会。

——在许多方面，也许你会一次次的失败，但在某一方面，也许你能发挥独有的奇迹般的创造——灵活一点，你会有更多机会。

毛毛虫退敌

一只杜鹃鸟在树丛间寻找食物，发现树干上有只毛毛虫，准备啄食，但突然发现它不是毛毛虫，而是待在那儿的一条蝮蛇，正要扑向自己，杜鹃鸟迅速飞走了，吓得屁滚尿流。

一只蝉正望着刚才这情景，对毛毛虫说："我为你捏了一把冷汗。"

毛毛虫说："当我碰到敌人而无法逃离时，就翻转身子，前脚缩进体内，头部膨胀，两侧的圆斑像一对眼睛——一条蝮蛇的头便呈现出来，动物们没有不怕蝮蛇的毒液的！"

蝉说："任何敌人都害怕比它更强大的敌人，故而有时虚张声势很有效——兵不厌诈。"

溪　水

一条小溪流在陡岩乱石之间雷鸣般地咆哮，水沫如乱珠般地飞射。风声、鸟声被盖住了，岩壁、古树被遮住了。它威严地向四周的一切宣告：“我是伟大的、神圣的、庄严的！”山坡、田地、农舍、牲畜、人们……全胆战心惊。

它飞扬跋扈地前去，不久到了大河那里，见浩浩荡荡的河水默默无声地流淌，毫不惊扰无际的平原、美丽的城市，溪水停止了怪叫，自觉羞愧，也无声地融入了大河之中。

——不断地吹嘘自己的学识的人，到了大学问家面前，才知道自己学识浅薄，自然就不敢吹嘘了。

竹笕和山溪

山岩的隙缝间淌着一股清清的泉水，一匹竹笕架在岩边，把泉水引进一个瓦缸里，供附近的农户饮用。

一天，乌云滚动，山风呜咽，闪电疾驰，惊雷爆炸，倾盆大雨从天而降。山沟里到处是奔腾的洪水，它们遇着岩石，发出震耳的轰鸣，卷起的水沫如烟雾般地飞腾。可谓气势磅礴，无限壮观。而山岩里，却依旧是那股清清的流泉，既没增加，也没减少，竹笕里的水量仍一如从前。

竹笕羡慕山溪中的激流，哀叹自己水量的微小，对山岩说："请你允许我离开这里，到山洪中去，只有那儿才适合我。"

山岩说："俗话说，睡得好不翻，住得好不搬。你在这里，日子也不是不能过，水量虽然不大，但却是细水长流。你莫看那山溪，下大雨时洪水暴涨，水漫堤坝，但大雨一停，水即干涸，只有岩石堆满溪谷。这一点，你可要慎重考虑啊！"

竹笕说："我考虑好了。"

山岩说："你就莫后悔啊！"

竹笕说："我绝不后悔。"

竹笕脱离了山岩，兴致勃勃地走向山溪。顿时，水槽里装满水，向外溢出，它的底部和两侧全是滚滚洪流。它狂笑起来："作为竹笕，这次才真正感觉到了富有的滋味。要是还待在那个山岩边，一辈子只有穷困潦倒！命运，那是假的，一切都要靠自己争取。"它随激流漂游，感到堤边的苞谷林、杨树都在向自己欢呼、致意……

不到两小时，云破天开，阳光照耀，山溪中的水跌落下来，再过一会儿，涓涓流水渗入泥沙之中，竹笕搁在沙滩上，再也无法动弹。这时，它想起山岩对它的劝告，想求山岩让它回到原来的地方去，但是无力喊出声来。它央求山风帮它，山风答应了，把它吹得站起来，它看见那山岩边已架起了一匹新的竹笕。它怏怏地瘫倒下来，一会儿，爆燃的太阳将它晒得裂开了许多缝——拥有水的生涯永远结束了。

泥　土

山坡上有一层厚泥土，上面生长着一些不知名的野草。野猪成群地在这儿撬土，牛、羊每天在这儿踩来踩去，雉鸡们在这儿拉屎，就连蚂蚁们也在这儿打洞……说不尽的蹂躏，诉不完的苦楚！但是泥土却坚定地说："我可以成为精美的器皿！"

一些年过去了，有一天，人们来到这里，挖起土来，运到工厂，制成了一个精美的花瓶。因为极其珍贵，它被送进皇宫，皇帝爱不释手，将它供在书桌上，轻轻地抚摸，连声说："珍品，珍品……"花瓶说："大王，我不过是一堆泥土啊！"

——落难之时，应想到光明的前景；发迹之时，勿忘曾经历过的苦难。在这两个时刻都要公正地估价自己才是啊！

樱花的向往

洼地里有棵樱桃树，在春天里开出无数朵粉红的花，可是没引起人们的注意，它抱怨这里太孤寂了，向往着翠绿的群峰之巅。——我又怎能去到那儿呢？想来想去，毫无办法。——即使我不能去，也让我的后代去。

花谢了，樱桃长出来，由绿变红，一只鸟儿飞来，樱桃树说："鸟儿啊，帮我的后代——美丽的樱花辉映群山吧！"

鸟儿说："也可以办到，不过你要能忍受屈辱——不这样，我就没有办法。"

"我能忍受。"樱桃树说。

这只鸟儿引来一群鸟吃下这棵树上的樱桃，它们飞向每座山峰，把未消化的樱桃籽儿屙出来，留在山上的土壤里，第二年就生出了幼苗。不用几年，每到初春，这里便成了樱花的海洋。

——当凭自己的力量无法实现抱负的时候，就要善于借助他人的力量。

胭脂

大洋彼岸有个遥远的国家派使者来访，送给国王的礼品中有一种五光十色、香气扑鼻的胭脂。国王爱不释手，带到后宫，把它赐给王后。胭脂看看四周，说道："多么亲切啊，这就是我从前生活过的地方。"王后非常诧异："怎么?"胭脂说："从前，我在这里为您效劳，您只用了我表面的一点香脂，便把我扔进了御河，我随着河水流进大海，海上有渔人把我打捞起来，带回他的国家，他去掉我在长期的漂流中沾在身上的泥浆，用精致的纸包起来，又装进一个闪亮的花盒，献给了他尊敬的国王。在那个王宫里，我受到了极大的称赞，蜚声于那个遥远的国度。由于那个国家和我国的深情厚谊，我又到这里来了。真没想到，我此生还能回到我日夜思念的祖国。"

王后说道："啊，真了不起，我们还有这样美好的东西呀!"

胭脂说道："您原先看不起我们本国的东西，是因为不了解它的真正价值啊!为什么要他人认识了我们国家的东西，本国的人才会重新接受，这一点我至今还不明白哩!"

针 和 线

老妇坐在门边补衣服，补完了，准备叠起衣服的时候，发现补得歪歪扭扭，于是她准备拆了再补。

她先取下针，别在自己胸衿上，然后提起补疤从破处撕下来，撕不动的地方，便用针挑出那些线。

线说："针，我是跟着你走的——你往哪里钻，我就往那里穿。你引错了路，我自然跟错了路，你现在反过来残害我，难道仅仅是我的过错吗？"

针说："如果不是你犯的严重错误，我早就休息了，不会返转来耽误时间。"

针一个劲地把那些断了的线全挑出来，线落在地上，有的还被老妇踩在脚下。老妇决定今天不补了，她把针插进绣花针包，然后装入荷包里。针现在是安享太平去了，然而地上的断线却被老妇扫了往火里倒去。这一刹那，线说道："路引错了，遭惩罚的是追随者！"

一块烧红的铁

铁匠在打镰刀，他的左手把一块在烈火中烧得通红的铁皮用钳子夹起来，放到铁砧子上去，然后用右手挥起铁锤狠狠地打。他怕这块铁皮逃走，把铁钳子夹得特别紧。铁皮说：

“我挨铁锤的打，上去无路；往下躲，铁砧将我顶住，下去无门；往两边去，铁钳将我紧紧夹住，左右无法躲闪。我们都是铁，在我本来就遇难时，你们还向我进攻！”

铁锤说：“我还不是打得疼！”

铁砧说：“我还不是挺得疼！”

铁钳说：“我还不是烫得疼！”

铁皮说：“既然都受罪，又何必这样呢？”

那些铁器一齐说：“为了让铁匠的腰包里装满钱。”

大柴和小柴

山坡上一根大青树被农人砍倒，他先把巴蔸的粗头锯下，准备做大桌子的桌面，再把较粗头锯下，准备做小桌子的桌面。小树干锯成一节一节，称作硬柴；枝椏绑成一捆一捆，称作椏枝柴。其余的部分被农人背到了稻场上。两种桌面木料被弄到楼上晾起来。两种柴都在为即将到来的厄运担心。椏枝柴想：人常说“天塌下来有长子顶起”，只要前面有大柴，我小柴怕什么呢？人的眼睛首先看中的是大柴，甚至不会发现小柴——作为小柴，在大柴遮掩之下定能多享一些太平日子的。大柴被女主人抱到灶门口，小柴还在原处。小柴证实了自己预见的正确性，十分得意。可是那大柴在灶膛里，农妇怎样也点不着它，便出来把小柴抱到灶门口，先点燃这些椏枝后，再塞到灶内的硬柴之间去。她把小柴当作了引火柴。小柴这时回忆起从山上到灶膛的全过程，然后说道：“小的和大的在一起时，有讨好的事首先是归最大的，其次是归较大的；有倒霉的事，首先是归最小的，其次是较小的。”

劈　柴

一个农人在屋角里劈柴，那些圆栗树在农人的斧头挥舞下，随着咔嚓的声音，先变成两块，再由两块变成四块。农人一边劈，一边将它们码起来，先劈开的垫在脚下，最后劈开的放在最上面。这堆柴犹如一座宝塔。

柴垛旁边有一根千年矮①，看见最上面的那块柴，说："你真幸运——后来居上！"

那块柴说："这全是先到的兄弟们把我抬举起来的。"

千年矮说："你知道这一点，那么这个位置就真的应该属于你！"

① 千年矮：一种矮小的常绿树。

砧　板　子

一块坚实而芳香的厚木板，被刨成了一块砧板子，落在一个老太婆手里。她平时把它放在靠墙的灶旮旯里，但每天三次拿出来放在灶上，在上面切菜、剁肉甚至砍骨头。老太婆手里挥的不是薄刀就是斧头。这些铁器的利刃使这块砧板子木屑横飞，伤痕遍体，它一天天变薄了，实在是痛苦难忍。它哀叹道："世界上难道还有比我的命运更悲惨的吗——这个老太婆实在太残忍了！"

一天，传来了一个惊人的喜讯：这户人家要娶新媳妇了。砧板子欢欣若狂："快要望到天亮了，那个老太婆要休息了，我的灾难深重的日子要结束了，现在该庆贺一番！"它心花怒放，浑身舒坦，差点载歌载舞，只是这个灶面太小，舒展不开身子；只恨这间灶屋太窄，容不下此刻的欢乐。眼前啊，金光万道，无限辉煌！在婚礼的喜庆日子里，老太婆在这砧板上更猛烈地剁呀，砍呀！砧板子想：坚持，这是黎明前的黑暗。

新媳妇第三天下厨房，接过老太婆手中的刀和斧（老太婆真的引退了），依旧每日三遍地在砧板子上剁呀、砍呀！而且生活越好，砍的次数就越多。更何况这个人年富力强，轻轻砍一下就比她的婆婆凶狠十倍。砧板子的一切愿望彻底破灭，它问："你砍我、剁我，何时为止？"新媳妇说："到你穿孔。"砧板子长叹一声："我的天啦！"

锄头、斧头和杵头

一户农家富裕起来，在山边盖起了一幢精美的吊脚楼。门前银泉淙淙，屋后翠竹摇曳。主人请来雕匠在门窗和栏杆上雕刻了人物、禽兽、花卉……石匠也在精凿门槛和护墙。到年底，吊脚楼基本竣工了。除夕夜，红灯高悬，酒肉飘香。全家人谈笑风生，燃放烟花，甚是快乐。

在堆着旧木料、烂撮箕的偏屋墙角里，有轻轻的说话声。

锄头说："从挖地基的第一锄开始，到平地、挖土、撬石头……好几个月呀，我天天在石头间碰得火星四射，砂石、泥土，把我磨得只有原来的一半长了。完工之后，我就来到了这儿。"

斧头说："从上山伐木的第一斧开始，到放木料、削檩子、夹椽角……好几个月呀，我天天劈呀，砍呀，钝了又磨，磨了又钝，至少短了三分之一。完工之后，我就到了这儿。"

杵头说："从打墙的第一杵开始，到墙的升高、筑龙口、召尖……好几个月呀，我天天狠狠地把墙打紧，砂石铤、岩头碰、泥巴磨……累掉了几层皮。完工之后，我就到了这儿。"

锯子说："……"

刨子说："……"

半夜时，在震耳的鞭炮声过后，这些工具们说："不论在以前的旧屋里，还是在今日的新屋里，我们都是在墙旮旯里待着。"

老太婆家失火

老太婆的茅屋在夜间失火了，她是小脚，跑不动，隔邻人们又远，只得叫她已二十岁的哑巴儿子去喊邻人来救火，她做手势，儿子会意地出去了。老太婆急着抢屋内的衣被出来，儿子一路飞跑到邻人家，却碰上一个聋子。哑巴指手画脚咿咿呀呀地说了半天，聋子只是望着。天亮后，有人路过，猜出哑巴的意思，喊了许多邻人去帮助救火，但茅屋早已被烧成了灰烬，再扒出老太婆，已如炭了。

——得不到优秀的助手，堪称悲剧。

接“鱼”补短

一个木匠任掌墨师，带着一个徒弟在一户人家做走马转阁楼①。椿树梁“偷”来了，祭过梁后，在下料时，徒弟将梁树锯短了两尺，师傅见到了，神色镇定，但他却一夜没合眼，想：主人知道了，会认为大不吉利，会停止做屋，木匠、土匠的工钱拿不到，反倒要赔偿；换一根吧，再无这么大的椿树，仍不吉利……他突然眼前一亮：人们不是信禁忌吗？“神听楚师，木听匠人”……

第二天，他叫徒弟把这株椿树树巅的部分锯下两截，各一尺余，各把中间的大部分（留下两端的榫头）雕成精美的“鱼”，分别安在梁的两端。中间再画红黑太极图，图二面写“日”、“月”，两端的“鱼”金光四射，它们交相辉映。梁树挂上一匹红布，用雄鸡祭过，在震耳的鞭炮、锣鼓、唢呐声中，升上中堂两边墙尖上。掌墨师站在梁上赞四句：

画梁徐徐高升起，
华堂阵阵弥瑞气。
子子孙孙享富贵，
年年有鱼连连余。

主人全家兴高采烈。新屋落成后，整十碗八扣酒席，接客陪师徒，再封了丰厚利市。

从此以后，梁树两端都“接鱼”。

——一帆风顺的坦途是没有的，在已出现的差错面前，不要抱怨，放飞思想，说不定会意想不到地点石成金，化险为夷。

① 走马转阁楼：土家族富户人家住房。亦为吊脚楼，依山而建，人骑着马从上层转到下层，最底层为马厩，上层与山上路平。这类房雕刻精美。

姑娘和画家

椿树坪有个年轻樵夫每次到龙潭坪街上卖柴，见龙潭（一口石堰，里面的水终年呈深蓝色）边的茅屋前坐着个年轻姑娘：白玉般的脸庞，星辰般的眼睛，聪明的神态，甜蜜的微笑……他想：她怎么总是坐在这儿呢？他鼓起勇气走近她。屋里的一个老太婆告诉他："我的这个孙女耳聋，还是哑巴，双腿又瘫痪，不知我死后，她会怎样生活！"老太婆的眼泪直流。樵夫顿生怜悯：该怎样帮助她呢？突然，他眼前一亮：她美丽的脸不正是她的一笔资源吗？樵夫顿生妙想：把她画下来。他把卖柴的钱拿去买纸和颜料，天天对着她画，她也很配合。他对其中一幅很满意，命名《龙潭女神》，拿到上海拍卖，将所得的钱在龙潭坪为她购置了一份田产。有个小伙子和她结了婚，一年后生了个儿子。樵夫也因这幅画一举成名。他仍继续画。他就是著名肖像画家杨福基。

——帮助别人，同时成就了自己。

钻　石

一位富人走下乡，
见到草里钻石亮，
捡它装进荷包里，
也没把它放心上——
他的宝物如山冈。

夜里歌声耳边响，
犹如银铃声嘹亮，
犹如山泉淙淙流，
犹如黄莺在歌唱，
犹如弹琴声悠扬……

钻石里面一姑娘，
眼睛更比星星亮，
面颊犹如桃花红，
衣若彩霞飘山冈，
身若云丝飘天上。

她的舞姿真漂亮：
犹如柳丝随风扬，
犹如轻风过山坡，
犹如蜜蜂在飞翔，
犹如蝴蝶扇翅膀……

富人夜夜看姑娘，
不知深夜和天亮，

他的仆人进房来：
“什么宝物在身旁，
夜夜精心在欣赏？”

主人叫他也欣赏：
“天宫降下一女郎！”
仆人接过钻石看，
浑身颤抖神色慌，
眼珠滚圆舌伸长——

“这是魔鬼在发狂，
青色面孔獠牙长，
眼里伸出利刀尖
口里吐出烈火亮，
散乱头发披肩上……”

主人说他眼走样：
“分明是你已癫狂！”
主人接过钻石看，
里面仍是美姑娘，
舞姿优美歌悠扬。

仆人再三给他讲：
“确是魔鬼在发狂，
千万小心莫上当！”
老板怒火更燃旺：
“请你滚出这地方！”

仆人结账去他乡，
富人欣赏那姑娘。
突然之间她变脸：
青面獠牙乱发长，
伸刀吐火笑声狂。

富人吓得倒地上，
魔鬼扒开他胸膛，
吃了皮肉喝了血，
吃了六腑与五脏，
一副骨架卧地上。

魔鬼进入钻石藏，
钻石腾空飞出窗，
犹如一颗流星过，
路边草里又闪光，
哪个笨蛋又碰上？

牧童和梯玛

南坡垴的一间茅屋里住着个姑娘。一天，她从野外打猪草回来，路上遇到一个笑容满面的壮年男子，他说："把我背到你家里去！"姑娘说："我背的猪草，背不起你。"男子说："你背得起。"他巴在姑娘背上，她觉得和没有这个人一样。到了家中，姑娘躬身干活，他就吃她背上的肉；姑娘仰卧睡觉，他就吃她胸前的肉。姑娘看见他吃，觉得不疼不痒。她一天天瘦了。有邻人告诉她：怕是遇到了龌龊东西①。帮她请来了陈梯玛，陈梯玛清清白白地看见这笑面人吃她身上的肉，说："这是鬼。"陈梯玛在这里做了一天法事，用桃树剑②向那鬼猛力砍去，那鬼纵身一跳，出大门，到阴尖寺的庙里去了。陈梯玛看了一会，收了法具，走了。那鬼又来吃她身上的肉。有邻人为她请来了孔梯玛，孔梯玛清清白白地看见那鬼吃她身上的肉。他做了两天法事，用桃树戟朝鬼刺去，那鬼又跳到庙里去了。孔梯玛看了一会，收起法具回去了。那鬼又来吃她身上的肉。邻人为她请来罗梯玛，罗梯玛清清白白地看见那鬼吃她身上的肉。他做了三天法事，用桃树枪朝鬼打去，那鬼又跳到庙里去了。罗梯玛走了。

一天，姑娘到庙下面的山坡上打猪草，一个牧童问她："你怎么变得皮包骨？"她讲起遇鬼和梯玛打鬼的事，牧童说："我为你去庙里走一趟。"他说去就去了。说也奇怪，自此以后，姑娘再没遇见那个鬼，身体也壮实了。

三个梯玛知道了这件事，找到牧童，问道："我们是专门打鬼的，见得到鬼，打不到鬼！你用的是什么降魔大法呀？"牧童说："不是打不到，而是不敢打——为什么一见它进庙，你们就住了手呢？"梯玛们佩服牧童点在穴上。牧童说："我天天在庙下面放牛，就知道那个神，有眼看不见，有耳听不到，有嘴不说话，有脚不走路——本来就是一截木头嘛！你们以为它有灵气，害怕得很。鬼做了坏事就躲到它那里去。我到了庙里，看见那神的胯缝里有个跳蚤，我用右手大拇指的指甲在它身上轻轻一按，'嘣'的一声，它成了稀糊浆——就这么简单！"

梯玛们好生佩服，但牧童那样的举动，他们还是不敢。

---

① 龌龊东西：指鬼。

② 桃树：传说它能压邪，鬼很害怕。

电王子和穷鬼

高士寒八十多岁了，小年前的一天，他站在自己在高嘎塆的一间破茅屋门边，环视屋内：破墙、破壁、破箱、破柜、破缸、破桶、破锅、破瓢、破壶、破桌、破椅、破床、破被、破衣、破鞋……他叹了一声："唉，风扫地，月点灯；日无鸡啄米，夜无鼠耗粮。准是被穷鬼缠住了！"耳边响起声音："我就是穷鬼——我看得见你，你看不见我。在这个家中，你早就是老人，你的儿子是懒人，你的儿媳是病人，你的孙子是愚人，这是我要缠的理想之家。"高老泪如泉涌！但他说道："好在千年卧石也有翻身之日。"穷鬼说："我知道你将离开这里，但你走到哪里我跟到哪里！"

高老踏着积雪小路，走过层层岩丛，来到坪处一栋新的钢筋水泥楼房。穷鬼随着他，但见面前站着个英俊青年，说："我是河神的儿子，你当尊称我为王子殿下。你来这里做什么？""找高老。""这里对你来说很陌生。""你给我带路。"他们走到门前，穷鬼往房内望去，觉得奇妙无穷，说："你将其间的主要器物做简要介绍。"在客厅里，青年介绍了各类电灯，电视机、电空调。在卧室里，青年介绍了电壁画、电热毯。在厨房里，青年介绍了电热锅、电气扇、电饭煲、电冰箱、电蒸锅……。在餐厅里，青年介绍了电炉桌、电炊壶……他们从一个长廊里走去，到孵鸡棚，看见成千上万只小鸡，一个中年男子正在喂食。穷鬼细看："你不是高老的懒儿子吗？"男子说："是呀。""你怎么不懒了？""在这么多勤快人中间，有一个懒人就没有脸面，再说用电孵鸡很有趣。"他们来到一个大棚里，看见里面生长着多种蔬菜和瓜豆，一个中年妇人在摘番茄，穷鬼细看："你不是高老的病儿媳妇吗？"妇人说："是呀——我参加了合作医疗，自己基本不出钱，在医院用电疗治好了我的病。"穷鬼问："深冬怎能长出盛夏的瓜豆呢？"妇人说："用电控制棚内温度。"他们来到楼内一间书房，看见一个小伙子坐在桌前，手指点按面前的一个发亮的东西。穷鬼细看："你不是高老的愚孙子吗？"小伙子："是呀，书是治愚的药——我免费读特殊教育学校，直到获得学士学位。我现在是在电脑上推销蔬菜和冻鸡肉，今年已经获利 32 万多元。"穷鬼说："我来找你爷爷。"小伙子拿出一个小方板板放在耳边："爷爷，您在哪里？"然后说：

“爷爷在四楼三号，你们坐电梯上去!”穷鬼问：“你拿的是啥玩意?”小伙子说：“手机。里面有电，是万能工具，打电话是功能之一。”他们进电梯，刹那间到了高老的房间，见高老穿着云头红边衣裳，在摆弄一个机器，穷鬼问：“它是什么玩意，你怎么能钻到里面唱歌跳舞?”高老说：“把我记得的几千首土家族民歌记录下来传给后代。这玩意叫摄像机，里面有电。”穷鬼说：“在你们这里时时不离电，处处不离电，事事不离电，句句不离电……老是电，电！我明白了：这王子殿下，殿——电。”英俊青年说：“我正是电。”穷鬼说：“把我搞得无立锥之地，你是重要帮凶!”顷刻，一个青面獠牙、流脓滴血的怪物一拳向电王子打去，火花一闪，怪物被击飞到墙边，浑身发麻，它号啕大哭，钻进马桶，从下水道逃走了。

后　　记

退伍时挑回两箱书，其中有一本《克雷洛夫寓言》，之后我偶尔写寓言。20世纪90年代，我开始了寓言创作，我特别感谢为我发表寓言的老师：金江、彦君、吴薇、凡夫、赵通……感谢彭南均、刘守华教授把我最初的寓言（通过刊物）带进大学课堂。《萧国松寓言集》（中国文联出版社，2004年11月第1版）的出版得到杨晖、耿广恩、向祖文、胡世春等同志的热忱帮助。最先为它撰写评论有：刘守华教授写《一颗闪亮的民族寓言新星》，韩致中教授写《写的是动物百态，说的是人间万象》，王又平教授写《终闻萧君寓言劝世声》。随之，林继富教授指导硕士生霍志刚撰写《汲取民间活水，抒写人生百态——论萧国松寓言的创作特色及对民间文学的借鉴》。黄柏权教授指导黎帅的硕士学位论文《萧国松创作论》，其中相当一部分谈的是寓言。彭新建、王芙蓉、杨红等老师指导长阳实验小学学生阅读萧国松寓言并讲演，有的改成小戏。长阳电视台开"萧国松寓言故事每日讲述"栏目达三年之久。这里的行政干部也多读这些寓言……更有周敏菲老师撰写《风俗民情人间百态——〈萧国松寓言集〉导读》，载于《不朽的箴言》，作为"教育部《语文课程标准》推荐书目，新课程标准视野下的名著导读经典寓言"。（该书收录十部寓言：《伊索寓言》《拉封丹寓言诗》《莱辛寓言》《克雷洛夫寓言全集》《先秦哲理寓言》《百喻经》《雪峰寓言》《以美为光》《萧国松寓言集》《寓言非常道》）。获中国寓言文学金骆驼奖。

此次选301篇。

克雷洛夫说："如果你不懂得适当地节制，总是在人家的耳旁鼓噪不休，久而久之，你的诗歌和散文就要比杰米扬的汤更加令人讨厌。"我的这个寓言选集，仍是大盆"杰米扬的汤"。我不敢说："请啊，老朋友，请吃啊！"

许多朋友提出极其宝贵的意见，我特向他们致以最诚挚的谢意，也更热切地期盼有更多的朋友提出更多意见。

萧国松

2018年9月15日

萧国松 著

萧国松文集

❷

五句子童话诗

WUHAN UNIVERSITY PRESS
武汉大学出版社

图书在版编目(CIP)数据

萧国松文集.五句子童话诗/萧国松著.—武汉：武汉大学出版社，2020.11
芳草文库
ISBN 978-7-307-21603-7

Ⅰ.萧…　Ⅱ.萧…　Ⅲ.①中国文学—当代文学—作品综合集　②童话诗—诗集—中国—当代　Ⅳ.I217.2

中国版本图书馆 CIP 数据核字(2020)第 107442 号

责任编辑:黄　殊

出版发行：**武汉大学出版社**　(430072　武昌　珞珈山)
(电子邮箱：cbs22@ whu.edu.cn　网址：www.wdp. com.cn)
印刷：广东虎彩云印刷有限公司
开本:720×1000　1/16　印张:16.5　字数:303 千字　插页:3
版次:2020 年 11 月第 1 版　2020 年 11 月第 1 次印刷
ISBN 978-7-307-21603-7　定价:160. 00 元(全 3 册)

《芳草文库》序

刘醒龙

武汉有一批年纪不算太老，但肯定不再年轻的作家，既往作品每出无不风行江汉，后来平淡了些。二〇一五年年初，恰逢一场小聚，其间有老朋友提议给这些在文学创作上颇有成就的作家出版文集，且当场做出关键决策。老朋友提及的作家也是我的朋友，他们的处境很有代表性。

世事流逝到今天，说一点不残酷是不真实的，说太残酷似乎也不科学。值此宁翔雁前羞跟牛后世风，普天之下莫不借口追求日新月异，其实是乡下俗语说的，人人都想一锄头挖出一口井。宁肯臭名远播，哪管丑态百出。忘却不该忘却的，强化不该强化的，是世情中一大不敬。这几年为一位已故作家出版文集，好不容易才成，一来二往之间，见识了足够多的现世生态。似这等才华出众的作家，若非上苍失察，弃之英年，敢不是当今文坛大旗一帜？同理，那些在喧嚣背后悄然尘封的作品，谁能说不是日后人有所诵的典范？天地同根，不是没有高下之分，而是天有天的高度，地有地的厚重。

常住武汉三镇之人，最能体会大江东去、流水落花深意。也是体恤的缘故，又于旷野之间留下高山流水千古知音，以为勉励，兼作念想。朋友提议，饱含诗情，深藏灵性。没有太多商量，三言两语之间，就达成共识，以《芳草》杂志名义，逐年排选，将这批作家的代表性作品编成文集出版。只是由于执业所限，本套书只能以《芳草文库》相称，名头虽小，相信份量不轻。

哲学教会人们认知正确与错误，自然科学是要让人懂得成功与失败。然而，短短人生，包罗万象，其善其美，何止兴衰胜败！文学的存世与流传，其意义正是超然前二者，不以成败对错为目的，也不以卑微尊贵定价值。人非草木，却如同草木，这是文学理由之一，生命不能永恒，却绝对永恒，这是文学理由之二。文学根本理由是，协助芸芸众生在庞杂得无可把握的宇宙间，在神与鬼、灵与欲、虚与实等一切冲突与对立之间，寻找适合每一个体的美妙平衡。

二〇一五年十月十五日

萧国松文集

第二卷　五句子童话诗

——秋夜梦歌

创新文学表现形式　留存土家文化传统

——萧国松《五句子童话诗》

萧国松是长阳椿树坪人，是长阳的文化名人。萧国松成长于土家族文化之中，受益于土家族文化的滋养。长期以来，萧国松热爱土家族文化，以各种方式挖掘、研究和推介土家族文化，尤其是对于家乡长阳土家族文化的采集、整理和弘扬孜孜以求，从未停歇。《五句子童话诗》是萧国松在探索长阳土家族文化传承发展道路上的又一力作，是萧国松以其文学创作贡献文坛的又一成果。

“五句子”，又称“五句子歌”“赶五句”。“五句子”广泛见于土家族生活地区，多是民众在劳动、生活中的见闻与思考。生活过程、劳动场景、风俗习惯、人际交往关系成为五句子常见的内容，以地方方言为演唱语言，所有人能听得懂，所有人能参与其中，具有明显的地域特色和极强的艺术感染力。这一点在《五句子童话诗》中体现得极为明显。

阅读《五句子童话诗》，大量的土家族生活元素和文化传统形象扑面而来。老虎、薅草锣鼓、打懒豆腐、雷公等栩栩如生，尤其是《五句子童话诗》中的老虎形象，继承了他在生活中对于老虎的认识，延续了他在长篇叙事诗《老巴子》中塑造的老虎形象。可以说，《五句子童话诗》中的老虎形象建立在长阳土家人的老巴子信仰的土壤上，是当代土家人老虎信仰情结的诗化表现。

萧国松常常将自己的生活纳入创作之中，《五句子童话诗》建构了栩栩如生而又情感真挚的生动形象，呈现出乡愁记忆和历史生活的动人画面。《三媳妇》中写道：“南坡垴的瓦屋里，住着婆和三儿媳，大儿在外做小官，二儿在外做生意，三儿在家种田地。”将三个媳妇与婆老构成情节核心，刻画了三个媳妇的形象，如此的诗篇还有《小媳妇遇到个老婆婆》等，这些诗篇中将老虎与人相互转换，彼此影响，甚至老虎还帮助土家人渡过难关，这些情节无一不是土家人与老虎关系的信仰写照。

萧国松是多面手，有心人，勤奋好学，为人善良真诚，在长期的生活中，他不仅采集了长阳民间故事、民间歌谣，对于长阳民俗传统更是情有独钟，他以“直观”的视角记录了丰富的土家族民俗，他是土家族民俗传统的实践者、继承者和传扬者，他的作品中离不开对土家族民俗的记录、离不开以土家族民俗为基础进行创作，《五句子童话诗》同样没有跳出这样的追求，如诗歌中写道：“跳丧敲鼓歌舞起，通宵达旦没停息，天亮时刻出了柩，八大金刚抬出去，葬在山坡岩丛里。”“八大金刚抬柩行，孙女前面来抱灵，葬在屋后山岭上，三日烟蒿坟尾存，七日送饭坟前停。”这些是对长阳土家人丧葬习俗的真实记录，每一个画面就是生活场景，就是生活记忆，丝丝入扣，声声入情。

《五句子童话诗》在某种程度上是长阳土家族“五句子”诗歌传统的记录，具有重要的文化史、生活史价值，像《柳山船郎》就以土家族传统的对歌吟唱形式，聚合了传统的五句子歌谣几百首，这些歌谣在土家人的生活中世代传唱，具有穿透人心的力量，萧国松以自己的诗歌逻辑和生活情怀为基础，将这些五句子歌谣串联起来，建构了“柳山船郎”形象，这是创新性发展、创造性转换的大胆追求。诗歌中的五句子以“船郎”为核心，选取了符合人物生活与情感逻辑的、在长阳流传的传统五句子诗歌，将演唱传统五句子歌者的情感与建构的船郎形象紧密结合，充分表达了萧国松对于传统五句子的理解和运用，体现了萧国松对土家族五句子诗歌传统的独特传承方式。

《五句子童话诗》继承了传统五句子的艺术结构，常常在诗歌的第五句点明主旨，或升华主题，或解开谜团，“姑娘此刻已记起：希望活在爱情里。天空云彩常变形，地上沧桑也易地，是否真爱考考你”。萧国松的五句子童话诗，均是以五句子的形式出现，可以看出萧国松对于五句子的珍爱，对于传承五句子歌谣的坚决、坚定与坚守。

《五句子童话诗》将当地流传的民间故事写进诗中，尤其需要驾驭诗歌的功力。诗歌以抒情见长，即使是叙事诗歌，最终还是在叙事中抒发情感。五句子童话诗很好地将诗歌的情感性与民间故事的叙事性结合起来，让读者在诗歌吟唱中建构了栩栩如生的故事画面，让故事情节在歌声中不断推进，故事形象在歌声中得以建立，五句子诗的思想性由此得以彰显。如《黄忠问佛》《春风夜雨》《梳子》等均是流传在长阳土家族民众生活中的经典故事，这些故事被萧国松以五句子诗的形式加以呈现，不仅表达了对于历史、传统和生活的浓烈情感，而且在继承传统、弘扬传统方面做出了杰出贡献，同时，充分显示了其在驾驭传统文化方面游刃有余而又大胆创新的追求。

“五句子歌”是土家族民众喜闻乐见的民间文化，人人皆可演唱和表演，幽默诙谐，容量很大，包容性强，便于记忆，每一支歌都有自己的情节，每一支歌都在讲述一个独立的故事。《五句子童话诗》中的每一首歌谣均是一个画面、一个生活场景、一段思想深刻的哲理，这是五句子歌的特色，也是萧国松所创作的五句子童话诗的特色。

《五句子童话诗》是文化自觉上的文化传承和文化创造，诚如他曾说：“在民间，至少在椿树坪，古老的五句子歌无人唱了，年轻人从电视里学现代歌，不知什么是五句子歌。五句子歌失去了生存的条件，如：以前打薅草锣鼓时，多唱五句子歌；现在用地膜、除草剂，不薅草了，更不用打薅草锣鼓，也就不唱五句子歌。以前多户邻居集中剥苞子（撕玉米壳）、扭高粱（玉米脱粒）时，通宵或大半夜在唱五句子歌；现在用机械，一两个人操作，一会儿就完成，不必唱歌来‘混夜’，自不唱五句子歌了。以前一个人走山路时唱五句子歌以消除孤独，多人在走路时唱五句子歌以取乐；现在是坐汽车、骑摩托，自不唱五句子歌了。以前背柴、上山时空着背枷子的，便唱五句子歌；现在是烧液化气、天然气，不再背柴，自不唱五句子歌了。以前放牛时唱五句子歌；现在不养牛，耕田用拖拉机，自不唱五句子歌了。以前做屋上梁，行隆重仪式，唱《上梁歌》，其中大部分是五句子歌；现在做钢筋水泥平房，不上梁，自不唱《上梁歌》中的五句子歌了。”萧国松看到了现代生活环境的变化给五句子诗歌带来的生存危机，正是基于这样的危机感、责任感，萧国松拿起手中的笔，以土家族传统的五句子诗歌形式，将擅长表达情感的诗歌与擅长记录生活的故事结合起来，以五句子童话诗的形式记录土家人的五句子传统、留存土家人的民间故事财富，这不仅开创了土家族文学创作表达形式的先声，而且成为当代保护长阳土家族文化记忆、文学传统与非物质文化遗产的重要举措，这是值得称颂的，也是令人敬佩的！

林继富

2017年8月5日

北京魏公村

林继富，汉族，法学（民俗学）博士，现为中央民族大学二级教授、民俗学专业博士生指导教师，亚细亚民间叙事文学学会会长。主持国家重大攻关项目、国家哲学社会科学成果文库、国家哲学社会科学基金重点课题等多项国家级课题。主编“中国民间传统游戏总汇”等多套丛书，2009年、2013年、2017年三次获得中国民间文艺著作“山花奖”。

目　录

秋夜梦歌

——五句子童话诗

夜里我回椿树坪，
自家茅屋亮油灯，
腰盆边上人坐满，
手间苞谷如瀑滚，
口里歌儿如浪腾。①

文德兆呀张辅清，
孙家香呀高正明，②
讲古就像铜锣响，
唱歌就像唢呐音，
劳动场成娱乐厅。

五句歌儿唱古人，
故事优美扣人心，
语言奇特人少见，
深刻哲理贯古今，
首首歌儿陶醉人。

---

① 秋夜，人们聚集在一起，扭苞谷（玉米脱粒），讲故事（称“讲古”），唱五句子山歌。腰盆：大木盆，有圆形、扁形两种。持猪用，此处用于装玉米。

② 文德兆，笔者的幺爷爷，务农，挖木瓢，巫师。讲故事甚多，1971 年去世，享年 81 岁。张辅清，笔者的外太公，务农，讲故事甚多，1955 年去世，享年 72 岁。孙家香，务农，笔者的婶娘，讲故事甚多，国家级非物质文化遗产项目代表性传承人。2016 年去世，享年 98 岁。高正明，务农，石匠，收师（初级巫师），笔者的表二爹，讲故事甚多，尤擅唱歌，声音优美。1972 年去世，享年 73 岁。四人皆住椿树坪，文德兆后迁雷嘎溪，但本人常在椿树坪一带活动。

雄鸡一叫我已醒，
始知今夜入梦境。
唱歌人已早不在，
五句歌儿早不存，
拙笔记下梦中景。

春风夜雨

一　兄弟俩

红岩垴下一瓦房，
住着春风夜雨俩，
哥是春风已婚配，
弟是夜雨在学堂，
父母早已相继亡。

哥嫂种田时时忙，
春耕夏耘秋收粮，
脸朝黄土背朝天，
终年汗珠身上淌，
阴天雨天疼脊梁。

弟弟读书在学堂，
哥嫂送衣送钱粮，
好衣好粮送给弟，
自用旧衣和粗粮，
哥当父来嫂当娘。

夜雨十年在学堂，
四书五经背又讲，
初一应试中秀才，
戴起顶子回家乡，
这个农家也添光。

春风约学走四方，
乡间办起一学堂，
贫富子弟都来读，
吊脚楼里书声朗，①
夜雨教学心欢畅。

二　弟完婚

夜雨长得高又壮，
十七八岁英俊郎，
眼睛就像天上星，
身躯就像沟边杨，
说话就像流水淌。

已到完婚美时光，
春风请人四处讲，
终于找到如意女，
两厢情愿喜心上，
红庚八字男家藏。②

哥嫂为此日夜忙，
家中新打滴水床，③
西兰卡普也织起。④
备好露水衣和裳，⑤
备好彩礼猪和羊。

---

① 吊脚楼：土家民居，木楼，上层装板壁、走廊，下层为多柱头顶起上层。

② 红庚八字：称“庚帖”。包办婚姻时，将男女的出生年月日时写入其中，由男方保存，作为结婚凭据。

③ 滴水床：土家人的床顶、三面为板壁，每面的顶部有一至三道“滴水纹”，如屋檐“滴水”样，两面有小柜，床前有踏板。雕刻、彩绘异常精美。

④ 西兰卡普：土家织锦，有几百种花纹。

⑤ 露水衣裙：女子出嫁时穿衣、裙的下沿悬满“露水珠”（如露水样）。富户的为银质，穷户的为打丸子（一种椭圆形植物白果实）。

三眼铳响震山冈，[1]
唢呐锣鼓声悠扬，
花轿抬进堂屋里，
大门紧紧来关上，
夫妻双双拜高堂。[2]

三　新婚三夜

夜雨夫妻在洞房，
嘴唇贴在嘴唇上，
蜜糖没得这么甜，
炒面没得这么香，
惊呼人生美时光。

夜雨开门走出房，
春风紧随他身旁，
走到门外黑暗处，
脚步声音不再响，
哥哥对弟轻声讲：

“是我为你娶新娘，
劳心劳力费时光，
新娘先伴我三夜，
然后你再入洞房，
答应与否对哥讲。”

夜雨心里咚咚响，
思考一番语铿锵：
“你与她比针儿短，

① 三眼铳：礼炮，铁器，有三眼、六眼、九眼的，每一眼就是一响。
② 拜堂：结婚仪式之一，其中有拜父母（高堂）。

我与她比线儿长，
给你三夜又何妨。”

弟弟转身进洞房，
紧挨妻子轻轻讲：
“我到学堂有要事，
请哥来伴你身旁，
度过三夜美时光。”

妻子初听心一慌：
恐怕此举不恰当。
“你们兄弟商量好——
一块农田在屋旁，
管你种豆是种姜！”

*　　*　　*

夜雨已经去学堂，
琅琅书声传山冈，
之乎者也矣焉哉，
起承转合练文章，
摇头晃脑自欣赏。

春风走进新洞房，
洞房里面红烛亮，
滴水床上新娘卧，
眼睛直把春风望，
微笑挂在红脸庞。

春风坐在书案旁，
一本《诗经》握手上。
借着案头烛光照，
读诗一行又一行，

不时皱眉细思量。

新娘此刻也在想：
他在嫌我配不上——
不来也是好事情，
新布拿来洗和浆，
新缸不染旧衣裳。

二夜春风坐案旁，
一本《诗经》握手上，
在那红烛亮光里，
又像读来又像唱，
头也摇来脑也晃。

新娘此刻也在想：
他是自己有婆娘——
自己妻子屋上瓦，
人家妻子瓦上霜，
露水夫妻不久长。

三夜春风坐案旁，
一本《诗经》握手上，
烛光闪闪照书本，
自己作曲把诗唱，
歌比琴声更悠扬。

新娘此刻也在想：
看他是个聪明样——
别人做样他不懂：
路边野花闯一闯，①
家花没得野花香。

---

① 闯：触及。

第四夜里烛光亮，
妻迎夜雨进洞房：
“春风来读三夜书，
又是念来又是唱，
他没挨近我的床。”

夜雨听后皱眉想：
既然你不将她闯，
为何要我让三夜，
原来是掂我肚量，
原来是在把我诓！

四　弟要经商

夜雨妻对丈夫讲：
“你教学生在学堂，
老鼠跳进面缸里，
糊了自己嘴一张，
不如改行去经商。”

丈夫愁云布脸上：
“无布怎么缝衣裳，
无桶怎么去打水，
无草怎么去喂羊，
无本怎么去经商！”

妻子微笑话声扬：
“羊毛就在羊身上，
要生只得打破锅，①
卖掉我的新嫁妆，

① 生，即铸铁，又称生铁，锅大多用生铁造。

就有本钱在手上。”

听说夜雨去经商，
春风也对妻子讲：
“这个想法也有理——
土地肥了就种姜，
能力有了就经商。”

春风妻子也在想：
“她为本钱卖嫁妆，
我说嫁妆不必卖，
借鸡生蛋蛋满筐，
借本经商财源广。”

哥嫂为钱跑四方，
凑齐白银五百两，
夜雨将银拿在手：
“行商要比坐商强，
财源滚滚达三江。”

五　弟在路上

夜雨夫妻离家乡，
哥嫂站在门前望，
见到他们走小径，
然后走到大路上，
这条大路通远方。

夜雨夫妻怀梦想，
浑身涌出大力量——
“雪片滚成大雪球，
那是黄金万千两，
富裕日子其间藏。”

一路走呀一路望，
望到一条溪流上，
溪中洪水滚滚流，
层层激流浪打浪，
撞击山岩隆隆响。

水中立起大岩桩，
多个石条在溪旁，
看是建桥停了工，
工地不见人来往，
更无凿子声音响。

夜雨去到一叟旁：
“怎么停了架桥梁？”
“这是建的仙人桥，
停工只因缺银两。”

夜雨捐银二百两，
溪边施工日夜忙，
一座石桥架起来，
犹如彩虹悬溪上，
彩虹上面人来往。

一路走呀一路望，
望见一道城墙旁，
城墙旁边在做屋，
砖石木料地上躺，
粗砂细沙堆地上。

已有一人高的墙，
前面墙间安门枋，
看是做屋停了工，

工地不见人来往，
更无号子声音响。

夜雨去到一叟旁：
“怎么停了建新房？”
“这是建的城隍庙，
纪念景威忠良将，①
停工只因缺银两。”

夜雨捐银二百两，
建庙施工日夜忙，
城隍庙宇建起来，
暮鼓晨钟声悠长。
人们念经烧高香。

一路走呀一路望，
望见大屋在路旁。
门前宽宽林荫道，
石阶层层沿坡上，
银色石栏镶阶旁。

夜雨夫妻沿阶上，
眼前一道白虎墙，②
大门顶上悬大匾：
“夷水名疆”字闪光，
大红灯笼随风扬。

门丁坐在卧槽旁，
夜雨对他话来讲：
“前不沾村后无店，

① 李景威：五代十国时期荆南水军都指挥。
② 土家人以虎为图腾，建房时，正面墙为虎面形，凹处称为“卧槽”。

能否借宿一晚上，
天明启程他处往。”

门丁两眼细细望，
看过脸色看衣裳，
静观举止听话语：
“我去禀告员外郎，
稍等片刻请原谅。”

六　在员外家

门丁出来精神爽，
丝丝微笑在脸上：
“员外允许你们进，
住宿一事当面讲。”
看来有望又无望。

夜雨夫妻即前往，
目光悄悄四面望：
层层天井往里去，
雕龙画凤柱和梁，
流丹凝碧门和窗。

书房走出员外郎，
胸前银须飘荡荡，
目光就像油灯闪，
面颊就像红盘亮，
步履矫健飒飒响。

夜雨夫妻手拱上：
“大伯福体可安康？”
他们被邀入客厅，
仆人献茶茶几上，

满屋飘飞浓浓香。

员外语亲声嘹亮：
“有缘千里来遇上，
无缘对面不相识，
你们可住我客房，
但也有话要明讲——

“两个怪物室内藏，
金龙银龙浑身亮，
夜静更深它们出，
云雾翻腾白茫茫，
气流席卷滚滚浪。

“鼻尖遍触人身上，
命大命小分端详，
命大之人它不吃，
命小之人全吃光，
再转暗处静静藏。

“你们可要细思量，
好歹就在今晓上，
若是不在客房歇，
可坐客厅到天亮，
其中任意选一桩。”

夜雨夫妻皱眉想：
丈夫要选进客房，
妻子要选坐客厅，
丈夫执意进客房，
妻子只得伴身旁。

室内仆人忙又忙，

厨房餐厅喷喷香，
苞谷美酒桌上摆，
十碗八扣摆桌上，①
员外陪同他们俩。

厢房里面红烛亮，
夜雨夫妻进客房，
翡翠白玉镶朱壁，
珍珠玛瑙嵌绿窗，
百铃床上锦闪光。②

夜雨夫妻卧在床，
红烛光里看情况，
留心风吹窗帘动，
留心虫落地板响，
今夜不想眼合上。

看见书橱靠白墙，
看见书案靠绿窗，
书案上面放白纸，
裁纸刀儿搁纸上，
烛影映刀亮汪汪。

已经熄灭烛影光，
黑暗统治这间房。
金光道道亮闪闪，
银光道道闪闪亮，
金龙银龙可进房？

云雾翻腾白茫茫，

---

① 十碗八扣：土家人招待贵客的宴席。十碗菜，多为荤菜，其中八碗是扣住的。扣：在小碗里蒸熟，再倒扣于大碗内，上部呈半圆形。

② 百铃床，即滴水床的一道“滴水沿”上悬着若干铃状木饰。

气流席卷滚滚浪，
金龙银龙满空舞，
脚爪伸出刀刃晃，
舌头伸出火焰旺。

妻子轻轻把话讲：
“我眼看得很明亮，
龙头已经到空中，
龙尾还在柱头上，
柱头上面有名堂。”

丈夫走向柱头望：
两条曲线画柱上，
一条曲线色彩白，
一条曲线色彩黄，
好似蛟龙戏海洋。

裁纸刀儿拿手上，
走到那根柱头旁，
两条曲线都刮掉，
不见龙儿空中晃，
不见气卷雾茫茫。

室内恢复来时样，
夜雨夫妻再上床：
“这是木匠搞的鬼——
神听楚师把话讲，
木听话来唯木匠。”①

① “神听楚师（雕刻神像的工匠），木听匠人（木匠）。”制作器具时，匠人说的话，称“口封”，后来每每会兑现。

*　*　*

次日刚刚露晨光，
员外悄悄探此房，
夜雨正在响鼾声，
雨妻正在鼾声响，
房内一切都正常。

就在早晨席宴上，
员外诚对二人讲：
“你们都是命大人，
金龙银龙也欣赏，
远观未能近身旁。

“我本夫妻好鸳鸯，
儿成对来女成双，
人生难料后下事，
妻子过世儿女亡，
留我孤人在世上。

“想起此事太悲伤，
但愿往事都淡忘，
一切从头再开始，
你就做我贵儿郎，
从今展示新希望。

“我本闻到土在香，[1]
尚且憧憬美时光，
母猪到老总要劁，
人活百岁总要亡，

① 闻到土在香：土葬。意为人之将死。

后事还需想停当。

“一旦我眼全闭上，
望乡台喝迷魂汤，①
我这一生全了结，
员外事务由你掌，
继承我的全家当。”

夜雨边听边在想：
老人命运总凄凉，
荣华富贵他都有，
就缺儿女伴身旁，
遂他心愿也应当。

雨妻边听边在想：
老人孤苦心善良，
作他儿媳也愿意，
叫声“阿爸”他欢畅，
对他微笑他心爽。

二人叩头在地上，
一声“阿爸”叫得响，
员外扶起他们来，
欢笑堆在满脸上，
喜泪湿了两眼眶。

夜雨陪伴在身旁，
“阿爸”叫得声洪亮，
时而在谈孔孟道，
时而在谈古巴王，②

① 据迷信说法，人死后魂到阴间，在望乡台“望乡”后，喝忘魂汤就忘却了此生在阳间的事。

② 古巴王，指古代巴人首领廪君，即巴务相，他建立了巴国。

老人心悦精神爽。

雨妻陪伴在身旁，
“阿爸”叫得声欢畅，
时而扶他去散步，
时而为他递茶汤，
老人终日笑声扬。

员外无疾一命亡，
双眼紧紧已闭上，①
夜雨夫妻当孝子，
百名汉子来跳丧，②
葬在云龙山垴上。

七　哥去找弟

春风家里不顺场，
波波杂杂病身上，③
田里活路无人闹，
圈里又死猪和羊，
下雨塌了半头房。

春风与妻来商量：
去找夜雨借银两，
妻子再三嘱咐他：
“不提他们去经商，
不提拿银五百两。

“不说家中不顺场，

---

① 眼闭上：人临死前，因某目的达到了而感到满足，称为“死后眼睛闭得紧紧的”，反之称为“死不瞑目”。

② 跳丧：土家老人死后，众多成年男子赤上身欢歌狂舞，通宵达旦。

③ 不顺场：即做事不顺利。波波杂杂：即小病不断。

免他怀疑在讨账。
生意不顺不开口，
生意顺就开口讲，
若不愿意不勉强。”

春风心里也震荡：
“我把这话记心上，
家中重活你莫干，
有病需要治和防，
改善生活不能忘。”

八　哥在路上

春风别妻离家乡，
身挎炒面和衣裳，
沿着小路朝前走，
妻子站在门前望：
“成与不成早回乡。”

他也心怀一梦想，
浑身涌出大力量：
盖起一栋吊脚楼，
楼上住人清又爽，
楼下再喂猪和羊。

一路走呀一路望，
来到仙人石桥上，
石墩石面盖绿楼，
石桥上面人来往，
石桥下面卷巨浪。

石碑立在石桥旁，
字迹清晰大又亮，

春风夜雨来资助，
修桥复工日夜忙，
仙人桥立激流上。

春风见碑在思量：
夜雨外出去经商，
本钱拿来修了桥，
修这石桥也应当，
我名也刻桥碑上……

一路走呀一路望，
来到城隍庙殿上，
主师菩萨李景威，
他是一代爱国将，
名垂青史万古扬。

殿内万民大伞上，
春风夜雨字迹亮，
春风名随鼓声摇，
夜雨名随钟声荡，
香烟袅袅绕伞旁。

春风见伞在思量：
夜雨外出去经商，
定拿本钱修了庙，
纪念先人也应当，
我名也在这伞上……

一路走呀一路望，
望见大屋在路旁，
门前宽宽林荫道，
石阶层层沿坡上，
银色石栏镶阶旁。

春风缓步沿街上，
眼前一道白虎墙，
大门顶上悬大匾，
“夷水名疆”字闪光，
大红灯笼随风扬。

门丁坐在卧槽旁，
走近春风话来讲：
“你为何事来此处，
我去禀告员外郎，
等候片刻请原谅。”

“太阳落土四山黄，
鸡子进笼圈进羊，
夜里行路怕虎豹，
夜里行路怕豺狼，
要歇老板一间房。”

九　在夜雨家

门丁出来精神爽，
微微笑意在脸上：
“我家员外请你进——
外出谁带灶和床？”
春风进门四下望。

层层天井对天窗，
霞光上下在游荡，
群燕进窝在飞舞，
雕龙画凤柱和梁，
流丹凝碧门和窗。

书房走出员外郎，
身穿锦缎花衣裳，
《古文观止》拿在手，
面颊犹如桃花样，
脚板下面风轮响。

他把春风定睛望，
两行热泪在流淌：
“总算把你望来了——
望断铁树青变黄，
望断江水干河床！”

春风惊奇把他望：
“你怎是个员外郎，
明明这是弟夜雨，
是我眼睛跑了光，
是我夜里入梦乡？”

确是春风来府上，
确是夜雨在身旁，
兄弟两人紧拥抱，
就像久旱甘霖降，
就像久雨出太阳。

雨妻已经到身旁，
站在那儿久久望：
他们相逢无言语，
只见面庞挨面庞，
泪珠合着泪珠淌……

屋里仆人都在忙，
都知贵客来府上，
美味佳肴摆在桌，

高粱咂酒扑鼻香,①
欢声笑语在飞扬。

* * *

厢房里面红烛亮,
春风夜雨去客房,
翡翠白玉镶朱壁,
珍珠玛瑙嵌绿窗,
百铃床上锦闪光。

春风夜雨睡床上,
肩挨肩来膀挨膀,
回忆两人少年时,
回忆旧友和家乡,
多少深情心里淌!

弟讲拿银五百两,
资助建桥激流上,
资助建庙倚城墙,
夜宿巧遇员外郎,
奇事出在这间房……

哥讲自己在家乡,
这几年里不顺场,
波波杂杂夫妻病,
圈里又死猪和羊,
下雨塌了半头房。

春风对着夜雨讲:
“我有困难事一桩——

① 咂酒:坛装酒,饮用时插入竹管吸食。

找你借点银子回，
做起一栋住家房，
连本带利还银两。”

* * *

次日早餐满屋香，
佳肴美酒摆桌上，
盛宴过后弟约哥，
走进客厅坐壁旁，
弟弟愁云布脸上：

“哥家有事弟来帮，
我要出门去一趟，
借些银子回家来，
你带银子返回乡，
做起一栋住家房。

“你在我家切莫慌，
等我回来你返乡，
若是感到无聊时，
练字练画读文章，
咏唱南曲三弦响。①

夜雨收拾去他乡，
身带肉干和银两，
叮嘱妻子照顾哥：
“定要等我回此房，
才能让哥回家乡。”

① 南曲：自弹自唱，有三弦和简板。词、曲甚为优美。

十　哥哥抱怨

春风等在弟府上，
日子过得挺舒畅。
一日三餐美味食，
一日三次美酒尝，
白毛绿茶喷喷香。

春风等在弟府上，
每日站在村头望：
太阳东升又西下，
月亮西坠又东上，
逝去多日美时光。

春风等在弟府上，
经常跑到山顶望，
树枝秃了叶又青，
茅草青了又变黄，
快过三年长时光。

春风此刻也在想：
我曾给银五百两，
他拿此银干别事，
所说“经商”是撒谎，
怕我责备他躲藏。

春风此刻也在想：
我曾给银五百两，
怕我是来要他还，
故意出门去躲账，
我走他就回府上。

春风此刻也在想：
找他借钱做间房，
他怕借后我不还，
站着借钱跪讨账，
躲避借钱走远方。

清点盘缠带衣裳，
春风决定回家乡——
遇难时刻莫寻亲，
寻亲不如近邻帮，
虾子螃蟹共水塘。

来时草鞋已穿上，
春风决定回家乡——
穷亲莫去攀富亲，
攀断自己硬脊梁，
灯草抵门空指望！

自己包袱挎肩上，
春风决定回家乡——
人到穷时志气短，
马到瘦时鬃毛长，
腰中无钱好凄凉。

一走走到稻场上，
门丁赶来把他望：
“您可不要私下走，
私下离开我不让，
主人发话我才放。”

一走走到石廊上，
弟媳赶来拉衣裳：
“不见你弟不能走，

转身回到这楼房，
照顾不周请原谅。”

一走走到大路上，
夜雨突然到身旁：
“哥哥你怎往外走，
快快转身回我房，
弟有话要对哥讲。”

春风回到弟府上，
两人相倚仙桌旁，
此刻静静无言语，
哥哥叹息声音长，
弟弟愁云堆面庞：

“出门多日借银两，
找过多少大小商，
大的数额没借到，
勉强借到五百两，
它作盘缠你还乡。”

春风接过这银两，
不言不语包里藏，
茶在面前他没喝，
满桌美食他没尝，
低起脑壳去路上。

十一　春风到家

春风行走在路上，
左不盼来右不望，
仙人桥上不歇息，
城隍庙里不烧香，
径直回到自家乡。

红岩垴上云飘荡，
红岩垴下溪水响，
红岩垴腰水旱田，
红岩垴坡老岩桩……
多么亲切美家乡。

一路走呀一路望，
望见大屋在路旁，
门前宽宽林荫道，
石阶层层沿坡上，
银色石栏镶阶旁。

春风缓步沿阶上，
眼前一道白虎墙。
大门顶上悬大匾：
“夷水名疆”字闪光，
大红灯笼随风扬。

春风进屋四面望：
层层天井对天窗，
群燕上下在飞舞，
雕龙画凤柱和梁，
流丹凝碧门和窗。

春风走进一厢房，
红烛未点放案上，
翡翠白玉镶朱壁，
珍珠玛瑙嵌绿窗，
百铃床上锦闪光……

前也望呀后也望，
左也望呀右也望，

里也望呀外也望，
仰也望呀俯也望，
这是员外府第上。

是我神志已癫狂，
是我眼珠散了光，
是我梦中在夜游，
是我回家错方向？
这是夜雨住的房！

走得两腿疼又胀，
走得血泡满脚上，
走得月儿缺又圆，
走得草儿青又黄，
怎么仍回夜雨房！

他见屋内老板娘，
身穿锦绣花衣裳：
“我向老板问个路——
红岩垴是这地方，
可知半头青瓦房？”

老板娘出笑声扬：
“你不认识自婆娘？
三年你在哪里混，
夜雨给你做这房，
你不回来帮个忙！”

春风见是自婆娘，
住着这等豪华房：
“我诓夜雨只三夜，
夜雨把我三年诓，
都在玩些花名堂。”

壶

一　堖下人家

南坡堖下一瓦房，
居住人家称小康。
祖传良田二三亩，
自种大豆和高粱，
自养牲猪和牛羊。

壮年夫妻相继亡，
留下两儿度时光，
不久哥哥娶了嫂，
新婚生活胜蜜糖，
斜眼落在弟身上。

要他推磨到天亮，
要他挑水满水缸，
背得猪粪满田堆，
劈柴码得像山冈，
日日夜夜汗流淌。

哥给旧衣他穿上，
蓑衣扔地是他床，
嫂煮稀饭叫他吃，
瓢子下去浪打浪，
影在浪里跳得狂！

二　弟弟下岩

清早山头披霞光，
林中百鸟在歌唱，
哥弟两人上山去，
锯子斧头带身上，
背枷上面拴干粮，

来到一座山顶上，
风吹绿树摇晃晃，
两人低头看脚下，
云飘雾荡白茫茫，
偶见老鹰正翱翔。

猴们蹦跳岩墩上，
陡壁上面飞岩羊。
云雾穿梭隙缝里，
露出江水白亮亮，
弯弯曲曲在游荡。

弟弟砍柴汗珠淌，
斧头声音震四方，
他的脚下忽一滑，
身子飘飘往下降，
穿云破雾过岩旁。

三　两把陶壶

弟在雾中飘飘降，
风在身边呼呼响：
“今日我的阳寿尽，
落在岩上成肉浆，

落在江中鱼来抢！”

双脚落在岩墩上，
青草丛生如软床，
见到身边大岩洞，
洞中阵阵清风凉，
洞内岩壁亮晃晃。

走进洞去逛一逛，
群群蝙蝠扇翅膀，
石板上面坐下来，
忽听洞外脚板响，
他进支洞把身藏。

见一毛狗金晃晃，①
走进大厅一声哐，
岩洞里面回声起，
小毛狗们齐拥上，
又是摇尾又是嚷。

*　　*　　*

大狗一阵笑声扬，
两把陶壶提手上：
“妈带两个好东西，
你们都来见个广，②
看是什么好名堂！”

它对一把陶壶讲：
“美味佳肴来奉上。”

---

① 毛狗，即狐狸。
② 见广：见识见识。

桌椅板凳顷刻来，
十碗八扣摆桌上，
杯中绿酒扑鼻香。

“伢们快些来品尝。”
大狗小狗围桌旁，
美酒喝得醺醺醉，
佳肴吃得肚子胀，
如死一般倒地上。

两把陶壶在喷香，
弟拿一把在手上：
“我带一把下山去，
留下一把在桌上，
难为毛狗一恩偿。”

四　十碗八扣

弟弟坠岩往下降，
哥哥心中只在想：
落在江中必淹死，
落在岩上成肉浆，
他今一命见阎王。

背了家什在背上，
哥哥回到青瓦房。
哥哥讲弟坠岩事，
嫂嫂听了喜若狂：
“我们可得全家当！”

月到中秋更明亮，
人遇喜事神更爽。
哥嫂特来打牙祭：

白酒腊肉伴香肠，
茄子广椒丝瓜汤。

哥嫂坐在红桌旁，
层层欢笑堆脸上：
今日无那丧门星，
清水拿来点燃亮，
石鼓敲得声悠扬！

*　　*　　*

弟弟突然闯进房，
哥嫂一见心发慌——
你怎没能坠岩死，
回来还是去时样，
欢笑挂在红脸上！

嫂嫂假意笑声扬：
“怕你回来饿得慌，
专门做了好饭菜，
快快坐到桌子旁，
人已到齐开口尝。”

弟弟朝那桌上望：
“感谢哥嫂好心肠，
往日我吃你们的，
今日我的你们尝，
礼行就是来和往。”

他提陶壶到脸旁，
人口对着壶口讲：
“美味佳肴来奉上。”
桌上碗碟全收光，

红桌上面亮堂堂。

十碗八扣摆桌上，
热气腾腾炙面庞，
三个亮杯装绿酒，
银色筷子摆三双，
屋内屋外扑鼻香。

哥嫂坐到上席上，
又是喜来又是慌，
喜的是见稀奇事，
慌的是要防上当，
将信将疑莫乱闯！

口里舌头搅得响，
馋涎股股往外淌，
这些东西吸引人，
猫子见鱼爪子痒，
狗子见骨舌头长。

哥嫂吃得喜洋洋，
脸儿醉成桃花样：
“从未尝过这美味，
它是佳肴宴帝王，
它是王母玉琼浆？”

五　实话实说

新被新套铺新床，
兄弟二人睡床上，
肩并肩来口对口，
哥对弟弟把话讲：
“这壶怎到你手上？”

“我在雾中往下降，
落在一个岩墩上，
进入一个山洞里，
听到洞外脚板响，
我进支洞把身藏。

“来只毛狗金晃晃，
两把陶壶提手上，
站在洞内喱一声，
一群小狗围身旁，
‘美味带给伢们尝。’

“它对一壶把话讲：
‘美味佳肴来奉上。’
十碗八扣美酒来，
狗们醉死滚地上，
我拿一壶下山梁……”

六　陶壶易主

晨曦刚刚透纸窗，
哥嫂二人起了床，
唤弟来到堂屋里，
嫂子开口把话讲，
阵阵狂笑堆脸上：

“打开窗户亮话讲：
是哥掀你岩顶降，
你才得到这宝物，
陶壶归你哥来藏，
你就不要脾气犟！”

弟弟心中咚咚响：
哥怎掀我下山梁？
大难面前人不死，
偏偏落在草墩上，
天在头顶眼睛亮！

我拿陶壶手不放，
并非我要美食尝，
将它作个纪念物——
善事做过一千样，
恶事不可做一桩！

哥哥见弟不肯让，
他把嫂话变个样：
“昨日夜里听你说，
毛狗提壶是一双，
想必作用全一样。”

嫂子急忙又开腔：
“弟弟真是大戇榔。①
两个怎不都拿回，
你和你哥兄弟俩，
一人一壶在手上。”

哥哥继续把话讲，
声音亲切春风荡：
“你今给我带个路，
去到取壶那地方，
另一陶壶弄手上。”

弟弟愁云布脸上：

① 戇榔：傻子。

“你今若是山头降，
落在江里要喂鱼，
落在岩上成肉浆，
落墩希望甚渺茫！”

“你若再往洞内逛，
猴们发现必猖狂——
昨日是你偷一壶，
今日要你来退赃，
不退叫你下山梁……”

哥哥觉弟话正当，
还是弟有好心肠：
“取壶不能再去了——
财来赶人到手上，
人去赶财无指望。”

嫂子话音如雷响，
“今是你哥把家当，
家中一切听他的，
这壶暂且由他掌，
你长大后归你藏！”

嫂子伸出大手掌，
就像疾风过山梁，
猛地抢过那陶壶，
塞到哥的手掌上，
嫂的哈哈如雷响。

七　哥闻壶嘴

嫂抹桌子红亮亮，
叫哥喊席到桌旁，

陶壶里面异香出，
哥拿壶嘴到鼻旁，
壶嘴挨在鼻尖上。

壶在慢慢往下降，
鼻在渐渐被拉长，
壶底已经到胸前，
鼻如篾缆摇晃晃，
壶像蝴蝶扇翅膀。

壶在慢慢往下降，
鼻在渐渐被拉长，
壶底已到髁膝边，
鼻如麻绳空中扬，
壶像蜘蛛在结网。

壶在慢慢往下降，
鼻在渐渐被拉长，
壶底已经落脚背，
鼻在人前停稳当，
就像一竿枯竹桩。

哥哥掰壶如焊上，
顿时怒火烧胸膛，
一拳打向那陶壶，
满屋尘土在飞扬，
长鼻垂直晃呀晃！

鼻子稍微一晃荡，
全鼻顿时疼又痒，
疼时就像长稀疱，
痒时就像生疥疮，
人不敢动像木桩！

嫂嫂求医奔四方，
上四川来下湖广，
中医草医都找遍，
内科外科无药方，
空空转回到老房。

嫂找弟弟来算账：
“是你害哥苦难当，
真想剥下你的皮，
真想挖出你心脏……”
弟弟远走去他乡。

乞丐三兄弟

三个乞丐坐岩旁，
各人竹签拿手上，
面前陶罐煮蚕豆，
豆随水沸翻波浪，
他们睁圆眼睛望。

岩壁上面跑野羊，
绊一石头往下降，
恰巧打破那陶罐，
水泼火熄气飞扬，
蚕豆全部落灰上。

三人忙将蚕豆抢，
竹签戳在豆子上，
一签下去戳一个，
两签下去戳一双，
不一会儿全吃光。

此次经历不能忘，
三个乞丐跪地上，
也称岩下三结义，
结拜兄弟情义长，
从此分开各一方。

三年时间只一晃，
老二老三相碰上：

“就少老大他一人。”
“他做州官坐高堂。”
二人去见走得忙。

老二去到衙门上，
果见老大坐大堂，
老二自是识老大，
老大也识老二样：
“这是谁来错方向！”

“当年煮豆在岩旁，
野羊绊石落罐上，
罐破豆子全泼出，
三人拿签各自抢，
大哥怎将此事忘？”

老大眉梢冒火光：
“哪来乞丐扰公堂？”
他遭衙役一顿打，
屁股开花成重伤，
胯子上面血流淌！

走出衙门泪汪汪，
老三前来问情况，
老三再去见老大，
老大瞪起凶目光：
“又一乞丐闯公堂！”

“当年随您战岩冈，
炮火冲天士气壮，
用了罐子炮来轰，
箭箭射中敌胸膛，
杨将潜逃寞兵亡……”

老大笑容堆脸上：
“此事我也未曾忘，
老弟你今来得好，
封你一衔百户长，
走马上任去岩冈。”

乞丐艳遇

昏昏月色照地上，
乞伢来到后门旁，
一双细手抓住他，
奔向屋角小路上，
两个黑影往前闯。

走过山坡和山冈，
走过密林和草莽，
走过大沟和小溪，
走过田园和村庄，
歇在一块岩板上。

晨曦出现在东方，
山野由暗在变亮，
两个人在相互看：
乞伢污浊烂衣裳，
姑娘娇艳绚丽妆。

姑娘心要出胸膛：
“你是何人请快讲!”
乞伢心中也酸楚：
“我是乞丐走四方，
昨晚到你后门旁……”

姑娘顿时泪汪汪：
“红庚八字招祸殃——

我不爱那花公子，
自找一个如意郎，
父母阻拦我心伤！

“与他私下来商量：
两人私奔到远方。
我在后门等他来，
见他影子就欢畅，
哪知是你来身旁！”

她的泪如暴雨降，
乞丐伴在她身旁。
要哭你就尽量哭——
黑云积雨必然降，
雨停云薄现太阳。

哭了一场又一场，
太阳已经偏西方，
姑娘取出怀中银：
“拿这银子去村庄，
买些食物充饥肠！”

乞丐拿银在手上，
突然一阵欢声狂：
“原来这就是银子，
我的银子无处装，
堆在洞中宽地上。”

乞丐身后跟姑娘，
来到巨岩洞口上，
里面银子无其数，
乞丐母在里面葬
以为石头堆里藏。

“男人就怕找错行，
女人就怕嫁错郎，
约好了的他不来，
没有约的到身旁，
凡人莫与缘分犟！”

一个金元宝

财主大屋阳沟里，
两个乞丐住一起，
衣里又多虱子爬，
头上苍蝇又不离，
财主驱赶白费力。

两个乞丐早晨起，
见一元宝在沟里，
两人同时都看见，
谁也不敢伸手取，
各怀主意乞讨去。

黄昏都回阳沟里，
一个持棒打过去，
另一乞丐被打死：
“这个元宝我来取，
拿它为本做生意。”

已死乞丐手心里，
一个粑粑紧捏起。①
一见粑粑流口水，
他把粑粑吃下去，
弹了几下死沟里。

---

① 粑粑：一种半圆形的熟食，用大米面、苞谷面、麦子面等均可做，内多包馅。冷热可吃。

粑粑原是特准备，
馅子里面塞毒剂：
毒死另外一乞丐，
独得元宝捡这里，
拿它去买屋和地。

财主来到阳沟里，
用脚踢踢两尸体，
喊了长工埋他们，
沟里元宝捡回去，
胡子也在笑嘻嘻。

背脚佬的口封

背夫歇在大堰旁，
凉风吹来浑身爽，
见一青蛇在堰中，
信口一句出口腔：
“龙跃大海腾巨浪。”

从此背货走一趟，
挣钱犹如水流淌，
买来田地和山林，
做起大屋明又亮，
娶妻生子日子旺。

一日玩到大堰旁，
手拿绢扇扇风凉，
又见青蛇在堰中，
信口一句出口腔：
“蛇戏泥沙在小塘。”

顷刻之间水卷浪，
清水浑浊沙石响，
青蛇已经翻水面，
一股臭气空中扬，
苍蝇布满蛇身上。

黄昏时刻回家乡，
见屋成灰落地上，

田契早已成灰烬，
妻儿烧成炭模样，
风卷灰尘空中扬。

一时傻眼珠泪淌，
一声叹息悠悠长：
“这个世界真的怪——
只说假话全顺畅，
半句实话就遭殃！”

江边驴吭

一

老许黄昏回家里，
掏出万元新纸币，
“我向老望借的钱，
要到广州做生意，
已在梨山订了梨。”

妻子听了也满意：
“老望挣钱不容易，
脸朝黄土背朝天，
一身汗来一身泥，
借钱一定要还去。”

“我早说你人太迂，
借得来是高手艺，
弯心弯肠肚胀圆，
直道公心肚瘪起，
他姓望来我姓许。”①

“变鸡生蛋还粟米，

① 一个望还，一个许还，就是不还。

变骡还钱陪侄戏，①
今生不还来生还，
来生变鸭或变鸡，
来生变马或变驴。”

二

次日老许出门去：
我交钱来他交梨。
整整步行一满天，
到达清江渡口里，
船在对岸稳靠起。

“过河去啊过河去——”
声音响在峡谷里，
眼见渡船随波动，
眼见人在舱里移，
不把喊船声音理。

“过河去啊过河去——”
声音响在峡谷里，
眼见船里亮了灯，
眼见船里炊烟起，
不把喊船声里理。

“过河去啊过河去——”
声音响在峡谷里，

---

① 传说，有一个出嫁女到母亲家舂粟米，母借了一碗粟米煮稀饭吃，未还，母死后，变成鸡在女儿家生蛋还，一颗粟米一个蛋。鸡生多蛋后不再生，女杀了鸡去熏。女不知此鸡是母变，接父来同吃，父久不来，母报梦：“你再不去，我的眼要被熏瞎了！”父去，埋鸡。又一传说，弟向出嫁姐借钱未还，弟死后，姐梦见弟在自家马圈里，叫儿去看，马生一骡，侄知是舅，不要骡干活，只陪他玩。一日，骡踢坏了一人的窑货，那人索赔，见其称骡为舅，述其事，那人说：“我借他钱未还，正是这窑货钱。不用赔，我借他的钱也还了。”

眼见船头人闲坐，
烟袋脑壳火亮起，
不把喊船声音理……

东方已经露晨曦，
林中鸟儿噪音起，
老许声音已嘶哑，
老许额上汗珠滴，
对岸渡船仍不移。

三

老许转身回家去，
心里有火脚步急。
路上石头两边滚，
路旁茅草趴在地，
脚下尘土嘣嘣起。

回到家中见到妻：
“此事开头不吉利——
整整喊了一夜船，
船工听见而不理，
不去做这鬼生意！”

妻劝他把钱还去，
这次他是依了妻。
当日还钱给老望，
万元不差分毫厘，
老望笑得嘴爹起。

四

老许再到梨山去，

不做生意必退梨，
又是走了一整天，
黄昏时刻江边立，
船在对岸稳靠起。

“过河去啊过河去——”
老许声飘峡谷里。
对岸渡船开过来，
上了渡船问一句：
“咋喊一夜怎不理？”

“昨夜南岸一头驴，
吭了一夜没停息，
声音就像打炸雷，
震得惊涛撞岩壁，
我一夜没合眼皮。”

三姐妹望月开花

夏日月夜微风爽，
爷爷坐在稻场上，
三个孙女围过来：
“爷爷您把故事讲，
宁听故事不吃糖！”

爷爷抬头望月亮，
月亮挂在东山上：
“八月十五夜子时，①
月亮开花五彩光，
一簇鲜花挂天上。

“见月开花在天上，
立即对月把话讲，
说出什么有什么，
满足一切美愿望，
开花时刻只一晃。”

年年中秋子时光，
三个姑娘望月亮，
一双眼睛全不眨，
不见月亮花开放，
又有希望又无望！

---

① 传说中，八月十五夜子时，月亮出生。

中秋子时抬头望，
见到月亮花开放，
大姐说要做皇后，
二姐说要做富商，
三姐无言抠头上。

刹那之间只一晃，
月亮失去五彩光，
恢复一个圆圆月，
独自遨游蓝天上，
地上铺满银光芒。

* * *

清早大姐开大门，
一只蛤蟆门外蹲，
大姐俯身对它说：
“要道不宜脚步停，
恐被误踩伤害身。

“你在何处安下身，
我来送你回家门。”
蛤蟆调头往外走，
大姐让它跳上身，
沿着它的视线行。

走过千山和万岭，
进了一个石洞门，
石洞变成大宫殿，
蛤蟆变成王子身，
一切都如在梦境。

隆重婚礼成了亲，

王子登位为国君，
大姐成了新皇后，
回到故乡探亲人，
爷爷祝她遂了心。

*　*　*

二姐挑水沿溪行，
见水总是那么浑，
她要找到清澈水，
继续沿溪向上行，
终见浑水已变清。

两只水桶如毛轻，
舀水总也装不稳，
桶里各放一石头，
一担清水照人影，
连石带水挑进门。

取出石头亮澄澄，
爷爷认出是黄金：
“你在哪里捡到它？”
“这种石头满溪滚，
只是需要沿溪行。”

再到原地取黄金，
只取一背往转行，①
开起多家杂货店，
扩大成为商业城，
二姐就是城主人。

① 此处的“背”为背篓。“一背”意为一背篓的货。

*　*　*

三姐用手抠头顶，
月花以为求痒病，
于是给予白癞子，
日日夜夜抠不停，
白屑飞舞发脱净。

三姐终日怨又恨，
埋怨爷爷故事狠，
不想大姐二姐事，
只想止痒发再生，
还我一个原来人。

爷爷求医四处奔，
百药吃过无效应，
黄帝岐伯书读遍，
再读华佗张仲景，
照方治疗全不成。

“机遇只是短时辰，
等待早有准备人。
想求止痒再生发，
月开花时再纠正，
此期遥遥何日成！”

梳　　子

新婚不久两夫妻，
虽在破屋甜如蜜。
丈夫进城去办事，
妻有一事要夫记：
买把梳子赠给妻。

不知梳子是啥样，
妻子手指夜空里，
一弯新月在天空：
“你把月亮样儿记，
梳子就能买到的。”

丈夫去到城市里，
不觉十日已过去，
想到妻要一梳子，
仰望月亮圆圆的，
买了圆镜带回去。

“梳子”交到妻手里，
妻子一见怒火起：
“你这人怎没良心，
我是哪点愧对你，
带个姑娘回家里！”

母亲接过“梳子”去，
一看也是怒火起：

“带个姑娘还不说，
带个婆婆回家里，
老娘几棍揍死你！”

她们告到衙门里，
县官把“梳”接过去：
“你们那里有县官，
为何来到我这里？
快快给我滚出去！”

一条腰带

一　送饭

三月晴和天气新，
百花开放草木青，
花间蜜蜂在飞舞，
林中布谷催春耕，
处处响彻喝牛声。

少妇提篮锁大门，
竹篮里面热气腾，
苦荞粉子阵阵香，
苦菜清汤香阵阵，
在她臂上挂得稳。

眼看太阳已当顶，
正是午餐好时辰，
自己肚里也在饿，
先吃当为耕田人，
然后自己饮食进。

此时坡上耕田人，
肚里响起咕咕声。
赶起牛儿还在走，
两眼睃睃望家门，
是否来了送饭人？

二　救人

妻子送饭望山岭，
只顾匆匆朝前行，
突然脚底绊一下，
低看路边卧一人，
乍一看到吃一惊！

这人脸白匀匀身，
十五六岁正年轻，
身上穿的绸缎衣，
一双靴子脚上蹬，
身上到处沾灰尘。

他正闭着双眼睛，
鼻翼扇动出气匀。
俯下身去摸摸他，
额头冷冷有余温，
嘴唇颤颤还湿润。

他是什么伤了身，
他是突发什么病，
他是事糟急晕倒，
他是瞌睡没睡醒？
水有源来树有根。

胸脯高耸直挺挺，
肚子下面陷得深，
就像坎下一个洞，
就像平处一个坑，
断定他是已饿昏。

把那竹篮地上撴，
蹲下腿来掫他身。
掫得上身身坐起，
掫得下身腿脚抻，
少妇臂膀扶得稳。

铜勺拨开他嘴唇，
苦菜清汤喂他吞；
蓼竹筷子撬开牙，
苦荞粉子嘴里进，
喂一喂来停一停。

少年慢慢睁眼睛，
少妇脸上现笑影。
单看他的这双眼，
清清亮亮荡波纹，
闪闪烁烁天上星。

少年慢慢站起身，
一棵青松立山岭。
松脂味儿阵阵香，
风卷松涛声声鸣：
“贤惠大姐救我命！”

“本应接你进家门，
堂屋里面待客人，
十碗八扣苞谷酒，
银色米饭甑里蒸。
奉菜敬酒伴歌声。

“无奈此刻时间紧，
待客在这荒山岭，
给你喝的苦菜汤，

给你吃的苦荞粉，
苦你舌头苦我心！”

少年笑如五彩云，
少年声如山泉鸣：
“口渴好喝苦菜汤，
肚饥好吃苦荞粉，
难时苦也甜津津。”

少年解开外衣衿，
手往腰间摸得准，
解下一条腰带来，
形如流水石上奔，
光如月色亮晶晶。

“它如蛛丝牢又稳，
它如鸿毛白又轻，
赠你一件小小礼，
谢姐恩如泰山沉。
谢姐情如东海深！”

少妇立刻敛笑影，
不觉远离少年身。
手摆就像货郎鼓，
脚退就像风卷尘，
生怕腰带追得紧。

“事小犹如一土尘，
何足挂齿装在心。
我绝不是图酬谢——
在家千日诸事顺，
出门一刻难倒人！”

山坡滑来树难稳，
激流卷来沙石滚，
冰雪压来竹弯腰，
微风吹来也熄灯，
大姐难挡少年情！

她握腰带在手心，
呆望少年远去影，
少年一步一回头，
大姐如桩钉土层，
刚才都如在梦境。

三　挨打

大姐转身回家门，
脚下安了风火轮，
快些回家再做饭，
再次送饭山坡行，
他在挨饿我心疼！

身后来了耕田人，
眼睛鼓起口水喷，
眼睛鼓起在吐火，
口水喷来雾气腾，
俨然面前一凶神！

“家中东西送人情，
路上东西又送人，
路人关你屁的事，
又吃又喝食物尽，
不知饥渴耕田人！

“今日对你再不忍，

定叫你的皮子疼！”
一阵鞭子挥舞起，
就像暴雨打在身，
就像冰雹落头顶！

此刻少年转回程，
犹如疾风卷乌云，
空中紧握那鞭子，
空中鞭子定了根，
岩上铁桩钉得紧！

“因我饿了坡里人，
我的心中也不忍，
要打你就来打我，
是我向她索食品，
打她冤枉一好人。”

见他气壮如山岭，
听他语音如浪腾，
气宇轩昂杀气在，
目光威严逼煞人，
令人身上打寒噤！

不敢再去看此人，
回到原处把田耕，
鞭子挥在牛身上，
就像暴雨打在身，
就像冰雹落头顶！

四　上马

几年过后一清晨，
丈夫牵牛出了门，

人放牛时也轻松，
牛吃草时也欢欣，
同享快乐美时辰。

山间响彻马铃声，
来了一行骑马人，
人都穿的绸和缎，
马配金鞍和银蹬，
看来不是寻常人。

草屋门前马队停，
放牛人又转回程，
站在屋角仔细望，
瓦屋门前不曾停，
为何专寻草屋门？

来人下马朝前行，
他们来问放牛人：
“农妇藏着金腰带，
皇上要寻藏带人，
夫妻双双进京城。”

丈夫心中咚咚鸣，
进屋对妻话出声：
“是你那天惹的祸，
说你是偷金带人，
我也连同要受刑！”

夫妻骑马随同行，
过了溪河过山岭，
一路走来一路想：
藏下腰带本是真，
是祸是福由天定。

五　宫中

夫妻骑马进京城，
下马随同官员行，
来到金銮宝殿处，
金碧辉煌耀眼睛。
处处都如霞光明。

来到一座宴会厅，
已经坐了好多人，
上方一桌还没坐，
安排他们桌边等，
人们都是笑脸迎。

外面进来一个人，
身穿黄衣晃眼睛，
厅内官员全下拜，
“吾皇万岁”响高声，
皇上微笑令“平身”。

皇帝上方来坐定，
满面春风抖精神，
拉了农家夫妻来，
自己两边来坐定。
其他位上坐满人。

农妇揉眼定定神，
细看这位年轻人，
额头宽阔一大坝，
鼻尖高耸一条岭，
目光闪烁两颗星。

身魁如松立山岭，
脸上如飞五彩云，
笑容更比冬日暖，
话音犹如春风轻，
正是当年饥渴人……

农夫揉眼定定神，
细看这个年轻人——
气势犹如山岭壮，
声音犹如浪奔腾，
目光炯炯逼煞人。

当年握鞭是这人，
如钳夹住我手颈，
鞭子再也拿不动，
犹如铁桩入岩层，
使我打妻再不能……

农妇拿出鲜红绫，
取出腰带亮晶晶：
“这般圣物哪敢用，
今日还它原主人。”
她已激动难发声。

皇帝接带握手心，
亲系农妇细腰身：
“大姐喂朕苦菜汤，
大姐喂朕苦荞粉，
这才救下朕性命。”

桌上佳肴热腾腾，
杯中美酒香喷喷，
皇上举杯来敬酒，

杯在空中停一停，
对着面前两客人：

“当年皇室起纷争，
将朕新皇逐宫廷，
流落荒野多日苦，
返回京城再举兵，
叛乱平息国安定。

“朕心常念姐救命，
患难之中见真情，
雪中送炭真情义，
锦上添花情不真，
真真假假满乾坤。

“大姐大哥来京城，
朕派专人陪你们，
城内玩些日子后，
带回一些金和银，
和睦创业家道兴……”

六　山里

夫妻被送回山村，
带回几驮金和银，
这些金银怎么花，
丈夫说要妻决定：
“你眼要比我眼明。”

购置田产十几顷，
几家铺子立山村，
雪地上面滚雪球，
自己家中脱贫困，

四乡邻里也脱贫。

盖起楼房请先生，
书声琅琅日日闻，
远近子弟都来读，
学费绝不收半文。
赶考中举一大群。

他家三个优等生，
都是金榜题美名，
大儿去管田地产，
二儿去管商业城，
三儿做官在朝廷。

一个乞丐的兴趣

一　夜宿

太阳已经落山边，
北风呼啸过山前，
陡岩边上乞丐来，
找个岩壑今夜眠，
家随人走堪方便。

走进老岩壑中间，
地上枯土铺地面，
摸土如晒冬阳光，
踩土如立夏风前，
舒适浑身都流遍。

补疤口袋在身边，
黑手伸进袋里面，
摸出一把生苞谷，
细细嚼来慢慢咽，
鼻子闻香口尝甜。

脱衣让背贴地面，
破碗木棍靠身边，
破碗还要装剩饭，
木棍防狗扑胸前，
两件宝物伴我眠。

二　奇遇

清晨乞丐刚睁眼，
见自枕着弓和箭，
一箭插在脬土里，
箭囊卧在臂膀边，
他觉此事很新鲜。

起身带上弓和箭，
准备乞讨去村前，
土里那箭拔出来，
金银随箭到身边，
光芒四射耀人眼。

拔开双脚飞向前，
金银紧随他脚边，
后面来的不见尾，
前面来的涌胸前，
好似狂涛在席卷。

突然挽弓射一箭，
为首金砖穿窟眼，
金银调头往回走，
只一眨眼全不见，
好不容易脱了险！

三　射箭

他持弓箭走向前，
乌云密布雨绵绵，
石板路上青苔绿，
泥巴路上水漫沿，

只怕跌在泥里面。

人们都在仰望天，
泪水冒在眼睑边：
“半年没有见阳光，
坪里庄稼被水淹，
坡上庄稼死到巅！”

拿起弓来安上箭，
两眼溜溜看云间，
瞄准黑云射一箭，
黑云变白空中悬，
白云已经飞天边。

空中太阳露笑脸，
地上人们绽笑颜，
坪里庄稼成片绿，
坡上庄稼绿成片，
预兆一个丰收年。

*　　*　　*

他持弓箭走向前，
赤日炎炎烤地面，
泥巴路上脚烫泡，
石板路上脚冒烟，
犹如走在火里面。

人们都在仰望天，
泪水冒在眼睑边：
“半年没有见到雨，
坪里庄稼死到巅，
坡上庄稼枯成面！”

拿起弓来安上箭，
两眼溜溜望蓝天，
朝着天顶箭射出，
白云渐渐满空悬。
变成黑云空中卷。

闪电道道耀人眼，
雷声隆隆震山巅，
云中甘霖铺天落，
坪里庄稼绿成片，
坡上庄稼绿无边。

四　进宫

高山打敲响得远，
响山响岭响云天，
一传十来十传百，
十传百来百传千，
都知乞丐弓和箭。

皇帝知这弓和箭，
阵阵微笑绽龙颜：
此箭控制晴和雨，
风调雨顺得丰年，
国泰民安盛世现。

皇帝要看此弓箭，
皇帝要见乞丐面，
一道圣旨传下来，
一行官人来得远，
寻找乞丐在山间。

马蹄嘚嘚响山前，
银铃声声传耳边，
官员乞丐面前站：
“请你带上弓和箭，
随同我们进宫殿。”

乞丐骑马走中间，
官员为他拿弓箭，
多少山水脚下过，
多次日落月又现，
巍巍宫殿在前面。

乞丐被引入圣殿，
官员为他拿弓箭，
皇帝坐在龙座上，
宫女撑扇身后面，
文武百官排两边。

乞丐来到帝面前，
官员为他拿弓箭，
官员叫他忙叩头，
“吾皇万岁”出口间，
此刻他觉很新鲜。

乞丐对着皇帝面，
官员为他拿弓箭，
他在暗暗看皇帝，
皇帝睁着炯炯眼，
笑比朝霞更鲜艳。

“你有神奇弓和箭，
呼日唤雨能实现？”
乞丐回答皇帝问：

“确有神奇弓和箭，
呼日唤雨能实现。”

“如果这话是谎言，
可要人头落地面！”
乞丐回答皇帝问：
“耳听为虚非真言，
眼见为实真言现。”

此刻皇帝出金殿，
抬头仰望蔚蓝天，
乞丐随后心明白，
他朝蓝天射一箭，
黑云带来暴雨点。

皇帝看后舒龙颜，
抬头仰望阴雨天，
乞丐随后心明白，
他朝黑云射一箭，
云开日出蔚蓝天。

皇帝再坐金銮殿，
乞丐再次立殿前，
皇帝金口问乞丐：
“你是何人上金殿，
可愿为朕献弓和箭？”

“我是乞丐上金殿，
愿为皇上献弓箭。”
官员呈上弓箭去，
皇帝摸它在手间：
“宝物貌看不起眼！”

皇帝兴奋舒龙颜，
“乞丐听旨”出口间。
官员教他快叩头，
“封你‘光禄大夫’衔，
晴雨掌在你手间。”

乞丐破衣摔得远，
蟒袍玉带身上炫，
美味佳肴餐餐是，
男女仆人拥身边，
进进出出宫阁间。

五 离开

头天上朝很新鲜，
次日上朝觉厌倦，
三日上朝乞丐奏：
“还我献的弓和箭，
还我破衣到面前。”

皇帝皱眉眨眨眼：
也许做官非他愿。
“准奏”二字出了口：
“呼日唤雨在民间，
按功授禄至永远。”

脱下朝服丢地面，
穿上破衣笑合眼，
摇摇摆摆大步走，
欢欢喜喜出宫殿，
身背他的弓和箭。

来到原来洞里面，

枕着弓箭土上眠，
醒来弓箭不见了，
破碗木棍在身边，
哈哈响在洞里面。

一顶破草帽

一　月下仗义

月光照在山坡上，
路上树影在摇晃，
柴郎卖柴回家转，
翻山越岭汗珠淌，
肚里饿得咕咕响。

前面声音传耳旁，
又是愤怒又凄凉。
愤怒声音像打雷，
凄凉声音像蚊嚷，
出了什么怪名堂？

柴郎上前打一望，
二人相斗在路上：
少的抢了老的包，
老的追赶身摇晃，
两人距离拉得长，

柴郎箭步追得忙，
把那少的打地上，
“死人旁边有活人，
弱者也有强者帮。”
夺过那包握手上。

老人握包在手上，
包内取银闪闪亮：
“感谢你今来救我。”
他要细看仗义郎，
不知他已去何方？

二　劫者报复

柴郎走在山坡上，
自家茅屋在近旁，
麻雀有个枯草窝，
老鼠有个枯土房，
都说家是避风港。

突然身边笑声扬，
那个劫者到身旁，
他举一口大黑锅，
眼里喷火红而亮，
口里射牙尖而长：

“原来你在这里逛，
给口黑锅你戴上，
头疼犹如开水烫，
骨断犹如折棍棒，
这是仗义好下场！”

一口黑锅罩头上，
不偏不倚很稳当，
不摇不摆不沉重，
也没头如开水烫，
也没骨断如折棒。

向头伸去两手掌，
是顶草帽戴头上，
它的边缺如锯齿，
它的顶破如土窗，
上面污尘在飞扬。

三　戴帽卖柴

一顶破帽戴头上，
遮住夏日烈骄阳，
柴郎上街去卖柴，
柴担放在脚跟旁，
扁担握在自手上。

来时太阳上山冈，
此时太阳坠西方，
千百人从柴边过，
无人来看卖柴郎，
柴火仍是来时样。

摘下草帽扇风凉，
身边人们围成墙，
这边在递钱过来，
那边抱柴在手上，
柴火片刻全卖光。

喜上心头笑面庞，
袋装铜钱返回乡。
粗略想来出怪事，
细加思索无别样，
不同之处在帽上！

戴起这帽在头上，

人不见我啥模样，
摘下这顶帽子来，
我的一切暴露光，
这帽隐身能力强。

四　小姐绣房

他把草帽戴头上，
走进州官豪华房，
官家门前人守卫，
进进出出人来往，
无人过问他进房。

上了小姐绣楼上，
花容月貌任欣赏，
身倚小姐如挨棉，
鼻闻小姐比蜜香，
几疑自己进天堂。

突然摘帽拿手上，
小姐尖叫脸发烫，
见一少年在面前：
“你是怎样进此房？”
半喜半忧心彷徨！

犹如久雨出太阳，
犹如久旱甘霖降，
犹如干柴遇烈火，
犹如饥饿遇干粮，
小姐遇上心爱郎。

黄土田里出高粱，
灌木林里出香獐，

清水塘里出荷花，
秀才脑里出文章，
情人口里出蔗糖。

五　大堂金杯

进出草帽全戴上，
上楼下梯无阻挡，
纸里难得包住火，
没有不透风的墙，
州官知道细思量。

一日他对女儿讲：
“明日我在大堂上，
我的金杯他取走，
不见他近我身旁，
承认奇事这一桩！”

小姐回到绣花房，
微微挨近卖柴郎，
传达父亲几句话，
柴郎心中春风荡，
小姐面如桃花样。

次日州官在大堂，
金杯放在案桌上，
两眼将它死盯住，
双手将它紧按上，
突然不见杯去向。

州官召进卖柴郎：
“有伙贼人扎林莽，
多次剿它未成功，

你若将其全灭光，
我招你为佳婿郎。”

小伙一听喜若狂，
声若洪钟响大堂：
“碓窝里面取鸡蛋，
大锅里面舀米汤，
贼首首级献大堂。”

六　戴帽进山

烂草帽儿戴头上，
筋筋条条尘土扬，
一把柴刀握在手，
迈开腿子甩臂膀，
柴郎走进大林莽。

茫茫云雾在飘荡，
巍巍林海在摇晃，
一壁高岩现出来，
一个黑洞在岩上，
群群老鸹噪音狂。

贼人定在洞内藏，
一些黑影洞前晃，
柴郎双手抠岩缝，
柴郎双脚踩岩桩，
就像腾飞一岩羊！

贼人就在头顶上，
怪喊怪叫声飞扬，
就像狼嚎惊山谷，
就像虎啸震山冈，

看来气焰甚嚣张。

贼人就在身两旁，
他们东张又西望，
提防探子来侦察，
提防官兵入林莽，
明哨暗哨布四方。

七　洞口灭贼

贼首站在洞中央，
此人身魁奸猾样，
目光一扫像闪电，
声音一出若雷响，
岩洞仿佛在摇晃：

“趁着云雾下山冈，
趁着天黑进村庄，
半夜子时齐动手，
抢走粮食和姑娘，
大亮之前回山上！”

群贼围在贼首旁，
人人手持刀和枪，
刀的光影忽忽闪，
枪的火绳点点亮，
杀气腾腾人癫狂。

群贼涌向洞口上，
就像乌云越山梁，
脚板底下尘土起，
膀子甩开疾风扬，
好似冰雹普天降！

人头阵阵滚地上，
尸体堆积如山冈，
洞口已经被堵塞，
洞口沿上血流淌，
岩壁溅血闪红光……

八　擒拿贼首

无云怎能暴雨狂，
无风怎能卷巨浪，
没见官兵和刀枪，
没见狗熊和豺狼，
怎么人头铺地上！

贼首心中咚咚响，
额上大汗汩汩淌，
转身就往后洞去，
身边疾风呼呼响，
脚板底下尘土扬。

后洞里面身可藏，
大洞小洞通四方，
只要进入一个洞，
犹如鹰飞蓝天上，
犹如鱼游深海洋。

双脚好似钉地上，
双手如被绳索绑，
腰间大刀无法抽，
肩上空挂火药枪，
哪路神仙魔法狂！

柴郎摘帽现柴郎：
“叫你死前明真相，
是我来取你头颅，
结清往日血泪账！”
刀起人头落地上。

九　州官许女

贼首头颅提手上，
走出岩洞下山梁，
猴在身边跳起舞，
鹰在脚底也歌唱，
满山遍野铺阳光。

草帽挂在肩背上，
去见州官精神爽，
衙门前面岗哨立，
衙门里面竖刀枪，
州官坐堂望前方。

柴郎来到大堂上，
提个人头望前方：
“山中贼人全剿灭，
贼人全部断颈项，
贼首首级来献上！”

州官一见喜非常，
诚挚话语对柴郎：
“你为百姓除了害，
你也为我帮了忙，
把你写在州志上！”

州官唤女来堂上：

“佳婿是这少年郎，
良田千亩作陪嫁，
金银器皿伴红装，
吉日良辰配成双。”

十　大厦落成

拆了那间破草房，
草木墙土运远方，
还在原来基地上，
石匠木匠汗珠淌，
斧声锤声传四方。

砖瓦窑前烟茫茫，
工地火把亮汪汪，
待到画梁高升起，
管弦欢歌声悠扬，
鞭炮声音震山冈。①

四合新院立坪上，
绿瓦复盖青砖墙。
前墙是为虎头面，
麒麟狮子守门房，
场面恢复宏气势壮。

四合院内清又爽，
处处雕栋又画梁，
梁上画的太极图，
柱上雕龙雕凤凰，
花卉翎毛缀门窗。

---

① 此谓之“上梁”。土家人做新屋，其礼甚繁。

过路金鹿停脚望，
空中孔雀停飞翔，
天上白云低头看，
月亮云中投光芒，
都在仰慕这栋房。

十一　草帽入厕

处处对联闪红光，
棚内棚外熠熠亮，
宾客云集屋内外，
唢呐锣笛声悠扬，
三眼铳响地震荡。

旗罗轿伞过山梁，
就像彩云轻飘荡，
大轿停在堂屋里，
大门紧紧来关上，
新郎新娘在拜堂。

洞房里面亮晃晃，
金箱金柜滴水床，
玉灯玉盏红蜡烛，
丝衣丝被丝罗帐，
玛瑙翡翠镶满墙。

草帽挂在朱壁上，
柴郎嫌它丑模样，
边缺就像锯子齿，
顶破就像黑土窗，
污垢满身尘飞扬！

不配我这豪华房，

不配我这富贵郎，
不配我这珍器物，
不配我这美新娘，
移它进入茅厕缸！

十二　归还原样

柴郎走向豪华房，
春风拂面浑身爽，
把这破帽已去掉，
锦上添花更辉煌。
揩了眼屎眼睛亮。

一路走呀一路望，
不见新建豪华房，
疑是眼睛发了花，
疑是记忆走了样，
上看下看老地方。

一路走呀一路望，
又见原来破草房，
不是眼睛发了花，
不是记忆走了样，
左看右看老地方。

轻脚轻手进草房，
又见当初旧景象：
灶上冷火无炊烟，
墙边破柜破扁缸，
无油无盐无米粮。

轻脚轻手进草房，
又见自穿破衣裳。

背枷背在自己身，
一把柴刀握手上，
走出门来奔山梁……

岩上猴家

农田就在悬崖下，
苞谷将熟秆上挂。
岩上猴来掰苞谷，
农人持枪跟随它，
猴子进洞人观察。

这猴对人摆手爪，
又对洞内咿呀呀，
里面出来一老猴，
这猴嚼粮来喂它，
老猴将粮全吞下。

这猴对人摆手爪，
又对洞内咿呀呀。
里面出来两小猴，
都在这猴胸前扒，
咕咕隆隆奶吞下。

这猴对人摆手爪，
两匹葫叶来摘下，①
卷成筒筒装奶水，
土上挖窝来盛下，
再对小猴咿呀呀。

① 葫叶：又名葫芦包叶，草本，叶宽大且厚。

这猴人前来停下，
猎枪朝自咿呀呀。
人的枪口落下来，
几滴泪儿眼眶挂，
慢慢腾腾下悬崖……

隐 身 衣

山村雪夜静寂寂，
狐狸下山去村里，
来到农家一猪圈，
去捉笼中一只鸡，
一下关在鸡笼里。

早晨农人捉狐狸，
用绳把它紧拴起，
此刻狐狸也哀叹：
“我中农人歹毒计，
吃我骨肉又卖皮！”

邻居猪叫声凄厉，
这个圈里猪泪滴，
狐狸看见轻轻问：
“邻居猪叫声音起，
你是为何眼泪滴？”

“杀年猪的浪潮起，
猪再勇猛无法敌，
这阵猪叫声音过，
杀猪佬就来这里，
先杀我来后杀你！”

狐狸忽然笑声起：
“我穿一件隐身衣，

我去看人很明白，
人来看我无踪迹，
阎王杀我也不易！”

“隐身衣有这神奇，
你是如何获此衣？”
“当年商朝被灭亡，
此衣穿戴苏妲己，
此后辈辈传狐狸。”

肥猪一听心欢喜：
“能否给我这件衣？”
“我被麻绳紧捆住，
无法伸手去脱衣，
无法给你来穿起！”

猪说：“这事很容易。”
它拱木桩倒在地，
出来咬断那麻绳，
麻绳节节落在地，
猪和狐狸笑嘻嘻。

肥猪直直站在地，
看见狐狸在脱衣：
解扣脱袖脱全身，
再给猪身穿上去：
披衣穿袖扣紧衣。

猪再回到圈里去，
把些木桩再竖起，
猪和狐狸都大笑，
狐狸挥手出门去，
走向茫茫森林里。

老鹰借针

黑鹰遇上一黑鸡，
同到一家商店里，
黑鹰想的衣五彩，
黑鸡想的五彩衣，
买了花布同回去。

黑鸡无针来做衣，
黑鹰家中借针去：
“仅有一针你先缝，
我也等它来做衣，”
“衣成针就还给你。”

黑鸡穿上新花衣，
光彩夺目好神气，
还针路上针掉了，
空手来到鹰家里，
鹰已无针来做衣。

花鸡寻针在田里，
黑鹰一见就生气，
高空一下猛扑来，
尖利爪子抓起鸡：
“你不还针我吃你！”

螃蟹方阵

一

虎国建立三千年，
虎王决定大庆典，
重点是在大阅兵，
各类动物喜空前，
抽调队伍忙训练。

螃蟹队伍新组建，
顽顽领队蟹们选，
领队可是犯了愁：
螃蟹凸出长长眼，
却是横行不向前！

你看在那人世间，
作恶最是遭人怨，
臭名昭著作恶者，
比喻螃蟹在人间：
看你横行到何年！

世间万物都可变，
最大关键是训练，
螃蟹横行改直行，
刮目相看众人眼，
护我蟹族大尊严。

二

兔子直立奔向前，
请来兔子当教练，
螃蟹队列很整齐，
威武严肃立地面，
兔子站在队列前。

兔子眼睛望前面，
口令喊出声音尖：
“目标前方正步走！”
螃蟹两眼都向前，
开步仍是向侧面。

走了三五七八遍，
螃蟹横行没改变，
兔子已经失信心：
“我要辞去这教练！”
它已去到场外面。

请了狸来当教练，
请了羊来当教练，
请了蜈蚣当教练，
请了蜗牛当教练，
螃蟹横行无法变！

颁颁带队去水间，
请来乌龟当教练，
螃蟹列队很整齐，
威武严肃立地面，
乌龟站在队列前。

乌龟眼睛望前面，
口令喊出声音尖：
“目标前方正步走！”
螃蟹两眼都向前，
开步仍是向侧面。

走了三五七八遍，
螃蟹横行没改变，
乌龟已经失信心：
“我要辞去这教练！”
它已去到深水间。

请了鱼来当教练，
请了虾来当教练，
请了鳖来当教练，
请了蛙来当教练，
螃蟹横行无法变！

三

顽顽领队阴沉脸，
蟹在世间亿万年，
没因横行而灭亡，
强盛种族是信念，
水中陆上都可见。

蟹也活在动物间，
理直气壮一成员，
得到空气同样足，
得到阳光同样艳，
勿将自己来作践！

难学他人勿须怨，

扬己之长在世间，
他人难学这长处，
唯我独有实罕见，
这是我的一片天。

重新集合再开言：
“我之所长今发现——
唯有螃蟹能横行，
若论‘多样’我超前！”
顽顽自己当教练。

四

寅年寅日大庆典，
虎王检阅在台前，
各个方阵面前过，
豹猪獐鹿兔蛙猿……
从东径直向西边。

螃蟹方阵望台前，
个个都睁长长眼，
螯张脚行全一致，
黑背整齐一条线，
从东径直向西边。

虎王站立群臣前，
频频挥手绽笑颜，
螃蟹方阵非一般——
气势雄浑貌威严，
恰似挺进敌阵前！

检阅完毕文艺演，
虎王来到蟹群间，

双手握住顽顽手：
“各树一帜特色现，
斑斓世界在眼前。”

姐 妹 俩

一 人跨虎背抱虎颈

板壁岩高不见顶，
岩前悬有青树林，
老头挥斧砍岩柴，①
脚下悠悠绕白云，
白云里面鹰飞行。

老头一时没留神，
掉入山腰一岩墩，
上望陡岩挺挺直，
下看深渊黑沉沉，
他淌大汗打寒噤。

“今日身已陷绝境，
若是有人救我命，
我有一对孪生女，
任选一个配婚姻，
话经出口不唬人。”

耳边传来呼啸声，
眼前落叶在飞腾，
来了一只雄老虎，

① 岩柴：陡岩上长的灌木。

闪烁两只绿眼睛，
走路犹如踏轻云。

老头面前虎站定，
老头对它轻声问：
“畜生若是来救我，
点头三下眨眼睛，
摇着尾巴俯下身。”

老虎点头眨眼睛，
摇着尾巴俯下身。
老头立刻告诉它：
“我家住在椿树坪，
三间茅屋破柴门。”

人跨虎背抱虎颈，
虎出四脚身飞腾，
眼前白云飘飘过，
耳畔疾风响阵阵，
茅屋门前虎俯身。

二　爹送一包芝麻籽

老头走近茅屋门，
老虎稻场坎下等。
老头还在阶沿上，
两个姑娘出来迎，
老汉进屋只是哼！

“老爹怎么这样哼，
半是号哭半呻吟，
是今砍柴身太累，
是在陡处伤过身，

还是突然得了病？”

“今日砍柴没站稳，
一下掉入陡岩墩，
上是高岩挺挺直，
下是深渊黑沉沉，
眼看今日阳寿尽。

“‘谁若救了我的命，
有女与他配婚姻。’
一只老虎迎面来，
驮我下岩进家门，
老虎就在门前等。”

大女一听爆出声：
“要我与虎配婚姻，
除非马头长出角，
除非公鸡把蛋生，
老爹患了精神病！”

二女半日不吱声，
脸上阵阵卷愁云：
既然这虎救爹回，
不能忘它救命恩，
想必这虎也含情。

“爹把话儿已说定，
我就照爹话儿行，
不要婆家送彩礼，
不要娘家嫁妆跟，
随这老虎就启程。”

老爹听罢也伤心，

悔恨自己错发声，
墨变成字倒也易，
字变成墨再不能，
为人言而必有信。

“人家嫁女送又迎，
我女空手独出门。
爹送一包芝麻籽，
沿途撒下籽儿生，
芝麻结籽你回门。”①

二女刚刚出大门，
老虎出来伴她行。
回头看姐姐不在，
回头看爹爹倚门，
一双眼里泪淋淋！

三　王子已经回京城

老虎它在前面行，
二姐在它后面跟，
过了多少溪与河，
过了多少山和岭，
芝麻籽儿路边生。

月亮起了太阳沉，
太阳落了月亮升，
多少风雨身边过，
多少云雾绕过身，
虎与二姐挨得紧。

---

① 回门：婚礼后，夫随妻第一次去岳父家。

走进一个岩洞门，
越走越黑越阴森，
老虎眼光来照路，
如亮两盏大绿灯，
洞内也如白昼明。

老虎熄了两盏灯，
洞外天色亮又新，
亭台楼阁层层叠，
花草树石叠层层，
人行道上飘彩云。

二姐刚一眨眼睛，
眼前不见老虎影，
一个小伙面前站，
顿时勾住姐的魂，
她不相信自眼睛——

眼睛亮若天上星，
面颊上面飞红云，
身材犹如岭上松，
神态犹如泉飞腾，
疑似天宫来的神。

“巴国国都号夷城，
国王就是我父亲，
父王治国国安泰，
年年风调又雨顺，
百姓康乐享太平。”

二姐回头看自身，
周身衣裙若彩云，
香珠玉佩声清脆，

胭脂水粉香醉人，
俨然娇艳一女神。

城内传来高声音：
“王子已经回京城，
带回一个美女子，
好似仙女下凡尘。”
他们狂欢前来迎。

王子二姐并排行，
喜在眉头笑在心，
向着人群频招手，
万千鲜花铺路径，
百鸟群飞亮歌声……

四　王子率部去出征

蜀国军队犯西境，
扰得百姓不安宁：
他们杀人又放火，
抢夺粮食和畜禽，
到处都是逃难人。

边防部队挡敌阵，
几经作战陷困境，
消息传到夷城来，
惊动巴国君和臣，
满朝文武议纷纷。

巴王上朝拥群臣，
西境战事众议论，
巴王突令巴王子：
“率领大军出去征，

驱逐蜀军出巴境!”

王子此刻心欢欣，
精神抖擞百倍劲：
“儿臣领旨出征去，
定将蜀军逐巴境，
敌不出境消灭净!”

二姐心潮在翻腾，
一切都如在梦境——
梦里一切都奇妙：
犹如大海惊涛鸣，
犹如山巅飘彩云……

王子轻步已来临，
坐下紧挨二姐身：
“你父生日即将到，
我想为他贺寿辰，
突发要事去不成——

“蜀军犯我西边境，
我要率部逐敌军，
战事何日得结束，
没有时日可以定，
但有把握获全胜。

“待我获胜返京城，
结婚大礼就举行，
父王母后来主持，
文武百官都光临，
巴国百姓同欢庆。

“代我去看老父亲，

厚礼带给这老人，
让他衣食不发愁，
让他日子能称心，
最要紧的是安宁。

“照看年迈老父亲，
姐把重担暂担任，
他日接父京城来，
也要厚礼谢姐恩，
帮她家庭助子孙……”

次日清早雾气腾，
王子率部去出征，
二姐开窗看过去，
起起伏伏虎浪滚，
远远近近虎啸吟……

五　二姐回家看父亲

转眼已到父寿辰，
二姐回家看父亲，
沿着芝麻往转走，
厚礼在肩不觉沉，
脚板起泡不觉疼。

天黑时到椿树坪，
茅屋里面亮油灯，
家中客人不算少，
都是亲朋和近邻，
说说笑笑叙旧情。

二姐不想穿绸绫，
二姐不佩金和银，

二姐不戴珠和玉，
二姐不打脂和粉，
但也穿了一身新。

轻脚轻手进家门，
亲朋围了一层层，
心上重石落下地，
单看她穿一身新，
就知她家好光景。

一声“阿爹”叫出声，
老父一听泪纵横：
“是我二女回家来——
人心都是肉长成，
十个指头都连心！”

一声“阿姐”叫出声，
阿姐一看吃一惊：
“是我妹妹回家来——
天上掉下一颗星，
妹是仙女下凡尘！”

桌上包面香喷喷，①
姐妹举杯敬父亲：
“如过半百体力弱，
种田要种少而精，
砍柴不去岩和岭。”

宴罢时刻夜已深，
二女交礼给父亲，
一个包袱打开来，

---

① 包面：麦面皮包馅。祝寿时必吃包面。

绫罗绸缎光照人，
干鱼美酒香喷喷……

宴罢时刻夜已深，
妹进姐的卧室门，
包中礼物赠给姐：
丝帕绸裙光照人，
金环银镯亮晶晶……

爹对二女轻轻问：
“奇珍异宝这礼品，
显然出自富豪家，
虎婿是做何事情，
怎不与你同回门？”

“您的女婿正统兵，
巴国西线抗蜀军，
他是巴国大王子，
身魁体壮正年轻，
大智大勇集一身……”

此话传出众吃惊，
都说二姐王后命，
老爹骤然明白了：
“我们先祖有遗训，
巴族就是虎后人。”①

---

① 传说古代巴人的祖先廪君是白虎星下凡，他建立了古代的巴国。巴人是今土家人的先祖（在今谭姓土家人族谱中有“吾巴族”记载），虎为土家族图腾。在土家族民间传说中，人虎互变，即虎之前生为人或人之前生为虎，即使活着时，虎时而为人，或人时而为虎，这自是图腾崇拜的表现。

六　姐要与妹换衣裙

打从半夜到天明，
大姐她在床上滚，
眼像火焰熊熊燃，
心像沸水泡泡腾，
此刻怎能合眼睛——

千悔恨呀万悔恨，
不知那虎却是人，
他是巴国大王子，
巴国王位他继承，
天子管的万万民。

千悔恨呀万悔恨，
不该拒绝这婚姻，
未来王后本是我，
一下落在妹妹身，
是她偷走我大运……

早饭过后山野明，
蓝蓝天上飘白云，
蓝天遥遥遐想在，
白云悠悠憧憬生，
唯有故乡绝妙景！

姐对妹妹展笑影：
“我俩出去走一程，
幼时父母同抚养，
长大出嫁各自分，
难得一起叙旧情。”

妹妹满脸笑吟吟：
“姐姐说法妹赞成，
梦里常念家乡美，
醒来苦思家乡情，
故乡养育恩情深。”

姐妹一路往外行，
走一走来停一停，
抓得泥土闻清香，
捡个石头嘴边吻，
山水草木深深情。

姐妹一路往外行，
走一走来停一停，
姐姐详问宫中礼，
妹妹回答简而明，
空中飘荡笑语声……

一口大堰倚山林，
堰里清水绿茵茵，
两人走到堰边去，
俯下身来看人影，
两张脸儿笑吟吟。

姐说妹妹生得俊，
看去看来若神人；
妹说姐姐也不丑，
若穿丽裳灿若神，
人本树桩靠衣裙。

姐要与妹换衣裙，
妹妹立刻就答应，
两人交换全身衣，

姐姐貌似一女神，
妹妹俨然一农人。

再到堰边看人影，
妹说姐姐貌惊人，
姐将妹妹掀堰中，
堰里扑通响一声，
水面层层卷波纹……

七　走进妹妹寝宫门

沿着芝麻朝前行，
走过千山和万岭，
姐的脚板起大泡，
浑身大汗如雨淋，
只闻乌鸦哀叫声。

沿着芝麻朝前行，
前面大河波浪滚，
姐的衣里有银两，
渡船载她浪里行，
河里鳄鱼吞她影。

沿着芝麻朝前行，
前面大洞阴森森，
姐往岩洞深处去，
前面更是黑沉沉，
蝙蝠群飞碰眼睛。

沿着芝麻朝前行，
进了巴国都城门，
姐的两脚径直走，
两眼直观前面景，

群虎闪烁绿眼睛。

沿着芝麻朝前行，
走近妹妹寝宫门，
姐拿妹的钥匙出，
看那铜锁门外横，
蜘蛛牵网拦住门。

八　王子率部返京城

王子率部抗蜀军，
与敌激战葵花岭，
刀光剑影如闪电，
喊声杀声若雷鸣，
蜀军尸体如山岭。

夜色浓浓罩山岭，
蜀军岩前扎下营。
一群老虎上山去，
蜀军个个断脖颈，
唯有头目夜逃遁。

巴国边境驻巴军，
王子率部返京城，
浩浩荡荡一路来，
脚步嗒嗒震山岭，
身子挺挺碎白云。

巴王率臣出来迎，
全城百姓发欢声。
王子施礼见父王：
“巴国西境歼蜀军，
唯有头目夜逃遁……”

沙场厮杀血火喷，
哪有时间思恋人，
此刻得胜已回朝，
眼前净是她面影，
耳畔净是她声音……

看过眼前一切人，
怎没见到她的影，
难道是她不在家，
难道不知我回程，
还是偶然得了病？

他的双脚像流星，
轻轻接近恋人门：
里面大姐在打扮，
面对一面亮铜镜，
头插宫花面抹粉。

她见窗外有人影，
猜是王子已走近，
立即将门来打开，
面前站个年轻人，
一员虎将含柔情。

就像薄雾钻凹岭，
就像水沿溪沟行，
就像春风拂垂柳，
就像蜜蜂钻花蕊，
两人嘴唇贴嘴唇……

“老父五十大寿辰，
你可回到娘家门？

老人身体可健康，
姐姐是否有喜讯，
礼物他们可称心？”

“老父有副强健身，
大寿期间忙不停，
又要堂前迎宾客，
又要厨房安排顺，
他见礼物热泪淋！

“姐姐相了一个亲，
他是一个勤劳人，
晴天旱田忙活路，
雨天水田忙耕耘，
见礼犹如在梦境……”

王子手牵热恋人，
轻轻走进王宫门，
父王母后满脸笑：
“测定吉日和良辰，
你们婚礼来举行。”

九　一只花鸟出水来

二姐入堰咚一声，
身子上下在翻滚，
左边翻来滚波浪，
右边翻来波浪滚，
满堰清水已变浑。

已经不见二姐影，
但见水中现鸟形，
一只花鸟出水来，

翅膀扇得波涛平，
脚爪踏得浑水清。

花鸟绕屋慢飞行，
凄惨叫声一阵阵，
场边鲜花纷纷落，
树上绿叶落纷纷，
惊动屋里老父亲。

鸟沿芝麻慢飞行，
飞过江来飞过岭，
飞过江来鱼落泪，
飞过岭来鹿哀鸣，
凡心都是肉长成。

王子府第亮晶晶，
鸟朝府第低飞行，
见到大姐在花园，
绫衫缎裙耀眼明，
香珠玉佩挂满身。

鸟儿飞向她头顶，
发出阵阵悲愤声：
“你用我的金梳子，
你穿我的花衣裙，
毒蛇肝胆豺狼心！”

听这话语听这声，
定是妹妹已来临，
夏草枯了冬成虫，
蚕子死了蛾又生，
妹妹变鸟缠我身？

“你今是来报仇恨，
我也不是好惹人，
蜻蜓落上蜘蛛网，
蚊子落进米汤盆，
你想脱身万不能！”

一把利刀握手心，
向鸟掷去掷得准，
鸟儿受伤落下来，
针刺鸟的圆眼睛，
刀断鸟的花毛颈。

厉声唤来厨房人：
“王子得胜回京城，
我打一鸟慰劳他，
山珍让他倍高兴，
拿这鸟肉甑里蒸！”

十　雾里走出一佳人

厨房里面佳肴烹，
雅轩里面香袭人，
王子大姐挨着坐，
就像秤杆不离星，
就像花儿不离茎。

红漆方桌配雕凳，
坛里竹管插得稳，①
八个热菜围成圆，
中间留空搁木甑，
铜碗与筷共两份。

① 咂酒：粮食做的酒，坛中插多根竹管以吸食，故称咂酒。

“万里征战多艰辛，
略备薄宴来洗尘。
桌上并无佳肴来，
唯有一菜奇又新，
搭配咂酒宴贵人。”

她向厨房喝一声，
来了木甑桌上蹾。
王子睁大眼睛看：
是何佳肴奇又新，
还须这般劳大神！

揭开甑篷雾气腾，
雾里走出一佳人，
身如柳丝迎风摆，
面如朝霞耀眼明——
仙女驾云下凡尘。

大姐此刻又吃惊：
妹妹怎也死不成——
你淹死后变雀子，
雀子死后又变人，
变来变去你的魂！

王子此刻大吃惊：
怎么同样两女人！
同样面貌同样眼，
同样衣衫同样身，
哪个是我真恋人？

两个姑娘来相争，
同样话语同样声：

“我是真的你是假，
你是假的我是真，
假的莫来唬真人！”

王子说话带笑影，
静观左右两个人，
各自神态怎么样，
些小事情可知情，
来将她们真假分。

“来到巴国都夷城，
卫士怎样卫城门，
左右站了人几个，
什么武器配在身，
什么话语来询问？”

两个女人瞪眼睛，
各看对方啥神情，
都知王子在测试，
谁也不敢先出声，
此语出口定命运！

左边姑娘带出门，
她的神态颇镇静：
“我们两人迎上去，
万千鲜花铺路径，
百鸟群飞亮歌声。”

右边姑娘带出门，
她的神态慌而惊：
“左右站了兵两个，
巴氏利剑带在身，
连说王子回京城。”

一左一右两女人，
回到原处再坐定，
王子笑对她们说：
“巴国京城人安定，
城门没有设卫兵。”

右边坐的那女人，
桌子边上坐不稳，
浑身就像烈火烧，
心里就像岩石崩，
疾风一般冲出门……

十一　王子婚礼正举行

夜里山野黑沉沉，
大姐悄悄出京城，
高一步来低一步，
看见地上都是坑，
看见群山都在滚。

回头望望这京城，
王宫里面亮晶晶，
熙熙攘攘人来往，
衣裙飘飘若彩云，
王子婚礼正举行。

回头望望这京城，
王宫里面亮晶晶，
耳边阵阵仙乐来，
悠悠扬扬真动听，
王子婚礼正举行。

回头望望这京城，
王宫里面亮晶晶，
天空阵阵响礼炮，
千山万岭齐轰鸣，
王子婚礼正举行……

又是急来又是恨，
又是气来又是憎，
头上顶的是烈火，
脚下踩的是利针，
不知该往何处行！

身旁堰水波粼粼，
里面倒映满天星，
大姐纵身跳下去，
蛙往岸上急速奔，
鱼往空中直飞腾。

堰里波涛稍平静，
水里发出咕咚声，
一只花鸟出水来，
拍打翅膀去森林，
林中响起悲啼声……

三 媳 妇

一

南坡垴的瓦屋里，
住着婆和三儿媳，
大儿在外做小官，
二儿在外做生意，
三儿在家种田地。

大媳她是官家女，
二媳她是商家女，
三媳她是自来的，
不知她是何家女，
只知她是路过女。

大媳是个黑脸皮，
二媳是个塌塌鼻，
只有三媳最漂亮，
眉清目秀人伶俐，
说话也是亲切语。

大媳煮饭荞麦米，
二媳煮饭苞谷米，
婆婆吃得皱起眉。
三媳肉丁加粟米，
婆婆吃得笑嘻嘻。

大媳二媳不满意，
见这情景嘴嘟起，
独鹤遭到鸡群恨，
白猪也遭黑猪讥，
大媳二媳恨三媳。

二

月亮浮游薄云里，
山野沉睡静寂寂，
三媳轻轻出房门，
大媳二媳跟过去，
身子藏在暗影里。

来到林边草丛里，
草丛里面风声起，
三媳已经变模样，
四脚走路尾翘起，
浑身长花眼光绿。

对着地面吼声起，
云在摇动地战栗，
四脚腾空朝前飞，
沙土如烟离开地，
它随烟飞已远去。

大媳二媳看稀奇，
吓得浑身汗如雨：
“这是一只花斑虎！”
她们浑身软如泥，
战战兢兢屏呼吸。

又是一阵沙尘起，
树叶飒飒落下地，
一股狂风忽袭来，
老虎奔来落在地，
一只麂子衔口里。

转眼老虎无踪迹，
三媳立在草丛里，
肩上扛着一麂子，
满脸都在笑嘻嘻，
朝着瓦屋里面去。

大媳二媳不敢语，
悄悄躲在岩巷里。
今晚没有白出来，
总算知道肉粥谜，
心里咚咚不停息。

三

又在一个深夜里，
三媳悄悄出门去，
彩裙飘飘随风舞，
脚步轻轻落草地，
夜色笼罩她踪迹。

大媳二媳脚步急，
来到婆婆房屋里，
婆婆在吃肉稀饭，
满脸都在笑嘻嘻，
吃粥如同在吃蜜。

大媳她对婆婆语：

“可知三媳她根底？”
婆婆突然伸长脖：
“这话可是何用意？”
婆婆等待未完语。

二媳对婆来耳语：
“三媳夜里抓来麂，
麂肉拌着粟米煮，
又香又甜又茸稀，
胜过瑶池玉琼浆。”

婆婆似觉话语讥，
眼里发火来瞌起，
“你把话儿说明白，
说半句来留半句，
让我前来猜谜语！”

“三媳夜半独出去，
变作老虎抓来麂，
我们二人随她后，
一点一滴看仔细，
一言一语全无虚。”

犹如晴天一霹雳，
一棵大树遭袭击，
犹如江中落巨石，
一团狂涛冲天起，
婆婆碗筷落下地！

四

三媳给婆送饭去，
刚刚走进婆房里，

婆婆刚一见到她，
两眼发黑身战栗，
鼻里就在出硬气。

“这碗稀饭香又稀！”
“把它搁在这抽屉！”
三媳见婆脸色变：
“是否有病伤身体，
给您上山采药去！”

眼望三媳出门去，
婆唤三儿进屋里：
“我闻这碗肉稀饭，
总有一股狐臭气，
拿去倒在茅厕里！”

三儿闻闻那热气：
“我闻它是甜透鼻。”
妈妈一听大眼瞪，
儿将稀饭端出去，
吃进自己肚子里——

吃过野菜吃白米，
吃过黄连吃蜂蜜，
世上还有这美味，
心窝里面也甜蜜，
肠子里面弥香气。

他再去到妈屋里，
满脸都在笑眯眯：
“这是多么美味食！”
母亲一听怒火起，
声如当头一霹雳：

"一只老虎来家里，
都要葬身虎肚里，
白日见她是个人，
夜里变虎去山里，
快快叫她滚出去！"

三媳已经进房里，
熬的汤药递过去，
婆婆见她身发抖，
将那药碗接手里，
一下落到地上去！

五

月亮刚从东山起，
村寨尚在朦胧里，
三儿三媳在树下，
两人紧紧靠一起，
眼泪珠儿都在滴！

"我妈见你身战栗，
你端稀饭不再吃，
她已知你是老虎，
不让我们在一起，
要你快离我们去！"

"云和天空在一起，
雾和山腰在一起，
水和河床在一起，
鸟和树林在一起，
我们两人不分离！"

“天有不测风云起，
地有不测震动起，
林有不测山火起，
水有不测沉渣起，
不以人意为转移。

“既然婆婆她畏惧，
时长必然伤身体，
人到矮檐须低头，
我们两人就分离，
缘分注定到这里。

“这几年里与婆居，
总有亲情难别离……
隔窗再去看望婆——
可能就是永别离，
令我此生永相忆……”

媳妇眼泪簌簌滴，
向着林边慢走去，
丈夫身后紧随她——
早知今日惨别离，
何必当初喜相聚！

“哪怕送君一千里，
最终仍是一别离，
我的家乡在夷城，
脚短它就远距离，
脚长它就近距离。

“你若思念心爱妻，
就往西南去寻觅，
赠你一只金戒指，

戴在指头它助你，
后会也许会有期。”

说时一阵急风起，
一只老虎入风里，
虎的踪影已不见，
茫茫夜空月儿移，
呼呼夜风声呜咽！

六

太阳已从东山起，
瓦屋罩在晨雾里，
三儿回到自己家，
听见嫂们露话语，
声音高来声音低。

“我们原是三妯娌，
伺候婆婆各有期，
如今老三已经走，
任务我俩来担起，
我们无法来喘息！”

“多少少年已死去，
怎么不死这老的？
城隍庙里去烧香，
请求阎王把笔提，
把她名字勾了去！”①

三儿一听心里急，
立即去到妈房里：

① 传说中，阎王勾了生死簿上某人的姓名，阳间的这人即会死去。

"您怎知道她是虎?"
"大媳二媳见到的。"
三儿明白这底细。

早餐已经到屋里,
妈叫三儿接手里,
碗里荞饭冷冰冰,
还是昨日生荞米,
妈看一眼叹长气。

"还是我那三儿媳,
让我享了些福气。"
叫了大媳二媳来:
"叫那三媳厨房去,
她那稀饭我满意。"

大媳二媳回一句:
"虎已回到森林里!"
婆的碗筷掉下来,
泼了那些生荞米,
婆叹一声断了气。

跳丧敲响歌舞起,
通宵达旦没停息,
天亮时刻出了柩,
八大金刚抬出去,
葬在山坡岩丛里。

七

路边野果来充饥,
打起赤脚朝前去,
三儿直向西南走,

娇妻装在他心里，
浑身就有无限力。

日出走到日落西，
阳春三月已逝去，
三儿直往西南走，
夷城装在他心里，
浑身就有无限力。

莽莽林海黑漆漆，
不辨它的东和西，
往上看去叶遮天，
往下看去刺盖地，
两脚该往哪里移？

他把左手伸出去，
指上戒指光熠熠，
一只金鹿面前来，
又蹦又跳高兴极，
他摸鹿脸亲吻去。

金鹿调头朝前去，
他随金鹿不分离，
眼前由黑渐变亮，
已经走出林海里，
不知金鹿何处去……

高岩横亘如斧劈，
似在摇晃将坠地，
往上看去云悠悠。
往下看去草萋萋，
两脚该往哪里移？

他把左手伸出去，
指上戒指光熠熠，
一只大鹰落面前，
张翅犹如乌云起，
背宽犹如大卷席。

他到鹰的背上去，
大鹰展翅入云里，
越过高岩向南落，
越过寒地入热地，
走下鹰背向南去……

前面大河波涛激，
不知哪来向哪去，
不见江上索桥悬，
不见江上舟船移，
怎能到达江南去？

他把左手伸出去，
指上戒指光熠熠，
一条大蟒来面前，
长长身子弯又曲，
大大眼睛眨又闭。

他到蟒的背上去，
大蟒缓缓去水里，
时而沉没波涛中，
时而腾空飞浪里，
到达南岸步停息……

看看日头辨东西，
再朝南面直走去，
见到有人来和往，

平地上面展屋宇，
绿草鲜花布满地。

见一老者在地里：
“请问爷爷这何地？”
“这个地方叫夷城，
它是巴国京城地。”
他的心中觉惊奇。

八

他向京城城内去，
影子随他欢跳起，
一些行人迎面来，
他们举起五彩旗，
他们吹奏欢乐曲。

正把目光投过去，
一眼见到自己妻，
满脸含笑若云霞，
微风吹动五彩衣，
双脚如在疾风里。

夫妻已经再相遇，
两人目光融一起，
此刻没有声音出，
四只眼睛热泪滴，
两张嘴唇在战栗。

夫在仔细望着妻：
“你的指甲少一粒。”
夫把戒指拿出来，
妻接戒指戴上去，

十个指甲已配齐。

人们欢声阵阵起，
妻子这才发话语：
“我是巴国一公主，
同见父王母后去……”
丈夫真如在梦里。

小媳妇遇到个老婆婆

一

坡里薅草打锣敲，①
小媳在打懒豆腐，②
懒豆腐往磨上放，
钵子打破烫皮肉，
婆老棍打小媳妇。

小媳被婆赶出屋，
一路走来一路哭，
浑身被打在流血，
腿脚烫烂露白骨，
颠颠跛跛向何处？

一个婆婆拦住路，
拐棍它把婆婆扶，
婆婆满头披白发，
婆婆皱纹满面目，
穿着一身烂衣服。

“这小姑娘去我屋，
我给弄药把伤敷，

---

① 土家人在薅草的紧张时节，数人在队前敲锣打鼓、唱歌（高腔），数十人薅。
② 小媳妇即童养媳，懒豆腐即合渣。

矮檐下面须低头，
车到山前必有路，
磨难炼出铮铮骨。”

婆婆轻扶小媳妇，
走进婆婆烂茅屋，
几根树棍做柱头，
四面墙壁是蓼竹，①
破锅破瓢破瓦壶……

婆婆挖药来熬煮，
鸡毛蘸膏扫皮肉，
就像柔风吹面颊，
就像赤脚走沙路，
渐渐长起新皮肉。

二

春风轻轻在吹拂，
婆婆外出回茅屋：
“你的公婆整旱田，
你去改它水田出，
水田里面种稻谷。”

月亮已从东山出，
小媳请人去各户，
请到了的立即来，
听到说的也来助，
耙田整堤忙呼呼。

东方已经晨曦露，

① 蓼竹：如筷子般粗的小竹，高两三尺。

人们都回自家屋，
公老前来看旱田，
多块水田山坡铺，
惊呼一桩奇事出！

婆老来看也惊呼：
“水田当然种稻谷。”
谷种立即下田里，
颗颗谷里嫩苗出，
看管秧苗笑脸露。

* * *

春风轻轻在吹拂，
婆婆外出回茅屋：
“公老下的谷种子，
几匹嫩叶已长出，
快把它们栽下土！”

月亮已从东山出，
小媳请人去各户，
请到了的立即来，
听到说的也来助。
扯苗栽秧忙呼呼。

东方已经晨曦露，
人们都回自家屋，
公老前来看水田，
秧苗已经满田铺，
惊呼一桩奇事出！

婆老来看也惊呼：
“这是何人来相助？

等到新米收获日，
要把他们接进屋，
大伙一起享口福。”

*　*　*

春风轻轻在吹拂，
婆婆外出回茅屋：
“稻梗已经结穗籽，
籽里已有奶浆出，
把稻全割来摞住！”

月亮已从东山出，
小媳请人去各户，
请到了的立即来，
听到说的也来助，
割谷背稻忙呼呼。

东方已经晨曦露，
人们都回自家屋，
公老天亮看水稻，
不见一根还留住，
只见稻蔸满田铺。

婆老来看也惊呼，
泪水怒火一齐出：
“哪个家伙短阳寿，
糟蹋到手黄金谷，
把这稻草弄何处？”

三

雪花飘飘北风呼，

人们大多躲进屋，
响起马蹄嘚嘚声，
由远而近蹄止住，
一路脚迹雪里出。

马上人员穿官服，
缰绳在手来握住，
双双眼睛四面看，
盯住山边一茅屋。
茅屋里面人走出。

“普天大庆同欢呼，
当今皇帝圣旨出，
驴龙太子已降世，
怀胎草是他食物，
冬天无稻能长出。

“寻遍全国几多处，
唯见你家有此物，
怀胎嫩草拿出来，
太子有了美食物，
你家有了洪广福。”

公老想起怀胎谷，
不知一夜去何处，
小媳突然到身边：
“我知怀胎草去处”，
带到林中草取出。

怀胎草全运上路，
十箱金砖运进屋，
满屋都在亮闪闪，
计划买田做大屋，

计划开起大商铺。

四

看见金砖照亮屋，
看见小媳伤痕处，
婆老正在哭呜呜，
公老正在呜呜哭，
对不起这小媳妇。

“你这一人有洪福，
带幸我们这满屋，
驴龙太子降生下，
怎知他需这食物，
事先就将它备储？”

“自从泼了懒豆腐，
离开这家沿路哭，
婆婆给我治疗伤，
教我改田种稻谷，
教我怀胎嫩草储。”

“这位婆婆住何处，
她的恩情当记住，
到了以后翻身日，
接她一起来居住，
伺候如同亲生母。”

小媳前面来带路，
走过林边毛狐路，
烂茅草屋斜立着，
婆婆就在里面住，
此刻关门又闭户。

屏住呼吸轻迈步，
目光透过枯蓼竹，
见只老虎草上睡，
鼾声响时风呼呼——
今是虎神赐的福。

孙　女

一

郑老清晨开柴门，
但见山野亮晶晶。
空中大雪纷纷落，
地上积雪厚墩墩，
寒风扬起呼啸声。

门外躺着幼虎影，
白雪覆盖虎的身，
摸摸虎鼻还有气，
看看虎掌有柘钉，
把它身上雪刷净。

将虎抱进火塘门，
爷爷拔出虎脚钉，
婆婆喂虎吃羊肉，
清清温水喂虎饮，
草药熬水洗虎身。

雌虎养伤一月整，
走路就像风过岭，
它吭一声屋在动，
它看一眼亮绿灯，
老虎出门进山林。

二

郑老收工近黄昏，
一人扛锄路上行，
背后有人喊“爷爷”
一个姑娘已走近，
爷爷带她进家门。

一声“婆婆”叫得亲：
“我来伺候两老人。”
爷爷婆婆热泪流，
“我们年迈无后人，
这下可算遇福星。”

点起一盏桐油灯，
灯光照着三个人。
这个姑娘实在乖，
一双眼睛亮晶晶，
两边面颊飞红云……

地里干活手脚勤，
做起家务心精明，
说起话来又亲切，
打起哈哈格外亲，
微笑时刻更迷人。

三

话儿无翅也飞行，
郑老孙乖出了名，
土王府里知道了，
管家走进郑家门，

果见姑娘貌惊人。

管家满脸笑吟吟：
“恭贺贵府喜盈庭，
土王与你搭亲家，
公子看中这美人，
请我做媒登你门。”

郑老勉强带笑影：
“孙女年幼未成人，
等她长到成年后，
再说怎样配婚姻，
那时欢迎来说亲。”

管家脸上顿阴沉：
“自己把自要当人，
牵起不走赶起走，
土王话出即法令，
你说不行也得行！”

四

管家去把姑娘问，
她说三件事要成：
一要二老锦寿衣，
二要二老棺做成，
三要二老碑刻定。

裁缝进了郑家门，
二老寿衣已做成，
料是绫罗和绸缎，
样是祖先衣帽形，
二老看见笑在心。

木匠进了郑家门，
二老寿棺已做成，
做的六蔸和六段，①
黑漆刷得照人影，
二老看见笑在心。

石匠进了郑家门，
二老大碑已打成，
爷名婆名刻大字，
小字刻的孙女名，
二老看见笑在心。

五

管家再把姑娘问：
“这下你可出闺门！”
姑娘再次告诉她：
“爷爷婆婆命归阴，
五七过后孙出门。”

过了半年短光阴，
爷爷婆婆阳寿尽，
孙女主持安葬礼，
跳丧歌舞震山岭，
通宵达旦不曾停。②

八大金刚抬柩行，③
孙女前面来抱灵，
葬在屋后山岭上，

① 六蔸和六段：即由六个蔸筒（连树蔸）和六个树筒做成的较好的棺材。
② 五七：从亡日算起，直到第三十五天，做斋（道士祭祀活动）守灵须过“五七”。
③ 八大金刚：抬丧的八个健壮男子。

三日烟蒿坟尾存，
七日送饭坟前停。

灵前日夜亮着灯，
孙女守着血色灵，
装香烧纸又叩头，
醮饭每日共三顿，
五七之日出了灵。

六

土王府里喜盈庭，
熙熙攘攘挤客人，
唢呐吹起欢乐调，
管弦弹起悠扬声，
三眼铳响震山岭。

旗罗桥伞来迎亲，
郑家孙女进轿门，
迎亲队伍如彩虹，
飘过山山和岭岭，
再进王府大彩门。

堂屋里面大轿停，
新郎轿前笑吟吟，
客人挤得歪歪倒，
眼睛盯着大轿门，
都在等着看新人。

新郎打开花轿门，
花轿里面吭一声，
走出一只老虎来，
人们惊叫乱纷纷，
老虎走进黑松林。

土地庙前

货郎走在廖嘎包，
眼看就要到家了。
一只老虎迎面来，
迎头一个天篷罩，①
货郎对虎来说道：

“畜生吃我我不逃，
求你一事望办到——
剩货和钱送我家，
家住对面南坡垴。
再来吃我我等倒。”

货郎被捆倚树靠，
老虎送货已走了。
土地公公出庙来，
货郎一见眼泪抛：
“我的死期今日到。”

“虎的前生货鼓摇，②
你在前生虎咆哮，
就在这里你吃他，
脚板埋在太平桥，
它吃你是把仇报。”

---

① 天篷罩：四蹄腾空，迎面扑来。

② 土家人传说人与虎互变。此处是说，这只虎在前生是人，为货郎。

土地公公已进庙，
老虎送货回来了，
货郎真诚对它说：
“前生吃你在此包，
你来吃我前仇销。”

“此事你是怎知道？”
“土地公公全说到。”
“既已知道不再吃，
吃来吃去何时了？”
虎解麻绳远处跑。

柳山船郎

一　渡爷爷过江

一个春日近黄昏，
清江面上雾腾腾，
江北高耸狰狞石，
江南高耸石狰狞，
狰狞石上群猴鸣。

船郎将船南岸停，
准备上岸回家门，
北岸有人喊“过河——”
他摇渡船向北行，
飞舟撞得波涛鸣。

北岸站立一老人，
面前银须亮晶晶，
船郎扶他上了船，
渡船缓缓向南行，
一老一少扬话声：

“天色已晚路难行，
我家歇了待天明，
二墩岩里石墙屋，
住着孤单我一人，
自幼失去父母亲。”

“我家住在云中岭，
石屋多间亮晶晶，
说它远来它就远，
说它近来它就近，
你今送我回家门。”

船郎随口就答应，
船靠南岸扶翁行，
上粗下细大岩桩，
链在桩上拴得紧，
船随波涛浮又沉。

走过山冲走过坪，
走过山坡进密林，
爷爷他在前面走，
船郎他在后面跟，
夜色里面绿灯明。

走进爷爷石屋门，
水晶宫里多绿灯，
一位婆婆面慈祥，
一位少女美若神，
爷爷介绍这客人。

满屋浓香香醉人，
满桌佳肴气腾腾，
獐肉麂肉堆坨坨，
鸡骨兔骨叠根根，
都劝船郎尝尝新。

二　对歌

太阳出来照山冈，

姑娘前来见船郎，
两人牵着手儿走，
绿草鲜花拥身旁，
山歌飘起声悠扬——

姐：“五句歌儿我起头，
芝麻不打不流油，
芝麻打油换菜籽，
菜籽打油姐梳头，
不风流来也风流。

“五句歌儿才起头，
堂屋灯盏干了油，
郎有心来添灯草，
姐有心来上灯油，
免得一心挂两头。”

郎：“郎唱山歌姐儿听，
莫要装聋作哑人，
唱歌如说知心话，
唱得郎心对姐心，
五句歌儿做媒人。

“我唱山歌姐莫听，
五句歌儿无好音，
句句不离郎和姐，
离郎离姐唱不成，
除非世上绝人情。

“五句歌儿五句长，
歌儿好唱要人帮，
我唱山歌姐来接，
你一板来我一腔，

不知不觉唱成双。

“五句歌儿五句单，
下湖广来上四川，
下得湖广无对手，
上得四川还是单，
唱郎唱姐才回还。”

姐：“山歌不唱不凉快，
磨子不推不转来，
马不抬头铃不响，
花不逢春不乱开，
姐不许郎郎不来。

“山歌不唱调儿生，
井儿不淘泥成坑，
刀儿不磨生了锈，
镜儿不擦起灰尘，
姐儿不交断了情。”

郎：“你在唱来我在听，
蜜蜂嚷嚷没听明，
有朝一日听明了，
你一声来我一声，
郎和姐儿成交情。

“姐儿唱歌唱得好，
拣个手袱来包倒，
有朝一日忘记了，
打开包袱瞧一瞧，
不成相思也成痨。”

姐：“郎在高山唱山歌，

姐在房中织绫罗，
唱得脚瘫手也软，
难踩纵板难穿梭，
眼泪汪汪望情哥。

“今日出门来听歌，
小郎声音像铜锣，
白天听见铜锣响，
黑哒听见响铜锣，
听见铜锣缱情哥。”

郎：“唱歌要唱高大声，
骑马要骑响铜铃，
老鸹声大有人嘶，
画眉声小有人听，
姐的歌儿动我情。”

姐：“山歌不唱冷清清，
大路不走杂草生，
铜锣不敲它不响，
唢呐不吹不出音，
情歌不唱不成婚。”

姐：“好歌唱来好歌还，
好话出口换好言，
好车要配千里马，
好马要配好雕鞍，
好女要配好儿男。”

郎：“好歌唱来好歌陪，
好客喝酒好客陪，
文官包文正来陪，
武官薛仁贵来陪，

情郎自有情姐陪。”

姐：“隔山隔岭又隔岩，
知心话儿歌传来，
听见情郎把歌唱，
姐儿出门忘穿鞋，
辫子跑得竖起来。

“郎把山歌唱一声，
唱掉姐的绣花针，
今日遇你迷魂鬼，
迷住三魂与二魂，
痴痴呆呆想情人。”

郎：“栀子花儿巴墙栽，
墙内鲜花现出来，
手长哥哥摘一朵，
手短哥哥把树摇，
摘不到鲜花缱成痨。”

姐：“栀子花儿一大篷，
白的白来红的红，
你要白的我也有，
你要红的我相送，
人生何处不相逢。”

郎：“栀籽开花一口钟，
郎要与姐订合同，
花不同心香不久，
树不同根叶不青，
过了黄河见真心。”

姐：“荷花出水叶叶偏，

荷花爱藕藕爱莲，
荷花爱藕节节白，
藕爱荷花朵朵鲜，
郎姐相爱正当年。”

郎：“三月桃花逢春开，
我爱情姐好人才，
站着好像风摆柳，
坐着好像牡丹开，
好个神仙下凡来。”

姐：“兰草花儿起高薹，
天上神仙下凡来，
孤寡神仙我不做，
要嫁丈夫变凡胎，
看看人间花世界。”

郎：“好花开在野刺窝，
好姐住在石板坡，
心想摘花又怕刺，
捞姐又怕跌伤脚，
世上好事总多磨。”

姐：“板栗开花一条索，
望见花开想情哥，
日里想哥吃不得，
夜里想哥睡不着，
日日夜夜无焦过。”①

郎：“茅草开花白茸茸，
劝姐莫嫌哥哥穷，

① 无焦过：无奈何。

有钱未必有真心，
无钱之人心更真，
蜡烛点燃见真心。”

姐：“绊根草儿节节青，
相好人儿要长情，
郎不长情命要短，
姐不长情要短命，
阎王不饶负情人。”

姐：“风一吹来草一弯，
赶路哥哥喊口干，
口干莫喝路边水，
路边水里蚂蟥多，
拱得肚里无焦过。

“路边草儿节节高，
有情莫把银钱抛，
三年两载抛完了，
肩挎口袋手拿瓢，
沿门叫化有人笑。”

郎：“金豆藤来银豆藤，
金藤银藤藤缠藤，
金藤牵进姐的门，
银藤牵进郎的心，
情郎情姐一根藤。

“菜籽开花叠金钱，
去年想姐到今年，
去年想姐犹是可，
今年想姐把病添，
药罐不离火炉边。”

郎："石榴开花叶叶青，
郎把真心换姐心，
不学灯笼千只眼，
不学杨柳半年青，
要学蜡烛一条心。"

姐："石榴开花一盏灯，
情郎情姐表真心，
莫学荷花九月落，
莫学花椒黑良心，
要学松柏永长青。

"石榴开花叶叶青，
要唱玉皇大帝神，
玉皇他有七个女，
共有三个下凡尘，
要配凡间世上人。"

郎："石榴开花叶叶青，
郎在高山坐龙廷，
猎豹是我乌龙马，
大海是我洗脚盆，
要与王母比输赢！"

姐："太阳占的是天上，
蛟龙占的是海洋，
皇帝占的是金殿，
和尚占的是庙堂，
姐儿要占少年郎。"

郎："紫草开花叶叶翻，
仁贵儿子薛丁山，

人人都说丁山狠，
四面八方围到杀，
好的妻子樊梨花。

“太阳出来渐渐高，
放个风筝天上飘，
郎说风筝放得远，
姐说风筝放得高，
风筝就怕线不牢。”

姐：“太阳出来照九州，
照见姐儿锁鞋口，
锁线搭在肩膀上，
一路走来一路抽，
只准上场不准丢。

“太阳出来绿茵茵，
照见幺姑出房门，
上穿花衣红绫袄，
下穿花衣水罗裙，
爱坏小郎一大群。”

郎：“太阳出来绿茵茵，
照见梧桐树一根，
牡丹花上歇蜜蜂，
梧桐树上歇凤凰，
姐儿房中歇小郎。”

姐：“太阳出来照窗前，
情姐起床打呵欠，
昨夜梦郎没睡好，
今朝有些不新鲜，
口吃蜂糖也不甜。

“太阳出来晒半坡，
鸳鸯枕上劝情哥：
一劝情哥莫饮酒，
二劝情哥莫赌博，
攒些银钱来娶我。

“太阳出来一朵花，
情姐送郎出山垭，
记住山垭岔岔路，
来时莫错进人家，
免得别人说闲话。”

郎：“太阳当顶又偏西，
牛儿拖犁要回去，
牛儿只想路边草，
野猫只想笼里鸡，
情哥只想姐为妻。

“太阳落土满天阴，
阴河流水冷冰冰，
劝姐莫喝冰凉水，
喝了凉水凉了心，
翻脸不认有情人。”

姐：“太阳落土四山阴，
海底龙王翻了身，
黄龙翻身三天雨，
青龙翻身三天阴，
姐儿翻身想情人。

“太阳落山往下溜，
打个金钩钩日头，

日头日头你莫落，
你不落下哥不走，
免得姐儿守空楼。”

郎：“太阳落土四山黄，
问姐缱郎不缱郎，
丝瓜牵藤常缱你，
豇豆开花扭成双，
时时刻刻在缱郎。

“太阳落土四山黄，
犀牛望月姐望郎，
犀牛望月归大海，
姐引情哥到绣房，
红罗帐里人成双。

“朝天一望天有云，
朝姐一望姐有心，
天有云来难见日，
姐有心来难拢身，
相思病儿害得深。

“细雨不离阴沉天，
麻雀不离瓦屋檐，
燕子不离屋梁上，
蜜蜂不离百花园，
情哥不离姐面前。”

姐：“远望天上一朵云，
又想下雨又想晴，
下雨云遮姐的脸，
天晴太阳照情人，
姐为情郎真操心。

"大雨落来小雨稀，
郎到姐家借蓑衣，
你要蓑衣壁上拿，
你要喝茶在壶里，
你要娶姐把话提。"

"天上乌云赶乌云，
地上鸦鹊赶雁群，
大雁只望长江水，
鸦鹊只望松树林，
姐儿只望有情人。"

郎："天上乌云赶乌云，
地上麻雀赶鹌鹑，
白鹤当赶长江水，
姐儿当赶有情人，
赶到情人一路行。

"月儿弯弯一只船，
梭罗树上立桅杆，
王母娘娘舱中坐，
十八罗汉来站班，
天上掉下花牡丹。"

姐："月儿弯弯照高楼，
照见姐儿锁鞋口，
索线搭在肩包上，
一针锁来一针勾，
锁住情哥永不走。"

郎："月儿圆圆亮汪汪，
漂白褂子进不得房，

郎在外面烧张纸，
姐在屋里烧炷香，
保佑乌云遮月亮。”

姐：“月儿圆圆亮汪汪，
庙堂菩萨多帮忙，
情哥烧了三张纸，
情姐烧了三炷香，
保佑两人配成双。”

郎：“蛾眉月儿一盏灯，
照见黄河水也清，
照见姐儿来挑水，
肩挑桶来桶挑瓢，
扬眉细眼上我桥。”

姐：“蛾眉月儿一盏灯，
郎在外面姐担心，
我们本是有情鸟，
棒打鸳鸯也不分，
望郎快些转回程。”

“蛾眉月儿半边缺，
等郎等到大半夜，
桐油点了二三两，
灯草烧了七八节，
情哥不来熬瞎夜。”

郎：“蛾眉月儿两头尖，
相交二姐在四川，
又隔黄河三道水，
又隔峨眉九重山，
相交一回难上难！

"月儿当顶又当天，
影子映在潭中间，
水中捞月难到手，
月里梭罗难得攀，
姐儿虽乖难得缠。"

姐："月儿明来月儿圆，
甜嘴姐来姐嘴甜，
你若弄到甜嘴姐，
炒菜不用放油盐，
过手的黄连也觉甜。"

郎："月儿弯弯像把钩，
胳膊弯弯姐枕头，
郎说压得姐手麻，
姐说岁月如水流，
一年枕得几回头！"

姐："月儿弯弯一把弓，
劝郎行善莫行凶，
霸王兵败乌江死，
韩信逼死未央宫，
人争闲气一场空。

"清早起来把门开，
一对阳雀树上跩，
左枝跳到右枝上，
乖乖阳来乖乖阳，
好比情姐喊情郎。"

郎："桑树巅上一对雀，
出窝欢喜进窝乐，

公的点头母的笑，
这只飞来那只落，
雀儿比我好得多。

“老鸹一呱腰一颤，
捞姐只有头回难，
心里如同在打鼓，
脸上如同火烧山，
好像破船下险滩。”

姐：“鸦鹊穿黑又穿白，
老鸹穿的一匣墨，
锦鸡穿的十样锦，
斑鸠穿的吊灰色，
辫鞑子朋友舍不得。

“麻雀走路双脚跳，
叫郎等姐莫心焦，
三月清明谷下种，
七月处暑稻黄梢，
谷子收哒抬花轿。”

郎：“麻雀走路双脚跳，
叫郎怎能不心焦，
竹子发笋望雨来，
豆浆烧熟下石膏，
再过几年人又老！

“三个斑鸠飞过弯，
两个成双一个单，
人人都说单的好，
不知螺蛳哪头弯，
好汉无妻处处难。

“三个斑鸠飞过山，
两个成双一个单，
人人都说单身好，
哪里螺蛳哪里弯，
日里好过夜里难。”

姐：“三个斑鸠一路飞，
一对喜来一只悲。
郎在四川孤单单，
姐在湖广悲凄凄，
做梦才得在一起。

“三个斑鸠飞过冲，
两个母子一个公，
两个母子一架打，
公子羞得脸绯红，
扁毛畜生也争风。

“麻雀走路双脚跳，
姐儿望郎一脸笑，
当面不好叫得你，
假装勾腰扯花鞋，
轻声问郎几时来。

“鸡子叫来颈项松，
姐儿劝郎莫透风，
燕子衔泥口要紧，
蚕儿吐丝在心中，
别人问起装耳聋。”

郎：“小小蜜蜂翅膀尖，
一翅飞到姐面前，

姐儿伸手把它打，
轻轻悄悄蜇一箭，
又痒又疼又新鲜。

“姐在园中把花栽，
蜜蜂嗡嗡采花来，
左边打它它不走，
右边赶它赶不开，
越打越赶越拢来。”

姐：“洞庭湖里水又涨，
涨到十字街心上，
姐捡几根好柏木，
情郎动手打牙床，
聪明姐配聪明郎。

“高桥坏了难得修，
情义深了难得丢，
火烧芭芒心不死，
蜘蛛牵丝牢牢悠，
郎要与姐共白头。”

郎：“桥上打伞桥下阴，
扇子遮脸伞遮身，
哪里来的娇小姐，
装出一副假斯文，
勾掉情哥身上魂。

“隔河望见姐爬坡，
打个排哨姐等我，
姐儿听见排哨响，
瘫脚软手难爬坡，
阴凉树下等情哥。

“隔河望见姐穿青，
是非说得水也浑，
打不到鱼儿不收网，
交不到姐儿不收心，
等到黄河水变清。

“隔河遇到大渡船，
鲢鱼占到鲤鱼滩，
好汉占到官家女，
老虎占到半边山，
金花占到银牡丹。”

姐：“情姐下河洗衣裳，
情哥挑水到桥上，
眼睛勾勾望情哥，
棒槌砸在手指上，①
只怪棒槌不怪郎。

“看到看到变了天，
情哥还在河那边，
叫声菩萨不下雨，
等我情哥好过河，
过了河儿使瓢泼。”

郎：“隔河望见姐穿青，
郎想过河水又深，
打个石头来试水，
姐儿低头笑吟吟，
讨了口风试了心。

---

① 昔洗衣时，用木棒捶湿衣。

"隔河望见牡丹开，
恨不得连根扯起来，
好花不用连根扯，
好花不用银钱买，
眨个眼睛就拢来。"

姐："一条船儿九道舱，
装船白米下湖广，
湖广姐儿来买米，
手拿升子脚踏舱，
一买米来二看郎。

"河东姐儿结成群，
河西哥儿打单身，
河上架起一座桥，
桥梁桥墩做媒人，
隔河两岸结成亲。"

郎："隔河望见小冤家，
手提团鱼怀抱瓜，
提得鱼来瓜又滚，
抱得瓜来鱼又爬，
几乎把人笑死哒。

"隔河望见牡丹红，
牡丹花上挂灯笼，
牡丹怕的劈头雨，
灯笼怕的旋涡风，
花落灯熄一场空。"

姐："隔河望见桂花坡，
桂花坡上贵姐多，
桂花还要贵姐采，

贵姐还要贵哥哥，
就像秤杆不离砣。

“隔河望见一坡沙，
豇豆田里种芝麻，
芝麻开花往上长，
豇豆开花往下爬，
不知不觉缠到哒。”

郎：“河那边姐儿把手招，
要郎买板搭浮桥，
买板要买沉香板，
搭桥要搭万山高，
千年古迹万年牢。

“河东姐儿把手招，
河西情哥把脚跳，
缎子鞋儿跳爹口，
漂白袜子震断腰，
婚期就在今明朝。”

姐：“大河涨水小河浑，
一边浑来一边清，
河里也有两样水，
姐儿没有两样心，
真心真意待情人。

“大河涨水淹白岩，
栀子花儿当中栽，
风不吹来花不摆，
雨不淋来花不开，
姐不招手郎不来。

"船奔江河鱼奔滩，
饿马奔槽虎奔山，
姐奔门前望郎来，
郎奔夜路姐家眠，
贪花不怕山路险。"

郎："漂洋过海把船开，
郎把金簪掉下海，
抱到船头哀哀哭，
抱到船尾哭哀哀，
情姐金簪不起来。

"小小鲤鱼紫红腮，
一游游到上江来，
深有千道青丝网，
浅有百座钓鱼台，
逆水而上为谁来？"

姐："小小鲤鱼紫红腮，
下游游到上江来，
冲破千道青丝网，
绕过百座钓鱼台，
不为冤家不得来。

"东岳庙里人成堆，
装香磕头望郎归，
铁树也有开花日，
腊月也会打炸雷，
长江拐弯水也回。"

郎："一见一见观世音，
有点有点动人心，
心中心中想到你，

如何如何得拢身，
几乎缱成相思病。”

姐：“情郎住在宜昌府，
情姐住在云南州，
虽说路隔千万里，
你我同天共日头，
何必终日犯忧愁！”

郎：“情姐住在对门岩，
情哥给她送伞来，
情姐你要哪号伞？
我要尖圆紫竹把，
上遮日头下遮花。

“姐在河边洗白菜，
郎在河上撑船来，
拿起竹篙打河水，
打湿姐的绣花鞋，
只望姐儿把头抬。”

姐：“姐在园中摘南瓜，
劝郎切莫打土垡，
打掉公花无瓜种，
打掉母花不结瓜，
打掉一个就拐哒！”

郎：“姐儿住在斜对面，
三间瓦屋门两扇，
别人推门吱呀喊，
我来推门轻轻转，
门儿怜悯单身汉。”

姐："姐儿住在燕子窝，
天天挑水下溪河，
清水不挑挑浑水，
平路不走走上坡，
为的路上会情哥。"

郎："姐儿住在对门岩，
时时看见姐出来，
早晨看见姐挑水，
黑哒看见姐抱柴，
恨不得插翅飞过来。"

姐："姐儿住在对门岩，
天阴下雨你莫来，
打湿衣裳犹是可，
留下脚迹有人猜，
无的说出有的来。"

郎："姐儿住在河那边，
过去过来要船钱，
早晨过去一斗米，
黑哒过来一斤盐，
豆腐盘成肉价钱。"

姐："姐儿住在大河边，
灯草桅杆纸糊船，
灯草桅杆见风倒，
纸糊船儿见水穿，
你要翻船也不难。"

郎："姐儿住在对门坡，
交个情哥卖窑货，
你不嫌我卖窑货，

我不嫌你坡坡梭，
簸箕只对簸箕货。”

姐：“姐儿住在三岔溪，
交个情哥卖盐的，
姐儿听见打杵响，
坐在屋里叹长气，
情哥做的苦生意。

“姐儿住在花草坪，
身穿花衣花围裙，
脚穿花鞋花上走，
手拿花扇扇花人，
花上加花爱坏人。”

郎：“姐儿住在茅草屋，
喂的狗子像老虎，
别人来了它不咬，
我今来了怪咬人，
姐的狗子两样心。

“姐儿生得鸦鹊形，
花儿绿绿爱坏人，
昨日爱坏张果老，
今日爱坏吕洞宾，
爱坏神仙两个人。”

姐：“姐儿生得白如云，
好似神仙下凡尘，
瞒到师父铁拐李，
洛阳桥上去交情，
引动凡间世上人。”

郎：“姐儿生得白如鹅，
细皮白肉怎做活，
早晨要人去挑水，
黑哒要人抱柴火，
不如趁早嫁给我。”

姐：“姐儿生得白如雪，
好像天上蛾眉月，
十七十八你照我，
二十七八你又黑，
半路丢郎舍不得。”

郎：“姐儿生得白如银，
小郎舍不得出远门，
上街买张曲红纸，
把姐拿来画影身，
小郎带起出远门。

“左开箱来右开箱，
取出云红纸一张，
一画桃红瓜子脸，
二画眉毛月亮弯，
画个影身面前站。

“姐儿容颜来画起，
双手捧在香碗里，
早晨一杯敬茶水，
夜里装起三炷香，
把姐画在枕头上。”

姐：“叫声情哥我的郎，
把我画在枕头上，
聪明死的伶俐鬼，

从小未曾学画匠，
怎么描得奴的样？”

郎：“姐儿生得一脸麻，
出门就把粉来搽，
叫声姐儿莫搽粉，
脸上虽麻心不麻，
情人眼里麻是花。”

姐：“姐儿生得一脸麻，
出门就把粉来擦，
走在路上下大雨，
淋掉粉来还是麻，
生成的麻子没得法。”

郎：“情姐脸麻心不麻，
一颗麻子一朵花，
不信你看菠萝蜜，
外面麻麻肉不麻，
里头心子甜津哒。”

姐：“十指尖尖手攀墙，
眼泪汪汪告诉郎：
昨日为你挨餐打，
浑身皮肉都打伤，
舍得皮肉舍不得郎。”

郎：“远望姐儿穿身黄，
擦身过哒不喊郎，
口里没长双蛾子，
肚里没长竹上簧，
叫声情郎又何妨！”

姐："远望姐儿穿身黄，
手上戒指排成行，
不是娘家打发我，
不是婆家攒私房，
一个戒指一个郎。"

郎："远望姐儿好年轻，
唱的歌儿逗人听，
一不爱她金丝银，
二不爱她银丝金，
只爱姐的好名声。"

姐："远望姐儿打把伞，
一路走来一路喊，
我问姐儿喊什么？
丈夫打我无人管，
阎王殿上去喊冤。"

郎："远望姐儿穿身青，
隔个茆头喊不应，①
昨日喊你答应我，
今日喊你你不听，
低起脑壳想别人。"

姐："远望姐儿穿身花，
哭哭啼啼回娘家，
娘问女儿哭什么，
丈夫还是小娃娃，
不喊妻子只喊妈。"

郎："挨姐坐，对姐讲，

---

① 茆头：沟边、岩边、坎边等牛未耕到的地方。

问姐想郎不想郎，
丝瓜开花常相思，
豇豆开花想成双，
哪有姐儿不想郎。”

姐：“挨郎坐，把郎劝，
劝郎莫把姐儿缠，
城墙上面能跑马，
宰相肚里撑得船，
耐心再等三五年。”

郎：“挨姐坐，对姐说，
问姐跟我不跟我，
你要我上山我上山，
你要我下河我下河，
姐你答应莫急我。”

“挨姐坐，对姐言，
问姐许我多少年，
葛藤上树缠到老，
坡路上山缠到巅，
岩上刻字万万年。”

“挨姐坐，对姐说，
拣个棍棍戳姐脚，
戳一下，她没惹，
戳二下，脸一黑，
丢了棍棍跑不彻。①

“挨姐坐，对姐说，
拣个棍棍戳姐脚，

---

① 跑不彻：快速逃离。

戳一下，她没惹，
戳二下，她一笑，
丢了棍棍用手捞。

“挨姐坐，对姐说，
没得鞋穿打赤脚，
走到人前有人笑，
走到人后有人说，
叫我脸往哪里搁？”

姐：“挨哥坐，对哥说，
没得包头包脑壳，①
走到人前人笑我，
走到人后抱头摸，
枉费相交情哥哥。”

郎：“挨姐坐，把姐逗，
姐儿骂郎贱骨头，
奴家有你自有你，
捏捏掐掐不为乖，
莫让旁人看出来。

“挨姐坐，把姐逗，
姐儿骂郎贱骨头，
奴家有你自有你，
何必人多把奴逗，
你爱脸来我爱羞。

“挨姐坐，搭姐肩，
向姐讨袋叶子烟，
你要丝烟叶子有，

① 包头：头帕，多为丝织。

荷包就在罗裙边，
奴绣针凿不得闲。

“情哥一听起了气，
你绣针凿赶考期，
你今有心装烟我，
万一无心不强求，
河里无鱼世上有。

“姐儿一听笑吟吟，
收拾麻篮赔小心，
剪子搁在样包上。①
针凿插在九霄云，
梳妆打扮陪情人。

“挨姐坐，对姐说，
问姐缱我不缱我，
一觉睡着不缱你，
一觉醒来缱情哥，
不缱情哥缱哪个？

“挨姐坐，对姐说，
问姐许我不许我，
许得我来就许我，
许不得我来说分明，
平生不坐冷板凳。

“挨姐坐，对姐说，
问姐许我不许我，
许得我来就许我，
许不得我来把话说，

① 样包：内为纸页，外为布壳，内装各种鞋样、花样。

等我别处找着落。

“挨姐坐，对姐说，
问姐许我不许我，
许得我来就许我，
许不得我来把话回，
天上无云空打雷。”

姐：“挨姐坐呀叹长气，
姐儿问郎怎么的，
船到江中难撒网，
话到口边难开言，
去年想你到今年。”

郎：“捞不到姐儿不要急，
摸到庙里许雄鸡，
有朝一日捞到了，
装香挂红手提鸡，
和尚打鼓我作揖。

“捞不到姐儿设个法，
摸到庙里打菩萨，
大菩萨打得叽叽喊，
小菩萨打得战兢兢，
捞不到姐儿打我们。

“捞不到姐儿使个乖，
变个阳雀树上踋，
姐儿上山来砍柴，
我在树上叫乖乖，
叫得姐儿笑起来。

“捞不到姐儿使个乖，

变个猫儿墙上跩，
无情姐儿来泼水，
有情姐儿把门开，
猫儿咪咪快进来。

捞不到姐儿使个乖，
挑担水桶屋上筛，
爹说外面下大雨，
妈叫女儿抱干柴，
连人带柴抱进来。

“捞不到姐儿不回家，
屋前屋后种芝麻，
芝麻种了种绿豆，
种了绿豆种西瓜，
西瓜牵藤到她家。

“捞不到姐儿不用忙，
深潭钓鱼线放长，
有朝一日钓到手，
定用金子打鱼缸，
把姐放在里面养。

“捞不到姐儿不用忙，
背斗高粱去熬糖，
一回熬得糖四两，
二回熬得一斤糖，
慢慢熬得情姐尝。

“姐儿不许我设法，
装个蛇蚂水里爬，
你今下河来挑水，
我张嘴儿叫呱呱，

姐儿脸上像烧霞。

“缠姐不到心不甘，
葛藤上树慢慢缠，
在生缠她五十载，
死后再缠一百年，
生也缠来死也缠。”

姐：“姐儿生得一蔸菜，
叶儿青青逗人爱，
买菜哥哥早些买，
莫要等到菜起薹，
时间去哒不回来。

“姐儿生得白漂漂，
好像细纸包棉条，
棉条还要车子纺，
车子还要广藤缠，
姐儿还要小郎玩。”

郎：“昨日与姐同过桥，
问姐木桥牢不牢，
两头安的公母榫，
中间铺的杉木条，
任你走来任你摇。”

姐：“昨日与郎同过沟，
问郎几时姐家走，
郎是大河长江水，
姐是山上陡坡田，
种得一年是一年。”

郎：“昨日与姐同过沟，

钥匙掉在水里头，
你要沉就沉到底，
你要流就流出头，
半路丢郎短阳寿。

“昨日与姐同过沟，
问姐几时把情丢，
除非海干龙现爪，
铁树开花水倒流，
阎王勾簿把情丢。

“昨日与姐同过沟，
二人低头看水流，
郎说一锹挖个井，
姐说细水放长流，
天干日期在后头。

“昨日与姐同过河，
郎骑马来姐骑骡，
郎的马儿瞎了眼，
姐的骡子跛子脚，
天生一对没配错。

“昨日与姐同过河，
捡个岩头逗情哥，
只有情哥逗情姐，
哪有情姐逗情哥，
生蛋鸡母自调窝。

“昨日与姐同过街，
郎买簸箕姐买筛，
郎买簸箕簸两簸，
姐买筛子筛两筛，

好似姻缘团拢来。

“昨日与姐同过街，
郎读四书姐做鞋，
底子纳的芝麻点，
鞋口锁的人字路，
脚脚踏的心肝肉。

“昨日与姐同过坪，
风又大来雨又淋，
风又大来撑不得伞，
雨又淋来交不得情，
人不害人天害人。

“昨日与姐同过坳，
坳上一树好樱桃，
看到樱桃不敢吃，
看到姐儿不敢捞，
捉住螃蟹等火烧。

“昨日与姐同过坎，
问姐许郎不许郎，
许得郎来就许郎，
阴不阴来阳不阳，
毛铁落火也成钢。

“昨日与姐同过岩，
胸对胸来怀对怀，
胸对胸来亲个嘴，
怀对怀来解裙带，
快些快些怕人来。

“昨日与姐一堆站，

遇到旁人说稀烂，
他要说来任他说，
他要知的让他知，
清官难断家务事。”

姐：“高山顶上好乘凉，
荫凉底下好望郎，
眼睛就像金钩闪，
颈项伸起丈把长，
口里不说心里慌。

“高山顶上一树桑，
砍回家来学雕匠，
雕个鲤鱼跳龙门，
雕个金鸡配凤凰，
雕个情姐配情郎。

“高山顶上一树桑，
手攀桑树望情郎，
一双眼睛望穿了，
望到月落树飞霜，
不知情郎在哪方。

“高山顶上一树桑，
桑树脚下开染坊，
粗蓝白布拿来染，
绫罗绸缎拿来浆，
新缸不染旧衣裳。

“高山顶上一树花，
露水大了压偏桠，
蜜蜂哥哥不来采，
奴家空开一树花，

一怨爹娘二怨他。

“高山岭上一树桃，
砍来桃树搭个桥，
郎在桥上大步走，
姐在桥上摇几摇，
闪断桥儿把郎抛。

“高山岭上一树槐，
手板槐树望郎来，
娘问女儿望什么，
我望槐花几时开，
几乎说出望郎来。

“高山顶上一树椿，
六月三伏好歇荫，
人人都说我俩好，
眉来眼去本是真，
扁担抹腰没拢身。

“高山顶上一口洼，
郎半洼来姐半洼，
郎的半洼种芝麻，
姐的半洼种黄瓜，
他不缠我我缠他。

“高山岭上一丘田，
郎半边来姐半边，
郎的半边种甘草，
姐的半边种黄连，
苦的苦来甜的甜。

“高山顶上一丘田，

郎半边来姐半边，
郎的半边栽杉树，
姐的半边栽贵竹，
看你服箍不服箍。

“高山顶上水田淌，
郎是稗子姐是秧，
有朝一日扯秧草，
扯下稗子留下秧，
把郎甩在旱坡上。

“高山脚下一条河，
河里水浅蚂蟥多，
只等鹭鸶来洗澡，
一口咬住鹭鸶脚，
要想脱来不得脱。

“高山岭上逗凤凰，
大树脚下逗风凉，
楼房瓦屋逗燕子，
青草坡上逗牛羊，
十八幺姑逗情郎。

“高山打鼓起回音，
姐问情哥哪里人，
高山流水来头远，
海底栽花根底深，
相会只因有缘分。

“高山跑马路不平，
反手带到马缰绳，
马不抬头铃不响，
花不逢春不乱开，

姐不招手郎不来。

“高山岭上好安静，
郎打哨子姐知音，
郎的心里像把伞，
姐的心里像明灯，
岩里回音就是情。”

郎：“高山岭上望情人，
望见姣姣才出门。
左手打把清凉伞，
右手拿个花手巾，
赛过南海观世音。

“高山岭上四处瞧，
望见那山好葡萄，
看到的葡萄摘不到，
看到的姐儿难相交，
不害相思也成痨。

“岩上滴水流成槽，
岩缝栽花露水浇，
蚂蚁搬家不嫌远，
郎隔千里路迢迢，
脚踩相思路一条。”

姐：“这山望见那山巅，
一对画眉隔两边，
几时能在一树叫，
几时能在一笼关，
几时等到天睁眼？

“这山望见那山冈，

望见那山好高粱，
高粱有曲才成酒，
豆腐包了才成厢，
姐儿有郎才成双。”

郎：“这山望见那山冈，
望见那山栽稻秧，
栽秧口里出白米，
秀才口里出文章，
姐儿口里出砂糖。

“这山望见那山高，
望见姣姣打柴烧，
没得柴烧请人打，
没得水吃请人挑，
莫把姣姣压成痨。

“郎在高山烧火田，
雨下大了烧不燃，
天有雨来莫烧火，
姐不传情莫开言，
怕筑嘴来怕丢脸。”①

姐：“郎在高山薅高粱，
姐在河下洗衣裳，
薅一下高粱望一下姐，
洗一下衣裳望一下郎，
棒棒捶在岩板上。

“郎在高山打伞来，
姐在屋里绣香袋，

① 筑嘴：话出口遭斥责。

左手接过郎的伞，
右手把郎抱在怀，
你是神风吹下来。

“郎在高山放早牛，
姐在房中梳早头，
郎在高山招招手，
姐在房中点点头，
有情不须多开口。

“郎在高山砍窑柴，①
姐在河下送饭来，
太阳大了晒红脸，
石头尖尖铤破鞋，
不为情哥不得来。

“郎在高山打一鸣，
姐在河下割稻谷，
你要稻草拿一把，
你要鞋子做不来，
当初讲的穿草鞋。

“郎在高山栽杉树，
姐在河下栽贵竹，
郎栽杉树箍担桶，
姐栽贵竹打道箍。
小郎还要姐照护。”

郎：“郎在高山打鹞鹰，
到姐家里弄秤称，
不是弄秤称鹞子，

① 窑柴：专门在窑（坑）里烧炭的粗柴。

不是弄秤称老鹰，
弄动姐儿是真心。”

姐：“郎在树上摘枇杷，
姐在树下绣荷花，
郎摘枇杷打姐手，
打得情姐肉一麻，
浑身上下像针扎。”

郎：“姐儿住在对门坡，
人人都笑你和我，
转工搭伙本是实，
早晚相见本是真，
扁担抹腰没拢身。

“姐儿住在斜对门，
喂个花狗咬死人，
别人来了狠狠咬，
情哥来了不作声，
喂个狗子两样心。”

姐：“姐儿住在井架边，
情哥住在膀臂尖，
有朝一日井边过，
听我唱个五句歌，
眼泪汪汪望情哥。”

郎：“姐儿住在三尖坡，
会打鼓来会唱歌，
打鼓好像鸡啄米，
唱歌好像响铜锣，

姐儿是个利巴脚。”①

姐：“姐儿住在对门岩，
天阴下雨你莫来，
打湿衣裳人得病，
留下脚迹有人猜，
无的说出有的来。”

郎：“不怕高山笔陡岩，
天阴下雨我要来，
我把鞋子倒穿起，
只见人去不见来，
他是神仙也难猜。

“姐儿门口一根藤，
长藤上面挂铜铃，
风吹藤动铜铃响，
手攀长藤响铜铃，
姐儿是个玲珑人。

“姐儿门口一树椿，
椿树下面学拉琴，
一拉胡琴两下响，
二拉胡琴四下应，
情姐是我好知音。”

姐：“清早起，到姐门，
姐在屋里闷沉沉，
昨日一夜没睡拢，
望到天亮没见人，
把姐缠成相思病。”

① 利巴脚：厉害角色。

郎："吃了中饭把碗丢，
聪明大姐把碗收，
人多不好说得话，
桌子底下把脚勾，
金箸丢在碗里头。"

姐："吃了中饭把碗丢，
有情二姐把碗收，
人多难说真情话，
桌子下面把脚勾，
玩耍不在这高头。①"

郎："吃了中饭看冤家，
冤家没在屋里哒，
捡个火什门上画，
左门神来右菩萨，
借你金言拜上她。

"吃了中饭下河洲，
路上站着一斑鸠，
贤惠大嫂撇把米，
斑鸠点头喊姑姑（孤），
大嫂怜悯单身苦。"

姐："吃了中饭闷沉沉，
黄连树下去弹琴，
三年不见郎的面，
心中有苦吐苦情，
老天折磨有情人。"

---

① 高头：上面。

郎："吃了中饭闷沉沉，
拿把篾刀进竹林，
砍根金竹不好起，
砍根水竹起三层，
编个花篮送情人。

"吃了中饭到山边，
见到兔子草里眠，
心想拉弓射一箭，
弓未拉来断了弦，
不愿拆散好姻缘。"

姐："新打挖锄尺把长，
掮到田里薅高粱，
叫声高粱快快长，
长得和我一般长，
高粱田里会情郎。"

郎："新打薅锄毛糊糊，
送给情姐薅苞谷，
丁字步儿站得稳，
八字步儿拉得开，
白鹤展翅薅起来。"

姐："一下田来扯秧草，
不识稗子和秧苗，
姐说情哥瞎了眼，
稗子有毛秧无毛，
真的假的分不倒。

"钥匙配锁锁配箱，
郎配姐来姐配郎，
钥匙要配双簧锁，

情姐要配有情郎，
不枉人间走一场。”

郎：“鹭鸶壶儿嘴嘴长，
问姐想郎不想郎，
骂声情哥要死的，
奴家想你在心上，
船遇顺风不用桨。”

姐：“三根杉木软条条，
拖到河下搭仙桥，
回山姐儿来挑水，
肩挑水桶桶挑瓢，
见了情郎把手招。”

郎：“大根杉木杵起天，
黄鹤生蛋在天边，
有人捡到黄鹤蛋，
红爷先生把线牵，
配个姐儿是天仙。”

姐：“吃了饭，想起他，
筷子一扳不吃哒，
筷子落地两边跑，
碗儿落地烂碴碴，
魂魄跟到郎去哒。

“贤惠姐儿收碗筷，
碗里收出宝贝来，
你是金子我不捡，
你是银子我不爱，
姐儿爱的好人才。”

郎：“白铜烟袋杆子长，
见郎呼烟姐要尝，
郎呼三口递给姐，
姐呼三口递给郎，
烟袋嘴子像蜂糖。”

姐：“白铜烟袋黑杆子，
骂声情哥大胆子，
上坡下岭打哨子，
人多眼杂丢点子，
奴家还是闺女子。”

郎：“一把扇子二面黄，
高头画起姐和郎，
郎在这边望到姐，
姐在那边望到郎，
姻缘只隔纸一张。”

姐：“一把扇子二面花，
情哥爱我我爱他，
我爱情哥会种田，
情哥爱我一枝花，
大风吹不倒犁尾巴。”

郎：“个把扇子二面花，
高头画起巧冤家，
冬天腊月不用你，
五黄六月扇打开，
看你凉（良）心在不在？”

姐：“一把扇子七寸长，
丢在云南大路上，
有人捡到送给我，

我为扇子哭一场：
看见扇子想起郎。”

郎：“相思病儿生得怪，
郎害相思姐也害，
郎害相思歪歪倒，
姐害相思倒歪歪，
前生共欠相思债。”

姐：“郎害相思要吃药，
姐说让他害下着，
我害相思你不惹，
你害相思要我医，
你才知锅是铁打的！

“郎害相思倒牙床，
情姐烧香朝武当，
朝了武当朝南海，
转来又朝地藏王，
指望菩萨救我郎。

“郎害相思倒牙床，
情姐收拾来看郎，
左手提的熟腊肉，
右手提的母鸡汤，
一句话儿就起床。

“情姐正把相思害，
一阵乌云把天盖，
你是风云我吹散，
你是雨云我拨开，
现出太阳接哥来。

“郎害相思要药吃，
姐说吃药也无益，
酒醉只有醋来解，
郎病只有姐来医，
你做丈夫我做妻。”

郎：“思姐想姐睡不着，
喜姐爱姐唱起歌，
看姐观姐人品好，
逗姐抱姐情义多，
丢姐甩姐命难活。”

姐：“哪里来的小哥哥，
上坡下岭打赤脚，
鞋子袜子穿破了，
拿给姐儿缝几针，
你打赤脚姐心疼。”

“情哥说今黑哒到，
剁了猪蹄来煨倒，
你吃不得肥的吃精的，
吃不得精的喝点汤，
免得半夜心里慌。

“缱郎缱得心里慌，
把郎画在枕头上，
左翻身来把郎喊，
右翻身来喊声郎，
一夜喊到大天亮。

“想郎想郎正想郎，
煮米忘记滤米汤，
喂猪又去割茅草，

喂牛又去撮瓢糠，
魂魄吊在郎身上。

“想郎想得神颠倒，
摔倒一跤又一跤，
出门忘记过门槛，
煮饭忘记把柴烧，
魂魄跟着郎去了。”

郎：“空心灯草难烧窑，
芝麻秆子难搭桥，
有情之人桥上过，
无情之人跌下桥，
有情搭桥桥才牢。”

姐：“日盼夜盼情哥哥，
情哥来了无话说，
手拿帕子遮住脸，
口里衔住四只角，
眼泪只往肚里落。

“哥想姐来姐想哥，
砣想秤来秤想砣，
红漆桌儿想交椅，
红漆交椅想哥坐，
姐儿想哥不好说。

“情哥不高又不矮，
身强体壮好人才，
双脚能踏大海浪，
双肩能把高山抬，
真想把郎抱在怀。

“贤惠大嫂劝情郎，
闲花野草你莫闯，
自己妻子屋上瓦，
别人妻子瓦上霜，
露水夫妻不久长。”

郎：“情哥爱姐爱得真，
吃了秤砣铁了心，
扛把锄头挖姐路，
栽蔸刺柯拦姐门，
姐门不许别人进。

“杨柳青青三月天，
情哥风筝飘得远，
狂风吹来线儿断，
风筝落进姐花园，
好与情姐会个面。

“想姐缱姐把姐求，
姐在深水潭中游，
待到来年春水涨，
又撒网来又下钩，
不愁姐儿不到手。”

姐：“岩上滴水响叮当，
贵人落在贱地方，
拿出酒来无好酒，
拿出菜来无好菜，
情哥吃哒莫见怪。”

郎：“高山姐儿低山来，
破衣破衫破草鞋，
衣衫破了人才好，

鞋子破了脚不歪，
凉伞破了梗骰在。

“翻山越岭又过桥，
到姐门前买鲜桃，
无树哪有鲜桃卖，
找个理由把姐瞧，
瞧姐人才好不好。

“羊肉没吃惹身骚，
皮袜没穿巴身毛，
昨日与姐说句话，
惹得地动天也摇，
可恨一些多事佬。

“下了杭州下苏州，
买条汗巾给姐留，
白天不许姐擦汗，
夜里不准姐搭头，
留给情姐洗忧愁。”

姐：“大路迢迢起灰尘，
来撩姐的是何人？
葫芦开花好大胆，
粟米下锅要小心，
恐怕惹烦狗先生。

“一路走来郎不提，
分了路来叹长气，
你是男子不开口，
女子开口又害羞，
哪有江河水倒流？”

郎："鸭嘴没得鸡嘴尖，
郎口没得姐口甜，
何时娶个甜嘴姐，
炒菜不用放油盐，
生米当饭味也鲜。

"柑子没得橘子圆，
郎口没得姐口甜，
去年六月亲个嘴，
今年六月还在甜，
好比蜂糖调炒面。"

姐："姐在河中漂白纱，
水上漂起牡丹花，
鲤鱼看见红了眼，
鲫鱼看见摆尾巴，
情哥看见忘回家。"

姑娘唱到后一声，
船郎心中猛一怔：
我的家在二墩岩，
茅屋石墙杉木门，
勾起我的眷恋情。

姑娘唱到后一声，
船郎心中闷沉沉：
我家就在清江岸，
碧江倒映奇峰影，
勾起我的眷恋情。

姑娘唱到后一声，
船郎心中冷冰冰：
我的渡船拴南岸，

撞得岩上惊涛鸣，
勾起我的眷恋情！

三 绣荷包

太阳出来渐渐高，
姑娘窗前绣荷包，
彩线飘飘手中舞，
银针闪闪胸前跳，
吊脚楼前歌声飘——

一绣荷包送情哥
一尺绫罗两尺梭，
丝线绣得二三两，
棉线绣得四五包，
荷包虽小工夫到。

二绣荷包送情哥，
绣起山茶花朵朵，
蝴蝶绕着花儿飞，
蜜蜂绕着花儿旋，
荷包等郎佩腰间。

三绣荷包送情哥，
绣起海马与阳雀，
早晨听见阳雀喊，
黑哒听见海马嘘，
情哥听得入了迷。

四绣荷包送情哥，
绣起青松树一棵，
就像撑开大盖伞，
遮住山坡有阴凉，

姐在树下等情郎。

五绣荷包送情哥，
绣起骏马奔山坡，
南京相公来买马，
北京相公买马骑，
马是留给情哥的。

六绣荷包送情哥，
绣起荷包四只角，
左边狮子恋绣球，
左边蝴蝶恋牡丹，
情义相投日子欢。

七绣荷包送情哥，
绣起打鼓和唱歌，
郎打鼓像鸡啄米，
姐唱歌像唢呐音，
合奏曲儿真好听。

八绣荷包送情哥，
绣起清江山间卧，
郎是清江波涛滚，
姐是大山入云天，
情哥常在姐面前。

九绣荷包送情哥，
绣起江上桥一座，
麻秆搭桥倒歪歪，
杉树搭桥闪闪摇，
这座石桥万年牢。

十绣荷包送情哥，

绣起天高与地阔，
情哥走在沙市街，
情姐走在鹦鹉洲，
两人同天共日头。

四 送郎

船郎对着姑娘讲：
“那日我俩把歌唱——
‘情哥看见想回家’，
顿时使我恋家乡，
我要回乡去探望！”

姑娘也对船郎讲：
“世上谁不恋家乡？
难有家乡月最明，
唯有家乡土最香，
养育之恩永不忘。”

荷包闪耀七彩光，
将它佩在郎腰上，
情郎低头来吻它，
条条丝线在喷香，
个个针孔在流糖。

郎挨姐呀姐挨郎，
两人一路走出房，
身后跟着两人影，
地上踩出路两行，
一路走呀一路唱——

“送郎送到大门外，
回望大门有两块，

早晨开门门儿离，
晚上关门合拢来，
郎去探乡早回来。

“送郎送到山脚边，
见对兔子草里眠，
郎说我们绕道走，
姐说我们走旁边，
不要惊扰美姻缘。

“送郎送到竹林湾，
风吹竹叶往上翻，
上翻好像翻尖刀，
下翻好像尖刀翻，
好像刀在割心肝。

“送郎送到大桥头，
手扶栏杆望水流，
就怕郎心像流水，
流进东海不回头，
丢下姐儿守空楼！

“送郎送到大路上，
只得分开把手扬，
郎走三步回望姐，
姐走三步回望郎，
相对无言泪汪汪！”

五　烂船洲

船郎回到清江滨，
这个地方记得准：
北岸高耸狰狞石，

南岸高耸石狰狞，
清江面上雾腾腾。

拴船岩桩记得清，
上粗下细立得稳，
这个岩桩今尚在，
不见铁链和船影，
我向何处去找寻？

向上寻到施南城，
向下寻到龙舟坪，
寻遍清江八百里，
不知问过多少人，
没见这里渡船影！

有人介绍一老人，
他就住在柳山顶，
活了一百二十岁，
当年是个摆渡人，
船郎上山去询问。

船郎见到这老人，
胸前胡子白如银，
身板还像岭上松，
说话还像山泉鸣，
紧皱眉头答询问：

“世代居住柳山顶，
世代都是摆渡人，
那时我还没换牙，
爷爷怀里扬笑声，
他讲古话给我听——

“很久以前一黄昏，
一只老虎到江滨，
变成老翁要过河，
柳山船郎载他行，
清江面上走虎神。

“下了渡船向南行，
船郎系船随他身，
走过树林穿岩洞，
老虎前面亮绿灯，
清江南岸绿茵茵。

“船郎一去入仙境，
人间再无他身影，
那个渡船已腐烂，
残渣渐渐变成粉，
过往人们改道行。

“日月如梭永不停，
时时刻刻变环境，
当年深潭变沙洲，
先辈传说当年景，
烂船洲是今地名。”

船郎乘船往下行，
一条沙洲面前横，
走过沙洲再向南，
茂密林中藏古径，
踩上石阶石成粉。

六　探郎

姐儿缱郎门前站，

眼泪流成几串串，
掉在地上捡不起，
一颗一颗用线穿，
等郎回来给他看。

姐儿缱郎林中逛，
把那太阳当月亮，
把那老蛇当青藤，
把那豹子当岩羊，
魂魄吊在郎身上！

姐儿缱郎草里呆，
翻穿衣裳倒穿鞋，
站着也在歪歪倒，
坐着也在倒歪歪，
心中只有情郎在。

姐儿缱郎心里慌，
把郎画在布衫上，
白天穿起满山跑，
黑哒放在枕头上，
时时刻刻姐伴郎。

缱郎缱得喊皇天，
捏个面郎伴姐眠，
左翻身来亲个嘴，
右翻身来贴嘴边，
把他衔在口里面……

姐儿眼花头也昏，
头上乌鸦叫几声，
“一呱喜来二呱财，
三呱四呱祸临门。”

恰巧呱了三四声。

姐儿顿时心发愁，
莫非我郎灾临头？
左手提块麂子肉，
右手提坛衻子酒。①
朝着清江方向走。

一走走到大路边，
脚儿踩到一铜钱，
左看它是钱半边，
右看它是半边钱，
好似夫妻没团圆。

一走走到蓼叶冲，
碰到猎人在打铳，
一只斑鸠被打死，
另一斑鸠飞过冲，
这对夫妻各西东。

一走走到杨嘎槽，
大水冲断溪上桥，
桥上板子被冲走，
桥下柱子歪歪倒，
断了相思路一条。

一走走到香花岭，
见一妇人在上坟：
坟前烧纸烟袅袅，
坟头阵阵飞火星，
妇人哭夫泪淋淋。

---

① 衻子酒：醪糟。

一走走到红岩垴，
突然脚滑摔一跤，
麂肉滚到岩脚下。
坛子破碎酒泼掉，
蓝布袱子随风飘。

七　别郎

哪来一群黑乌鸦，
二墩岩里呱呱呱，
有的急急向上飞，
有的匆匆飞向下，
好似黑云罩悬崖。

声音传到岩脚下，
人们仰头望乌鸦，
“二墩岩里必有事，
才有群鸦狠狠呱！”
几个汉子登云崖。

他们看见一平坝，
一个青年草里趴，
见他眼里绿光闪，
见他眼珠圆又大，
衣穿麻布衣和袜。

摸摸他额和面颊，
冷若凌钩浸指甲，
摸摸他的鼻孔前，
鼻孔里面蛆在爬，
不知几时就死哒！

老态龙钟古树大，
四面石墙环绕它。
原先这里是屋场，
不知何年屋已塌，
石墙早已变成沙。

就地把这古树伐，
凿个船棺尸装下，
石墙旁边打个井，
灵柩缓缓来放下，
最后开棺看看他——

双眼仍在飞绿花，
人们壅土暂停下：
“可能他在等亲人，
可能他也有个家，
他到这里来干啥？”

林中树叶响飒飒，
地面深草分开岔，
一个姑娘到井边，
她的头发像乱麻，
她的眼泪像抛沙！

走到棺前来跪下，
解开衣衿摸摸他，
绣花荷包现出来，
贴在胸前紧巴巴，
就像天上五彩霞。

我郎死了没闭眼，
定是在把奴家缱，
白天过完就是夜，

秋天过完是冬天，
你看万物都在变。

我郎死了没闭眼，
定是在把奴家缱，
高山也会往下沉，
大海也会变桑田，
你看万物都在变。

我郎死了没闭眼，
定是在把奴家缱，
铁锅烧久底也穿，
石磨推久成薄片，
你看万物都在变。

姐脸对着郎的脸，
郎眼对着姐的眼，
真真切切亲个嘴，
甜甜蜜蜜对唇尖，
船郎顿时闭双眼。

棺盖已经盖得严，
棺盖上面土来掩，
从此以后永别了，
阴阳相隔两重天，
相会盼在梦里面……

八　虎石

太阳落土四山阴，
二墩岩里老虎行，
睁眼就像金钩闪，
吼叫就像惊雷鸣，

夜夜环绕船郎坟。

五七三十五夜整，
夜夜响彻虎啸声，
高山闻声在抽泣，
江水闻声泪涛滚，
它们惊诧又寒心。

老虎已经停啸声，
二墩岩里再平静，
山下有人前去看，
一尊石虎坟边蹲，
低头垂泪面阴沉。

看看心里也在疼，
泪水模糊两眼睛，
时而见是一少女，
时而见是一虎影，
痴痴呆呆望着坟。

自由神下界

玉帝招来自由神：
“你去看看凡间人，
哪种人是最痛苦，
哪种人是最欢欣，
苦的相助欢的惩。”

自由神已下凡尘，
见到餐馆饮酒人，
喝得面颊已通红，
多人还在逼他饮，
嘴里呕吐鼻里哼！

自由神再往前行，
遇到一路背脚人，①
他们一路爬上坡，②
号子喊得震山岭，
哈哈一阵接一阵。

自由神已返回程，
向着玉帝来奏禀：
“最快乐是背脚佬，
最痛苦是饮酒人，
泾水渭水两分明。”

---

① 背脚人：又称背脚佬，昔日大山深处搬运货物的人。

② 爬上坡：登陡山。

玉帝降旨到凡尘：
“佳肴配给饮酒人，
背夫配给背枷子。”
从此佳肴伴酒饮，
背枷压住背脚人。

骂 财 神

一 财主

一个财主怒气生，
眼里就像火焰腾，
脸上就像黑云滚，
口里就像山泉喷，
心中不平骂财神。

出门他在骂财神，
进门他在骂财神，
醒着他在骂财神，
梦里他在骂财神，
只要胡子还没疼！

朝朝暮暮骂不停，
时时刻刻骂不停，
每每天天骂不停，
年年月月骂不停，
只要身上有嘴唇！

财神听说这事情，
扮成乞丐去打听，
身穿污浊破衣裳，
手拿破碗打狗棍，
一路走来一路哼。

财主见到乞丐近，
喝令仆人关大门：
“乞丐把我当穷汉，
才敢靠近我家门，
屌的财神瞎眼睛！”

一连三日紧关门，
“乞丐”远去不见影，
他的坐处用火烧，
走处也用开水淋，
怕有虱子地上存。

二　财神

财神走近财主门，
仆人禀告给主人：
“铁冠铁甲执铁鞭，
骑一黑虎猛驰骋，
赵公元帅认得准。”

财主脸上黑沉沉，
想起财神火气腾，
但他还是上前去，
脸上假装露笑影，
“你怎今日才光临？”

“你有良田三千顷，
穿的绸缎和罗绫，
吃的山珍和海味，
用的无数金和银，
住的楼阁像宫廷……

“其实我早进你门，
你没觉察我身影，
天高没有人心高，
人的心高无止境，
你有什么才舒心？”

“有了黄金万事成，
最为珍贵是黄金，
我想要那摸金术，
手触之物全成金，
成为人间最富人。”

“鸟飞先把落处定，
狗睡先把窝来闻。
石头成土很容易，
土成石头再不能，
你的所求须思忖！”

“老鼠眼睛望一寸，
苍鹰目光穿云层，
愿你还是目光远，
将我所求变成真，
常烧高香敬财神。”

财神只觉心头沉，
已经远去不见影，
财主站在堂屋里，
喜在眉头笑在心：
“不骂他就不进门！”

三　财富

仆人端茶香喷喷，

财主接茶把手伸，
触到瓷杯成金杯，
里面鲜茶也成金，
一坨金块冷冰冰。

饭菜满桌热腾腾，
财主摸桌桌成金，
右手拿的金筷子，
左手端的碗是金，
白饭成金黄橙橙。

面前放着洗澡盆，
他去水中拿浴巾，
澡盆浴巾盆中水，
一下全部变成金，
一块金板梆梆硬。

壁上挂着衣和裙，①
换上新的爽全身，
拿衣变成金块衣，
拿裙变成金块裙，
这些衣裙不巴身。

雕花床上铺锦绫，
他的手揭丝绒锦，
被子枕头连同床，
一下全部变成金，
光芒四射晃眼睛。

一间雅室挂壁灯，②

① 古代土家人无论男女皆穿衣和裙，“改土归流”（1735年）后，政府下令裙改裤。
② 壁灯：长方形木架上糊薄纸，内点蜡烛，挂于四壁或墙上。

叫来妻妾伴他身，
逐个抱着逐个吻，
身边站着十金人，
各种姿态笑吟吟。

财主见到处处金，
又是喜来又是闷，
喜的是家最豪富，
闷的是因麻烦生——
便利成为不可能。

无名怒火冲头顶：
“屌的财神害死人，
这下可该怎么办？”
不觉伸手摸头顶，
他也成了一金人。

财神和乞丐

乞丐捡条空口袋，
拴在腰上当裤带，
财神一眼看见了，
拿银面前堆起来，
看他是否想发财。

乞丐见银解口袋，
财神走近话说开：
“此银不能挨上土，
挨土它就变土块。”
乞丐点头记心怀。

乞丐装银入口袋，
银子堆起尖尖来，
顶上一个滚下地，
他去捡银口袋歪，
银全泼地变土块。

挖到了金砖的人

三个儿子均未婚，
只因家中太穷困，
吃的粗粮野菜饭，
穿的粗布烂衣襟，
母亲令其敬财神，

老大在外把田耕，
一个坛子犁下滚，
弯腰打开坛子看，
里面金砖黄澄澄，
笑合一双大眼睛——

不能告诉老母亲，
不能告诉弟二人：
他们得知要均分，
燕子衔泥口要紧，
驴吭坛内不露音。

当即拿棕包了金，
穿身破衣出了门，
黄昏时刻到宜昌，
宜昌是座商业城，
去找商家整换零。

宜昌街上满街灯，
要找大店能换成。

大店说是叫花子，
不让他往店前行，
但他得意笑在心：

棕口袋加破衣襟，
有谁知我藏黄金？
一是不怕遇骗子，
二是不怕遇贼人，
不怕丢失放宽心。

他朝一个小巷进，
矮屋里面油灯明，
婆婆灯下补衣裳，
破锅破灶破板凳——
这比我家更贫困！

“婆婆您是好心人，
我在您家坐到明。”
“我这家中太贫穷，
从来不歇一客人，
你找别处栈房门！”

苦苦央求婆婆应：
“贵重东西自保存！”
烂棕口袋丢门后，
他就独自走出门
去把大的商店寻。

东寻西寻一夜整，
已经寻到天大明，
找到一个大商家，
准备去拿自黄金，
急急忙忙脚不停。

大街小巷遍地寻，
不见昨夜那矮门，
见到老者就发问，
“街名巷名和人名，
全不知道怎么寻？”

回到原处把田耕，
空坛上面现字痕：
“金是给你全家的，
你想一人独自吞，
将金给了更穷人。”

黄忠问佛

黄忠这人真忠诚，
自家东西多赠人，
路上有钱他不捡，
火中救人伤自身，
偏与歹徒斗输赢。

家产被他已耗尽，
三十多岁没成亲，①
族人因他很恼火，
要他去把佛爷问：
这样老实啥原因？

黄忠依劝向西行，
一路翻山又越岭，
口里不断轻轻念：
“去向西天佛爷问：
这样老实啥原因？”

头夜讨歇火田坑，
这是两老一家庭。②
爷爷问他西行事，
他说去把佛爷问，
两老托他办事情——

① 成亲，即结婚。
② 两老：一对老夫妻。

“家有梨子树两根，
一根开花不结果，
一根结果不开花，
请问佛爷啥原因！”
他把此事记在心。

二夜讨歇雪山坪，
这是三人一家庭，
婆婆问他西行事，
他说去把佛爷问，
两老托他办事情——

“家有独女二八春，
耳聋不闻炸雷声，
口哑张嘴无话说。
请问佛爷啥原因？”
他把此事记在心。

三夜讨歇老龙岭，
岭上老龙独哀吟，
老龙问他西行事，
他说去把佛爷问，
老龙托他办事情——

“百年千年长光阴，
老龙岭上来修行，
无法升到天上去，
请问佛爷啥原因？”
他把此事记在心。

第四天又夜色昏，
见一山上亮着灯，
他朝点亮茅屋去，

见一老者正打盹，
白发白须白如银。

连喊爷爷有三声，
爷爷充耳不曾闻。
问到四声他抬头，
“你是来问啥事情？
只能回答你三问。”

“门前梨树有两根，
一根开花不结果，
一根结果不开花，
请问佛爷啥原因？”
“它是在等财帛星。”

“有一独女二八春，
耳聋不闻炸雷声，
口哑张嘴无话说，
请问佛爷啥原因？”
“见到丈夫话出声。”

“有个地方老龙岭，
老龙千年苦修行，
无法升到天上去，
请问佛爷啥原因？”
“两颗龙珠堵脑门。”

突然一股紫雾腾，
茅屋老者不见影，
想起允问三件事，
自己事情没问成，
不觉泪珠湿眼睛……

一去回答老龙问：
“两颗龙珠堵脑门。”
用石砸得龙珠出，
老龙飞升去天庭，
他捡龙珠搁岩顶。

二去回答婆婆问：
“见到丈夫话出声。”
哑巴姑娘走过来：
“我夫今日转回程。”
不多时日成了亲。

三去回答爷爷问：
“它是在等财帛星。”
老汉去挖梨树下，
挖出两缸金和银。
它属两个孤老人。

黄忠再往家中行，
前面传来马蹄声，
抬头直往前面望，
一队人马面前停，
客客气气来询问：

“皇帝娘娘得重病，
亟需龙珠做药引，
你知何处有龙珠，
快带我们去找寻，
事成不亏有功人。”

黄忠再度打转身，
带人直奔老龙岭，
老岩顶上取龙珠，

随同来人奔京城，
他也骑马路上行。

龙珠治愈皇后病，
皇帝召他宫中进，
他被皇帝封了官，
管那医药和医生，
全家生活在京城。

中秋月圆夜

一

东方月亮初升起，
渐渐照亮广寒宇，
雄兔对着雌兔说：
“今夜圆月照大地，
人间夜色最美丽。

“青山展画含诗意，
流水弹奏优美曲，
八月十五中秋夜，
万家欢腾万家聚，
吃饼赏月度佳期。

“为赏人间乐和趣，
多少神仙下凡去，
我俩也去走一回，
天明回到月宫里，
久在月宫也孤寂。”

雌兔对此无兴趣：
“我倒喜欢这孤寂，
一路颠簸多辛苦，
何况人间多闹剧，
唯恐卷进麻烦里……”

“若是能多一经历，
也算一种财富聚。”
雄兔独自出月宫，
飘飘荡荡云雾里，
舒舒爽爽也觉奇。

二

月色溶溶照山冈，
柴郎背柴歇屋旁，①
一股凉风徐徐来，
浑身上下好舒爽，
这是享受美时光。

无意扭眼向外望，
门前玉溪卷银浪，
溪中偶有碧潭里，
月影倒映直摇晃，
一条游龙闪金光。

绿树背后有声响，
一位老者到身旁，
满头都是长白发，
飘飘银须随风荡，
精神矍铄身爽朗。

一声“爷爷”叫得响，
老人听见心舒畅：
“你家离这有多远，
可否随你去一趟，

① 歇：人背重物走路时，将背篓底搁在直立的打杵拐子上，让肩略空，以休息片刻。

顺便找点茶水尝。”

柴郎现出羞涩样：
“我那满屋寒酸相，
只要爷爷不嫌弃，
一杯淡茶爷爷尝，
今夜在此度时光。”

爷随他到茅屋旁，
柴火倒在稻场上。①
苞谷水稻田挨田，
茄子辣椒行对行，
蜜蜂笼里嗡嗡响，

一把铁锁挂门上，
开锁之后门声响，
爷爷随他进屋来，
柴郎点燃松油香，②
爷爷借光满屋望：

三间屋子竹壁墙，
桌椅板凳澄澄亮，
地上平整无尘土，
镰刀斧头挂壁上，
薅锄挖锄紧靠墙。

卧室里面开着窗，
窗里透进亮月光，
西兰卡普花被面，
平铺雕花滴水床，

① 稻场：房前的空地。
② 松油香：用松油和树枝或篾纤制作的香，供照明。

抽屉上面搁衣箱。

厨房里面燃松香，
柴郎生火土灶膛，
锅盘碗盏摆整齐，
土灶旁边蹾水缸，
葫芦水瓢搁缸上。①

柴郎沏茶扑鼻香，
绿茶递到爷手上，
爷爷口喝新绿茶，
甜甜笑容堆面庞：
“你的妻子在哪方？”

“自幼家贫父母亡，
未娶妻子在身旁。
自己影子来做伴——
无花无叶枯树桩！”
柴郎眼里泪在淌。

爷爷笑对柴郎讲：
“今夜有群美姑娘，
玉溪潭中来洗澡，
说说笑笑声悠扬，
飘飘荡荡身闪光。

“你若有意娶新娘，
就在月圆今晚上……
胆小就会失良机，
失败也因多鲁莽，
抓住最佳此时光。”

---

① 葫芦水瓢：将老葫芦掏空，锯成两半，用桐油油过，作为水瓢。

爷爷轻拍他肩上：
“水面有风就有浪，
墙壁有洞就有风，
爷爷话莫对外讲，
讲出来了遭祸殃！”

柴郎如喝一罐糖，
体内体外春风荡：
“爷爷只管放下心，
桌大方石盖瓦缸，
栗木大门闩铁杠。”

柴郎说完去厨房，
端来鸡蛋煮蜜糖，
招待爷爷来消夜，
蛋茶搁在桌面上，
不知爷爷去何方。

三

此刻月亮亮又圆，
一盏银灯碧空悬，
满天星儿正害羞，
纷纷躲到月后面，
还是不敢睁开眼。

玉溪流在茅屋前，
月光洒在溪里面，
水珠迸射点点亮，
浪花腾空亮点点，
金带飘舞耀人眼。

彩云飘在碧空间，
时而分离时而连，
分离时刻色彩淡，
凝聚时刻色彩鲜，
一群姑娘落地面。

远看溪中开红莲，
近看姑娘戏水间，
这个现来那个隐，
那个隐来这个现，
舞得银浪高空悬。

好似仙乐奏人间，
好似银铃响山前，
好似百鸟声婉转，
好似秋虫轻拨弦，
她们笑语香而甜。

柴郎身藏岩后面，
只恨没长千双眼，
这是何等奇妙境，
美梦里面不曾见，
几疑来到仙宫前。

双手揉揉自己眼：
她们衣裙放草间，
红裙衬得深草绿，
深草衬得红裙鲜，
红红绿绿一大片。

走出岩后如闪电，
俯身去到衣裙边，
拿了一件外裙走，

俯身回到岩后面，
心里阵阵响鼓点！

外裙拿到岩后面，
轻轻托它在眼前，
好像清晨太阳出，
好像黄昏月亮现，
魂儿勾在裙上面。

外裙拿到岩后面，
轻轻放在鼻子边，
好像荷花香十里，
好像蜂蜜醉心间，
深深吸入肺里面。

外裙拿到岩后面，
轻轻贴在胸膛前，
好像酷夏凉风吹，
好像严冬到火边，
舒适全身都流遍。

裙藏深深岩缝间，
拿些小石密密填，
地动山摇它不出，
雷打火烧它不现，
确保姑娘在人间。

她们出水到溪边，
蜂拥去到衣裙前，
各拿衣裙身上穿，
身如岩上飞银泉，
手如彩蝶舞花间。

有个姑娘傻了眼：
她的外裙已不见，
是否别人多穿了，
自检互查已多遍，
查去查来少一件！

草丛里面寻多遍，
再摸水里石头间，
岩丛里面多遍寻，
树梢树枝寻多遍，
这裙总也不露面。

是否已被风吹远，
风说真的没看见；
是否已被蚂蚁吃，
蚁说可查肚里面……
出了怪事在眼前！

子时已在碰眼睑，
此刻必须离地面，
有裙姑娘都走了，
飘飘荡荡去云间，
不断回头望地面……

眼看姐妹已去远，
这个姑娘立地面，
就像鸟儿断了翅，
就像鱼儿离水间，
串串珠泪洒地面！

四

姑娘独自在草地，

默默徘徊珠泪滴，
时下一切都是空——
落在荒山野岭里，
一只孤雁何处去？

隐隐约约歌声起，
由远而近入耳里，
停下步来仔细听，
悠悠扬扬绵绵意，
好似仙宫柔美曲。

俯下身子卧草里，
静观事态多思虑：
不知水的深和浅，
切莫下到水里去，
世事难得知底细。

就在皎皎月色里，
一个人影缓步移，
走过树丛和岩后，
移向这片芳草地，
歌儿出自他口里。

姑娘深卧草丛里，
不敢呼出一口气，
身抖就像风摆柳，
心跳就像冰雹袭，
此若有洞钻进去！

柴郎唱：
“妹儿卧在芳草地，
是否想要过山溪，
又怕溪中石头多，

又怕溪中浪头急，
我当船儿来渡你。”

姑娘唱：
“纸糊船儿下水稀，
灯草桅杆遇风屈，
我今不上你的船，
因我没有穿外衣，
船翻就见裸身体。”

柴郎唱：
“白布褂子四角齐，
青布裤子相配起，
只要妹儿不嫌孬，
这套衣裳赠给你，
挂在树上你来取。”

姑娘唱：
“多谢哥的好心意，
我也不要你赠衣，
花开过后结出果，
果实长大花瓣离，
到时我就还你衣。”

柴郎树上挂套衣，
悄悄躲进茅屋里，
眼见姑娘衣穿好，
又朝姑娘慢走去，
口含一串山歌曲。

柴郎唱：
“远望梧桐高高立，
傲视空中风和雨，

偏遇葛藤树边生，
攀上树巅葛叶密，
你不缠我我缠你。”

姑娘唱：
“溪边一块农田里，
种的豇豆和玉米，
玉米只顾自己长，
豇豆攀上头顶去，
玉米秆子头也低！”

姑娘此刻已记起：
希望活在爱情里。
天空云彩常变形，
地上沧桑也易地，
是否真爱考考你。

姑娘唱：
“青山脚下这条溪，
多少石头滩上立，
捉个母鸡来孵儿，
石头里面穿出鸡，
我们两人配夫妻。”

柴郎唱：
“女人穿上男人衣，
本已成为准夫妻，
不用剪刀和针线，
对襟变作大襟衣，①
我们两人就分离。”

---

① 男人褂，襟在胸前开口，安布扣，称为“对襟”。女人衫，襟在右腋下开口，安布扣，称为“大襟”。

白发爷爷来这里，
满脸都在笑眯眯，
肩上挎着一个包，
拉着他们进屋去，
稻场上面摆桌椅。

他们桌边来坐起，
爷爷开包月饼取：
“今是中秋月圆夜，
多少家庭正团聚，
吃饼赏月共甜蜜。”

五

一群姑娘回天宫，
个个一副愁面容，
王母娘娘看见了，
一翻思考在心中：
下凡前后怎不同？

“本许沐浴天河中，
玉溪天河本相通，
你们要去玉溪里，
我曾表示可赞同，
天地异曲也同工。”

一个姑娘唇颤动：
“有个小妹浴溪中，
外衣丢失不见影，
无法飞升回天宫，
不知她的吉和凶！”

王母娘娘动怒容，

急急忙忙召雷公：
“一群侍女下凡去，
一个失衣未回宫，
是祸是福音不通。

“再给外裙她手中，
叫她随你回天宫，
处置权利授予你，
天上人间情理同，
依理依法称秉公。”

六

黑云突然遮蓝天，
闪电道道照花眼，
雷公打从天外来，
倾盆大雨伴雷掀，
停在柴郎茅屋前。

新婚姑娘睁大眼，
雷公传她到门前：
“王母娘娘惦念你，
再给外裙新又鲜，
穿上速回她身边。”

姑娘口里吐轻言：
“娘娘允我下凡间，
我本随着姐妹回，
谁知外裙寻不见，
赤身不敢再登天。

“坏事好事常互变，
一个青年到面前，

几曲情歌随口出，
定情就在玉溪边，
茅屋里面结良缘。

“西兰卡普色耀眼，
一对新人盖里面，
情不自禁亲个嘴，
二人舌头尖对尖，
蜂糖没得这么甜。

“多谢娘娘还惦念，
但我不回她身边，
人间要比天宫美，
这里就是我家园，
外裙带回她面前。”

雷公听后怒睁眼：
“违犯天规刑法严，
攻击天宫言论在，
天宫与你再无缘，
搬石砸脚你情愿。”

一雷打在她面前，
姑娘身边冒火焰，
剧痛时刻遍地滚，
起身锄头握手间，
虽是农妇姿色艳。

柴郎被提到门前，
红色鸡公对着脸：①
“你怎与她来相识？”

① 土家人传说雷公像红公鸡，庙里的雷神像为鸡头人身。

雷公问时闪火电，
惊雷爆炸在面前。

柴郎吓得俯地面，
浑身颤抖吐实言：
“遇见一位白头翁，
见我单身太可怜，
婚姻是他牵红线。”

七

茅屋周围雷声隆。
白发爷爷心咚咚，
想知出了什么事，
能否救人危难中？
迈步向着茅屋冲！

一声炸雷山摇动，
爷爷被罩烟雾中，
等到烟雾散去后，
蹲一白兔无法动，
爷爷不见影和踪。

雷公说话声音轰：
“你本安居在月宫，
偏来人间多管事，
罚你吃草钻地洞，
出洞就被狗追踪。

“说话是因嘴唇动，
用语交流唇有功，
你的嘴唇多闲话，
把你上唇撕条缝，

是为教训记心中。”

雷公说完去天宫，
云破天开雨无踪，
一轮圆月在下沉，
薄雾如纱罩山冲，
早起鸟儿在躁动……

后　记

前年春天，我回到故乡椿树坪，发现我童年时代见到并参与过的农舍里讲民间故事和满山遍野唱五句子山歌的情形不存在了——都被那些老年人带到土里去了。我的心头阵阵悲凉。幸而在1988年春我向婶娘孙家香搜集到500多个民间故事。为缓解心理上的伤痛，我用五句子歌形式改写了部分椿树坪民间故事并命名为《秋夜梦歌——五句子童话诗》，它主要取材于孙家香讲的故事，《春风夜雨》是其中经典。我还将她的另一些故事再创作并赋予新的内涵，成为新的与虎有关的故事（虎为土家族图腾，正面人物形象，人们把真善美给予老虎）；其中也有感于文化多样性而独创的故事，如《螃蟹方阵》；也有椿树坪以外的故事，如《乞丐三亲兄弟》《梳子》，可能是外来的，加入土家族风俗民情后，在土家山寨落户了。在椿树坪（也含清江两岸）搜集到的传统五句子歌词数百首保存在《柳山船郎》中，以备日后研究之用。我此举是想保存优秀传统故事与民族歌谣，让故事仍能传承，让五句子歌仍然活着。五句子歌应成为中国诗歌大家族中的一员并与其他诗歌形式共生。传统五句子叙事长歌，多为36个五句子组成，尚未发现超过的。这次，我“有话则长，无话则短”，长的分章、节、目，自以为是个突破。

用本民族的民歌形式写本民族的民间故事，前人早已做过，如俄国诗人普希金的《普希金童话诗》，匈牙利诗人裴多菲的《勇敢的约翰》，哈萨克斯坦诗人阿拜·库南拜耶夫的《阿拜故事诗》……中国的《格萨尔》《江格尔》《玛纳斯》都未曾脱离本民族的传说故事和民歌。

我是在效仿先贤们的做法。

承蒙林继富教授热情洋溢地为《五句子童话诗》作序。

今年八月下旬，著名作家、湖北省文联主席刘醒龙及许副主席、蔡秘书长，宜昌市文联主席、作家周立荣来长阳作文化调研，28日下午座谈，我被点名发言，我简要地汇报60岁准时退休后，创作寓言、叙事长诗《老巴子》、竹枝词、五句子童话诗等。刘主席说：“我们为你出版文集。”并说在宜昌时听周主席介绍过。——真是天外飞来的惊喜，怎样也不曾想到，以为是在梦中。当刘主席讲到

“珍惜时代给的机遇”时，我的思绪返回现实：今天遇到了大贵人。我将《秋夜梦歌——五句子童话诗》纳入文集中。

周立荣主席给我帮过许多忙，他还曾写《一个党员作家的情怀》，其实我不过是一个喜欢说唱故事的民间艺人。

县文化馆副馆长谭晓莉同志写《艺苑不老松——萧国松的笔耕人生》，并做电视节目。

女儿肖筱帮我做了许多写作方面的具体工作。

多年来县委、政府机关、文化单位给了我许多关心与支持。

我向以上同志表示最诚挚的感谢。

《五句子童话诗》中定有不少错误，衷心地希望亲爱的读者批评指正。

萧国松

2018 年 9 月 16 日

萧国松　著

萧国松文集

❸

叙事长诗

WUHAN UNIVERSITY PRESS
武汉大学出版社

图书在版编目(CIP)数据

萧国松文集.叙事长诗/萧国松著.—武汉:武汉大学出版社,2020.11
芳草文库
ISBN 978-7-307-21603-7

Ⅰ.萧… Ⅱ.萧… Ⅲ.①中国文学—当代文学—作品综合集 ②叙事诗—诗集—中国—当代 Ⅳ.I217.2

中国版本图书馆 CIP 数据核字(2020)第 109272 号

责任编辑:黄 殊

出版发行:**武汉大学出版社** (430072 武昌 珞珈山)
(电子邮箱:cbs22@ whu.edu.cn 网址:www.wdp.com.cn)
印刷:广东虎彩云印刷有限公司
开本:720×1000 1/16 印张:35.75 字数:661 千字 插页:3
版次:2020 年 11 月第 1 版 2020 年 11 月第 1 次印刷
ISBN 978-7-307-21603-7 定价:160.00 元(全 3 册)

《芳草文库》序

刘醒龙

武汉有一批年纪不算太老，但肯定不再年轻的作家，既往作品每出无不风行江汉，后来平淡了些。二〇一五年年初，恰逢一场小聚，其间有老朋友提议给这些在文学创作上颇有成就的作家出版文集，且当场做出关键决策。老朋友提及的作家也是我的朋友，他们的处境很有代表性。

世事流逝到今天，说一点不残酷是不真实的，说太残酷似乎也不科学。值此宁翔雁前羞跟牛后世风，普天之下莫不借口追求日新月异，其实是乡下俗语说的，人人都想一锄头挖出一口井。宁肯臭名远播，哪管丑态百出。忘却不该忘却的，强化不该强化的，是世情中一大不敬。这几年为一位已故作家出版文集，好不容易才成，一来二往之间，见识了足够多的现世生态。似这等才华出众的作家，若非上苍失察，弃之英年，敢不是当今文坛大旗一帜？同理，那些在喧嚣背后悄然尘封的作品，谁能说不是日后人有所诵的典范？天地同根，不是没有高下之分，而是天有天的高度，地有地的厚重。

常住武汉三镇之人，最能体会大江东去、流水落花深意。也是体恤的缘故，又于旷野之间留下高山流水千古知音，以为勉励，兼作念想。朋友提议，饱含诗情，深藏灵性。没有太多商量，三言两语之间，就达成共识，以《芳草》杂志名义，逐年排选，将这批作家的代表性作品编成文集出版。只是由于执业所限，本套书只能以《芳草文库》相称，名头虽小，相信份量不轻。

哲学教会人们认知正确与错误，自然科学是要让人懂得成功与失败。然而，短短人生，包罗万象，其善其美，何止兴衰胜败！文学的存世与流传，其意义正是超然前二者，不以成败对错为目的，也不以卑微尊贵定价值。人非草木，却如同草木，这是文学理由之一，生命不能永恒，却绝对永恒，这是文学理由之二。文学根本理由是，协助芸芸众生在庞杂得无可把握的宇宙间，在神与鬼、灵与欲、虚与实等一切冲突与对立之间，寻找适合每一个体的美妙平衡。

二〇一五年十月十五日

萧国松文集

第三卷　叙事长诗　老巴子

自　　序

我常常梦见椿树坪，那是我的家乡——我的永久的天堂。

夏天薅苞谷草时，锣鼓歌响彻阴阳二坡，大舅老爹张朝俊就是喊锣鼓歌的能手。秋天，掰了苞谷，堆满堂屋，剥苞谷的人围成一圈，唱山歌、小调、讲古（古代的故事），直到鸡叫甚至天明才散去，谓之“口里讲古，手里摇橹。”我们小伢子常嬉戏其间。稍后的夜里，人们又转工扭苞谷，照样唱歌、讲“古”，当“七照星”升上东坡垴“一竹竿子”高的时候，人们散去。冬夜，人们相互往来，围在火垅边讲古。对门台子上王保厘家有个长工，名字可是忘了，常在夜里聚众讲古，我的父亲常去听，把听回来的“古”又讲给我们听，那多是古人打仗的故事。我家的火垅边也常常有几个讲古的人，因为我的母亲喜欢讲古，祖母喜欢唱歌。我记得最清楚的是张辅清二太公（我祖母的二叔），其次是萧顺香姑婆婆和她的儿媳妇孙家香（我的婶娘）。再次是远房的表伯高正明和他的儿子高登喜。他们常常讲到深夜，烧些洋芋或红苕吃后又讲，哈哈的笑声堆满那间古老的农家茅屋。二太公讲了许多老巴子（虎）“古”，幼时的我只有模糊的印象，其中一个是：一个砍柴的单身汉救了一个老巴子，老巴子见一路送新的，便去把轿顶子一揭，扛起新姑娘就跑，这姑娘和砍柴的成了亲。后来砍柴的带兵打仗，这个老巴子把林中的老巴子都喊来，去帮忙打仗。仗打赢了，砍柴的做了官。孙家大婶娘也讲了些老巴子“经”，其中一个是：一个老巴子在土地庙门前打个滚，脱下皮，变成姑娘，去给一个单身汉弄饭。单身汉拿走她的皮，他们成了亲。有了儿孙，她回娘家去，出门就变成了老巴子，再也没有回来。另一个是：一户人家嫁姑娘，一路送亲的人群走在路上，一个老巴子抢走了新姑娘，把她背到老林里的一间茅屋前放下。屋里有个婆婆子，老巴子说：“妈，我弄了个媳妇回来了。”他们成了亲。那个婆婆子也是老巴子……我觉得这些老巴子可爱。

1987 年，我读到刘守华、丁岚搜集整理的《樵哥》（大意）：樵哥为了养活瞎眼的妈妈，每日上山砍柴，有一次于途中遇一虎求助，樵哥帮它拔掉卡在喉咙里的豪猪扦子，老虎送肥猪谢他。樵母收虎为老二，住在家里。樵哥还打单身，老二跑到外县地界，见两家员外结亲，老二扒开轿门，把新娘扛到樵哥家，和樵哥成了亲。两家员外打起官司来，县官判不了案，老二去公堂作证，新娘判给了樵哥。辽兵进犯中原，樵哥揭榜统兵。老二带几百只老虎助战，收复了中原。皇上封樵哥为平辽王，封老二为山林王。这个故事在我头脑中清晰起来：和张辅清二太公讲的可能是同一个故事。

那时，常到我家玩的还有文德照幺爷爷，是我祖父的堂弟。他善制伏精怪，常"烧胎""打桃杈""收兵""观花""请戚姑"……我幼时曾亲见。每当他做这些法事后，人们无不议论它的神奇！1949年9月，一次"观花"时，"马脚"(能沟通阳间和阴间的活人）说："现在土地老爷被打倒，没得人带路，到阴间去不成了。"从此，他停止了这类活动。可有的照样进行：定昌婆婆子"过阴"、李××（我的少年朋友，今尚在）"拿魂"……1974年，我在椿树坪做三间小瓦屋时，掌杵师傅李时林进行一种巫术活动……我知道他是在防"嫁匠"。我从小就了解：做屋、烧砖瓦、打榨、煮酒、熬糖、打豆腐、推磨、蒸饭、烧水、赶仗(打猎)、驾船……时时处处都要防嫁。若被嫁，事则败。学嫁就同时学解。椿树坪的人多懂得解术，是为了防止被人嫁。学嫁术的人少，因怕碰到"对头"。我的一个表叔，人们叫他刘嘎五爷，我已多年不见他，问起，父亲说："他见到一户人家烧瓦，把窑嫁了，窑里一架火，就来大水把火冲熄。烧瓦师傅施解术，排除水，再燃起猛火。施嫁术，刘嘎五叔自己跑到窑里，一股青烟一出，他就成了灰了。——他碰到了对头。学了嫁的人，他见到一件事，只要他一想到嫁，那事就被嫁了。学了茅山法的人，人们奈不何他。"后来又听别人说，刘嘎五叔还在。

民国十八年七月九日十长阳西湾成立的以土家人为主体的中国工农革命军第六军，随贺龙转战湘鄂西，直至长征，军中有神兵老司（巫师），他们施"嫁"术，给自己壮胆，灭敌人士气。

> 昔武落钟离山崩，有石穴二所：其一赤如丹，一黑如漆。有人出于赤穴者，名曰务相，姓巴氏。出于黑穴者，凡四姓：曰瞫氏、樊氏、相氏、郑氏。五姓俱出，皆争为神。于是，相与以剑刺穴屋，能著者以为廪君；四姓莫着，而务相之剑悬焉。又以土为船，雕画之而浮水中，曰："若其船浮存者以为廪君。"务相船又独浮，于是遂称廪君。乘其土船，将其徒卒，当夷水而下至于盐阳。盐阳水神女子止廪君曰："此鱼盐所有，地又广大。与君俱生，可止无行。"廪君曰："我当为君求廪地，不能止也。"盐神夜从廪君宿，旦辄去为飞虫，诸虫皆从其飞，蔽日昼昏。廪君欲杀之不可，别又不知天地东西，如此者十日。廪君乃以青缕遗盐神曰："婴此，即宜之，与汝俱生，弗宜，将去汝。"盐神受而婴之。廪君立砀石之上，望膺有青缕者，跪而射之，中。盐神死，群神与俱飞者皆去，天乃开朗。廪君复乘土船，下及

夷城。夷城石岸曲、其水亦曲。廪君望如穴状，叹曰：“我新从穴出，今又如此，奈何!”岸即为崩，广三丈余，而阶陛相乘。廪君登之。岸上有平石，方一丈，长五尺。廪君休其上。投策计算，皆着石焉。因立城其旁而居之。

据此则廪君世为巴人主务相，其开国有功者，故今施南、归巫尸而祝之。长阳夷水功德尤显，其称为天子者，据捍关王夷水。务相在当时原有王，称君即王，王即天子也。但土语讹“相”为“向”耳。向王旁塑女像，俗称德济娘娘，始称盐水女神。草昧之初，人多奇异，独廪君乎哉？若向宠老于四川，向辅不见史传，宝胜蛮酋并无功德，以之馨香，直属齐东野语。按《世本》一书最祥鸿古，故章怀注《后汉书》屡引之。

上述引自清同治《长阳县志》卷七。此志又引自《后汉书·南蛮传》、《晋书·李特传路史禅通纪》、郦道元《水经注》等。关于“巴”，《山海经·海内经》载：“西南有巴国，太皞生咸鸟，咸鸟生乘厘，乘厘生后照。后照是始为巴人。”

马克思说：“图腾一词，表示氏族的标志或符号，例如狼是狼氏族的图腾。”（《摩尔根〈古代社会〉一书摘要》）太皞伏羲氏是巴人的远祖，伏羲“蛇身牛首虎鼻”（《列子》）。这“虎鼻”亦有虎的标志。作为伏羲后代的巴务相自有虎的特征，图腾当为虎。“居江水，是为虎”（《国语·郑语》）指的是居夷水（今清江）流域的巴人。虎（标志）就是巴人。

长阳贺家坪一带传说：向王天子是白虎蛮神，寅年寅月寅日寅时生。《覃氏族谱》载：有个白头发、白胡子老头死在登星岭（今渔峡口境内白虎垅），姓覃的去埋他的时候，这老头化成白虎升了天。廪君本是天上白虎神，来到人间，成就了一番伟业，死后依然化为白虎回归天庭。这正如柯斯文说的那样：“图腾主义也导致其他一些概念，如认为生育图腾入居妇女体内，死亡就是人返回自己的氏族图腾。”（《原始文化》）今在香炉石附近发掘出数以万计的夏、商、周时期的文物，是廪君“君乎夷城”的佐证。后迁都枳（今涪陵）、江州（今重庆）。春秋至战国初期，为地跨今湘、鄂、川、陕、黔广大地区的泱泱大国。公元前316年，秦灭巴，置巴郡。湘鄂川黔毗邻地区的巴人就在这一带繁衍生息，就是今天的土家族。史载：秦昭襄王时，巴族人民以武装反抗秦国的统治：“白虎，常从群虎数游秦、蜀、巴、汉之境，伤害千余人。”“秦昭王时，白虎为患，盖廪君之魂也。”这里所说的白虎，即巴族。

白虎——廪君，被奉为土家人的神。在土家人聚居区，多有向王庙，仅长阳境内清江沿岸就有40多座，供向王天子和德济娘娘。宣恩城内的向王庙里供白虎神，咸丰县有白虎堂，渔峡口有白虎寺……古代杀活人祭白虎神。“虎饮人血，遂以人祠。”后觉残忍，则改为由掌坛师在主持祭祀活动时，把自己的头砍出血来，把血滴在钱纸上，悬挂后烧掉。再改为牲祭。祭神，先有祭白虎的法事。土家人的神龛上供有虎像，称家神。土家人打薅草锣鼓时，唱白虎的词甚多，如“来到老爷门头庭，白虎神仙挂彩印。”年轻人恋爱，也凭白虎神为证：“白虎当堂我先生，几时动婚姻?”梦见白虎为吉祥：“梦见白虎当堂坐，堂上坐的是家神。”土家老人死后，棺盖虎毯，打跳丧鼓时，众多人绕灵柩歌舞，词唱虎，舞仿虎。土家的服饰，大多绣着老虎图案，特别是小伢的帽上多有虎形。住房当面，造成虎面形，称“吞口”屋。贫家的简陋屋大门顶上挂彩色浮雕虎面图，也称“吞口”。器物制作成虎形或绘上虎图案。以虎命名的山、岩甚多。更有出土的虎钮錞于、虎纹金杯等。有的人还在身上绣虎的图案……

少有白色的虎，经常见到的却是“扁担花”（因身上花纹如扁担形而得名）。这扁担花体格健壮，性格勇猛，确有王者风度。不管白虎、花虎，总皆是虎，于是土家族人对扁担花同样尊崇，赋予它人的属性，把真、善、美给予它，把它当作民族的象征。鹤峰、长阳成立土家族自治县，举行庆典时，游行队伍前列、国旗后面便是一尊巨虎（型）。

虎，何以名“老巴子”?“周武王伐纣，实得巴蜀之师。巴师锐勇，歌舞以凌殷人，前徒倒戈。”周初封侯时，以“子”爵封巴。“古者远国虽大，爵不过子，故吴、楚及巴，皆四子。”（《华阳国志·巴志》）因此巴国又称巴子国。这巴子国亦即白虎之意。老，含有“祖先”之意，为敬辞。于是人们对虎尊称为“老巴子，”这是笔者用汉语解释其义——一家之言。古巴语称“虎”为“李父”，今土家人称公老虎为“李爸”，母老虎为“李你卡”。“李”是虎的意思。

岑家梧先生说：“氏族酋长在集团中既有优越的地位，反映在意识形态上亦有权威。图腾制中所有富于威力的图腾信仰便转而连接于氏族酋长的身上。正如格拉勒所说：‘澳、美两洲的图腾部落，刚到农业经济初期，便产生两种社会生活的变迁：一种原是女系制的多变成男系制；另一种是地方中有了首领地位，而图腾神力的权威转移于首领个人。’（李璜提要本《古中国的跳舞与神秘故事》），故转型期的图腾文化，最重要的特征是由纯粹的动植物信仰而转为动植物与氏族酋长连接在一起，如图腾动物人格化，成为半人半兽的动物，或幻想中变化多端的动物。其在图腾仪式中，亦处处表现氏族酋长的优越地位。”（《图腾艺术史》）这段话对土家族的虎图腾崇拜正好作了某种解释。如：“武落钟离山崩”，赛土船而不沉，“岸即为崩”，“向王天子呜牛角，呜出一条清江河”，“化白虎升天”等，即为“图腾神力的权威转移于首领个人”。廪君便神化了。

“廪君之先，故出巫诞。”世界上凡是经历了从愚昧到野蛮，从野蛮到文明的历史发展阶段的民族都不同程度地盛行过巫风，受过巫文化的洗礼。今仍居大山深处的土家人，由于大山的阻隔，不知山外的世界，把古代巴人的巫风保留下来也不足为奇了。这些巫术和与巫有关的故事，充满魔力，构成了一个神秘莫测、光怪陆离的世界——情节奇幻，意趣盎然，离奇得近乎神话。对于“神话”一词，《词典》解释说：“一、关于神仙或神化的古代英雄的故事，是古代人民对自然现象和社会生活的一种天真的解释和美丽的向往。神话跟迷信不同，它富有积极的浪漫主义精神。二、指荒诞的无稽之谈。”这样的特质在土家族地区的多种故事中表现得很充分。虎变人，人变虎，嫁匠、精怪，皆为巫。马林诺夫斯基说：“巫术有种种等等极其严格的条件：如咒语绝对记得准确，仪式行得无可訾议，禁忌与律令遵守得毫不含糊之类，都使术士很受限制。这任何一项而被忽略，巫术便算失败了。即使以上一切都做到了，它的效能也同样是会等于零的：因为任何巫术，都另外有一个与它相反的巫术，可以解开它。”（《巫术、科学、宗教与神话》）流行于土家族地区的嫁术，无论嫁还是解，都有严格的咒语。嫁，是进攻；解，是防御或反击。在斗法过程中，优者胜，劣者败。嫁者若不能知己知彼，贸然去嫁，应当心碰上高手的解，其结果常常是毁灭。巫术绝不是科学，不能与科学混为一谈。如果有人说它是科学，那也是伪科学。巫术与科学无缘。这一点，刘魁立教授所说极是：巫术同宗教一样，是被颠倒的意识，是现实世界的歪曲的反映。巫术并不曾给探索自然界奥秘和规律的人类开辟过“具有无限可能性”的前景。它转移了人类的注意力，封闭和桎梏了而不是引导和刺激了人类对知识的追求。这种严峻的现实是用什么华美的想象都无法改变或掩饰的。（《民俗学论集·论〈金枝〉》）

从古代巴人到今天的土家人，在文化方面，我以为巫文化占了一定比例，高山区尤显，至今如此。巴人后裔土家族作为一个单一民族在中原地区生存与发展，正是因为她保留了自己独特的文化。她也吸收外来文化与自己的文化相融合，但自己的个性没有丢掉。她融入中华民族大家庭之后，在各个不同时期，为保卫祖国、捍卫国家的统一与民族的团结作出过重要贡献。基于此，我借民间故事再创作，企图表现这个民族高尚的爱国情怀与骁勇善战的精神，也同时记下一些曾存在漫长时间而如今正迅速消亡的习俗——这些习俗的由来传说也正在被人淡忘。此举含有将这些资料“入库封存”之意。在未来的高度文明的社会里，倘有人偶尔发现并打开一座神奇之门，其中的荒诞说不定令他惊叹！（几年前，我读《百年孤独》的时候，瞬间进入过我笔下的这个魔幻世界）

军事是科学，而我的这个涉及战争的故事，在许多地方用了荒诞的手法，是想让它“富有积极的浪漫主义精神”，也是在表现我个人的“美丽的向往”……

步入青年，我由农民变成了军人。在这段时间里，我读到了叙事长诗《召树屯》《望夫云》《松帕敏和嘎西娜》，觉得味美无穷……至1979年（已退伍）处女作叙事长诗《格桑花》问世。一些年过去了，我收到诗友萧仲莲（她的抒情诗十分优美）一封信，说："你怎么不写诗了呢？你应当写《格桑花》的姊妹篇。"屈指一算，已有20多年没有写诗。自问："还能从灰烬中拨出诗的火星吗？"不妨试一下，写了个《老巴子》，千行。请萧仲莲看，萧看后，给她的丈夫郑本立先生（一位历史教师）看，郑看后，打电话给我说："当史诗写。"郑君真是把它提到了相当的高度，我十分高兴。省文联党组书记李传锋同志打电话给我："花三至五年时间把它搞出来。"省作协常务副主席叶梅同志再三嘱咐："把长诗写出来。"刘守华教授说："你这很有价值。"陈建宪教授来到我在狮子包租的一农家二楼小房里（房东李德富、李永惠），这里十分幽静，看了看我正在写作中的《老巴子》诗稿，说："你在这里要搞出名堂来。"

其间，我收到两位挚友寄来的书：一是黄柏权教授赠他的新作《土家族白虎文化》，一是林继富教授赠他读博士时的导师刘魁立教授的《民俗学论集》，真是雪中送炭。

当这部长诗刚刚完成初稿时，林继富教授来到寒窑，给它以热情鼓励，将其评价写入他的重要论文中，无疑给我以极大勇气。

是寓言诗？是爱情诗？是爱国诗？……是具有史诗性质的长诗？是土家族虎故事诗集？是诗体魔幻故事？……我自己也不知道，单知道它非驴非马，非鸡非鸭。读过拙作的长辈、领导、朋友，能予批评指正，真是我的万幸。

作者

2004年12月

目　录

第一章　李郎成亲

一

一根粗桐麻绳从山顶而降，
阵阵山风吹得它摇摇晃晃。
绳子上端系着山顶的大树，
绳子下端吊着砍柴的李郎。

他手中握一把银亮的斧头，
阵阵挥动，像闪电的光芒；
斧头猛烈砍伐树木的声音，
闷雷般地在岩间发出回响。

他浑身的汗珠雨点般飘落，
脚下平静的溪里泛起波浪；
他口中的热气不断地吐出，
浓雾便笼罩着陡峭的山冈。

砍下的木屑层层向下飞去，
惊动只只大鹰直冲蓝天上；
断了的木柴蓬蓬搁在岩墩，
惊动群群青猴飞奔到远方。

太阳不知不觉升上了天顶，
黝黑的峡谷渐渐出现光亮。
清凉的峡风在他身边扇动，

知了的噪鸣使他心里发慌。

刚劲的手臂渐渐变得无力，
空着的肚里正在咕咕发响：
“人是官的，肚子不是官的！”
他拽着绳子步步蹬上山梁。

一棵常青树像硕大的绿伞，
为他遮住熊熊燃烧的阳光。
大树下面碧绿如茵的草丛，
就是为他铺着的丝绒软床。

从背架上解下盛水的格蛋，①
一口气饮下那清清的琼浆；
从棕袋中拿出绿色荞麦粑，②
顷刻间平息了那辘辘饥肠。

丝丝柔风从他的身边掠过，
无穷的快感在他周身流淌；
“皇帝老子不及我此刻舒服，
宇宙间的快乐神是我李郎！”

一股迷人的清香随风飘来，
顷刻之间，醉了他的心房：
“这岂不是熟八月奓的气味？”③
他蹦起来，去寻它的地方。

看见了，它挂在一根树上，

---

① 格蛋：把老的干葫芦挖空，外织篾套，起“水壶”的作用。

② 粑：将粮食磨成粉，用水调匀后搓成圆形或三角形，上锅蒸熟，称“粑粑”。通常在火边烤热即吃。

③ 八月奓：一种野果，八月成熟，稀有。

像一串串玛瑙闪烁着光芒；
看见了，藤子连着马蜂窝，
一寸多长的马蜂来来往往。

他像螳螂捉虫一样地稳重，
摘了果实，没被马蜂蜇伤；
他像蝴蝶恋花一样地轻巧，
把全部果实用棕口袋包藏。

八月爹的清香实在是醉人，
他深深地把它吮吸到心房；
想起曾尝过八月爹的美味，
一股股口水在嘴角边流淌！

他腰间又系绳索溜下岩去，
宛若一片黄叶在空中飘扬。
挥动斧子，影如闪电疾驰，
斧伐树木，声若闷雷激荡。

夕阳已经消逝在最高山冈，
群鸦归巢时噪音满空回荡。
他上山峰，背起几捆干柴，
走下山来，已是月色明朗。

二

葱郁的苞谷田躺在万山丛中，
田边的山溪水日夜叮叮咚咚。
溪边有一所简陋的茅屋斜立，
它抗击着一阵阵劲吹的山风。

茅屋里李家老妈正卧病在床，

她垫着苞壳叶，盖着烂山棕，①
她的双目十五年前就已失明，
只听见耳边有许多蚊子嗡嗡。

她的儿子请来梯玛为她扛神，②
可妖魔缠住她丝毫也不放松。
老人眼看就要步入阴曹地府，
仿佛蹲在空坛子里朦朦胧胧。

茅屋里灼热的感觉已经移开，
她知道此刻太阳已升上顶空。
她想起正在岩上砍柴的儿子，
此刻不知道他悬在哪座高峰——

每天鸡叫时，听见儿子出去，
阿妈的心也悬到了陡岩当中；
直到晚上儿子能够平安进屋，
阿妈的脸上又才能浮现笑容……

她闻到茅屋里面有炊烟飘起，
她听到灶膛里面有火焰熊熊；
有阵阵浓烈的香气正在袭来，
锅盘碗盏的响声也传到耳中。

热腾腾的米饭递到了她手里，
香喷喷的猪肉喂到了她口中。

---

① 苞壳叶：玉米棒表面的多层叶片。

② 梯玛，土家语，又名土老司，即巫师，是神灵鬼怪与凡人之间的沟通者。主持大型祭祀活动的称掌坛梯玛，地位稍低的称帮师梯玛。从远古至如今世代相袭。他们是祭神祀祖、赶鬼驱邪、招魂治病、还愿求雨等活动的主持者，在农耕渔猎、婚丧生育、卜居迁徙、节庆歌舞中为不可缺少的角色，在社会上威信甚高。作法时，头戴凤冠帽，身穿八幅罗裙，手持八宝铜铃，吹牛角，舞司刀，卜卦，唱神歌，跳巫舞。解邪时，规模大的要“踩地刀”或“上天刀”。踩地刀即在横卧于地的树筒上安装 12 把刀子，刀刃朝上，梯玛一手拿着刚割下的羊头，另一手拿着占卜法具，赤脚踏着刀刃而过，边唱神歌边甩卦。

她生平第一次尝到鲜美滋味，
她生平第一次闻到芳香甚浓。

“我儿，你从哪里弄来的美味，
可口的山珍怎么会到你手中？
我儿，你今日这般孝敬妈妈，
为我去险处，妈妈可不宽容！”

她伸出枯燥的手指前去探摸，
摸过来摸过去，全然是空空；
她扬起干渴的喉咙尽力呼唤，
一声紧接一声，只回音嗡嗡。

难道我是在这般青天白日里，
清清白白做着虚无缥缈的梦；
难道我是在漫游神仙世界里，
迷迷糊糊正在接受神的恩宠……

李郎背着柴火走过道道山坡，
饥肠辘辘，冷汗在额前喷涌，
想起了母亲正在忍受着饥饿，
双脚如踏疾风驰过层层树丛。

回到茅屋，先到阿妈的床前，
把八月爹递到了阿妈的手中，
他原以为会给阿妈一个惊喜，
哪知道阿妈此时却无动于衷：

“要在往日，一闻到它的气味，
我的口水就会泉水般地喷涌；
要在往日，一尝到它的美味，
我会兴奋得站起来狂跳乱蹦。”

她讲述了今天吃到美餐的事，
儿子也觉得如在奇妙的梦中；
她讲述了寻不见那人的踪迹，
儿子也惊诧得心里叮叮咚咚——

是谁投来了如此深厚的情义？
祸与福，感到欣慰而又惊恐；
是谁对可怜的人这般的友好？
真与假，觉得尽在玄妙之中！

三

一个疑团滚淌在李郎胸间，
第三天下午，他回到村前，
背架子上的柴还压在背上，
热汗像一阵暴雨洒在地面。

他听见一阵沙沙沙的响声，
见一老巴子来到土地庙前。①
它朝土地神作了三个长揖，
然后匍匐在地滚得一溜烟。

那只老巴子已经不见踪影，
一个年轻姑娘站在庙门前，
她的面颊比朝霞还要美丽，
她的衣裙比彩虹还要鲜艳。

姑娘双手捧着她那件虎皮，
转身去到了土地庙的后面。
土地庙后的陡岩上有个洞，

---

① 老巴子，即老虎，又称大猫子、打灯笼的、绿眼睛、扁担花等。土地神，地方上的小神，类似村官。土地神管老虎。有土地公公、土地婆婆和两个孙儿。另有拖柴土地。

皮放洞中，用石将门紧掩。

姑娘动身，脚步比风还轻，
她悄悄地去到李郎屋里面。
大门未开，也没发出声响，
屋脊上便飘起了袅袅炊烟。

片刻过后，她走出那茅屋，
飘飘然，再来到土地庙前，
匍匐在地，再打一连串滚，
到庙后，把虎皮披上双肩。

一只老巴子向着森林走去，
茫茫林海已把它深深遮掩。
它的脚迹里散发阵阵幽香，
已经深深地烙在李郎心间。

夜的帷幕已经悄悄地降落，
李郎呆立，不知柴压双肩。
萤火虫在他身边闪闪烁烁，
夜露噼噼啪啪打在他胸前……

四

李郎一整夜没能合上眼睛，
相思正在苦苦煎熬他的心。
母亲深深懂得儿子的心思，
叫他到面前，抚摸儿手颈：

“你已到了娶亲完配的年龄，
可陪伴你的是自己的身影。
你定在思恋那个贤惠姑娘，
可她是天上仙女来到凡尘。”

阿妈已陷入了深深的沉思，
满脸现出阵阵甜蜜的笑影。
她讲述着远古的动人故事，
它们深深地震撼儿子的心——

琶梅姑娘

高高山上一老房，
破烂草顶倾斜墙，
破烂草顶生绿苔，
倾斜墙面能走羊，
多年就是这模样。

屋内阿公拄拐杖，
雪白胡须罩胸膛。
他的孙女名琶梅，
今已长成大人样，
支撑老人活世上。

爷孙两人上山冈，
每每天天去放羊，
面面山坡绿如海，
条条溪流淙淙响，
羊如白云在飘荡。

琶梅额上汗珠淌，
炯炯大眼四下望，
一怕山上来豹子，
二怕山上来豺狼，
这些野兽爱吃羊。

阿公树下来乘凉，
一看孙女二看羊，

又怕孙女坠岩下，
又怕小羊跌岩腔，
心儿搁在山坡上。

太阳当顶山谷亮，
琶梅急急上山梁，
她怕爷爷肚里饿，
回家做饭送山上，
岩上跑得脚板响。

羊们望见老人样：
老猫蹲在门槛上。
看见山下豆苗绿，
看见溪边苞谷壮，
羊群下山如卷浪。

阿公拽住领头羊，
一个扑爬滚地上。①
羊群还是跑下山，
自己手上鲜血淌，
一声长叹震山冈。

“椿树朽坏不做梁，
石头风化不砌墙，
母鸡年迈不生蛋，
狗子衰老不会哐，
人到暮年难放羊。

“哪个帮我来放羊，
招他为我孙婿郎。
外事全由他掌管，

① 扑爬：（身朝前）摔跤。

内事由我孙姑娘，
日子定然能兴旺。”

高高蔚蓝天顶上，
白虎星星正闲逛。
风送话音到耳边，
一字一句很明亮：
“哪个帮我来放羊……”

撩开蓝幔朝下望，
林海茫茫闪绿光，
羊群正往山脚跑，
一个老翁奔走忙，
像个蜗牛在爬墙。

虎星毅然离天上，
要为老翁帮一忙。
飘飘云丝身边过，
呼呼疾风脚下淌，
不知不觉到山梁……

阿公眨眼四面望，
羊群围在他近旁。
大羊低头正吃草，
小羊跪乳在地上，
好似白云绕山冈。

阿公惊奇正看羊，
一个小伙站身旁，
面如花蕾微微笑，
声如流泉轻轻讲：
“我帮阿公来放羊。”

小伙气势真雄壮，
宛若青松立山冈，
眼如星辰在闪烁，
牙如闪电在放光，
俨然若神真飒爽。

阿公惊喜从天降，
“是你为我赶拢羊？”
小伙笑比蜂蜜甜，
老翁心欢赛蜂糖，
羊鞭交到他手上。

豹子见他逃得慌，
豺狼见他逃得忙。
毒蛇见他爬远处，
苍鹰见他飞远方，
鹞子见他树间藏。

琶梅送饭来山冈，
未见人影饭先香。
小伙琶梅初见面，
红霞燃烧在脸上，
心里都在咚咚响——

松明燃在桌子上，
茅屋里面亮堂堂。
穷家小户办婚事，
恋歌一曲人成双，
席子垫姐姐垫郎。

小伙天天去放羊，
羊如白云盖山冈。
去时迎着朝阳走，

归来夕阳照面庞，
他用歌声指挥羊。

阿公不用去山上，
就在屋边田里忙。
琶梅日做三餐饭，
离了菜园去厨房，
串串微笑挂脸庞。

琶梅送饭到山上，
饭香菜香人更香。
蝴蝶闻香落头顶，
蜜蜂闻香绕身旁，
脚迹窝里也喷香。

大树底下有荫凉，
两人坐在草地上。
郎拈青菜喂给姐，
姐夹饭坨喂给郎，
口口吃的是蜜糖。

又是一日去山梁，
琶梅送饭一路香。
只见羊群在吃草，
不见放羊阿哥郎，
琶梅顿时心发慌。

张开喉咙放大嗓：
“我的阿哥在哪方？”
声音飘过十条溪，
声音飘过九道岗，
只有回声到耳旁。

寻遍附近众山冈，
寻遍附近乱岩腔，
寻遍附近溪水边，
寻遍附近老岩旁，
不见阿哥影子晃！

琶梅寻到一树旁，
见到羊鞭挂树上，
忽见地上卧只虎，
浑身闪射雪白光，
粗粗鼾声正在响。

琶梅吓得倒地上，
口吐白沫眼无光。
人在昏昏迷迷中，
只有心在微微响，
额头果子汗直淌。

她见白虎来身旁，
细细闻遍她身上，
只想把她衔口里，
只想把她搁胸膛，
又怕牙齿把她伤！

虎嘴贴在人嘴旁，
舌头舔在她嘴上。
此生经历这一次，
不闻王母玉液香，
玉帝赐酒再不尝。

白虎环绕她身旁，
转过三圈泪珠淌：
今日一别远离去，

明日天海各一方，
相见时短相思长！

此生阴霾罩心上，
偶一闪电射奇光。
必然留恋此时刻，
睡梦里头勤来往，
蜜拌炒面甜又香。①

泪洒琶梅胸口上，
琶梅两眼渐渐亮。
她见白虎腾空起，
一颗亮星去天上，
彩云环绕它身旁……

琶梅回家太悲伤，
泣不成声诉衷肠。
阿公说他白虎星，
下凡来到大地上，
要让虎族更兴旺。

琶梅生儿个个壮，
都和白虎同长相。
七个儿子各有姓：
田杨覃向彭冉王，
繁衍巴国大地上。

虎　娃

高高山上一小坪，
丛丛古树叶儿青。
小坪中间一窝棚，

① 炒面：用苞谷或米炒熟磨成的粉。

窝棚四周百鸟鸣，
窝棚顶上飞彩云。

窝棚里面一女人，
生得美貌又年轻。
貌美更比花鲜艳，
年轻犹如出土笋，
难怪窝棚也迷人。

她采野菜去山岭，
枯树看见又转青，
石缝看见生绿草，
金鹿看见朝她行，
锦鸡看见绕她身。

一只公虎住山林，
见她影子醉了心，
鲜美獐肉不想吃，
清澈山泉不想饮，
得了相思病不轻。

轻脚轻手出山林，
直往窝棚近处行，
看见姑娘在棚内，
它在稻场俯下身，
摆动尾巴像摇铃。

姑娘看见这畜牲，
双眸里面藏柔情，
自古人畜是一般，
猛虎也能知人性，
唤这畜牲进家门。

窝棚里面喜气盈，
人虎结成美婚姻，
出门并肩同欢笑，
进门同步伴歌声，
天堂里面度光阴。

时间过去一年整，
一个娇儿就降生，
父母细细看娇儿：
脸的半边人面形，
脸的半边虎面影。

父母满脸笑吟吟，
无法表达兴奋情。
父亲舌头轻轻舔，
母亲嘴唇细细闻，
希望就在儿的身。

这娃犹如虎刚劲，
这娃犹如人聪明。
虎娃出门上山去，
百兽一齐朝他行，
一致拥他为虎君。

豹子见他战兢兢，
黑熊见他立不稳，
苍鹰见他怕展翅，
巨蟒见他难爬行，
马蜂见他藏入云……

远处有一峭崖岭，
晴天也是雾沉沉，
岭上有一大岩洞，

魔王在内藏得深，
带领魔鬼一大群。

一个星夜月色昏，
魔王一伙下山岭，
轻脚轻手驾疾风，
偷偷摸摸入京城，
匍匐地上听动静。

已过夜半入三更，
京城里面也昏沉，
魔王潜入宫中去，
寻找公主卧室门，
双目静观侧耳听。

后宫一室亮着灯，
绿帷映出少女影，
突然风打窗门开，
一股疾风吹灭灯，
公主昏昏离窗门。

公主身如在腾云，
只闻耳边风吼声。
东方破晓天渐亮，
发现走在高山岭，
前前后后飞黑影。

公主浑身大汗淋，
头脑渐渐变清醒，
她见一个大汉子，
青面獠牙露笑影，
紧紧搂住她的身。

时起时伏上高岭，
忽东忽西卷黑云，
面前出现一岩洞，
犬牙交错阴森森，
公主进了岩洞门。

魔王在她颈上吻：
“我确吃过许多人，
公主见我莫害怕，
对你绝不伤毫分，
我俩注定有缘分。”

皇帝散朝后宫进，
但见皇后魂魄惊：
“昨夜丢失三公主，
四处寻找不见影，
地上也无脚迹印。”

皇上顿时急得昏，
眼前阵阵飞金星，
他召群臣出主意，
满朝文武同一声：
诏告天下众来寻。

告示如雪乱纷纷，
贴满城镇和乡村：
“谁能寻得公主回，
公主与他配成婚，
高官厚禄享终生。”

虎娃正在乡里行，
见到相聚簇簇人，
人们都在看告示：

定是魔王要讨亲，
降魔除非不要命！

虎娃上前看得清，
气得眉上冒火星，
伸手前去揭了榜，
急急转过魁梧身，
但见人人吃一惊！

回家去见父母亲：
“娃儿已经长成人，
世上既然有魔鬼，
人间就难有安宁，
不除恶魔不回程！”

铮铮利剑挂在身，
拔腿就往魔山行。
大树见他二面倒，
石头见他两边滚，
踩得群山也在哼。

魔王酣睡被惊醒，
耳听山中如雷鸣，
大地上下在簸动，
震得目眩头又昏，
莫非皇帝派来兵？

他在洞内吼一声，
群魔随他围得紧。
“你们守卫三公主，
不让任何人靠近，
待到吉日我成亲。”

魔王出洞见一人，
手持利剑越山岭，
出一口气高山动，
望一下眼破云层，
不是我敌是何人？

魔王张口雾气腾，
深山峡谷阴沉沉，
虎娃飞步走上前，
抓来浓雾罩上身，
魔王有眼看不清。

魔王已知来敌近，
卷起飓风漫山岭，
虎娃飞身飓风外，
落地直插魔洞门，
魔王见他猛一惊！

虎娃魔王斗得紧，
腾空厮杀如卷云。
利剑挥舞如闪电，
鲜血喷洒如雨淋，
天在摇来地在倾。

魔王胸口血直喷，
落下地来丧了命。
虎娃挥剑往里杀，
群魔倒下一层层，
头破肢断血淋淋。

公主一见来救星，
一下扑上虎娃身，
放声大哭话难出，

眼泪双流如雨淋，
虎娃背她下山岭。

公主虎娃进京城，
文武百官出来迎。
皇帝看见吟吟笑，
皇后看见笑吟吟，
百姓狂欢三天整。

公主虎娃成了亲，
相依相伴恩爱深。
繁衍后代无其数，
就是深山古巴人，
虎的后代扬威名。

“你如果和她有前世的缘分，
今生也有办法能和她成亲。”
她教给儿子一个简单办法，
儿子脸上出现了甜甜笑影……

次日中午，李郎提前回来，
躲在土地庙后，睁大眼睛。
那只老巴子又到土地庙前，
打滚后变成姑娘多么迷人！

她把虎皮藏在庙后的岩洞，
轻风一般地进了李郎家门。
李郎轻轻地拿出她的虎皮，
顷刻之间又进入奇妙梦境——

手托着的是什么神奇圣物？
朝霞般光亮，云丝般柔嫩。
眼面前的是什么罕世之珍？

蜂蜜般浓香，醇酒般醉人。

他托虎皮向一棵古树走近，
树上枯了的叶子慢慢变青；
他把虎皮藏入古树的洞中，
枝上绽开了蓓蕾渐渐红润……

五

姑娘轻轻扣上柴门，走出茅屋，
去到岩壁前面取她存放的虎皮，
她一遍又一遍地摸过大小隙缝，
寻不到爹妈赐给她的无价宝衣。

她着急了，像大鹰失去了翅膀，
使尽全力再也无法向蓝天飞去；
她痛哭了，像鲤鱼失去了鳞鳍，
鼓足勇气再也无法游到大海里。

她问微风："是否见过我的彩衣？"
微风轻拂，对她的话没有在意；
她问白云："是否见过我的彩衣？"
白云飘荡，对她的话理也不理。

她问土地公公："是否有人来过？"
土地公公望着她，脸上现出笑意。
她问土地婆婆："是否有人来过？"
土地婆婆望着她，有话藏在心里。

一个小伙子突然出现在她面前，
她咚咚的心跳宛若云中的霹雳；
小伙子移动脚步向她悄悄走近，
她柔嫩的面颊像火焰熊熊燃起。

生命中还没有经历这样的时刻，
感到它是这样的甜蜜而又神秘；
面对突然到来的爱情并不陌生，
此刻只有清脆的歌声涌出心底。

姑娘唱：

山歌不唱漫起怀，
井水不挑漫起来，
十八幺姑来挑水，
一脚踩到井水岩，
身子一扭站起来。

小伙子唱：

山歌不唱不凉快，
磨子不推不转来，
马不抬头铃不响，
花不逢春不乱开，
姐不招手郎不来。

姑娘唱：

兰草花儿起高苔，
天上仙女下凡来，
孤寡神仙我不做，
要嫁丈夫变凡胎，
看看人间花世界。

小伙子唱：

兰草花儿白如雪，
情哥爱姐一身洁，
半点污尘你不染，
十分颜色你不缺，
何时才能郎伴姐？

姑娘唱：

好花开在野刺窝，
我家住在老岩坡，
你想摘花莫怕刺，
走路莫怕跌伤脚，
世上好事总多磨。

小伙子唱：

茅草开花白茸茸，
劝姐莫嫌小郎穷。
有钱未必真有情，
无钱之人心更真，
蜡烛点完见真心。

姑娘唱：

天上乌云赶乌云，
地上鹞子赶老鹰。
白鹤赶的长江水，
姐儿赶的有情人，
赶到情人一路行。

小伙子唱：

石榴开花叶儿青，
郎到高山坐龙廷。
雄狮是我乌龙马，
大海是我洗脚盆，
风里浪里同姐行。

李郎引着姑娘走进阿妈内房，
破墙缝里透进了明亮的阳光。
“阿妈，屋里来了最高贵的人，
就是每天照顾您的那位姑娘。”

“姑娘姓巴，住在遥远的地方，
可她到来，却犹如住在身旁。”
老人伸过来瘦骨嶙峋的双手，
抚摸巴姑，激动得泪如泉淌：

“ 要是我的眼睛还能稍微看见，
我面前定是一轮金色的太阳；
要是我的双腿还能稍微走动，
定然要去对着苍天磕头烧香。”

“ 妈妈呀，我是普通山野村姑，
和您的儿子有缘，到您身旁。”
老人听到这句久已渴望的话，
说话声音里像黄连裹着蜜糖：

“我这家里风当扫帚灯是月亮，
浅浅的水沟里怎容龙女徜徉；
我这儿子笨得像沟里的顽石，
怎能镶嵌在庄严神圣的殿堂？”

六

太阳在头顶上火辣辣地照耀，
白云为他们递来揩汗的手巾；
四面已经黑得伸手不见五指，
月亮为他们在空中点起银灯。

他们手牵手走过九十九座高山，
山上的百鸟环绕他们展翅飞行。
他们脚挨脚蹚过九十九道溪沟，
溪沟的流泉紧随他们弹奏琴音。

老岩边出现一座古老吊脚楼，
像镶在碧玉中间的一颗金星；
四周开满了五颜六色的鲜花，
老远就闻到一阵阵浓香醉人。

他们走过门前山坳上的密林，
巴姑唤来了两头肥野猪同行。
吊脚楼里走出来一位老妈妈，
穿过花间时，步履格外轻盈。

巴姑走上前向老人施礼慰问：
“ 妈妈，您等我一定等得焦心。”
老人的笑脸上出现责备神态：
“ 你知道这一点，妈妈就高兴。”

李郎早在悄悄观察这位老人，
银白的头发掩盖满脸的皱纹，
她那一串串爽朗的欢笑声中，
流露出七分威严和三分温存。

他缓缓走上前，向老人施礼：
“ 伯母，见到您我是格外高兴。”
老人眼中出现了奇异的亮光：
“ 山高路险，你可是历经艰辛！”

老人家早在观察这个小伙子：
他像高大的梧桐挺立在山顶；
老人家特别注意他的双眸里，
蕴藏着七分憨厚和三分精灵。

“妈妈，他家住遥远的红岩堖，
家中有他和他的年迈的母亲。
我自从和他相见的那一刹那，

爱情的蜜汁就滋润我的心灵。”

“巴姑，你带回来这个小伙子，
妈妈一见，就觉得十分舒心。
我倒是佩服女儿敏锐的目光，
发现了他心灵最深处的忠诚。”

李郎跟着他们去到吊脚楼里，
母女俩扬起一串轻柔的笑声。
他们从楼下往楼上健步走去，
先叩拜供在堂屋上方的家神——

那是一尊端坐神龛的白虎像，
闪闪的红烛辉映着他的眼睛。
李郎和巴姑对神像装香叩头，
白虎神仿佛正飞身驾雾腾云。

妈妈站在稻场坎沿仰天呼唤，
一声虎啸正摇动着崇山峻岭。
片刻间来了一大群姑娘小伙，
围着巴姑，闪动快乐的眼神。

他们的目光都盯在李郎身上，
巴姑的脸上飘荡绯红的轻云：
“我的兄弟姐妹们，莫要奇怪，
这是我出门相好的如意郎君。”

三个小伙子向李郎靠得更拢，
李郎觉得他们威严而又亲近。
巴姑走过来向李郎逐一介绍，
她的三个亲哥哥更觉得欢欣。

“大哥的脸生得像天上的白云，

妈妈常常称呼他为白脸将军。
他的眼睛在黑夜比星星更亮，
能看得见十里外的蚊子飞行。

“二哥的脸生得像锅底的黑灰，
妈妈常常称呼他为黑脸将军。
他双耳能辨别百里外的响动，
白天在人前却难见他的身影。

三哥的脸生得白一块黑一块，
妈妈常常称呼他为花脸将军；
他生来就有千里眼和顺风耳，
遇到险恶时他即冲锋打头阵……”

大伙围绕着巴姑和李郎跳舞，
矫健的舞步踏碎了山间白云；
大伙围绕着巴姑和李郎唱歌，
高亢的歌声引群峰侧耳倾听。

正当快乐，妈妈唤他们晚餐，
他们把李郎和巴姑围在中心。
巴姑带回的两头野猪正奔跑，
大伙围去，野猪已肉碎血淋。

珍贵的猪心献给李郎和巴姑，
李郎和巴姑感谢大伙的盛情。
当他们满嘴沾上通红的猪血，
兄弟姐妹把猪吃得骨毛不存。

星星已在门前山上眨着眼睛，
大伙离去后传来了沙沙响声；
月亮在门前的山坳露出红脸，
李郎被安排在一木屋内就寝。

李郎一觉醒来，见满屋月影，
对面滴水床上传出轻微鼾声。①
他见巴姑在年迈的老虎怀中，
正享受着孩提时的无限温情……

不觉晨曦已透过了雕花窗棂，
李郎起床，舒坦得宛若浮云。
他看见巴母洗脸用手去干擦，
他看见巴姑洗脸用水和纱巾。

桌上已经摆好了丰盛的早餐，
碗盘里的獐麂兔肉热气腾腾。
李郎和巴姑吃着这可口佳肴，
巴母吃一头獾子正鲜血淋淋。

巴母留李郎在这里玩些日子，
可李郎担心家中卧床的母亲。
巴母在神像前又点燃了檀香，
把李郎和巴姑叫来几番叮咛：

“你们从遥远的地方相会一起，
是远古先祖赐予你们的缘分。
既然你们早就已经两厢情愿，
老母尊重你们已确定的感情。

“ 老鼠有个洞穴，麻雀有个窝，
这洞穴和窝便是它们的家庭。
不管在外面遇到了何等烦恼，
这个家能给你带来一定温馨。

① 滴水床：床上部，三面和顶为板壁。顶部前面有一道滴水或两三道滴水，即形若屋檐的滴水部分。两道滴水床，又称“出一步”。一道滴水和二道滴水之间为踏板，宽六市尺零半寸，左右设床头柜。“床不离半（伴）。”雕刻精美，色彩斑斓。

“在不久的日子遇上寅日寅时，
是你们结成佳偶的吉日良辰。
祖宗留下的规矩好的可遵照，
不合时宜的也需要另行规定。

“看菜好坏吃饭，量身体裁衣，
婚礼的繁简要依照实际而行。
小麻雀切莫追逐鸿雁而高飞，
折断了翅膀害自己也害别人！

“终生锦衣佳肴，而家庭不睦，
则依然是一对受苦受难的人；
纵然粗茶淡饭，而夫妻恩爱，
则是享受着无限快乐的人生……”

李郎和巴姑感谢母亲的真诚，
喜悦与激动震荡灼热的内心。
巴姑送李郎踏上了回家的路，
李郎回头望去不见当时情景！

原来身后是一个硕大的岩洞，
垂挂的藤条宛若飘动的绿裙；
洞前站着一只年迈的老巴子，
遥望着这里，闪着绿色眼睛。

摸摸姑娘的手，是这么温柔，
证明她的确是一个真实的人；
看看姑娘的脸，是这么甜蜜，
证明她给予的爱情无比纯真。

此刻，一半是人，一半是虎，
人与虎，我实在是无法分清；

此刻，一半是醒，一半是梦，
醒与梦，我实在是难以辨明。

如果这是勇敢而又善良的虎，
我愿永远伴她雄踞浩瀚丛林；
如果这是奇怪而又缥缈的梦，
我愿沉浸梦的深处永远不醒。

巴姑叫李郎快闭上一双眼睛，
李郎遵照她的嘱咐立即实行。
李郎此刻已觉得四周在晃荡，
黑暗的宇宙间飞旋无数金星。

身边像是席卷着一阵阵疾风，
一缕缕阳光和煦地沐浴周身；
耳边像是滚动着一阵阵松涛，
一丝丝白云柔和地抚摸脚心。

李郎的双脚突然间轻轻站定，
巴姑叫他睁开了久闭的眼睛。
原来李郎已站在自己家门前，
屋里传出来母亲呼唤的声音。

“巴姑娘，你又给我鲜美食物，
看不见，却能分辨你的声音。”
李郎寻找巴姑，却已经不见，
只有母亲手托熟肉浓香醉人。

七

巴姑送走了李郎，匆匆回家，
走到吊脚楼上，在机房坐下；
七彩丝线在她手中缓缓流动，

西兰卡普在她面前直直悬挂。①

蝴蝶从远远近近的地方飞来，
落在卡普上，以为那是真花；
蜜蜂从远远近近的地方飞来，
以为人是花，落上巴姑头发。

古往今来，多少巴姑娘出嫁，
总是携带西兰卡普离开娘家。
这是姑娘在娘家时亲手所织，
爱情和向往正如这锦上添花。

巴母在女儿身边已看得出神，
两人的脸笑得像东方的朝霞。
母亲对女儿讲起古老的故事，
故事使女儿的眼里噙着泪花。

西兰卡普

有个姑娘叫西兰，
十五六岁学织布。
青年见布忘吃饭，
老头见布忘归路。

多少青年爱着她，
声声恋歌唤她出。
可她头也不曾抬，
一心一意织花布。

春天到来百花开，
要把百花织上布。

① 西兰卡普，即土锦，又名斑布、土花布、溪峒布。传说一个叫西兰的姑娘为此锦献出了生命。卡普是花布的意思。其纹有三类：自然物象、几何图案和文字图案，多达120多种。土家姑娘于十一二岁学织，织物会带到婆家。为缅怀西兰，将此锦称西兰卡普。

数来数去九十九，
还差一样壮整数。

她向邻居都问遍：
“还差哪样没织出？”
邻人都说不知道，
西兰急得掉泪珠。

一位老翁走过来，
他指后园白果树：①
“白果开花在半夜，
耐心等待莫疏忽。”

西兰二更开门出，
呆呆凝望白果树。
凉风微微吹头发，
衣裙上面滴露珠。

西兰夜夜到树下，
不见白果花开出。
夜夜等到东方白，
低起脑壳走进屋。

嫂子见她受尊敬，
心中早就生嫉妒。
找到公爹那里去，
恶语串串口中出：

“西兰日日心不灵，
夜夜在外不落屋。
她在树下等情人，

① 白果树，即银杏。

魂被情人早迷住！”

阿爸此时喝醉酒，
深更半夜走出屋。
果见西兰在树下，
心头冒火走向树……

这夜白果花正开，
洁白花朵一簇簇。
西兰摘了花一朵，
准备明日织上布。

阿爸一刀砍过去，
西兰头破脑浆出。
等到阿爸酒醒后，
眼见白花泪簌簌！

西兰变成一只鸟，
天天飞来看花布。
声声啼叫真凄惨，
邻人见鸟落泪珠。

姑娘出嫁带这布，
西兰卡普大名出。
姑娘从小学编织，
百样鲜花织上布。

八

吊脚楼外闪烁明亮的星星，
吊脚楼内燃烧通红的松明。
堂屋中间摆着打镶的红桌，
上面的瓜果透出浓香阵阵。

九个姑娘拥着巴姑走出内房，
她们围在镶桌边上缓缓坐定。
巴姑的双眼滚出一串串泪珠，
另八个姑娘脸上也挂着泪痕。

外围坐着远近来的亲朋好友，
多数是巴姑的亲兄弟姐妹们。
巴母坐在人群面前的正上方，
闪动着一双郁郁忧伤的眼睛。

哭嫁歌已经唱了三十三天，①
满屋的人还未能停下哭声。
星星落泪，变成露珠闪烁，
乌云落泪，化作暴雨倾盆。

巴姑唱：

石榴开花叶儿密，
*堂屋摆起万字席。*②

---

① 土家姑娘哭嫁时，兴“颂达”（即哭嫁）。婚前半月或两三天就开始哭嫁，如唱歌。歌词包括哭祖先、哭爹娘、哭哥嫂、哭姐妹……有一人独哭，有母亲、嫂嫂、亲友陪哭。还有“十姊妹”（未婚）陪哭。十个姊妹同桌陪出嫁女吃饭，称“陪十姊妹”。传说古时是女的管天下，那时的人只认得妈。后来出了个狠男人，身体强健，一掌能打断合围的大树，虎豹也怕他。一天，他见到一个美貌的姑娘，抢去为妻，不准她随别人走。从此男人不服从女人了。女人打不赢，只能哭哭啼啼。女人出嫁前即哭，久之成俗。又传说有个田土司，其幼女和后生覃三毛相爱，父将她许彭家大户，幺妹不肯，终日啼哭，母随九个姑娘来陪哭。覃三毛听说幺妹许了彭家，请九个后生和他同吃饭后，打着火把去抢。后来男方娶亲时，也兴陪“十兄弟”，后将“打火把”称“打喜把”。

② 万字席：堂屋中排四张桌，中平排二桌，上一桌，下一桌即是。每桌之上、下、左、右各分大小，各有上席、下席和旁席。最高贵的客人坐头桌，下两旁的上席又以左手为大，中间两旁的上席以中间为大，由支客师按姑舅姨顺序请客入座。如堂屋中四张桌子上下左右平放，称品字席。放三张桌，上放一张，下放两张，为正丁字席，上桌为大，坐上亲客，下面两桌为陪客。若上方平放两张桌，下面为一张桌，称倒丁字席，三桌一般大。平放两张桌，当中席口为大，下席席口次之。一张桌的称单席，上座为大，下座次之。上座正手为大，反手次之。两旁为陪席。若桌面缝与神龛和大门一线平行，称“车”，此座无大小之别。桌上十碗菜的排法：若上三、下三，中间四碗排成方形，称四角半爪，表示留客玩。若上三、下三，中间四碗排成与上下平行一线，表示不留客玩。

远方客们上席坐，
近处客们下席陪，
今晚要唱十姊妹。

红漆桌儿四角方，
两张桌儿来打镶。
一对银灯金玉满，
十盘果碟十姊妹，
今日一别几时会？

另外八个姑娘唱：

姊妹亲，姊妹亲，
捡个石榴平半分，
打开石榴十二格，
隔三隔四不隔心。

姊妹亲，姊妹亲，
捡个石榴平半分，
打开石榴十二格，
多年姊妹舍不得。

巴姑唱：

一条板凳坐三人，
当中坐的离乡人，
头上戴的离乡帽，
脚上穿的离乡鞋，
离开兄妹几时来？

鸦鹊穿黑又穿白，
老鸹穿的一匣墨，
锦鸡穿的十样锦，
斑鸠穿的吊灰色，
离开姐妹舍不得。

巴母唱：

长大成人要别离，
别娘一去几时归？
别娘纵有归来日，
能够归来有几回？

看娘不怕荒山高，
看娘不怕江水深，
山高自有人行道，
水深自有渡船行。

哥嫂唱：

姑娘长得这么大，
石头摸得也光滑，
今天姑娘讲礼行，
明日姑娘就出嫁。

绣花盖头头上蒙，
哥哥嫂嫂把你送，
别家忙的金满斗，
爹妈忙的一场空。

巴姑唱：

春天开的芝兰花，
庭前喜鹊闹喳喳，
今朝女儿要出嫁，
狂风吹我出山垭。

夏天开的石榴花，
问声爹来问声妈，
今朝女儿要出嫁，
白云生处有我家。

秋天开的丹桂花，
哭声爹来哭声妈，
今朝女儿要出嫁，
心里怀个大疙瘩。

冬天开的蜡梅花，
感谢爹来感谢妈，
今朝女儿要出嫁，
有缘千里共一家……

李家屋内外燃着堆堆松明，
宾朋满座犹如绚丽的彩云。
有的聊叙多年不见的思念，
有的谈论李郎美满的婚姻。

堂屋正中摆着打镶的红桌，
桌上的瓜果透出浓香阵阵。
四面站满喜气洋洋的宾朋，
都向中间投去欢快的眼神。

九个英俊少年坐在镶桌边，
李郎坐上方正中满怀欢欣。
他曾给邻居新郎作过伴郎，
是祝贺别人享受美丽人生。

自己生命中也有美妙时刻，
没想到这种幸福从天降临。
此刻已被爱情的芳香醉倒，
苦难与荣辱忘得干干净净。

支客师说：

红漆桌儿四角方，

乌木筷子摆十双。
十兄十友都请坐，
说些令歌陪新郎。①

李郎说：

花树园里栽，
令杯我来开。
元帅出朝门，
雄狮身后来。

一少年说：

一条黄龙九丈九，
盘在茅屋大门口。
盘左边，生贵子，
盘右边，官来到，
脚踏云梯步步高。

一少年说：

一条黄龙大如江，
口衔珍珠照四方。
照北方，旌旗飘，
照南方，著文章，
五湖四海威名扬。

李郎说：

红漆桌儿四角方，
乌木筷子摆十双。
左边坐的左角佬，
右边坐的右角佬，
中间坐的哭鼻佬。

---

① 男方“陪十兄弟”时，互说四言八句，称“说令”。

一少年说：

新郎门前一条沟，
溪沟里面出泥鳅。
会说令的吃泥鳅，
不会说的啃骨头。

一少年说：

新郎门前一园竹，
竹抱笋，笋抱竹。
阳春三月过喜事，
五黄六月伢子哭……

巴姑在闺房里穿上露水衣裙，[①]
她美丽得像朝阳染透的红云。
九个姐妹眼里还浮现着泪花，
巴姑忍不住又唱出悲恸歌声：

我今戴了露水帕，
从此就要离娘家；
我今穿了露水衣，
娘儿母子要别离；
我今穿了露水裙，
从此成了他家人；
我今打了露水伞，

---

① 露水衣：土家姑娘出嫁时，穿露水衣、露水裙、露水鞋，打露水伞。上衣为大襟、大袖、大摆，下衣为大裤脚。上下衣均配“栏杆”花边，为八幅罗裙。穿好露水衣后，胸前系铜镜，称“照妖镜”。“四眼人”看见了也无妨。“四眼人”看过婚礼，大不吉利。“四眼人”的手触过的果树、花椒树均死。熬糖、打豆腐时，被外来“四眼人”看见也失败。“四眼人”即孕妇和她的丈夫。“四眼”即母和胎儿的双眼。据说有个叫春哥的孤儿，打柴时，遇到狐狸衔着一只锦鸡，春哥救了锦鸡，自己的手受了伤，血滴在锦鸡身上，锦鸡变成了一个漂亮姑娘，名金姬，是妖魔让她变成了锦鸡。她与春哥结了婚。金姬要春哥去救她的姐妹，路上遇到观音娘娘在金姬身上洒甘露水，这水变成了串串亮珠，宛若露水，镇住了妖魔。其他姑娘出嫁时借金姬的露水衣穿以压邪。久之为俗。后富人家的露水衣上吊珍珠串，穷人的露水衣上吊打碗子串（一种如珠的植物籽）。

难得再回娘家转……

长兄背着巴姑走出闺房，
巴姑泪水淌在哥哥背上。
哥哥的脚步缓缓地移动，
泪水仍涌满巴姑的眼眶：

我今脚踩大斗角，
贵气日子从今落；
我今脚踩大斗边，
不知下贱到哪天；
我今脚踩大斗头，
下贱日子几时丢……

四周燃着熊熊的篾火把，
一把把筷子正抛向巴姑。
她接过筷子向四周撒去，
嘶哑的声音里浸透泪珠：

一把火把亮堂堂，
一把筷子十二双。
冤家出门鸟飞散，
筷子落地有人捡。
哥哥捡到把福享，
弟弟捡到压书箱，
妹妹捡到配鸾凤，
姐姐捡到都吉祥……

长嫂撑开一把露水伞，
巴姑打伞屋内转两转。
长兄打开两扇红大门，
李郎正在大门外面站。

李郎蓦地背起巴姑来，
巴母门前多人来阻拦。①
李郎犹如射出一支箭，
冲破重围不往身后看。

前面茫茫云雾罩群山，
李郎脚底生风阵阵寒。
巴姑紧附他的肩背上，
李郎沐浴阳光融融暖。

巴姑嫁奁就在前面走，
五彩光芒辉映云中山。
百花铺起一条缤纷路，
群鸟唱起欢歌声婉转……

李郎的茅屋里面灯火辉煌，
正墙正中间端坐白虎神像。
烛影摇曳，神像含情微笑，
香烟缭绕，龛内普照祥光。

两张打镶的红漆方桌上，
松枝柏枝闪烁翠绿光芒。
上面挂着白果和葵瓜籽，②
在通红烛影里摇摇晃晃。

李郎和巴姑站在堂屋中央，
亲戚朋友拥挤在他们身旁。

---

① 旧时，土家青年结婚，由兄弟用木桶背出嫁女去婆家。早先还盛行抢婚。后来，婚事由男女双方约定日期后，男方邀本家一伙青年敲锣打鼓，持灯笼火把去女方家“抢”新娘。新娘走时，女方也请多人“阻拦”，设“障碍”，男方给钱才放行。

② 白果：寓意生儿子；葵花籽：寓意生姑娘。

梯玛裴德仁主持简单仪式，①
他的声音里流露不少惊惶：

寅日寅时，
日吉时良。
新婚夫妇，
叩拜向王，②
繁衍后代，
万世其昌。

李郎和巴姑拜过了向王后，
两人争抢时间坐上滴水床。③
他们省略了那些繁琐对歌，
香珠玉珮碰撞得叮叮当当……

堂屋摆起万字席，全十碗八扣，④
按至亲辈分坐满远近来的高朋。
九十九桌佳肴使客人品尝美味，
九十九坛咂酒使客人醉意朦胧。⑤

洞房中的礼行还在歌声中进行，
《领鞋歌》伴鞋儿向至亲敬送。
李母被儿媳扶到圈椅上面坐定，
她把一杯带药的酽茶双手相奉。

---

① 旧时，土家青年结婚，女子婚期前三天，土王（司）享有“初夜权”。后来，除了与土王同姓的人家成亲，可以免除“初夜权”以外，凡与土司所属地域内的异性成亲的，新娘在婚前必须和土王同住三宿后才能与新郎结婚。土民纷纷反抗“初夜权”，异姓也改为与土司王同姓。有的土民往往在半夜趁土王（司）和侍从不易发觉的时候成婚，被发觉后，遭罚仍不能免去“初夜权”。

② 向王：即土家族先祖巴务相，后称廪君。相讹称为向，为向王。

③ 此为“抢床”：谁先坐上床谁当家。

④ 十碗八扣：土家人招待贵客的盛席，共十碗菜，其中八碗是扣着的。扣：将菜（多是肉类）装在小碗里，蒸熟后再倒扑在大碗里，呈半圆形。

⑤ 咂酒：一种坛装米酒。坛口插着多支竹管，吸者每人一支，用管吸酒。

李母立即喝下这杯醉人的酽茶，
顿时感觉出来浑身一阵阵轻松。
不知不觉眼前的黑暗全部消失，
她看见了儿子儿媳美丽的面容。

眼前的一切都是无比辉煌灿烂，
仿佛当年看见红日正跃出山峰。
不知自己是在虚无缥缈的仙境，
还是在白日里做着奇妙的幻梦？

东方的晨曦已经迈步缓缓而来，
百鸟的啼叫已经响彻密密树丛；
心旷神怡的客们正匆匆地离去，
办喜事的痕迹消失得无影无踪。

※　※　※

李郎和巴姑携手走过高山溪谷，
在吊脚楼拜见烛影里的巴妈妈。
丰盛午餐后，女儿女婿回家去，
巴母送梳头油来到了女儿的家。①

李郎的母亲正在茅屋门前恭迎，
堂屋里的神像前香烟摇曳烛花。
巴母进屋后，先去朝拜白虎神，
李母为巴母送来了清香的油茶。

两位老母手牵着手聊叙着家常，
像久别的亲人回到了温馨的家。

① 女儿出嫁后，母（多为父）送“梳头油”（一小壶菜油）到女儿家，供女儿梳头用。当日离开。

盛情的晚宴后，巴母离开这里，
无论怎样挽留，巴母也不住下。

夕阳的余晖消逝在东边山峰上，
李郎全家人在路口送别巴妈妈。
巴母的身影消逝在黝黑的森林，
一声长长的虎啸震撼峻岭云崖……

第二章　土司到李家

一

土王宫高耸在南坡垴上，
它是一栋走马转廓楼房。①
门窗走廊雕刻人物花鸟，
金色屋顶闪烁耀眼光芒。

这楼房倚峭崖层层垒筑，
大道连接堂屋前的稻场。
马道环绕楼房通向底层，
底层的马厩也整洁漂亮。

宫前耸立高大的石牌坊，
流丹凝碧，且威武雄壮；
牌坊前面雄踞石雕骏马，
昂首奋蹄，如驰骋疆场。

四周住着众多土官土兵，②
他们身强体壮武艺高强。
四周养着众多野猪猛豹，

---

① 走马转廓楼：这是土家人中有钱有势的人家的豪华住宅。依山而建，多层楼，下粗上细，楼四周环绕一条宽道，下接楼底。底层为马厩。主人可骑马从这条道上沿楼四周走动，或放马入厩，或骑马出门。雕绘精美。另有一种，在堂屋中楼上开一大方孔，四周为栏杆，是贫户人家的“走马转廓楼”。

② 土司是兵农合一制度，土民有事打仗，无事种田。

成群结队出没峻岭山冈。

张伯侯就是威严的土司，
官员们配长剑伴随身旁。
张伯侯抬脚动手须伺候，
如云的侍女们来来往往。

马夫为张土司牵马备鞍，
张土司一步跳到马背上。
左边走着儿子名张射云，
右边走着管家名向正刚。

他们从楼底层走上大路，
铜铃的响声在山间回荡。
侍女们恭立在大路两面，
官员们随他们阔步前往。

他们来到一座陡峭山梁，
号手把长长的弯角吹响。
激昂声音越过千山万岭，
人们立即布满溪谷山冈。

土司目如利剑扫视人群，
话音犹如激流奔下山冈：
“你们必须练就各类武艺，
它才是保卫山寨的力量。

“两名土兵去斗一头豹子，
两个人均赤手空拳而上，
然后一名土兵去斗豹子，
自然只能用拳头去较量。

“你斗不赢而被豹子吃掉，

这是你缺乏机智和力量，
被豹子吃掉而绝不可惜，
绝不容许懦夫消耗食粮！”

片刻后，一群豹子被围，
人叫声豹吼声震撼山冈。
血和肉在山坡四面横飞，
土司手持弓箭守在近旁。

有个土官面对强豹袭来，
本能地撒开腿跑向后方，
土司举弓搭箭向他射去，
土官倒了下来鲜血直淌。

土司眼里还在喷着怒火，
向正刚悄悄走到他身旁：
“今日训练，官兵们到来，
唯一没有来的就是李郎！”

管家的话更加火上加油：
“他是狮子敢把军令违抗？”
管家的嘴放在他的耳边：
“他正在当着甜蜜的新郎……”

土司怒气顿时烟消云散，
他把弓箭交到儿子手上：
“全场军训统由你来指挥，
虽是练兵也如实战疆场。”

二

土司的马配着五彩辔头，
马脖上的铃声悠悠扬扬。

土司眯着笑眼骑上马背，
管家正依偎在他的马旁。

他的衙役们紧随他身后，
腰间的长刀闪烁着亮光。
山山岭岭留在他们身后，
卷起的尘土正漫天飞扬。

他们来到李郎的茅屋旁，
喧嚣的声音震撼着山冈。
鸡子看见，躲进了笼里，
狗子看见，跑过了山梁。

李郎全家人正走出门来，
他们心中都在咚咚发响——
平坦的草地会穿下天坑，①
夏天会有冰雹从天而降。

张伯侯见到这年轻女子，
像看见了母鸡的黄鼠狼。
脸上堆满了一阵阵讪笑，
馋涎涌出来拖到了地上：

“我是特为你们贺喜而来，
恭祝你们李家万世其昌。
这是我们山寨幸运之事，
山岩沟壑夜里也在闪光。”

他们一行进了堂屋里面，
待客的油茶正满屋飘香。
李郎家里端出十碗八扣，

① 天坑：夏天消洪水的深岩洞。若是土洞，则称土天坑。

咂酒更使他们满怀酣畅——

招待头人不得丝毫怠慢，
稍有不慎就会祸从天降。
代代祖先将此延续下来，
尚无一人敢以斗胆违抗。

三

夜幕慢慢地从山顶上降临，
李郎屋里摇曳着点点烛影。
土司脸上堆积着阵阵欢笑，
他向着竹壁边的巴姑走近：

“土司初夜权是千年老规矩，
今夜来行使权利名正言顺。
巴姑娘，今夜归本王所有，
李郎恭候在门外务必耐心！”

李母听见这话，强作笑颜，
胸中的怒涛掀起阵阵啸声；
李郎听见这话，强作镇定，
心中的怒火正在熊熊升腾。

土司转眼看一下巴姑内房，
金光夺目的嫁奁耀花眼睛；
土司转眼看一下巴姑床上，
崭新的西兰卡普宛若彩云。

巴姑正在铜镜前静静梳妆，
土司未见过这仙女的倩影，
他感到阵阵清香迎面扑来，
顷刻间坠入了奇妙的仙境。

土司跨进房去，笑脸吟吟：
“姑娘啊，迎接生命的良辰。”
土司走近床前，满怀狂欢：
“姑娘啊，你已醉了我的心！”

土司眨了一下笑合缝的眼，
见西兰卡普正将巴姑裹紧，
土司一口气吹熄床前红烛，
钻进被窝去抚摸巴姑周身。

刚一接触巴姑细嫩的手臂，
毛茸茸的，使他觉得舒心；
再去亲吻巴姑柔和的面庞，
毛刺刺的，使他感到吃惊！

他迅速下床，点燃了红烛，
见一只老虎正瞪着绿眼睛。
张开大口仿佛要吞掉土司，
犀利的前爪扑向土司脖颈。

土司吓得三魂已掉了两魂，
赤裸裸的身上如暴雨倾盆；
土司吓得眼前飞旋着金花，
伸着舌头喊不出任何声音。

他浑身颤抖，倒在房门边，
破旧木门发出了轰隆一声。
守在门外的衙役推门去看，
眼前情景使他们大吃一惊：

土司倒在地上，人事不省，
满口涌出的白沫弥漫嘴唇。

去摸他的胸口，微微起伏，
只见白眼凸起，眼珠发愣。

衙役们望望那间滴水床上，
躺着个姑娘真是美妙绝伦。
可他们的目光刚一投向她，
心中发慌，打着阵阵寒噤！

他们把土司扶上他的坐骑，
衙役们搀扶着，马儿缓行。
一行人连夜向土王宫奔去，
他们耳畔响彻着声声虎鸣……

四

张伯侯昏昏沉沉回到土王宫，
他的妻儿老小全都感到震惊。
他的长子张射云在一旁观看，
思考土司办事也非一帆风顺。

张伯侯令管家去找梯玛前来，
“快去快来，不得有丝毫停顿。”
不大一会，裴德仁来到床前：
“土王有何贵干，请吩咐草民。”

他说这话时，心中倒也平静，
他知道预料中的事定会发生——
李郎令其省略许多烦琐礼节，
必然是对初夜权心怀着仇恨……

张伯侯讲述着在李家的奇遇，
额头上的汗珠已如暴雨倾盆。
张伯侯讲述着对此事的思考，

双手像风中的草叶颤抖不停：

“我承袭土司职务已三十余年，
行初夜权，从未遇这种事情。
这个新姑娘绝不是民间凡女，
定然是深山老林中来的妖精。

“你善于施法术捉拿妖魔鬼怪，
罚魑魅魍魉入兵坛永不翻身。
你随我办事从青年走向壮年，
给你一个良机施展降魔本领……”

裴德仁在回忆主持婚礼情况：
富家女怎么嫁了李郎这穷人？
更为蹊跷的是李母多年眼瞎，
媳妇一杯茶顿使她重见光明！

“如此说来，她是天上白虎星，
和李郎有缘分才来到了凡尘。
她看待人间的规矩一钱不值，
才出现这种胆大妄为的行径！

“得罪了妖，我自有办法对付，
得罪了神，我可是寸步难行。
我有心帮您解除昨日这口气，
怕办事不成，反而受害更深……”

土司有气无力，难和他争辩，
心中又怒又恼，直发出哼声。
管家向正刚在旁边转转眼珠，
轻轻哼起猎神张五郎的歌声。

猎神张五郎

溪边张家庄，

有间破草房。
老夫老妻生一儿，
取名张五郎。①

五郎长得壮，
骨骼粗又长，
一双大眼圆溜溜，
哭声震山冈。

五郎长得快，
十岁大人样，
喜翻筋斗立羊桩，②
邻人都赞赏。

四面高山上，
林中多虎狼，
人和牲畜常遭难，
防也无法防。

五郎看在眼，
急得心里慌，
对着爹妈开言说：
“我要擒虎狼。”

“你这想法好，
他人不敢想，

① 张五郎：清江流域土家猎户供的猎神。据说，一位猎人（称“赶仗的”）被过山虎（不在本地住）追，他为救猎人而坠崖身亡。猎人进山时，将他倒供，因他死时倒立着，回来后再将其扶正，将猎物身上的枪口血涂于猎神口，谓之“大获大谢，小获小谢。”猎神，其形象多为肩背猎枪，腰系药鼓子，打绑腿。有的地方，猎神赤身，因坠岩时衣被划破。溪州，在今湘西。鄂西土家族敬白虎（神），湘西土家族赶白虎。

② 立羊桩：人双手落地，双脚朝天而立，谓之“立羊桩”。立定后，用双手走动，谓之“立走羊桩”。

蚂蚁心大腰太细，
只怕难承担。”

“茅山有奇法，[①]
法能制虎狼，
我把它们学到手，
然后回家乡。”

刚满十二岁，
荞粑带身上，
辞别爹娘离开家，
脚尖向西方。

趟过道道河，
越过座座岗，
送走太阳迎月亮，
只闻脚板响。

到了茅山上，
屋内设法堂，
诚心去拜茅山神，
叩头烧高香。

茅山大法师，
法术真高强，
施法灵验如在梦，

① 茅山：鄂西土家人所说的茅山，即湘西土家人所说的梅山，巫风盛行，称茅（梅）山法。川东有传说，茅山神姓李，善打猎。梅山一带有七只虎，她打死了六只，与剩下的一只搏斗时，与虎抱在一起，衣服被虎扒去，与虎同坠悬崖，皆死。后来她被尊为猎神。祭梅山神时，屋内搭三米以上高台，两位女巫主持仪式，选一位美女在台上跳祭神舞。此女用木炭在身上画道道条纹，腰系棕叶（不穿衣），与女巫同舞。湘西土家人敬梅山阿打（阿打，即姐姐），她美丽聪明，土司王准备将她抢去。父亲带她学打猎，有了硬功夫，又与铁匠一起发明了火枪。土司王以荣华富贵引诱遭拒绝，土司王设计把她射死，后为神，保护猎人。梅山当地的苗人、汉人敬的梅山神是男神。梅山在湘西。

天摇地也晃。

学法十二年，
每天都紧张，
百样奇法学到手，
最善斗虎狼。

拜别师父后，
动身回湖广，
如踩疾风空中走，
脚下卷云浪。

经过龙虎山，
只顾赶路忙，
没有拜见张天师，
他把神仙忘。

天师斥责他：
“眼长额头上！”①
四面八方拦住路，
五郎急得慌。

五郎一伸手，
天师来阻挡，
二人腾空打起架，
天摇地也晃。

难以分胜负，
谁也不相让，
出手闪电落手雷，
针尖对麦芒。

---

① 眼睛长在额头上，意为目中无人。

乱云急飞舞，
长天疾风狂，
太白金星被惊动，
拨云往下望。

见到打架景，
飞身下天堂，
相劝他们快停战，
免得两败伤。

说也没有用，
他们互不让，
太白金星劝五郎：
“快快回湖广。”

五郎回家乡，
父母已双亡，
对着山边两座坟，
磕头又烧香。

召唤众青年，
聚集在一堂，
不分白天和黑夜，
法术来宣扬。

举手挽弓箭，
出脚安垫枪。①
百样武艺都传授，
带徒一大帮。

---

① 垫枪：一种安有绳索的土铳，野兽绊到绳索，铳子即打来。

徒弟学会艺，
走到各山上，
个个都是好猎手，
虎狼多伤亡。

人吃虎狼肉，
皮子做衣裳。
出门进门都安全，
不怕猛兽伤。

众多好猎手，
一日上山冈。
白额猛虎扑过来，
他们没提防。

五郎见此景，
吼声震山冈。
把那猛虎来托住，
虎在手上晃。

推虎下悬崖，
虎死悬崖旁。
五郎他没收住脚，
坠崖身飘荡。

头颅撞地上，
岩间飞脑浆，
两只脚儿正朝天，
往下伸手掌。

徒们望师父，
两眼泪汪汪，
千呼万唤师不回，

葬他高山冈。

当夜风雨狂，
徒弟入梦乡，
看见师父来发话，
神色很安详：

“师父没有死，
身仍在湖广，
天上差个打猎官，
调我来天上。

“你们需要我，
雕个我的像，
保佑你们去打猎，
获物又安康。”

塑起金身像，
供在家神旁，
世人尊他为猎神，
猎神张五郎。

猎人去打猎，
把他倒供上，
装香念起猎神诰。①
求他来相帮。

回来扶正他，
兽血请他尝。
大获猎物则大谢，

① 有词道：“井台物出山，生灵涂炭，骚扰一方，神祇不安。敬请梅山祖师大力相帮，山神土地一起来助，将孽障围上此山，急急如律令。”

小获也报偿。

张伯侯听见这段悠扬的歌声，
焦急的脸上现出兴奋的神情。
仿佛一个落水的人随波起伏，
看见近旁有一叶飘动的帆影。

“我们清江流域是敬白虎神仙，
白虎神仙主宰我们一切命运；
可在茅山那个地方却是赶虎，
赶虎的人还成为人间的猎神。

“茅山定有那神通广大的法术，
不仅能制服鬼，且能降伏神。
张五郎开辟了赶老虎的先例，
我山寨土民应效法这种精神。

“你去茅山学习制伏虎的法术，
有朝一日你也成为福禄之神。
给你一年时间，须刻苦用功，
带上法具盘缠，明朝就启程。”

五

裴德仁忐忑不安地回到家里，
脸上笼罩着一层乌黑的愁云。
妻子问他遇到了什么为难事，
儿子问他遇到了何事不称心？

他没有回答他们的任何询问，
带着儿子裴文寿星夜里动身，
他们不声不响来到李郎屋角，
从破墙缝里观看里面的情形——

灶屋里的黑墙上摇曳着烛影，
灶后正切肉的巴姑笑脸吟吟。
桌上摆着麂肉、獾头、狼骨，
它们全是野兽，正鲜血淋淋。

灶膛里的木柴正在熊熊燃烧，
灶门口架火的李郎面含笑影，
那神色多像一湖静静的碧水，
珍藏何等甜蜜而圣洁的爱情。

李母坐在松明下清洗着白菜，
不时地观看着儿媳妇的身影。
那一阵阵的微笑浸透着香甜，
她在暮年也品尝到幸福人生。

丰盛的饭菜端到堂屋的桌上，
浓浓清香在屋内外阵阵飞腾。
相互奉菜，谈着亲热的话语，
彼此添饭，飞起爽朗的笑声……

裴得仁把嘴巴贴在儿子耳边：
“你注意到了有没有异样声音，
屋里是不是有一种异样气味，
举止里有没有动作不同凡人？”

裴文寿仔细辨别后拉父离开：
“我听到有隐隐约约的虎啸声，
老巴子气味也向鼻孔里扑来，
新姑娘的动作中有虎的刚劲。”

父子俩翻山越岭往家中赶去，
儿子的脚步风摆柳似的轻盈：

“虎神光临我们这贫瘠的山寨，
说不定是我们所期盼的福音。”

父亲没有提及土王爷的旨令，
谆谆嘱咐儿子关注这个家庭：
“我有重要事须离开山寨一年，
这一年中的梯玛事由你担承。”

第三章　平静的生活

一

空中飘飞着鹅毛大雪，
凌冰覆盖着田野山岭。
李家正准备宰杀年猪，①
请来裴文寿祭奠猪魂。

裴文寿穿法衣舞司刀，
在猪圈对肥猪诵经文。
扶杂人牵肥猪往外拖，
猪的尖叫声震撼山岭。

猪被放血全被挦了毛，
放在板凳上头朝家神。
李郎在猪边装香烧纸，
想到猪跟到人的情景。

猪跟到人

先人上山去赶仗，
走进深山黑老林，

① 土家人每在腊月杀猪后，将肉在火上熏干，称腊肉，吃一年。杀猪后的新鲜肉放在大门背后盖上蓑衣，主人持棒守三日。据说是一个长工给地主做工一年，一无所获。回家过年，便把地主的猪偷了一头回来杀了。盖蓑衣、持武器守护是怕被人发觉。久之为俗。猪被挦毛后，搁在两条板凳上，头朝神龛，主人来猪头下装香烧纸，请巫师念经。此俗在高山区今仍存，只是不念经了。

捉到两个野东西，
扛在肩上转回程。

左肩扛的豮猪儿，
右肩扛的奶阉子。①
好年好月它不养，
亥年亥月它才生。

生它那年饿虎叫，
生它那年饿狼鸣。
猪儿吓得四处跑，
跑向三山并五岭。

一个跑到大江中，
大江马上波浪滚，
后来改名江猪子，
无人拢得它的身。

一个跑到茅狐山，
一天拱过九条岭。
后来改名野猪子，
自找食物图生存。

一个跑到背山阴，
麻杖箭矛长在身。
后来改名豪猪子，
狼豹见它怕三分。

一个跑到人屋里，
凡事不用自操心。
后来改名家猪子，

① 奶阉子：幼母猪。

酣吃酣睡过一生。

施主老板请梯玛，
请来梯玛祭猪魂。
猪神一道金罡旨，
刀穿心脏命归阴！

李母带巴姑走进猪圈，
点燃了香纸放在窝边，
燃的香纸沿着猪行路，
直抵门前的猪头下面。

左邻右舍请到李家来，
说说笑笑坐在大桌边。
蒸肉格上搁碗血蘖子，
南瓜洋芋垫在肉下面。

粗粗竹筷夹起肥肉来，
压弯的筷子垂到胸前。
每人都只顾自己去吃，
肥腻的猪油糊上满脸。

全部猪肉放在大门后，
一床蓑衣盖在肉上面。
李郎手持长矛守三日，
不让外人眼看门后边。

二

李家堂屋正中放着草船，
草船中间燃烧着菜油灯。
裴文寿身穿法衣呜牛角，

喃喃念着经文驱送火神。①

裴文寿在前面走向田野，
李郎手托草船随他后行。
草船放在溪边点火焚烧，
雪地里闪烁着红红火影。

巴姑随李母在旁边观看，
她们脸上浮现快乐神情：
未来一年就可安全度过，
不必去为火灾日夜操心。

裴文寿站在雪地里念经，
群山里面激荡着牛角声。
李母向儿媳妇传授知识，
讲述着要送火神的原因。

火阳

天上火阳落下地，
一户人家屋上栖，
这户人家已警觉，
落地火什必踩熄。

火什用脚打印记，
火阳看见直叹息——
看得见来难挨近，
只好悄悄等时机。

一个冬天深夜里，
女人灯下纳鞋底，

① 以前，土家人多住茅草屋，易烧着。房屋着火，被认为是火阳所为。若在夜里见一道亮光从天上落下来，即为火阳，落在哪里，哪里就烧屋。火阳可变为虫或兽（形）。年终要请巫师或道士作法事，将其送走，以保次年无火灾。

红色蜘蛛掉下来，
身子直扑灯光去。

女人一见拿剪刀，
刀口直抵蜘蛛去，
丝断两头各自卷，
蜘蛛爬向门缝里。

女人深夜做个梦，
蜘蛛对她动怒气：
“在你屋上睡三年，
睡成大坑在草里。”

“找你借火呼袋烟，
烟袋毁在你手里。
你这女人不贤惠，
我也不是蛮好欺！”

女人醒来对夫讲，
丈夫忙请梯玛去。
做起法事烧草船，
火阳走时响霹雳。

丈夫去到屋上看，
茅草烙煳大如席。
幸好妻子行动快，
大火没能燃烧起。

天火还要地火引，
两不相接不成器。
年终梯玛送火神，
送得火阳远远去。

两个老鼠子吹火

夜静更深黑漆漆，
夫妻烤火火垄里，
只因家贫无油灯，
妻子夹火茅厕去。

途经漆黑堂屋里，
火什突然落在地，
火什落地两参开，
两颗无法夹一起。

夹了一颗开门出，
忽闪忽闪耍出去，
上了茅厕再转来，
堂屋火什未曾熄。

两只老鼠在堂屋，
对着火什正吹气。
你一口来我一口，
火焰股股在升起。

她喊丈夫快快来——
给他骤然一惊奇：
“两个老鼠在吹火，
真是一个好玩意！”

丈夫来到堂屋里，
弯腰看得笑嘻嘻：
“老鼠也能吹燃火，
蚂蚁心大腰太细。”

两个老鼠还在吹，

一个火星猛蹦起，
火星经过望楼前，①
向着屋顶冲上去。

屋上茅草燃起来，
浓烟滚滚烈火起。
东西全未抢出来，
火就封门进不去。

两只老鼠是火阳，
专把地火来吹起。
天火没有地火引，
独居千年还是熄。

以后人们就注意，
无论火什掉哪里，
哪怕小得难看见，
也要用脚去踩熄。

三

声声鸡鸣响彻在寂静的山野，
满空还在飞舞鹅毛般的大雪。
熊熊柴火在李郎火垅里燃烧，
全家人围坐火边度除夕之夜。

李郎拿起吹火筒走出了大门，②
吹起吹火筒，声音响彻山野。
他围着屋的四周飞速地奔跑，
把密密的脚印留在积雪里面。

---

① 望楼：堂屋内靠大门一方，有木板或竹条楼，约占堂屋上空三分之一面积。
② 此处的吹火筒，象征号角。参考“赶年”注。

巴姑把熟大肉放在大桌上面，
根根青翠的松枝插在肉之间。
她将一把把竹筷摆在桌四周，
把点燃的味香装在白虎神前。

李郎进屋来，抖落身上雪花，
与巴姑用青布围住大桌四面，
两人持椿木剑守护在大门外，
李母吹椿木卷筒，呜呜咽咽。

拆掉大桌四周的青色大围布，
李母坐在堂屋正中首席上面。
李郎和巴姑分坐在大桌两侧，
全吃着大坨肉，眼望门外边。

团年完毕，收捡了杯盘碗盏，
三人各持利器走到了屋外面。
挥舞利器，到屋后山上奔跑，
呐喊的声音震动着巍巍山巅。

他们进屋，利器放在神像下，
关上大门后，围坐在火垅边。
李母兴致勃勃讲述赶年故事，
晨光悄悄来到李家茅屋窗前。

赶年①

那是多年多代前，

---

① 土家人过赶年的原因有多种说法：一说为先祖是古代被迫移民而来，押解时，正是大年除夕，天不明即要吃饭以便启程。一说为有兄弟八人，体魁力壮，好打抱不平，朝廷怀疑他们造反，派兵镇压，于是半夜过年后出去逃难。一说为秦始皇派人修万里长城，民伕为了逃跑，提前过年。一说为明嘉靖年间，土家将士奉命出征，讨伐倭寇，倭寇企图趁过年进行偷袭，将士们提前一天过年，团年那天，向倭寇突袭，大获胜利。一说为先祖率军趁过年与敌作战，于是提前过年。

异族入侵山寨边。
这时正是年关近，
座座山顶冒狼烟。

没有时间细切肉，
大坨熟肉搁桌面。
肉插松枝围青布，
装香摆筷敬祖先。

土王站在显眼处，
吹起号角震山间。
土民手抓大坨肉，
边吃边跑上火线。

杀声阵阵震云天，
刀光闪闪血肉溅。
击溃敌人回家来，
说说笑笑再团年。

一张桌子四角方，
四方只能坐三面。
留着下方不坐人，
若来敌人能看见。

天亮之前再巡逻，
荒坝树林都寻遍。
手持兵器寒光闪，
不让敌人藏山间。

四

摆手堂坐落在高山下的平坝上，
宽敞的院落使人觉得远大深广。

绘虎纹的排排巨柱托着筒瓦顶，
雕刻的道道石门闪烁五彩光芒。

刚过新年的人们走出自己的家，
无论男女老幼，个个精神爽朗。
不管身上结满冰壳还是落满雪，
像飘动着的云层聚集在摆手堂。

摆手堂的正厅里燃起丛丛红烛，
檀香的袅袅蓝烟环绕白虎神像。
白虎如出没在云雾缭绕的山顶，
威严的目光里又透出几分慈祥。

里里外外的人叩拜着白虎神像，
裴文寿高唱神歌声音悠悠扬扬。
人们拥入美丽庄严的摆手堂内，
娇美的舞姿和着古歌高飞远扬。

李母已数十年没见过这般场面，
是儿媳妇使她重见这感人盛况。
她的动作和着众人的舞姿旋转，
她的声音和着众人的高歌飞扬——

洪水泡天

宇宙混沌卷烟尘，
白天黑夜无法分。
不知过了多少时，
一阵狂风忽来临。
狂风吹得烟尘散，
空中飘来一片云，
这朵云里裹个蛋，
蛋壳慢慢开裂痕。
里面出来一姑娘，

卵玉就是她的名。
一只老虎来喂奶，
她吃虎奶长大身。
还爱吃些铁砣砣，
吃了铁砣身有劲。
她见四面全黏连，
决心分开这混沌。
拉弓将箭射出去，
骤然之间天地分。
天有太阳和月亮，
地有河流和山岭……

卵玉造出天地后，
自己也是老将近。
一日坐在山顶上，
两眼哭肿泪淋淋。
女娲娘娘来问她：
“你为何事这伤心？”
“我今无儿又无女，
无依无靠孤零零。”

“你顺黄河往上走，
捡起仙桃口里吞；
你顺黄河往上走，
捡起仙花口里吞。”

她顺黄河上去了，
七天七夜已过去。
八颗仙桃流下来，
捡起仙桃吞下去；
一朵仙花流下来，
捡起仙花吞下去。
过了三年六个月，

八儿一女生下地。

八个兄弟长得快，
老虎天天来喂奶。
捉来恶蛇用手捻，
捉来长龙用脚踩，
天上飞鸟被吃完，
地上走兽也吃尽。
好事坏事不住手，
老娘急得心里疼。

老娘无法教儿子，
想请雷公教他们。
倒在床上来装病，
哎哟哎哟大声哼。

八个儿子走过来：
“妈妈得的什么病?”
“妈妈想吃雷公肉——
我想吃的吃不成!”
八个兄弟齐声说：
“我们能办这事情。”

蒸熟三斗三升米，
倒在天井冒热气。
捏的捏来踩的踩，
粮食整得烂如泥。
赶来二十四条牛，
踏得粮食冲天起……

玉皇大帝看见了：
“糟蹋粮食是何人?”
他把雷公召过来：

“派你快去劈他们。”

天上黑云急急滚，
地上大雨哗哗淋。
扯起道道金钩闪，
雷公威威下天庭。

雷公像只红鸡公，
两只翅膀正张起。
鼓鼓眼睛勾勾鼻，
尖尖嘴巴出硬气。
举着一把大斧头，
愣起眼睛看屋里。

八个兄弟扑过来，
动手就把雷公捉，
颈项脚杆被掐住，
翅膀手杆被掐着。
雷公推进铁笼里，
铁门上面锁铁锁。
雷公眼泪簌簌流：
“玉皇大帝害了我！”

年老妈妈被请来，
八个兄弟哈哈笑：
“雷公已经被捉住，
您说从哪先开刀；
妈妈喜欢什么味，
是蒸是煮还是炒？”

妈妈一见心颤抖——
真把雷公捉在手！
杀了雷公坏大事，

一喜引来万般愁，
“我要摸摸雷公身，
看它身有多少肉？”

笼里捉出雷公来，
妈妈从尾摸到头：
“这还是个瘦架子，
把它喂肥再动手。”

八个兄弟不答应：
“没肉也要熬汤喝。”
吩咐姐弟守雷公，
“不得给它水和火。”
他们出去找油盐，
他们出去找柴火……

雷公眼泪洒洒落，
眼睛哭成红坨坨：
“就要把我煮了吃，
就要把我煨了喝。
三天三夜没烧烟，
你们给我一点火；
三天三夜口干裂，
你们给点水我喝。”

姐姐看见它可怜，
拣个火石递过去，
嗤的一声火花起；
小弟看见它遭孽，
用草沾水递过去，
雷公把水保存起。
火把铁笼烧化了，
水把火焰又浇熄。

雷公走出铁笼来，
展翅飞到天上去。
玉皇大帝来问话：
“九天九夜没见你？”
雷公开口讲经过，
越讲心中越生气：
“我要把地翻成天，
我要把天翻成地！”
玉帝心中难平静，
越听越想越生气：
“涨个齐天大水吧，
把那凡人全除去！”

雷公一听心中喜，
打了一个响哈哈：
“凡间也有姐弟俩，
他们待我恩情大。”
玉帝一听心高兴：
“有恩一定要报答。”
雷公要颗葫芦籽，
玉帝立即赐给它。

雷公叫来一麂子：
“葫芦籽儿给姐弟。”
麂子一听跑远了。
雷公叫来一老鹰：
“葫芦籽儿给姐弟。”
老鹰一听跑远了。
雷公叫来芭茅雀：
“葫芦籽儿给姐弟。”
它衔种子下凡了。

姐弟得到葫芦籽，
园圃里面忙种下。
一天两天牵长藤，
三天四天葫芦大；
五天六天葫芦老，
裂个口子房门大。
姐弟两个轻轻摸，
雷公来了笑哈哈：
“葫芦里面很暖和，
你们钻进葫芦去；
葫芦里面很宽敞，
住下两人最适宜。
什么东西都丢尽，
这个葫芦不能弃；
什么东西都能开，
葫芦门儿要紧闭。”

姐弟走进葫芦里，
雷公把门紧封起。
它又展翅回天上，
去到后天花园里。
深深潭水十二口，
边上一口黑漆漆，
雷公把它扒个口，
大水一下漫出去。

凡间下起倾盆雨，
七天七夜不停息。
乌云滚滚电光闪，
狂风呼呼炸雷劈。
高山高岭已不见，
江河湖海狂涛激。
凡间世上已无人，

再也不见天和地。

大水涨到天上去，
姐弟稳坐葫芦里。
葫芦撞到南天门，
惊动天宫玉皇帝，
叫来三条大犀牛：
“快到凡间拱洞去。”
叫来三条大长龙：
“快到地上洗澡去。”
它们领旨下凡尘，
拱的拱来洗的洗。
地上大水放入海，
凡间又见天和地……

姐弟坐在葫芦里，
呜呜咽咽正抽泣。
玉皇大帝听见了，
忙把天神传过去：
“你把葫芦快劈开，
内有两人正着急。”
葫芦一下被劈开，
姐弟走出葫芦里。

只见天空白生生，
只见地上光滴滴，
不知打从哪里来，
不知再往何处去。
没有地方能坐坐，
没有地方能歇息！

东看西看人两个，
我看你来你看我：

“既无水来又无火，
这个日子怎么过？”
来了婆婆快卡快，①
看着姐弟笑呵呵：
“揭开石板就有水，
钻通楠木就有火。”

姐弟揭石有了水，
姐弟钻木有了火。
婆婆取出粑粑来，
姐弟吃着笑呵呵。
看见婆婆远去了，
才觉挨了七天饿。

一只蜻蜓飞过来，
姐姐忙对蜻蜓说：
“这是什么地方呀？”
蜻蜓不答忙飞过。
一只青蛙跳过来，
弟弟忙对青蛙说：
“这是什么地方呀？”
青蛙不理忙跳过。

一只喜鹊飞过来，
叽叽喳喳把话说：
“凡间世上没人了，
你们要把人种做。”
姐弟二人齐声说：
“我们同一爹娘养，
这个人种不能做。”
“去到那个山坡上，

① 快卡快：土家族传说中的善良之神。

同往山下滚石磨，
两扇磨子合一起，
你们就把人种做。”
姐弟滚下石磨来，
滚在一起正相合。
“我们同一爹娘养，
这个人种不能做。”
“去到园里摘葫芦，
两个蔸子成一蔸。
两根藤子成一根，
你们就把人种做。”
姐弟栽下两根苗，
同在一窝成一根。
“我们同一爹娘养，
这个人种不能做。”

一只斑鸠飞过来，
叽叽喳喳把话提：
“你们同掰一根竹，
弟从东掰姐从西，
两头开口破一起，
你们两个配夫妻。”
两人同掰一根竹，
不偏不歪破一起。
姐姐弟弟脸红了：
“还是不能配夫妻。”

一只乌龟爬过来，
慢慢腾腾把话提：
“放下筛子和簸箕，
两件家具滚一起，
筛子套在簸箕上，
你们俩就配夫妻。”

姐弟动手滚家具，
筛子正好套簸箕。
姐姐弟弟脸红了：
“还是不能配夫妻。”
“你们两个转山包，
姐姐从左弟从右，
要是追赶到一起，
你们俩就配夫妻。”
姐姐打从左边跑，
弟弟打从右边追，
转了一天又一夜，
影子也没碰一起。

弟弟碰上野猫子，
“你曾遇到我姐姐?”
“我没遇到你姐姐。”
野猫一下跑远了。
弟弟碰到一人熊：
“你曾碰到我姐姐?”
“我没碰到你姐姐。”
人熊一下跑远了。
弟弟碰上一野牛：
“你曾遇到我姐姐?”
“我没遇到你姐姐。”
野牛一下跑远了。
弟弟碰到一麂子：
“你曾遇到我姐姐?”
“我没遇到你姐姐。”
麂子一下跑远了。
山上走兽问尽了，
不知姐姐在哪里。

一只乌龟爬过来：

“你常走在水边上，
可曾见到我姐姐？”
“有个大大屁股女，
从我头上跨过去。
她可就是你姐姐，
你可就是她弟弟。
你须伸手往后摸，
就能摸到你姐姐；
你须睁眼向后看，
就能看到你姐姐。”

追了七天又七夜，
刺钩挂上姐耳朵，
左扯右扯扯不掉，
上拉下拉拉不脱。
她朝后面望一下，
手被弟弟捏住了，
她朝后面看一下，
眼被弟弟看见了。
“这双耳朵害了人，
打对银环把你挂；
这双耳朵害了人，
打对金环把你吊。”

乌龟听了走过来，
不慌不忙笑眯眯：
“世上没有人种了，
依着天理配夫妻。”
姐姐脸红到耳根，
弟弟默默正欢喜。
姐姐伸手捶乌龟，
乌龟背上裂痕迹；
再朝乌龟撒泡尿，

乌龟从此有臊气。

槐枝下面姐弟碰，
李树下面姐弟挨。
“定要你们做人种，
你俩无法再分开。”
“这个丑样怎见天？”
“用床棉被盖起来。”
“这个丑样怎见地？”
“用床席子铺起来。”
“两边丑样怎么办？”
“用床帐子遮起来。”
“手指见丑怎么办？”
“打成戒指戴起来。”
“手杆见丑怎么办？”
“打成银圈戴起来。”
“弟弟见丑怎么办？”
“丝帕将脸盖起来。”
“姐姐见丑怎么办？”
“筛子把脸挡起来。”

太阳落山天黑了，
大树底下铺上草。
白发婆婆走来了，
对着姐姐眯眯笑：
“姐弟俩要睡一头，
两人双手要抱到。
什么声儿不要做，
又挨又捏又打闹。”
姐弟两人都答应，
白发婆婆出去了。
林中鸟叫天亮了。
白发婆婆又来到：

“昨夜睡得好不好？”
姐弟两人脸绯红：
“抱在一起实在好。”

打打闹闹已十夜，
姐姐肚子在变大。
最爱吃那酸李子，
两人停止闹和打。
姐姐夜里肚子疼，
高声喊叫汗珠洒。
白发婆婆又走来，
对着弟弟笑哈哈：
“快拿布片和丝线，
还把剪刀拿一把。
姐姐就要当阿涅，
弟弟就要当阿巴。”①

弟弟把亮高举起，②
姐姐把伢生下地。
怎么没有哭声呀？
从没见过这东西：
无头无脑血块块，
无手无脚血坨坨。

横看直看不像人，
只是有点人臊气。
姐姐看着在哭泣，
弟弟看着在叹气：
“把它丢到岩坎下，
把它甩到水潭里。”
白发婆婆讲话了，

① 阿涅：即妈妈；阿巴，即爸爸（土家语）。
② 亮：指灯。

话未出口笑眯眯：
“这才真正是人种，
把它剁了撒出去。”
“没有刀子怎么剁？”
“对着天上三声喊。”
“没有砧板怎么剁？”
“膝盖就是砧板板。”

姐弟对天喊三声，
一把刀子落下地。
姐弟弯下膝盖骨，
把肉坨坨搁上去。
剁了九九八十一片片，
剁了九九八十一块块。
把它装到背篓里，
姐弟背它出门去。
上了七七四十九道坎，
爬了七七四十九面坡。
姐弟两人汗渍渍，
一路爬上墨弄坡。
墨弄坡上雾迷蒙，
墨弄坡上树葱茏，
墨弄坡上阳雀叫，
墨弄坡上吹凉风。
第一堆的肉坨坨，
合上三斗三升火石子，
一把一把撒出去。
地上有了苗家人。
第二堆的肉坨坨，
合上三斗三升河砂子，
一把一把撒出去，
地上有了客家人。
第三堆的肉坨坨，

合上三斗三升土泥巴，
一把一把撒出去，
地上有了比兹卡人。①

袅袅升起蓝炊烟，
腾腾升起红火光。
野草丛丛满坡生，
树木葱葱遍地长。
五谷杂粮田里种，
六畜家禽家中养。
五湖四海有了人，
这里笑来那里唱……

欢乐的人群里有个美丽的巴姑，
她的歌喉犹如第一声春雷激荡；
狂舞的人群里有个矫健的巴姑，
她的舞姿宛若风卷彩云在飞扬。

人们看见她那双水灵灵的眼睛，
以为是天上的星星飞落在身旁；
人们看见她那幅红润润的容颜，
以为是朝霞托起来的一轮太阳。

云层里出现一块块湛蓝的晴空，
人们以为是她使彩云羞得躲藏；
脚底下的积雪一层层迅速融化，
人们以为是冰雪遇上她的容光。

所有的人跟着她的姿势跳着舞，
无尽的甜蜜在每个人胸中激荡；
所有的人跟着她的声音唱着歌，
祖先的英雄故事致使群情激昂——

① 土家人自称比兹卡。

廪君与盐水女神

1 武落钟离山

西南武落钟离山，①

---

① 武落钟离山。《湖北通志》卷九载：“难留城山在县西北二百余里，一名武落钟离山，交施南建始界。巴郡西郡本有五姓，皆出于武落钟离山，夷水东迳难留城南，城即山也，独立峻绝。西北部又有石室，可容数百人，每乱，民入室避贼，无可攻理，因名难留城也。”“昔武落钟离山崩有石穴二所，其一赤如丹，其一黑如漆，有人出于赤穴者，名曰务相，是为廪君……”（此前记载廪君故事的书有：《山海经》《世本》《通俗志》《后汉书》《水经注》《华阳国志》《太平御览》《太平寰宇记》《晋书》《通典》《蛮书》《清史稿》等。此后又有清道光时的《长阳县志》，清同治时的《长阳县志》，民国时的《长阳县志》等）。《水经注》载：“石室南向。”《太平寰宇记》中介绍“长阳”（条）：武落钟离山一名难留山，距县西西北七十八里。”当时县治在长阳中部州衙坪，州衙坪至难留山正为78华里。《湖北通志》中载“长阳”（条）：“难留山在西北二百余里。”当时县治在龙舟坪，龙舟坪至难留山正为200余华里。“交施南建始界。”清同治时的《长阳县志》卷七载：“隋之清江郡即今之盐井寺、资丘。隋之清江县即今之巴山，皆在长阳境内，唯开夷、建始今为施南府，属实与长阳无关，然自盐水、巴山俱入长阳，而疆域之阔遂不能不股肱巴峡唇齿施南矣。”1992年《长阳县志》载：“榨洞，位于伴峡北岸，洞深数里，以在洞内开榨坊得名。洞前壁呈赤色，洞内百余步处有两大石柱，一干一湿，相距丈余，疑为古巴氏之赤穴和难留山‘阴阳石’所在地。”王善才所著《清江考古》（科学出版社2004年9月）中载：“长阳伴峡小洞，位于榨洞东约100米处，隶属长阳县渔峡口镇龙池村一组，洞口向南，高约2米，宽4米，洞深约6米，洞前10米处的下方有自西向东的清江流过，洞口离清江正常河面垂直高度约20米。洞内黄沙土堆积，较厚。30年前，附近一裁缝在洞内挖出100多斤动物化石当龙骨卖了。洞内发现，石器：砍砸器6件，刮削器4件。哺乳动物化石：梅氏犀、剑齿象、鹿、羊和牛等。有人类用火遗迹。榨洞，洞口向南，洞前有少许斜坡地，洞口距清江河面垂直高度约20米，洞内作过挖坊，开过酒厂，挖过龙骨。地层堆积为七层。出土文化遗物有：中华竹鼠、大熊猫、黑熊、中国獏、水鹿、水牛、苏门羚。小洞遗址与榨洞遗址虽同属旧石器时代，但具体年代比榨洞要早得多，一是中期，一是晚期。可能在小洞有人居住的时候，而榨洞内还有大流量的暗河，距今2万年前，洞内流水转移或下伏。榨洞遗址的居民可能就是小洞遗址居民的后裔。从27000年前的远古时候起，这里就是人类居住的一处理想的洞穴。”我曾四次到此地，发现与小洞、榨洞相对的清江南岸陡壁上有一石穴，（这里江面狭窄），高度与北面二穴相当，洞口面与小洞口面相当。它可能就是巴务相掷入剑的洞穴。关于武落钟离山现有四点明显的证据与史载吻合：一、方位，它在清江之北。二、与县城距离：治州衙坪时78里，治龙舟坪时200余里。三、其山，独立峻绝，有赤黑二穴：榨洞即赤穴（从洞顶落下的硕大石块，里外呈红色）。小洞即黑穴（洞前修公路损伤严重）。四、二穴皆有大量出土文物。此地今名柳山，我以为它是昔武落钟离山。

独立峻绝出群峦，
百兽徜徉步悠闲，
百鸟高歌声婉转，
石也笑来草也欢。

山南夷水卷波澜，
从西向东越险滩，
虾戏浅水团团黑，
鱼游深潭黑团团，
水里倒映云中山。

奇峰高耸无穷碧，
二穴悬在山岩里，
赤穴穴壁赤如丹，
黑穴穴壁黑如漆，
洞口藤帘高挂起。

巴姓住在赤穴里，
本是太皞虎族裔，
常观洞内阴阳石，
告知人们晴和雨，
都说巴姓人神奇。

樊瞫相郑四姓人，
黑穴里面共栖身，
雷打树燃拾来火，
烧枝取暖洞内明，
兽肉搁在火上烹。

五姓人常共来往，
云崖墩里捕岩羊，
青松岭上跨熊背，

龙门岩前捉大蟒，
夷水中间撒渔网……

五姓各自信鬼神，
虔诚祈祷念经文。
常因信仰斗口角，
常因小事挥木棍，
闹得血溅肉飞腾。

老人面庞泪珠滚：
“如此下去元气尽！
应把五族并一族，
五姓共同举出君，
治理部族向兴盛。”

2 廪君

人们走出二穴里，
欢声笑语处处起。
欢声追逐天上云，
笑语飘过芳草地，
来到洞前小坪里。

一位老人立岩上，
声如激流下山冈：
“谁能把剑掷出去，
插进对面洞壁上，
便为五姓共同王。”

人们一听舌头伸：
七嘴八舌发议论：
“除非他有老虎力，
除非他有鹰眼睛，

不然剑难进岩层!”

五姓各掷剑出去:
樊姓剑出落谷底,
瞫姓剑出落山坡,
相姓剑出落草地,
郑姓剑出落林里。

巴姓务相离人群,
目光炯炯劲满身。
手绊大树二面摇,
脚绊岩石两边滚,
一柄利剑握手心。

剑离手去飕一声,
闪电一道破黑云。
利剑飞入对面洞,
群山响彻霹雳声,
山呼水啸云飞腾。

人们蜂拥进洞去,
眼前果然出奇迹:
剑柄悬在洞壁上,
剑身插在岩层里,
人们欢笑热泪滴。

四姓有人不服气,
嘀嘀咕咕发话语:
“一次比赛不算数,
再次比赛见高低!”
务相也觉话有理。

老人又立岩顶上，
声如闷雷空中响：
“谁将土船驾出去，
船身飘飘斩风浪，
便为五姓共同王。”

人们一听白眼翻，
此事更比击剑难：
“土船没有乌龟壳，
土船没有鸭脚板，
激流难保泥土船！”

各姓土船推岸边，
上雕花纹耀人眼。
五姓土船下水去，
每姓一人坐上面，
银浪拍打土船沿。

樊姓土船已打破，
瞫姓土船变碎末。
相姓土船不见影，
郑姓土船水底落，
四人慌忙爬上坡。

务相土船在江心，
船边浪飞云雾腾。
过了险滩越急水，
水声隆隆峡谷鸣，
土船越划越起劲。

江雾遮掩土船影，
老人召他船划近。

船帮没有破裂缝，
船底不见有伤痕，
雕花土船船更新。

岸上人们齐欢腾，
举起务相过头顶，
欢歌唱得夷水亮，
狂舞跳得群山青，
庆贺务相为廪君。

3 迁徙

自从务相出任君，
部族景象日日新。
人口天天在增加，
赤黑二穴人挤人，
光靠野食难生存。

“鸟为觅食也出林，
虫为觅食也飞行，
猴为觅食也下岩，
我们何不离此境，
寻找新地图昌盛？”

廪君话中大伙意，
部族决定西迁徙。
人人脸上堆欢笑，
起早贪黑忙准备，
心中振奋人不疲……

红霞斑斓太阳升，
廪君率族上征程。
旌旗猎猎舞晨风，

号角声声震山岭，
峡中激荡欢笑声。

廪君土船前面行，
众乘木船随后跟。
群峰直往前面扑，
银瀑直往身后奔，
浪在船底掀涛声。

往日总嫌这里窄，
今要离去舍不得。
不觉鼻子在发酸，
眼含泪水面颊热，
舍不得也只说舍！

回望武落钟离山，
山峰隐隐雾漫漫，
夏日洞内蔽风雨，
冬日洞内避严寒，
有过痛苦有过欢。

在洞生女又育男，
岩上还悬先人棺。
再喝一口家乡水，
再看一眼家乡山，
云莫遮来雾莫缠！

回头望望难留峡，
两岸岩壁黑压压，
这里我们捕过鱼，
这是我们捞过虾，
欢歌曾经撼云崖。

岩上回音可留下，
脚印是否掩泥沙？
白天再难见你面，
梦里才叙亲热话，
缕缕情丝永牵挂。

回头望望腾龙口，
莽莽山林黑黝黝，
曾在这儿捉过鸟，
曾在这儿捕过兽，
丝丝清泉甜心头。

烤肉生火岩板头，
夜里蜷眠芳草洲。
我们今要离你去，
千言万语哽在喉，
此刻浑身凉悠悠……

太阳向前落下去，
月亮从后又升起，
蓓蕾绽开又凋谢，
雏鸟出壳又张翼，
多少险滩脚下移！

前面草坪花绚烂，
燕叫莺啼声婉转，
人们见此心花放，
廪君率众登上岸：
“休息一下再开船。”

4 盐水女神

绵绵群山青又青，

巍巍岩壁现裂痕。
裂痕越来越扩大，
涌出盐水白雾腾，
白雾托着一女神。

山峰一见吐新绿，
银瀑一见喷玉珠。
流水一见唱欢歌，
垂柳一见曼起舞，
柔风一见轻吹拂……

盐水女神过山前，
飘飘来到夷水边。
彩云羞得脸变白，
太阳羞得闭上眼，
女神光芒照山间。

她摘木叶放嘴边，
悠扬曲儿荡山间，
画眉黄莺跟着唱，
金鹿岩羊涌面前，
望着女神不眨眼。

脚踏彩云轻飘荡，
双眼四顾放祥光，
百花盛开吐艳色，
芳草摇曳喷清香，
都盼女神望一望。

女神微微转慧眼，
喜鹊紫燕绕身边。
喜鹊欢叫令人醉，

紫燕成双令人美：
可有喜事在眼前？

夷水边上号角震，
帐篷犹如满天星。
旌旗哗哗迎风飘，
人们穿梭在草坪，
好像轻风戏彩云。

女神揉眼定精神，
莫非此刻入梦境。
轻挪步履往前去，
飘飘悠悠过山岭，
春风阵阵吹进心……

5　爱情

廪君漫步在草坪，
看见前面亮晶晶。
蒙蒙远处被照亮，
幽幽深谷被照明，
亮光越来越靠近。

廪君刚一眨眼睛，
面前站着一女神，
脸颊犹如朝霞红，
眼睛宛若晓星明，
笑比明月更多情。

这是天女下凡尘，
这是仙宫降爱神，
这是龙洞来女王，
这是水底出精灵？

女神牵动廪君心！

女神偷偷看廪君，
眼前站着一神人，
身魁就像高梧桐，
眼亮更比碧波清，
此刻她已入仙境！

廪君面前腾紫云，
顷刻已不见女神，
眨眨双眼再细看，
草坪飘荡女神影，
闪闪烁烁晃眼睛：

唱歌就像黄莺叫，
摆手就像柳枝摇，
双脚跳动鹰拍翅，
衣衫抖动彩云飘，
此舞人间难得找。

廪君部族也来跳，
舞步欢来歌声高。
舞步引来泥巴香，
歌声逗得石头笑，
夷水欣欣卷银涛。

廪君女神携手跳，
两张笑脸红霞烧，
目光融合在一起，
隐隐羞怯罩眉梢，
两人心底涌春潮。

女神唱：

我本盐阳一女神，①
今朝出来观春景，
听见喜鹊成对叫，
看见春燕双飞行，
到此果然幸逢君。

廪君唱：

我离武落钟离山，
盐阳舍舟暂登岸，
山前祥光照拢来，
一尊女神面前站，
顿时廪君眼缭乱。

女神唱：

麂子崖前起乌云，
一连十日雨纷纷。
天昏地滑人生怨，

---

① 盐阳，据《水经注·夷水》载：“夷水又东与温泉三水合，大溪南北夹岸。有温泉对注，夏暖冬热。上常有雾气，汤痍百病，浴者多愈。父老相传，此泉先出盐，于今水有盐气。夷水有盐水之名，此亦其一也。”《太平广记·卷四八一》载：“盐阳即盐水北岸，水之北称阳，盐水源出清江县西部都亭山。”《读史方舆纪要·卷八二》载：“‘盐水’在（施州）卫东北七十里吴沙渠县地，后周置盐水县，以水路计算，在今盐池一带。”《长阳县志》（1992年版）载：“南岸温泉今已不显现，北岸温泉在江岸山坡上，池约二平方米，无论春夏秋冬，附近长阳人、巴东人无论男女老幼均赤裸裸地在水中沐浴，自古以来，人们在此取水熬盐。这一带不少人家世代打渔为生。”此处清江南岸的桅杆坪，自1970年至1982年，出土打制石斧5件，磨制石斧5件，磨制竹节斧1件；砺石1件，陶片很碎，以夹砂褐陶为主；残鹿角1件，网坠1件（张典维《湖北长阳清江沿岸遗址调查》）。桅杆坪遗址下层（距今10070±190年）已有五六千年历史，属大溪文化遗址（张典维《巴人起源于清江的历史佐证》）。桅杆坪地势开阔，平坦，江面宽，盛产鱼，江北岸水池多产盐。当地人传说：向王（1984年9月9日，笔者在资丘向王庙旧址发现其庙碑载：“向王古之廪君也。”此碑今存长阳博物馆。清代彭秋潭诗云：“土船夷水射盐神，巴姓君王有旧闻。向王何许称天子，务相当年号廪君”《长阳竹枝词》）来到盐池河，见白色江面漂来一女子，她是盐水女神，要留向王，向王不愿留，再沿江下行。姑娘在后面喊：“我哥来，我哥来！”后船工们把这话喊成：“哦嗬嗨，哦嗬嗨！”（《中国民间故事集成·湖北长阳卷》）。长阳境内沿清江有向王庙41座，供向王天子与德济娘娘（盐水女神）。今盐池河一带，当是昔盐阳。

真心真意求真晴（情），
不知老天肯不肯？

廪君唱：

清早水面波涟涟，
红莲开在水中间，
划到水中去摘花，
左寻右寻寻不见，
原是霞影不是莲（连）。

女神唱：

盐阳水流碧山间，
白白江心绿绿边。
伸手捧起江心水，
尝尝白水味道咸，
却是前世就有盐（缘）。

廪君唱：

露珠落在草叶上，
轻风吹来各一方，
露珠草叶不分离，
要等秋风过山梁，
露珠遇寒变成霜（双）。

白云不愿离天顶，
月亮不愿离星星，
河水不愿离河床，
鸟儿不愿离树林，
女神不愿离廪君。

女神手儿牵廪君，
穿过盐阳山腰云，
站在峰巅四面看，

群峰连绵绿莹莹，
女神脸上笑吟吟：

“参天古木遍山岭，
累累鲜果满树林，
珍禽异兽都挤满，
已够养活全族人，
君就留下莫远行。”

“虽是一片富饶林，
总觉这里不称心，
如果世代食野果，
永远烧吃兽和禽，
我族生活怎换新？”

他们来到银湖滨，
一汪碧水像明镜，
廪君女神湖滨走，
湖中荡漾二人影，
空中飘散说话声：

“鱼游就像泥沙滚，
虾戏就像翻乌云，
龟鳖爬得黑压压，
已够养活全族人，
君就留下莫远行。”

“我爱这里湖光景，
鱼虾却没动我心，
我要寻找富饶地，
全族安居学耕耘，
繁衍生息图昌盛。”

他们来到盐池河，
河水卷起白漩涡，
廪君女神跟河走，
肩挨肩来脚挨脚，
话音时起又时落：

“满河盐水在翻滚，
舀水晒干盐晶莹，
填满山沟堆成丘，
已够养活全族人，
君就留下莫远行。”

“盐水顺着溪谷滚，
闪闪烁烁晃眼睛，
易涨易退山溪水，
枯水季节盐不存，
人多怎够烹食品？”

他们来到芳草坪，
坝子铺开百花锦，
两双脚儿并排移，
阳光映长两人影，
柔风吹送细语声：

“坪如蓝天明又净，
坪如湖面广又平，
帐篷支在草坪里，
已够定居全族人，
君就留下莫远行。”

“你看草坪大无垠，
我看草坪小如井，
我要寻找广大地，

造房密如夜空星，
选择圣地建宫廷……”

女神领着廪君行，
不觉月亮已东升。
没有一山中他意，
没有一水遂他心，
只得送他转回程……

女神回到盐池滨，
精神恍惚心不灵，
吃饭难得张开嘴，
睡觉难得闭眼睛，
就像疾风摇枯藤。

浑身瘦得骨嶙峋，
渐渐变得像只蚊，
脸也像个蚊子脸，
身也像个蚊子身，
双臂变成翅膀形。

薄云漫漫月色昏，
凉风习习夜鸟鸣，
女神离开盐池畔，
脚踩凉风手拨云，
心焦火辣追廪君……

廪君自从离女神，
进出好像掉了魂，
饭不吃来水不喝，
坐不住也站不稳，
心里好像结坚冰。

篷外响起嗡嗡声，
好像蚊子在飞行，
廪君抬头四面看，
光从帐篷隙缝进，
帐内渐渐变光明。

盐水女神进帐篷，
脸上霞光正燃红，
廪君连忙迎上前，
脚板底下卷春风，
顷刻冰化雪消融。

“今夜我俩在一起，
美好时刻甜如蜜。
山中树木分公母，
雀鸟雌雄也同居，
人间哪不配夫妻？”

“爱情花香渗透心，
神土圣水培育成，
我正率族觅领地，
就怕情丝紧缠身，
醉卧贻误大事情。”

乌云有意遮星星，
夜雾有意挡月影，
雀鸟有意停叫唤，
风儿有意不嘶鸣，
成全女神与廪君……

雀鸟已在林中啼，
东方已经露晨曦，
今夜为何这样短，

月怎匆匆下山去？
太阳也不懂人意！

妻对丈夫再恳求：
“请君留此度春秋。”
廪君依然不留下：
“你若能够随我走，
今生我俩共白头。”

女神听后直摇头：
“我今不能随你走，
这里是我出生地，
父母葬在碧山头，
几堆黄土该儿守……”

女神出帐又变蚊，
云里雾里苦飞行，
夜里泪水化露珠，
白日泪水变雨淋，
风在空中也哀鸣！

精灵鬼怪得到信，
个个震惊挂泪痕，
它们纷纷出山野，
顷刻之间全变蚊，
密密麻麻随女神。

6　射蚊

蓝天高高悬头顶，
怀抱太阳和白云，
太阳暖暖东方起，
白云悠悠天边行，
四面八方亮晶晶。

廪君部族正启程，
旌旗猎猎号角震，
旌旗划破水中天，
号角摇撼山巅云，
欢声笑语齐飞腾。

空中太阳渐渐昏，
大地山川慢慢隐，
不是太阳快落山，
不是雷声逐乌云，
怎么突然失光明？

想往前去去不成，
想往后去也不能，
想往左去沉沉黑，
想往右去黑沉沉，
天色骤变难廪君！

廪君抬头望天顶，
满空蚊子飞不停，
蚊子翅膀嗡嗡叫，
廪君突然心里明：
莫非女神不放行？

等了一天一夜整，
四周还是黑沉沉，
廪君对着空中喊：
“蚊子莫要挡光明，
请你飞开让我行。”

空中传来女神音，
字字句句听得清，

泪如细雨随声落：
“只要君不往外行，
蓝天高高飘白云。”

等到三天三夜整，
四周还是黑沉沉，
廪君对着空中喊：
“蚊虫莫要拦我行，
昔日无仇今无恨！”

空中传来女神音，
字字句句听得清，
泪如细雨随声落：
“只要君不往外行，
近山绿来远山青。”

等到五天五夜整，
四周还是黑沉沉，
廪君对着空中喊：
“蚊虫快快放我行，
心急胆燥真难忍！”

空中传来女神音，
字字句句听得清，
泪如细雨随声落：
“只要君不往外行，
繁花似锦草如茵。”

等到七天七夜整，
四周还是黑沉沉，
廪君对着空中喊：
“蚊虫快快放我行，
莫让烈火烧我心！”

空中传来女神音，
字字句句听得清，
泪如细雨随声落：
“只要君不往外行，
彩蝶翩翩金蜂鸣。”

七天七夜已过去，
蚊虫遮天黑漆漆。
廪君心中乱如麻，
额上大汗注如雨，
好说歹说她不依。

除掉蚊虫伤女神，
难忘情义比江深；
留下蚊虫不射掉，
黑暗阻我上征程，
全族重托双肩撑！

眼下廪君何处行，
左右为难难决定，
左难怕伤恩爱妻，
右难怕损全族人，
头也胀来脑也昏！

等到十天十夜整，
廪君好话全说尽。
满天蚊虫没撤动，
全族人心乱纷纷，
横眉怒目涎水喷！

廪君紧锁额上纹，
仅仅十日白发生，

吞了石头胸中凉，
吃了木杠横下心，
廪君决定射女神！

廪君对空唤女神：
“你来我俩细商定。”
女神空中飘飘来，
满面春风喜盈盈，
天上降下一颗星。

廪君拔发挽成卷，
飘飘递到女神前：
“这是一缕圣洁丝，
忠贞爱情凝上面，
我俩从此永团圆。”

女神将丝系在臂，
话语亲切笑声脆：
“从此永远不分离，
两人形影紧相随，
甜蜜岁月醉心扉。”

话语劈碎廪君心，
欢笑撕裂廪君身，
此刻与她永别离，
惜她死不明真情，
天旋地转胸中疼！

女神顷刻不见影，
耳畔只留蚊虫鸣，
廪君抬头望空中，
青丝拴着一只蚊，

飘飘荡荡看得清。

廪君挽弓石上立，
瘫倒下去又跪起，
几次举弓又落下，
牙齿咬破嘴唇皮，
箭朝青丝射出去！

耳边传来呻吟声，
空中现出女神影，
双目铁青紧紧闭，
面颊惨淡如白云，
阴风凄凄绕她身。

女神轻轻飘落下，
空中坠落一片霞，
缓缓沉入夷水里，
碧水含悲撞云崖，
深山老林飞鱼虾。

满空蚊虫不见影，
天高犹如碧玉明，
日照群山堆翡翠，
夷水清澈闪晶粼，
艳阳天色处处新。

人们摆手齐欢腾，
笑声飞卷翠谷鸣，
一路歌舞朝江去，
土船木船江边等，
廪君来到就启程。

廪君还在砀石上，
痴痴呆呆像木桩，
手提弯弓垂地面，
眼看夷水波涌浪，
两行泪珠挂面庞……

7　定都

红霞飘荡在山巅，
朝阳初升在天边，
部族人员拥峡谷，
欢声笑语震山间，
迎着朝阳奔向前。①

廪君虽然露笑颜，
痛苦如山压胸间，
巨岩前来没发觉，
山往后去没看见，
不断回头望后面。

回头向西望一望，
女神是否在盐阳，
江面可曾留倩影，
笑声可曾留岩上？
他日定要来寻访。

回头向西望一望，
女神是否在盐阳，
站处芳草可吐绿，
坐处鲜花可喷香？
他日定要来寻访。

① 廪君从盐阳“复乘土船，下及夷城”。盐阳在西，夷城在东。

回头向西望一望，
女神是否在盐阳，
伴她舞姿蝶在飞，
伴她歌声莺在唱？
他日定要来寻访……①

前面石穴已临近，
黑黝黝来阴森森，
黑黝黝来不见底，
阴森森来真吓人，
廪君一见吃一惊：

“真是碰到倒霉运，
前面洞穴又来临，
我们刚从洞穴出，
洞穴又在等我们，
洞穴你怎缠我身？

“眼睛生在耳前面，
脚趾个个都朝前，
马儿不吃回头草，
树巅不回土中间，
廪君不再跨洞沿！

“挽我弓来拔我箭，
任你洞深岩石坚，
泥沙能阻江河水，
蛟龙也死蚁面前，

① 从盐阳至夷城经过的峡谷，今名伴峡，风景甚美，伴峡中有地名三望（廪君回头三望盐神），从西到东，分一望、二望、三望。

叫你洞穴化尘烟!”

廪君说话刚落音,
前面洞穴骤然崩,
轰轰隆隆石梯现,
千块万块石阶平,
整整齐齐通山顶。

真是意外奇事情,
廪君不觉暗吃惊:
天在帮我成大事,
地在助我大事成,
即率部族往上登。

顶上大坪平整整,
红花绿叶铺满坪,
红花丛中蜂蝶舞,
绿草地上禽兽鸣,
大伙一见心振奋。

一块巨石卧平地,
坐在石上暂休息,
人们议论建都城,
你一言来我一语,
手排竹片详计议。

奇中又出奇中奇,
竹落石上无法移。
廪君微笑开口说:
“天神已经降旨意,
巴国都城建这里。”

廪君率族历艰辛，
兴建巴国都夷城。①
五姓人在这里住，
捕鱼狩猎勤耕耘，
繁衍巴族万代兴。②

---

① 夷城。《水经注》按："廪君之生也，出于赤穴，其死也，化为白虎……廪君望岩而啸，山若为崩，其有功于夷水必多。生而君之，死而神之，白虎有陇，宜也。"清道光时的《长阳县志·古迹》载："白虎陇，在县西二百三十里，昔廪君死，精魂化为白虎，故巴人以虎饮人血，遂以人祀。""巴人廪君化白虎处，白虎陇。旧志谓廪君化白虎处指此。故渔峡口东西村称白虎陇。"香炉石文化遗址于1987—1994年发掘，面积为399平方米。夏时期的文化堆积，主要为第七层，出土遗物有石器、陶器和骨器。还出土了一批兽骨。其中陶器有罐、瓮、钵、豆和纺轮等。代表性器物是大口、平底和圜底，鼓腹夹粗绳纹罐和圆绳、敛口、深腹、平底泥质灰陶钵。据碳十四测定数据为距今4090±100年。早商时期的文物堆积，主要为第六层，出土遗物有石器、陶器、骨器、贝币和卜甲等。陶器有釜、罐、盆、瓮、豆、钵、杯、盘、纺轮和网坠等多种。据碳十四测定的数据为距今3520±130年。晚商时期的文化堆积，主要为第五层，出土遗物有石器、骨器和甲骨等。陶器仍以圜底釜为主，次为罐。陶豆全是浅盘细柄豆。西周时期的文化堆积，主要为第四层，出土遗物有石器、陶器、骨器、铜器、贝币、甲骨和陶印章等多种。陶器仍以夹砂圜底釜为主。釜的纹饰由多绳纹变为多方格纹了。东周时期的文化堆积主要为第三层。出土遗物有石器、陶器、骨器、铜器等。还有瓮、盆、钵、碗、盘、豆、杯、纺轮和网坠等多种。(扼要摘自王善才主编《清江考古》，科学出版社2004年9月第一版)。香炉石在清江北岸，山顶两座山峰成南北向并列耸立，靠清江北岸的一峰有二巨石，东西并列，巍然挺立。西边一石，方二丈余，高约40米；东边一石，俗称为香炉石，形若香炉，上岩下崖，高约50米，岩顶呈正方形。岩腰四周层层崩落，形成了顶粗腰细、上圆下方的形态。香炉石两峰之间为梯形土墩层层递落，直至江边，有如"阶陛相乘"，而根据香炉石周围陡峭断面之自然形态，可以断定它是由岩崩造成的。崩塌的岩石阻塞了河道，又导致河道峡窄，江水回转，形成"曲岸"。由于岩石杂乱堆叠，自然出现无数"穴状"奇观。总之，香炉石的地貌特征与古籍所载的夷城的"石岸曲""水亦曲""望如穴状""岸即为崩""阶陛相乘""岸上有平石"等地貌特征基本吻合。(罗家新《浅谈夷城》，载《湖北省考古学会论文选集》)。当地传说：很久以前，白虎垅东巴王沱以北的悬崖有大岩洞（今称蟾洞)，有位白胡子祖公在洞里无疾而终，当地人抬他到灯芯岭安葬，狂风暴雨，电闪雷鸣，老头变成大白虎飞到天上去了，后来人们尊老头为向王天子，椎牛祭祀。白虎陇有白虎庙三座：白虎观、白虎陇和庙岭（张盛柏《长阳渔峡口白虎陇拾零》)。今长阳渔峡口香炉石一带当为昔巴国古都夷城。

"廪君望岩而啸，山若为崩""廪君化白虎升天""向王子呜牛角，呜出一条清江河"等，以及直到今日清江流域的诸多虎故事中的虎均为正面形象，人虎互变等，应为图腾说。

② 巴族，巴族习性刚猛，勇武善战。商末，他们助周伐纣，立克商首功。楚汉相争，助刘伐项，出为前驱。西晋王浚以巴族建立水军，迫降孙皓……巴族是今土家族的先祖。

人们随着巴姑的身影且舞且唱，
舞姿飘在山谷，歌声飞旋山冈。
人们怀着激动的心情追忆先祖，
要让他们辉煌的业绩万古传扬。

大山中的巴族从远古走到如今，
多亏代代先贤把英雄业绩开创。
开国君主巴务相后来情况如何，
巴姑又领众人把廪君故事传唱——

廪君化白虎

天宫里面白虎星，
羡慕人间下凡尘，
四寅相逢一线时，①
赤穴之中他降生，
巴人推举为廪君。

廪君率族向西行，
建立巴国都夷城。
日月如梭过得快，
廪君须发白如银，
脸上布满深皱纹。

王位已经传儿孙，
独自一人离宫廷。
他朝一面绝壁去，
蟾洞里面度余生，②
暮年更恋儿时情。

---

① 即寅年寅月寅日寅时。
② 蟾洞：大石窟，在今长阳渔峡口境内，相传廪君的暮年在这里度过。

破帽破鞋破衣裙，
不食不饮不饥困。
有时也到洞外来，
戏弄身边雾与云，
逗趣头上月和星。

岁月匆匆不饶人，
老人无疾丧了命，
覃姓将他抬出洞，
船棺里头安他身，
将他葬在灯芯岭。①

当夜电闪惊雷鸣，
狂风大作雨倾盆。
灯芯岭上亮闪闪，
坟裂棺开雾腾腾，
众人望去吃一惊——

一只白虎跳出坟，
浑身上下亮晶晶，
飞身直上天庭去，
亮光驱散层层云，
星月之间游虎影……

棺内不见廪君身，
搜他衣冠再葬坟，
岭上修起白虎庙，
年年月月祭虎神，
先王保佑巴臣民。

① 灯芯岭：在今长阳渔峡口境内，今名白虎垅。此一带有多处白虎庙遗址。

五

摆手堂内供奉着八部大王神像，①
每尊神像都显得有些怪模怪样。
蓬乱的头发垂落下来直抵腰部，
有着乌黑百茧的双脚踏在地上。

八部大王的正中供着一尊女神，
那是八部大王共同拥有的婆娘。
婆娘向八个兄弟奉献同样的爱，
八部大王把诚挚的爱向她献上。

面前的祭品全是生的禽兽肉类，
鲜血还在这些禽兽肉上面流淌。
肉上抛撒着多种树皮和青草叶，
红绿间杂，闪烁着绚丽的光芒。

八部大王像前燃烧着簇簇檀香，
裴文寿穿八幅罗裙把牛角吹响。
神像下的地面燃烧着叠叠纸钱，
裴文寿把对神的赞歌琅琅传唱：

你勇敢无比，
去擒拿恶人。
不必用刀斗，
杀人吃生肉，
杀人喝生血，
哪要油和盐！

---

① 摆手舞：多在旧历正月上半个月举行，由梯玛主持祭祀仪式，然后跳舞。舞分单摆、双摆、旋转摆多种。舞者少则几十人，多则万余人。分马前舞（古代打仗）、饮宴舞（宫廷朝拜土王）、打猎舞、生产舞等。八部大王神像：传说在廪君之后，土家共有八个部落，各部落均有各自的首领。有八部大王庙，有的大摆手堂里也供八部大神。

茅谷斯们全身不停地抖动，①
浑身飘飞的茅草哧哧作响。
茅谷斯们迈碎步进进退退，
头上的五条长角摇摇晃晃。

一根用红纸包着头的草把，
上上下下甩动，有五尺长，
它生在男茅谷斯腹部下面，
女茅谷斯投去惊喜的目光。

土王：
“你们今来这多人，
谁是你们亲父亲？”

众男茅谷斯：
“我是他们的父亲。”
“我是他们的父亲。”

老男茅谷斯：
“我是他们的父亲，
我是他们的父亲！”

男茅谷斯：
“叭台叭台挖生土，
鸡巴硬了胀鼓鼓。
我把妹妹往山搬，
拿起鸡巴把你入。”

---

① 茅谷斯：土家语为“拔步卡”，是一种古老的萌芽状态的戏剧。多在初春摆手后演出。剧中人物都是土家的先祖，身上长满长毛。表演者浑身扎上稻草，象征毛人。有时出场多达15人。一般演5场：打猎、种地、钓鱼、接新姑娘、先生教书。土家梯玛文化源于茅谷斯，它反映了土家先民的远古信仰、生产、生活等情形，是土家文化的活化石。

女茅谷斯：

“看你哥哥看你哥，
妹妹不用哥来搬，
两个一同山里去，
月亮出来把家还。”
……

土王与众茅谷斯对答：

“你们是从哪里来？”
“是从西眉山上来。”
“昨晚睡在何地方？”
“睡在棕树树下面。”
“你们吃的何东西？”
“吃的棕树树籽籽。”
“你们喝的是什么？”
“我们喝的是凉水。”
“你们穿的是什么？”
“我们穿的棕树叶。”
……

茅谷斯舞跳了一场又一场，
观看的人们无不神采飞扬。
裴文寿拿了扫帚走上前去，
把扫堂的歌曲儿高声传唱：

小米穗子扫进来，
稻谷穗子扫进来，
苞谷坨坨扫进来，
猪儿羊儿扫进来。

手脚软软的瘟气，
心里跳动的邪气，
扫到阳沟里面去。

把不做好事的人，
把不讲好话的人，
扫到阴沟里面去。……

李郎和巴姑深夜走回家去，
欢乐的场面还在脑里回荡。
他们忘了头顶飞舞的雪花，
李郎把茅谷斯舞细细思量：

“远古的人身上长满了长毛，
这舞蹈表演的是古人模样，
古时的人穿着树叶吃野兽，
这戏再现古人的生活状况。”

李郎和巴姑走进火垅里面，
顷刻之间温暖流遍了全身。
和母亲共同品尝荞麦粑粑，
巴姑又将茅谷斯作一评论：

“男茅谷斯腹下面的粗鲁棍，
它可就是人类的起源之根。
在戏场上它供人玩味欣赏，
在庙堂里它可是圣洁之神。”

六

阳光沐浴着初夏时的山村，
李郎把牛牵到稻场上站定。
牛的背上披挂鲜艳的红布，
给牛品尝的鸡蛋装满木盆。

裴文寿身穿法衣手持铜铃，

声音时高时低地念诵经文：
“青城化身，为牛犊之主宰，
傅山得道，司妖道之权衡……”

李郎全家对着牛虔诚叩头，
点燃香纸，四周烟雾腾腾。
牛看着这一切，倍觉快乐——
欣慰的是在这一日牛为神。①

人们眼望着牛的憨厚模样，
想起它终生为人辛勤耕耘；
人们想到牛王表上的记载，
便深深缅怀牛救人的功勋。

牛王救人

很早又很早，
寨里人们种水稻，
水牛养得多，
水田耕得好。

异族来攻打，
声声狂叫举大刀，
寨里人战败，
敌人过山坳。

人们搬巨石，

---

① 牛王节：传说古时一头牛在（旧历）四月八日这天救了一个人，被大伙称为牛中之王。它不用再耕地，人们将其饲养着。这头牛老死后，变成一颗星，名“丑宿星君。”它成了牛王神。至今，清明和立夏两天，牛不耕田。“清明耕田牛脱劫（死），立夏耕田牛屙血（病）。”后来，将四月八日改为八月八为牛王节，请巫师或道士上“牛王表”。表中有“青城化身，为牛犊之主宰；傅山得道，司妖道之权衡”句。在牛角上挂红（布），给牛洗澡。牛死后土葬，请巫师或道士作法事，牌位上书“傅山得道明王大帝”，让牛魂归到“丑宿星君”那里去，此名“起草场”。

一道城墙垒得高，
寨内和寨外，
一下就隔到。

牛儿没有草，
个个饿得直嗥叫，
相互用角斗，
人去难解交。

天上飞乌云，
阵阵扯闪雷声到，
天上有牛吭，
一牛到山包：

“我是众牛王，
玉帝遣我下九霄，
驱敌出山寨，
也为牛解交。”

牛王办法好：
群牛角上绑利刀，
牛背挂红布，
牛尾拴稻草。

打开寨子门，
牛尾稻草用火烧，
群牛向前冲，
对敌挥大刀。

敌人慌忙逃，
浑身被刺血肉抛，
身边滚浓烟，
衣被烈火烧。

死的落沟槽，
活的跳岩挂树梢。
寨子变宁静，
水田种得好。

七

阳光照耀着翡翠般的森林，
林中响彻百鸟婉转的歌声。
田野中横卧着清澈的小溪，
日日夜夜演奏着悦耳琴音。

李郎稻场上晒着各类衣衫，
微风吹过，像飘动的彩云。
巴姑和婆母在溪中洗头发，
碧潭里映照着亲切的笑影。

白虎神像前燃烧香烟红烛，
李郎敲罄，溪谷发出回鸣。
人们围坐，品尝十碗八扣，
李母讲述六月六日的事情。①

覃厚王

茅冈崇山岭，
水秀山色青，
山边一农舍，
住着覃家人。

① 旧历六月六日，相传为纪念覃厚王，称“龙晒衣”日。这天，户户晒衣，并接出嫁女回来过节。谚云：“你不赐我磨刀雨，我不赐你龙晒衣”，即旧历五月十三若不下雨，六月六就是阴天或雨天。一说这天晒了衣，衣不长虫。椿树坪的萧兴兰老太太说：“龙在一年上头就是六月六晒衣，在这一天，人要让龙晒。”这天她不晒衣。

有女名覃霞，
妻子又怀孕，
怀了整三年，
小伢才出生。

男伢红又嫩，
身长三龙纹，
取名叫覃厚，
远近都闻名。

皇帝有所闻，
不觉吃一惊：
“此人非凡夫，
莫非造反人？”

日夜心不宁，
暗派臣杨景：
“你到茅冈去，
窥伺假和真。

“真有龙纹伢，
此乃大患隐，
就地杀全家，
刀下莫留情！”……

一个夏日天，
覃家来一人，
卖的采牙棒，①
覃家买一根。

① 采牙棒：用花椒树的树枝制成的小圆棒，小伢指头般粗，长寸余。系在小伢右手腕上。小伢长牙时，放在嘴里咬，牙不生虫。

商人来系棒，
细看小伢身：
三条肉凸起，
如龙戏红云。

当日夜更深，
屋内潜外人，
听见鼾声响，
风吹利刀鸣。

利刀在挥舞，
只闻咔咔声，
肉丝满空飞，
血如暴雨淋。

覃霞被惊醒，
已知灾难临，
抱起小弟弟，
轻轻出后门……

天亮覃霞回，
父母已丧命，
埋在屋后面，
砌起两座坟。

当日深夜里，
坟长竹两根，
楠竹长得快，
密密串成林。

覃霞带覃厚，
岩洞藏下身，
野果和溪水，

姐弟来度命。

覃厚到三岁，
体壮人机灵，
姐姐教武艺，
奇技学在身。

长到七岁整，
武艺练得精，
皇上杀父母，
定报此仇恨！

长到十二岁，
带领三千兵，
日夜勤操练，
九溪扎大营。

墙壁也透风，
皇帝得到信，
斥责杨景臣，
斩草没除根！

杨景再启程，
统军三万人，
来到茅冈后，
围剿覃厚兵。

相斗七年整，
厮杀不曾停，
官兵日日减，
土兵天天增。

皇帝发了怒，

增添十万兵，
开进九溪来，
统帅周德兴。

此次力悬殊，
恐难打得赢，
覃厚夜做梦，
见到父母亲：

“百万雄奇兵，
集结在竹林，
等到七日后，
方可发号令。”

覃厚梦醒来，
浑身力千斤：
“父母在保佑，
歼敌必获胜。”

官兵尚未进，
先来几个人，
黑夜砍断竹，
貌看一片青。

等到七日后，
覃厚来调兵，
但见竹全破，
内有兵马影。

这些兵和马，
全部丧了命，
时间尚未到，
他们未长成。

覃厚大汗淋，
两眼飞金星，
探子来报告：
官兵上了岭。

覃厚带兵走，
不和强敌拼：
留得青山在，
不愁灶无薪。

官兵来九溪，
就像卷黑云，
见人过刀杀，
见屋用火焚。

人血流成河，
人尸堆成岭：
“捉到覃厚后，
烧杀立即停。”

见到民遭殃，
覃厚心如焚，
独自挺身出，
去见周德兴：

“覃厚已来到，
烧杀快快停！”
覃厚被绑缚，
押解到南京。

六月初六日，
覃厚丧了命，

热血染战袍，
亲人来洗净。

称他覃厚王，
英魂坐龙廷。
屋后栽园竹，
犹藏百万兵。

每逢殉难日，
人们晒衣裙，
此称龙晒衣，
流传到如今。

八

太阳刚刚冒出东边山冈，
晨雾在峡谷里缓缓游荡。
雀鸟在林海中婉转啼鸣，
露珠滴得树叶飒飒作响。

男男女女扛锄走向田野，
摆起翼子几乎压断山梁。①
翼前五人正在敲锣打鼓，
薅草人随锣鼓阵阵歌唱。②

巴姑唱：
　　姐姐弟弟配成双，

---

① 翼子：多人在同一块田中干活，将人的多少和田的大小摆得合适。这一线称为翼子。

② 薅草锣鼓：多人薅草（或干别的活）时，兴“打锣鼓”。锣鼓班子为四人一组，乐器有钹、锣、鼓和马锣。也有二人一组的：一人打鼓发歌，一人以木架上挂的另三件乐器，边敲打边接歌。打鼓匠是（通过唱歌）调“翼”的总指挥，包括质量不行而返工的。有鼓班子自唱和与众薅草人对唱。曲牌甚丰。有固定的歌词，也可即兴创作。早上唱古人，中午唱花名，下午唱爱情。

繁衍人类在地上。
姐弟再去太空里，
姐姐变成一太阳，
弟弟变成一月亮。

姐姐对着弟弟讲：
“你有镰刀握手上，
你就夜里来行走，
有人手指你面庞，
把他耳朵来割伤。”

弟弟对着姐姐讲：
“绣花针在你手上，
你就白天来行走，
有人抬头把你望，
把他眼睛来刺伤。”

姐弟分手走天上，
白天黑夜轮流逛。
东方出来西方落，
小伢不敢指月亮，①
人们害怕望太阳。

李郎唱：

大地本有四支角，
四个鳌鱼把它托。
不扯皮来不偷懒，
一个角里站一个，
又有分工又合作。

太阳累了往下缩，

① 据说，小伢用手指了月亮，月亮（如镰刀形）就会割耳朵（烂耳）。

月亮累了也缺角，
鳌鱼累了眨眼睛，
眼睛一眨动山河，
河豁口来地崩落。

天降蛟籽几十颗，
随着冰雹地上落。
吃了蛟籽就成蛟，①
此时电闪乌云破，
此时雷震雨滂沱。

蛐蟮起蛟地上过，
洪水随它起微波。
野鸡起蛟飞过岭，
洪水与它共起落，
人畜奔逃无处躲。

巴姑唱：

女人国里无男人，
女人又从何处生？
三月刮起男阳风，
女人国里闹欢腾，
男人个个无精神。

女人国里女人们，
个个去跨葵花井，
男阳风从这里过，
女人一闻就兴奋，
跨过井面就怀孕。

---

① 据说，只要有生命的东西吃了蛟籽都可成蛟。蛟籽如冰雹形，夹在冰雹中落到地上，若人吃了这蛟籽，这人就成蛟。有人吃了蛟籽，变成龙，随洪水东去。它（们）飞（跑）多高，洪水涨多高。

男人不得看她们，
被掐雀尕就丧命。①
稀奇东西是雀尕，
有福才能揣上身，
日日夜夜香醉人。

李郎唱：

人原有尾后面生，
摇摇摆摆真精神。
乌龟身上无尾巴，
看来看去羡慕人，
要人给尾安在身。

人把尾巴给乌龟，
人无尾巴龟尾生。
人也感到无尾好，
尾巴挺得屁股疼，
尾巴去处只留名。

茸茸长毛裹着人，
去烧火田烈火生。②
双手捧头夹胯缝，
火未烧处毛还存，
别处火烧光光身。

巴姑唱：

凡间种子也没有，
吃的林中禽和兽，
玉皇大帝知道了，
招来天上一神狗：

---

① 雀尕：本是对鸟的称呼，通常指男孩的生殖器。
② 砍火田，即刀耕火种。

“你送种子凡间走。”

狗子一听身颤抖：
“去到凡间路难走，
漂洋过海才能去，
恐怕力小难得泅，
种子落水逐浪流。”

君无戏言不改口：
“狗儿勿须犯忧愁。
你有游泳真本事，
人间粮食充足后，
大饭为你备得有。”

狗背种子海里游，
大风大浪不回头。
身上种子被冲光，
只有几粒尾上留，
交到凡间农人手。

人间粮食大丰收，
人用大饭感谢狗。
狗将饭字听成粪，
遇到人粪吃个够，
常在人的茅厕走。

狗换新毛度春秋，
尾毛不换永保留。
人见狗尾白色毛，
说狗粮食自己有，
再穷也要喂只狗。

李郎唱：

从前田无杂草生，
种子落地就生根，
秆子长得比人高，
果实结得厚墩墩，
丰收景象喜煞人。

人们种田真消停，
玩玩耍耍真高兴。
觉得地上不好玩，
攀着天梯往上升，
轻轻飘飘到天庭。

游逛天上无限景，
人间事情忘干净。
玉皇大帝知道了，
三石草籽撒凡尘，①
田中遍地杂草生。

天上农人转回程，
一看田里吃一惊。
天上降下薅锄来，
拿起薅锄斩草根，
每每天天忙不停。

前面杂草没锄净，
后面杂草又丛生。
玉帝抽梯到天上，
人再无法上天庭，
锄草累得汗淋淋。

锣鼓声和着歌声在群山间回荡，

① 石：容量单位。十斗为一石。

排排薅锄挥动遇石块闪射火光。
被薅的松土层已留在人们身后，
茫茫苞谷林泛着翡翠般的光芒。

薅草队伍从坪处伸到山坡顶上，
头顶已悬着火一样燃烧的太阳。
一阵激烈的吆喝声音响过之后，
人们到树林中享受着浓浓阴凉。

东家送来的凉茶胜过蜂蜜琼浆，
劳累后的歇息才是真正的舒爽。
巴姑和李郎饮足凉茶走向田中，
又和着锣鼓声与大伙纵情歌唱。

巴姑唱：

什么修屋背朝天？
什么修屋修半边？
什么修屋背起走？
什么修屋两头穿？

李郎唱：

蜂子修屋背朝天，
燕子修屋修半边，
螺蛳修屋背起走，
黄鳝修屋两头穿。

巴姑唱：

什么带针不带线？
什么带线不带针？
什么点灯不干活？
什么干活不点灯？

李郎唱：

蜂子带针不带线，
蜘蛛带线不带针，
萤火虫点灯不干活，
土狗子干活不点灯。

巴姑唱：

什么出来岩上坐？
什么屋角织绫罗？
什么打的盆盆鼓？
什么唱的五更歌？

李郎唱：

猴子出来岩上坐，
蜘蛛屋角织绫罗，
青蛙打的盆盆鼓，
雄鸡唱的五更歌。

巴姑唱：

什么睡觉先打转？
什么睡觉先打圈？
什么睡觉倒挂起？
什么睡觉站起眠？

李郎唱：

麂子睡觉先打转，
狗子睡觉先打圈，
蝙蝠睡觉倒挂起，
骡子睡觉站起眠。

巴姑唱：

什么无骨钻硬土？
什么无骨水上漂？
什么无骨家中坐？

什么无骨织绫绡？

李郎唱：

蚯蚓无骨钻硬土，
蚂蟥无骨水上漂，
蜜蜂无骨家中坐，
蚕子无骨织绫绡。

巴姑唱：

什么头顶三角叉？
什么到老大分家？
什么肚里眼对眼？
什么身上疤挨疤？

李郎唱：

魔芋头上三角叉，
大蒜到老大分家，
莲藕肚里眼对眼，
古树身上疤挨疤。

巴姑唱：

什么叶子千条筋？
什么脚下万条根？
什么肚里空不过？
什么身上一包针？

李郎唱：

芭蕉叶上千条筋，
棕叶树下万条根，
竹子肚里空不过，
板栗身上一包针。

巴姑唱：

什么结籽成双对？
什么结籽打单身？
什么老了红起脸？
什么老了红眼睛？

李郎唱：

豇豆开花成双对，
茄子开花打单身，
广椒老了红起脸，
高粱老了红眼睛。

巴姑唱：

什么吃草不吃根？
什么睡起不翻身？
什么肚里长牙齿？
什么肚内长眼睛？

李郎唱：

牛儿吃草不吃根，
石头睡起不翻身，
石磨肚内长牙齿，
灯笼肚内长眼睛。

巴姑唱：

什么开花开到顶？
什么开花要埋根？
什么开花结成坨？
什么开花爪爪深？

李郎唱：

葵花开花开到顶，
花生开花要埋根，
荞麦开花结成坨，

菊花开花爪爪深。

人们吃了中饭下田来，
揩掉汗珠身上更爽快，
太阳已从人们当头过，
银草帽儿还是头上戴。

锣鼓山歌重又响起来，
嘹亮声音震撼云天外，
薅锄刨土飒飒飒地响，
层层杂草连根刨起来。

人们终觉浑身太劳累，
不说不笑实在不愉快，
推荐李郎巴姑唱情歌，
情歌一唱疲劳全滚开。

巴姑唱：
　　姐儿住在对门岩，
　　夜里去了夜里来，
　　撞到豹子是条狗，
　　撞到老蛇是根柴，
　　不为情哥我不来。

李郎唱：
　　姐儿住在对门岩，
　　不知不觉长成才，
　　早晨看见姐挑水，
　　晚上看见姐抱柴，
　　恨不得插翅飞过来。

巴姑唱：
　　姐儿生得白漂漂，

好像细纸包棉条，
棉条还要车子纺，
车子还要广藤缠，
姐儿还要小郎玩。

李郎唱：

姐儿生得人品好，
我今有心来捞到，
脱了鞋子满山跑，
锥了刺儿请你挑，
轻脚轻手捏一爪。

巴姑唱：

郎在高山放早牛，
姐在房中梳早头，
郎在山上招招手，
姐在房中点点头，
有情不须多开口。

李郎唱：

郎在高山栽杉树，
姐在河下栽桂竹，
砍了杉树箍担桶，
砍了桂竹打道箍，
小郎还要姐照护。

巴姑唱：

昨日与姐同过河，
拣个岩头逗情哥，
只有情哥逗情姐，
哪有情姐逗情哥，
生蛋鸡母自调窝。

李郎唱：

　　昨日与姐同过街，
　　郎买簸箕姐买筛，
　　郎买簸箕簸两簸，
　　姐买筛子筛两筛，
　　好似姻缘团拢来……

夕阳已映照在东边山冈，
几丝红霞飘在蓝天顶上。
归巢的鸟儿正飞在头顶，
薅草的人们也走下山梁。

九

微风轻轻地吹过田野，
成熟的五谷香气袭人。
农人沉醉在喜悦之中，
不时地扬起阵阵笑声。

李郎门前搭起了高台，
台顶上供起了五谷神，
五样谷物沐浴着阳光，
是它养育人类的生命。

五谷神前檀香在燃烧，
台上面钱纸灰在飞腾，
裴文寿穿着法衣走动，
铜铃舞步伴随诵经声——

五谷神

　　凡间五谷神，
　　养活世上人。
　　八月二十四，

出生到凡尘。

锅里我不煮，
甑里我不蒸，
磨里我不推，
怕吓你的魂！

路上有长影，
心里莫要惊，
凡夫为你设，
送你打狗棍。

天下有众人，
路有土地神，
你顺大路走，
平安进我门。

请走平地里，
五谷落地生。
请到荒坡上，
秆子长成林。

有人把你抛，
闪电打头顶，
有人把你踩，
五雷劈周身。

把你丢火里，
双眼失光明；
把你丢水中，
孤寡无儿孙。

凡间五谷神，

养活世上人，
岁岁保丰收，
年年显威灵。

十

太阳已靠近西边的山冈，
李郎离屋缓缓走向南方。
他在山坳装香烧着纸钱，
虔诚地面对着云南方向。①

“远在云南的远古的亲人，
你们的后辈是朝思暮想，
今年的新谷物已经成熟，
你们来与后辈共同品尝。”②

他转身走向自家的方向，
身后的脚步声沙沙作响。
亲人的魂魄已随他而来，
只是阴阳相隔难见形象。

巴姑把红漆桌搬入稻场，
新谷物做的饭摆在桌上。
李郎引亲人魂坐在桌边，

---

① 云南会：旧历七月上半月为月半节。谚云：“年（春节）小月半大，鬼神也歇三天驾。”初一，各庙开始撞钟，昭示新亡人和孤魂野鬼。初五，备酒醴，烧香纸，迎接新亡人。初七，放河灯，放施食，各户做“鬼粑粑”抛于江中，以祭历年淹死之鬼。初十，迎接老亡人。十五日，弄一桌奠席醮亡人。席中不得有茄子，亡人会以为是后人的肝；不得有豇豆，亡人会以为是后人的肠子；不得有南瓜，亡人会以为是后人的脑壳。十碗菜摆成三角形，筷子放碗上，酒倒在地下（醮过亡人的饭菜，十二岁以下小伢不能吃，否则会记性差）。晚上，“交包袱”（烧纸钱于野外），让新老亡人“赶云南会”（一说为“盂兰会”，在扬州）时作盘缠。七月，小伢不剃头，怕被亡人认错，带走（魂），有些大人在七月也不理发，今仍如此（土家男子死后都是剃了光头的）。

② 醮亡人的饭碗底下若有水汽，则认为是亡人来过，无水汽则是没来。

仿佛听见他们笑声飞扬。

李郎拾起烧过的纸钱灰，
伴在稀饭里撒在大路旁：
“微薄的盘缠你们莫嫌少，
随身带在去云南的路上。”

一只青啄母落在李母身，
李母见到它后泪湿眼眶。[①]
她想起先辈征战的故事，
祖先的英勇真令人崇尚。

孤魂

很多很多年以前，
异族入侵起战乱。
青壮男女赴疆场，
老弱病残入云南。

战争数年结束后，
敌尸填得沟壑满。
山寨依然入云天，
雨后山花更烂漫。

逃难人们多返乡，
少量人员未能还。
孤魂野鬼流落外，
思乡哀歌凄惨惨。

---

① 旧历七月，青啄母（一种背高嘴尖的绿蝗虫）进入室内，被认为是亡人之魂所变，不得伤害。

第四章　扁担花出生

一

李母心中就像盛开的石榴花，
儿媳妇给她生了个胖胖孙伢。
她亲亲切切地细吻孙儿额头，
她柔柔美美地轻抚孙儿黑发。

床前的七星灯就像七颗星星，①
闪闪烁烁，使满屋飞旋金花；
岔路上挖的窝子像一个金碗，②
圆圆纠纠，只觉得又深又大。

巴姑脸上尽是饱含激情的欢笑，
剧烈的阵痛后做了幸福的阿妈。
李郎已经享受着当阿爸的欢乐，
深深觉察出自己肩上责任重大。

他打开大门，见四周阳光灿烂，

---

① 旧时，生伢时，妇人跪着或由一人抱住。伢落地处点“七星灯”（一个小瓷杯中盛菜油，七根捻子摆开摆匀，点燃），这样就不怕“四眼人”。“四眼人”来看后，伢会无奶吃。室内点灯，伢长大后成狠人。室内黑，伢长大后是撞膀（傻子）。

② 生伢后，地上血迹不能洗，不能踩，否则伢无奶吃。家人去岔路口挖土来填此处，七天后将土搬走。生的儿子，挖成圆窝；生的女儿，挖成瘪窝。窝大则伢饭量大。胎衣放坛中埋着，小伢长大会唱歌；埋竹园内，后人如笋兴旺；丢在茅厕，小伢如蛆胖；或埋在顶梁柱侧。生了儿子放三眼铳，生了女儿放鞭，孩子以后胆大。

门前一只老虎正对他摆着尾巴：
“至尊的虎神，您有何事要求我，
还是特意在此刻前来与我说话？”

老虎站立着，流露出阵阵欢快，
明亮的眸子里荡漾着激情无涯。
李郎此刻才感觉出它是逢生人，①
老虎忙跑开，身影消失在岩下。

李郎进门，和母亲讲起此话，
屋内爆发一阵清脆的响哈哈：
“孙儿的逢生人是位圣明神仙，
预示着这伢子定然前程远大。”

李母叫儿子快牵出一头山羊，
准备给这位逢生人最好报答。
李郎给羊挂上红布牵到林边，
老虎前来点点头，以示笑纳。

二

李母从鸡笼里捉出一只雄鸡，
它高昂头颅，像山巅的红云。
她催儿子捉鸡给外祖母报喜，②
李郎抱着鸡，跨越险峰峻岭。

加大脚步，一步走三步的距离，

---

① 婴儿抱上床后，父开大门，第一个与伢的父说话的人称“逢生人”。此人的德行、经济、社会地位都是这小伢的人生预兆。俗话说：“猪依抱来人，狗依捉来人，人依逢生人。”于是其父专找有地位的人讲话，避孬人。“当回逢生人，三年不走运。”生伢户必酬谢逢生人。有的当了逢生人后，回去舔锅铲，这小伢以后就是“好吃包”。

② 生伢后，其父去外婆家报喜，若生的儿子，就捉一只公鸡去，外婆回赠一只母鸡；生女儿，捉母鸡，回赠公鸡，以示儿女双全。另一说是为了以后易婚配。有的改送红蛋（染红）。

快速前往，三天走九天的路程。
月亮一次次地由皎洁变得黑暗，
太阳一次次地由西坠重又东升。

李郎在吊脚楼见到年迈的岳母，
老人一见到鸡，便知道了喜讯。
她去林中捉来一只雌性大雉鸡，
要女婿带上它快速地踏上归程。

李郎抱着雌雉鸡走出岳母大门，
在来的路上迈开双脚飞速前行。
看见朵朵白云在脚下急速飘飞，
仅一会儿工夫便返回自己家门。

※　※　※

三响三眼铳声摇动着崇山峻岭，
巴母率领儿孙们走进李郎家门。
点燃红烛后，启开外婆的宝盒，
她给外孙的礼物耀花人们眼睛。

小外孙戴上了外婆给的虎头帽，
小外孙穿上了外婆给的虎纹裙，
小外孙蹬上了外婆给的虎头鞋，
小外孙挂上了外婆给的虎饰品……

他红润的面庞就像老巴子面影，
他豁亮的双目就像老巴子眼睛，
他敏捷的举止就像老巴子动作，
他雄浑的声音就像老巴子啸吟。

外祖母给他取下美名叫扁担花，
所有的人都为这名字感到欢欣。

神龛上面香烟缭绕，红烛摇曳，
李郎抱着儿子去朝拜白虎家神。

白脸大舅把扁担花抱到稻场上，
黑脸二舅把扁担花往空中抛升，
花脸三舅把扁担花接在手掌中，
舅妈们和姨妈们全围着他欢腾。

盛大的野兽生肉晚宴结束之后，
一轮圆月已经挂在东边的山岭。
李母抱着孙儿到门外去看歌舞，
只见一群老巴子仿佛驾雾腾云……

三

请位老者给扁担花剃了胎头，
剃去眉毛，一根也不让留下，
为的是长大后不让眉毛障目——
眉毛障目，就难知高低真假。

巴姑把剥壳熟鸡蛋滚遍儿头，
再往鸡蛋内装进婴儿的头发。
唤来狗将蛋和头发同时吃掉，
孩子长大成人就会胆比天大。

巴姑把孩子装进精美花站子，①
一把剪刀在孩子的头边放下。
戴虎头帽的额上涂一坨锅灰，
母亲唤着儿名背他去外婆家。②

① 花站子：背伢用的轻巧、精美的竹背篓，中部细，四面多小孔。
② 唤伢名：此举据传能防鬼吓。

越过重重高山犹如走过平地，
蹚过道道河流踩碎层层浪花。
从月亮东升一直走到月西沉，
曙光里面扁担花到了外婆家。

外婆脸上涌出了无尽的欢笑，
双手搂着孙儿，亲吻孙面颊。
巴母捉来一头獾子款待女儿，
用朱砂在外孙前额涂成红花。①

巴姑背着孩子踏上回家路程，
她发现面前耸立一虎形云崖，
她抱孩子给这巨岩装香作揖：
从此刻起，这岩就是你阿巴。

“你称呼你的父亲叫巴耶阿巴，
你称呼你的母亲叫巴耶阿涅②
父母称你的乳名就叫作岩保，
你的学名自然还是叫扁担花。”

四

北风在山谷里阵阵呼啸，
白雪已经覆盖最高山巅。
扁担花出生已有三个月，
迎来生命的第一个冬天。

李家宰杀了肥猪和肥羊，
亲朋好友云集茅屋里面。

---

① 小伢满月后，第一次由母亲背着去外婆家，称“出窝”。去时须照井面，往井内丢铜钱。眉间涂锅灰，以示驱邪。转来时，由外婆洗去锅灰，涂上丹红，以示吉祥。

② 土家语：巴耶阿巴，即伯伯；巴耶阿涅，即伯母。土家族小伢均拜继他人或动植物，或别的什么，称自己的父母为叔、婶或伯、伯母。

李家堂屋里设上了祭坛，
两代土王菩萨住在其间。

裴文寿头戴着五彩凤冠，
身穿八幅罗裙拖在地面。
时而拿起司刀上下挥动，
时而拿起八宝铜铃飞旋。

李郎抱扁担花坐在坛前，
梯玛的牛角声响在耳边。
梯玛喃喃地高唱着神歌，
扁担花望着他哈哈连天。

蛮歌俚曲唱过半夜子时，
扁担花已听得哈欠连连。
裴文寿挥司刀来斩关口：
“痘麻、烫火，关无一全。”①

五

扁担花离开祖母的怀抱，
要到地上去，自己学跑。
祖母淌着热汗将他搂住，
扁担花顷刻间一声咆哮。

祖母只觉得大地在颤动，
便依顺他，去割绊根草。
若不把绊根草连根割除，
它就会绊得伢走路摔跤。

① 小伢出生后过第一个冬天，请梯玛作法事，称“解钱”。

祖母拿来了一把快镰刀，
在前面一下下割绊根草。
她弯着腰，飞旋着右臂，
一串话逗得孙儿哈哈笑。

镰刀弯，弯镰刀，
镰刀割掉绊根草。
来来来，来来来，
保管娃娃不跌倒。

镰刀弯，弯镰刀，
镰刀割掉绊根草。
今也割，明也割，
割得娃娃飞飞跑。

扁担花见那把镰刀挥舞，
一闪一闪，像燃着火苗。
他朝着那亮光步步走去，
祖母见他飞也似地奔跑。

他走出一步，大人需三步，
大人走九步，他一步跨到。
祖母由欣喜变得诧异起来，
仿佛见到了一只绿眼大猫……

第五章　梯玛回来

一

一弯新月躲进了乌黑的云层，
黝黑的山野传来夜鸦的哀鸣。
裴德仁的脚撞落草上的露珠，
他轻脚轻手地走回自己家门。

一别就是一年啊，杳无音信，
他的老伴和儿子已焦急万分：
怕他在高山碰到吃人的野兽，
怕他在河下碰到缠人的妖精。

还没向老伴叙说别后的情景，
还没向儿子把梯玛诸事询问，
向正刚气喘吁吁地来到家中，
连夜把裴德仁找进土司衙门。

土司威严的衙门口悬挂红灯，
土司亲率诸多官员出衙远迎。
裴德仁走上前去，双手合十，
张伯侯的哈哈声如山溪轰鸣。

衙门里为裴德仁举行了盛宴，
张伯侯和儿子陪他酒过三巡。
张伯侯问起去梅山学法之事，

裴德仁敞开嗓子把歌儿哼哼——

梅山阿打

阿爸是个好猎人，
高山峻岭任他行。
梅山随爸学武艺，
能吃苦来更用心。

梅山长到十八春，
练就一身硬本领，
每日上山去打猎，
几多猛兽丧了命。

老虎野猪和豺狼，
一起商量报仇恨，
要把梅山来吃掉，
它们守候在树林。

梅山打猎上山岭，
三个猛兽朝他奔，
围住梅山动口咬，
撕烂她的衣和裙。

经过几番奋力拼，
利箭射穿野猪心。
钢叉刺得老虎死，
岩头砸烂豺狼颈。

不见梅山下山岭，
乡亲前来遍地寻。
她藏树丛不露面，
赤身裸体怎见人！

太阳落土四山阴，
人们抬兽下山岭，
留下几人山上守，
要做梅山打伴人。

梅山慢慢下树来，
肚里饿得咕咕声。
嚼些草叶吞进肚，
阵阵心慌暂时停。

突然肚里疼得很，
血从口中往外喷，
原来吃的是毒草，
片刻之后丧了命。

应该死的他不死，
不该死的丧了命。
老天确有不公处，
颠倒善恶瞎眼睛！

玉皇大帝见此景，
也对梅山生怜悯。
倡导人间正义事，
敕封梅山猎王神。

山上修起梅山庙，
供奉梅山猎王神。
专管打猎撵肉事，
此地也得梅山名。

张伯侯听完裴德仁这曲古歌，
以为揭开了梅山神话的面影。
故事中有梅山阿打杀虎的事，

给张伯侯心中注入无限欢欣。

谈笑之间已吃完了这顿晚饭，
裴德仁感谢张伯侯接风洗尘。
他们走进一间幽静的小屋内，
纸窗上映着两个相挨的黑影……

二

衙门来人派遣李郎前去当差：
必须在一天内劈山大一堆柴。
李郎从天亮一直劈到中午过，
黄缸粗的一节柴还没能劈开。

李郎回家吃午饭时闷闷不乐，
妻子问他有何难事心想不开。
当她得知土司恶意刁难李郎，
便决定下午去帮助丈夫劈柴。

当他们带着孩子走出了门外，
裴德仁便悄悄地走进李家来，
他一眼看见正在忙活的李母，
一串哈哈便在茅屋里面响开。

“老嫂子啊，整整一年未见面，
我是时时刻刻把你挂在心怀；
老嫂子啊，今日有幸见到你，
像春风把我心头的蓓蕾吹开。

“你的腰板还是从前那般硬朗，
你的气质比起从前更加豪迈。
人世间唯有健康是真正财富，
若生命不存，金钱又何安在？”

“你说的真是比唱的还要动听。”
李母也向他抛出一串哈哈来，
“你来到寒舍又有什么新鲜事？
这一年里我生活得自由自在。”

裴德仁一边品尝喷香的油茶，
一边斜眉斜眼端详屋里屋外：
“天蒙蒙亮时我见你屋冒青烟，
我定睛一看：有妖精在作怪。”

“我知道梯玛要说出这等话来，
我的儿媳妇是虎神下凡投胎。
这件事本是我李家无限幸事，
我讨厌有人无的说出有的来。

“老梯玛你在此安静坐一会儿，
我随随便便讲些前朝事情来。
有多少老虎比人更讲究德行，
它们的佳话荣耀着千秋万代！

老虎脚上锥了刺

天黑关柴门，
点起桐油灯，
姑娘灯下纳鞋底，
口里哼歌声。

老虎靠近门，
吭得地也震，
挨着门缝看里面，
注视纳鞋人。

“请问这畜牲，

有何急事情？
你要吃我就点头，
不吃莫作声。”

老虎不作声，
一爪伸进门，
姑娘拿灯来照亮，
柘刺锥脚心。

姑娘拿来针，
拨虎脚板心。
一个柘刺取出来，
虎脚不再疼。

老虎离开门，
月下摇身影。
姑娘又去纳鞋底，
口里哼歌声。

又是一夜来，
姑娘点燃灯，
老虎又站门外面，
吭得地也震。

姑娘拿起灯，
门缝看虎身，
月色溶溶照稻场，
不见老虎影。

但见一肥猪，
已被咬烂颈，
姑娘开门拖进猪，
虎真讲礼行。

老巴子求医

高嘎堖上岩洞里，
住着一对虎夫妻，
夜里觅食并肩走，
白日在家相偎依，
温馨家庭甜如蜜。

母虎怀孕到产期，
发作三日在窝里，
肚子疼得直吼叫，
横扳直溜汗淋漓，
不见婴儿落下地。

公虎看见万分急，
它也无法代替妻，
翘起尾巴团团转，
伸出前爪狠刨地，
头如炸裂昏过去——

来一老人高大躯，
两眼闪闪笑眯眯，
走向母虎仔细望，
走向公虎捋银须，
声调不慢又不急：

“走过上坪再向西，
两山脚下丝茅溪，
南岸有间破草屋，
陶嘎婆婆住屋里，
她有接生高手艺。”

老者转瞬已离去，

原来刚才入梦里：
“莫非向王在保佑?”
竖起尾巴下山去，
昂首直奔丝茅溪。

陶婆正在草屋里，
桐油灯下纳鞋底。
破门外面咔嚓响，
一阵更比一阵急，
她从门缝望出去：

一只老虎门外立，
两只绿眼望屋里。
陶婆一见心紧张：
前世作恶露了底，
碰上今日火头低。①

声音颤抖传出去：
“畜牲莫非饿得急?
你要吃我就点头，
不是吃我就回去，
免得让我冷汗滴!”

老虎声声叹长气，
四脚旋转正焦急。
一不对她把头点，
二不转身走回去，
对着陶婆作长揖。

“畜牲莫非因事急，
求我帮忙到这里。

---

① 火头低：意为遇上了倒霉的事。

你要帮忙就点头，
不要帮忙就回去，
二者请选其中一。”

老虎俯下大身躯，
望着陶婆心焦急，
头朝地上点三下，
尾巴摇来又摇去，
陶婆已懂虎心意。

陶婆急忙收器具，
开门就把虎背骑。
老虎四蹄已腾空，
疾风呼呼滚脚底，
耳边只闻夜鸟啼。

虎身缓缓降下去，
迎面扑来陡岩壁。
陶婆随虎进岩洞，
只闻母虎声凄厉，
洞内就像响霹雳！

陶婆来到虎窝里，
母虎疼得泪直滴，
它怀胎儿是难产，
奄奄一息将断气，
眼看母子都死去。

陶婆不慢又不急，
手术做得快又细，
母虎生下虎婴儿，
母子安全在窝里，
公虎打滚表快意。

公虎叩头又作揖，
重又屈膝跪在地，
陶婆又上公虎背，
洞外飞身离岩壁，
穿云破雾回家里……

陶婆夜坐火垅里，
门外刨门刨得急。
陶婆开门见肥猪，
靠着门坊正喘气。
稻场留有虎脚迹。

猎人掉进老虎洞

猎人去山林，
掉下一天坑，
天坑深千丈，
头顶一点明。

呼天天不应，
呼地地不灵，
今日死期到，
两眼泪珠滚。

脚边有声音，
手往那里伸，
三个老虎儿，
长得壮滚滚。

虎嘴到处闻，
正在把妈寻，
心儿都是肉，
他对虎怜悯。

猎人解衣襟，
让虎紧贴身，
虎像找到妈，
在把乳头寻。

嘴儿柔嫩嫩，
身上到处闻，
猎人身轻松，
当作儿女亲。

尘土落下坑，
坑内吭声震，
母虎回家来，
野羊衔得紧。

窝里睡个人，
母虎吃一惊，
见他育虎儿，
心里也高兴。

幼虎来吃食，
羊肉真鲜嫩，
母虎肚饿瘪，
羊肉不去闻。

母虎俯地面，
摇尾眨眼睛，
猎人上虎背，
老虎往上奔。

耳边风声紧，
雾气在蒸腾，

人到地面来，
远远离天坑。

人往家中走，
老虎回森林。
老虎送头猪，
答谢育儿人。

老虎驮漆农

漆农出门去，
上山去割漆，
异族追老虎，
一虎关笼里。

老虎见漆农，
两眼泪直滴，
漆农买下虎，
放虎回山去。

老虎不回山，
随人进屋里，
同进又同出，
形影不分离。

漆农带老虎，
再去大山里：
“养你整三年，
你回深山去。”

老虎朝前走，
眼里泪直滴，
一步一回头，
难舍又难离……

一日午时过，
漆农去割漆，
岩沿一漆树，
立即上树去。

不慎脚一滑，
摔下陡岩去，
云在身边缭，
苍鹰飞脚底。

漆农落下地，
胸窝微呼吸，
醒来睁眼看，
躺在虎窝里。

一阵狂风起，
老虎回窝里，
漆农身颤抖，
生怕被虎吃。

漆农假死去，
僵在虎窝里。
老虎用脚扒，
不见人出气。

老虎一声吭，
声音震岩壁。
漆农一惊呼，
额上滚汗粒。

“老农我有话，
畜牲听仔细：

救我就点头，
要吃你就吃。”

老虎点点头，
俯身卧在地，
漆农坐虎背，
虎颈抱怀里。

一阵旋风起，
老虎离开地，
穿云越高岩，
不知东和西。

漆农睁眼看，
落在稻场里，
开门请虎进，
不见虎踪迹。

老巴子赶强盗

夜深人已静，
外有刨门声，
文婆坐在火垄边，
抬头听动静。

一只老虎脚，
伸进破木门，
文婆点灯看虎掌，
掌锥柘刺钉。

文婆拿来针，
拨出柘刺钉，
老虎作揖离门前，
雪地留脚印。

次日天刚明，
门外有动静，
文婆开门见一兔，
伸手捡进门。

三日天刚明，
门外有动静，
文婆开门见一麂，
伸手拖进门。

四日天刚明，
门外有动静，
文婆开门见一人，
拔腿正飞奔。

这人扛一獐，
快要跑进林，
一只老虎迎面来，
向他怒牙伸。

那人吓掉魂，
浑身大汗淋，
丢下獐子拔腿跑，
老虎追得紧。

眼看难脱身，
树上去逃命，
老虎不会上树来，
树上最安稳。

老虎抱树身，
使劲用牙啃，

眼看树将被啃断，
那人心更惊：

“你在酬谢人，
我偷没良心，
请你帮我还獐子，
婆在门口等。”

老虎拖獐走，
走向文婆门。
这人赶快溜下树，
直往家中奔。

王五遇虎

王五上山去砍柴，
一只老虎迎面来，
站在路上它不走，
两只眼睛瞪着在，
王五此刻已吓呆。

前劫善恶都还在，
是祸无法躲避开：
“吃我就点三下头，
不吃就把脑壳摆，
家中等着我砍柴。”

虎颈直直不摇摆，
头点三下头不歪。
王五知道阳寿尽，
额上冒出大汗来，
滴滴眼泪挂满腮：

“堂前还有老母在，

瘫在床上起不来，
要靠我这独儿子，
推磨挑水又弄柴，
端茶递饭又拈菜。

“我去请人进家来，
我的事情他替代，
将这一切安排妥，
再到这面山坡来，
放心葬进肉棺材。”

老虎扭头即让开，
王五转身回山寨，
去到床前探母亲，
推磨挑水又背柴，
端茶递饭又拈菜。

请一善良邻居来，
千言万语来交代：
“此事也就拜托你，
积德自有恩德在，
我变牲口还你债。”

一切都已细安排，
王五又到山上来。
老虎还在原处等，
望着王五尾直摆，
面带喜色话出来：

“你把衣裙脱下来，
全身不要一纱在，
叫你歪来不要正，
叫你正来不要歪，

服服帖帖让我来。”

肉搁砧板逃不开，
任你厨子怎安排，
除了乞讨再无穷，
除了人死再无灾，
王五照办等虎来。

老虎伸出舌头来，
在他身上来舔开，
前面舔他歪歪倒，
后面舔他倒倒歪，
舔遍全身停下来：

“老母卧床起不来，
等你挑水又弄柴，
快快回家养老母，
老母等你送饭菜。
莫把老人心急坏。”

王五觉得真奇怪，
望着老虎眼发呆：
“莫要像猫戏老鼠，
玩耍够了吃起来，
你要吃我赶个快！”

“你是牲猪投的胎，
浑身猪毛长起在，
豺狼看见来馋涎，
豹子看见馋涎来，
你将随时被伤害。

“将你舔得倒倒歪，

浑身猪毛已不在，
你已是个正常人，
威武人样立世界，
哪个敢将你伤害！

“麝香藏在衣口袋，
自有清风送香来。
多日知你孝敬母，
此事挂在我心怀，
才到路上来等待。”

老虎进林上高岩，
啸声震撼云天外，
王五天天进树林，
常往家中背回柴，
再没看见老虎来。

豹子见他忙躲开，
豺狼见他不敢来，
毒蛇见他爬得远，
老鹰见他飞上岩，
蚊子见他不敢挨……

老虎衔走新姑娘

一个老汉有一女，
生得聪明又美丽，
绣花引来蝴蝶飞，
唱歌引来黄莺啼，
都想和她比一比。

有个小伙是邻居，
与她结成美夫妻。
拜过向王入洞房，

没到土司那里去，
土司带人来家里。

土司眉尖怒火起：
“你们办事把王欺，
土司行使初夜权，
这是祖传老规矩，
对谁也不容破例！”

姑娘说声腹痛急，
要到茅厕解溲去，
转来之后就上床，
稍等一下切莫急。
姑娘走出房屋里。

土司也随姑娘去，
怕她跑得无踪迹，
土司倚墙望茅厕，
等待姑娘回屋里，
他的双眼总不离。

一只老虎跟进去，
扛起姑娘进林里，
吭声留在田野上，
山坡留下虎脚迹，
土司吓得身战栗。

土司慌忙进屋里，
直翻白眼身如泥：
“老虎已衔姑娘走，
我在这里也无益。”
土司回到衙门去。

新郎心头真焦急，
顿时眼泪簌簌滴：
“蛇伤虎咬前劫事，
自古常言有道理。”
亲朋劝他莫要急。

“失掉我的恩爱妻，
不如和她同死去，
也让老虎吃掉我，
脚板同葬一棺里，①
到了阴间在一起。”

新郎沿着虎脚迹，
一直寻到老林去，
一路走来一路喊：
“老虎你今在哪里，
我妻脚板在何地？”

抬头向前正望去，
看见新娘岩上立，
两眼望着他正笑，
眼如星闪夜空里，
身如嫩柳风中绿。

新郎骤然大惊喜，
飞身将她搂怀里。
浑身上下细细看，
既没损坏身上衣，
更没损坏身上皮。

“最怕老虎来吃你，

① 据说老虎吃了人后，留下脚板让人寻。

拆散恩爱美夫妻，
你死我也跟着死，
也让老虎吃下去，
脚板同葬一棺里。”

“当时我到茅厕去，
老虎蹲在屋角里，
倘若它不衔我走，
哪得土司转回去，
畜牲也懂民心意。”

两人牵手回家去，
二十年后多儿女。
山前修起虎媒庙，
石刻虎像供庙里，
端起猪头常来祭。

货郎子救一个女的

夕阳西下近黄昏，
货郎摇鼓在山村，
扭头看见土地庙，
一只老虎朝庙行，
身后阵阵扬灰尘。

土地庙前虎站定，
低头摇尾前腿伸：
“我给菩萨作长揖，
三日未食已饿昏，
特求菩萨开个恩。”

土地公公睁眼睛，
手捋胡须现笑影：
“旁边一个茅屋里，

缺耳母猪阳寿尽，
够你饱饱吃一顿。”

老虎发欢离庙门，
货郎摇鼓朝前行。
来到一间茅屋前，
见一年轻俊女人，
一只缺耳尤显明。

货郎大胆走进门，
轻言细语发话声：
“今在你家讨个歇，
此刻已是夜来临，
后无客店前无村。”

妇人摇头不答应：
“丈夫做事在外村，
家中若歇外来客，
怕有是非惹上身，
外面讲坏奴家名。”

“我可是个规矩人，
口稳手稳身子稳，①
今日就在你家歇，
坐在屋里等天明，
大嫂你可放宽心。”

眼看外面已黑定，
闪闪烁烁飞流萤。
蜻蜓落上蜘蛛网，
蚊子掉进米汤盆，

① 意为不乱说，不偷，不嫖。

货郎横直不出门。

小小茅屋一独门，
夜深大门闩得紧，
少妇已在内房睡，
货郎开铺抵大门，①
一双眼睛圆圆睁。

月黑天高山风紧，
外面老虎在刨门，
爪子刨门唰唰响，
少妇听见扬笑声，
披衣下床去开门。

来到门边吃一惊，
货郎开铺抵着门，
少妇顿时怒火起，
双手猛掀货郎身，
句句话出如雷鸣：

“你这稀奇古怪人，
宽处不睡拦大门，
常言好狗不挡路，
快快移铺让我行，
我要解溲急得很！”

“你要解溲急得很，
屙在屋里不要紧，
砣子打成光把把，②
拼个你输我会赢，

① 铺：木板搭的简易床。
② 意为搏斗到底。

绝不让你开大门。”

老虎急急更刨门，
传出阵阵虎啸声。
少妇推倒货郎子，
掀掉铺板去开门，
货郎上前又拦紧。

少妇力小推不赢，
大便解在墙脚根。
进入房内再熟睡，
鼾声一阵接一阵。
老虎怏怏离大门。

曙光已经上山顶，
茅屋里头渐渐明，
货郎打开大门看，
猪屎堆在墙脚根，
虎为吃猪来刨门。

丈夫早晨进家门，
货郎对他说实情。
丈夫一听真感谢：
“幸亏你救我内人，
不然我成一孤身。”

丈夫不让他出门，
苦苦挽留动真情。
吩咐妻子去打酒，
家中好菜拿来烹，
整个十碗谢恩人。

妻子提壶走出门，

门前河里波浪滚，
过往行人要弯路，
不弯路的死得成，
曾经淹死几多人！

她搬大石水下沉，
一路大石放齐整。
接到此岸和彼岸，
水浪哗哗石间滚，
大石上面走行人。

妻子迟迟才进门，
讲起架桥在河心。
货郎一听心中喜：
万事万物有原因，
今日还要看究竟。

太阳落土四山阴，
约她丈夫出家门，
土地庙侧悄悄看，
耳畔响起疾风声，
林中驰来一虎影。

土地庙前虎站定，
摇头摆尾前脚伸：
“昨夜去吃疤耳猪，
屋内来客没吃成，
今晚再去行不行？”

土地公公带笑影：
“她的阳寿虽然尽，
三十六石架一桥，
一石增加一年命，

你去吃她已不能。”

老虎听后也高兴，
它从地上站起身：
“但愿行善添阳寿，
宁愿饿肚咕咕声，
虎不随便去伤人。”

老虎去衔门

母子二人上山岭，
遇虎掉进刺柯林，
身上到处锥了刺，
浑身上下血淋淋，
一动更是锥得疼。

他们看见也心疼，
挥刀去砍刺柯林，
一条宽路砍出来，
地面修得平整整，
拨开刺柯离虎身。

老虎走出刺柯林，
点头摇尾俯下身。
望望他们好一会，
起身走向黝黑林，
回头望望他二人……

他们割草一天整，
黄昏时候进家门，
看见门边一肥猪，
四蹄受伤蠕动身，
稻场留有虎脚印。

知道这是虎谢恩，
便将肥猪拖进门，
杀掉熏干吊楼上，
全家可吃一年整，
深知老虎懂人情。

墙内有声墙外应，
这山喊歌那山音，
屋里架火屋上烟，
一家发财百家恨，
有人告到官衙门。

土司知道这事情，
派出差役来传讯：
“你们偷了人家猪，
快随我们去衙门。”
不由分说用绳捆。

母子二人进衙门，
土司坐堂瞪眼睛：
“你们偷了人家猪，
快快从实来招认，
王法铁面不留情。”

母子陈述真实情：
“老虎掉进刺柯林，
我们砍刺放老虎，
老虎衔猪来谢恩，
并非偷猪进家门。”

土司听见也吃惊：
“世间真有此事情？
若是你们没有偷，

就请老虎来作证，
给予时间三天整。”

母子二人出衙门，
两个差役身后跟。
母子想的找老虎，
差役想的动大刑，
来到当初割草岭。

走近那丛刺柯林，
想起当初救虎景，
人救老虎是好意，
老虎谢人是真心，
没料节外生枝茎！

母子同时喊一声：
“畜牲你在哪条岭？”
声音传到云天外，
一阵沙石撒树林，
一虎直往这里奔。

四脚飞起如腾云，
尾扫树叶落纷纷，
看见差役一声吼，
震动巍巍崇山岭，
差役顿时吓掉魂。

差役辘辘滚下岭，
慌慌张张回衙门。
急忙前去禀土司：
“他们开口唤一声，
老虎顷刻就来临。”

土司不觉战兢兢，
思考片刻又镇定：
“你们就是这样回？
我是要虎来作证，
虎毛也没见一根！”

差役差点遭重惩，
再捆母子进衙门。
土司正问偷猪事，
忽闻声声老虎鸣，
脚下大地也在震。

他令衙役去探听，
果见老虎一大群，
个个张牙又舞爪，
瞪起双双圆眼睛，
径直走向这衙门。

土司吓得大汗滚，
宣布无罪放了人。
母子走出衙门来，
群虎正在门外等，
簇拥母子过山岭。

李母的虎故事讲了一篇又一篇，
每个虎故事都是一支离弦的箭。
裴德仁用无形的盾牌奋力阻挡，
也知道已被土司推上斗争前沿——

任意施法毁灭她家中这只老虎，
可不是像驱赶羊那样随随便便。
这个老太婆是最为关键的人物，
激怒了她，斗虎更是难如登天！

每个故事都是善与恶进行较量，
善战胜恶，才使故事完成全篇。
对待老虎，实难选择恰当方式，
土司与虎精之间怎样才能两全？

“老嫂子啊，你终日与老虎相伴，
难道你不怕稍一疏忽遇到凶险？
老嫂子啊，天下人谁不爱儿孙，
难道你不忧虑他们在与虎同眠？”

“她来到我家，我家中由苦变甜，
享天伦之乐，我始觉幸福无限。
万一有一日，我变成她的食物，
那也是前劫，我已把欠债兑现。

“纵然她是虎，也热爱自己家园，
在这一点上，人和虎没有界限；
纵然她是虎，也具有血缘亲情，
在这一点上，虎和人同样眷恋……”

三

寒风卷着雪花弥漫山野，
山野全部铺上皑皑白雪。
李郎的茅屋迎寒风颤抖，
家人在被窝里熬过冬夜。

几十个怪兽沿茅屋奔走，
黑影在雪地上忽显忽灭。
一会儿跳进了六畜栏圈，
一会儿又背卧地上打蹶。

晨曦已经在乌云里显现，
怪兽的影子早已经不见。
李郎全家上午才醒过来，
他们多年来未如此安眠。

李郎起床在火垄架起火，
黑墙上面映着熊熊火焰。
家中的人也都陆续起床，
一个个坐到了火垄旁边。

扁担花闻到了异样气味，
立即开门去到阶沿上面。
眨眨眼向四周望了几下，
把屋里的人叫到大门前。

他们看到无数老虎脚迹，
镶嵌在尺余深的积雪里，
他们沿着脚迹前去观看，
那些脚迹全向栏圈伸去。

他们看见耕牛倒在圈里，
没有屁股，已停止呼吸；
见圈里的肥猪已经没有，
猪窝里残留着猪的血迹。

他们看见狗倒在深雪中，
狗脖子上穿几个大窟窿。
五脏六腑袒露躯壳外面，
狗眼圆睁，像红色灯笼。

在阶沿上发现自家的猫，
它正安闲地躺着睡大觉。
人走近时发现它已死去，

所不同的是它周身完好。①

昨夜的事情真是太蹊跷，
怎么这多老虎突然来到？
山中虎伤牲畜本是常事，
前世有仇今生才被虎咬！

李郎请裴文寿来到畜圈，
给死去的耕牛做起道场：②
在牛卧处点起闪闪神灯，
敲锣念经送它出栏安葬。

李母把狗背到屋后山上，
挖下深坑将它铺草埋葬。③
雪地里堆起一个大土包，
她离开时久久回头张望。

巴姑抱着那只心爱的猫，

---

① 传说虎、狸、猫是三兄弟（它们在天上时）。地上以鼠为患，土地神从天上玉皇大帝那里借猫来到人间的。虎不食猫，遇猫有时将其坐死。原因有二：一是猫吃鼠不流血，虎吃狗流血；二是虎要猫教爬树的本领，猫未教。小猫出生后，血窝子点七星灯。照亮后，属鼠的人不可看，否则属鼠的人看后，在母猫的眼里，小猫是老鼠，会被吃。捉小猫回来时，途中不能到别人家的屋里，否则猫爱跑去别人家。捉猫快到家时，用七根茅草扦子揩猫屁眼后，插于土中，猫以后屎屙在野外。再用一块石头揩猫屁眼后，将石头带回家，丢在主人床底下，表示猫与石头同寿。从后门递进猫，另一人在屋内接。抱猫给司命神作三个揖，请求照护。然后吊香碗，即用一个碗装上香灰（敬神燃过的），将猫脚踏上印，吊在神龛后，请家神管住。另用一个碗盛水，吊在大门外的檩子上，请屋檐神不让猫外出打野（在野外易被他兽吃掉）。在小猫颈上系一白布条，意为给原来死去的猫戴孝。猫丢失，用麻绳捆住水缸，猫则回。七日内不回来，则不在了。或请人掐时，看在否。猫死后穿衣或用红布裹，放在门前椿树或漆树（无此两种，他树亦可）桠，头朝主人屋内神龛。对猫的性别，称“男”“女”。因猫在灶上吃饭，与人同床眠。有的人家呼猫为“老板”。姑娘学做鞋第一双称“猫儿鞋”，给猫穿的。此俗今仍普遍存在，可能与巴人虎图腾崇拜（猫死树葬可联想到廪君化白虎升天）有关。

② 做道场：请巫师或道士给牛做一堂法事。

③ 在土家传说中狗本是神，会给人带来种子，故不吃狗肉。另一说，杀了狗，狗会还仇。狗死后土葬。

脱下自己的衣给它穿上。
把它放到门前的高树椏，
猫头朝着堂屋的家神像。

一连数日他们心情沉重，
李母心里更是波涛翻涌，
想到家里将发生什么事，
只觉得一切都懵懵懂懂。

四

山头上压着低低的黑云，
寒风不时地在山谷呜咽。
李母独坐茅屋的火塘边，
听到门外有磕雪的声音。

她正要走到门外去观看，
裴德仁已走进了火垅门。
待他眼前的黑暗消失后，
才看见火边李母的身影。

“老嫂子，看你精神爽朗，
有什么可喜可贺的事情？
老嫂子，看你容光焕发，
是否能将欢乐与我同分？”

“不知道你说到哪儿去了，
我有着难以诉说的苦闷，
真正是哑巴吃到了黄连，
苦水只能往自己肚里吞——

“不晓得从哪里来的老虎，
茅屋四周布满老虎脚印。

家中的牲畜全部被咬死，
屋里屋外弥漫阵阵血腥。

“全家人一年内辛苦劳动，
到头来见不到油水粘唇。
到了开春之后前去播种，
迫不得已要用人去春耕。”

裴德仁显示出分外惊奇，
不断地发出叹息的声音。
他向四周警惕地望了望，
轻言细语地向李母询问：

“你一家人平常热热闹闹，
此刻为何见你只身一人？
老年人最害怕的是孤独，
处境孤独犹如重病缠身。”

“李郎正做工在老爷衙门，
每日回家都是夜半更深，
巴姑带着岩保前去打猎，
出没于积雪的崇山峻岭。”

裴德仁绷紧满脸的皱纹，
他的语气更加冗长深沉。
犹如深夜里毛狗子拖丧，①
听到的人浑身打着寒噤：

“在你家中住着一个虎精，
她是山野中群虎的首领。
只要她的某个念头闪现，

① 毛狗子即狐狸。其拖长声音叫喻为“拖丧（灵柩）”，闻叫声，附近将有人死。

群虎按照她的意图狂奔。

“它们擒拿你家中的牲畜，
这是虎精拿牲畜做人情。
一旦它们吃完这些牲畜，
饥饿时刻就一定要吃人。

“它们虎类不会相互吞噬，
眼睛早盯着你母子二人。
门外的猛兽很容易对付，
屋内的猛兽就难以辨明。

“野草枯叶也可成为妖怪，
最难对付的是虎豹精灵。
她率领众虎在山寨作乱，
人和牲畜会被吞食殆尽……”

李母静静听着这些话语，
已犹如大山压着她的心：
这个家中究竟是祸是福，
就是神仙也难将它判定！

第六章　李郎出征

一

一队人马已经跃过高高山冲，
径直奔向张伯侯土司的衙门。
急促的马蹄声响彻在黑云里，
惊飞的乌鸦啼叫着越过山岭。

张伯侯率领土官们出门迎接，
衙门前宛若飘动的团团彩云。
那队人马向着他们匆匆走来，
张伯侯和官员们全目不转睛。

这队人马来自西南的宣抚司，
昨日已遣人特向安抚司报信。①
人员全跳下马，为首者前来，
一把扫帚在他手中高高举定。②

举帚者的目光真是咄咄逼人，
张伯侯和官员们全心神不灵。
张射云站在他父亲的身背后，
把来人的话语逐字逐句倾听：

---

① 宣抚司为安抚司的上级机关。

② 土民有事打仗，无事种田。调动时，见以帚为标记的调令，则“扫地而出”（全体出动）；以箸为标记的调令，则以一顿饭时间来集中。

“瓦剌军队进犯我国北方边境，
现已有相当一部分国土沉沦。
我宣慰使司已奉旨前线抗敌，
特命张伯侯土司率土兵出征……”

张伯侯听清话语却显得镇定，
宣慰官员见他已是须发如银。
一双眼睛里早已经失去光泽，
高高隆起的背似乎超过头顶。

宣慰官员的心比预料的更冷，
他立即作出一个变更的决定：
“按照历朝来的土司制度行事——
父亲年迈，可由子代父出征。”

张伯侯父子俩慌忙施礼答谢，
声音卡在喉咙：“谢大人厚恩。”
张伯侯心头感觉出一阵轻松，
张射云胸中顷刻比巨石还沉！

二

冷风还在山野里恣意横行，
云层里闪耀着三两颗寒星，
李家门缝里正透露出火光，
裴德仁走去轻轻敲着柴门。

李母轻轻地开门走了出来，
一股寒气袭击着她的周身，
她的胸中在打鼓似地跳动，
像有不祥事使她打着寒噤！

“昨日议论你家中出的事情，

你的主意是不是已经打定？
事情的成败也就在此一举，
我是为保全全村人的性命。”

“我的心就像落在烈火之中，
烧得浓烟直冒，疼痛难忍。
除掉儿媳妇如割我心头肉，
保留她，如你说殃及全村。

“我也只好吃了扁担横下心，
做一个不知好歹的负心人。
任你这个梯玛把她怎么办，
让我今生今世永远瞎眼睛。”

李母引裴德仁走进堂屋去，
锁上儿子和儿媳的卧室门——
他们已在深夜里进入梦乡，
堂屋里也传来了轻轻鼾声。

正当裴德仁拿出各种法具，
施展从梅山学的斗虎技能；
正当裴德仁憧憬鏖战场面，
事后赢得土司赏赐的金银……

门外的脚步声打破了寂静，
管家向正刚慌忙闯进大门：
“土王大人命令我火速前来，
特向梯玛转告他最新决定。

“法事已经开始，悄悄暂停，
法事尚未开始，勿让虎惊。
梯玛携带法具，速速撤走，
在李家屋内外，不留法痕。”

裴德仁收了法具匆匆外走，
叮嘱李母万不可透露风声：
“若是你泄露出梯玛施法事，
顷刻之间必遭到五雷轰顶！”

三

晨光刚刚透进茅屋的窗棂，
李郎背着背架背柴去山岭。
当他背着柴火走回家中时，
额上的汗珠露水般的晶莹。

衙门的官员打马来到门前，
路上飞卷马蹄扬起的灰尘。
官员宣读张伯侯土司的话，
令李郎俯下身静静地倾听：

“瓦剌军队进犯我北国边境，①
我司青壮年男子应召出征。
一日之内备齐衣粮和武器，
随时倾听集合的号角声音。”

衙门官员已打马飞速远去，
李郎进屋把此事告诉母亲。
扁担花此刻还在床上打鼾，
巴姑去岩下背水尚未回程……

当阳光照射到了茅屋屋顶，
全家人聚集谈论时下出征：

---

① 瓦剌：明代指我国西蒙古各部，居住在巴尔喀什湖以东以南，包括现在新疆北部及今蒙古人民共和国西部广大地区。十五世纪时，曾一度统一蒙古各部。

像块巨石落入平静的潭里，
顿时激起水浪向空中升腾。

枯萎的小草岂能挡住疾风，
王法哪有黎民斗胆去抗衡？
李母立即给儿子缝补衣服，
巴姑立即给丈夫推面烙饼……

下弦月在黑云里快速穿行，
夜鸟们在树林中声声哀鸣。
茅屋里的桐油灯熄了又亮，
李郎和巴姑睁眼直到天明：

“母亲一生劳苦已风烛残年，
我出征前线必然使她担心，
天寒地冻谁为她打柴回来，
久旱不雨谁为她背水上岭？

“儿刚学步，还是稚嫩小苗，
为父没对他尽到扶养责任，
会奔跑时，谁教他学射猎，
到了成年，谁教他习农耕？”

“天未寒时，我积柴在家中，
绝不让母亲感到身上寒冷；
久旱不雨，我积水在家里，
绝不让饥渴折磨白发母亲。

“娇儿学射，我当为他良师，
男儿习武艺是亟需的技能；
到了成年，我教他学农事，

犁尾巴在疾风中站立最稳。①

“你已考虑到了的各类事情，
我在家定会尽到全部责任；
你没考虑到的新出各类事，
我在家也会做得让你放心。

“在母亲面前我做儿子儿媳，
里里外外全尽我俩的孝顺；
在娇儿面前我做阿巴阿涅，
进进出出全尽我俩的至诚。

“我在家对上对下尽到职责，
勤劳善良会换来家园温馨；
你在外为国为家奉献挚爱，
拼搏厮杀会赢来百姓安宁……”

门外又传来急骤的马蹄声，
李郎和巴姑连忙去开柴门。
衙门差役显示出一支筷子，
又打马快速奔向其他家庭。

慌忙吃罢了母亲做的早餐，
慌忙带上妻子烙的荞麦饼。
腰间挂上铿锵作响的长刀，
李郎亲吻儿子后走出家门。

扁担花跟在他的身后奔跑，
像只花老虎漫步崇山峻岭：
“我要跟着阿爸去北国边塞，
帮助阿爸杀尽来犯的敌兵！”

① 谚云：“大风吹不倒犁尾巴”，意为种田不得失业。

扁担花的话令人大吃一惊：
“小小年纪怎知这等大事情？”
巴姑把儿子紧紧抱在肩头：
“等你长大后执掌元帅大印。”

跨过条条水沫如烟的溪流，
走过座座云雾缭绕的山岭，
当东方露出鱼肚色的晨曦，
集合号角声震落满天繁星。

夫妇俩多次亲热地手拉手，
阿爸无数次狂吻儿的周身。
此一去也许多年难得相见，
此一去也许白骨永留边境！

“锦绣山河遭敌人铁蹄蹂躏，
个人家园又何以能够保存？
男儿鲜血喷洒在卫国疆场，
千秋功业与日月交相辉映！”

李郎像柄利剑劈碎了浓雾，
双脚踢开的岩石向下翻滚。
巴姑抱着儿子遥望着丈夫，
不觉几颗泪落在儿子头顶……

四

陡峭的武落钟离山啊高入云天，
矫健的雄鹰啊不敢在山腰盘旋。
苍松和翠柏簇拥着山巅向王庙，

向王天子和德济娘娘端坐圣殿。①

李母虔诚地对着神像装香叩头：
“先祖啊，您的后代拜在您面前——
我的儿子应征前去与敌人交战，
您保佑他平安回来以让我闭眼。”

巴姑虔诚地对着神像装香叩头：
“先祖啊，您的后代拜在您面前——
我的丈夫应征前去与敌人交战，
您保佑他捷报传来乃遂我心愿。”

扁担花虔诚地对神像装香叩头：
“先祖啊，您的后代拜在您面前——
我的阿爸应征前去与敌人交战，
您叫他传剑给我，我效仿先贤！”

五

烈日炙烤着苍茫的大地，
疾风滚过林海也冒热气。
知了在树枝上阵阵鼓噪，
黄狗在树荫下声声喘息。

巴姑坐在老茅屋大门前，
飞针走线缝着崭新寒衣。
喜鹊啼叫着从门前飞过，
翠竹摇曳着在檐前低语。

李郎的影子在面前浮现，

---

① “廪君死，魂魄世为白虎，巴氏以虎饮人血，遂以人祠焉。”历史上不断有土家先民杀人祭白虎的习俗记载，称“还人头愿”。后改为土老司作法时在自己头上开一血口，用人血代替人头来祭，改名为“相公愿”。后杀牛取头来祭，称为“牛头愿”。

他的微笑仍是那般甜蜜。
初春的杜鹃花温柔妩媚，
哪比李郎的笑令我入迷。

李郎的声音在耳边飘动，
他的话语仍是那般亲昵。
岩上的清泉水婉转悠扬，
哪比李郎的话醉我心底！

李郎的热吻在脸上闪烁，
他的嘴唇仍是那般神秘。
冬日的阳光照耀在脸上，
哪有李郎的吻温馨和煦！

我询问从北方吹来的风，
你可知道我丈夫的消息：
塞外的北风是那样冷酷，
他可否穿上保暖的冬衣？

我询问从北方飞来的雁，
你可知道我丈夫的消息：
塞外大多是沙漠和草地，
他可否习惯了饮食起居？

我询问从北方飘来的云，
你可知道我丈夫的消息：
塞外一年难遇几次降水，
南方人可否能自由呼吸？

细细针尖刺进她的指头，
新衣上落下鲜红的血滴。
手指流血好久无法止住，
把灰装染成了斑斓彩衣。

在神龛取香灰撒入伤口，
止住了不断外涌的血滴。
这时才知心儿已去塞外，
身子还在江南的茅屋里。

当秋风摇撼江南梧桐叶，
遥远的塞北已冰天雪地，
我必须在北方秋凉之前，
把新寒衣送到李郎手里——

昔日有个善良的孟姜女，
冒雪给丈夫送去御寒衣。
我若等到降雪时才动身，
寒衣未到他已冻坏身体！

六

裴德仁悄悄跨进李母的茅屋，
李母抱着岩保坐在大门边上。
“老嫂子啊，你正享天伦之乐，
你的儿媳妇怎没伴随你身旁？”

“再过些时秋收秋种忙个不停，
必须趁此清闲时把柴火备上。
若是等到冬天到来大雪封山，
柴留山里，人却在屋里冻僵。

“她清晨便到后山顶砍蔸锯柴，
要近黄昏才能背柴走下山冈。
待她把今冬明春的柴备足后，
便要积肥准备明春播种高粱。”

“这样贤惠的儿媳妇举世无双，
老姐姐的心中真如喝了蜜糖。
人在得意忘形时容易出差错，
朋友的真诚也会被丢在路旁。

“妖魔居住的洞穴本狰狞恐怖，
凡人进去却以为是神奇天堂。
那里的琥珀杯中盛满的剧毒，
凡人见到却以为是玉液琼浆。

“乐到极处时就难免产生悲伤，
有个不愉快的消息来自远方。
老姐姐听后可定要挺住腰杆，
要像闪电雷鸣中的巍峨山冈——

“李郎刚到北方就投入了战斗，
战鼓声中刀剑碰得铿铿锵锵。
血与肉暴雨般地飞洒在草原，
你的儿子负了重伤生命将亡……”

李母听到这个消息昏倒在地，
醒来时见裴德仁扶她在椅上：
“我的儿子有向王天子在保佑，
他定会早日康复回到娘身旁。”

“老姐姐啊，这只是你在梦想，
灾星早已落在你家堂屋中央。
你那儿媳妇本来是老巴子精，
浓重的妖雾缠绕着你家屋梁。

“寨子里所有青壮年扫地出门，
并不是一去北国就上了战场。
同去的伙伴中别人不曾挂花，

而你的儿子却一剑伤了心脏。

“我曾劝你除掉这个心腹之患，
你不听劝说必然遭灭顶祸殃。
满口的苦果并非别人去栽种，
自己种下它必然是自己品尝……”

巴姑背着一背柴火走到屋角，
见裴德仁身影在暮霭中摇晃，
她顿时心生疑团走进屋内去，
婆母见到她，浑身透出惊惶！

第七章　巴姑携子回娘家

一

巴母在夜里只觉得焦灼不安，
她时卧时起，彻夜未能眨眼。
浑身上下像有虫子急速爬行，
五脏六腑时时像是燃着火焰。

这征候像是一种不祥的先兆，
难道家人会遇上难测的凶险？
当年有过这样一个难眠之夜，
果有灾难降临使这预兆灵验——

丈夫清晨到密林中捕食野猪，
野猪奔逃，它紧随野猪后面，
突然之间，草丛中射来一枪，
一颗铁丸恰巧穿过心脏中间。

它高昂头颅对苍穹一声长啸，
头顶的白云摇晃着逃向天边。
它挺着胸脯注视着千峰万壑，
峰底的细流腾起来巨浪飞旋。

那异族猎人走到了它的身边，
一眼望去，只感到头晕目眩。
他嗾起一群猎狗向着它猛扑，

它岿然屹立，早已命丧黄泉……

巴母不敢再去细想当年情景，
她的思绪飞回到了吊脚楼前：
身边的儿女孙辈全掠过记忆，
它们全都体格健壮出入安全。

再结实的青藤有时也会折断，
折不断的是我对幺女的思念；
山顶巨石有时也会滚下溪谷，
无法移动的心环绕幺女身边——

鲜艳的花朵比不上她的笑容美，
琤琮的泉声比不上她的话语甜，
酷夏的凉风难比她的心地善良，
严冬的阳光难比她的热情恭谦。

我在欢乐时刻，她用笑声陪伴，
我在寂寞时刻，她用故事相劝，
我在溪谷行走，她走在我前后，
我在山巅奔驰，她紧随我身边。

她嫁远方，我托大鹰捎去思念，
可不知大鹰是否到了她的面前？
她嫁异地，我托白云带去信息，
可不知白云是否到了她的身边？

我常常到她幼时学步的草丛里，
看看她的足迹是否还留在里面；
我常常到她幼时饮水的小溪边，
看看她的身影是否还在碧潭间。

听见风声，我以为她在喊阿妈，

这倒是可以安慰我苦苦的思念；
看见朝霞，仿佛她在对我微笑，
这倒是可以尽情欣赏她的容颜……

当晚霞在蓝天上消逝的时候，
巴母已将铁锁锁在大门上面。
她动身了，耳边上风声呼啸，
她出发了，脚底下沙石飞旋。

二

当晨光照亮山间层层浓雾时，
巴母已落脚在幺女的茅屋前。
她气喘吁吁，浑身直冒热气，
眉毛尖尖上，挂着露珠点点。

她看见巴姑从屋后背水回来，
她看见李母抱柴走进屋里面。
她看见扁担花在稻场上喂鸡，
她的心才开始平静了一点点……

李母全家人紧围着巴母交谈，
欢声笑语在茅屋的内外飞旋，
只有李母似乎因恐惧而颤抖，
巴母见女儿神色也有苦难言：

“我已听说李郎出征去往边关，
男儿本应驰骋卫国杀敌前线。
我年渐老，思念女儿心更切，
接女儿和外孙回娘家玩几天……”

巴姑收拾行装准备返回娘家，
婆母总不愿让她把孙儿带去：

“引孙儿是我晚年的无限快乐，
你带走他，我定然无限孤寂。

“孙儿离开，我饿了不知吃饭，
孙儿离开，我冷了不知穿衣。
阳光照射，我感觉不出温暖，
月光明媚，我感觉不出绚丽！”

她紧紧地抱住孙儿不让离开，
可是孙儿总要跟着妈妈前去：
“我感到身上一阵阵打着寒噤，
我从来没像这样产生过畏惧！

“离开妈妈的小鸡会害怕老鹰，
离开妈妈的小兔会害怕狐狸，
离了壳的蜗牛遇险无处躲藏，
离了宝剑的人会被他人所欺！”

扁担花挣脱祖母怀抱跑过来，
猛然一下跳到了母亲的肩上。
他的动作就像闪电划破乌云，
他一声嘶鸣像惊雷滚过山梁。

这一刹那间，祖母已经惊呆，
想起生他后，群虎歌舞欲狂；
这一刹那间，祖母浑身颤抖，
想起裴德仁说虎精使儿致伤——

梯玛说的这话或许不是虚假，
浓浓的妖雾缠绕我家的屋梁。
就让他们长久远远离开这儿，
也许能减轻我家可怕的祸殃！

“好孙子，你就到外婆家里去，
外祖母想念你和祖母全一样。”
扁担花又留恋地向祖母跑去，
祖母的嘴唇紧贴在孙儿脸上。

三

巴母、巴姑和扁担花一路西行，
落日的余晖照耀着东边的山岭。
巴母和巴姑的双脚疾风般奔驰，
扁担花的脚步如重石般的难行：

“巴耶阿涅，何时回来看望祖母，
我眼前总浮现着她慈祥的笑影；
巴耶阿涅，何时能回祖母怀抱，
我耳畔总回荡着她温柔的声音。

“她给我在火里烧的香肠真好吃，
香肠快熟时，满屋全是香喷喷，
她给我冲的蜂糖茶实在是好喝，
还没到嘴边，满口已是甜津津……”

巴姑此刻也放缓了前进的脚步，
婆母的身影正在牵动着她的心；
巴姑此刻也回过头来仔细望望，
婆母的爱抚使她的脚难以前行——

老人家大半生里辛勤种植作物，
白日里头顶烈日累得大汗淋淋；
老人家大半生里辛勤饲养六畜，
黑夜里采集草料回家顶着明星。

身体的劳累使她早已满头白发，

阴雨的日子里她常常浑身酸疼；
心灵的重压使她早已皱纹满面，
愉快的时刻对她只是一丝烟云……

巴姑约了扁担花立即往转走去，
“我们再去看看那位可怜的老人。”
巴母独自留在原处作短暂休息，
她遥望女儿和孙子远去的背影。

母子俩重又回到自己的茅屋前，
从门缝里暗暗窥视老人的情景。
只见她怀抱着那只温驯的小猫，
在小猫脸上投去一阵阵的热吻：

“我的孙子扁担花去到他外婆家，
茅屋里只留下了祖母孤身一人。
你此刻就扮演我的亲亲小孙子，
和孙子在一起我就享受着欢欣。”

扁担花鼻子发酸眼里出现泪痕，
阿妈紧拉着他的手不让再进门。
母亲喉咙里也在一声声地呜咽，
拉着儿子走向黑夜笼罩的山岭。

母子俩在草丛里发现一头野猪，
大概是因为饥饿匆匆走下山岭。
母子俩各迈箭步扑向这头凶兽，
扁担花伸出利牙咬烂它的粗颈。

他们将野猪抬回自家茅屋门边，
黑暗的茅屋里传出李母的鼾声。
他们想到老人能改善生活多日，
便稍微放心地踏着月色向西行……

四

晨光初露时，百鸟已飞出窝来，
在树林中飞翔，快乐地唱着歌；
朝雾密布时，群兽已走出窝来，
在草坪上走动，舒展筋骨蹄脚。

突然间，百鸟展翅高高地飞起，
它们看见三只老虎从林中走过；
突然间，群兽拔腿惊惶地外逃，
它们看见三只老虎从崖巅走过。

三只老虎没有伤害任何一只鸟，
只是有时停下步倾听它们唱歌；
三只老虎没有伤害任何一只兽，
只是有时停步闻它们的脚迹窝。

走出了山林，它们变成三个人，
看见吊脚楼，它们乐得笑呵呵。
巴姑告诉儿子：这就是外婆家，
外婆神采奕奕打开门上的铁锁。

扁担花欢欣地跳跃着走进屋去，
却见自己走进了硕大的岩洞里。
高高的洞顶上悬着一丛丛石笋，
四面的洞壁犹如水晶般的亮丽。

外祖母和母亲满脸洋溢着欢欣，
她们对这儿的一切亲切而熟悉。
她们时而坐在岩上高昂着头颅，
她们时而卧在地面戏弄着沙泥。

他们三人去洞外溪中寻找山泉，
清澈的山泉汩汩地流进了肚里。
身上像沐浴着春日阳光的舒适，
心中像是暖风轻拂春天的大地。

他们三人去到洞外山顶草坝上，
把一头癫狂野牛推倒按倒在地。
外祖母饮牛血，母亲吃着牛肉，
她们把牛心塞进了扁担花口里……

巴母在深洞抚摸着女儿的双手，
布满皱纹的脸上罩着层层愁云：
“你们母子俩就在这里多住些时，
去看看你童年玩耍的山野树林。

“我预感到你婆家那里隐藏风险，
他们美丽的笑容掩盖不测祸心。
怒目看你的人不必去严加防范，
甜言蜜语的人倒是要警惕万分……”

“妈妈，您所说的女儿都能对付，
无法对付的是我对李郎的恋情。
为他做的冬装至今还在我手里，
想到他身处塞北我就打着寒噤。

“我要和儿子一道给他送去寒衣，
妈妈您万万不要阻拦我们远行！”
老人的双眼凝视他们一动不动，
不知不觉中脸上挂着道道泪痕。

五

松明子燃烧在洞内岩壁上，

光焰仿佛使岩壁摇摇晃晃。
扁担花面对猎人笔记沉思，
巴姑在儿子身边缝着寒装。

巴姑不时地望望儿子面容，
儿子的神态使她心花怒放。
她要儿子讲述对书的理解，
扁担花的声音在洞内激荡：

“本来我是一只剽悍的老虎，
却要装成一只懦弱的山羊；
本来我要攻它的身后目标，
却要装成打它眼前的地方。

“我拥有一百只凶猛的豹子，
就去歼灭他的五十只野羊；
我只有三只刚出林的野猪，
就去分散聚集的八只恶狼。

“了解狮子善于奔驰在草地，
也知我老虎善于攀登山冈；
老虎虽无野猪的尖长獠牙，
却有锋利的爪子刺它脊梁。

“倘若狮子请狐狸来瓦解我，
我就善待它，给优厚奖赏。
力争它脱离狮子为我所用，
敌人也可能成为我的力量。

“山间流水没有固定的形状，
它总是随着地形改变模样；
根据不同情况而调整部署，
才称用兵如神的高明之将……”

巴姑静静地听，细细地想，
不知不觉流露出神采飞扬；
但她仍要细细地叮嘱儿子，
就如见到儿子正亲临战场：

“倘若指挥者遇事犹豫不决，
战斗中必然遭到最大祸殃。
发出去的命令有小的错误，
不要随意变动使军心动荡。

“雄狮奋力向前冲击的时候，
万万不可去将它迎面阻挡；
它疲倦了必然坐下来喘息，
就猛扑而去抓出它的心脏……”

在他们热烈谈论的声音里，
眼前有刀枪剑戟喷射火光；
在他们遥想战场的情景里，
耳畔有战鼓声使群山震荡。

雀鸟们在洞外一阵阵鼓噪，
洞里面已透进朦胧的晨光。
给李郎的寒衣已钉好扣子，
她用一个棕口袋将它包装。

六

巴姑身挎寒衣，手里牵着扁担花，
离开吊脚楼，向遥远的边塞出发。
老母亲紧紧地伴随在他们的身旁，
身后紧随的子孙像云层飘过悬崖。

老母亲讲述向王天子显圣的故事，
她的儿孙们和外孙听得精神焕发：
“向王天子是我们巴族英雄的祖先，
我们后代要把他的精神发扬光大。”

送别的道路走过了一程又是一程，
永远有儿女情长和难舍的离别话。
巴姑向母亲和兄弟姐妹们挥挥手：
“亲人们止步，勿对我们过分牵挂。”

母亲和兄弟姐妹们高高站立山顶，
山风把千叮万嘱送过了层层云崖：
“你们此行无论遇到什么艰难险阻，
身后永远站立着你们英雄的娘家！”

向王天子显圣

向王天子号廪君，
创建巴国都夷城。
廪君升天多年后，
巴地遭到异族侵，
寨寨响彻刀剑声。

百姓弃乡去逃命，
向王洞里来藏身。
向王洞里供向王，
炯炯大眼露笑影，
威武神态也逼人。

敌人追到对面岭，
看见洞内多人影。
准备向洞来开炮，
突然哗啦响一声，
岩洞石门已关紧。

敌人正在大吃惊，
抬头仰望对面岭：
一位老翁坐岭上，
脑壳伸在半天云，
脚在山脚河里浸。

敌人吓得大汗滚，
丢下大炮快逃命。
生怕巨人动手脚：
伸来手指会断颈，
伸来脚板必粉身！

半夜过后群山静，
逃难人们入梦境。
一媪梦见一老翁，
他对百姓笑吟吟，
共话桑麻问暖冷。

“请问老者是何人？
如此关心老百姓。”
“人称向王住洞里，
白天是我坐高岭，
敌人一见就逃命。”

老媪欢笑梦已醒，
眼前不见老者影。
天亮之后敬向王，
正是梦中那老人，
只是端坐不作声。

第八章　万里寻亲

一

太阳一次次西坠又一次次东升，
母子俩在悬崖留下了深深脚印；
月亮一次次残缺又一次次浑圆，
母子俩在山谷留下了声声长吟。

饿了，伸开腿抓来脚边的野兽，
鲜美的兽肉驱尽了肚内的噪鸣；
渴了，迈开步去到岩下的深涧，
清凉的甘泉把冒烟的喉咙滋润。

跳起了狂舞，母子俩双脚腾起，
像一股股疾风席卷山中的黑云；
唱起了欢歌，母子俩敞开喉咙，
像一阵阵松涛撞击陡峭的山岭。

又往前走，只要不停地向前行，
就一定能够走完所要走的路程；
又往前走，只要壮志没有泯灭，
目标永远是照亮夜行人的明灯……

簇簇旌旗迎着疾风正猎猎飘扬，
座座军帐舒展雄姿正挺立山梁。
扁担花脸上堆起层层甜蜜欢笑：

“阿妈，这里是不是我国的北疆？”

“聪明的儿子，我们已到了前线，
虽然没有听到刀枪剑戟的铿锵。
若干次战斗的记录足足地证明：
寂静的时刻里恰巧是剑拔弩张。”

“每个人都有自己最热爱的家园，
可为何要离开它走向厮杀战场？
每个人都有自己最宝贵的生命，
可为何要不顾它去流血和死亡？”

“假如我们都不去抵御外敌入侵，
那么就必然要导致国破而家亡；
亡国奴真不堪忍受蹂躏和耻辱，
倒不如洒一腔热血效命在疆场！”

母子俩快步如飞来到一哨卡前：
“这里有没有一个叫李郎的军人？”
哨卡前一位军人热情地告诉她：
“我们这里从来没听说过这姓名。”

母子俩快步如飞来到一队列前：
“这里有没有一个叫李郎的军人？”
队列前一位军人热情地告诉她：
“我们这里从来没听说过这姓名。”

母子俩快步如飞来到一军帐内：
“这里有没有一个叫李郎的军人？”
军帐内一位军人热情地告诉她：
“这里无法知道每个兵卒的姓名。”

夜幕早已经在山顶上悄悄降落，

母子俩数日奔波早已筋疲力尽。
他们在一棵大青树下倒头便睡，
巴姑合眼便召唤梦嘎婆婆来临。

二

我军和敌人进行一次次厮杀，
沦丧的土地却未能收复一寸。
双方兵卒闻鼓声退回到原地，
阵地上留下许多伤亡的士兵。

李郎和他的战友们回到帐内，
他的长剑上面满是黑血淋淋：
“敌人的浊血玷污了我的宝剑，
狠狠撣掉它以还我龙泉晶莹！”

李郎和他的战友们饭后休息，
凉风钻进帐篷已经深感寒冷。
他裹紧了那单薄的夹衣入睡，
天亮时合眼梦嘎婆婆便走近：

“你的妻子和儿子跋涉了万里，
带着新寒衣来到了营地附近。
他们正在一棵青树下面睡觉，
你可踏着晨光前去迎接他们。”

一股清风吹打着李郎的军帐，
他睁开双眼，依旧睡意蒙眬。
心儿还沉浸在甜蜜的时刻里，
揉揉双眼皮，双脚跨出帐篷。

他的身子比射出去的箭还快，
穿越了群星，跨过座座山峰。

他的双脚绊滚了一堆堆岩石，
他的双臂碰断了一簇簇树丛。

早起的雀鸟已经在林间鸣叫，
曙光已经显露在最高的山峰。
大地上的万物已经依稀可见，
一棵葱茏的大树扑入他眼中。

那树下真有他的娇妻和爱儿，
以为他们是来自遥远的天宫。
三个人只是紧紧拥抱在一起，
六行热泪正在山泉般地喷涌……

“离别像久旱不雨的龟裂土地，
使我这枯槁的禾苗苦苦哀吟；
重逢使我在顷刻复活了翠绿，
你是从天而降滋润我的甘霖。”

“当你微笑的眼睛望了我一下，
我浑身便注满无涯际的热情。
我沉醉后忘了人世间的一切，
享受着无限辉煌的快乐人生。”

“当你温柔的嘴唇碰了我的脸，
我浑身弥漫着无止境的温馨。
我被这幸福的柔风轻轻卷起，
向着那五彩缤纷的天国升腾。”

“我们可爱的儿子是多么健壮，
他是我俩圣洁的爱情的结晶；
我们可爱的儿子是多么聪慧，
他是我俩向前延续着的生命……”

亲热的话语像山泉汩汩流淌，
无限的甜蜜在心头波光荡漾。
巴姑取出新寒衣给李郎穿上，
两行热泪在李郎的脸上滚淌：

“千针万线，记载的爱情无价，
跋涉万里，脚印烙在我心上。
你替我种田理家，赡老抚幼，
我来生里变牛变马也难补偿。”

“我婆母的身体也是十分健康，
有她帮助，粮食是满囤满仓。
对待她的孙子真如掌上明珠，
对待她的儿媳也如亲生亲养。

“我的母亲年纪大仍体魄强健，
常常独自奔走在峡谷和山冈，
望一眼，目光射穿层层黑云，
叫一声，震得蓝天也在摇晃……”

激昂的号角声音从远处传来，
李郎在寒衣外面套上了戎装。
他微笑着向妻子和儿子挥手，
妻子和儿子正在向着他凝望：

他一举步，脚下的沙石腾空，
他一望眼，面前的星星摇晃。
一只轻捷的虎影融入霞光里，
一声激昂的虎啸摇动着朝阳……

三

扁担花看着阿爸远去的背影，

甜与苦汇成激流在胸中翻腾：
甜的是见到阿爸本这般温柔，
苦的是无法将他的差使担承。

他偎依在阿妈温暖的怀抱里，
凝望着阿妈脸上苦涩的神情：
“阿妈，我们苦苦地寻找一天，
没有一个人知道阿爸的音信。

“您是怎样告诉他我们来这里，
让他在天亮之前就独自启程。
他能准确无误地来到这树下，
你的这一妙法可谓真的神灵。”

阿妈脸上顿时现出无穷欢笑，
她在儿子脸上印下深深亲吻：
“你能提出这样一个神秘问题，
证明我的儿子果然聪明过人。

“多少人遇到这司空见惯的事，
从它身边走过去而置若罔闻。
比金子宝贵万分的罕世珍宝，
就在眼下等待着识别它的人。

“驻守边塞的兵卒是千千万万，
找到他才犹如是从大海捞针。
当我们的寻找遭到失败之后，
我想起了梦嘎婆婆就在附近。

“她没有任何可以看到的颜色，
她没有任何可以辨别的声音，
她没有任何可以识别的形状，
她没有任何可以测量的尺寸。

“她的速度真比闪电更为快捷，
一眨眼工夫就越过千山万岭。
她的准确比北斗星更为可靠，
进入另一人脑中只需要一瞬。

“大脑也真是一个奇妙的东西，
它能把一切怪异的现象储存。
仿佛一条来无影去无踪的线，
把两地连接得没有任何疤痕。

“我要准确无误地找到你阿爸，
刚一合眼梦嘎婆婆便已走近。
她在顷刻之间把我的话带走，
立刻输入你阿爸熟睡的梦境。

“你阿爸醒来后轻轻地揉揉眼，
眼前还有那梦中的美好情景。
他的双脚踏着月色疾驰如飞，
梦中的大青树照耀他的眼睛……”

扁担花兴奋得双脚狂跳起来，
仿佛要抓下飘在天顶的彩云：
“把这奇妙的东西用之于战事，
抢先占领就必然无往而不胜！”

第九章　激　战

一

瓦剌军罕元帅眉冒火立帐内，
将军们威严地站立他的两旁。
全帐内俨然如一座火药仓库，
单等火星引爆一声惊天巨响。

元帅的话便是燃烧的导火索，
虽然他的声音只是哧哧作响：
旷日持久的战争不宜再延续，
此次速决，作最后一次较量！

“我们已集合将士三十万之多，
我们已备下战车足足十万辆，
我们摧枯拉朽活捉明军元帅，
夺取城池，回朝去面见国王！”

罕元帅刚健的步履迈出军帐，
他的坐骑流星一般驰过山冈。
手持刀矛的兵卒们紧随身后，
像铺天盖地而来的惊涛骇浪……

明军朱元帅巍然屹立战马上，
跃过一座险峰后勒住了马缰。
他的士兵们犹如黑云在滚动，

风驰电掣聚集在身后的山梁。

“胡儿们胆敢冒天下之大不韪，
向我神圣领土伸来侵略魔掌。
杀得我边塞居民血溅荒草地，
抢我牛羊，烧我边民的毡房……

“拿出我们全部的英勇和顽强，
去与来犯之敌进行殊死较量。
驱逐了敌人，朝廷将有重赏，
载誉返家园，度过快乐时光！”

他的坐骑箭一般地驰上前去，
踢起的尘土遮住太阳的光芒；
将士们紧紧地跟随着他前进，
挥舞的大刀闪射着层层寒光。

二

瓦军涌来，犹如喧啸的海涛，
明军迎战，宛若土筑的堤坝。
两军对垒，直杀得血肉横飞，
两军交战，战鼓声震撼云崖。

明军招架不住，向后面退去，
瓦军乘胜追击，如浪卷泥沙。
巴姑静静地观察着敌我双方，
教儿子对照实战去温习兵法：

“敌军力量充实，就加以防备，
敌军力量优势，就避免硬打，
敌军修整得好，就使他疲劳，
敌军内部团结，就去离间他。

“能战的时候也要假装不能战，
打敌人近处假装向着远处打，
出敌人之意外，攻敌之不备，
取胜的奥妙就在于兵不厌诈……”

瓦军追击，将士们士气高昂，
明军退却，将士们萎靡不振。
有的军官调转马缰离开战场，
有的兵卒丢掉戈矛逃往森林。

在一片混乱战斗中旌旗乱飞，
在一片迷蒙状态下人翻马滚。
巴姑静静地观察着敌我双方，
教儿子温习统帅治军的本领：

“将帅统领兵卒须用怀柔手段，
对待他们犹如用细雨去滋润；
将帅统领兵卒须用军纪法度，
对待他们也犹如威严的雷霆！

“平素训练时严格地服从纪律，
到战场上才能严格执行命令。
立功者，按功大小必给奖赏，
逃脱者，不问情由格杀勿论……”

夜色已从高空中悄悄地降临，
瓦军士兵已停下来就地宿营。
明军探子前去侦察后返回来，
明军之一部立即去消灭敌人。

刹那间强敌从四面包围而来，
明军将士顷刻间被消灭殆尽。

巴姑静静地观察着这一场面，
教儿子必备分析研究的本领：

“从敌人行动中去辨别假和真，
不能被敌人的假象蒙住眼睛。
从现象中去发现敌人真意图，
不能被敌人的阴谋牵着前行。

“只了解自己而没能了解敌人，
这个仗只有一半胜利的可能；
了解敌人也同样了解了自己，
投入这种战斗方能百战百胜……”

明军擂动战鼓向敌发起进攻，
可是众多兵卒走路歪歪倒倒，
人员已经多日未能吃上饱饭，
马匹已经多日未能吃足草料。

长官用大刀威逼全无济于世，
兵卒用鞭子打马，马只哀号。
巴姑见到这种情景心中焦急，
对儿子讲述物资保障的重要：

“作战之前必须动用战车千辆，
向作战地点运去足够的粮草。
然后才能下令出动千军万马，
车辆盔甲的修补也安排周到。

“远道运输就会造成接济困难，
长期奔波就会导致军队疲劳。
聪明的将帅必力争速战速决，
并从敌人那里获取武器粮草……”

三

巴姑和扁担花拖着沉重的步履，
好不容易越过山峰回到了草地。
前去观战的时候，她精神抖擞，
观战回来的时候，她身软如泥。

扁担花眼望着阿妈愁苦的面容，
想到她已数日没吃过任何东西。
他去深草丛中捉来了一只金鹿，
可阿妈望着它没露出半点惊喜。

“阿妈啊您是不是在担心着阿爸，
他在此次战斗中是否赢得胜利，
他是否受过伤还在草地上颠簸，
还是随撤走的队伍回到了营地？”

“既然整个战斗遭到了彻底失败，
微小的胜利又怎么能挽回败局？
你的阿爸自然是使我十分担心，
他的生死存亡与我们连在一起。

“倘若我站在山谷向着山顶望去，
一棵绿树也会使我有无限欣喜；
现在我站在山顶俯瞰脚下溪谷，
满坡荒草使我感到了无穷忧虑——

“整个战斗是大将不力累死三军，
不学无术之辈怎么能高擎帅旗？
何等重要的位置让这种人浪费，
君王啊，他定会毁灭您的社稷！

“那些兵卒该是多么勇敢和无畏，
可是他们却无法去为国家效力。
他们勇敢地战斗确为视死如归，
无价值地去死亡怎不令人惋惜！

“国家没有良才哪能够振兴国家，
栋梁之材乃是国家真正的实力。
蛀虫可以毁灭高耸入云的大厦，
国弱民贫又哪有不挨打的道理……”

四

张射云带着他的人马向后方逃去，
他身上还留着激烈厮杀后的血迹。
本想像鹰一样地张开雄健的翅膀，
怎奈这些人马一个个全瘫软无力！

想到一个时刻之前还在刀挥剑舞，
他的心像是从山顶一直坠下谷底；
想到一个时刻之前还在血溅肉飞，
他浑身上下的汗珠犹如降下暴雨！

在这场战斗中他的人马一半倒下，
北国的荒草地上横着残缺的身躯；
剩下的一半残手跛脚已溃不成军，
仿佛一群正在污泥中爬行的蚂蚁。

但愿此刻不要有敌军从后面追来，
保留这些生命回到西南大山中去；
如果我把他们全丢失在异地他乡，
那么以后谁去为我支应兵差徭役？

他的心已飞过万水千山回到家里，

见到了父母妻儿，脸上激荡欣喜；
他的双臂伸出，仿佛在搂抱娇妻，
顿时他的双脚犹如正在腾空飞起……

前面仿佛隐隐约约来了一队人马，
雄健的马蹄卷起的尘土向空腾起。
张射云的一队人马停下步来观看，
原来这人马前面飘着瓦剌军大旗。

张射云刹那之间仿佛从梦中醒来，
他的心儿又如打鼓似地瑟瑟战栗；
张射云的心驰神往已如泡沫消逝，
顷刻之间脸上犹如布满厚厚浊泥。

瓦剌军分两部向他们迅速逼过来，
刀剑挥舞阵阵呐喊犹如云中霹雳。
李郎闪电一般来到了张射云面前，
他像暴风骤雨中的苍松岿然屹立：

“现在摆在我们面前的只有一条路：
杀开一条血路，奋不顾身冲出去。
在这危急时刻，我们以狗为榜样，
它被逼在墙角挨打便咬人而冲击！”

张射云脸上黑白无常正呆若木鸡，
对李郎的话加以思考但依然犹豫。
瓦剌军如钳子般从左右两翼袭来，
张射云已是六神无主而痛哭流涕。

李郎见他这神态，急得冷汗直滴，
他举着利剑向着敌群奋勇杀过去，
其余绝大多数人跟着他拼力厮杀，
舍此一条出路，就只能束手待毙！

山间草地上重又响起了刀枪剑戟，
和着厮杀声、呐喊声震荡在一起。
夜幕已从高空中悄悄地降临山间，
冲杀的人马难以辨认出南北东西。

厮杀的声音由激烈慢慢变得平息，
阵地上卧着横七竖八的双方尸体。
偶有战马的嘶鸣在夜空哀哀滚动，
混杂着伤残兵卒的低吟打破静寂。

李郎提着战刀在阵地上寻找同伴，
从血泊中又有不少兵卒走在一起：
同口音者就是与自己同来的乡友，
他们遥望北斗星向相反方向走去……

第十章　李 郎 揭 榜

一

几颗稀疏的星星在云层里忽暗忽明，
一阵阵的寒风正滚过草原声声嘶鸣。
一簇簇旌旗在军帐外面哗哗地飘动，
手持利剑的警卫兵卒们圆睁大眼睛。

明军朱元帅苦皱眉头端坐在军帐内，
烛光在案头闪烁着萤火虫似的光影。
只觉得心头像压着巨石一般地沉重，
满脸犹如阴沉的云雾正在上下翻腾——

经过了一场激烈厮杀后的平地山岭，
横卧着的绝大多数是我方军官士兵。
敌人的马蹄从他们身上层层踏过去，
又向着我国南方内地潮水般地推进。

倘若不是敌人因路途遥远而缺给养，
会一鼓作气地前往，中途不会暂停。
一旦他们的给养得到了足够的补充，
更大规模的进攻必然会疯狂地进行。

并不是我军全体将士作战不够勇敢，
他们只要一到战场上去全奋不顾身；
并不是我国的后方支援前线不得力，

现举国上下都在全力以赴投入战争。

敌我双方的作战能力大体不相上下，
却为何每次战斗中基本上敌方获胜。
想来想去，问题出在战略战术方面，
焦点便集中到了战斗指挥者的本领。

我使出了全部的力气还是无济于事，
一片爱国之心不能等同于办事才能。
几百万人的队伍组织起来并非难事，
其中最难找到的是运筹帷幄的将领。

倘若让我在指挥者位置上继续坚持，
必然有辱于我国朝廷的威严的使命。
从大的方面来说，有害于江山社稷，
从小的方面来说，我成为千古罪人！

我早应当拿出赤诚的拳拳爱国之心，
把这个指挥者位置让给有才能的人——
一旦被事实证明了自己是一个庸才，
就应当有千百倍的勇气去举贤荐能……

他终于提起笔来，笔尖儿纵横驰骋，
白纸上面留下闪闪烁烁的斑斑墨痕，
它们如浩瀚的大海中的喧嚣的波浪，
它们如千军万马踏着鼓点向前挺进！

二

浓重的黑云低低地压着山顶，
山风夹杂着寒气在岩间嘶鸣。
虽然没有那厮杀的声音传来，
群山之巅依稀可见刀光剑影。

一匹快马急促地向南面狂奔，
像一支射出的火箭穿越丛林。
马蹄弹起的沙石在空中弥漫，
嘶叫声在岩间发出久久回鸣。

巴姑和扁担花惊望马的身影，
他们忐忑的心得到几分镇定。
像在茫茫暗夜中辨别方向时，
依稀看见露出云层的北斗星：

“说不定这匹快马是奔向京城，
向皇上禀报前线的战斗情景。
若禀报实况，皇上认真思考，
方能出现转机扭转国家厄运。”

李郎来到长大青树的山坡上，
又见到了娇妻和爱子的面影：
“战争破坏了我们幸福的家庭，
你们脸上为什么荡漾着欢欣？”

妻子揩掉丈夫负轻伤的血迹，
她的微笑比盛开的牡丹迷人：
“假若皇上降旨整顿前线军队，
我代替你穿上戎装佩剑出征。”

儿子像苍劲的幼松挺立山冈，
面对着苍茫的北国威风凛凛：
“请阿爸交给我一把锋利长剑，
捣碎敌人心脏把那鲜血痛饮！”

李郎脸上微微泛起苦涩的笑，
脑袋就像风中柳叶摇摆不停：

“挥刀杀敌那是成年男子的事，
枪林弹雨之中更是九死一生……”

三

月儿和星星在云层里悄悄隐藏，
微风拂过大树，树叶丝丝发响。
扁担花蜷缩在草地上酣然入睡，
巴姑紧紧地偎依在丈夫的身旁：

“卫国保家并不只是男人的职责，
敌人杀来，女人同样惨遭祸殃。
女人并不跪下向敌人乞求怜悯，
危急时刻，女人同样拿起刀枪。

“女人一旦被激怒发出尖厉吼叫，
声音同样震撼高耸入云的山冈；
女人一旦使出全身上下的力气，
峻岭也被抡起来砸出道道火光。

“倘若把女人搁置在一旁而不用，
这个世界就损失掉了一半力量。
巨大的资源竟然遭到这般浪费，
仔细思考起来啊该是何等荒唐！”

巴姑的话像利剑出鞘时的声响，
声音中仿佛迸发出刚烈的火光。
那强烈的自信使李郎真诚佩服，
自信的神情也涌现在李郎脸上：

“小卒无法答应你这参战的请求，
作为你的丈夫，赞成你的主张。
倘若你真有这个机会应征入伍，

就该效法古时花木兰女扮男装……”

早起的雀鸟已经在树林中鸣叫，
晓星闪烁着，挂在山顶的树梢。
李郎和巴姑已谈论得非常兴奋，
美好的憧憬正化作甜蜜的微笑：

“我们的儿子长得是十分的健壮，
十岁的孩子比二十岁健男还高；
我们的儿子真有着天生的聪明，
提出的问题常使大人难以想到。

“我常常教导他阅读汉族的诗文，
一旦过目比刻在石头上的还牢；
我常常教导他精习巴族的武艺，
他拉开弓便可射落云中的飞鸟。

“我此次带他出来观察你们作战，
是希望他把兵书学得较为明了；
我此次带他出来激发爱国热忱，
是希望他将来为国家立下功劳……”

四

一匹快马从遥远的南面奔来，
像红云在军帐前面骤然降下。
顷刻之间那里涌满将卒百姓，
像潮水拍击着海岸上的悬崖。

李郎和巴姑正站在山顶凝望，
心里头正在席卷着层层浪花：
“此事非同小可，勿等闲而视，
说不定是朝廷采取崭新办法。”

他们带着扁担花迅速下山去，
强劲的热风滚动在他们脚下。
挤开人群，来到一幅垂幕前，
原是朝廷的招贤榜高高悬挂——

“边塞战事已经长达十年之久，
举国上下已经出现人困马乏。
我泱泱大国为藏龙卧虎之地，
定有良才担当元帅统领兵马……”

像火星点燃了旷野上的荒草，
巴姑胸中已如烈火熊熊燃烧：
“李郎我的夫君，你快去揭榜。
苍天助你，今日把良机等到。”

李郎一听，吓得浑身在颤抖，
像是狂风卷起来的一匹鸡毛：
“统帅三军，那是将帅的事情，
普通一卒，岂敢去冒昧夺标？

“指挥三军作战不是顽童游戏，
立下了军令状要拿性命担保。
指挥得当，自然会捷报频传，
指挥失误，有军法绝不轻饶。”

巴姑浑身像沐浴着缕缕春风，
脸上像盛开的玫瑰饱含欢笑：
“你忠诚的妻子站在你的身后，
胜利定会迎面而来将你拥抱。”

妻的话在李郎胸中注满勇气，
他伸出双臂像能把高山举起。

他冲到招贤榜面前戛然站住，
两条腿像枯草在秋风中战栗——

这是一面光荣而神圣的大旗，
它展示着国家和民族的荣誉。
德才兼备的人举它旗开得胜，
不学无术之辈扛它一败涂地！

光荣和耻辱原只有一步之遥，
胜利和失败原只有咫尺距离。
倘让这面圣洁的旗蒙上耻辱，
上负君下负民永远被人唾弃！

李郎忘却这许多，屏住呼吸，
触摸招贤榜，浑身汗注如雨。
双脚一发软，突然倒在地上，
巴姑走上前，将他搂在怀里……

李郎好一会儿才睁开了眼睛，
顷刻之间他见到了虎的面影：
她的目光像划破黑云的闪电，
她的低吟像声震长空的雷鸣。

猛然之间他的神情忽又镇定，
眨一下眼又见到妻子的面影：
迷人的微笑就像三月的桃花，
亲切的话语就像琤琮的泉声：

“不想走路的人在平地也止步，
想走路的人就越过高山峻岭。
只要你一心想成就一番事业，
心到达的地方脚就能够踏进。”

妻为他穿上染她指血的寒衣，
双手推着他再向招贤榜接近。
他伸手揭了那榜刚转过身来，
一抬脚，人群中飞出一颗星……

五

猎猎旌旗如朝霞漫卷在蔚蓝天顶，
森森戈戟如闪电疾驰在千山万岭。
元帅军帐前，各路兵卒排列长阵，
四面草坪上，层层帐篷如烟如云。

军帐内的最高处，坐着朝廷大员，
他是一位王爷，此刻代表着朝廷。
一双炯炯大眼正环视帐内和帐前，
脸上不时地掠过憧憬未来的笑影。

他面前的长桌上陈放着一枚大印，
闪亮的黄绸裹着这枚大印的周身。
长桌的两面排列着各路来的大将，
他们微笑的脸上透射出威风凛凛。

李郎头盔上飘动着火焰般的红缨，
身上甲胄闪闪烁烁如耀眼的晶鳞。
一双滚圆的大眼里闪射猎猎亮光，
腰中佩挂的长剑上摇撼铿锵声音。

朱元帅的头盔闪烁着银灰色光芒，
身上的甲胄摇晃着亮光忽暗忽明。
脸上呈现出无可奈何的沮丧神态，
却又不时地透露出一阵阵的欢欣。

威严的王爷从座位上缓缓站起来，

闪着金辉的圣旨举过了他的头顶。
“李郎接旨。”王爷张开口声若洪钟，
李郎整理好衣冠在圣旨下面俯身。

“瓦剌军犯我北方边境达十年之久，
我军及边塞百姓一起阻敌军南进。
这场战争旷日持久不能继续拖延，
令李郎为帅率三军作战驱敌出境。”

李郎接旨后起身，山一般地站定，
他深知自己肩头已压上一座峻岭。
朱元帅把大帅印捧到了他的手中，
他深知刀山火海等着他迈步前行：

“我接过圣旨，肩负历史给的重任，
赴汤蹈火，为国家敬献全部忠诚；
我接过帅印，执掌指挥三军职责，
身先士卒，完成驱敌出境的使命。”

他双手捧着皇上授予的元帅金印，
一双冒着金花的大眼如射穿云层。
他在寻找立下誓言支持他的娇妻，
此刻的军帐内为何不见她的身影？

他传令军帐外的巴姑立即进帐来，
他的声音仿佛在摇动草地和山岭。
身着戎装的巴姑挥手臂如卷疾风，
她迈开步履仿佛使四面鬼惧神惊！

“本元帅特任命巴姑为督战大将军，
协同本元帅运筹帷幄以千里决胜。”
“下官欣然受命，定服从元帅调遣，
为着报效国家，歼敌时奋不顾身。”

就在这一时刻，将士们顿觉震惊：
他们看到了一个骁勇无比的虎影；
就在这一刹那，将士们顿觉诧异：
他们听到了一声惊天动地的虎吟！

第十一章　扁担花回乡

一

巴姑走出军帐，来到山间草坪，
身魁体壮的扁担花伴随着母亲。
乱石看见他们，迅速匍匐在地，
荆棘看见他们，立即低头缩颈。

扁担花轻抚着阿妈的一身戎装，
恨不得自己立即成为一名军人：
“我看见您和阿爸都能指挥战斗，
我何时才能代替你们统帅三军？”

阿妈兴奋的脸上堆起一层笑影，
她伸出双手轻抚着儿子的头顶：
“纵然有理想比武落钟离山更高，
去实现它却须起步于它的底层。”

“你阿爸已经身挂帅印坐镇军帐，
你阿妈已经受命参与指挥三军。
指挥前线军队，关系国家存亡，
每一细微思考，紧连社稷命运。

“你火速回家乡去，须日夜兼程，
找到外祖母，告知她前线实情。
外祖母自然会果断地作出抉择，

派精兵强将到前线来援助我们。

“到了家乡，切切勿忘看望祖母，
她老人家一生劳苦又年迈多病。
她在家乡虽然见不到刀枪剑戟，
对儿孙的牵挂却正刺痛她的心！

“我本想回去探望这可怜的老人，
可在此种环境里又怎么能脱身？
你把我的这寒衣带给你的祖母，
代我向老人家致以最亲切慰问。”

扁担花带上了阿妈脱下的寒衣，
向阿妈招招手后便踏上了归程。
一阵阵的轻风飘动在他的脚下，
他像离弦的箭射穿了层层白云……

二

悬崖绝壁之顶闪烁着几颗星星，
黑山老林里面颤抖着几声鸦鸣。
巴母扛着猎物穿过了山林田野，
来到自家的阶沿上启开了柴门。

她用不着去点燃那堆松明子灯，
室内的一切家什照样看得分明。
她把刚才扛回的野猪咬断腿子，
让它活着，使食物保持着鲜嫩。

一整天的奔波终于带来了倦意，
呵欠连连，实在难得睁开眼睛。
她踉踉跄跄走到床前倒头便睡，
屋里一会儿就响起了呼呼鼾声——

比人高的苞谷长满了崇山峻岭，
青青叶丛摇曳，更比翡翠晶莹。
自己穿行在挂满红须的茎丛里，
手板青叶，阵阵浓香直扑内心。

醒来才知道是个迷人的亲亲梦，①
蓦地想到幺女、女婿和小外孙。
她的眼睛皮再也无法闭合拢来，
朦朦胧胧的睡意顷刻消失殆尽。

已经很长时间不知他们的音信，
我的心总在伴随他们塞北之行。
看到扬沙天想到他们忍受酷热，
看到落雪地想到他们忍爱寒冷。

看到群群猎狗追赶山上的野兽，
我就想起北国边塞的战鼓声声；
看到猎人利箭射穿云中的飞鸟，
我就想起北国边塞的刀光剑影……

白云再高总也飞不出天的怀抱，
流水再远总也在地的怀中储存。
儿女们无论走到天之涯地之角，
哪一刻也走不出阿爸阿妈的心！

老人们只要还有一息生命存在，
心中便永远有割不断的骨肉情。
随着悠悠岁月的不断向前推移，
这份情感就一日比一日更坚贞……

① 梦见绿色植物，以其青谐音“亲”，认为有亲人来。

窗棂上出现朦朦胧胧的鱼肚白，
她隐隐约约听见屋外有脚步声。
披衣下床，立刻打开柴门观看，
她惊奇得不能相信自己的眼睛：

扁担花站在门前，他宛若峻岭，
几年不见，确实已经长大成人。
“母斯河涅！”真正是外孙在呼唤，①
她从头顶看到脚，把外孙辨认。

“我昨日夜里做了一个青青长梦，
便知今日定有亲亲人走进家门。”
外祖母狂热地深深亲吻扁担花，
突然间鼻子发酸，泪珠儿滚滚：

“我先问你：北国边疆战事如何？”
外祖母声音急切，圆睁着眼睛。
“我再问你：你的阿爸阿妈怎样？”
外祖母声音焦虑，喉咙里哽咽。

“敌占我边疆，没前进也没后退，
我军反攻准备正在默默地进行。
朝廷命阿爸担任元帅执掌帅印，
阿妈被阿爸任命为督战大将军。”

三

吊脚楼顶没有冒出一丝炊烟，
浓郁的清香却随风飘满山间。
野猪生肉当饭，野羊血当酒，

① 母斯河涅：土家语，指祖母。

祖孙俩为重逢而享受着盛宴。

“得到了前线敌我双方的情况，
只觉得我军抗敌事仍多危艰。
这场战争我军获胜毋庸置疑，
但无法预测胜利日还有多远。

“得知你们全家人安全的消息，
春风便吹散了我心中的冬天；
得知你阿爸和阿妈掌握军权，
我心中的鲜花比朝霞更鲜艳。”

“前任元帅缺乏统领三军才能，
致使全体将士缺乏足够训练。
而来犯之敌众多且训练有素，
武器精良也为历代战场罕见。

“阿妈特派我来向外祖母求援，
请众虎出山，开往北疆前线，
配合前线将士转战东西各路，
不多时日便可歼敌班师凯旋。”

外祖母听着孙儿的一番谈吐，
觉得他似乎已经进入了成年。
她虽然此刻还没将这事答应，
却依稀看到虎军正开赴前线……

四

月亮四周环绕着丝丝彩云，
蓝天顶上闪烁着颗颗寒星。
巴母威严地站在一壁岩巅，
一声嘶叫摇动着崇山峻岭。

顷刻间老虎满山遍野奔跑，
卷起尘土遮住月亮的面影；
顷刻间山上山下虎啸震耳，
满天星星吓得闭上了眼睛。

巴母四周环绕着只只老虎，
从草坝延伸到四周的山岭，
每只老虎都睁着圆圆绿眼，
像碧湖中倒映着满天繁星。

巴母把扁担花召到岩巅上，
扁担花向着四面点头致敬。
巴母洪亮的声音传播开去：
“这小伙子就是我的小外孙。”

扁担花闪着一双绿色大眼，
呼吸声变成阵阵雄虎啸鸣：
“我的舅舅、阿姨、表兄姐，
今天终于又见到我的亲人……”

老虎们见到他时他刚出生，
不觉十年间他已长成大人。
十年间无时无刻不在牵挂，
今日见到，欣喜从天降临。

巴母伸出双臂向下面挥示，
四面群虎中顿时悄然无声。
只有巴母激越的声音响起，
惊雷一般地震撼崇山峻岭：

“瓦剌军队进犯我北国边境，
占我国土地，杀我国百姓。

朝廷出兵北疆抵御入侵者，
这场战争已进行了十年整。”

“瓦剌军未能向前跨越一步，
我军也未能收复失地一寸。
战争时间再不该向前延续，
朝廷对战略作了重新调整。

“李郎领旨做了镇关大元帅，
高擎着帅旗，执掌着帅印；
巴姑受元帅命任督战大将，
做李郎助手，以号令三军。

“巴姑派遣扁担花返回家乡，
请你们出山援助追歼敌军。
我已答应你们一部分前往，
在北国服从李郎巴姑命令……”

老虎们全把前爪伸向空中，
蓝天上翻腾着他们的笑声；
老虎们全用后脚敲击大地，
地深处响彻着他们的啸鸣：

“我们巴族久居在深山老林，
勇猛威武本是我们的天性。
我们热爱自己和平的家园，
遇敌侵略则显示尚武本能。”

巴母点了三位虎将走上前：
善于白日作战的红脸将军，
善于黑夜作战的黑脸将军，
善于日夜作战的花脸将军。

“三位将军各带领兵卒十万，
先在深山各寻地日夜练兵。
依据各自所长练就真特色，
进入阵地后就能战无不胜！

“未编入队的虎员各负其责，
为储备携带食物去往山岭。
后方一切全为着支援前线，
兵马未动，粮草则须先行。”

老巴子们一个个热血沸腾，
一阵阵虎啸震得山鸣谷应。
巴母从屋内搬出虎钮錞于，①
海浪般的虎群中鸦雀无声。

威严的虎像雄踞錞于之巅，
高昂的头颅仿佛射穿云层。
炯炯的目光仿佛直射牛斗，
坚韧的四蹄仿佛压弯峻岭。

巴母见到錞于想起了祖先，
刹那之间不由得热泪纵横。
巴母用双手轻轻敲击錞于，
唱起巴师助武伐纣的歌声。②

武王誓师在牧野，③

---

① 虎钮錞于：大小、重量、尺寸不一，一般为50~55厘米。青铜铸造，圆形或椭圆形，为古代巴人的乐器。有一只或二只虎像立于顶端平盘中，也有三只的。它不仅是村寨、氏族部落、军队的号令之器，还用于娱乐、宴享、祭祀、祈祷、庆典等活动中，是权力、地位、财富的象征。

② 《华阳国志·巴志》载：“周武王伐纣，实得巴蜀之师，著乎《尚书》。巴师勇锐，歌舞以凌殷人，前徒倒戈。故世称之曰：武王伐纣，前歌后舞也。”

③ 牧野，在今河南省淇县之南。

旌旗飘飘映日光。
虎钮錞于声激越，
群虎踏蹄地震荡。
殷商将士身颤抖，
武王挥戈上战场。

牧野战地宽又广，
战马兵车多堂皇。
虎钮錞于声激越，
群虎歌舞天摇晃。
殷商队伍旌旗倒，
武王挥师奔前方……

雄浑的声音越过千山万水，
激起大海的波涛上下翻腾；
激昂的声音冲到蓝天之上，
带来了黑云中的电闪雷鸣——

虎钮錞于白虎造，
虎啸一声群山震，
敌人闻声心胆寒，
我军斗志正激奋。

虎钮錞于巴国宝，
虎啸一声大地鸣，
敌人闻声往后退，
我军歌舞朝前行。

虎钮錞于罕世珍，
虎啸一声云天惊，
敌人闻声旌旗倒，
我军脚下敌尸横。

五

匆匆身子碰碎了山间浓雾，
忙忙脚板踏落了草上露珠。
朝霞拥着日出，他没看见，
扁担花只想念慈祥的祖母——

电闪雷鸣的恐怖的雨夜里，
她怕孙儿胆小忙关上窗户；
秋风刚摇曳门前的枫叶时，
她怕孙儿受寒快补好冬服。

祖母的笑颜是广阔的天空，
保护孙儿度过严冬与酷暑；
祖母的手心是开花的草坪，
孙儿的脚在那里开始学步……

来到自家门前见到了祖母，
祖母正烧香遥望北方祝福。
“祖母！”他箭一般驰过去，
一双手臂紧紧地搂住祖母。

祖母仍望着北方并不转身，
一旦转过身来却猛吃一惊。
久久地她认出自己的孙儿，
一下搂住他顷刻泪如雨淋……

扁担花讲述了父母的情况，
祖母才带他走进自家柴门；
扁担花讲述了回来的经过，
祖母听后只觉得又喜又惊。

祖母已经是疾风前的油灯，
灯盏里的桐油已即将耗尽。
为孙儿喝，恨不得捧出血，
为孙儿吃，恨不得掏出心！

得知儿子在前线平安无事，
快蹦出的心又在胸膛落定；
得知儿媳已顺利到达边塞，
狂跳的血在血管顿时平静。

儿子带来了对母亲的问候，
母亲像久久阴雨得到天晴；
儿媳带来了对婆母的祝福，
婆母像严冬枯草瞬息转青。

祖母再紧搂孙儿狂热亲吻，
岁晚才懂得期待明媚暖春；
祖母再紧搂孙儿涕泪双流，
黑夜才懂得迎接旭日东升……

秋风已在敲打茅屋的窗门，
寒气正在摇曳墙上的油灯。
孙儿拿出母亲带回的寒衣，
披在祖母肩，她顿觉温馨：

“你妈在塞北迎战千里寒冰，
怎么能够把寒衣带回家门？
我在家中，即使雪齐屋檐，
屋内架大火足可抵御寒冷。”

她欣喜地用双手抚摸寒衣，
眼前出现老虎身上的花纹；
她双手不自觉地颤抖几下，

耳畔响起了老虎的咆哮声——

别看我的儿媳妇是老巴子，
她的心比起恶人善良万分；
别看我的儿媳妇是老巴子，
那正人君子难比她的德行。

裴德仁说因为虎精的缘故，
我的儿子负重伤即将丧命，
孙儿的回来戳穿了这谎言，
远处传来的话不一定可信！

六

扁担花去到他幼年玩耍的草地，
这儿的一切都和当年一样熟悉：
他欣赏多种鸟儿正在快乐歌唱，
他领略正在吐蕊的金黄色秋菊。

他看见一个老头走近他的茅屋，
他蓦地产生了对这个人的怀疑：
幼年时代里也曾经多次见过他，
每当他来后家中便有风波生起。

扁担花悄悄走近自家的窗户边，
果见裴德仁坐在他家的堂屋里。
他惊慌惊张地喊祖母坐到身边，
向祖母的耳边送过去区区话语：

“老嫂子啊，你屋里怎有老虎气？
莫非有老虎来到了你的正屋里？
你要防止你圈里的猪羊被偷走，
你要小心你的魂魄被虎精勾去！”

祖母听到这些话，脸上在发白，
她那干枯的手也在一阵阵战栗。
她静静地待过了一个时辰之后，
苦涩的脸上出现了快乐的笑意：

“是我的孙儿扁担花回到了家中，
我当然知道他本是虎族的后裔。
他的心比温柔的鹿子还要善良，
他的性格比勇猛的雄狮更坚毅。

“我的这个孙子就是我的命根子，
他是我生活中的唯一独特希冀。
地上的河水和河床不可能分开，
宝贵的孙子在我心中永不别离……”

裴德仁已经深深地皱起了眉头，
满脸仿佛堆起臭气熏人的浊泥：
“你的儿子是个凡间人怎会生虎？
你这番话真叫我觉得特别怪异！”

祖母的脸色并没出现多少异样，
甚至流露出来颇感自豪的快意：
“裴兄莫要觉得有什么大惊小怪，
古已有之的事情会有什么稀奇——

老巴子妈妈

茅屋住一单身汉，
吃了上餐无下餐，
一日他从田里回，
桌上羊肉一堆碗，
美美吃了一饱餐。

每天都吃羊肉餐，
是谁为他弄的饭？
一日提前回家来，
屋前屋后四处看，
有情有义须偿还。

见一老虎走出山，
一只肥羊口里衔，
土地庙前打个滚，
脱下虎皮换衣衫，
一个仙女下了凡。

飘飘荡荡往前赶，
茅屋门前拨开闩，
走进屋里杀了羊，
站到灶后去弄饭，
灶膛无烟有火燃，

庙前来了单身汉，
屋檐下面细观看，
拿走她的花虎皮，
直往屋角岩腔钻，
有生以来首次欢。

快步迈进大门槛，
姑娘脸上红霞燃，
出去寻找花虎皮，
庙前庙后急急钻，
丢失虎皮怎回山？

身边走来单身汉，
阵阵恋歌唱得欢。
他们再回茅屋去，

干柴遇火熊熊燃，
夫妻生活够美满。

成亲已是十月满，
婴儿啼哭震深山。
不觉过了十八年，
娃的娃儿又在喊，
三代同堂更美满。

一个夏日近傍晚，
母子对坐心中欢。
母亲对着儿子说：
“要回娘家看一看，
娘家亲人见我难！”

儿子不愿妈进山，
怕妈去后不回还。
父亲一旁劝儿子：
“来时年轻今年残，
暮年常忆童年欢。”

儿子将妈虎皮还，
母亲带皮进深山。
“婆婆给孙带摘施！①”
孙儿跟在身后喊，
祖母回望心头欢。

她有多日在深山，
一日黄昏把家还。
儿媳孙子迎上前，
她抱孙子亲得欢，

① 摘施：长辈出门后回来给晚辈带的礼物。

笑声飘在山弯弯。

祖母荷包装得满，
给孙带了摘施还。
掏出来的小伢指，
儿媳吓得白眼翻：
谁家小娃遭劫难！

再不让她出门槛，
她在屋里身不安，
不是扳烂桌和椅，
就是砸碎罐和坛，
硬骨俏皮进深山。①

她刚走上门前山，
儿子随后偷偷看，
见她又变老巴子，
摇头晃脑舞得欢，
茅屋门前脚变慢。

五岁一娃稻场玩，
老虎扑去娃怪喊。
"妈你千万闹不得，
一匹篾毁香火断！"②
儿子声音震群山。

老虎停步往回看，
见是儿子身后站。
久久细看儿子后，
垂头耷耳跛进山，

① 硬骨俏皮：方言，意为不由分说。
② 一匹篾：意为独生子。

从此一去再未还。

儿子走遍远近山，
央求猎人把话传：
“若是遇到歪掌虎，
千万别让她伤残，
那是我妈在深山。”

后来这虎死西湾，
儿子抬她把家还，
穿好寿衣入棺材，
道士开路送上山，
年年祭祖香火燃。

老巴子背新姑娘

一户人家嫁姑娘，
婆家住在远地方。
一路行人山间走，
大红花轿映日光，
笛锣唢呐声悠扬。

层层山峰如碧浪，
山间白云轻飘荡。
不知还要走多远，
新姑肚里胀得慌，
轿子停在山路上。

姑娘出轿四下望，
去到避眼窄地方。
她是出轿去解溲，
开闸放水哗哗响，
越是轻松越舒畅。

突然林中飒飒响，
一只老虎越山梁，
直朝姑娘猛扑去，
把她背在虎背上，
四蹄腾空奔远方。

亲客已经吓得慌，
一路飞跑返回乡。
其余人员往转走，
只有轿夫回男方，
报告虎劫新姑娘……

老虎背着新姑娘，
穿云破雾越山梁。
茅屋门前放下来，
面对姑娘喜洋洋，
姑娘还是吓得慌。

老虎对着它妈讲：
“背回一个新姑娘。”
屋内走出它的妈，
满面皱纹发染霜，
一见姑娘喜若狂。

母子进屋哈哈响，
姑娘也觉心欢畅。
妈妈弄饭来招待，
满桌羊肉喷喷香，
母亲现出虎模样。

老虎爱她心善良，
她爱老虎性刚强，
拜过母亲成了亲，

同走草地上山冈，
形影相随度时光。

他们生育两儿郎，
虎的性格人的样，
老虎讹称为老胡，
雄踞西南大林莽，
胡姓子孙威名扬。

刘罗祖师

春风吹绿高山岭，
坡上蕨茎簇簇生。
姑娘提篮去采蕨，
细细看来轻轻寻，
一路歌儿追白云。

一只白虎在山岭，
就在她的前面行。
走一走来望姑娘，
停一停来听歌声，
歌儿也动虎的心。

满坡蕨茎真是嫩，
圈圈白头晃眼睛。
心儿只在蕨茎上，
手儿掐断绿绿茎，
不觉踩上虎脚印。

姑娘身上忽一惊，
两腿发颤走不稳。
口里只想酸的吃，
喉里发出呕吐声，
姑娘不觉怀了孕。

只觉脑里阵阵昏，
只觉肚里阵阵疼，
胎儿已在肚里动，
姑娘急得血蹦心，
闺女怎去见世人？

眼前层层乱飞星，
见一山洞黑沉沉。
移脚就往那里走，
休管密密刺柯林，
山洞里面暂栖身。

刚刚进了岩洞门，
腹内剧痛更难忍，
额上直冒果子汗，
一个胎儿便降生，
他在绿草上面滚。

婴儿呱呱哭出声，
四面岩壁响回音，
回音冒出岩洞外，
又碰岩壁响回音，
虎啸声声群山震。

那只白虎闻此声，
停下脚步细细听，
突然车身往转望，
四脚腾空往回奔，
尾巴翘在半天云。

轻轻走进岩洞门，
倾听洞内幼虎吟。

俯身洞口往里看，
姑娘将娃抱得紧，
娃吞奶汁汩汩声。

白虎走向娘儿们，
俯下头去细细闻，
先在母的脸上舔，
再对娃儿舔全身，
它的心中甜津津。

姑娘对此心不惊，
知它就是儿父亲。
不管野兽多凶猛，
它对儿女爱得深，
对待家人也温顺。

白虎轻轻往外行，
走出洞口又转身。
去把石头扒得远，
去把细草铺得平，
这才离开母子们。

快步走上高山岭，
遇到岭上麋鹿群，
四脚腾空扑过去，
抓住一只往回奔，
速速走进岩洞门。

利牙咬烂麋鹿身，
麋鹿内脏热腾腾，
心肝衔给儿的母，
碎骨衔近儿嘴唇，
母子吃时它开心。

快步再去茅草坪，
遇到坪里野鸡群，
四脚腾空扑过去，
鸡们展翅飞入云，
它衔鸡蛋进洞门。

蛋壳上面撬个门，
一股香气醉人心，
姑娘在吃鸡蛋黄，
娇儿在吃鸡蛋清，
白虎脸上堆笑影。

太阳落土四山阴，
山洞里面黑沉沉，
白虎守在洞门口，
张起耳朵四面听，
睁起眼睛绿莹莹。

茫茫夜空飞流萤，
白虎睁亮大眼睛，
怕是洞口来豹子，
怕是洞口来狼群，
此洞不容他兽进。

天亮林中响风声，
白虎侧耳细细听，
又怕地上来毒蛇，
又怕空中来大鹰，
时进刻刻在担心。

山峰顶上卷黑云，
闪电引来炸雷声，

白虎连忙进洞内，
把那母子抱得紧，
生怕他们受了惊！

群山之间雨倾盆，
岩上洪流轰轰声，
白虎它在洞外刨，
开沟引水往外奔，
不让山洪入洞门……

冬暖夏凉洞深深，
一家三口家温馨，
娃儿天天在长大，
父亲舔来母亲吻，
情比蜂蜜更醉人。

娃儿也学父声音，
吭一声来大地震，
娃儿也学母亲样，
两脚直立地上行，
人的说话记得准。

父亲带儿出洞门，
但见群山游白云，
山峰顶上走箭步，
白云生处腾起身，
儿子勤学父高兴。

晚霞消失在天顶，
雀鸟阵阵飞回林，
月亮打从东方起，
带来星星一大群，
闪闪烁烁布天顶。

白虎带儿在山顶，
教他识别满天星：
大熊星座在哪里，
哪颗才是北斗星，
银河它在哪里横……

白虎带有书一本，
平日不见文字影，
遇上远行或凶事，
翻开书面细细寻，
字字句句写得明。

儿子天天随父亲，
这本奇书读得精，
遇到各种凶险事，
预测十拿又九稳，
人称料事犹如神。

父子两个过山岭，
前面白虎后面人，
百兽见到也惊奇，
百鸟见到也吃惊：
人兽情怎这般深？

孔雀听到赞美声，
心生嫉妒气难平，
它朝白虎屙泡屎，
恰巧落在虎头顶，
白虎顿时心一怔。

白虎脑壳阵阵疼，
流脓滴血烂成坑，

寻来草药医无效，
就在洞里丧了命，
泪水泡着妻子心！

儿子背起父亲身，
直往悬崖上面行，
身葬岩壁最险处，
白日观看五彩云，
夜里观看满天星。

儿子拿起那书本，
无字天书看得明，
母亲一夜就变老，
头上稀发白如银，
儿子带她下山岭。

村村走来寨寨行，
儿子搀扶老母亲，
卜课占卦问凶吉，
天书预测样样灵，
母子远近都闻名。

人们谢他偿给银，
问他尊姓和大名，
父母没给取名字，
他说四方流落人，
刘罗祖师为误听。

孕虎

年老夫妇无儿女，
日子过得惨凄凄。
留这家当做什么，
又不带到土里去，

拿出财产搞赈济。

老妇怀孕两老喜，
一个婴儿生下地，
却是一个老虎儿，
两老一见心中急，
眼泪簌簌往下滴。

虎儿刚睁眼睛皮，
便知父母不欢喜。
它也不觉落下泪，
站起身来出门去，
莫让父母怄成疾……

老头不久就死去，
老妇独自住屋里。
一日吃过午饭后，
太阳太大没下地，
坐在门前补旧衣。

一阵喧闹传屋里，
老妇抬头望出去：
异族猎人抬一虎，
走在她家稻场里，
老妇心中骤然急。

老虎关在木笼里，
望着老妇泪直滴。
看它那双可怜眼，
期待有人救它去，
免遭取骨又剥皮。

老妇见它忽想起：
我儿也是这年纪。

莫非它是我的儿，
遭到猎人毒算计，
见到亲娘泪才滴！

老妇连忙进屋里，
端出白银一筲箕，
当即买下这只虎，
老虎走出木笼里，
异族猎人已远去。

老虎站在稻场里，
久久不愿离开去，
最后朝着林中走，
不断回头望屋里，
看见老妇泪直滴。

日子天天晃过去，
老妇体衰更无力。
田中活儿无法干，
家中杂事难料理，
破船偏遇险滩急！

常在深更半夜里，
门外伤残野兽啼，
次日清晨开门看，
不是野猪就是麂，
不是獐子就是狸。

兽肉天天煮了吃，
兽皮卖了缝新衣，
老人暮年生活好，
就是身边无儿女，
想起虎儿泪又滴：

“夜夜给我送东西，
就是没有见到你。
你若就是我的儿，
就请回到自家里，
母子总望能团聚。”

老妇话音落下地，
一只老虎进屋里，
就是放生那一只，
摇头摆尾紧擦衣，
母子相依心头喜。

老虎从此住屋里，
白日在家夜出去，
衔回野禽和野兽，
给家弄回柴和米，
伺候老母食和衣。

一些年月又过去，
老母死在旧屋里，
老虎把她背上山，
刨坑葬在岩腔里，
守坟多日才离去……

郎中梦见虎

郎中深夜坐药店，
朦胧睡意到眼边，
坐在椅上睡着了——
自己走在深山间，
一只老虎到面前：

“芭蕉树湾窄路面，
留有血迹一点点，
你沿血迹朝前走，

一个伢子遇了险，
求你救他返人间。”

郎中梦醒睁开眼，
晨光已经照窗前，
急急忙忙收包袱，
药物银针放里面，
芭蕉树湾记心间。

多少老人都问遍，
芭蕉树湾才见面，
急急走来细细看，
路上果然有血点，
低头闻血在鼻前。

农夫挖田在路边，
牧童放牛在山前，
看见郎中在闻路，
笑声响在群山间，
说这路人狂又癫。

过了山坳又山尖，
眼睛不离血点点，
来到一座高山脚，
一座新坟埋山边，
破伞撑开插坟巅。①

郎中闻血早预见，
预测之事在眼前。

---

① 难产而死的妇人，其坟顶会插一把破纸伞（好伞也要撕破）。插伞，一种说法是月母子（坐月子的妇女）不能被露水打湿和淋雨。另一种说法认为是难产死的人身上不干净，不能见天。破，大概与阴阳有关：整为阳，破为阴。破后才能在阴间所用。埋葬时，另扎一个花篮，装满纸花，最后烧掉。也有的插在坟上。意为让死者在阴间提着花篮扮赏花女，参加各处施食会，获得一般孤魂可得到的施物。

立即刨开坟上土，
白胚枋子露了面。①
尘土刨到井旁边。

揭开棺盖挪一边，
见一少妇睡里面。
脸上白得像张纸，
抿着嘴唇闭着眼，
血腥气味扑鼻前。

郎中揭开她被面，
把她冷手拉面前。
给她细细来评脉，
脉搏微跳指下面，
郎中欣喜绽笑颜。

散开包袱铺井边，
手拿银针在眼前。
找准少妇身穴位，
一针扎进胸腹间，
郎中心里绷紧弦。

少妇长叹出胸间，
脸变微红睁开眼，
婴儿奔生来世上，
呱呱啼哭响山前，
郎中心里比蜜甜。

抱儿扶母离井边，
安置母子老岩前，
郎中快步下山去，

① 白胚枋子：未刷漆的棺材。

喊人来到老岩边，
抬她母子返家园……

又是一个月黑天，
郎中静静坐药店。
朦朦胧胧睡意来，
打起鼾声闭上眼，
又到梦乡走一遍——

走在山下农田边，
一只幼虎到面前，
俯在地上作长揖，
热泪挂在眼睛边，
心情激动声呜咽：

“难为先生到山前，
救我母子返阳间。
我本虎魂投的胎，
不料降生遇到险，
恩人积德传万年。”

李母的虎故事讲了一个又一个，
她摇头晃脑，觉得有无限欣喜。
裴德仁越听越看越是感到不安，
他忙打断李母的话，扭转话题：

“老嫂子啊，你孙儿在外婆家中，
不觉十年，你的儿媳又在哪里；
你的儿子在北国前线受了重伤，
她是不是知道了这不幸的消息？”

李母听见这话，眼睛睁得更圆，
暗中嘲笑井蛙不知井外的天地。

她的一连串响哈哈摇动着茅屋，
说出的话儿充满了无限的快意：

“我的儿子应征去到遥远的北国，
我的儿媳带孙子给他送去寒衣，
母子俩日夜兼程到达抗敌前线，
时至今日，屈指一算十年过去。”

“孙儿从前线回来带着最新消息，
我的儿子在那儿有着强健身体。
媳妇一路奔波，全是安然无恙，
孙儿所谈一切，令我心甜如蜜。”

裴德仁一扭头见窗外一个人影，
他立即起身向着门外迅速走去，
可那里连人的影子也不曾看见，
却见一只小老虎正走向树林里……

裴德仁见到这一情景十分诧异，
走进屋内却又假装出格外惊喜：
“嫂子，实在太好，特向你祝贺！”
他再没坐下，向着大门外走去。

七

相见的时刻比雨滴还要短暂，
离别的日子比河水还要漫长，
祖母为孙子收拾路上的食物，
慈祥的脸上滚动着泪珠两行。

“壮士临行时，祖母您当高歌，
一声歌起，震得群山直摇晃；
壮士临行时，祖母您当舞剑，

剑拔出鞘，吓得日月也躲藏。

“祖母，当壮士们班师回朝时，
把敌帅的头颅呈给我国国王；
祖母，当壮士们返回家乡时，
带给您的美酒是敌人的血浆！”

祖母听后，两只眼睛辘辘转：
“凡夫俗子哪里会有这般胆量？”
祖母听后，一双枯手在颤抖：
“小老虎立志要震撼巍巍山冈！”

八

裴德仁匆匆地跑进土司衙门，
冒汗的脸上呈现出十分欢欣。
他在堂前会见了张伯侯土司，
想用新消息去解脱土司烦闷：

“那个老巴子精携子离开山寨，
已十年过去，不知他们音信。
原来老巴子精带着她的儿子，
万里迢迢去到北国抗敌边境。

“前几日她的儿子回到了山寨，
十一岁的扁担花已长成大人。
李郎经历了无数次沙场激战，
枪林弹雨却未伤他身体半分。

“老巴子精虽离这里万里之遥，
她的心和这里丝毫没有离分。
还给她的婆母带回一件寒衣，
老婆婆穿上它抖出一串笑声……”

张伯侯没等裴德仁把话说完，
便挥手暗示裴德仁把话暂停——
听说虎精在，心中十分恼火，
听说前线事，急急要知音信：

“我的儿子代父从军去往前线，
一去十年整，不知儿的音信。
我的心已快要被他搅得粉碎，
日子难熬，如在烈火中藏身。”

他急急地召来了管家向正刚，
苦涩的脸上流露出层层笑影：
“今天有个特大喜讯从天而降，
我要盛情迎接一位远来客人。”

※　※　※

扁担花辞别祖母离开了家门，
在崎岖的山路上匆匆地前行。
太阳正在缓缓地向西山靠拢，
地面上奔驰着他颀长的身影。

前面来了一队骑着高马的人，
扁担花耳里传来嘚嘚马蹄声。
走在前面的那个人下马介绍：
“我叫向正刚，来自土司衙门。”

他躬身施礼，脸上堆着笑影，
两眼偷看扁担花有何等神情。
只觉得他像一棵高大的青松，
迎着飓风岿然屹立险峰之顶。

“张伯侯土司欣闻扁担花回寨，
遣我特来迎接远来至尊客人。
土司特别希望扁担花能赏光，
他将率领官员在衙门前恭迎。”

扁担花见这情景并未多犹豫，
沉思的脸上显露出微微笑影：
“土司今日表现出这般的客气，
我扁担花只好领受如此盛情。”

向正刚脸上泛起了阵阵欣喜，
令人牵一骏马向扁担花靠近：
“尊贵客人，请你跨到马背上，
有专人特为你牵着马的缰绳。”

那马刚一靠近扁担花的身边，
便浑身颤抖，吓得大汗淋淋。
四蹄犹如木桩一样钉在地上，
任凭人鞭打，寸步也不前行。

扁担花的手刚触到它的鞍鞯，
它惊恐地发出一阵长长嘶鸣，
像跌入了烈火一般腾空而起，
箭一般地踏上了回圈的路程。

扁担花只得步行，如风一般，
向正刚仍骑着马随后面飞奔。
人和马全都累得喘不过气来，
还是与扁担花隔着几座山岭。

放眼望去，前面是土司衙门，
衙门前面，排着长长两路人。
扁担花停步，后面的人到达，

人们簇拥着他向着衙门行进。

张伯侯含笑向着扁担花走来，
双手合十，暗察扁担花神情。
他不由自主地突然周身颤抖，
寒暄中，一阵阵地打着冷噤！

※ ※ ※

衙门内整洁而雅致的客厅里，
土司谨慎地伴随扁担花坐定。
阵阵飘香的鲜油茶饮过之后，
便步入香气扑鼻的雅座餐厅。

红漆大方桌上摆着咂酒一坛，
四面板凳上围坐着陪客六人。
土司陪扁担花坐到上席首位，
陆续来的十碗八扣浓香蒸腾。

吃过大肉，饮过了咂酒之后，
土司捋着胸前银须笑脸盈盈：
“听说你从遥远的北国前线来，
可否知道那里一些战斗情景？”

扁担花思考片刻后侃侃而谈，
屋内迅速消失其他任何杂音。
“这场战争已经打了足足十年，
边境线上敌我双方时战时停。

“双方经过了激烈的拼搏之后，
阵地上敌我的尸体堆成山岭。
战斗过后也曾有平静的时刻，
平静中孕育着一场新的厮拼！”

扁担花的话未引起土司兴趣，
他年轻时多次参与部落战争：
“你可曾知道我的儿子张射云，
他带领的部队今是何等情景？”

扁担花听后，暗暗皱起眉头，
脸上不自觉地泛起层层愁云。
人们讲话的声音骤然停下来，
寂静中却有浩浩波涛在翻腾。

“在一次与瓦剌军激烈战斗中，
他奉命率部阻挡北逃的敌军，
但没有想到敌军只是在佯退，
顷刻之间被敌军包围得紧紧。

“经过了一阵激烈的厮杀之后，
敌军中沸腾起狂热的欢呼声。
我军的尸体在地上重重叠叠，
此次激战后尚不知他的音信。”

张伯侯的眼珠一阵阵地翻白，
他心中激起山洪一般的轰鸣。
随之口中的白沫一股股涌出，
身子直立，牙关也迅速咬紧。

屋里已像鸦鹊窝里捣了一棍，
杯盘落地，一片哗啦啦响声。
啼哭声和嘶叫声中有人高喊：
“急有啥用？快找梯玛裴德仁！”

※ ※ ※

皎洁的月光透过卧室的窗门，

雕花门窗外闪烁着几颗寒星。
扁担花安排在滴水床上睡觉，
他翻来覆去总也是睁着眼睛。

耳里隐隐约约传来微弱声响，
像是有夜蚊子在房里面飞行，
他用双手轻轻揉了几下耳朵，
发现那是两个人对话的声音——

“我此次盛情接待这个小伙子，
他不久前亲历北国边疆之行。
他的阿爸随着我的儿子征战，
必然知道我儿子的大致情形。

“我希望这小伙子能带来佳音，
解我多年来心中的无限愁闷。
年轻时并不懂得这儿女情长，
暮年时才知道难舍骨肉之情。

“没预料到他带来的不是福音，
我的儿子在激战后生死不明。
战场上的情况真是瞬息万变，
他的安危时刻牵挂着我的心。

“今天差点毁灭在坏的消息里，
幸好有你大梯玛救了我性命。
给我带来坏消息的这小伙子，
我不知对他是感激还是怨恨！”

屋子里沉默，死一般的寂静，
偶尔间有个老头痛苦地呻吟。
沉默中说不定孕育更大阴谋，
扁担花听见了裴德仁的声音：

“扁担花是在有意地制造谣言，
让痛苦来残酷地折磨您的心。
他的妈不遵守祖传的老规矩，
在后代心中播下对您的仇恨。

“我倒有办法能知道公子情形，
看看扁担花说的话是假是真。
您曾派我去到梅山学习法术，
刻苦钻研，将梅山真法学成。”

“你快施法。”张伯侯急急催促，
裴德仁取出卦来，装香去熏。
“朱雀卦平安，腾蛇卦则有患。”
他微微闭目，喃喃念着咒文。

两块卦刺啦一声落在了地上，
朱雀卦使裴德仁响起哈哈声：
“公子他正在军帐内痛饮奶酒，
旁边正站立着警卫他的士兵。”

“扁担花的话给了我沉重打击，
我的心承受了一场难忍虚惊。
损失了财产可将它补救回来，
用什么办法能补救受损的心？”

“要使这一损失能够得到补偿，
唯梅山法能够让您如意称心。
今天我略施小法让奇迹出现，
您的忧愁与烦恼定无踪无影。”

扁担花走到门边从隙缝望去，
果然看见是张伯侯和裴德仁。

裴德仁打开包袱取出一黑盒，
盒浑身透露出各类符的花纹。

“这个盒子里装满了多种嫁术，[1]
一经念咒便有罕见奇迹发生。”
扁担花见他们起身走了过来，
便返回到床上，比蚊子还轻。

裴德仁和张伯侯轻开房屋门，
见扁担花正发出一阵阵鼾声。
“请您仔细地看看床上小伙子，
他可是个实实在在的凡间人。”

裴德仁把黑盒放在自己嘴边，
对着黑盒里面轻轻吐出话声。
扁担花难以辨别出话的内容，
只觉得头脑里在一阵阵昏沉。

“土王爷，您看他已变成黄猫，
猫眼在唆唆看，猫耳静静听；
土王爷，您看他真的是只猫，
嘴边长出长须，叫出咪咪声。”

张伯侯已经兴奋得手舞足蹈，
一阵阵狂笑使热泪滚出眼睛。
裴德仁揭开被盖，摸着猫尾，
他已显示出藐视一切的神情。

扁担花特别表现出一番温驯，

---

① 嫁术。嫁术包括“嫁”和“解”两部分。嫁，是进攻；解，是反击。有嫁必有解。学嫁先学解，学了解则不怕嫁。若不会解或解的技术不高，是不敢得罪嫁匠的，也不敢嫁别人，怕碰到对手（可能会置他于死地）。嫁和解，都有咒语。此应为巫术。掌握此技术的人称嫁匠。在土家人居住的高山，此俗今仍盛行。

咪吆咪吆的叫声是格外动听。
张伯侯伸手抚摸猫的柔软毛，
舒适之感顿时流遍他的周身。

扁担花看见他们笑得像野人，①
恨自己再也发不出人的声音。
他听见土司向梯玛发出问话：
“这个盒子里面装的何种咒文？”

“里面的黑咒是‘嫁’的那部分，
念了黑咒，想什么什么就成；
里面的红咒是‘解’的那部分，
念了红咒，变了的再复原形……”

扁担花看见他们边讲边出去，
以为自己是陷入了深深梦境。
他仔细思考他们说话的内容，
心中又有惊喜的波涛在翻滚。

※　※　※

扁担花蜷卧床上闭目养神，
听床底有叽喳叽喳的响声。
他跳下床来，撩开木地板，
发现是老鼠吃苞谷的声音。

老鼠见到猫，差点吓掉魂，
守着九个儿，都没睁眼睛。
扁担花偏偏站在老鼠窝前，
母老鼠准备着让全家丧命。

---

① 传说，野人捉住了人，把人的膀子（手臂）捏住，就会笑得晕死过去，醒来后会将人吃掉。于是人们进深山时便在一双膀子上套上竹筒，让野人捏住，野人笑晕死过去后，人立即抽出竹筒里的膀子逃走。

扁担花的目光真咄咄逼人，
话儿出口，严厉而又温存：
“在你们面前的可是阎王爷，
但你们还有机会保全性命。”

母老鼠思索后，定了定神，
绝望中出现了难得的侥幸：
“尊敬的大王，您只管吩咐，
草民一定敬献出满腔赤诚。”

“裴德仁有个装嫁术的黑盒，
裹在包袱里，紧贴他的身。
你去把这个黑盒悄悄取来，
我等你，你在天亮前回程。

“你去做此事，万不可鲁莽，
行动之前，想好全部过程；
你去做此事，可需要轻巧，
行动之中，大胆而又谨慎……”

母老鼠从一个地洞里出去，
在黑夜里悄悄地消失身影。
它在裴德仁床上发现包袱，
俯下身静听裴德仁的鼾声。

它轻轻地爬到了包袱上面，
一个窟窿已经轻轻地咬成。
轻轻地衔起了那个小黑盒，
轻轻地回地洞，速速前行。

它来到了扁担花面前站定，
见自己的儿女如走前情景。

它放下黑盒，身子盖儿女，
怕猫在事成后伤幼鼠性命。

扁担花见到真是那个黑盒，
浑身上下流淌着无限欢欣：
“世人说猫和老鼠难成朋友，
依我看来要分在什么环境。

“帮助别人要帮到最后成功，
在朋友心中留下守信美名。
你再帮我在地下打一个洞，
让我从洞里走出土司衙门。”

母老鼠立即钻入地下打洞，
一层层泥土向着身后飞腾。
扁担花拿起祖母给的包袱，
腊味香肠散发出浓香阵阵。

虽然此刻他腹内并不饥饿，
却想到祖母疼爱孙儿的心。
他将包袱反复地细细闻遍，
把那一片深爱在肺腑储存。

“祖母啊，请原谅您的孙儿，
只能把您的嘱托铭刻在心。”
他衔着黑盒紧随老鼠身后，
他们不知不觉走出了衙门。

“老鼠朋友，你现在就回去，
你的儿女在家中盼望母亲。
我永远记住你给予的援助，
我这猫永远不会伤害鼠们！

“你为我奔波了整整大半夜，
早就已经劳累得筋疲力尽。
有份薄礼给你留在床脚下，
拿去给你的可爱的宝宝们。”

老鼠点点头，转身回家去，
在洞口又留恋地遥望猫影。
扁担花回头看看老鼠去向——
日后相见，恐怕好梦难成！

扁担花咬开盒盖念起红咒，
顷刻间，猫变成原来的人。
不知是游过天国还是地府，
手中的黑盒存在的确是真。

他想起原本是去外祖母家，
迈开双脚如踏上清风前行。
东方已经显露出层层红霞，
映照一只隐隐约约的虎影……

第十二章　外祖母领唱先祖的故事

一

外祖母引扁担花去到练兵场上，
只见那些兵卒聚集草坪和山梁。
外祖母和扁担花从他们身边走，
竟不见一人扭过头将他们观望。

他们伸出去一排排的刀枪剑戟，
像划过黑夜的道道闪电的光芒；
他们呐喊出一阵阵的刺杀声音，
像随闪电而来的声声惊雷炸响。

他们的头顶上蒸发出团团热气，
像银白的云雾缭绕在层层山冈；
他们浑身上下流淌着股股汗水，
像拳头大的雨滴从天哗哗而降。

外祖母手持牛角站在岩巅吹响，
激昂的声音在山巅和峡谷回荡。
所有将士停止操练，全部聚拢，
像厚厚云层簇拥在外祖母身旁。

外祖母蓦然从人群中跳跃而起，
像一颗流星在蓝天上闪烁光芒；
外祖母蓦然扬起那激越的歌喉，

像湍急的山洪飞下陡峭的山冈。

一曲《巴蔓子之歌》震撼蓝天,①
每个人伴随着外祖母纵情歌唱,
他们时而跟随主人公义愤填膺,
他们时而跟随主人公豪情激荡。

巴蔓子之歌

1

号角声声逐白云,
猎狗狂吠越山岭,
一头野猪被追赶,
过了山沟又进林。

林中一声土铳响,
野猪倒地血淋淋。
枪手李远拖来猪,
蔓子扛猪下山岭。

绿绿山边一窝棚,
住着蔓子一家人:
妻子生火正做饭,
祖母门前引孙孙。

---

① 《华阳国志·巴志》载:“周之季世,巴国有乱,将军蔓子请师于楚,许以三城。楚王救巴。巴国既宁,楚使请城。蔓子曰:‘藉楚之灵,克弭祸难,诚许楚王城,将吾头往谢之,城不可得也。’乃自刎,以头授楚使。王叹曰:‘使吾得臣若巴蔓子,用城何为?’乃以上卿礼葬其头。巴国葬其身,亦以上卿礼。”今湖北省利川市鱼龙乡、重庆莲花池和四川忠县均有巴蔓子墓。此篇创作时参考此资料和陈秉善所撰简明《巴蔓子》资料。2002 年夏,笔者应电影导演周灵先生之约,写成电影文学剧本《巴蔓子》,此篇据该剧本写来。此篇史载不详,除主人公和主要情节之外,次要人物和细节均属虚构。

扛回野猪放稻场，
李远持刀剥皮筋。
一群猎狗围着看，
四周响起狗铃声。

一匹骏马到门前，
邑宰下马笑吟吟。①
略略观察杀猪事，
蔓子陪他走进门。

“无事不登三宝殿，
有事才进巴家门。
狩猎经验千百种，
蔓子专著最闻名。”

“您听谁说有此事，
对谁也没露风声。
除非麻雀多了嘴，
除非风儿报了信。”

“身上有麝自来香，
不用他人去报信，
今日登门无别事，
拜读大作狩猎经。”

蔓子只得进内房，
抱出竹简一大捆：
“平日记些荒唐事，
山野村夫也习文。”

邑宰接过细细看，

① 邑宰：地方官。

脸上层层堆笑影。
看到末处掩长卷，
眼望蔓子更出神：

“写的是些狩猎经，
讲的统领百万兵。
不谋而合孙武子，
地域特点更鲜明。

“外面传说确是真，
足智多谋力超群，
山野村夫不是你，
你是国家栋梁臣。

“我今荐你做官去，
不让荒野埋没人。
水浅不是龙游处，
深山老林任虎行。”

蔓子脸上布阴云，
不加思索话出声：
“今日官员无不贪，
贪得巧来是功臣。

“国库财产全挖空，
民脂民膏更榨尽，
自己肥得比猪壮，
蚊子腿上也抽筋！”

邑宰脸上热辣辣，
红一阵来白一阵：
“蔓子张口话严重，
我这官儿就不昏。”

“响鼓不用重槌擂，
听话就听话外音。
明人不用多说话，
说话太明得罪人。”

邑宰皮笑肉不笑，
牙齿碰得砰砰声：
“遇才不荐是罪过，
我今荐你是好心。

“姜尚遇到周文王，
统一天下大功成；
渭水河畔钓鱼翁，
千秋万代留美名……”

蔓子听了皱眉头，
脸上微微露笑影：
“当官不为民办事，
不如当我狩猎人。”

邑宰起身走出门，
翻身上马转回程：
“狗坐轿子不服抬，
羞煞我这抬举人。”

2

巴国国王病卧床，
银须颤抖面苍黄。
御医诊脉病榻边，
后妃王子守身旁。

御医处方面阴沉，

人们泪珠冒眼眶。
国王招来四大臣，
樊瞫相郑望国王。

国王声微气吁吁，
断断续续语凄凉：
“眼看寡人气将尽，
几句嘱咐切莫忘：

“葭萌早有叛国心，
惧怕巴国势力强。
一旦国弱时机到，
举旗反叛动刀枪。

“蜀国早有亡我心，
边境线上尽逞强，
日日夜夜窥视我，
手里紧握刀和枪。

“蜀王利用葭萌势，
内外勾结更猖狂。
巴国处在危险境，
乱事未出先提防。

“楚国也有亡我心，
它和蜀国不一样：
共王爱妃巴公主，
楚国公主为我娘。

“两国时而相友好，
两国时而动刀枪。
前者为主后者次，
两国亲缘不曾忘……”

国王说话气更短，
四肢颤抖心更慌。
后妃群臣齐呼号：
“在您之后谁为王？”

国王眼皮慢慢睁，
声音瑟瑟唇更凉：
“王子继位巴国主，
四臣暂辅在身旁。”

国王眼皮慢慢闭，
群臣低语细商量：
“快快禀报老太妃，
老人速来探儿郎。”

国王听见难张嘴，
手在胸前微微晃。
群臣都明晃手意：
莫让太后太悲伤！

内侍进来端药碗，
夷妃喂药给国王。
国王此刻气已绝，
药碗离手碎地上。

所有宫灯已熄灭，
阴风阵阵袭宫墙。
江州城如一孤舟，
摇摇摆摆随江浪。

※ ※ ※

太后静坐在后宫，

愁眉泪眼面沮丧。
夷妃王子立身边，
珠泪点点挂面庞。

时间静静溜过去，
夜风不忍靠近窗；
时间静静溜过去，
流萤不忍扇翅膀。

“此事怎不告诉我，
未必我儿不想娘？
儿走娘难拉住他，
看儿一眼减悲伤！

“早知我儿要去死，
娘去为儿走一趟：
死神那里换个名，
取下儿名换成娘！”

夷妃对着太后讲，
她怕太后太悲伤：
“大王不让告诉您。”
声音哽塞泪沾裳。

“我儿走时念亲娘，
两眼是否全闭上？
为了不让娘伤心，
反而使娘更悲伤……”

※ ※ ※

青烟袅袅绕金殿，
宫灯盏盏闪红光。
宫女如云两边排，

群臣恭立金殿上。

弦乐齐奏声悠扬，
管乐齐奏音洪亮，
樊臣恭立金殿侧，
满面喜色春风荡：

“王子此刻登王位，
铁打江山万年长。”
夷妃扶牵幼主来，
幼主坐到王位上。

群臣叩首呼万岁，
彩云层里惊雷响。
幼主抬头看群臣，
双目犹如闪电亮。

宫外齐放三眼铳，
蓝天摇摇群山晃。
城内城外欢歌起，
碧水呼啸卷银浪。

※　※　※

先王灵柩装上船，
四面船沿浪打浪。
灵船后面船队行，
幼主群臣立船上。

船离江州渐渐远，
沿着江水向东方。
两岸绝壁迎面来，
阵阵猿啼声凄凉。

灵船靠近北岸旁，
蜂飞蝶舞百花香。
此地名枳巴故都，①
列祖列宗地下葬。

灵柩抬入地下宫，
丛丛侍俑护灵旁。
兵器珠宝光影里，
安卧又一巴国王。

远处近处鼓声起，
陆上船上歌舞狂：
歌声直追蓝天云，
舞步溅起拍崖浪。

3

桐油灯光直摇晃，
人影叠叠墙上照。
葭萌圆睁兴奋眼，
眉飞色舞声音高：

“纳入巴国已多年，
辈辈人终气未消。
人到矮檐下面来，
若不低头头碰掉。

“猫前老鼠被嬉戏，
强忍屈辱服从猫。
石头也有翻身日，
盼到老猫已死掉。

① 枳，今涪陵。

“把我旧地分出来，
苴字大旗空中飘。
乘胜追歼巴国主，
巴歌换作苴歌调……”

卜丹声音更洪亮，
屋顶颤抖墙在摇：
“趁它小猫刚出窝，
去向猫头撒泡尿！”

宗渠声音更刚健，
抡起拳头火星冒：
“多说不如一马棒，
诸多屈辱全勾销！”

葭萌听后面带笑，
手在空中举得高：
“想登入云高峰顶，
准备脚板打血泡。

“老鼠再大它是鼠，
猫儿再小它是猫。
猫弱小时则是鼠，
鼠强大时则是猫。

“卜丹负责招兵马，
宗渠负责筹粮草，
我今连夜往西行，
蜀王宫里走一遭。”

4

蜀王夜深着睡衣，
闭目养神在配殿。

宫女打扇在身后，
烛光摇曳人影间。

侍臣匆匆进殿来：
“巴国一臣要求见。”
蜀王此刻顾休息：
“宣他早朝上金殿。”

“巴国大臣名葭萌，
一心要见大王面。”
蜀王睁眼站起身，
更衣迈步到殿前。

葭萌迎面忙叩见，
蜀王引他入配殿：
“先生深夜来蜀国，
有何大事要相见？”

“巴国老王已晏驾，
八岁幼童坐金殿。
樊瞫相郑四辅臣，
同床异梦各自眠。

“夷妃掌管巴国事，
朽木虽高难撑天。
全国人心大浮动，
大江破堤在眼前。”

蜀王听后频点头，
眉开眼笑喜容颜：
“自古时势造英雄，
有何打算在胸间？”

葭萌取出一宝盒，
含笑献在蜀王前：
“大王笑纳轻薄礼，
微臣抱负在其间。”

蜀王接过开盒看，
一尊彩陶耀人眼：
蛇缠虎颈缠得紧，
虎临蛇口大深渊。

蜀王欢笑略所思，
手持彩陶放胸前：
“你是龙蛇巴人后，①
白虎本是巴祖先。

“蛇吞白虎宏图展，
侯位世袭你为先。
孤王也赠一礼物：
削铁如泥蜀王剑。”

葭萌手持蜀王剑，
连连叩头蜀王前：
“苴国建立庆贺日，
恭请蜀王赴盛宴。

“苴国年年朝贡蜀，
俯首称臣蜀王前。
此剑不是凡间物，
神剑相助定凯旋。”

---

① 龙蛇巴人：最早从巫巴山地中走出的一支巴人，在原始社会末期到达洞庭湖滨北部，成为苗蛮集团成员。由于楚人堵死了东去之路，他们退守大巴山，再向西进入阆中，作为白虎巴人中的一个少数民族而存在。

蜀王兴奋慢踱步，
“有难请对孤王言。”
葭萌抬头忙开口：
“可否屯兵巴国边？”

5

蜀国大军扛蜀旗，
开往临近巴国地。
人嘶马叫刀光闪，
黄尘滚滚冲天起。

巴国驻边部队中，
发现蜀军临巴地，
巴军整装忙集合，
开赴前沿去抗敌……

两名巴卒持铜牌，
打马直奔京城去。
山峰峡谷往后退，
江州闪闪眼前立。

巴国幼主正早朝，
金殿上下弥瑞气。
夷妃听政幼主后，
文武百官殿前立。

侍卫传牌上金殿：
“西部来员要事急。”
幼主宣他上殿来，
来员进殿忙施礼：

“蜀国大军二十万，
杀气腾腾临巴地。

巴国守军两万人，
力量悬殊不能敌。

“恭请大王派援兵，
挽救边塞危险局。
倘是敌军破防线，
长驱直入巴内地！”

群臣听后面相觑，
纷纷扭头侧耳语。
有的瞪眼伸拳头，
有的颤抖身如泥。

夷妃轻言慢启齿：
“诸位爱卿拿主意。”
夷妃见众皆沉默：
“你们学识去哪里？”

樊臣出班来相奏：
“微臣以为此事急，
速调重兵去西部，
水来土挡免破堤。”

郑臣皱眉细思虑：
“须辨此事表和里，
先王临终有遗言：
内忧外患聚一起。

“外患明朗亮如星，
内忧隐蔽黑如漆；
明箭射来易躲开，
暗箭射来难防备！

"调动部分巴国军，
开赴西线御蜀敌，
当地民众也投入，
配合部队齐防御。

"另一部分巴国军，
严阵以待驻内地，
万一内部有不测，
随时调动能应急。"

樊臣再次来启奏：
"郑臣相奏意差矣。
这样兵力即分散，
对外对内均无力。

"现在内部尚安定，
迫在眉睫御蜀敌。
全部开赴震敌胆，
内有战事可调离……"

众说纷纭乱如麻，
夷妃难辨各人意。
授意幼主下圣旨，
幼主随母说下去：

"郑卿率军二十万，
开赴西线御蜀敌。
瞫卿筹粮支前线，
粮草随军西线去。"

郑臣瞫臣各领旨，
群臣恭立再无语。
幼主宣布散朝了，

群臣移步离殿去。

※　※　※

郑臣率部赴西境，
浩浩荡荡如卷云。
部分粮草随军去，
其余粮草后方征。

来到西部国境线，
看见蜀地正屯兵，
旌旗猎猎迎风飘，
刀光闪闪映日影。

郑部安营扎下寨，
严严实实布哨兵。
山沟里面来操练，
刀剑铿锵声入云。

郑臣放眼向西望，
不见蜀军入巴境：
“无我命令射出箭，
军法处置不留情！”

※　※　※

瞫臣一行往西行，
不觉日落近黄昏，
今晚住宿在何处，
眼前高山接峻岭。

山前马队响铜铃，
林中出来一行人，
前面走的名卜丹，
跳下马来笑盈盈：

“欣闻朝廷来大员，
卜丹到此特相迎，
莫嫌敝邑荒野处，
陋衙过夜明日行。”

瞫臣一行跟着走，
求之不得入衙门。
当晚卜丹设盛宴，
款待瞫臣一行人。

蒸肉咂酒摆桌上，
卜丹致辞笑吟吟：
“穷乡僻壤设薄宴，
下官负疚难为情。”

瞫臣感谢卜丹情，
借此机会说来因：
“浩浩巴军二十万，
开赴西境御蜀军。

“兵马未动粮先行，
我筹粮草来此境，
还望你地多助力，
卫国保家尽忠心。”

卜丹眨眼心头喜：
“这件事情我担承，
您今在此睡一觉，
包您满载转回程。”

※ ※ ※

浩浩荡荡一路人，

背麦挑米往西行。
骡马拉车不断线，
山间响彻吆喝声。

卜丹走近瞫臣边：
“粮草随您往西行。”
瞫臣笑得难合嘴：
“你是巴国一功臣。”

一阵哈哈刚落地，
眼前突然变情景：
车上装的是兵器，
骤然武装无数人。

坝子山坡黑压压，
刀光剑影晃眼睛。
瞫臣一行被捆绑，
目瞪口呆问原因。

一个大汉到面前，
怒目张牙面狰狞：
“葭萌今日已造反，
苴国就从此刻生。”

瞫臣抬头打一望，
黄色苴旗卷入云。
葭萌挥刀旗下站：
“杀此瞫氏祭旗魂！”

瞫氏一行绑旗下，
破口大骂唾沫喷：
“叛臣贼子皆万死，
泱泱巴国万年存！”

黑衣巫师名骧夷，
利剑舞在瞫臣颈：
“苍天降下葭萌主，
利剑斩断巴国魂。”

一排猛汉挥大刀，
瞫臣一行人头滚。
巫师蘸血涂旗上，
苴字旗上血淋淋。

黄旗下面焚檀香，
烟熏火燎雾腾腾。
人嘶马叫如海涛，
长空辉映刀光影。

※　※　※

经过数次激战后，
各路叛军汇拢来。
葭萌站在苴旗下，
面对叛军人如海：

“我们势猛如破竹，
占领城镇许多处，
大半巴国插苴旗，
巴蛇张口追巴虎。

“巴国王宫立江州，
汶江巴江绕城流。①
矛头直指江州去，
生擒巴主和王侯！”

---

① 汶江：即今长江。巴江，即今嘉陵江。

苴字黄旗前面飘，
叛军呐喊刀剑摇。
翻山越岭又过河，
遥望江州雾笼罩。

6

幼主早朝登王座，
常望身侧母后影。
面前群臣正恭立，
耳畔响彻欢呼声。

一位将军进宫来，
眉毛直立大汗淋：
“真是十万火急事，
葭萌叛军已逼近！”

幼主一听身颤抖，
望着母后神色惊。
夷妃如同遇惊雷：
“怎么此刻才报信？”

“瞫臣一行全被杀，
人头祭了苴旗魂。
官员百姓多遇害，
存者躲入深山林。

“卫戍部队与敌战，
寡不敌众难守城。
速速派我入朝中，
报予大王求援兵。”

夷妃皱眉心沉闷：

“此局先王早料定，
眼下局势很危急，
众卿就此速议论。”

相臣出班禀奏道：
“速速调回西线军，
不然城破国都陷，
西线何谈御蜀军？”

樊臣出班忙启奏：
“若是调回西线军，
蜀军攻来如疾风，
腹背受敌更窘困。

“组织百姓相配合，
军民联防抗叛军。
恭请太后离江州，
叛乱平息再回程……”

※　※　※

太后正在后宫中，
宫女侍从紧伴身。
乐曲演奏编钟调，
阳春白雪曲动听。

巴女跳起楚人舞，
宫中飘飞五彩云。
词曲叙述楚国事，
太后静听动乡情。

夷妃幼主进宫来，
面含苦笑汗珠滚：
“告知祖母有急事！”

太后赏乐未听清：

“少年爱听此歌乐，
此曲年老也爱听；
我爱巴国歌和舞，
楚歌楚舞也动情。”

幼主跪到祖母前：
“十万火急大事情！”
太后摆手停歌舞：
“大惊小怪为何因？”

夷妃心急略叙事，
眼冒金花心如焚：
“葭萌叛军二十万，
半壁河山被占领。

“眼下正在攻江州，
军民联合抗叛军。
速请太后离王宫，
叛乱平息再回城。”

晴天霹雳一声响，
太后思索仍镇定：
“你们以为我怕死，
视死如归对死神。

“国王遇难须镇定，
镇定方能稳人心。
只要人心能稳住，
江山社稷方能稳。

“我今绝不离王宫，

巴王宫里度残生。
即使国都已沦陷，
巴王宫里葬其身。

“我本楚国一公主，
嫁给巴王正青春。
辅佐两代巴国王，
死后也为巴国魂。”

她召舞女再出来：
“唱起竹枝歌巴人，①
你们歌舞我作词。”
太后唱起竹枝声：

“浩渺蓝天黑云滚，
宽阔江面水奔腾，
云散方知天未动，
水消始觉岸永存……”

一个侍臣进宫来：
“前线来人宫外等。”
夷妃宣他进后宫，
得知城墙越叛军。

刀枪剑戟猛碰撞，
处处响彻厮杀声。
太后竖眉生怒火：
“你们快快出京城！”

---

① 竹枝词：一种古老的诗歌体裁，起源于巴人的巴渝舞曲辞。任半塘先生指出：“《竹枝》大抵歌于月明之夜，或豆蔻花时；手中持竹枝，且歌且踏。”竹枝词的声律，不受律体绝句平仄格式的限制，有四句，也有二句体。

夷妃幼主拉太后：
“定与祖母同动身。”
太后一掌打过去：
“为我巴国护我孙！”

夷妃幼主只得走，
回望太后泪淋淋。
葭萌叛军入王宫，
寻找巴国君和臣。

这里追来那里赶，
血肉四溅卷红尘。
夷妃幼主心难舍，
后宫再见太后影：

太后倒在血泊里，
咬牙切齿怒目睁。
手握巴氏柳叶剑，
剑身戳在叛军心。

夷妃抽出柳叶剑，
擦掉浊血带在身。
红色虎毯盖太后，
抬进后宫藏得深。

“待到叛乱平息后，
默哀太后泪泉涌，
厚葬太后祭忠魂。”
义愤填膺出宫门。

暗夜江上乌云滚，
几只木船浪里行。
夷妃幼主坐篷内，

船头船尾坐大臣。

身后叛军乱哄哄，
葭萌声音听得清：
“活捉王室人一个，
赏赐奴隶五百名！”

※　※　※

群峰峭立入云霄，
夷水滔滔卷碧浪。
云中射出日光影，
夕阳映照东山冈。

群群乌鸦飞回林，
鸦声留在蓝天上。
晚霞消失在天顶，
蒙蒙薄雾盖碧江。

夷妃一行正行走，
精疲力竭回头望。
几个大臣落眼泪，
嘶声哑气也歌唱：

“日暮昏鸦驮夕阳，
夜雾低垂罩山冈。
想起国破家亡事，
肝胆俱裂泪满眶。”

歌声疚心心更悲，
触景生情情更凉。
夷妃含泪问群臣：
“面对叛军谁能挡？”

群臣中间无声音，
只有目光对目光。
夷妃见此唯叹息，
声音颤抖也歌唱：

“风云变幻天难测，
旦夕祸福人难量，
黎民家贫思贤妻，
君王遇难思良将。”

江水听见直叹息，
化作涛声震山冈；
星星听见直落泪，
化作露珠湿衣裳……

7

窝棚外面流萤飞，
窝棚里面松明亮，
蔓子坐在破桌边，
狩猎笔记写得忙。

妻子壁边睡得熟，
幼儿壁边睡得香，
突然外面人敲门，
蔓子抽闩柴门响。

此刻来人名李远，
汗流浃背神色慌：
“我从夷水边上来，
惊闻大事有一桩：

“葭萌兴兵在造反，
巴国大部已沦亡，

叛军攻占江州城，
幼主逃到夷水旁……”

蔓子初闻吃一惊，
起身踱步破桌旁：
“这是早已预料事，
脓疱穿头多日酿。”

蔓子收拾竹简册，
紧皱眉头细思量：
“还有什么重要事，
江上无风不起浪。”

“巴国老王已驾崩，
八岁太子为今王。
叛军杀死楚公主，
太后尸骨未曾葬。”

李远迈步出柴门，
蔓子送到小路旁：
“天亮我就出门去，
沿着夷水探情况。”

※　※　※

山间晨曦刚刚露，
江面紧锁浓浓雾。
蔓子林中走出来，
手持弓箭肩扛鹿。

只见江边人拥挤，
老人狂呼小伢哭，
百姓中间有官员，
一路西行抢小路。

队队兵卒往西行，
苴旗飘动声呼呼，
刀光闪烁映江水，
人嘶马叫惊峡谷……

蔓子疾步往回走，
山峰溪水让开路，
月明星稀午夜时，
蔓子走进自家屋。

※ ※ ※

夜深雄鸡声声啼，
蔓子站在窝棚里，
熠熠松明亮光下，
狩猎同伴聚一起。

蔓子声音棚内飞，
忽而高来忽而低：
“李远说话话不假，
我已探明真底细。

“巴国夷妃和幼主，
今夜露宿小岩底。
叛军夜宿平洛峡，
两者相距五十里。

“巴国王族向西行，
叛军随后追得急。
王族速慢叛军快，
可能相遇淋湘溪。

“我们都是廪君后，

救我巴国莫迟疑。
国兴才有抬头天，
国亡则无立足地。”

“拿出往日捕猎箭，
使足智慧和勇气，
活捉葭萌凶恶狼，
收复巴国沦陷地……”

摩拳擦掌众人起，
同仇敌忾岿然立：
“蔓子你就领个头，
拼死拼活跟随你！”

站起巴氏五兄弟，
神龛上面香燃起。
面对龛上虎神像，
众人虔诚跪在地。

李远身穿黑法衣，
猫血直往酒碗滴。
点燃碗中绿酒火，
众人抱碗在怀里：

“今夜痛饮盟誓酒，
明日挥戈歼叛敌。
若是违背此宗旨，
雷打火烧一命毙。”

众人一口喝下去，
胸中烈火猛腾起，
开门出去召人马，
东方微微露晨曦。

※　※　※

巴母坐在窝棚里，
松明亮下细补衣。
雄鸡啼叫三遍过，
最后一针已补起。

母亲给儿披上衣，
蔓子转头心中喜：
“儿子即将赴沙场，
感谢阿妈送征衣。”

“正当国家多事秋，
男儿效命应出力。
挥戈舞剑赴疆场，
白虎先王保佑你。

“率领巴族众兄弟，
冲锋陷阵无人敌。
失地收复凯旋日，
阿妈设酒迎接你。”

妻子来到丈夫前，
口袋递在他手里，
里面装的荞麦面，
屋里屋外漫香气。

“血肉横飞战场上，
紧张时刻莫思妻。
为妻进庙常烧香，
祈求向王保佑你。”

娇儿来到父面前，

递来几个山中梨：
“途中不免饥和渴，
有水有瓢在手里。”

紧抱娇儿狂吻后，
再别慈母和娇妻，
蔓子开门出窝棚，
身影融入霞光里。

※ ※ ※

奇峰怪石插蓝天，
夷水东流波晶莹。
夷妃幼主一行人，
沿着夷水往西行。

晴朗天空罩乌云，
闪电道道炸雷鸣。
倾盆大雨倒下来，
羊肠小道稀泥滚。

“此刻何处能躲雨？”
幼主浑身雨淋淋。
“岩边树下切莫去！”
母后焦急苦叮咛。

他们前行不停脚，
手牵手来身挨身。
雨小云薄峡中亮，
五彩长虹横山顶。

夷妃望见彩虹喜，
幼主望见彩虹惊：
“暴雨终有停止时，

山明水秀天更新……”

身后叛军还在追，
人马浑身水淋淋。
葭萌低头看路上，
眉飞色舞笑吟吟：

“多日追击巴王族，
不知方向不见人，
真是天助我苴国，
眼见无路路更明。

“雷攻火闪雨倾盆，
崎岖山路路泥泞，
巴国王族前面走，
稀泥路上留脚印。

“我们紧随脚迹追，
巴王他在等我们。
从这脚迹来判断，
不过十里短路程。”

叛军扬鞭再催马，
挥刀舞剑往西行。
葭萌站在马上笑：
“灭巴就在今黄昏！”

叛军走在陡岩边，
天边来石遍地滚。
人仰马翻倒在地，
腿断脑裂血淋淋。

众多人马落水中，

江边波涛红殷殷，
血肉溅在岩壁上，
岩前犹如卷红云。

石头仍在漫天落，
葭萌此刻心更惊：
所带人马剩无几，
立即下令撤残兵。

葭萌残部朝后奔，
身后利箭穿背心。
马踏遍地伤亡卒，
快快逃出此绝境！

他率残部入草丛，
猫腰屈腿往东行，
风吹怕是箭飞来，
草动怕是有伏兵。

巴氏兄弟再请战：
“乘胜追击歼敌军！”
蔓子挥手忙制止：
“快停快停快快停——

“葭萌叛军二十万，
我们不过二百人。
倚仗天险暂退敌，
敌人面前莫露真。

“你们凭险把隘口，
阻止叛军往西行。
我到前面迎幼主，
护我巴王平安身。”

※　※　※

夷妃幼主正西行，
迎面东来几个人，
幼主看见身颤抖，
夷妃看见定定神。

前面一人下马来，
双手合十脚站定。
等到夷妃幼主到，
他吐话语声音轻：

“草民名叫巴蔓子，
觐见我王巴国君。”
夷妃细看静片刻，
不觉眼里泪珠滚：

“我和巴王亲眼见，
夷水北岸阻叛军。
救巴幼主和母后，
可是你们献忠心？”

“夷水峡谷败敌顽，
正是我等巴国民。”
“尚有你们这贤才，
何愁巴国不复兴？”

幼主轻声问蔓子：
“你是巴国何处人？
为何救我于难处，
事关巴国亡与存。”

“出生巴国都亭山，①
夷水边上长成人。
始祖大名巴务相，
建立巴国称廪君。

“我本山野一村夫，
国难当头出山林。
保祖基业是民责，
救主实为民本分。”

夷妃听到此处时，
胸中热血更沸腾，
眼见威武巴蔓子，
勇气更从脚下生：

“我们都是廪君后，
同宗同祖同根生。
夷水救主功非小，
封你巴国大将军。”

夷妃摘下柳叶剑，
泪水直往剑上淋：
“太后握这柳叶剑，
剑身刺透叛贼心。

“叛军杀死老太后，
太后怒容双目睁。
期待巴国出贤才，
担此平叛重责任。

“今把此剑赐给你，

① 都亭山，在今湖北省利川市境内。

国仇家恨记在心。
凡遇损害国家者，
此剑诛杀不留情！”

蔓子接过柳叶剑，
缓缓施礼谢隆恩：
“微臣领旨赴疆场，
大王太后请放心……”

蔓子领队向西行，
护送幼主到夷城。
先去拜谒廪君墓，
众人默哀登星岭。

夷妃幼主入城来，
古楼耸立一层层。
王族一行全住下，
多日始得此安宁。

城楼外面闹嚷嚷：
“要见大王谢隆恩！”
夷妃幼主出门来，
一官施礼笑吟吟：

“我是此地小邑宰，
得知大王到夷城，
微臣迎驾来得迟，
送些土产表寸心。”

管家领来一队人，
提鸡抱鸭赶羊群。
夷妃说些感激话，
如蜜甜在邑宰心。

8

城内一间大屋里，
巴国群臣聚一起，
幼主夷妃坐上方，
共商国是论时局。

幼主讲述内乱事，
巴国面临危险局。
夷妃讲述平叛事，
深望群臣出主意。

夷妃点名巴蔓子：
“听听爱卿何主意？”
蔓子起身施礼道：
“微臣抛砖为引玉——

“认真思考巴国事，
多项事端聚一起。
千根头发一个髻，
要得抻展须梳理。

“蜀国早想吞巴国，
贼眉贼眼藏杀机。
葭萌早想分裂出，
只因国强他畏惧。

“巴国幼主新即位，
他们得知心狂喜。
一定事前有预谋，
两眼睁大待良机。

“蜀国屯兵西线境，

巴国派兵去防御。
巴国国内兵力空，
葭萌招兵举叛旗。

“西线调兵来平叛，
蜀军东进不能敌。
西线大军动不得，
叛军肆虐无所忌。

“倘若叛乱阴谋逞，
葭萌拱手献巴地。
蜀王得巴为附庸，
毫不付出吹灰力。

“一旦叛乱遭平息，
蜀王对巴谈友谊：
蜀国屯兵巴边境，
单等巴王求援语。

“葭萌不胜不败时，
蜀王坐山观战局：
鹬蚌相争两败伤，
渔翁信手获双利……”

夷妃句句听得明，
不时皱眉细思虑：
“爱卿所言甚有理，
一则一则说下去。”

“多年蜀国犯边境，
巴国忙乱常御敌，
财力物力消耗大，

兵力民力都觉疲。

“巴国内地所有兵，
作战伤亡剩无几。
自从江州失守后，
不见部队歼叛敌。

“倘若征集新兵员，
尚无官员去征集；
纵能征得新兵来，
此刻无粮无武器。

“微臣所带百余人，
狩猎本领也具备。
猎人毕竟不是兵，
真正交战不能敌。

“兵多将广叛逆军，
训练有素精武器。
敌众我寡悬殊大，
此等现状难克敌！”

夷妃越听心越急，
不觉额上大汗滴：
“爱卿所述全实在，
救国良策在哪里？”

蔓子不慌又不急，
真真切切出主意：
“高山不转路能转，
码头不移船能移——

“东去楚国借楚兵，

配合巴军去歼敌。
待到叛乱平息后，
归还楚兵入楚去。”

夷妃听后觉惊奇：
“巴国史上无先例。”
蔓子听后微微笑，
亲亲热热吐话语：

“务相击剑和赛船，
两项俱获全胜利。
选为王者号廪君，
廪君之前无先例。

“船队行驶夷水面，
巴氏部族西迁徙。
夷城为都建巴国，
巴国之前无先例。

“狩猎改作种谷物，
穴居改作造屋居。
生活方式大变化，
巴族史上无先例……”

幼主听着心头喜，
夷妃不觉笑嘻嘻：
“没有先例事颇多，
双脚走路朝前去。

“人到急处生智慧，
借兵确也是主意。
楚王可否愿借兵，
爱卿心中可有底？”

“楚国共王宠爱妃，
本是巴国王室女，
巴国公主入楚后，
巴楚结盟深友谊。

“今日巴国老太后，
本是楚国王室女，
她为楚王亲姑母，
葭萌杀她为楚敌。

“楚国曾遭外患时，
内部起兵为叛敌。
楚国内外遭夹攻，
千钧一发势危急。

“楚王遣使到巴国，
借得巴师入楚去，
巴师骁勇善作战，
战功卓著楚王喜。

“巴国楚国为邻居，
边界山水连一起。
牙齿舌头也相撞，
有时难免起争议。

“巴楚时战又时和，
和睦相处为主体，
两国修好有条约，
楚王定然还牢记……”

幼主听后点点头，
夷妃听后微微喜：

“爱卿可以试试看，
携带国书往楚去。”

蔓子领旨忙施礼，
心中犹如喝了蜜。
当日乘船夷水上，
风口浪尖行得急。

9

峻岭耸立蓝天外，
白云生处岭接岭。
巴母带媳和孙子，
穿云破雾匆匆行。

日出走到日落西，
烈日当头大汗淋；
日落走到月亮出，
露水湿衣身上冷。

电闪雷鸣乌云涌，
暴雨如注浑身淋，
拳大雹子铺天来，
老岩边下暂栖身。

祖母身瘫脚又软，
孙子脚底血泡生，
媳妇累极不叫苦，
她要搀扶两个人。

孙子急急问祖母：
“何时才能到夷城？”
“阿爸他在夷城住，
此刻正在等我们。”

阿妈告诉乖儿子：
“此峰脚下是夷城。”
此刻虽累脚如飞，
上船直往江北行。

来到夷城城门外，
说是蔓子家里人。
幼主夷妃出来接，
亲亲热热迎进城。

特设丰盛晚宴后，
夷妃话出热泪滚：
“巴国还有巴蔓子，
巍巍大厦栋梁撑。

“爱卿昨日朝东去，
楚王那里去借兵，
可望十天半月回，
我伴你们候亲人。”

巴母此刻心头沉：
“家中农活正等人，
回去几日再来看，
那时蔓子定回程。”

10

楚国悼王坐金殿，
吴起坐在左侧前。
楚王扭头望吴起，
微微兴奋展龙颜：

“先生打从魏国来，

寡人得知喜开颜。
有关楚国富强事，
还望先生发高见。”

“楚国荒闲土地多，
贵人在家享清闲。
无功官员免俸禄，
责令垦荒造良田。”

蔓子来到楚宫前，
面对侍卫开口言：
“巴国将军巴蔓子，
一心要会楚王面。”

侍卫传牌到宫中：
“巴国将军要求见。”
楚王摇头不同意，
示意侍卫退出殿。

侍卫出殿到宫前：
“楚王暂时不接见。”
蔓子只得静静等，
不安心情藏胸间。

楚王扭头望吴起：
“先生继续发高见。”
吴起接着侃侃谈，
兴奋时刻笑满面：

“民愤极大贵族们，
没收封地去支边。
自食其力种荒地，
国家重负自然减。”

蔓子再到侍卫前，
心中着急慢开言：
“巴国将军巴蔓子，
一心要见楚王面。”

侍卫传牌二进宫：
“巴国将军要求见。”
楚王连连直摆手，
示意侍卫快出殿。

侍卫出殿到宫前：
“楚王暂时不接见。”
蔓子脸上生怒色，
一团火焰压胸间。

楚王扭头望吴起：
“先生继续发高见。”
吴起接着侃侃谈，
欢乐涌在眉宇间：

“多余机构须削减，
此举能省巨额钱，
用以生产强军事，
此等大事莫迟延。”

蔓子再到侍卫前，
心中焦急忙开言：
“巴国将军巴蔓子，
一心要见楚王面。”

侍卫传牌三进宫：
“巴国将军要求见。”

楚王皱眉急挥手，
示意侍卫勿进殿。

侍卫出殿到宫前：
“楚王暂时不接见。”
蔓子脸上怒火起，
浑身顷刻布烈焰！

一掌推倒侍卫官，
两脚匆匆上金殿。
身边有人拉住他，
被他推倒在地面。

楚王一见生怒色：
“何人大胆闯金殿？”
“巴国使者巴蔓子，
请求楚王能接见。”

蔓子施礼递国书，
楚王脸沉不语言。
吴起暗暗递眼色，
示意楚王须接见。

内侍呈上国书来，
楚王匆匆看一眼：
“巴国使臣来楚国，
何事请求寡人见？”

“巴国幼主登王位，
葭萌趁机已叛变，
占领巴地大部后，
今又南进夷水边。

“巴国无力来对付，
特求大王能支援：
借给楚兵三千人，
叛乱平息兵还原。”

“巴国国力本强盛，
军队骁勇史无前。
怎到今日这一步，
尚求楚军去支援？”

“小者人与人相处，
大者国与国之间，
不生事端不曾有，
不求人的不曾见。

“从前楚国昭王时，
吴军攻到楚中原，
楚国内部多叛离，
楚军覆灭在眼前。

“楚国大臣申包胥，
急向邻国去求援。
其中借得巴国兵，
巴兵三千赴前线。

“对外击退吴国兵，
对内平息兵叛变。
楚国失地得收复，
巴军曾作大贡献。”

楚王静听紧皱眉，
突然抬头圆睁眼：
“寡人没忘这件事，

巴国情义在胸间。”

“借得大王说情义，
亲情深透两国间：
共王爱妃巴公主，
情深义厚美姻缘。

“巴国今日老太后，
大王您可记心间？
她是大王亲姑母，
入巴已有五十年。

“楚人血中有巴血，
巴人血脉与楚连。
巴血楚血流一起，
红在两国人体间。

“太后辅巴两代王，
巴国犹如日中天。
此次葭萌叛巴国，
杀进巴国金銮殿。

“幼主去请太后走，
她推幼主出金殿。
她要保护亲孙子，
祖母心中孙即天。

“太后怒斥葭萌贼，
声如惊雷响云间：
‘平日献媚吹牛皮，
今日狼心狗肺见！’

“太后持剑与敌斗，

利剑直捣敌胸间，
一股浊血喷洒出，
葭萌冲到太后前。

“葭萌一剑戳过去，
正中太后胸腔间。
太后倒在血泊里，
手握一柄巴氏剑……”

楚王听着脸阴沉，
泪在眼里打圈圈，
当年那些难忘事，
此刻历历在眼前——

时为太子年幼小，
姑姑带他进花园。
观看蚂蚁搬青虫，
姑姑话语响耳边：

“群策群力一股劲，
相互配合齐向前。
美味佳肴搬进洞，
受益均属各成员。”

姑姑即将出嫁时，
侄儿躺在她身边。
姑姑眼里噙着泪，
轻轻吻着侄儿脸：

“姑父他是巴国王，
巴楚两国紧相连。
到时邀你访巴国，
隆重迎接设盛宴……”

楚王抬手拭眼泪，
心情沉重怒上脸：
“寡人也恨葭萌贼，
杀亲之仇难下咽！

“借给楚兵整三千，
随你入巴赴前线。
刀剑上面血和泪，
化作复仇烈火焰！”

蔓子心酸拭眼泪，
仇恨翻腾在胸间：
“杀尽叛贼取其血，
祭洒太后陵墓前！”

楚王皱眉若所思，
手捋胡须慢吐言：
“歼得葭萌兵一万，
楚军自损有三千。

“待巴叛乱平息后，
赔偿损失勿须言。
巴割三城给楚国，
三城在今楚国边。”

蔓子一听吃一惊，
眼前层层金花现，
心中恼怒暂压抑，
面对楚王细细言：

“前面说过昭王时，
巴军为楚作贡献，

巴国不曾要领土，
也未拿走一针线。”

楚王不觉变了脸，
唾沫飞出嘴唇边：
“谁叫巴国不提出，
若是提出早兑现！”

蔓子一听心冷静，
微笑出在嘴唇边：
“就依大王如此说，
巴使就在大王前。

“巴国向您索三城，
三城就接巴国边。
巴军助楚平叛后，
三城赔巴楚兑现。

“若按时间先后算，
楚国赔巴应在先。
若是楚国不赔偿，
巴使不出楚宫殿。”

楚王陷入尴尬局，
闭着嘴唇圆睁眼。
吴起静观二人态：
“臣想冒昧敬一言。”

正愁无梯难下楼，
梯子就在楼口边。
楚王连忙扭过头：
“先生只管开口言。”

“楚国借兵给巴国，
平息叛乱可实现。
将军若献莀萌头，
大王必然喜开颜。

“杀亲之仇仇已报，
两国亲情更无间。
此事若能办得到，
割让三城即可免。”

楚王舒眉问巴使：
“将军对此可情愿？”
蔓子微笑心头喜：
“我提莀萌头来见。”

麻绳捆了使水喷，①
楚王再次强调严：
“莀萌头颅提不来，
割让三城必兑现！”

蔓子点头信心足：
“照此办理不食言。”
楚王心情已放松，
蔓子施礼出金殿。

※ ※ ※

浩浩荡荡楚国军，
走过楚国大平原，
越过高山和峻岭，
来到巴国夷水边。

---

① 麻绳捆了使水喷：捆着的麻绳喷了水后，变得更紧。意为再三强调。

夷水流淌翠峰中，
波光闪闪耀人眼，
白鹭群飞碧江上，
渔歌荡漾彩云间。

楚将陆达举目望，
勒马站立夷水边：
“巴国无处不是美，
莫非此刻我成仙？”

蔓子勒马并肩站，
巴国美丽醉心间：
“离开巴国方七日，
犹如阔别一千年！

“巴国目前很贫弱，
山清水秀真容颜。
儿女从不嫌娘穷，
生命捍卫母尊严。”

又走一程天色晚，
楚军夜宿海棠堰。
蔓子驱马赴夷城，
踏碎月色洒江面。

11

巴国夷城古金殿，
幼主端坐群臣前。
夷妃侧坐幼主后，
蔓子出班施礼见：

“微臣领旨赴楚国，

三递铜牌王不见。
他与吴起议国事，
不准来客上金殿。

“微臣久等等得急，
推开侍卫进金殿。
上前施礼递国书，
楚王勉强来接见。

“臣述葭萌叛乱事，
向楚借兵赴前线，
楚王听后默默然，
不抬头来不抬眼。

“臣述楚向巴借兵，
臣述两国结亲缘。
臣述葭萌杀太后，
楚王这才抬起眼。

“‘楚国可给巴借兵，
开赴平叛最前线。
事成给楚割三城，
三城地近楚国边。’

“微臣一听心恼怒，
慷慨陈词话从前：
巴国助楚平内乱，
也索三城在巴边。

“楚王陷入尴尬境，
吴起从中话来圆：
‘将军献来葭萌头，
楚索三城即可免。’

“微臣一听即答应：
‘一言既出不改变——
蔓子手提葭萌头，
一路潇洒上楚殿。’

“即领楚兵三千整，
英姿飒爽过平原。
翻山越岭入巴国，
此刻驻扎海棠堰。”

蔓子说完微微笑，
浩浩胸中藏凯旋。
沉寂时刻匆匆过，
群臣杂言浪滔天：

“此刻只得这么办，
平叛全胜是关键。”
“先须借来楚国兵，
再谈作战奔凯旋。”

“叛军洋洋二万人，
消灭葭萌如戏言。”
“楚国军队三千人，
蔓子军队才一千！”

“这是顾头不顾尾，
思考问题欠周全。”
“大话易夸行动难，
不信蔓子能撑天……”

幼主转眼望母后：
“如何对付此局面？”

母后脸上黑云滚，
惊雷阵阵响耳边：

“听说割巴三座城，
我的心中如油煎！
大半河山已沉沦，
剩下夷水小半边。

“我今孤儿和寡母，
逃到何处能安全？
我今也是白发人，
难道他国土里眠？”

夷妃不觉失声哭，
泪珠点点落地面。
幼主也在揩眼泪，
喉咙里面声呜咽。

蔓子施礼俯在地：
“大王太后听一言。
臣与楚王交谈时，
心中也如滚油煎！

“若不借来楚国兵，
巴国危急在瞬间；
若是借来楚国兵，
割让三城巴不全。

“接楚巴国三城池，
祖先创业何等艰。
那里土地血凝成，
先祖在那正安眠。

“臣怎忍心割三城？
千刀万剐也不愿。
此处思考有余地：
葭萌首级入楚殿。

“葭萌兵多将又广，
卖国求荣人神怨；
大王将弱兵又寡，
卫国保民顺天愿。

“有道之君天相助，
转危为安遂心愿；
叛国之臣地来灭，
禽啄虫食尸不全。”

夷妃依然脸阴沉，
心中仍如滚油煎：
“巴国割城无先例，
这是逼我辱祖先。

“百年之后我入土，
无脸去见先人面。
我仍不让割城出，
愿随清白赴黄泉……”

门外侍臣匆匆进：
“有人来自最前线。”
幼主应允来人入，
此人来到夷妃前：

“十万火急前线事，
叛军追兵已不远。
先头部队已临城，

气势汹汹如浪卷！”

有的大臣面如土，
有的大臣翻白眼，
有的大臣身颤抖，
有的大臣哑无言！

蔓子猛地跃起身，
冲到夷妃幼主前：
“我本山中一农夫，
当官当民一般全。

“从来不避生和死，
追名逐利非我愿。
活着犹如一蚂蚁，
死后犹如叶一片。

“眼看太后丧国邦，
就送太后赴黄泉。
等您到了地下后，
先祖咒您不要脸！”

蔓子猛地拔出剑，
剑身一挥如闪电：
“此剑主人老太后，
杀误国者它授权！”

群臣惊慌叫一声，
夷妃幼主傻了眼。
邑宰箭步冲过来，
胸脯挡住柳叶剑。

夷妃面色黑如泥，

浑身颤抖望利剑：
“蔓子将军请息怒，
授你平叛以全权。”

蔓子利剑入刀鞘，
叩谢太后授军权。
蔓子转身又回头：
“臣即解围赴前线。”

群臣惊魂稍稍定，
静静出宫入庭院。
夷妃说声邑宰留，
邑宰恭立夷妃前。

“平常看人皆鼻眼，
危难时刻辨忠奸，
今日护驾你有功，
封为赞国你莫嫌。①”

12

蔓子急急出夷城，
率队登上巴岩岭。
只见叛军如蚁群，
沿着夷水向西行。

蔓子拉弓射一箭，
正中葭萌头盔缨。
葭萌伸手握住箭，
看后胆战心头惊：

“此箭往日不曾有，

① 赞国：官名，相当助理丞相。

定是巴国独创新。
巴国尚能铸此箭，
朝内必然有贤能！”

沉思片刻抬头看，
各色旌旗岭上行。
不觉惊惶望四面，
绝壁如削江水滚。

顿觉眼前已无路，
又闻群鸦鸣头顶，
葭萌下令快撤退：
“此地埋伏有敌兵！”

葭萌率部向东撤，
野鸭惊飞猿猴鸣。
蔓子打马向东去，
脚踏疾风手拨云。

※　※　※

蔓子会合楚国军，
楚将陆达正高兴。
军帐里面议战略，
夜深直到东方明。

战时指挥并驰马，
战后同步看士兵。
将对将来闪电疾，
兵对兵来炸雷鸣！

历经战斗千百次，
千山万水滚雷霆。
度过多少夏和冬，

共顶烈日共踏冰。

巴楚军队更强大，
兵多将广武器精；
葭萌军队日渐弱，
节节溃败难成军。

巴国失地多收复，
群情激昂同欢欣；
叛军占地日渐少，
军心萎靡志不振。

巴军楚军斗志高，
势如破竹追叛军；
叛军聚集江州城，
重兵把守关城门……

※ ※ ※

蔓子集合巴国军，
陆达带来楚国兵。
江岸开阔坝子上，
密密集结如云层。

李远身穿黑法衣，
脚走罡步手舞铃。
时而空中腾飞过，
时而落地念咒文：

“葭萌叛国天不容，
累累罪恶触神灵，
此刻神兵从天降，
葭萌叛贼命归阴。”

巴楚军队随声念，
声震长空如雷鸣。
江州城边架云梯，
蜂拥攀登城墙顶。

叛军站立城墙头，
巴楚军队攻墙顶，
双方杀得血肉飞，
刀光剑影震江城。

赞国也在巴军中，
参与进攻江州城，
眼见乱平成定局，
心中主意已打定。

箭步来到蔓子前，
转动眼珠现笑影：
“巴楚军队伤亡重，
让我进去开城门。”

没等蔓子开口说，
他带管家上墙顶，
挥刀杀出一条路，
跳入城内不见影。

片刻之后城门开，
巴楚军队蜂拥进。
赞国站在敌尸上，
面对蔓子笑吟吟。

蔓子此刻真高兴：
“巴国不忘有功臣。”
说完挥刀杀开去，

叛军倒下又一层。

卜丹渠宗倒在地，
他们胸烂血淋淋。
葭萌挥刀迎蔓子，
蔓子飞剑如流星。

两把利剑火光闪，
峡中响彻碰撞声。
两人飞身腾空起，
山巅闪耀两朵云。

两人同时落地下，
葭萌飞上蔓子身。
赞国提刀旁边看，
嘴角边上露笑影。

蔓子骤然翻身起，
猛然压住葭萌身。
赞国提刀走拢去，
刀刃对着葭萌颈。

葭萌已无还手力，
顷刻即被蔓子擒。
一掌将他抓起来，
反过手来捆得紧。

叛军纷纷丢武器，
刀枪剑戟堆成岭。
人员排队被押走，
残脚跛手在呻吟！

巴楚军队威风振，

眉飞色舞亮眼神。
脚下踩着苴字旗，
排山倒海聚京城。

葭萌关进大监牢，
蔓子亲自锁牢门。
四周戒备极森严，
蔓子稍稍放宽心。

※ ※ ※

走过一溪又一溪，
走过一岭又一岭。
楚军列队往东去，
巴军送了一程程。

蔓子陆达并马走，
两人相对笑吟吟。
路边山花也在笑，
彩云朵朵伴客行。

陆达勒马望蔓子：
“就此止步莫再行，
纵然送君一千里，
终归一别转回程。”

蔓子只得勒缰绳，
此刻胸中难平静，
想起当初危难时，
得益楚国借雄兵！

并肩作战巴楚军，
鲜血凝成深厚情，
多少日日与夜夜，

永远镌刻在内心。

“我代巴王谢楚王，
两国世代一家亲。
历史记下此篇章，
如日如月耀眼明。”

陆达挥手朝前走，
蔓子挥手在山顶。
云遮雾瘴隔不断，
朝夕相处战友情。

13

蔓子率部回夷城，
向着侍卫急走近：
“快快进宫禀大王，
蔓子带来大喜讯。”

侍卫匆匆进宫去，
蔓子赞国宫外等。
幼主夷妃出门来，
身后紧随文武臣……

旧时巴国金殿上，
幼主夷妃精神振。
蔓子出班来启奏，
满面春风语欢欣：

“臣蒙大王太后恩，
马背上面授将军。
领旨携函去楚国，
借来楚国三万兵。

“巴楚军队同作战，
东征西讨四年整。
如今失地全收复，
叛首葭萌被囚禁。

“楚军已经回楚国，
巴军驻守全巴境，
微臣今日接大王，
返回国都江州城。

“押解葭萌见大王，
众人痛斥叛国臣。
取下葭萌首级后，
奔赴楚国向东行。

“葭萌首级呈楚王，
楚王免去割三城。
巴国承诺自兑现，
列国面前威严增。”

幼主满面笑吟吟，
夷妃如蜜甜在心：
“爱卿多年征战苦，
为国立下大功勋。

“待到返回京城后，
犒赏功臣巴将军。
凡是参与作战者，
论功行赏每个人。

“将军多年没回家，
现回家去探家人。
你为国事想家少，

家人想你想破心。

“告知家人好消息，
白发老母更舒心。
待你探家归来后，
我们一道返京城。”

蔓子听后忙施礼，
喜在眉头笑在心：
“微臣速去速返回，
多谢太后等微臣。”

樊臣出班来启奏，
手指掐算眉皱紧：
“今日才是吉祥日，
往后七日无良辰……”

幼主一听面色阴：
“今日动身返京城。”
自古君王无戏言，
一言既出土变金。

蔓子连忙再施礼：
“遵旨今日返京城。
臣即派人回家乡，
速向家人报喜讯。”

夷妃点头也答应：
“就按爱卿所述行。”
蔓子派遣李远回，
李远打马向西进。

当日幼主即启程，

母后紧随王儿身。
他们各坐五彩轿，
群臣骑马随后跟。

蔓子率队护左右，
手握马缰剑佩身。
浩浩荡荡向北走，
山山岭岭飘彩云。

不觉天色近黄昏，
鸦群高飞回山林。
幼主一行落村寨，
蔓子安排忙不停。

幼主夷妃住寨里，
吊脚楼中灯光明。
酒醉饭饱歇息后，
也唱一曲竹枝音。

赞国带着管家来，
轻敲夷妃楼前门。
侍女进去又出来：
“太后准你二人进。”

赞国恭立太后前：
“臣有一话不敢问。”
太后当即开口说：
“有话不说心头闷。”

“巴楚军队并肩战，
叛军被围江州城，
城墙上面正厮杀，
巴军倒下一层层。

“危急时刻我冲上，
杀开血路跳进城。
奋力撞开城门闩，
巴楚军队蜂拥进。

“两军厮杀血肉飞，
葭萌扑上蔓子身，
两人厮杀无胜负，
眼看蔓子力将尽。

“我上前去帮一把，
利刀对准葭萌颈。
蔓子翻身爬起来，
葭萌就此被生擒……”

管家一旁面带笑，
试探夷妃有何论：
“蔓子将军功勋显，
赞国也有显功勋。”

夷妃听此皱眉头，
脸上勉强显笑影：
“此事蔓卿也说过，
我也同样听得清。

“若无蔓卿苦奋战，
哪得巴国又复生；
若无蔓卿善指挥，
哪得葭萌遭围困？

“从前我也亏待他，
不解蔓卿战略精。

由表入里看本质，
事到最后见忠臣。

“蔓卿之功如一年，
赞国之功一时辰。
时辰包在年以内，
差别之遥易分明。”

赞国额上大汗淋：
“太后所言极圣明。”
他带管家出门去，
心头犹如凉水浸——

听琴要听琴外音，
听话要听话外声，
听罢太后一席话，
已知两人地位定。

“他的官阶在我上，
中间恐隔千里程。
拔根毫毛来压我，
我必碎骨又粉身！”

赞国管家刚走出，
幼主也觉心头沉：
“战火烽烟刚刚散，
就有人来邀功勋。”

夷妃站起又坐下，
不禁长长叹一声：
“江上波浪赶波浪，
渔翁驾舟浪里行。”

14

翻山越岭淌激流，
李远来到都亭山。
巴家门前拴好马，
跨过窝棚木门槛。

巴母闻声到堂屋，
李远心头真喜欢：
“告知一件大喜事，
彻底平息巴国乱……”

巴母屋后一声喊，
媳妇孙子即回还。
他们上山打葛叶，
背回猪草流大汗。

听罢李远细讲述，
无法抑止心狂欢：
“熟睡也望胜利日，
设酒迎接蔓子还。”

“将军护送巴国主，
返回江州金銮殿。
你们若能去江州，
一睹盛况心更欢。”

李远打马向东去，
马蹄声声震群山。
蔓子家人忙收拾，
响起哈哈一串串。

巴母拿出棕口袋，

里面核桃装得满：
“蔓子爱吃核桃肉，
这些年来吃到难。”

孙子前去摘石榴，
装了一些在竹篮：
“阿爸栽下石榴树，
今年果把树压弯。”

儿媳找出虎头鞋，
老虎花纹色斑斓：
“千针万线新鞋起，
唯愿丈夫喜爱穿。”

各人挎上一大包，
翻越门前座座山。
千里之行足下始，
憧憬未来脚不难。

15

幼主一行向西行，
犹如彩云越山岭。
渡过浩浩汶水后，
进入巍巍江州城。

城内拥挤众百姓，
欢呼雀跃扬笑声。
幼主夷妃从中过，
频频招手展笑影。

人们手挥翠竹枝，
叶间闪烁日光影；
群群巴女唱竹枝，

舞姿翩翩映江心。

人们捧手吹木叶，
峡谷里面响回音。
鲤鱼闻声腾巨浪，
苍鹰闻声戏白云。

幼主进入王宫后，
宫灯通亮夜已深。
他召蔓子入配殿，
赐茶促膝来询问：

“此次内乱已平息，
巴国史上留教训。
如何施政治国家，
寡人求教于爱卿。”

“立国兴邦民为本，
施政重在为百姓。
君王如树民如土，
沃土坚固树则兴。

“人间万事首农耕，
衣食乃是民生命。
只有安居才乐业，
饥寒百姓谁爱君？

“君王重在施仁政，
讲究道德教百姓。
强制政令和刑罚，
固不可少用则轻。

“有恩无威难治国，

铁面执法无私情。
严惩扰乱秩序者，
则为保护守法人。

“识才爱才网罗才，
不拘一格用能人。
奸佞小人庸俗辈，
排除在外勿怜悯。

“君王直至各官吏，
廉洁尽职如履冰。
勤慎处理政务事，
头脑时时须清醒。

“墨守成规不利国，
效法古人更创新。
清除弊端图变革，
利国利民唯标准……”

蔓子奉旨侃侃谈，
幼主沉思露笑影。
林中雀鸟阵阵叫，
东方曙光透窗棂。

天亮幼主登王座，
太后渐远微露影。
群臣山呼万岁时，
幼主如闻惊涛声……

16

楚国使者一行人，
江州城外打马行。
蔓子将军出城接，

巴国官员随后跟。

楚使被迎入城内，
住入雅居暂休整。
蔓子陪坐品油茶，
聊叙两军战斗情。

“楚军回国可顺利？
长途跋涉历艰辛。”
“楚军顺利回楚国，
休息片刻再整训。”

“陆达将军见楚王，
禀告助巴获全胜。
楚王遣我来贵国，
履行楚助巴协定。”

“巴王明天早朝时，
隆重接见楚贵宾。
葭萌头颅早在握，
定然送往楚宫廷……”

蔓子再去监牢前，
葭萌对他瞪眼睛。
蔓子吩咐押役官：
“酒肉相待在押人。”

葭萌牢中望蔓子，
面色漆黑牙狰狞。
蔓子走近监牢前：
“有何要事要讲明？”

“我统精兵三万余，

势如破竹战巴境。
眼看巴国剩一隅，
巴国幼儿将被擒。

“世事如棋难预料，
转瞬之间巴国胜。
败给山野一村夫，
纵死百回目不瞑！”

“我也无法说得清，
留给历史去说明。”
蔓子甩手走开去，
脸上微微露笑影……

※　※　※

巴王坐在王位上，
目光炯炯带笑影，
太后坐在巴王侧，
闪烁一双亮眼睛。

群臣恭立巴王前，
满面春风抖精神。
楚使施礼见巴王，
金殿上面震话音：

“巴国内乱历险时，
遣使赴楚借楚兵，
楚王说要蔓萌头，
可免巴国割三城。

“楚军入巴战三年，
巴国内乱已平定。
巴国到了履约时，

未见葭萌首级影!”

巴王听完语坚定:
“巴国向来言必信。
蔓卿去取葭萌头,
随使去往楚宫廷。”

蔓子手提柳叶剑,
步履刚健出宫廷。
蔓子手中摸钥匙,
几名随员身后跟。

来到监前门破烂,
牢内不见葭萌影。
押役倒在阴暗处,
胸部穿孔血淋淋!

蔓子顿时吃一惊,
胸中咚咚如雷鸣。
眼前阵阵在发黑,
额上汗珠如雨淋……

金銮殿上人在等,
唯闻众人呼吸声。
楚使等得在着急:
“怎么还不闻音信?”

夷妃似觉坐不安,
话音犹如飞泉鸣:
“楚国使者请等待,
蔓卿从来不失信。”

觉得时间真漫长,

金殿上面人在等。
楚使等得更焦急：
“莫非未将葭萌擒！”

夷妃心中生怀疑，
话音犹如松涛声：
“赞国你去看一看，
怎么这久不来临？”

赞国出去见蔓子，
蔓子犹如掉了魂。
“大王楚使在等你，
请你快快去宫廷。”

蔓子犹如梦初醒，
手提利剑去宫廷。
手中钥匙落地上，
如在黑夜岩上行。

蔓子来到金殿上，
两手空空汗淋淋：
“押役被杀牢门开，
牢内不见葭萌影！”

晴空骤然一霹雳，
地动山摇水翻腾！
夷妃幼主皆惊愕，
群臣直瞪白眼睛。

此刻微风停脚步，
人们停止呼吸声。
夷妃半日才开口：
“全国捉此越狱人！”

蔓子听后直摇头，
嗓子沙哑难出声：
“既然他已越狱走，
情况复杂难得擒。”

楚国使者上前来，
苦皱眉头舒眼神。
伸出双手互拍臂，
不慌不忙露笑影：

“不能献来葭萌头，
贵国就得割三城。
请拿巴国地图来，
办完此事复王命。”

夷妃鼻内阵阵酸，
泪珠串串湿眼睛：
“去拿巴国地图来。”
天旋地转难坐稳。

相臣拿了地图来，
泪珠直往图上滚。
夷妃接图不忍看：
“巴国图上去三城。”

相臣执笔勾地图，
巴国三城入楚境。
楚使伸手来接图，
眉尖也露狂笑影。

蔓子骤然抢过图，
图在手中握得紧。

蔓子耸立山一座，
仰天长啸群山鸣：

“眼看白玉变黑炭，
苍天为何瞎眼睛？
代代巴人先祖墓，
放到哪里能安身？”

楚国使者现怒容，
话音出口迸火星：
“足下出尔又反尔，
巴国何曾言必信？”

蔓子拔剑轰一声，
顿时地动山欲倾。
楚使吓得向后退，
蔓子声音如雷霆：

“巴国不言则已矣，
巴人出言言必信。
巴楚世代相友好，
血脉相融同胞情。

“巴国江山每寸土，
全是先祖鲜血凝。
拿我头颅献楚王，
赎回巴国三座城！”

蔓子挥剑腾空起，
落在殿上不见影，
只见一只雄老虎，
柳叶利剑背在身。

老虎睁眼射闪电，
老虎声吼惊雷鸣。
老虎流泪暴雨落，
老虎迈步地也震。

老虎后脚站立起，
老虎前爪舞剑身。
殿上一道亮光闪，
利剑横空刺虎颈。

一阵红雨漫空落，
红雨灼热雾腾腾。
老虎坐在金殿前，
昂首挺胸眸晶莹……

※ ※ ※

一名侍臣进殿来，
面含悲痛低声音：
“宫外来了人三个，
自称将军家里人。”

夷妃幼主忙出宫，
宫前迎接远来人。
他们曾经见过面，
往日情景记得清。

进门就见巴蔓子，
坚如磐石坐得稳。
蔓子之子扑上去，
飞起阵阵欢笑声。

巴母走到蔓子前，
只见儿子不闻声。

伸手抚摸儿的头，
见儿两眼亮如星。

蔓子之妻走过去，
见夫颈上血淋淋，
左手握着巴国图，
利剑握在右手心。

蔓子之子已知晓，
阿爸已经成死人。
三人围住蔓子哭，
天塌地陷雷轰顶！

巴母几次哭晕死，
御医几次掐她醒。
双手只在胸前刨，
条条伤处血淋淋：

“你的阿爸死得早，
阿妈把你养成人。
吃尽人间千般苦，
我儿怎懂阿妈心！

“我儿离家赴沙场，
两种准备系娘心：
要么沙场埋忠骨，
要么获胜回家门。

“阿妈三次来看你，
每次不见儿的影。
今日见到我的儿，
白发人哭黑发人！

“千次战斗你没死，
为何死在巴宫廷！
我向苍天问一句：
这是怎么回事情？”

夷妃扶起巴母来，
两位老母泪满襟。
夷妃揩干巴母泪，
喉咙哽塞难出声：

“蔓卿赴楚去借兵，
楚王要割巴三城，
蔓卿坚决不允许，
卿叙巴楚一家亲。

“楚国令尹名吴起，
从中调解此事情：
巴国呈现葭萌头，
楚国可免割三城。

“楚王蔓卿均同意，
当即借来楚国兵。
叛乱平息俘葭萌，
江州城内被囚禁。

“楚使来索葭萌头，
蔓卿狱中去提人，
却见葭萌已逃走，
押役被杀砸烂门。

“楚使逼着要割城，
我允三城入巴境，
蔓卿抢过巴国图，

语音出口如雷鸣：

“‘巴国江山每寸土，
全是祖先鲜血凝，
拿我头颅献楚王，
赎回巴国三座城！’

“蔓子持剑腾空起，
拔剑自刎在宫廷。
金殿之上落红雨，
蔓卿稳坐众人惊。”

巴母听后揩干泪，
慢慢走向儿子身。
她见儿子坐得直，
想起当年一情景——

怀身大肚卧在床，
眼看临产时刻近。
丈夫开门去倒水，
一只老虎跑进门。

老虎摆尾对我笑，
我抱老虎狂热吻，
老虎声声喊阿妈，
我给奶汁喂畜牲。

顷刻不见老虎影，
原来美梦被惊醒。
此时身子已发作，
寅日寅时蔓子生……

我们夫妇全明白，

这个儿子虎托生，①
在家二十三年多，
从未露过虎原形。

今日见你直直坐，
微微露出虎踪影：
自古虎死雄姿在，
骁勇倔强虎本能。②

“你的事情未做完，
阿妈全懂儿的心。
十分已经做九分，
剩下一分妈完成。”

巴母取下儿的剑，
忍痛割断儿的颈，
双手捧着蔓子头，
慢步走向楚使臣：

“蔓儿有话未说完，
娘来替儿补完整：
头可断来血可流，
国家领土不可分！”

巴王此刻鼻发酸，

---

① 土家人以为人和其他动物可互为转换：人死后，其魂投其他某种动物胎，其他动物死后也投人胎。人死后，烧“抹澡袱子”时，上面花纹即可辨别变成了什么动物。若投人胎，烧过的“袱子”，现出花（样）为女，现出字（样）则为男；若变成其他动物，则现出那种动物之形。遇后者，后人则跪在旁边喊：“××，走错了路，快转来！”变了鸟类，则不再变人。此俗今仍存。这个“变”就是“托生”。又说，人将死时，想吃鸡未想到，他的魂（称生魂）夜里去卡人家的鸡，鸡则死。主人闻鸡叫便在鸡笼门口撒热柴灰。这病人手臂上便出现烫起的泡。又说，人刚落气，他的魂便到他生前所到过的地方，去捡脚板印，那里便出现响动。

② 据说，虎死后坐着。谚云：“虎死雄气在。”

颗颗泪珠湿眼睛：
“巴母养育好儿子，
儿子遇上好母亲。

“制成精致檀木盒，①
外镶宝石和金银，
内装蔓子将军头，
相卿专送楚宫廷。”

※　※　※

巴王太后静思考，
文武百官心头沉。
一民匆匆上殿来，
满身血渍湿衣襟：

“民有要事须禀奏，
洪水跌落水变清。
大王或许认得我，
我是赞国管家人。”

巴王允许他说话，
文武百官静静听。
此话无从来说起，
管家话里冒火星：

“昨日更深夜已静，
月色朦胧星儿昏。
赞国给我一碧玉，
令我随他身后行。

“赞国令我杀押役，

① 檀木劈细后，用来敬神，称檀香。

然后打开监牢门；
赞国令我放葭萌，
让他死里去逃生。

“上述之事我照办，
葭萌却有疑虑生：
‘你们抓我又放我，
杀我可要杀得明！’

“‘这些事情我不管，
赞国待你心最诚。
让你逃到蜀国去，
有匹快马巷里等。’

“葭萌打马朝西行，
不断回头看动静，
身影消失在远处，
尚闻马蹄疾驰声。

“我正回头往转行，
迎面来一蒙面人，
朝我胸前捅一刀，
我倒地上血淋淋。

“那人在我身上搜，
搜出碧玉揣上身。
把我丢到江里去，
江水扑通响一声。

“我遇大难偏不死，
江上船夫救我命。
草民特来大王前，
为段历史作个证。”

巴王瞪眼看赞国，
赞国战栗身将倾。
巴王命令搜他身，
靴里碧玉晃眼睛。

管家定睛看碧玉：
“就是此玉认得准。”
巴王厉声问赞国，
赞国一一来招认。

巴王两眼瞪得直，
不禁发出叹息声：
“抓住葭萌就该杀，
这个悲剧为教训！”

巴王突然站起身，
拳头里面飞火星：
“放走所擒叛国贼，
其罪亦同叛国人。

“推出赞国去斩首，
绝不延误一时辰！”
赞国当即被推出，
一刀下去人头滚。

17

楚王端坐楚宫廷，
面前恭立文武臣。
身后排列众宫女，
羽扇熠熠紫雾腾。

出使巴国使者回，

巴使同时入宫廷。
面见楚王忙施礼，
楚使山呼万岁声：

“微臣奉旨赴巴国，
面见巴王和群臣。
讲述特索葭萌头，
巴王神色颇兴奋。

“蔓子去取葭萌头，
很久不见转回程。
牢门洞开被砸烂，
押役被杀血淋淋。

“葭萌潜逃去蜀国，
蔓子空空回宫廷。
既然不交葭萌头，
我即索取巴三城。

“夷妃取图来划界，
巴国三城入楚境。
蔓子抢过巴国图，
话音出口如雷鸣：

“‘巴国江山每寸土，
全是祖先鲜血凝。
拿我头颅献楚王，
赎回巴国三座城！’

“蔓子拔剑腾空起，
一声呼啸天地惊。
顷刻自刎落地上，
直直坐地目不瞑！”

巴使手捧蔓子头，
走向楚王含泪痕：
“巴王遣我来贵国，
将军头颅赎三城。”

楚王早已暗吃惊，
满腔洋溢敬佩情。
双手打开檀木盒，
眼望蔓子面目影——

泰然自若抖精神，
神采奕奕亮眼睛。
嘴角边上含微笑，
两腮圆圆露红晕。

楚王轻轻盖上盒，
不觉两眼现泪痕，
沉思许久抬头看，
群臣个个泪沾襟。

楚王启齿问吴起：
“爱卿此刻何心情?”
吴起出班相禀告，
目光炯炯语坚定：

“巴国大厦高入云，
贵在国有栋梁臣。
大王允许借兵去，
上上之策巴楚情。”

楚王拭干眼边泪，
心中有话难表明，

几句话儿说出口，
天地与他相共鸣：

“刎颈高风悬日月，
震撼宇宙爱国情。
楚臣若像巴蔓子，
寡人休要巴三城！

“楚都荆门山之南，
地势高峻气雄浑。
即以上卿之大礼，
安葬蔓子巴将军……”

蔓子头盒入红棺，
众人抬着出都城。
彩旗经幡来覆盖，
长号礼炮齐奏鸣。

楚王走在灵柩后，
他的身后走群臣。
京城百姓知道后，
也含泪花来送行。

前头到了墓穴地，
后头还没走出城。
人们默默朝前走，
眼前浮现蔓子影……

※ ※ ※

船形黑棺室内停，
棺内安放蔓子身。
巴王太后在棺侧，
棺前群立巴国臣。

巴母站在船棺头，
两眼盯着蔓子身：
“生有方来死有地，
我儿蔓子你安心。

“生你养你都亭山，
奇峰峻岭高入云。
阿妈接你回家去，
身葬家乡云中岭。

“白日云雾来做伴，
夜里月亮点起灯。
书未写完你就写，
四年战史内容新。

“地下葬的你躯壳，
地上留的你英魂；
地下躯壳要腐烂，
地上英魂得永生。

“英雄业绩人传颂，
爱国热忱人崇敬。
生为巴国忠良将，
死作人间福禄神。

“我儿你就放心走，
阿妈前来伴你行。
爱妻就在你身边，
娇儿也在身后跟。

“我儿你就放心走，
无数人来伴你行。

巴王赐予上卿礼，
赞你为国立功勋。”

核桃放在他身边，
一双虎鞋脚上蹬。
石榴紧挨他臂膀，
让他路上慢慢品。

太后拿来柳叶剑，
慢慢放近蔓子身：
大王太后留此剑，
伴他疆场任驰骋……

人们抬着灵柩走，
虎毯覆盖灵柩身，
一柄大鼓众人抬，
鼓声一响惊雷鸣。

巴王默默来送行，
耳畔响彻战鼓声；
太后默默来送行，
眼前飞舞刀剑影。

文官默默来送行，
如见蔓子撰雄文；
武将默默来送行，
如见蔓子纵马奔。

万名男子脱上衣，
浑身上下现虎纹，
他们随着鼓点舞，
手挥长剑耀眼明。

时而犹如虎摇头，
目光闪闪飞流星；
时而犹如虎摆尾，
激起阵阵松涛声。

前进犹如虎下山，
转眼跨越云中岭；
止步犹如虎站立，
静听脚下山泉吟。

唱歌就像老虎吭，
万人张口群山应：
“唱起丧歌跳丧舞，
欢欢喜喜送亡人……”

18

蔓子葬在都亭山，
妻子三送烟篙来，①
此时已是晚霞散，
夜幕垂下挂山岩。

妻子头昏打一瞬，
一只老虎迎面来，
蹲在面前摆尾巴，
嘴唇吻向她脸腮。

虎身佩有柳叶剑，
铿锵声音响天外；

---

① 送烟篙：人下葬后，三日内，由家人在每近黄昏时，送一把捆着的点燃的艾蒿把子在坟尾。这把子燃得长，则死人新托生去得远；燃得短，则去得近。据说，它是“无常”行夜路时照明用的。有的是用生前的床铺草拧为三股辫，长约 2 尺。燃得远，后人以为他在途中顺利。燃得不远，还有一说：他在等伴——还有人死的。同时送一碗饭菜铺在坟上。有的还用衣兜兜些土撒在坟上，坟不奓口。

脚上穿着虎头鞋，
鞋底下面滚云彩。

妻子头动醒过来，
面前老虎已不在。
轻风阵阵坟边过，
月色溶溶照灵台……

二

外祖母的话音在人群中激荡：
“你们各自筹集在途中的给养。”
人们散开，纷纷奔向森林中，
像一群矫健的雄鹰低空飞翔。

满山的各类禽兽全拼命奔逃，
惊叫的声音震撼峡谷和山冈。
无论它们怎样驾着疾风白云，
总也逃不出一群老虎的巨掌。

当太阳从西边山上坠落下去，
它们各自带着猎物奔下山冈；
当月亮从东边山上缓缓升起，
多种飞禽走兽堆积在平坝上。

外祖母抱出古老的虎钮錞于，
那尊虎身闪烁着耀眼的光芒。
人们抬起它来，全热血沸腾，
仿佛正在雄赳赳地奔赴战场。

外祖母望着子孙们整队出发，
双眸里不断闪射出熠熠光芒，
她的手势里抖动着无限激动，

她的声音中充满了热切愿望：

“出征的战士们千万不要遗忘，
开赴前线时可不必冠冕堂皇，
剽悍勇敢才真正是亟须具备，
神速迅猛时刻都要紧随身旁。

“出征的战士们千万不要遗忘，
得胜回来时可不要松懈武装，
每个人后脑上仍需长上双眼，
行进的队列可就要威武雄壮！”

子孙们望着老祖宗心情激动，
双眸里不时有几颗热泪滚淌：
白发老人虽然幽居大山深处，
却把整个祖国装在自己胸膛。

“我们坚决服从李郎巴姑指挥，
您的谆谆嘱托我们牢记心上；
我们传回来的定是频频捷报，
凯旋彩门高悬祖国万里北疆！”

扁担花箭步来到外祖母面前，
深情地凝望着她慈祥的面庞，
感到这位老人如明媚的月色，
又像夏天正午热辣辣的阳光。

此刻没有什么话能表白心情，
要说的话都在眸子里面珍藏。
外祖母单是做了个简单手势，
已充分表明了她的全部期望。

扁担花转身走到队伍前面去，

这些战士凝望他，群情激昂：
“老巴子的后代仍然是老巴子！”
群虎称赞这个外甥勇猛刚强。

走过群山，群山压弯了脊梁，
蹚过河水，河水分开了激浪。
目光射出，惊落了山间浓雾，
吼叫一声，追赶得炸雷滚淌。

太阳对他们投来金色的光芒，
人们见是无数行人走在路上；
月亮向他们投来银色的光辉，
禽兽们见到是群虎穿越林莽。

走出了山地，又进入了平原，
他们的双脚正驾着疾风前往；
走过了平原，又进入了塞北，
双臂挽着道道闪电驰向边疆……

第十三章　虎队抵达北疆

一

弯弯的月儿在云里时出时没，
偶尔有星星在天顶闪烁亮光。
这群老巴子渐渐地靠近边塞，
行动的声音轻如微风的翅膀。

李郎和巴姑正来到边塞迎接，
雄健的队伍使他们无限欢畅。
他们拥抱着走在前面的儿子，
喜悦的热泪挂在他们的面庞。

这支虎军全是家乡父老乡亲，
一别不见已有足足十年时光。
稚嫩的少年已经长出了胡须，
黄发的幼女变成了黑发姑娘。

白脸、黑脸和花脸三位兄长，
已经高得像山峰顶上的白杨，
他们和久别的幺妹面对面时，
只觉得一股热流在胸中激荡。

多年积蓄在胸中的无限思念，
此刻不知将哪句话掏出胸膛；
别后的各类事情有千种万种，

不知道该选择哪种告诉对方！

李郎与巴姑和所来战友拥抱，
火热的面颊紧贴发烫的面庞，
相互倾听着彼此激动的心跳，
各自噙泪的眼珠正相互凝望。

此刻山野里没有欢呼的声音，
微风传递着他们呼吸的声响；
此刻草地上没有倾吐的话语，
日影传递着他们深情的目光……

扁担花走在阿爸和阿妈身旁，
双亲问起了两位祖母的情况，
扁担花详详细细地告诉他们，
他们听后不觉心情十分舒畅。

他们的思绪并没有回到家乡，
虽然那里是他们思念的天堂；
他们也没有去细想两位老人，
只要能知道她们平安和健康……

捉来九千九百九十九头狮子，
捉来九千九百九十九头羚羊，
狮胆是佳肴，羚羊血是美酒，
盛大的宴会把劳累一扫精光。

勒令四面的高岩将声音盖住，
擒来天顶的云霞将身影遮挡，
任凭刀枪剑戟怎样碰撞闪烁，
敌军难知这里已有虎师隐藏……

二

月儿不知不觉地朝西山靠近，
早起的鸟儿已经在林中噪鸣。
李郎和巴姑走在山坡小径上，
微风伴随他们轻轻的说话声：

“这支虎军全部是你娘家的人，
他们和你有深厚的骨肉之情，
之所以不远万里来边疆抗敌，
与你的深情自然是密不可分。

“上下级之间所以能协调一致，
其间的感情自然是重要成分。
感情疏远，黄金也变成泥土，
感情真挚，泥土也变成黄金。

“这支部队完全由你前去调动，
我不想去对它怎样发号施令。
我在他们面前万一露出破绽，
岂不失去威信造成指挥不灵！”

“这些老虎出生西南深山密林，
来到边疆抗敌自为前线军人。
他们统一在李元帅战旗之下，
共同的目标就是尽忠于朝廷。

“志同道合自然有了共同语言，
千万人的意志扭成一个决心。
这正如一张撒出去捕鱼的网，
千万个网眼联系着一条网绳。

“你是朝廷任命的镇边大元帅，
自然是你的手紧握这条网绳，
当把一条大鱼从大浪中拖起，
有我在你身后为你竭力使劲。”

一缕阳光已经照在他们脸上，
小径上移动他们颀长的身影。
虎军到来使李郎增添了勇气，
仍觉得肩上的担子重若千斤……

第十四章　战前的寂静

一

北面的山梁上坚石垒成了屏障，
一面面火红的战旗正迎风飘扬，
手持刀矛的兵卒固守屏障后面，
监视着北面敌人的声音和动向。

瓦剌军多次派出探子前往侦察，
一个个探子回来全都神色慌张：
“明军的前沿阵地上有坚固工事，
看来他们的设防可谓固若金汤。”

瓦剌军将领们听后两眼直发愣，
不知不觉地胸腔中咚咚地发响。
他们环绕在元帅周围研究战术，
各持己见，纷纷阐明自己主张。

他们像热锅里正在爆炒的豆子，
此起彼伏地炸得比放铳更响亮。
还是罕元帅一句压下所有争论：
“痛下决心弄清敌军的真实情况！”

二

几颗星星在黑云中忽暗忽明，

阵阵寒风在山谷里声声嘶鸣。
李郎命令部队演习山谷夜战，
巴姑的双眼正检阅每个官兵。

在不知不觉中暴雨倾盆而来，
队伍还在悬崖绝壁上面攀登，
闪电和惊雷不时地猛袭而来，
将士们勇猛冲刺至天亮雨停。

有名小卒不慎从高岩上摔下，
失血过多，昏迷中紧闭眼睛。
李郎亲自为他喂药包扎伤口，
直到伤员脸上现出微微笑影。

有个军官惧怕艰难口吐怨言，
带着他的心腹躲在一个岩墩。
李郎怒发冲冠，拔出了利剑，
在队列前面结果了他的性命。

※　※　※

趁着浓浓夜雾在草原上弥漫，
明军已从内地运来战车千乘，
原先损坏了的战车已经修复，
每个兵卒抓紧时机操练技能。

趁着淡淡星光在夜空里闪烁，
明军从内地运来粮草千万斤，
这些物资全部严严隐蔽起来，
它们是兵马行动的排头尖兵。

趁着弯弯月儿在向西边靠近，
明军已把大批刀剑运往军营。

将士们全都用崭新武器装备，
手中武器是军人的第二生命。

趁着群群雀鸟在树林中噪鸣，
明军已集合团团剽悍的马群，
它们在山弯和草地严格训练，
只等战士跨上马背纵横驰骋……

※ ※ ※

旌旗飘在空中发出哗哗响声，
军帐布满山野犹如满天繁星，
李郎和巴姑身着戎装坐帐内，
议论作战艺术，是十分兴奋：

“西落东出，这是日月的运行。”
“去而又来，这是四季的更新。”
“酸甜辣苦咸，调和可口美味。”
“宫商角徵羽，谱就悦耳妙音。”

“湍急的洪流从高处猛冲而来，
山谷的乱石只得随激流翻滚。”
“矫健的雄鹰从高处俯冲而下，
田里的母鸡便无法展翅飞腾。”

“制造假象，让敌人听从调动。”
“投其所好，引敌人陷入困境。”
“造成的态势应该是急如闪电。”
“发出的节奏应该是猛若雷霆。”……

李郎和巴姑走遍每一座山岭，
熟悉了每片树林里的鸟叫声；
李郎和巴姑走遍每一条深涧，

熟悉了每座岩间的通幽小径。

扁担花紧紧跟随在他们身后，
倾听着他们把先贤兵法议论。
他面对着眼前的山峦和草地，
仿佛自己跃马挥刀指挥三军：

“占领了视野开阔的居高地势，
便可胸有成竹地待敌军来临；
若是敌人先占领了险要隘口，
则引敌离去，不去攻打他们。

“敌军进入前线就像一条大蛇，
打它的头部，尾部便来救应；
打它的尾部，头部便来相救，
只有集中优势力量狠打七寸。

“作战方法随情况经常地变化，
指挥计谋随变化不断地更新。
授予任务像登高时抽去梯子，
率军深入像田野上赶着羊群……”

※　※　※

一群大大小小的豺狼在行走，
草地上面像飘过灰褐色的云，
李郎和巴姑率领原驻边部队，
风一般从四面八方围住狼群。

李郎和巴姑赤手空拳冲过去，
各人卡住了一头豺狼的脖颈，
豺狼在他们的手中犹如羊羔，
一会儿便软绵绵地送了性命。

其余的人见这情景无不惊讶，
李郎给他们传授了擒狼要领，
李郎命令每人同样擒获一狼，
兵卒们风驰电掣地奔向狼群。

这些兵卒和豺狼拼命地搏斗，
用勇猛和机智才能保全性命。
多数人未遭伤害而擒获恶狼，
少数人擒获恶狼而鲜血淋淋。

三

瓦剌军罕元帅端坐军帐中央，
听取各路探子逐一回报情况。
军帐内外显得庄严而又寂静，
各路将军站立在罕元帅两旁。

一个探子满面春风走了进来，
看来他已经获得了重要情况：
“明军朱元帅早已被革除职务，
朝廷怒斥他从来没打过胜仗。

“被任命的新来元帅名叫李郎，
来自西南密林中的一个村庄，
他自幼因为贫困而目不识丁，
对于种田和打猎倒十分内行……”

罕元帅伸长了双耳细细听来，
双眸中间闪烁着快活的光芒，
他紧紧皱起眉头细细地沉思，
嘴角边顿时扩展出笑的波浪。

这个探子讲完之后退出军帐，
又一个探子走进来回报情况：
“明军严重减员之后未能补充，
剩下兵卒一天到晚人心惶惶。

“他们厌战甚至深夜私自逃离，
佯装防守坚固，悬旌旗飘扬。
偶尔抓来几个牧民扛枪行走，
垒起几堆岩石，要负隅顽抗……”

罕元帅伸长了耳朵细细听来，
双眸中间闪烁着快活的光芒。
他紧紧皱起眉头细细地沉思，
嘴角边顿时扩展出笑的波浪。

这个探子讲完之后退出军帐，
又一个探子走进来回报情况：
“明军的后援路线被我军切断，
身临前沿的兵卒已断了给养。

“他们出发到草原上追赶豺狼，
与狼群搏斗时弄得遍体鳞伤。
兵卒们无一人不是头昏眼花，
才冒险去取狼肉解辘辘饥肠……”

罕元帅伸长了双耳细细听来，
双眸中间闪烁着快活的光芒：
他紧紧皱起眉头细细地沉思，
嘴角边顿时扩展出笑的波浪。

四

罕元帅在帐内紧紧皱眉沉思，

不时有欣慰闪现在他的面庞，
他凝望着面前几位心腹将军，
像在搜索他们头脑中的主张。

有个苏将军前来向元帅报告，
他的声音显得快活而又爽朗：
“上次我部抓住一个明军军官，
他自供来自西南的林中村庄。

“需要再度对他进行详细审问，
或许能够详知新任元帅情况，
既要研究敌军的战略与战术，
更要研究敌帅的性格和胆量。”

罕元帅听到将军前面几句话，
脸色犹如日悬蓝天一样开朗；
听到后面犹如乌云遮盖蓝天——
难道上司还要下属指点方向！

“苏将军抓获的这个明军俘虏，
对我们来说说不定大有用场，
现在派你不管使用什么手段，
从他口里弄清敌帅全部情况。

“对于这个俘虏绝对不可小看，
战胜他也犹如战胜十员虎将。
这就看你如何施展智慧勇气，
用武之地在你面前闪射光芒！”

※　※　※

一座瓦剌军帐在疾风中摇晃，
苏额乌将军端坐在军帐中央。
他的左右站立两排威武士兵，

高举着的刀矛闪烁阵阵寒光。

张射云被持刀瓦剌兵押进来，
见到眼前情景不觉心中惊慌，
他被押到军帐中间慑慑站定，
苏将军对他逼来威严的目光：

“请说出你的姓名、家住何处，
你又是为何原因而走上战场，
与你一同应征的有些什么人？
他们后来撤离到了什么地方？”

张射云的心中虽然已在颤抖，
却要在敌人面前显示出刚强。
经过苏额乌的再三严厉审问，
却不露出所问话的半点情况。

苏将军走过来拨动他的下巴，
目光闪电一般地打在他脸上，
然后他恨恨地向空中一甩手：
“看看这哑巴到底是铁还是钢！”

张射云被押到另一顶帐内去，
见一木架支撑在帐篷正中央，
旁边的木板上钉着一张人皮，
还有斑斑血渍浸染在人皮上。

“你不把将军的问话照实说来，
也剥下你的皮钉在这木板上。”
几个瓦剌兵将他绑上了木架，
张射云抖得像疾风中的垂杨。

张射云仍以为这是在吓唬他，

不吐言语，牙齿咬得格格响。
瓦剌兵的刀在他胸前划开口，
一股鲜血涌出，往地上直淌。

剧烈的疼痛已使他难以忍受，
“我讲，我讲，我把一切都讲。”
他再被带到苏将军的军帐内，
对着敌将闪动着乞求的目光：

“我叫张射云，家住西南林莽，
父为土司，实为那里山寨王。
父亲年迈，我此次代父从军，
率领士兵应征入伍奔赴北疆。

“我带随员们因战败向南走去，
途中再遭袭，天黑不知去向。
我被俘后押往了贵军的驻地，
我的那些兵也不知今在何方！”

张射云说到此处，久久沉默，
苏额乌听过后并不感到舒畅：
“你那支队伍里有个普通一卒，
他泥土一样的名字叫作李郎！”

张射云的神色感到一阵惊异：
他怎会把一名小卒记在心上？
“不错，不错，是有一名小卒，
如粪土一般，小名叫作李郎。

“他本出生在西南的山间林莽，
靠卖柴养活老母，出没山冈。
破茅屋里，风当扫帚来扫地，
黑旮旯里，月当油灯来照亮。

“老鼠找遍室内室外不见米粒，
鸡子寻遍屋前屋后不见高粱。
他的最大本事就是砍柴种田，
他的本来性格就是忠厚善良。

“憨厚之人天生有憨人的大命，
偏偏有个漂亮姑娘爱上李郎；
缓慢之人天生有慢人的福气，
他的娇妻聪明能干举世无双。

“听说他们婚后生有一个儿子，
祖母终日把他托在自己手上。
当李郎应征入伍离开家乡时，
妻抱子相送，泪珠挂满面庞……”

张射云知道的事还没有说完，
苏将军在案头上猛击一巴掌：
“谁要你说出这些贤妻良母事，
你涣散我之军心，居心不良！”

张射云顷刻间变得哑口无言，
只听见风吹刀剑声嗡嗡作响，
在这一刻又一刻的寂静之后，
苏将军的话像山泉轻轻流淌：

“你刚才的话在别处千万莫讲，
其实谁无父母、妻儿和家乡？
除了他们，再没有别的亲人，
浪迹世界，唯家乡永是天堂。

“此时此刻你一定在思念家乡，
才借他人恋情表白自己衷肠。

父母在家天天盼儿及早归去，
娇妻在家夜夜望夫孤守空房……”

张射云鼻子里顿时一阵发酸，
泪珠儿夺眶而出洒落在地上。
苏将军细细地观察着这一切，
走过来轻轻地拍着他的肩膀：

“你若想早日回到久别的家园，
实现和家人团聚的殷切期望，
我可以忠实地助你一臂之力——
天下人的心都是由肌肉所长。”

张射云凝望着这位敌国将军，
紧锁的眉宇间似乎豁然开朗。
苏额乌的手抓住了一根绳子，
绳子的另一端拴着一头肥羊：

“我们放你返回你的部队中去，
一切要如你来我部之前旧样。
你得向我报告李郎一切行动，
无论事件大小和情况的略详。

“单等你做好了这一工作之后，
我则给你予非同一般的奖赏：
给我国美女让你带回去享用，
给你众多金银珠宝带回家乡。

“此事具体怎样操办由你斟酌，
我方只等待你带回详细情况。
深知你不会像麻雀呆在草丛，
而是像雄鹰在万里蓝天翱翔！”

张射云脸上现出自信的微笑，
眼里也闪现出了快活的光芒：
“这李郎本是我司的一介草民，
他的一切行动难逃我的手掌！”

※ ※ ※

狂风在草地上发出阵阵吼叫，
帐篷像一叶帆船在浪中摇晃。
西南林莽中来的兵卒在帐中，
围坐一圈，饭菜喷吐着清香。

张射云突然出现在帐篷前面，
大伙向他投去了惊奇的目光：
“我们以为你遭了不幸而悲痛，
你的回来使我们都倍觉欢畅。”

他立刻盘坐下来端起碗吃饭，
向每个人投去了搜寻的目光：
“你们生活得好，我就放了心，
乡亲们中间怎么没见到李郎？”

大伙发出一阵讥讽的哈哈声，
仿佛嘲笑巴族人不知道向王：
“小小山沟里住的是虾子螃蟹，
大海里才是蛟龙遨游的地方。”

张射云顿时感觉出莫名其妙，
向大伙投去甚为惊诧的目光，
他脑里像黑云中的闪电划过：
难怪那苏额乌要我细探李郎！

张射云带着原来的几个兵卒，

饭后去拜访原来的下属李郎。
在威严的元帅军帐正中前面，
李郎端坐，闪着逼人的目光。

张射云一见，不觉身上战栗：
这人确有元帅的威严和端庄！
“怎么元帅此刻已不认识我了，
我就是张射云，未来的土王。”

李郎嘴角边上不觉露出笑影，
张射云如疾风中的枯草摇晃。
“啊，认出来了，真是张射云，
自打失散后，我常把你盼望。”

张射云的眼里落下几颗泪来，
不时地牵起衣袖去擦拭面庞：
“这些日子我生活在荒郊野外，
身体和心理遭到了严重创伤。

“没有食物，用草根树皮充饥，
没有饮水，接露水滋润枯肠，
没有帐篷，遮着夜空和云雾，
没有被褥，垫着杂草和土壤。

“为寻找我的部队而到处奔走，
所遇到的不是狮子就是豺狼；
思念亲爱的战友却不知音信，
泪珠儿不断往自己肚内流淌……”

李郎的手在空中摇晃了几下，
淡淡的笑重返他阴沉的脸上：
“你回来了就好，我也放了心，
你的所部和军职仍一如既往。”

※ ※ ※

李郎和巴姑身着戎装坐帐内，
面前的红烛闪烁着熠熠光芒。
夜风在外面轻轻地拍打帐篷，
他们的话声在帐内沸沸扬扬。

张射云远远地看见帐内亮光，
便轻脚轻手地踏着月色前往。
李郎和巴姑已见到帐外人影，
认定是张射云正在走向军帐。

李郎把几个哨兵撤进了帐内，
和他们一起把美酒细细品尝。
李郎站起身来与在座人碰杯，
他的话声如山洪在溪中流淌：

“我这个元帅对于打仗本不懂，
从小算命，预测要领兵打仗：
带领军队开出去是风风光光，
带领军队回来却是窝窝囊囊。

“我对种田和砍柴真的是内行，
在座的各位军人都难以比上。
砍柴就是伐蔸柯桠锯断劈开，
种田不过春耕夏耘秋收冬藏。”

巴姑站起身，举杯元帅面前，
她说起话来就像画眉在歌唱：
“我们将士们全听从元帅指挥，
你的战旗是我们前进的方向！”

李郎举杯又是一阵哈哈大笑，
他似乎有了醉意正踉踉跄跄：
“我种田时你们就是我的锄头，
我打猎时你们就是我的猎枪。”

李郎再扭头见帐外人影呆立：
“帐外是谁？叫他来饮个痛畅。”
几个哨兵去把张射云请进来，
李郎给他斟酒更是神采飞扬：

“他们把吹火筒当成了擀面杖，
他们把朽木棍当成了新猎枪。
打仗的事还得依靠土王王储，
你就是我行动时的黄金拐杖。”

张射云举起酒杯来一饮而尽，
吐出来的气也显得豪情奔放：
“我自幼从家父学习古今兵法，
蒙元帅能把好钢用在刀刃上。”

※ ※ ※

张射云指挥所部正操练刺杀，
坝子上闪烁刀枪剑戟的寒光，
李郎身着戎装来到这个坝子，
观察张射云训练部队的情况。

张射云请求李元帅指导训练，
李元帅把队伍带到了草原上：
“全体官兵听从我的号令指挥，
去擒拿一群正在奔跑的羚羊。”

果见一群羚羊在草原上奔跑，

李元帅把一支牛角呜呜吹响。
这些兵卒全部朝着羊群奔驰，
怎奈人的脚步无法追上羚羊。

李元帅停下吹角子招拢兵卒，
眼中的火焰喷到张射云脸上：
“我的用兵之法如牵牛耕板田，
从四面一圈一圈地耕到中央。”

张射云遵元帅指示调集部队，
兵卒们从四面包围一群羚羊，
他们果然每人擒拿住了一只，
回到营地歇息个个喜气洋洋。

张射云来到李元帅面前站定，
一丝讥讽的微笑出现在脸上：
“假如你面对一群威武的雄狮，
你又该怎样指挥打赢这一仗？”

李郎听见这话以为问得奇怪，
他那神态真有点儿趾高气扬：
“能够捉住百头没长角的雄狮，
才能捉住一头长了角的羚羊！”

张射云听这话不觉哈哈大笑，
就像汹涌山洪在小溪中滚淌：
“用种田和打猎经验指挥作战，
实在是小伢们戏耍时的癫狂！”

※ ※ ※

黑云中间偶尔露出几粒星光，
丝丝夜风在草原上轻轻游荡，

苏额乌将军布置好一切防卫，
传令张射云进入了他的军帐：

“你返回你的部队已有十多日，
打听到了那李郎怎样的情况？
他们是否发觉你被我军俘虏，
你们的前线军队是何等模样？”

张射云脸上现出兴奋的神色，
说起话来犹如唱歌悠悠扬扬：
“这十多天的时间并没有白费，
了解的情况待我一桩桩细讲。

“随我来边塞的确有一个李郎，
不是您提及，我已将他遗忘。
真是睡梦中出现的非凡奇迹，
如今他是镇边元帅端坐军帐。

“砍柴是他最得意的拿手好戏，
种田倒是样样活儿十分在行。
他说用兵只不过是挥动锄头，
他说作战只不过是使用猎枪。”

“他说担任元帅是他命中注定，
去时十分风光，转来最窝囊。
他说打仗的事还需要仰仗我，
我是他行动时的一根金拐杖。”

苏将军听后不由得眉飞色舞，
一会儿又紧皱眉头细细思量：
“如果你说的这些有半点虚假，
你纵有铁肩也难把责任担当！”

张射云依然显示出得意神态，
苏额乌的话深深地烙在心上：
“我说的这些话若有一字不实，
任凭你的钢刀砍断我的颈项。

“李郎命令我部追歼一群羚羊，
我的穷追惹他顿时火冒三丈。
他说他在家时用牛去耕板田，
从四面一圈一圈地耕到中央。”

苏额乌顿时收敛脸上的笑容，
他在把耕田的事细细地思量：
“你再去探索李郎和部属一切，
我军定给予令你满意的奖赏。”

他取出几根金条递给张射云，
张射云笑容满面地走出军帐。
苏将军熄灭了帐篷里的蜡烛，
跨上了骏马，身后尘土飞扬……

第十五章　阿勒河之战

一

瓦剌军罕元帅坐在军帐中央，
和将军们判断侦察所得情况：
明军新任元帅为一山野村夫，
在家砍柴和种田，名叫李郎。

“指挥作战表现出将帅的智慧，
这可不是春耕夏耘秋收冬藏；
战争的胜败取决于国家实力，
这可不是捕鱼狩猎榨油熬糖！

“原有将士不是厌战就是逃离，
他们佯装固守，悬旌旗飘扬；
新补兵员没有接受军事训练，
他们垒起坚石，想负隅顽抗。

“天助我也，趁敌军内部混乱，
秋风卷来，看落叶随风飘扬；
地助我也，立即挥师向南进，
刀劈竹竿，竹节疤岂能阻挡！

“让我们的铁骑驰骋江南各地，
蘸南海的水研磨我们的刀枪；
让我们的旗帜插在中原京都，

四海的首领俯叩我国的国王。”

罕元帅口若悬河，唾沫横飞，
将军们热血翻涌，欢欣若狂。
仿佛见到了队伍挺进的洪流，
仿佛见到了国王正给予犒赏……

二

罕尔丹元帅率领部队向南推进，
整齐的队伍扛着大旗威风凛凛，
卷起的沙尘弥漫在浩浩长空中，
朦胧的阳光下闪烁着刀光剑影。

罕元帅远远望见前面战旗飘扬，
影影绰绰地活动着无数的人影，
他的探子们从前面来火速报告：
“前面布有前来应战的万千敌兵！”

罕元帅朝前望，眼里透出笑影，
他胸中犹如一江碧水平波如镜：
“我也了解到李元帅用兵如耕田，
他是从外围向中间一道道翻耕。

“你善于用重兵前来层层包围我，
我则调集重兵来一个先发制人：
趁你尚未散开，我就将你紧围，
死打硬拼，不让逃走一个残兵。”

罕尔丹的部队还没来得及散开，
李郎带的部队刹那间就已逼近。
罕尔丹见李郎在马上泰然自若，
李郎见罕尔丹在马上神色不定。

敌我双方的战旗海潮般地推进，
敌我双方的战马紫云般地翻腾。
战鼓的咚咚声摇撼着苍天大地，
飞扬的黄尘遮没了太阳的光影。

刀枪剑戟的光芒闪电般地疾驰，
厮杀呐喊的声音炸雷般地轰鸣。
血肉横飞，犹如暴雨洒遍长空，
尸横遍野，宛若红石堆成丘陵。

李元帅见两军正杀得难解难分，
谁胜谁败，两军统帅都难料定。
李元帅令其鸣锣向着南方撤退，
罕元帅令其击鼓向着南方挺进。

后退者退出一段再回过头冲击，
前进者进行一段又难挡住敌阵。
罕元帅见部下后退而大开杀戒，
再度击鼓向着李郎部猛烈厮拼。

罕元帅所部又向南方推进一段，
李元帅所部一层层地倒地丧命。
罕元帅见此情景不禁仰天大笑，
下令一鼓作气地向着南方推进……

三

罕元帅见面前还有活动的明军，
不时地传来奋勇抗敌的呐喊声。
毕竟在这势如破竹的攻势面前，
已经明显地暴露出来溃不成军！

瓦剌军队犹如横扫落叶的秋风，
在两山的入口处发出阵阵嘶鸣；
罕元帅在后面猛烈地加大风力，
部队正在海涛般向着南方推进。

罕元帅骑在马上挥刀冲上前来，
只觉得浑身舒坦发出热烈笑声：
“小麻雀也想和大苍鹰决一雌雄，
山野村夫也敢与罕大元帅对阵！”

他吐出的狂言还没来得及落音，
巴姑下令吹起了震耳的号角声。
两边山上的将士们蜂拥冲下来，
像从天空中骤然飘下来的黑云。

刀光的闪烁就是黑云中的闪电，
呐喊的声音就是大地上的雷鸣。
两军相拼，空中飞洒阵阵红雨，
激烈厮杀，溅起红肉层层飞腾。

罕元帅一见此景不觉大吃一惊：
眼下的敌军已有作战坚实本领。
罕元帅的思绪偶尔开了个小差，
见瓦剌军尸体铺起了厚厚一层。

他迅速下令向着来的方向撤退，
两边的明军又杀得他寸步难行。
好不容易才拼杀出了一条退路，
刚退一段路，眼面前再现明军。

仿佛从天而降的明军蜂拥而来，
跟着他们滚动的是吓人的雷霆：
原来李郎之前部佯装击毙在地，

此刻毅然奋起拦截，杀气腾腾。

当瓦剌军与该部奋力厮杀之时，
巴姑率部从左右与瓦剌军厮拼。
罕元帅晕头转向，眼见不能敌，
再指挥所部向着南方急速退兵。

李郎所部的后卫部队横在前面，
顷刻间排山倒海又杀向瓦剌军。
经过了一阵阵激烈的厮杀之后，
瓦剌军尸体又在地面堆成丘陵。

罕元帅观察四周顿时淌下泪珠，
他仰望着苍天，不禁长叹一声：
“李元帅说从外向内一圈圈耕田，
原来是打包围战，他意在用兵。

“他绝不是普普通通的山野村夫，
当初我是错误地估价了一个人。
自古常言说得有：山中出鹞子——
一旦鹞子出山，百鸟胆战心惊！”

被围歼的瓦剌军再无还击之力，
罕元帅哀叹：“今日我气数已尽！”
他眼前一下子变得十分的昏暗，
却真正是暮色早已悄悄地降临。

四

战场上已经分不清敌军和我军，
但仍响彻着此起彼伏的厮杀声。
胜券在握的李元帅怕误伤自己，
立即下达暂时撤离战场的命令。

他调集所部将瓦剌军层层围紧，
等到天明后再将敌军消灭干净。
战场上的厮杀声已经停息下来，
远远近近交织着一片痛苦呻吟。

匍匐在地的苏额乌将军被围困，
他抬起头细辨周围的一切动静，
当他听到了罕元帅向下属说话，
便向着那儿静悄悄地匍匐前进。

罕元帅觉察出小腿被什么牵动，
低头细辨，原是自己下属将军，
他们几声耳语之后匍匐着身子，
抬头寻找夜空里的那颗北斗星。

它闪闪烁烁，像盏高悬的明灯，
罕元帅和苏将军向着它朝北行。
他们穿过条条血流和座座尸山，
遇到了两个巡逻的李郎的士兵。

罕元帅和苏将军被巡逻兵抓住，
苏将军认出放回李部的张射云，
此刻他心头一阵惊喜一阵害怕：
胜时在人头顶，败时在人脚心。

张射云已认出这个瓦剌军将军，
旁边这着帅服的自是更高首领。
张射云已觉察出此事非同小可，
七上八下的心中正如山洪翻滚：

释放他们回到瓦剌的本土上去，
他们会再度纠集部队犯我边境，

那么这场战争仍会继续打下去，
我们何日能够离开这北国军营？

若是把这两个要人交给了李郎，
他讨了这便宜更获得朝廷信任。
若回故里必凌驾于父和我之上，
我们成为了山雀，而他是雄鹰……

张射云低头和苏额乌儿声耳语：
“我没有忘记我具有的双重身份。”
他带着另一巡逻兵向远处走去，
猛一刀砍断另一巡逻兵的脖颈……

罕元帅轻轻拍打苏将军的肩膀：
“你的工作卓有成效立下了功勋。”
他们相视一笑之后，再朝北去，
暗夜中消逝了他们跑步的身影。

五

遥远的东方渐渐露出晨曦，
早起的鸟儿已鸣唱在草地。
罕元帅和苏将军返回旧处，
露水从头顶浸湿到了脚底。

虽然不是千里冰封的季节，
草原上却笼罩着阵阵寒气，
他们在一顶简陋的帐篷中，
燃起牛粪火，将此战聊叙：

“我们已错误估计一介村夫，
原来他胸中藏有作战妙计。
此次失败换来了一个教训：

未来战斗中万万不可轻敌。”

“倘若李郎交战不久就后退，
这就会引起我的高度警惕。
可在死拼硬打之后他败阵，
使我对此未能去认真考虑。

“我们此次绝不是一败涂地，
还有一半胜券操在我手里。
当初考虑对敌不是全了解，
留有一半兵力在后方囤积。

“丢掉了的东西不必去寻找，
按原样或超原样再度制起。
请求国王再度派兵来增援，
重整旗鼓，再度向南奔袭……”

苏额乌听完罕尔丹一席话，
胸中的战火重又熊熊升起：
“照元帅这不屈不挠的气概，
您就不能窝窝囊囊回营地。”

罕尔丹猛然从地面上站起，
大笑着在苏额乌肩上拍击：
“这一切都要劳驾于大将军，
知我者莫过于苏额乌老弟。”

他们站起身正要走出帐外，
一个受伤军官踱进帐篷里：
“我军残部已全被明军歼灭!”
罕尔丹一剑向他心窝捅去。

六

苏额乌出去经过半天准备，
重新回到这座破旧帐篷里：
“请元帅出帐上马返回营地，
重登帅座，再将军务料理。”

罕尔丹整理衣冠手持利剑，
雄赳赳气昂昂地迈步出去，
他的目光投向帐篷外两边，
见二面武装卫队肖然屹立。

苏额乌身佩利剑随他身后，
从卫队中间昂首走上前去。
罕尔丹和苏额乌跨上马背，
又觉得自己耸立在白云里。

一行人打马向着北方驰骋，
战马的嘶鸣声向远方飘去，
只见前面林立着排排队伍，
军帐前面飘扬着面面彩旗。

前面一豪华军帐光芒四射，
罕尔丹下马直向里面走去，
他重新坐到元帅的案桌前，
两旁的将军向他投去敬意。

他向所在将军们挥了挥手，
脸上显现出几分洋洋得意：
“我前线将士正与明军作战，
艰苦卓绝，我军节节胜利。

“目前形势尚不能盲目乐观，
决战时刻绝不是最后胜利。
作为前线总指挥的罕某我，
坐帐内运筹帷幄决胜千里。

“我军将士们全须紧张操练，
随时准备开赴前线去杀敌……”
他令将士们各自返回所部，
只留下苏额乌站在军帐里。

此刻罕尔丹抑制不住笑容，
他感谢苏额乌能周密考虑：
“隆重返回维护了帅座威严，
一个细致的思考统关全局。

“我已经决定回国内去一趟，
向国王详细禀奏时下战局。
只要兵员和给养得到补充，
我们必然能夺取最后胜利。

“在我暂时离开的这段时间，
你坐在我的位置代行权利。
如果敌军在此刻追击而来，
可避敌锋芒，再利用时机。”

苏将军饶有兴趣地站立着：
“下官绝对遵循元帅的旨意。”
罕元帅出帐，带随员十名，
他们纵马扬鞭向北方驰去……

第十六章　鄂尔喀草原之战

一

罕尔丹回瓦剌国走进王宫，
在金殿俯身叩见赫格国王：
“尊敬的陛下，臣向您禀奏，
近月我军向南出征的战况。

“本来战争已接近彻底胜利，
瓦剌国旗可望在海上飘扬，
但突然间敌国增兵三十万，
全然挡住了我军南进锋芒。

“经过阿勒河战役激烈交锋，
我军有十万将士英勇阵亡。
为了在战场打出瓦剌国威，
我军将士无一不英勇顽强。

“全然是因寡不敌众而失利，
臣请求陛下加大军事力量：
至少也得增兵五十万之众，
才能摧毁敌部再向南前往……”

国王倾听陈述，皱眉沉思，
眼里不时地射出团团火光；
国王屏住呼吸，淡淡一笑，

仿佛一座火山将喷出熔浆：

“自古道：胜败乃兵家常事，
朕允许你打一半失利之仗。
你此次作战可谓败得甚惨，
你谈谈此败仗的具体情况。”

“我军乘胜追歼败阵的敌军，
在狭谷遭两面敌人的抵抗。
前后又遭敌人的严厉堵截，
我军四面仿佛是高高围墙……”

国王脸上呈现出一丝笑意，
眼里射出咄咄逼人的光芒：
“你中了敌人关门捉贼之计，
猪猡的头装在你的脖子上？

“这样的元帅岂能统领三军？
大瓦剌国脸面早被你丢光。
给朕把他拖下去一刀砍了，
用他的血祭奠屈死的儿郎！

“现由诺嘎尔接任南征元帅，
统领五十万大军开赴南疆……”
诺嘎尔出班，忙躬身领旨，
他的心如悬在空中摇摇晃晃。

二

诺嘎尔元帅率领五十万大军，
浩浩荡荡直奔瓦剌南部边疆。
云雾上面只见簇簇旌旗飘动，
阳光下面只见刀丛闪射寒光。

诺嘎尔元帅已派出人员先行，
他们已经抵达苏额乌的军帐。
苏额乌听说了国王旨意之后，
立即组织迎接，他遥望北方。

部队预定到达的时间已过去，
仍不见北方地平线有何迹象。
直到深夜有乌云遮月的时刻，
诺嘎尔元帅走进苏将军军帐：

“让苏将军久等，我深表歉意，
我部的行动，不宜浩浩荡荡。
新增部队早已经驻扎在草地，
现在亟须保密我军一切情况。”

苏将军觉得这元帅非同前任，
他心中说不定暗藏鬼蜮伎俩。
在和他共事的时刻还须小心，
没摸清他的底细前不得不防。

苏额乌和诺嘎尔共进晚餐后，
诺嘎尔计策了全部军事力量。
他招来原驻此地的各路将领，
登上帅座，闪射着威严目光：

“前任元帅罕尔丹被砍了脑袋，
就因他在南征途中惨遭败仗。
如果我们也去重蹈他的覆辙，
自己把脑袋取下来扔到地上。

“我们必须去改变前任的战略，
不变的是必须了解敌我情况。

首战务必认真地思考与部署，
成败与否也就在这一举之上！”

三

李郎派出的探子们返回军帐，
向李郎和巴姑汇报最新情况：
“新增的瓦剌军队五十万之众，
正潜伏离国境线十里的地方……”

李郎和巴姑在帐内认真思考，
眼里不时地闪射出熠熠光芒。
他们如面对波涛汹涌的大海，
自己的船队怎样在那里远航？

李郎提出把瓦剌军战俘放回：
“以显示我方的胸怀无限宽广。
他们所受优待对瓦剌军传出，
这就增添了瓦解敌军的力量。”

巴姑赞成李郎这一得力主张：
“它显示出我方更有足够力量。
你此举实为高明的火力侦察，
使敌帅性格让我们了如指掌。”

扁担花在一旁听得兴奋异常，
他的思绪紧随爸妈心驰神往：
“我扮成瓦剌战俘中普通一官，
寻找时机进入首领们的军帐。”

巴姑与李郎听后也觉得兴奋，
也想试试儿子的谋略与胆量：
“我们同意你的这一侦察方法，

观察时不要把蛛丝马迹遗忘。”

他们走出军帐来，去往营地，
传令将瓦剌战俘集合草坝上。
李郎在几位将军陪同下前去，
对着战俘们露出和蔼的面庞：

“我国可没有虐待过你们战俘，
给你们优裕生活并医治病伤；
我国可没有侮辱你们的人格，
把你们当作我们的阿弟兄长。

“现在我国放你们回到本国去，
我国不是你们能久居的地方。
以后若被长官逼来与我交战，
可不要把我国给的优待遗忘。”

瓦剌军战俘们缓缓向北走去，
他们不时地回过头望望李郎。
这段时间里真犹如梦境一般，
也不曾想到能活着走向北方。

扁担花对着小黑盒几声耳语，
然后把小黑盒在贴身处匿藏。
他转身变成瓦剌军被俘军官，
随着那些战俘向着北面前往。

战俘们的回来使诺嘎尔惊奇，
他立即怒气匆匆地走出军帐。
他在护卫中集合了所返人员，
把他们带到本国一片草地上。

威严的新军在草地无边无际，

队伍移动像海上喧啸的波浪。
诺嘎尔站在一高地四面瞅瞅，
寂静时刻里传出来他的声响：

“前元帅罕尔丹奉命南征多年，
没有前进，后打一特大败仗。
他还有脸面回去向国王禀奏，
国王盛怒之下让他头落地上。

“我五十万大军你们好好听着，
在你们面前树立着一个榜样：
他们这群人做了敌国的俘虏，
如今被释放回来实征兆不详。

“他们已被敌军收买而为探子，
为敌军搜集和报告我军情况。
他们此时返回的这件事本身，
就导致我部初来时军心动荡。

“本帅可容不得丝毫贪生怕死，
本帅可容不得畏敌屈膝投降。
有哪一个将卒敢以去当俘虏，
就请看看这些人的可耻下场！”

他下令将这些被俘人员杀绝，
一霎时丛丛刀影在空中闪亮。
地上的尸体已经堆起一层层，
鲜血给草地染上了一片红光。

扁担花把这一切牢记在心上，
此刻利刀已杀到了他的近旁。
他对着怀中小黑盒几声耳语，
一只老鼠衔着黑盒跑向远方。

四

扁担花兴致勃勃地走进元帅军帐，
向阿爸和阿妈汇报侦察来的情况。
李郎和巴姑听后紧皱眉头细思考，
不时有兴奋的微笑花一般地绽放。

李郎起身快乐地在军帐内踱着步，
腰上的宝剑发出的声音铿铿锵锵：
“敌方再度增兵自然不出我们所料，
罕尔丹掉头是我们打的特大胜仗。”

“敌新任元帅诺嘎尔率五十万大军，
现正在离我不远的边境线上匿藏。
这是一头俯卧在深草丛中的雄狮，
出动之前静静地窥视前进的方向。”

“可我部也是绝不示弱的深山猛虎，
要在这北国边境和狮子进行较量。
当两军对垒时，谁勇敢谁就胜利，
此刻的寂静里，鏖战正加速酝酿……”

巴姑兴奋的脚步在帐内咚咚作响，
腰上的宝剑闪射阵阵夺目的光芒：
“从诺嘎尔的举动中看出他的性格——
非常的坚硬中隐藏着致命的鲁莽。

“这样的人往往会被一件小事激怒，
盛怒之时做出的蠢事则近乎癫狂。
这个破绽一旦被我们紧紧抓住后，
我们则是咬住了这头猛狮的脊梁。

“趁他远道而来暂时还没稳住阵脚，
我军可前去骚扰他们睡觉的地方。
他的头脑深处还存在着凶兆吉兆，
我们从心理上给他一个沉重创伤！”

李郎和巴姑商量了许多具体事宜，
两人正在胜利的憧憬中欢度时光——
愿挑的担子绝不会嫌弃它的沉重，
挑到成功时享受他人不解的欢畅。

五

弯弯的月儿躲进了云层，
偶尔几颗星星眨着眼睛。
辽阔的草原已酣然入睡，
从草尖上滚过微微风声。

瓦剌军的帐篷宛若繁星，
里面传出来一阵阵鼾声。
远远近近有些哨兵巡逻，
他们持刀走动细观动静。

白脸将军带着一队虎军，
趁着夜色在草原上行进。
不知不觉中全变成老虎，
行动的脚步比猫走还轻。

他们穿行草丛不见身影，
分散开来向着四面潜行。
几乎是在同一时刻里面，
从身后咬断了哨兵脖颈。

他们再进入军帐里面去，

那些兵卒一一丧了性命。
不见一滴血迹留在地面，
那些兵卒仍如酣睡不醒。

雀鸟已经在草原上低鸣，
空中已只剩下一颗晓星，
老虎们完成了歼敌任务，
踏着晨光返回旧地宿营。

他们重又变成一个个人，
个个都是那样威武英俊，
他们喝足了敌鲜血之后，
脸上呈现出耀眼的红晕。

※ ※ ※

诺嘎尔元帅还在睡梦中，
帐外几个兵卒把他叫醒：
“昨夜里出了稀奇古怪事，
无数帐篷内兵卒丧了命。”

“既没有看见敌人的踪影，
也没有听见刀剑的声音，
清晨见巡逻兵死在地上，
帐篷内兵卒们断了脖颈。”

诺嘎尔持长剑走出军帐，
他身后跟随着层层卫兵。
他们细细察看帐内帐外，
证实了那些报告的真情。

“看这些死者身上无刀伤，
却偶然有血点滴在衣襟；

看这些死者不是遇毒药，
全身上下不见中毒病症。

“倒是像被野兽咬断脖子，
可以见到喝了血的伤痕。
帐内帐外已经细细寻遍，
却为何不见野兽的脚印？”

他命令下属统计死亡数，
十万人员使他大为震惊。
要在往日一定拍案而起，
可是此刻却要强作镇定——

本打算在近日向南出征，
眼下的处境我只得暂停。
此事使我陷入迷茫大海，
似乎听到了阵阵惊涛声！

“今日白天兵卒一律睡觉，
放哨人员不得稍眨眼睛。
黑夜到来人员全都放哨，
仔细观察四周丝毫动静。”

六

瓦剌军白天已全部睡觉，
巡逻哨兵个个圆睁眼睛。
既防白天有敌军来进攻，
更防黑夜再有怪事发生。

微微的风在草地上轻吹，
深深的草叶摇曳着绿影，
空中的雀鸟在快乐歌唱，

地面的虫子在婉转低吟。

黑脸将军带着一队虎军，
如驾疾风在草原上行进。
不知不觉中全变成老虎，
行动的脚步比猫走还轻。

他们穿行草丛不见身影，
分散开来向着四面潜行。
几乎是在同一时刻里面，
从身后咬断了哨兵脖颈。

他们再进入军帐里面去，
那些兵卒一一丧了性命，
不见一滴血迹留在地面，
那些兵卒仍如酣睡不醒。

太阳慢慢地升上了天顶，
蓝天上飘飞着朵朵白云。
老虎们完成了歼敌任务，
顶着阳光返回旧地休整。

他们重又变成一个个人，
个个都是那样威武英俊，
他们喝足敌人鲜血之后，
脸上呈现出耀眼的红晕。

※　※　※

诺嘎尔元帅还在思考中，
几个兵卒来到帐内站定：
“白日里又出稀奇古怪事，
无数帐篷内兵卒丧了命。

“既没有看见敌人的踪影，
又没有听见刀剑的声音。
中午见巡逻兵死在地上，
帐篷内兵卒们断了脖颈。”

诺嘎尔持长剑走出军帐，
他身后跟随着层层卫兵。
他们细细观察帐内帐外，
证实了那些报告的真情。

“看这些死者身上无刀伤，
却偶然有血点滴在衣襟；
看这些死者不是遇毒药，
全身上下不见中毒病症。

“倒是像被野兽咬断脖子，
可以见到喝了血的伤痕，
帐内帐外已经细细寻遍，
却为何不见野兽的脚印？”

他命令下属统计死亡数，
又是十万兵卒丧了性命。
他像风中草叶摇摇晃晃，
声声叹息像猫头鹰哀鸣：

“这件事实在是蹊跷得很，
什么东西使我惨遭巨损？
我的脚步还没向前出动，
就被这妖魔缠住了脚跟！

“两次上当使我怒不可抑，
不能坐守此地伤亡殆尽。

现在我要布下天罗地网，
让那妖魔鬼怪现出原形！”

七

诺嘎尔的胸中郁郁沉闷，
是什么给予我这般严惩！
倘不能把此事弄个明白，
云山雾海我往哪里前行？

他召苏额乌将军来帐内，
他的脸上依然布满愁云：
“你率领瓦剌军原驻部队，
向敌军的驻地火速进军。

“你部最为熟悉敌军情况，
先把敌军主力引诱出境。
新来部队再从侧面进攻，
两面夹击定能重创敌军。”

苏额乌率领部队向南行，
草地上如滚动乌黑云层。
苏额乌遥望南面正前方，
像是有移动的簇簇旗影。

李郎见瓦剌军人嘶马叫，
他命令部队给敌人放行。
瓦剌军探子们回来报告：
“簇簇旌旗下并不见敌人。”

瓦剌军旧部谨慎向南行，
已经深入了数十里路程。
就在他们走后一个时刻，

原驻地开来瓦剌军新军。

这个调动正在紧张进行，
黑云下面突然暴雨倾盆。
草地低洼处积满了洪水，
瓦剌军新部向高处涌进……

花脸将军带着一队虎军，
冒着暴雨在草原上行进，
不知不觉中全变成老虎，
行动的脚步比猫走还轻。

他们穿行草丛不见身影，
他们泅过水潭不闻水声，
几乎是在同一时刻里面，
高处的哨兵全断了脖颈。

地面滚动着漆黑的云层，
闪电后紧随震耳的雷声，
瓦剌军未看见面前影像，
竟一会儿全部丧了性命。

老虎们重又潜入水潭中，
水潭里泛起一层层波纹。
水波正在一圈圈地变红，
瓦剌军尸体随水波浮沉。

暴雨停止后，月亮东升，
偶有夜鸟传出几声哀鸣。
老虎们完成了歼敌任务，
踏着夜雾返回旧地宿营。

他们重又变成一个个人，

个个都是那样威武英俊。
他们喝足敌人鲜血之后，
脸上呈现出耀眼的红晕。

※　※　※

已经是第三次沉重打击，
昨日里又损失十万大军，
古往今来的各类战史上，
从未记载这种古怪事情。

如此这般则为静坐殆命，
不如决心拼个你输我赢！
诺嘎尔亲临阵地观察后，
召集部将下达作战命令：

“敌军在蟒古沟一线布防，
准备在那里与我军厮拼，
我军一部已在敌军南面，
另一部在敌军北面待命。

“苏将军率部从北面进攻，
我亲自率部从南面推进，
敌军在腹背受敌激战中，
该部必然招致覆灭命运。”

传令兵跨马向南北而去，
草地上空犹如飞射流星。
一场鏖战将在草地展开，
空气中颤抖着刀剑嘶鸣。

苏额乌接令率部向南行，
浩浩荡荡像滚动的乌云。

一面面战旗在风中飘动，
一簇簇刀影与日光辉映。

诺嘎尔率领部队向北行，
威风凛凛像洪流在翻滚。
马蹄扬起尘土遮蔽日光，
人的脚步震得草地哀鸣。

李郎的探子们回来报告：
“南面和北面均袭来敌兵。
全是黑压压见不到边际，
所有将士无不杀气腾腾！”

李郎皱眉细细思考情报，
不觉脸上泛起一阵阴沉——
原准备放敌人走过之后，
我军前去包围这部敌军。

诺嘎尔果真是诡计多端，
前后重兵将我包得紧紧。
倘若当初能够预料此事，
我绝不为敌部大胆放行。

他遣人立即找来了巴姑，
详细分析了时下的处境。
巴姑仍是泰然自若神色：
“叫诺嘎尔听从我们命令。”

南北两处战鼓震撼云霄，
两股瓦剌军向李部进军。
疾驰的军旗划碎了云朵，
闪亮的刀光驱散了日影。

巴姑建议李郎迅速迎战，
李部南北两路抗击敌军。
两处交锋杀得天昏地暗，
人嘶马叫混合刀剑碰鸣……

血红色的太阳已经西沉，
蓝天上的晚霞消失殆尽，
交战双方更是愈杀愈猛，
两处阵地都向中间推进。

暗夜浩渺，闻战鼓咚咚，
草原迷蒙，闻遍地杀声。
李郎率领部队边杀边撤，
巴姑在后卫正抗击敌军。

他们风驰电掣向左离去，
悄悄地进入了一片丘陵。
在这个清闲地方驻下来，
抖抖满身的血迹和灰尘。

夜空飞旋刀剑碰的火星，
远处传来一阵阵厮杀声。
李郎和巴姑看见这场面，
满脸涌出一阵阵的欢欣。

东方已经露出了鱼肚白，
阵地上仍杀得难解难分。
天亮后相互瞪眼看对方，
将士们一个个傻了眼睛：

草地上堆起一座座山包，
全是瓦剌军伤亡的士兵；
低洼处卷起一阵阵红浪，

全是瓦剌军的血在翻腾！

两个指挥者握剑走过来，
各瞪着一双滚圆的眼睛。
诺嘎尔咬得牙齿冒着火，
苏额乌气得眼里飞金星。

巴姑和李郎屹立晨光里，
柔风轻拂着他们的胸襟，
朝霞赠给他们满脸朱红，
阳光赠给他们满腔温馨……

八

“李郎率部究竟撤往何处？
眼下难以发现他的踪影。
说不定匍匐在我们脚边，
一个新的诈术已经产生。”

诺嘎尔和苏额乌议论着，
率领残部向着北方行进。
兵卒们只顾遵照命令走，
将领们监视着身后追兵。

李郎率部悄悄走出丘陵，
像是从天边滚来的乌云。
瓦剌军快走，他们快走，
瓦剌军慢行，他们慢行。

巴姑率领虎军飞速前进，
进入深草丛中匍匐而行。
雀鸟没有暴露这一目标，
白云没有走漏这一风声。

李郎所部被瓦剌军发现，
瓦剌军散开形成一弧形，
眼看李郎所部已被包围，
犹如一张网在迅速收紧。

巴姑率部到瓦剌军一侧，
宛如横卧一道巍巍峻岭。
他们敲击一尊虎钮錞于，
发出激越而悠扬的声音。

他们随着錞于声跳起舞，
就像从天上飘来的乌云；
他们随着錞于声唱起歌，
就像云层中沉闷的雷声。

瓦剌军看见后感到眩晕，
见地面大坑小坑在翻腾；
瓦剌军听见后胸中颤抖，
肢体麻木已经站立不稳。

那些唱歌跳舞的军人们，
顷刻变成黑压压的虎群，
竖起尾巴像飘动的云丝，
瞪着绿眼像夜空的繁星。

老虎们个个张开了大口，
万里晴空响彻阵阵虎吟；
老虎们个个伸长了利爪，
草地上卷起蔽日的沙尘……

瓦剌军勉强拔剑刺向虎，
这利剑反刺穿自己的心；

瓦剌军勉强举枪杀向虎，
这长枪反戳断自己的颈！

诺嘎尔早已经呆若木鸡，
两只眼里飞出团团金星；
诺嘎尔只感到脚瘫手软，
浑身上下已是汗如雨淋：

戎马生涯已经三十余年，
从没见过真有虎将虎兵。
读过的兵书成千上万卷，
字里行间不见此等奇闻！

他想起多日前初来乍到，
三日内损失三十万精兵，
他们的脖子全部被咬穿，
一定是遭遇到这支虎军！

他命令部队继续向北退，
此刻避敌锋芒为其上乘。
可后退又遇到李郎所部，
两军重又展开激烈厮拼。

虎军猛烈冲入两军阵地，
专门咬断瓦剌军的脖颈。
不到一个时辰虎军撤走，
瓦军尸体堆起厚厚一层……

九

瓦剌军残部再汇集起来，
清点数目已是不足百人。
他们全换上李部的服装，

遥望着北方偷偷地前行。

苏额乌就在这支队伍里，
他带人去抓住了张射云，
再把他押到瓦剌军帐内，
向他把老虎事细细盘问。

张射云已吓得魂不附体，
额上汗珠犹如暴雨倾盆：
“李郎妻子本是一只老虎，
巴姑为群虎熟知的芳名。

“她本来在家中种田打猎，
不知何时潜入北国边境。
她站在山头只一声呼唤，
林中万千老虎顷刻来临。

“对它们施于巴人的巫术，
将这些老虎全变成人形；
她本身是山林中的精怪，
人形虎全听她发号施令。

“巴姑的儿子名叫扁担花，
是比李郎更威武的战神。
他自幼从母亲学习诈术，
常与父亲研讨临阵用兵。

“他有一个神奇的小盒子，
里面装的全是奇异功能。
只要他念起盒内的咒语，
他所想的事情顷刻办成……”

苏额乌已听得又喜又怕，

他是见所未见闻所未闻：
“你给我偷来那个小盒子，
我赏给你一百万两黄金。”

张射云紧皱眉头沉思后，
嘴角边露出了微微笑影：
“这如凡人去擒月中玉兔，
我偷来那盒献给苏将军。”

第十七章　斗　　法

一

扁担花在草丛摆弄小黑盒，
盒内装着嫁和解两种咒语。
他要把两种咒语区别开来，
为防止有人将它全部偷去——

我是从裴德仁那里偷来它，
也防人用同样法将它获取。
偷走解，他如盾挡在胸前，
偷走嫁，他如矛握在手里。

我把它当作一种小小游戏，
倒也是玩弄得非常有兴趣……
突然他见一豹，拔腿去追，
未加思索飞也似离开这里。

张射云俯在草丛等候已久，
他决定立即抓住这一良机，
风驰电掣般地偷走小黑盒，
从深草丛中向着北方奔去。

※　※　※

张射云拿小盒来见苏额乌，

苏额乌开盒要见其中秘密。
在他看来这盒内真也空空，
实在看不出它是何等神奇。

苏额乌担心张射云在哄他，
便叫他就地来个实战演习：
“你把我变成鼠再还原成人，
我就真的承认它功能奇异。”

张射云对小盒中念起嫁咒，
苏额乌变成老鼠四脚站立，
圆圆的一双眼睛轱轱辘辘，
长长的一条尾巴摆来摆去。

张射云准备对盒中念解咒，
可是解咒没有装在盒子里，
他在盒内外寻了七天七夜，
苏额乌待在鼠洞万分焦急。

※　※　※

几名瓦刺军官禀报诺元帅：
“张射云有个盒子特别神奇，
他把里面的咒语念了一遍，
苏将军变成老鼠钻进洞去。”

诺嘎尔听说后只觉得奇怪，
令张射云把盒送到他那里。
诺嘎尔拿着小盒不敢打开，
怕与苏额乌有同样的遭遇。

他令张射云对着一个伤兵：
“你对这个将死的人念咒语，

让他在我的面前站立起来，
不然我可要取下你的首级！”

张射云对小盒念起了咒语，
那伤兵的肠子回到肚里去，
长长的伤口已经无影无踪，
顷刻间他在地上直直站立。

诺嘎尔一时充满无限惊喜：
“让我的全部伤亡将士站立！”
诺嘎尔与张射云遥望战场，
张射云对着小盒念起咒语。

受伤的人员伤口全部愈合，
死了的人员重新恢复呼吸，
顷刻后他们再度集合起来，
各人手中握着原来的兵器。

诺嘎尔兴奋得流下了热泪，
他夺过小盒子紧握在手里。
他怀疑自己是不是在梦中，
用双手狠狠地逮了逮眼皮。

※ ※ ※

扁担花发现小盒被人盗走，
引起了心中一阵小小忧虑，
幸运的是此事不怎么要紧，
解咒随手拿着，未被盗去。

他把此事告诉了他的阿妈，
此事也引起了巴姑的注意，
她问明了情况后再一思索：

"这个教训你应该牢牢记取。

"当初该抽出嫁和解的咒语，
把它们牢牢镶入自己记忆。
即使盗者知道此盒的用途，
拿着它也不过是一场空喜。

"在失利中保持清醒的头脑，
努力寻找尚可利用的时机。
偷走嫁的咒语必造成灾难，
这件事对我们变得更有利。"

扁担花刹那之间转忧为喜：
"两种咒语我早就牢记心底——
记在心中的东西无形无色，
永远不愁它们会被人盗去。

"倘是牧羊人偷走那个盒子，
那不过是个装茶叶的器具；
倘是瓦剌军探子偷走了它，
就为我方制造出精彩好戏。"

二

诺嘎尔又率领大军向南去，
向着李郎的队伍步步进逼，
他的神志重又恢复了清醒，
享受来前线后的首次惊喜。

李郎率领部队上前去迎敌，
浩浩荡荡的队伍向北伸去，
李郎此次更有决胜的把握，
胸中装着战争的最后结局。

双方大部队已经停止前进，
刀剑盾牌各自紧握在手里，
他们锐利的目光望着对方，
等待着交战鼓声激烈响起。

犹如两处存放着的炸药堆，
导火索上的火迅速燃过去，
此刻的空气已经停止流动，
惊天动地的声音即将响起。

※　※　※

诺嘎尔持枪跨马迎面而来，
李郎也持枪跨马迎面而去，
两人的长枪碰射激烈火花，
两人的战马相对猛烈冲击。

扁担花正站在草坪上观战，
脑里装着嫁和解两种咒语。
此刻想什么就会出现什么，
他盯着两元帅手中的武器。

诺嘎尔手持长枪冲杀过来，
发出誓言将李郎刺翻在地。
长枪刺出去并未伤着李郎，
手拿的是根茅草软弱无力。

诺嘎尔眼看茅草已经惊呆，
上阵时明明是枪握在手里。
片刻沉思后又才醒悟过来：
敌人在施展嫁术这种武器。

※ ※ ※

诺嘎尔持弓箭跨马迎面来，
李郎持弓箭跨马迎面而去，
两人的箭在空中相碰而落，
两人的马在地上飞身冲击。

诺嘎尔对黑盒念起了咒语，
他换长箭，箭端烈火燃起。
他对李郎射来了排排火箭，
眼看李郎已置身在火海里。

扁担花正站在草坪上观战，
他蓦地想起战胜火的武器，
李郎换箭，箭变成大竹筧，
里面喷出洪水将火全浇熄。

诺嘎尔被水浇得如落汤鸡，
坐骑摔倒，他跌落在稀地。
他在周身寻找那个黑盒子：
“有它在手，就能挽救败局！”

※ ※ ※

诺嘎尔率领大军迎面而来，
队伍里面飘扬着层层旌旗。
刀枪的光芒辉映蓝天白云，
整齐的脚步踏得惊天动地。

李郎率领着部队迎上前去，
队伍里面漫卷着猎猎旌旗。
两军即将展开激烈的厮杀，

空中已经弥漫着腥风血雨。

扁担花正站在草坪上观战，
他的心中顿时产生了怀疑：
瓦剌军早就已经一蹶不振，
哪有这威武之师开往阵地？

不曾探知他们潜伏在草原，
新增援兵短时内难到此地。
说不定是施用了某种嫁术，
而出现了目前的这种奇异……

瓦剌军与李部开始了交战，
双方搏斗，却也势均力敌。
扁担花对瓦剌军念起解咒，
顷刻间这些将卒横卧在地。

原来他们全是些伤亡将士，
身边又倒下他们各类武器。
扁担花见到此景高兴异常：
知道了被盗黑盒今在哪里。

诺嘎尔见无一名站立将卒，
头昏目眩从马上坠落在地：
我只得到了那魔法的一半，
定有另一半没到我的手里！

※　※　※

最淡的墨胜过最好的记忆，
扁担花在草丛作解咒笔记。
一只老鼠从草中悄悄窜来，
衔起解咒本迅速逃离出去。

扁担花想到了它是苏额乌，
苏额乌果然在他面前站立。
“苏将军，别来偷我的解咒，
诺嘎尔无法得到这份厚礼。”

扁担花略想一下心中嫁咒，
苏额乌重变老鼠俯卧在地。
扁担花把解咒本再拿起来，
老鼠双眼中含着深深敌意。

扁担花想到自己再变成猫，
果然一只花猫向老鼠扑去。
猫吃完老鼠后舔了舔嘴唇，
又变成了扁担花岿然屹立。

三

诺嘎尔骑着跛马返回军帐，
军帐上空哗啦啦飘着旌旗，
帐前排列欢迎他的仪仗队，
他入帐坐下准备稍稍歇息。

一军官走进军帐速速报告：
“朝廷来要员即将到达边地。”
诺嘎尔立即率员出帐迎接，
笑脸上如堆着一层层浊泥。

随着急促的马蹄声音逼近，
朝廷大员带随从抵达营地。
诺嘎尔故作兴奋迎接上峰，
入帐后，他努力翻阅记忆……

“本王爷多年来在府中闲居，
皇上派我出山来察看战局。
先听取诺嘎尔元帅的汇报，
再巡视我国新有大片土地。”

诺嘎尔亲自给王爷献奶茶，
王爷接过了茶杯握在手里。
陶杯里的奶茶已喝去半边，
剩下半边奶茶在杯中直立。

从来液体可平盛在容器里，
哪里见过直立而不斜之理：
“莫非王爷也懂得什么嫁术，
有意与臣下一起寻找乐趣？”

王爷望着诺嘎尔轻轻一笑，
诺嘎尔在笑声中瑟瑟战栗。
诺嘎尔眨了一下眼再圆睁，
见自己站在一片荒草地里。

再眨一下眼看见了扁担花，
这小伙子正带着微微笑意：
“鄙人就是刚才的那位王爷，
大元帅阁下可否已经留意？”

“我已知道是你在施展嫁术，
可这神奇嫁术不全属于你！”
他对贴身黑盒子念起嫁咒，
扁担花顷刻变成绵羊站立。

诺嘎尔此刻可真是自鸣得意，
从腰间掏出绳子将绵羊捆起。
一抬眼见扁担花站在对面笑，

捆的绵羊却正是诺嘎尔自己。

诺嘎尔将自己上下打量一番，
原来这绳子来自自己肚子里；
对着这绳子再定睛仔细一看，
原是自己的肠子从腹腔脱离。

诺嘎尔已吓得浑身犹如筛糠，
眼里不觉落下了伤心的泪滴——
我今日可是碰上了嫁匠高手，
看来我的性命已捏在他手里！

“扁担花大人，请您发发慈悲，
把我的肠子送回到我的肚里。
我把偷来的黑盒子还给贵国，
自即日起，不再与贵国为敌。”

扁担花脸上依然微微发笑：
“那个黑盒子我本毫不在意。
把你的帽子取下相赠予我，
我就把你的肠子放回肚去。”

诺嘎尔把头上的帽子取下，
扁担花把它紧紧拿在手里。
诺嘎尔看见肠子层层松开，
缓缓地回到自己肚子里去。

诺嘎尔发现脖子上已无头，
头颅被扁担花紧捏在手里。
扁担花提着头颅跨马直奔，
诺嘎尔的身子横卧在草地。

第十八章　捷报入京城

一

把每个殉国者掩埋在最高山冈，
让他们最早去迎接东升的太阳。
史册上无法记下每个人的名字，
业绩却像无名的星星镶在天上。

割来敌人的肉，尽情饱餐一顿，
倒来敌人的血，热烈饮个痛畅。
雄壮的歌声震落了天上的彩云，
飘飞的舞袖碰缺了月亮的面庞。

李郎从人群中出来，步入军帐，
将军们洋溢着欢欣，紧随身旁。
“我们睡觉时仍要圆睁一只眼睛，
时时刻刻盯着国境线上新动向。

他派出几位将军立即去往朝廷：
“把敌帅的头颅呈献给我国国王。”
将军们领命后，跨马扬鞭南去，
像驰过夜空的流星闪烁着亮光……

二

旗幡飘飘，辉映着蓝天白云，

人流缓缓，装点着山水辉煌。
瑞气环绕羽扇，翠柳拂锦衣，
管弦演奏仙乐，百鸟同歌唱。

皇上坐龙辇巡视日拉格河畔，
见前面来一队人，匆匆忙忙。
来人在很远的地方飞身下马，
跪下身去，把奏折举在头上。

“瓦剌国派兵侵犯我神圣边疆，
现敌军被全歼，托皇恩浩荡。
我国失去的领土已全部收复，
将敌帅诺嘎尔头颅呈予我皇。”

皇上一听，霎时间心花怒放，
步下龙辇，速令人传来奏章。
他看过了瓦剌军元帅的头颅：
“朕令顺恭亲王立即前往北疆。”

※ ※ ※

明媚的阳光在空中温暖地照耀，
和煦的柔风吹得遍地鲜花怒放，
五彩缤纷的旗帜飘在远远近近，
军帐前的仪仗队格外威武雄壮。

军乐奏起，引来彩云飘飘荡荡，
礼炮响起，震得蓝天摇摇晃晃，
李郎元帅率三军将领迎接朝臣，
顺恭亲王迎面来，圣旨举手上。

李郎面对圣旨，立即俯身叩拜，
他胸中一阵阵席卷着惊涛骇浪；

李郎身后的诸将随即俯下身去，
他们心中像春风吹来阵阵花香。

“你们不惜鲜血与生命为国建功，
拨黄金万两，参战者论功行赏。
李郎元帅安排好边疆防务事后，
立即前来金殿，朕要面见李郎。”

※　※　※

皎洁的圆月在云朵之间缓缓穿行，
带寒的疾风在帐篷外面呜呜嘶鸣。
李郎整整一夜未能够合一下眼皮——
祸中藏福，福中藏祸：事难料定！

他整衣出帐，约娇妻到旷野行走，
他默默叹息，几次张口难吐话音。
巴姑已经看见了他心中思潮起伏：
“此时此刻，为妻知你有难言之隐。”

“我这条干涸的小溪里本没有流水，
是你这巍巍雪山使小溪激流奔腾。
倘若要在这溪水上行驶浩浩船队，
我这条浅浅的溪流恐难担此重任。

“你能不能代替我去到国王的宫中，
将指挥作战实情向圣上一一奏明。
皇上封于你，这是社稷一大幸事，
皇上封于我，会有灾难再度降临……”

※　※　※

“战火纷飞的岁月里来不及回忆往事，

战争一结束便立即思念自己的家乡：
溪边的小草比哪里的小草都要翠绿，
林中的野花比哪里的野花都要芳香。

“在家乡的山冈看日出比哪里都辉煌，
在家乡的草坪看月亮比哪里都明亮。
那儿的峡谷里有我学步留下的脚迹，
那儿的岩壁间有我初恋留下的歌唱。

“我听见母亲在唤我，虽隔重重山冈，
我看见母亲在招手，虽隔层层云浪。
白天，我托向南飞的大雁带去问候，
夜里，我托陪伴我的梦婆送我还乡……”

李郎听见巴姑一席话，心中难平静：
“我何尝不如此，只是如何面对君王？”
巴姑再瞧瞧李郎，脸上现出了笑影：
“令我们的儿子扁担花伴你一路前往。”

三

八盏精美的宫灯辉映着绚丽金殿，
两尊仙鹤巨炉中缭绕着袅袅香烟。
仙乐声中，天子信步登上了龙座，
天香影里，百官恭立在白玉阶前。

天子犹如浩渺晴空般地舒展龙颜：
“宣北国边塞镇关大元帅李郎上殿。”
李郎速进殿叩头：“微臣觐见皇上。”
“平身。朕今特别祝贺李爱卿凯旋。”

“微臣实际无能，妻巴姑催我揭榜，
她本是老巴子，率虎军助战前线，

儿子扁担花从母亲习兵法后参战，
他取敌帅首级，才呈现皇上面前。”

“啊！扁担花可曾前来，宣他上殿。”
扁担花前来，天子惊喜他的刚健：
“李元帅说是你取来了敌帅的首级，
朕想此事中间定有不少奇迹出现。”

扁担花满怀欣喜向皇上施礼答话，
他稚嫩的声音真是柔美而又刚健：
“我们巴族健儿响应皇上伟大征召，
从遥远的西南深山开赴北国前线。

“巴族是一个既为人又为虎的民族，
人的善良和虎的骁勇全集中体现。
白天他们是鲜活的人活跃在山沟，
夜里他们是暴烈的虎雄踞在峰巅。

“当敌军新任元帅诺嘎尔率师前来，
深夜里安营在国境线上浩浩草原，
我虎军当夜出动犹如轻风拂过去，
不声不响中咬断敌人喉数百万千。

“当敌军纠集全部兵力扑向我阵地，
虎军与官军合力向他们发起围歼，
两支队伍配合如同一个人的手足，
敌军如瓮中之鳖任我方信手去拈。

“巴族还有一种神秘而奇妙的武器，
它叫嫁术，具有的魔力无际无边。
分作嫁和解，是矛和盾的再发展，
亿万倍超越传说的顺风耳千里眼。

“敌帅诺嘎尔遣人盗走我方装咒盒，
盒内只有嫁术，解术在我手里面。
诺嘎尔得到嫁术将我嫁成一绵羊，
用一道道麻绳将绵羊捆得密而严。

“我把他的那绳子嫁成了他的肠子，
诺嘎尔一见，吓得大汗滚淌满脸。
他苦苦央求我把那肠子送回腹中，
我把要他的帽子作为交换的条件。

“诺嘎尔取下头上帽子准备递给我，
他的肠子一圈圈散开回到肚里面。
我解他的嫁术：再把绵羊变成我，
拿着他的帽子岿然屹立在他面前。

“诺嘎尔转过眼再去看他的身上时，
发现头颅已经不再长在脖子上面。
原来他取下的帽子就是他的头颅，
他的身子倒在地，颈上血斑点点。”

皇帝坐在龙座上早已是春风满面，
无限的欣喜一阵阵激荡在他胸间：
“这支骁勇的虎军为国立下了大功，
它的将领是何人，是否还在前沿？”

扁担花的脸上正在露出微微笑意，
他的心中也正如和风吹拂的春天：
“这虎军的统领正是我的母亲巴姑，
此时此刻正率部镇守在北国前沿。”

“朕正想面见这位爱国的国帼英雄，
扁担花此刻能否告知她与朕见面？
京城与北国边疆相距遥遥千万里，

朕只能给你三个时辰的短暂时间。”

扁担花圆睁着双眼站在白玉阶前，
他的思绪此刻已抵达了北国前沿。
母亲的思绪已和儿子的思绪相接，
母亲在把儿子的请求融化在心间。

母亲走出军帐，乘疾风快速前行，
转眼之间越过了草原和层层峰巅。
她的呼吸声犹如滚过大地的闷雷，
她的目光线宛若划破乌云的闪电。

皇帝不知不觉中仿佛听到了虎啸，
他侧耳细听，等待奇闻逸事出现。
就在三个时辰刚刚到达的时刻里，
一只花斑大老虎出现在金銮宝殿。

皇帝顿时惊呆了，刚眨了一下眼，
见一年轻美貌女子站在白玉阶前。
周身有股煞气犹如淡淡云烟萦绕，
又有无限的柔情荡漾在她的胸间。

巴姑微微躬身对着皇上缓缓施礼：
“民巴姑觐见皇上，恭祝吾皇康健。”
皇上笑眯眯地望着巴姑阵阵出神：
“爱卿为国建立的功劳如明星耀眼。”

“那是托皇上的洪福才能节节胜利，
朝廷的全面支持使将士智勇展现。
也是我国举国上下齐心协力奋战，
强大的综合国力将胜利猛推向前。”

皇帝听着，时而紧皱着眉头沉思，

皇帝看着，时而微笑着舒展龙颜：
“朕想留下李郎和巴姑俩在朝为官，
二位爱卿可否能遂朕的这一心愿？”

顷刻之间李郎俯身下去连连叩头，
他的胸中仿佛骤然激起雷鸣闪电：
“李郎我本来是山野中的一个农夫，
生得老实巴交，无能力可以展现。

“腐朽的木材万万不可以作为栋梁，
否则房梁坍塌，会造成损失无限；
生虫的竹子万万不可以制作扁担，
否则断成多截，担子就抛撒地面。”

巴姑胸中咚咚发响，如岩石崩裂，
她向皇帝陈述积压在胸中的语言：
“巴姑我本来是深山中的一只老虎，
为了卫国保家，从深山走上前线。

“家中的二位母亲年岁大而且多病，
终日盼望战争结束，儿能回身边。
如今来犯之敌已被我军消灭殆尽，
儿想回家去，侍奉二老颐养天年。”

皇帝细细思考着他们各自的陈述，
不觉有一丝丝的愁云布上了龙颜；
皇帝定定观看着他们各自的神态，
不觉有一丝丝的泪花冒出了双眼：

“朕赏赐给李郎爱卿良田整三千顷，
在你的家乡营造广厦，安度晚年。
朕加封巴姑爱卿为西南森林之王，

你拥有浩瀚的森林和那里的蓝天。”

李郎和巴姑立即施礼：“谢主隆恩。”
他们的脸上呈现出来欢欣的笑颜。
皇帝特宣扁担花来到自己的身旁，
盯着他的脸，用那双眯眯的笑眼：

“战争的技术是在不断地向前发展，
绝对不是永远的刀对刀、剑对剑，
聪明的人类正利用自然界的资源，
不断地把各类技术创造推移向前。

“未来军事技术的发展今无法预测，
你掌握的嫁术与解术是矛盾体现。
你在战场上的实施已经足以证明，
把军事技术的发展至少前移千年。

“不了解的人听到后觉得荒唐可笑，
无可非议的事实使他们哑口无言。
我们的祖先创造过多少奇妙神话，
这些幻想必然依靠人类自己实现。

“你为我们的国家立下了汗马功劳，
为军事技术发展作出了重大贡献。
朕封扁担花为北国边塞镇关元帅，
统军戍边，把军科研究再推向前。

“有价值的东西时时处处都在显现，
只要你去发现、挖掘和刻苦钻研，
取其一点去发展，用于造福社稷，
你就彪炳于史册，永受后人敬羡。”

扁担花深深地俯身叩头："臣领旨。"
皇帝的脸上犹如阳光明媚的春天：
"三位爱卿，请暂时留在我的宫中，
朕特为李府家人设置了家庭盛宴。"

四

皇宫中的一座雅殿里亮着盏盏银灯，
金碧辉煌的四面犹如水晶般的透明。
皇帝身着便装带着皇后和公主前来，
他们笑容满面地在雅殿前迎接客人。

李郎、巴姑和扁担花身着便服前来，
见到皇帝和皇后立即俯身施礼叩问。
皇帝笑眯眯地将他们引入殿内席边：
"今天在家中以朋友相待，莫论君臣。"

皇帝、皇后和公主在桌边笑脸吟吟，
李郎、巴姑和儿子见此景含笑思忖。
鲜艳的佳肴飘散着股股浓郁的清香，
亮丽的美酒见到就一阵阵芬芳醉人。

公主暗暗地向扁担花投来羡慕目光，
扁担花暗暗地向公主投去敬仰眼神。
两个人的目光在陡然间相遇的时刻，
他们的脸上顿时燃起朝霞般的红晕……

皇帝向李郎和巴姑举去盛酒的金杯，
他的目光扫视公主和扁担花的神情：
"朕唯一的公主已经相中了这扁担花，
当父母的有责任成全这一美满婚姻。"

这真是突然间从天上降下来的喜讯，
使李郎和巴姑的心中实在难以平静。
来不及细加思索，他们在暗示儿子，
扁担花心花怒放，向皇上叩头谢恩。

五

扁担花和公主的婚礼已经结束，
辉煌的宫廷中仍洋溢喜庆气氛。
王公贵族和文武群臣已经离去，
远远近近还萦绕着迷人的琴声。

洞房更是红花中的金灿灿花蕊，
这里集中了香甜中的至美至情。
驸马和公主正享受着奇妙无限，
烛影中摇曳着他们诚挚的话音：

“人世间有一个熠熠闪光的金瓶，
瓶中的爱情美酒真是香甜醉人。
只有勇敢的人拿来银勺舀起它，
饮一口就使两人走向幸福人生。”

“爱情在一切感情之中最为神圣，
智慧和力量就从爱情之中萌生。
不害相思，不知道幸福的滋味，
害了相思，才懂得多彩的恋情。”

“两颗纯洁的心因缘份得以靠近，
迸发出的火花照亮人生的行程。
在爱情这张最圣洁的契约上面，
忠诚就变成了永不褪色的烙印。”

“爱情的甜蜜之中难免会有苦涩，

尝到了苦涩的人爱情更为坚贞。
爱情的圣水能够浇活枯萎之花，
衰老无法靠近永在热恋中的人。”

第十九章　扁担花挂帅

一

巍峨的雪山映照得军帐闪闪发亮，
草原上的北风吹得旌旗哗哗飘扬。
顺恭亲王端坐在军帐内的正首席，
他的周围恭立英姿飒爽的众武将。

随着帐外惊天动地的礼炮响过后，
顺恭亲王站起身把圣旨举在头上：
“扁担花接旨……”亲王声音如春雷，
扁担花着戎装走到军帐内的中央。

人们仿佛在深山闻到了声声虎啸，
人们仿佛在子夜见到了绿眼闪亮，
人们感觉一阵疾风吹来漫天沙石，
人们感觉一阵松涛拍击入云山冈！

顺恭亲王从李郎手中接过了帅印，
稳重地将帅印转到了扁担花手上。
他的目光仿佛能射穿天边的黑云，
他的手臂仿佛能推倒云外的山冈……

他罢免了一些不称职将领的职务，
他提拔了不少良才到将领位置上。
他令将领们研究敌我的战略战术，

他令将领们总结敌我的武器所长。

“千里雪山称不上防御敌人的屏障，
万众一心是不可逾越的铁壁铜墙。
勿重阔绰，最需要的是剽悍骁勇，
不讲装饰，亟紧切的是坚韧顽强！”

二

被提升的少数巴族军人留在边塞，
绝大部分人因战争结束返回家园。
李郎和巴姑卸下战袍又穿上布衣，
他们被兄弟姐妹们簇拥在正中间。

他们去拜谒阵亡的兄妹们的坟墓，
祝愿他们在祖国大地上静静安眠。
望你们在每年的月半节魂归故里，
家人和亲友都会对你们设酒祭奠。

再抬着巴族祖先传下的虎钮錞于，
迈着矫健步伐走向西南深山里面。
去时抬着它如随战鼓声冲向敌群，
转来抬着它如踏着舞步身在云天。

扁担花相送他们走了一程又一程，
无限留恋的话语说了一遍又一遍。
平日里感到烦恼的那些细小事情，
临别时却成了再无法追回的依恋！

“父母啊，原谅儿子不能远送你们，
愿你们一路顺风回到亲爱的家园。
给祖母和外祖母带去敌人的血浆，
代我出席与他们同庆胜利的酒宴。”

回头再望，只见那巍巍群山连绵，
回头再望，只见那滚滚云海无边。
风卷山谷，疑是儿子在身边叮嘱，
鹰翔云端，疑是儿子遥望在峰巅……

第二十章　远征军回到故里

一

门前的垂柳已经绿过了十次，
李母思念儿子，银霜染发巅；
天上的大雁已经南飞了十次，
李母思念儿媳，已望穿双眼。

难道是在神秘莫测的梦境里，
儿子和儿媳的笑貌现在眼前；
难道是在虚无缥缈的幻影里，
儿子和儿媳的声音响在耳边。

她抚摸他们的头，真真切切，
老人的眼泪顿时浸透了胸前；
她亲吻他们的脸，实实在在，
老人话未出口已是声音呜咽：

“我望孙子回来望得又狂又癫，
你们回来，我怎没见他的面？”
“他被皇上封为北国镇关元帅，
统领三军驻守在御敌最前线。”

儿子儿媳以为她会惊喜若狂，
可是她却瞪着没精打采的眼。
她像山顶一棵老态龙钟的树，

任凭风雪摧残那腐朽的树巅。

李郎再把一件大事告诉母亲：
“扁担花招为驸马，家居宫殿。”
母亲依然像一块风化的岩石，
丝毫感觉不出冬日还是春天……

※　※　※

巴姑和李郎穿上了旧日的衣裳，
回到深山中去看望白发的亲娘。
浩浩荡荡的虎军紧随他们身后，
跳过道道深涧，越过巍巍林莽。

巴姑和李郎来到了母亲的屋旁，
见到四周依然是多年前的旧样。
巴母清晨就登上山巅遥望远处，
此刻她一溜烟回到了自家稻场。

母子俩热烈地紧紧拥抱着亲吻，
只有滚滚热泪顷刻间飞出眼眶。
老巴子们在四周狂热地欢跳着，
出征时的军歌声又在蓝天回荡。

“我望孙子回来，望得又癫又狂，
怎么不见扁担花回到我的身旁？”
“他已被皇上封为北国镇关元帅，
统领三军正镇守在祖国的北疆。”

片刻后，巴母的眼泪夺眶而出，
泪花里闪现出一只幼虎的形象：
“有威武的虎将坐镇在北国防线，
灰色的野兔又岂敢向我国窥望！”

巴母率群虎再度安置虎钮錞于，
举行盛大宴会，痛饮敌人血浆：
“国家有号令，我群虎定然出山，
用热血和生命去捍卫神圣边疆。”

※ ※ ※

巴姑重游了儿时游玩的山峰，
在那儿捡了块石头细细品赏。
李郎把这块石头带回了家中，
修了个雕花龛子再把它供上。

巴姑重游了儿时游玩的草坪，
在那儿挖了蔸野草细细品赏，
李郎把这蔸野草带回了家中，
砌了个五彩石坛再把它栽上。

李郎回来，重新走进了田野，
昔日的田野散发诱人的清香。
耕耘过的土地长出茂密庄稼，
行走过的路边百花正在绽放。

巴姑回来，重新走进了机房，
昔日的织机演奏美妙的乐章，
织出西兰卡普瀑布般地奔流，
群群蝴蝶环绕着它翩翩飞翔。

月亮在稻场上洒下闪闪银辉，
柔风给李郎和巴姑送来凉爽。

他们拨动三弦，唱起了南曲，①
美妙的声音引来了群山合唱。

李母见此情景吐不出心中话，
她移动椅子坐到儿媳妇身旁。
只觉得宁静的生活令人迷恋，
只感到温馨的时刻甚为舒畅。

二

土司府里已紧紧关上大门，
一把倒立的扫帚把门抵紧。②
一支红烛的微光摇摇晃晃，
三炷味香的青烟袅袅升腾。

裴德仁喃喃地念过一段经，
把一副卦放到烟上面去熏。
他虔诚地把卦抛撒到地上，
拿起红烛看卦，露出笑影：

“少土司体格健壮心地平静，
他身边守护着八部大王神，
他前面的道路是条条畅通，
此刻正悠然自得朝西缓行。”

张伯侯一听顿时心花怒放，
他俯身看看地上青龙卦影。
他令家人抱出沉重的钱箱，
赏给裴德仁一堆花花白银。

---

① 南曲，亦称丝弦。内容丰富，曲牌甚多。词美音柔，极富抒情色彩，伴之三弦、简板，以自弹自唱为主。

② 作法时，以扫帚抵门，以示不让鬼们进门，扫帚脏，鬼们见到便走了。

※　※　※

张伯侯在深夜已进入梦境：
他走在一块茂盛的花草坪，
正当团团鲜花向他飞旋时，
他从无限陶醉中骤然惊醒。

窗外的夜色真是分外寂静，
淡淡月光里飞舞点点流萤。
深夜巡逻的土兵突然到来，
张伯侯披衣下床开了大门。

“阿巴。”这是张射云的声音，
张伯侯没听错，又喜又惊。
他令人点燃红烛细细观看，
面前站的确是儿子的身影。

短短时刻里全屋喧嚣沸腾，
行走的男女老幼宛若彩云。
重逢的热泪如溪中的飞泉，
亲切的交谈如松涛的轰鸣。

※　※　※

衙门内外挂满了大小红灯，
十班响匠吹长号声震峻岭。
大小官员和亲朋携礼前来，
祝贺少土司荣归土司衙门。

万字席整整坐了七天七夜，
千坛咂酒使客人癫狂不停。

三眼铳声响震得群星颤抖，①
舞女们歌唱惊落满天白云。

张射云由父陪同欢迎客人，
张伯侯频频招手欢呼致敬：
“少土司此次出征累建奇功，
大名标青史，与日月辉映。”

“我托浩浩皇恩和各位祝福，
历经千百次战斗无往不胜。
瓦剌军队听到张将军名字，
屎尿撒在裤裆，仓皇逃遁。”

三

一队快马驰过了幽深的峡谷，
再像一串红色云带飘向山冈。
马队在李郎的茅屋门前停下，
一位朝廷官员笑问李家老娘……

巴姑听见来人话声走出机房，
密密麻麻的棉丝遍布在身上。
李郎听见马蹄声音走出田野，
厚厚薄薄的泥土沾满了衣裳。

“顺恭亲王准备亲送你们还乡，
你们却隐瞒着亲王悄悄前往；
顺恭亲王特派我郑大林来此，
落实圣旨绝不容许丝毫走样。

---

① 三眼铳：火器。前面为一圆柱体，后有铁柄。圆柱体上有三个眼，灌上火药，点燃引线，能发出巨响。常作为礼炮。三响为一排，也有二排或三排的，体更大，较少。

“皇上特赐给李元帅一匹宝马，
它像火焰一样闪射熠熠光芒。
李元帅可以骑着它纵横驰骋，
以示和平日子里对战事不忘。

“快快拆掉这平民居住的茅屋，
庄重的帅府要造得金碧辉煌；
快快丈量这周围的千顷土地，
地界要镌刻在巍巍巨岩之上……”

※　※　※

不知是何朝代何人氏建造的这茅屋，
茅草换过了无数次，土墙依然坚固。
不知是从哪位高祖父起就住在这里，
流走的岁月没能把他们的名字留住。

一代又一代的父母在这里生儿育女，
一代又一代的儿女在这里娶亲嫁出。
多少次喜庆的三眼铳声在这里响起，
多少次为送走老人在这里通宵歌舞。

这里有严冬时全家围坐取暖的火塘，
这里有炎夏时全家摇扇纳凉的堂屋，
楼上小窗前是代代闺女绣花的地方，
屋檐下是代代小伙子试猎枪的去处。

多少代白发苍苍的爷爷装香敬虎神，
多少代虔诚的家人叩头去祭祀先祖。
多少个古代的故事由祖父传给孙子，
多少支动人的歌曲由娘教女儿记住……

如今这里的一切都要在刹那间逝去，

让我们走遍全屋去追思祖先的脚步，
在我们之后，有谁知道这里的情景，
让我们把这屋的样式铭刻心灵深处。

※ ※ ※

山山岭岭响彻着伐木的声音，
沟沟坎坎布满了烧瓦的窑群。
炸山的碎石碰破月亮的面颊，
抬石的号子摇落天上的白云……

一栋走马转廓楼即将建起来，
一丛丛墙尖正向着蓝天延伸，
雄鸡祭过的椿树梁挂上红布，
在鞭炮乐声中向着墙尖升腾。

师徒合唱（上梁歌）：①
师：我左脚升来右脚高，
合：脚踩梁梯步步高。
徒：我左脚升来右脚升，
合：脚脚踩的聚宝盆。

师：我扛起大梁往上跑，
合：一步一个金元宝。
师：我脚脚步步走得快，
合：八方财神请进来。

---

① 做屋为土家人的一大喜事。伐木前先择吉日祭鲁班，夜半“偷”梁树（别人家的椿树），梁树上画八卦、太极图，挂红（布），杀雄鸡祭梁。鸣炮奏乐，由八个大力士将梁树两头捆上抬杠，抬上墙尖。然后将事先蒸熟的肉包子，在屋前屋后撒，众人去抢。掌墨师（为首的木匠）问：“屋前有没有人？”众答：“有人。”“屋后有没有人？”众答：“有人。”上梁歌是封赠给主人家屋魂的话，屋魂遵照掌墨师的嘱托，给主人家带来吉祥、平安和富足。其间各个环节都有长歌。

师：大梁搁在金墙头，
合：四元财宝往家流。
师：大梁稳稳放墙中，
合：千古万年不松动。

师：大梁高高稳在墙，
合：子子孙孙住华堂。
师：大梁两头挂彩球，
合：五谷丰登金满斗。

师：大梁上面绘双龙，
合：子子孙孙福无穷。
师：大梁下面吊红灯，
合：吉祥如意万事兴。

师：主家房屋多宽敞，
合：四面财路通八方。
师：主家大门朝东开，
合：太阳升起发大财。
……

帅府耸立，碧瓦覆盖朱门，
拱斗绕檐，明珠映照帏屏，
雕梁画栋，翠霭笼罩楼台，
流丹疑碧，祥光弥漫窗棂。

白日里，光彩辉耀百里外，
黑夜里，灯光掩映满天星。
天上的大雁远远绕道飞过，
地上的金鹿远远绕道疾奔。

李郎看见这栋走马转廊楼，
的的确确地深深感谢皇恩，

想起那世代居住的老茅屋，
不觉眼角里浮现几丝泪痕。

巴姑看见这栋走马转廓楼，
的的确确地深深感谢皇恩，
她想到这楼房是鹤立鸡群，
说不定会有灾难从此萌生！

李母看见这栋走马转廓楼，
她感觉到这里是多么陌生：
还是从前的山、从前的水，
怎么不见我那老屋的身影？

※ ※ ※

黑熊闻到蜜香就要寻找蜂窝，
野猪看见苞谷就要走出树林。
张伯侯听说李郎建造了高楼，
和儿子带着狗腿走进李家门。

眼前情景使张伯侯大吃一惊，
不相信山寨有此等怪事奇闻。
他把李郎和巴姑叫到了面前，
脸上堆着苦笑，细细问详情。

巴姑见李郎遇到了尴尬局面，
理直气壮向土司说出了实情：
“李郎征战回来就回归了田野，
和征战前一样：捕猎和农耕。

“朝廷派郑大林大人来到寒舍，
督促李郎将圣旨必认真执行：
修一座帅府供李郎就此养老，

圈下地界赏给李郎良田千顷。

“皇上赐给李郎一匹白色宝马，
李郎可以随时骑上纵横驰骋，
此不是供李郎平日游山玩水，
而是提醒李郎随时不忘战争……”

张伯侯听着，已是战战兢兢，
看见李郎，不觉已畏惧七分。
待他紧皱眉头认真思考之后，
倒在地上口吐白沫人事不省。

他的随员急忙来掐他人中穴，
几个时辰过后方才慢慢苏醒。
他的声音颤抖，几乎难启齿：
“我能否见见朝廷来的郑大人？”

李郎抿嘴一笑，淡淡地答话，
也有几分苦涩融入他的声音：
“郑大人把这些事情落实之后，
两天之前就已打马回朝复命。”

张伯侯心中又一声惊雷爆炸，
两眼泪珠喷出，已话不成声：
“我这土司的地位已坠入深渊，
竟然没有资格拜见朝廷来人！

“我想看看皇上赐给你的宝马，
宝马可否愿意见我这等凡人？”
李郎引张伯侯父子去往马厩，
沿着走马转廊楼上层到下层。

这马高大得犹如陡峭的山岭，

这马光亮得犹如耀眼的水晶，
炯炯大眼犹如斑斓的红玛瑙，
竖起尾巴犹如阳光中的白云。

“李郎，你能否让我饱饱眼福，
你骑上它沿着这楼往上而行？”
“王爷，此时此刻定要您骑它，
因为您是本司邑的至上至尊。”

张伯侯鼓足了勇气跨上马背，
此刻间他感觉到了目眩头晕，
那马轻轻地迈开了四只大脚，
他被摔倒在地上，汗如雨淋。

张射云鼓足了勇气跨上马背，
顷刻间他觉得脑中电闪雷鸣。
那马轻轻地迈开了四只大脚，
他被摔倒在地上，伤骨扭筋。

“你是宝马的主人，还是你来。”
张伯侯父子催李郎跨马上行。
李郎移动脚步轻轻跨上马背，
那马迈开四蹄沿着廓楼上升。

张伯侯父子远远地跟在马后，
他们无时无刻不在胆战心惊。
他们仰望，见白云托一巨人，
他们俯听，如惊雷摇撼峻岭……

张伯侯要李郎陪同细细参观，
所到之处无不耀花他的眼睛：
“什么时候前来喝你们的喜酒，
让乡亲们共同庆贺李府落成？”

※ ※ ※

悠扬的长号唢呐交相奏鸣，
三眼铳巨响使得山鸣谷应。
李郎和巴姑恭立府门左右，
笑迎穿梭一般的远近客人。

万字席摆在明亮的大厅里，
十碗八扣散发出浓香阵阵。
每张雕花桌上放着咂酒坛，
大妇未开坛，客已醉三分。

李郎致辞：薄酒不成敬意，
巴姑答谢：感谢诸位光临。
张伯侯站在中间频频招手，
满脸堆着浸透苦涩的笑影：

“多年前我就知道李郎不凡，
荐他应征就为他执掌帅印。
先有伯乐然后才有千里马，
不然千里马只能驮盐而行。

“当李郎应征走上激战前线，
那里是九分死亡一分生存。
我日日夜夜祈祷天上神灵，
定要保全李郎的高贵生命。

“我每年必登上武落钟离山，
求向王赐给李郎作战技能。
一个农夫能成为三军统帅，
全是先祖保佑才大功告成。

“李家老母独自在家十年整，
会因生活困难而备感孤零。
我常常派人送去柴米油盐，
我常常派人和她促膝谈心……

“我并非在李元帅面前讨好，
是在兴奋时略叙别后情景。
但也说一句实实在在的话：
为他的今日我是煞费苦心。

“以上说的是鸡母去孵鸡蛋，
但是寡蛋不会有小鸡出生。
李郎自己也实在是够争气，
我没有白白为他付出体温。

“今特祝贺你为国立下战功，
今特祝贺你成为朝廷重臣。
此乃这方圣土的至高荣誉，
此乃李氏家族的无限幸运。”

李郎苦作笑颜去接待客人，
“为国效劳是我的神圣责任。”
巴姑忐忑不安，躬身施礼：
“得以凯旋，功归浩浩皇恩。”

※　※　※

李郎的肚里能够堆积高山，
他对张伯侯的话淡淡一笑；
巴姑的胸中能够奔腾激流，
她把张伯侯的话顿时忘掉。

热情洋溢的宴会刚一结束，

李郎和巴姑为张伯侯备轿，
这位土司连夜被送回衙门，
他浑身上下犹如烟熏火燎：

“深山一农夫一跃而为帅爷，
绿苍蝇飞到狮子头上撒尿；
林中一虎精一跃而为王侯，
皇帝老子不识凡间人与妖。

“他们是一团熊熊燃烧的火，
我成了烈火边的一匹鸡毛；
我是被逼在墙角里的老鼠，
他们是蹲在我身边的大猫！”

第二十一章　李郎的遭遇

一

张伯侯怒气冲冲回到土司衙门，
茶不思，饭不吃，陷入了苦闷。
他派遣管家找来了裴德仁梯玛，
一阵阵诉说他无法抗拒的处境：

“如今李郎一根毫毛比我的腰粗，
也的确搅得我土王爷坐卧不宁。
但是他毕竟只是一个山野村夫，
并没有多大能耐让我胆战心惊。

“在他背后有个极为厉害的角色，
就是那个貌似凡人的老巴子精。
这多年来是她苦苦地折磨着我，
置身熊熊烈火里没有这般痛心。

“你为此事也曾经专去茅山学法，
那些法术也实在是奇妙得惊人。
我不相信你就什么也没有学到，
两手空空地胆敢回到土司衙门。

“带回那个黑盒子早已被人偷走，
分明是你没有将此事放在内心。
你去茅山可以说是白走了一趟，

连收兵人坛的法术也忘记干净……

“黑夜本想死赖着不肯退离出去，
太阳从身后追来，它只得逃遁。
现在的关键是在于你拿出勇气——
人有三分怕虎，虎有七分怕人！”

“您遣我去到茅山学法并非白费，
我了解了那些法师的超人技能。
就是常人也并不是很害怕老虎，
科斗毛人打虎就曾经留下美名。”

科斗毛人打虎

白鼻土司很担心，①
他怕宝座坐不稳：
辖区有个大猛汉，
科斗毛人为其名。

土司皱眉妙计生，
脸上顿时显笑影：
招来舍巴去打猎，②
看这猛汉与虎拼！

舍巴带人三十个，
抬只猛虎隘口等。
等到科斗毛人到，
开笼放虎去吃人。

科斗毛人被招来，
土司对他笑吟吟：

① 白鼻土司王，传说是白蛇投胎。白鼻梁，容貌丑陋，作恶多端，人们对其恨之入骨。

② 舍巴：带领打猎的官。

“我们一同去打猎，
领教你的大本领。”

科斗毛人真高兴，
“你们就在这里等，
回家拿了虎杈来，
我们一同进山林。”

白鼻土司抿嘴笑：
“用杈不算真本领。”
科斗毛人说一句：
“不用虎杈也能行。”

他们来到一隘口，
三面绝壁高入云。
土司令他守此处，
“虎在这里必丧命。”

土司带人忙离开，
坐在林中静静等。
土司看见虎出笼，
众人赶虎隘口行。

时间过了数时辰，
不闻隘口有动静：
“那个猛汉被虎吃，
心腹大患就除尽！”

土司率人到隘口，
一串哈哈响回声。
科斗毛人正睡觉，
土司见到吃一惊：

“令你守住关隘口，
遇到老虎怎不拼？”
科斗毛人打呵欠：
“没见老虎此处行。

“有只小猫到此处，
逗它玩玩过个瘾。
谁知手掌伸过去，
小猫倒地丧了命。”

众人立即去看猫，
原是大虎丧了命。
众人抬虎下山去，
土司心中更不宁。

张伯侯猛然间在桌上击出一拳，
随着一声巨响迸射出一团火星：
“等到你去收拾这个老巴子精怪，
我张伯侯早已变成了一堆狗粪！”

二

李郎和巴姑观看播种的田野，
再去游览曾经捕猎过的山谷。
总以为逝去的生活如梦一般，
即使苦涩也香甜在心灵深处。

裴德仁从苞谷林里走了出来，
他从清晨就在近处望着李府。
他看见李母离开男女仆人们，
独自去到年轻时常到的去处。

裴德仁悄悄地去到李母面前，

口里喃喃念咒，手指在画符：
“老姐姐别以为是登上了天堂，
灾难的大网正把你紧紧罩住。

“一天夜里，我到了阴曹地府，
在那里见到你的儿子和媳妇。
他们正向阎王爷汇报人间事，
阎王爷赐予了他们鬼府灵屋。

“我在天亮之前返回到了人间，
果见这金碧辉煌的李郎帅府。
老姐姐你的魂也在灵屋里面，
你的躯壳早死在从前的茅屋……”

李母早已吓得瑟瑟抖着身子，
她一阵阵地翻着白色的眼珠：
“这些日子里疑团深藏在心中，
我不知能对谁可把话儿吐露。

“寨子里其他人也去北国打仗，
他们回来依然住从前的茅屋；
这里陡然出现这漂亮的楼房，
分明它不是我们凡人的住处。

“寨子里其他人也去北国打仗，
他们回来依然吃从前的苞谷。
我家陡然出现这稀奇的美餐，
分明是阳间蘸饭才有的食物。①

① 蘸饭：人死后，家人祭祀时，整奠席蘸亡人。平时，家人吃饭，也将一双筷子搁在饭碗上，菜夹在碗里（桌中间有炉子，亡人拈不到对面的菜，他怕火），说：“××吃饭。”这也叫蘸饭。阳间人蘸了饭，亡人在阴间才有吃的。

"看来你早说我儿命危在前线，
那些话儿并不是在将我吓唬。
我儿死后接我的魂到了阴间，
其实是把我从亮处推到黑处。

"梯玛是沟通阳间和阴间的人，
只有你才知道去和来的道路。
看在多年同寨居住的情分上，
发善心把老姐姐从阴间接出。"

裴德仁伸出双手来反复掐算：
"半夜子时带阴魂返回阳间路。
是时我在这灵屋里做起法事，
定能将阳间的往日情景恢复。"

※ ※ ※

皎洁的月亮躲进了云层，
闪烁的星星闭上了眼睛。
李郎和巴姑在梦中遨游，
李母开门让裴德仁走进。

裴德仁先画符念着咒语，
贴在神龛上封住了家神。
再画符贴在四面墙壁上，
挡住这屋里的一切声音。

裴德仁设立法堂吹牛角，
双脚踏罡步，手摇排铃。
他把两扇大门打得大开，
坐镇法堂开始遣将调兵。

装香时唱道：

一炷香，请茅山，
茅山祖师茅山上，
道法高传下人间。

二炷香，请雪山，
雪山童子冷露下，
寒霜冰雪救良民。

三炷香，请梅山，
梅山祖师腾云雾，
务请早早赴坛门。

四炷香，请四元，
四元枷铐助雷威，
大使勇猛显威灵。

五炷香，请五气，
五气兵马手拿旗，
五色旗帜五路行。

六炷香，请六大，
六大元帅官府来，
大勇奇智显威灵。

七炷香，请七佛，
七佛师祖手拿剑，
七星宝剑镇北方。

八炷香，请八难，
八难观音杨杈枝，
打起水碗救苦难。

九炷香，请九天，
九天圣母在云中，
骑起白马云雾腾。

十炷香，请十二，
十二雷神斩妖魔，
雷攻火闪降虎精。

吹牛角时唱：

牛角绕绕叫三声，
惊动茅山众师尊。
牛角司刀抱在怀，
茅山吹下神风来。

来了天上、地下和人间的神，
他们个个是智勇双全的将领。
再吹起了牛角，舞起了司刀，
燃起纸钱念咒语，招募士兵。

点兵时唱：

须弥山上有一家，
姊妹二人会剪花。
大姐会剪灵芝草，
二姐会剪牡丹花，
只有三姐不会剪，
茅山洞里去学法。
有朝一日法到手，
剪起三佛二菩萨。

头上戴起五雷神，
弟子坛前来点兵。
何年何月好点兵？
今年今月好点兵。

何日何时好点兵？
今日今时好点兵。
点兵要点高头马，
高兵高马脚腾云。

一点东方青帝兵，
骑青马，驾轻云，
青人青马青旗号，
一路青色赴坛门。

二点南方赤帝兵，
骑赤马，驾赤云。
赤人赤马赤旗号，
一路赤色赴坛门。

三点西方白帝兵，
骑白马，驾白云，
白人白马白旗号，
一路白色赴坛门。

四点北方黑帝兵，
骑黑马，驾黑云，
黑人黑马黑旗号，
一路黑色赴坛门。

五点中央黄帝兵，
骑黄马，驾黄云，
黄人黄马黄旗号，
一路黄色赴坛门……

裴德仁已经统领着百万阴兵，
部队单等这位统帅发号施令。
此时此刻旌旗猎猎号声阵阵，

全体将士威风凛凛离坛出征。

念降魔咒：

我今上山捉猛虎，
我今下海拿龙神。
猛将凡间捉魍魉，
牢枷重锁紧麻绳。

左边铜锤敲千下，
右边铁棍打浑身。
当初拷打因何事，
只因虎妖缠人魂。

捉来虎魂交与我，
蛮雷专打猛虎精。
无论妖魔怎猖狂，
捉来咒下化微尘……

巴姑已经从睡梦中惊醒，
只觉得头如破裂般剧疼。
浑身犹如烈火熊熊燃烧，
手心脚心正在大汗淋淋：

“我怕已经遭了他人暗算，
有的人绝不会饶过我们。
我们躲了昨天难躲今天，
我早就预测有大难降临。

“请你把我的虎皮还给我，
让我依然回到我的森林。
披上虎皮我是真的老虎，
没有虎皮只可见到虎影。

“如果我在这里继续留下，
我和你母子会同归于尽。
如果遇到这种悲惨结局，
那是我们全家最大不幸！”

李郎把巴姑搂抱得更紧，
他的眼泪已如暴雨倾盆。
眼见娇妻这般苦难深重，
不如自己遭到五雷轰顶：

“死期到了，我俩一起死，
死期未到，我俩一起生。
到阴间去，我俩手牵手，
尚留阳间，我俩身挨身……”

梯玛的法事一阵紧一阵，
画起多道符，急念咒文。
烧的纸钱涂上雄鸡冠血，
口中含法水向四面洒喷。

唱：

一洒东方甲乙木，
洒得虎精号啕哭；
二洒南方丙丁火，
洒得虎精上枷锁；
三洒西方庚辛金，
洒得虎精战兢兢；
四洒北方壬癸水，
洒得虎精无处归；
五洒中央戊己土，
洒得虎精无躲处……

巴姑难受得在地上打滚，

手在胸前刨出道道伤痕。
声声惨叫震得楼房颤动，
汩汩泪水湿透身上衣裙。

“求你把我的虎皮还给我，
你看我是多么疼痛难忍；
求你把我的虎皮还给我，
我们总该还有夫妻情分！”

李郎击碎窗子跳了出去，
在藏虎皮的树洞里翻寻。
一会儿他从窗里飞回来，
他的眼前尽是电闪雷鸣！

李郎哭成泪人递过虎皮，
巴姑缓缓地将它披上身。
一只老巴子从窗口跳出，
茫茫暗夜里消逝了身影。

※ ※ ※

浓浓的晨雾还紧锁着山岭，
一只老巴子便来叩击庙门。
土地公公和土地婆婆出来：
“我们预感到你要遭受不幸。”

“走时没来得及去看望母亲，
请你们转告那可怜的老人：
我和她儿子有缘来侍奉她，
没想到人间竟是这般残忍！

“也没来得及回头去望丈夫，
请你们转告那位憨厚的人：

从今以后人和兽永远隔绝，
无法隔绝的是深深的爱情。

“更没能再看一眼我的儿子，
我认识他，他不认识母亲。
他若回乡探亲，也请转告：
把报效国家作为神圣使命！”

三

巴姑拖着沉重的身子前行，
一路老巴子脚迹留在地上。
她在回忆亦虎亦人的年月，
脑里依然展示人间的景象——

想起了我离开娘家的时光，
芳草中的百花正争相怒放；
如今我永别婆家重返旧地，
秋风正吹得落叶满空飘荡。

当年离家时还是年轻姑娘，
如今归来时已是鬓染秋霜，
那时的许多前辈已经永别，
多少幼儿如今又做了爹娘。

生命就像山坡上的芭芒草，
春天发绿叶，秋天便枯黄。
第二年又如此这般地出现，
芭芒草随着岁月代代延长。

每个人都只有短暂的时光，
为何有那多苦难堆积身上？
她再想起多灾多难的婆母，

那也是我至尊至爱的亲娘。

她苦苦煎熬在人生道路上，
人间的苦有哪宗不曾饱尝！
最痛苦的是双目全部失明，
农活家务数十年压在肩上。

这十多年来她重见了光明，
是因她得到了草药夜明光，
可是那药物眼看就要用完，
在她面前又将是暗夜茫茫……

她已见了巴母住的吊脚楼，
悠然地坐落在一壁岩边上；
她已听到生母温柔的呼吸，
这呼吸声伴随女儿的成长。

片刻后就到了温暖的娘家，
那里永远是我眷恋的天堂；
片刻后就回到生母的怀抱，
那里永远照耀春天的阳光。

生母的境况目前尚不太糟，
可婆母面前就要永失光亮！
此刻她毅然决然转过身来，
登上那耸入云霄的峭岩上。

在每片草丛中细细地寻找，
在每条岩缝里细细地打量。
终于找到夜明光这味圣药，
她的心中激荡起无限欢畅。

她衔着药物穿过茫茫林海，

急急奔向李母居住的地方。
她衔着药物蹚过滚滚山溪，
用熟悉的声音呼唤着亲娘……

※　※　※

巴姑重变老虎消失在窗外，
李郎心中的鲜血汩汩流淌。
他找来妻子万里送的寒衣，
一阵阵热吻过后穿在身上。

看见这件衣如同见到巴姑，
我享受初春时牡丹的芳香；
穿上这件衣如同挨着巴姑，
我享受严冬里温暖的阳光……

李郎听见老巴子声声呼叫，
声音是那么熟悉而又凄凉。
这一定是巴姑还有什么事，
在月夜返回到李郎的家乡——

这件事情真正是糟糕透顶：
裴德仁中断法事安了垫枪，
垫枪密布在这座楼房四周，
绊上了引线必然中弹身亡！

李郎怕巴姑绊到垫枪引线，
为告诉她，立即跳出木窗，
他用焦急的声音传话出去：
“赶紧停步，不可走下山梁！”

听见巴姑的声音阵阵传来，
李郎传出的话音震撼山冈；

看见巴姑的身影渐渐走近，
李郎浑身的大汗如泉涌淌。

李郎射箭一般地冲了出去，
忘了一切奔向老巴子身旁。
就在这一刹那他绊上引线，
一群铁丸飞来打在他身上。

浑身穿过大大小小的窟窿，
每个窟窿里都有鲜血流淌。
他的心脏已经停止了跳动，
只是双目圆睁地望着远方。

老巴子走过来密密地闻他，
眼里的泪正泉水般地流淌；
老巴子环绕他的身躯猛跳，
一阵阵狂啸震得天摇地晃。

老巴子几次昏厥几次醒来，
终不知为何灾难降给李郎？
老巴子想到她为送药而来，
万万没想到把这大祸闯上！

天亮之前老巴子走回山林，
她在林边对李郎凝眸遥望：
当年李元帅坐镇在军帐里，
我不也是在帐外为你站岗？

第二十二章　火烧李帅府

一

裴德仁在李府听见垫枪响声，
从声音难辨射的是虎还是人。
当晨光渐渐照亮大地的时候，
他到枪响的地方去看看究竟。

他看清这一切之后返回李府，
此刻李母已经再度瞎了眼睛。
她从声音里辨别裴德仁返回，
裴德仁讲述外面发生的事情：

“经过了几出法事已产生效应，
你们全家已从阴间返转回程。
阴间的世界真是无穷的奇妙，
到了阳间才知那是缥缈幻影。

“李郎和巴姑刚刚到达了阳间，
巴姑立即恢复了老巴子原形。
在她眼里李郎却是一头肥猪，
老巴子拿肥猪当了宵夜点心……

“这怪你当初不听我的劝告，
错把老虎精当成了慈善之神。
自古以来妖怪和人难以相处，

不是人除掉妖就是妖缠死人。

“老嫂子你目前还在灵屋子里，
转来转去找不到还阳的路程。
只有作法事把这灵屋子烧掉，
我才能够从阴间招回你的魂。”

李母听了儿子消息两眼发愣，
镇定片刻之后才转为了伤心。
这时她开始同情儿子的遭遇，
这时她极度仇恨那老巴子精。

“请你梯玛不要再做什么法事，
让我永留阴间陪伴儿子的魂。
至于老虎伤人那是前生的事，
世上没有无缘无故的爱和恨。”

李母此刻仿佛又回到了从前，
她认为天下的一切事出有因。
此刻她又回忆先辈讲的故事，
一连串虎行为在安慰她的心——

虎儿子

山边一间茅屋里，
母子两人住一起。
太阳冒山去种田，
日落进屋去休息，
倒也不愁食和衣。

儿子上山砍柴去，
柴山藏在云雾里。
只顾挥斧使劲砍，
不顾大汗湿透衣，

家中等柴去煮米。

老虎藏在草丛里，
把他一切看仔细，
突然一个天篷罩，①
咬住他的背骨脊，
拖入草丛去充饥。

片刻吃完他躯体，
脚板留在草丛里。
老虎咬牙格格响，
一双怒眼圆睁起，
鼻里还在出硬气。

太阳落下西山去，
月亮又从东山起。
往天儿子早已回，
此刻不见回屋里，
老母在家正着急。

锁上大门离家去，
屋后唤儿唤得急，
好像儿子回了音，
原是回声碰岩壁，
老母心急汗如雨！

盼到东方露晨曦，
请了多人上山去，
只见斧头在树边，
背枷放在草丛里，
就是不见人踪迹。

① 天篷罩：意为猛扑，将其罩住。

寻了岩边寻林里，
寻了林里寻草里，
三遍五遍过细寻，
十遍八遍寻过细，
一双脚板现眼底。

拿了脚板回家里，
老母一见昏死去。
邻人砍树做筒棺，
装进脚板穿寿衣，
埋在屋后山背脊。

老母醒来直哭泣，
拿了绳子进林去，
坐在儿子坟前哭：
“靠谁弄柴到家里，
靠谁帮我种田地？”

老人站起伸手臂，
绳子树上来拴起：
“无依无靠不如死，
从此不愁食和衣，
真正到了好处去！”

脑壳钻进绳圈里，
准备身子悬吊起。
低头看见一老虎，
用背撑在她脚底，
不让老人就死去。

老人重被救下地，
一见老虎怒火起：

“是你吃了我的儿，
我今依靠何人去，
你把我也吃肚里！”

老虎俯身跪下去，
它把老人再托起，
一步一步走下山，
老人回到自家里，
泪珠点点路上滴。

老虎不愿转回去，
望着老人也抽泣：
“我在前生是农人，
饲养牲畜种田地，
不少食来不少衣。

“一日上山砍柴去，
遇虎俯在草丛里。
老虎朝我直扑来，
猛兽面前我难敌，
被它吃进肚里去。

“阴魂漂泊去寻觅，
投了虎胎报仇去。
多年不见那只虎，
它投人胎你这里，
魂儿我能辨仔细。

“他今上山砍柴去，
冤家路窄又相遇。
真是一报还一报，
我今把他吃下去，
勾销旧账再不提。

“可是此举伤了你，
我的心中也焦急。
大树倒下塌旁人，
我做你儿可愿意？
他的职责我担起。”

老人扶得老虎起，
手往虎头摸过去：
“你就做我好儿子，
你就住在这家里，
母子两个仍相依。”

老虎住在茅屋里，
常在深夜走出去。
老母清晨开门看，
常有野猪和獐麂，
老母不少食和衣。

又是多年已过去，
老母寿终茅屋里。
老虎召了邻人来，
葬她屋后树林里，
守坟多日才离去。

三兄弟变虎

山边有间大瓦房，
雕梁画栋花门窗。
四水归池暗沟流，
春兰秋菊溢清香，
燕子呢喃蜂嚷嚷。

郑氏三兄住此房，

他们父母早已亡。
长哥为父嫂为母，
抚育弟们度时光，
同锅吃饭顿顿香。

麂子闻见黄豆香，
老鸹看见苞谷黄，
野猪闻到红苕气，
狐狸听到鸡歌唱，
都要偷偷下山梁。

郑姓人家好住房，
薛家邻居天天望，
眼珠快要挤出来，
馋涎流得三尺长，
只想弄到自手上。

三个兄弟身强壮，
三个兄弟智力强，
薛家不敢轻易占，
怕被打成肉浆浆，
怕被告罪入牢房。

日日思来夜夜想，
突然一计来心上。
一阵惊喜跳起来，
哈哈打得如雷响，
来个恶人先告状。

放出风声四处扬：
丢失银子五百两，
郑氏兄弟先后来，
月夜偷出存银箱，

脚迹留在大路上……

郑氏兄弟坐在房，
突然大祸从天降：
郑氏族长到家中，
满脸如堆黑泥浆，
话声犹如炸雷响：

“薛家丢银五百两，
你们偷走存银箱，
外面尽谈这件事，
妇孺皆知风雨狂，
族人脸面都丢光！”

“我们坐在自己房，
吃着佃户送的粮，
从来手脚都干净，①
休要他家臭银两，
真是豁天大冤枉。”

郑氏兄弟不认账，
族长领人去搜房，
就在他家檐墙边，
搜出一口存银箱，
内有白银五百两。

族人个个瞪眼望：
“你们还有么屁放？”
一齐拥向三兄弟，
捆的捆来绑来绑，
犹如狮子犹如狼。

---

① 手脚干净：意为不偷东西。

薛姓家人站一旁，
怀抱黑色存银箱，
抑制不住满脸笑，
等待族人动棍棒，
看他三人泪汪汪！

三人眼里喷火光，
面对仇人挺胸膛。
左一声来冤枉喊，
右一声来喊冤枉，
老天听见无声响。

他们被押到河旁，
他们被推到船上，
船载他们到对岸，
上岸直奔一山梁，
来到郑氏祖坟旁。

祖训写在族谱上，
族长宣读声洪亮：
“后人若是犯偷盗，
勒死祭祖祖坟旁。”
绳子抖得哗哗响。

三个兄弟跪坟旁，
三根麻绳勒颈项。
三人伸出舌头来，
三人眼睛都豁亮，
他们死在祖坟旁……

云中道道闪电亮，
山间声声炸雷响。

三个兄弟站起身，
转过几圈成虎样，
一路奔跑在山冈。

三虎来到河岸上，
又变三个人模样，
口喊一声要过河，
渡船徐徐到岸旁，
三人离岸进船舱。

渡船划破江中浪，
眼看就要到岸旁，
三人笑对船老板：
“过河银钱忘带上，
转来付给加补偿。”

三人下船到岸上，
已是西山坠夕阳，
眼见他们身影去，
淡淡夜雾罩山冈，
夜雾里头老虎吭。

船工听见老虎吭，
声声相接震山冈。
船工不觉打冷噤：
三个兄弟太冤枉，
定是冤魂返家乡。

星星闪烁天幕上，
瓦屋里面处处亮，
东边厢房打花牌，
西边厢房搓麻将，
薛家玩得真欢畅。

十碗八扣摆桌上，
薛氏全家坐桌旁，
杯里装的苞谷酒，
碗里米饭白亮亮，
屋内屋外喷喷香。

众对老爸齐赞扬：
“您是智高有胆量，
若不是您巧本事，
哪得今日住此房，
子孙后代须效仿。”

老爸心里并不爽，
顿时愁云罩脸庞：
“昨日夜里我做梦，
郑氏兄弟进此房，
三人坐在神龛上……”

老爸话还正在讲，
忽闻疾风呼呼响，
天井里面沙石飞，
满屋油灯在摇晃，
杯盘碗盏滚地上。

三只老虎声声吭，
三只老虎飞进房，
它们打从天井来，
犹如闪电从天降，
六只大眼喷绿光。

薛氏全家已惊慌，
跑进内屋去躲藏。

三只老虎扑过来，
挡住他们进内房，
他们如泥瘫地上。

大桌下面无灯光，
老爸正在桌下藏。
老虎掀翻大桌子，
老爸浑身像筛糠，
屎尿撒了一裤裆。

老虎咬住他肩膀，
让他旋转四面望。
只见他的儿孙们，
一齐挤在屋中央，
那是虎口一群羊。

三只老虎齐声吭，
一齐坐到神龛上。
薛老知是郑家子，
报仇雪恨进此房，
磕头磕得嘣嘣响。

三只老虎来地上，
走近他的子孙旁，
咬断个个子孙颈，
股股鲜血地上淌，
薛老一见发了狂！

老虎扒开他胸膛，
吃他六腑并五脏，
口口嚼的仇和恨，
留下脚板和臂膀，
别的骨肉全吃光。

三只老虎飞出房，
箭步来到河岸上。
三只老虎又变人，
此时已是大天亮，
三人走进渡船舱。

船破江中层层浪，
三人对着船工讲：
“昨日今日过河钱，
放在你的舱板上。”
原是薛家人臂膀。

王婆申冤

王婆山中一首富，
大儿在外做知府，
二儿在京为翰林，
幺儿上学读诗书，
鹤立鸡群最炫目。

一日太阳落下土，
幺儿还没走进屋，
又怕林中出妖精，
又怕跌下深溪谷，
王婆急得正想哭。

一只乌鸦飞向屋，
呱呱呱呱来告诉：
“你儿死在黑松林，
草丛里面散尸骨，
树椏疤上挂肠肚。”

王婆一听泪簌簌，
三魂吓得两魂无。
顷刻急得倒在地，
嘴巴边上血涌出，
仆人抬她进房屋。①

人中穴位来掐住，
又才醒来号啕哭。
她带仆人去松林，
灯笼火把照山谷，
草坝踩成宽大路。

草丛里面搜尸骨，
树桠疤上取肠肚，
幺儿尸体全找到，
解下罗裙当包袱，
爱儿尸体全包住。

王婆挎着这包袱，
来到京城包公府。
陈述幺儿冤枉死，
解开包袱看尸骨，
恳请包公来作主。

“叫声王婆你莫哭，
包丞为你来作主。”
包公下令缉凶手，
派出张龙和赵虎，
查个水落石头出。

---

① 房屋：卧室。

黑松林里每一处，
桩桩证据查得足，
不是山上飞石打，
不是林中出歹徒，
杀人凶手是只虎。

这只老虎被捉住，
铁打链子来绑缚，
将它押到京城去，
大堂来见包龙图，
当着王婆来陈述：

“我是山中一只虎，
大人听我细讲述——
前生我是货郎子，
挑着京货走千户，
天黑王家来投宿。

“安置我在后廊住，
灯下将银来点数。
王婆幺儿看见了，
母亲面前忙告诉：
‘银钱多得无其数。’

“他母存有坏心术，
等到半夜我睡熟，
悄悄将我杀死后，
扛到岩沿抛溪谷，
尸随溪流奔远处。

“精魂打从水中出，
土地庙前去申诉。
土地派我再投胎，

今生变成一只虎，
黑松林里来居住。

“我还记得那宿处，
认识他们儿与母，
准备先吃她的儿，
然后去吃儿的母，
不报此仇心不服……”

王婆细听到此处，
俯下身去包尸骨。
包公见她准备走，
猛拍一下惊堂木，
喝令公差去拦住：

“王婆母子坏心术，
作恶自有恶报复。
自古杀人该偿命，
休要责怪这牲畜。”
当众释放这只虎。

老虎谢恩慢走出，
回头仰望包龙图。
包公宣布王婆罪：
“押入死牢不得出！”
差役将她忙绑缚。

母子解仇

山边一妇人，
丈夫早丧命。
养个独儿子，
种田度光阴，
日子好艰辛。

儿子长成人，
常常打母亲，
不给饭她吃，
不给水她饮，
老母泪淋淋：

“你我相斗争，
老母难斗赢。
要想斗赢你，
只有等来生，
定要将你整。”

过了两年整，
老母命归阴，
背到山垴上，
葬在黑松林，
草草埋座坟……

儿子进树林，
斧头带在身，
上山去砍柴，
林中响斧声，
声飘几重岭。

老虎闻斧声，
走出黑松林，
一个天篷罩，
爪锋利牙伸，
直扑砍柴人。

两个相厮拼，
打得雾气腾，

樵夫挥斧头，
老虎牙狰狞，
都在大汗淋。

几个回合紧，
难得分输赢，
老虎跳出去，
岩上歇得稳，
瞪着圆眼睛。

樵夫睁眼睛，
打量虎周身。
见一篾簪子，
插在虎头顶，
樵夫猛一惊——

簪子认得准，
它原属母亲。
母亲变老虎，
来雪前生恨，
今日死来临！

“水源在高岭，
树大有长根，
妈您来吃我，
儿死闭眼睛，
怪儿不孝顺。”

老虎不吱声，
它在暗思忖。
伸出一前爪，
朝空摇不停，
坐着不动身。

樵夫横下心，
送死近虎身。
抬头看虎爪，
脚锥一刺钉，
锥处有血印。

两眼看得准，
伸手拔出钉。
是棵柘树刺，
挥斧剁成粉，
免得再害人。

虎看砍柴人，
泪水湿眼睛，
摇了几下尾，
走进黑松林，
再不见它影。

老巴子在稻场坎下蹲

密密林中一茅屋，
一个婆婆屋里住。
她的女儿已出嫁，
离这只有十里路，
常回娘家看老母。

晚霞悬空日落土，
女儿又来看老母，
给她送来新鞋子，
给她送来好腊肉，
她怕老人还受苦。

女儿不在娘家住，

家中正要忙活路。
娘送女儿出门来，
月色溶溶照茅屋，
风卷树叶声呼呼。

稻场坎下黑乎乎，
桐麻树叶密遮住。
一只老虎坎下蹲，
四脚一跳身飞出，
抓到女儿背脊骨。

女儿周身已麻木，
血从背上点点出，
她刚喊出一声“妈”，
喉咙已被虎咬住，
拖到深山密林处。

老母闻声走出屋，
不见女儿去何处，
一声一声急促喊，
只闻岩壁回声出，
老母急得号啕哭。

邻人同情这老妇，
帮助寻人倾巢出，
寻了山坡寻溪底，
寻了天坑寻岩屋，
不见她的影子露。

寻到深山密林处，
地面似有血迹露，
找到一双人脚板，
搁在岩上显眼处，

她的花鞋认得出。

拣起脚板回茅屋，
装进棺材打丧鼓，
抬到山岭边上埋，
昨天还是俊俏妇，
今日山边一堆土。

老妇俯身坟前哭，
几次昏死又救出。
白发人哭黑发人：
老天不给人出路，
阎王有眼没长珠！

老妇脸上灰扑扑，
嘴角边上血涌出：
“我只这一独生女，
每隔七天送来肉，
以后有难向谁呼？”

邻人把她抬进屋，
她仍倒在床上哭。
头脑昏昏睡过去，
面前来只大老虎，
俯下身去泪涌出：

“流水有源水才出，
树木有根叶才绿，
没有无缘无故恨，
我吃你女有缘故，
妈妈听我话说出——

“前生我是一樵夫，

砍柴卖柴谋生路。
我在林间小路上，
旁边跑来一只虎，
把我吃进它的肚。

“我投虎胎变老虎，
它投人胎进你屋。
好不容易找到她，
只因有仇要报复，
将她嚼碎变粪出。

“和您并无怨恨处，
却将您家害得苦。
她的责任我承担，
三人都是命里苦，
妈妈原谅我这虎。”

老母睁眼不见虎，
依然睡在这茅屋，
原是老虎托的梦，
妈妈才知此缘故，
从此减少为儿哭。

门前常摆猪羊肉，
老母衣丰食也足。
直到老母百年后，
葬在青山最高处，
再才没见这只虎。

吃了老巴子肉要还的

农夫田中放铁猫，①

---

① 铁猫子：放在野外用于捕捉野兽的铁夹子。

为防野兽吃红苕。
一只老虎田里过，
夹住脚杆甩不掉。

老虎拼命挣脱去，
一坨皮肉粘铁猫，
农夫看到野兽肉，
烹熟当作下酒料。

农夫儿子到学校，
须过一个松林包，
林间阴森路崎岖，
学生胆怯心直跳。

早晨儿子上学校，
一个老头对他笑，
把他背到背上去，
说说笑笑过山包。

晚上儿子放学回，
老头林边对他笑，
把他背到背上去，
说说笑笑过山包。

夏日暴雨头顶浇，
老头对他微微笑，
把他背到背上去，
说说笑笑过山包。

冬天冰雪锁山包，
老头对他微微笑，
把他背到背上去，
说说笑笑过山包。

燕子次次檐前叫，
枫叶次次红树梢，
老头背他整三年，
一天两趟绝不少……

放学时间又来到，
老头背他过山包：
“你爹吃我一坨肉，
把钱放在杨树槽。”

学生把话全讲到，
他爹思考一通宵：
“我没吃他一坨肉，
若有叫他自来讨。”

老头又背学生走，
说说笑笑过山包，
老头问起肉钱事，
学生照实全说到……

月黑天高半夜过，
狂风阵阵卷松涛。
学生他爹蹲茅厕，
屁股像被什么咬。

立即伸手去一摸，
一坨皮肉已经掉。
手上糊的尽是血，
屁股上面血还冒。

回到屋内大声叫，
阵阵怪疼真难熬。

连夜请医弄药敷，
百药用尽全无效……

学生次日去学校，
老头背他过山包：
“你爹昨晚怎么样，
今日身体好不好？”

“不知是个啥东西，
啃块屁股就跑掉。
一夜疼得怪声喊，
吃药敷药全无效。”

“他吃我的一坨肉，
肉钱要我自己讨。
我给你爹一服药，
药到疼止伤即好。”

学生把药带回去，
敷上伤口伤全好：
“这是何等神奇药，
凡间世上哪里找？”

“爷爷昨夜啃你肉，
他的肉钱已讨到；
爷爷今又给您药，
包您伤口立即好。”

他爹想起放铁猫，
兽肉当作下酒料。
“莫非那是老虎肉，
冒犯虎神罪难饶！”

学生再过松林包，
不见白发爷爷到。
此事过去已多年，
人们至今没忘掉。

挑水人遇老虎

农人挑水走路上，
见只老虎坐井旁。
虎望来人眯眼睛，
尾巴唰唰敲地上，
现出一副撒欢样。

农人知道事不祥，
心中咚咚跳得响。
摸出怀里泡子吃，①
“等我吃得满嘴香，
你再吃我更欢畅。”

老虎还是坐地上，
尾巴刷得噗噗响。
农人低头看水里：
自己脑壳狗头像，
浑身正变狗模样。

老虎走近人身旁，
伸出利牙白晃晃，
四蹄腾空正扑来，
突然止步身转向，
慢慢离开人身旁。

农人心中如雷响，

① 泡子：玉米或红薯片拌沙炒熟后，装在衣服口袋里，随时可吃。

大汗犹如洪水淌，
突然扭头望水中：
狗头变成人头像，
狗身变成人身样。

老虎已经离井旁，
远走不再回头望。
老虎是想吃狗子，
看见是人自己让，
前世无仇不轻伤。

老虎照护小伢

母亲黄昏出门去，
吩咐姐要照护弟：
“妈妈等会就回来，
要加柴火防火熄，
要防弟弟跌火里。”

冬夜雪花飘得急，
姐弟坐在火屋里。
姐姐已有十二岁，
弟弟只有两岁余，
烤得身上冒热气。

门外咔嚓脚步急，
姐从门缝望出去，
看见一双绿眼睛，
亮在茫茫雪地里，
姐姐吓得身战栗：

“定是老虎来这里！”
她忙上楼去躲避。
留下弟弟坐火边，

妈妈嘱咐全忘记——
遇难谁不顾自己！

老虎见姐上楼去，
弟在火边眨眼皮，
此刻定是瞌睡来，
摇摇晃晃身无力，
坐的又是无栏椅。

弟弟扑向前面去，
一下倒在灰框里。
老虎推门冲进来，
一爪将他来抓起，
衣上燃火也捶熄。

弟弟重新坐上椅，
老虎挨他来坐起。
弟弟躺在虎怀中，
犹如躺在妈怀里，
均匀鼾声又响起……

母亲走在雪地里，
夜风声中也孤寂，
张口唱起山歌来，
高亢歌声当伴侣，
歌声飞进茅屋里。

老虎耳朵来张起，
歌声越近越清晰。
它把小伢移向后，
轻开破门走出去，
回头望望火垄里……

母亲推门进屋里，
迎面袭来热乎气。
看见小伢椅上睡，
甜甜鼾声轻轻起，
酒窝也有笑笑意。

她问女儿在哪里，
女儿楼上答一句。
她讲老虎到家中，
这才爬到楼上去，
就是怕被老虎吃。

妈妈一听动怒气，
姐姐立即下楼梯。
妈妈斥她心术坏：
"遇险光是顾自己，
怎么丢下亲弟弟？"

柴头燃完火将熄，
妈妈要她抱柴去。
女儿开门去抱柴，
老虎把她来衔起，
走向茫茫雪野里……

曹氏大不孝

曹氏儿媳不孝顺，
时常打在婆老身。
抬腿就是弯胫脚，①
伸手就是粗柴棍，
婆老泪往肚里吞。

---

① 弯胫脚：此处指用脚踢。

夜色笼罩崇山岭，
婆媳二人关了门。
老虎来到门外吭，
媳妇听见笑盈盈，
她要婆老去开门：

“湿柴筑了一灶门，
灶里燃的是黑心。
你快开门抱干柴，
山墙角里柴成岭，
拿来两块火就明。”

婆老难走迟开门，
一阵木棒就上身：
“蛇伤虎咬前劫事，
作了恶的难逃命，
没作恶的命还存。”

婆老前去开大门，
老虎门前吭一声，
一步跳进堂屋来，
拔腿直往灶屋奔，
一口咬住媳妇颈。

拖起媳妇往外行，
直奔深山黑老林。
门外有人它不吃，
专门去吃屋里人，
道是无神却有神。

婆老连忙跪下身，
两眼昏花泪淋淋。
磕头磕得嘣嘣响，

额上斑斑现血痕，
句句话出声呜咽：

“叫声畜牲你留情，
媳妇她是年轻人，
纵然做了作恶事，
老母为她当替身，
求你饶她一条命！”

老虎听见这话音，
耳边风过不曾闻，
先吃五脏并六腑，
骨肉全都吃干净，
留下脚板让人寻。

李母的故事滔滔不绝如流水，
波涛一阵阵冲击裴德仁的心。
他早就坐立不安正寻机反扑：
“老姐姐啊，我也讲古给你听！”

割牛草的遇到老巴子

农夫清晨上山包，
手拿镰刀割牛草，
发现一窝老虎儿，
正在窝里睡大觉。

农夫觉得真好玩，
把虎脑壳全剁掉。
再用棍子连起来，
又按原样放置好。

农夫爬到树上去，
要看母虎怎么闹：

要么发怒腾身起，
要么悲哭好心焦！

母虎须臾回窝来，
口将一头肥羊咬。
它将肥羊咬多块，
分给每个小宝宝。

它见宝宝都不吃，
以为它们正睡觉。
嘴头轻轻吻娇儿，
娇儿个个脑壳掉。

母虎此刻已惊呆，
眼望娇儿珠泪抛。
急得双爪刨地面，
急得吼声入云霄。

人在树上忽一笑，
母虎抬头往上瞧，
看见那人正得意，
知是这个孽脓疱。

怒火顿时燃眉梢，
伸出牙齿如利刀：
“井水并没犯河水，
你今犯我为哪条？”

使力去咬那根树，
树断看人哪里逃？
噗嗤噗嗤快快啃，
大树将倾正动摇。

人已吓得大汗淋，
深知树断势不妙：
“畜牲啃树时间长，
此时舌干又口燥。

“喝点水后再来啃，
何愁这棵树不倒？”
提起水来想喝水，
老虎就往溪边跑。

农夫悄悄下树来，
深草丛中快快跑，
大汗淋漓如暴雨，
心中咚咚如鼓敲。

老虎饮水再回来，
片刻就把树啃倒。
树上那人倒在地，
老虎猛扑爪如刀。

“绝不留他一根毛，
骨肉变粪气不消！”
可那是件人衣服，
老虎气死仰天啸。

农夫回家倒床死，
胆被吓破医不了。
浑身犹如黄表纸，
那是胆汁皮下跑。

货郎子有一把虎伞

一个货郎学虎拳，
刻苦用功整三年。

师父给他一把伞，
带回家乡群山间。

一日带伞出家门，
一虎迎面已走近。
伞儿伸进老虎口，
虎口被钩鲜血淋。

老虎乖乖随他走，
来到一户家门口：
“主人快快出门来，
送你一只大花狗。”

主人一见身发麻：
“这是老虎我害怕！”
货郎又牵老虎走，
土地庙前来停下：

“叫声公公和婆婆，
狗子是否在得着？①
土地菩萨面带笑：
“这狗我们养得活。”

货郎对狗再嘱咐：
“你给土地管好屋。
能听爷爷婆婆话，
虎伞立即就取出。”

老虎点了三下头，
货郎取伞往回走。
从此土地管老虎，

① 在得着：需要之意。

虎是土地喂的狗。

土地对虎发话语：
“平日玩耍山里去。
饿了就来请示我，
定给肉食你充饥。”

人和老虎比英雄

一人清晨上山巅，
准备锯柴晒地面。
一只老虎迎面来，
眯着一双笑笑眼：
“听说你曾学虎拳?”

这人把头点几下：
“我会茅山虎拳法。”
老虎一吭地也动：
“凡夫莫把拳术夸，
我俩看谁本事大?

“比赢了的是英雄，
比输了的是狗熊。”
人也同意老虎话，
“比赢了的站山峰，
比输了的钻鸡笼。”

人正准备搭架势，
那时快来说时迟，
老虎骤然猛扑来，
抓掉人的鼻和齿，
脸皮飞飞像红纸。

老虎又来新招数，

人见此景妙计出：
从虎胯下钻进去，
打断虎的背脊骨，
老虎大吼命呜呼。

人给老虎买棺材，
丧鼓歌响云天外。
给它烧了三石纸，①
抬到山巅上面埋，
日月轮流照灵台。

杨大柱打虎胎

一个小伢得了病，
请了郎中无数人。
百样药方都吃遍，
高烧还是不减轻。

病家请了收师来，②
连收三杯脸阴沉：
“小伢上的老虎胎，
杯杯都现老虎形。

“虎是山中凶猛兽，
跳崖越涧如腾云。
怀的虎胎难打下，
虎婴出世伢丧命。”

病家一听心中急，

---

① 三石纸：祭祀亡人用的火纸，约一市尺高一捆，一捆为一斗，十斗为一石。

② 收师：次等巫师。用一个杯子，内装细玉米面，用细布包上（装玉米面之前，用一支筷子在杯底画符和病伢的生辰），放在病伢面前的桌上，装香烧纸，画符念咒。揭开布，看玉米面上的纹路，决定凶吉，若被鬼吓，经“收”则愈。若上了人或其他动物胎，杯面上则现人形或某动物形，则须“烧胎”（较复杂巫术）以使对方“堕胎”，这个病人便得救了。

另请收师走进门。
高尖收师杨大柱，
远远近近有大名。

月黑天高夜已静，
不闻狗叫鸡鸣声。①
病伢抱到桌边来，
一把扫帚抵大门。

又是收了三杯整，
杯杯都有老虎形。
病家见到仍着急，
收师脸上露笑影。

拿来黄表纸两张，
每张上面画影身：
一张画的老虎样，
一张画的小伢形。

影身拿到天坑边，
张张贴在大树身：
上头贴的老虎样，
下面贴的小伢形。

树下点起菜油灯，
两张影身照得明。
对着影身再画符，
画符之后念咒文。

拿起一杆猎枪来，
枪里铁丸密又紧。

① 作法时，闻鸡鸣狗叫，则不灵验。

惊天动地一声响，
铁丸打在老虎身。

虎像浑身都是洞，
飘飘荡荡下天坑，
天坑下面老虎吭——
堕胎之后苦呻吟！

取下小伢影身来，
一路飞跑进家门，
装香烧纸再念咒，
特为小伢来招魂。

天亮时刻伢退烧，
吃着妈汁露笑影。①
全家围着小伢笑，
还是人比老虎很。

只要有人一下提到老虎故事，
李母便把别的事情全部忘净。
此刻她听了裴德仁打虎故事，
再讲几个老虎怎样惩罚恶人。

白帝天王

吊脚楼立山垴上，
四周林海绿茫茫。
易蒙婆住吊脚楼，
白云绕楼常飘荡，
星儿挂在屋脊上。

易蒙婆有三儿郎，

---

① 妈汁：奶。

个个体魁智力强，
日在田中种庄稼，
夜在草坪练刀枪，
比武只闻剑铿锵。

三人砍柴上山冈，
手挥巨斧闪闪亮，
伸脚踢死大黑熊，
出手捏碎凶恶狼，
群兽一见奔远方……

叛乱发生在南方，
战火熊熊鲜血淌，
处处野狗啃人骨，
群群苍鹰吞人肠，
黎民逃难奔四方。

消息禀奏给皇上，
他召群臣来商量。
调集大军去平叛，
走过层层大山梁，
刀剑闪烁映日光。

叛军占据众山冈，
看见官军如巨蟒，
巨蟒落进蚂蚁群，
里外被咬骨扳伤，
溃不成军退后方。

皇帝得知气得狂，
他召群臣再商量。
决定举国召壮士，
授权成为统兵将，

重整旗鼓赴战场……

蒙婆三个壮儿郎，
被人推荐给皇上。
皇帝听后也高兴，
遣臣去见三儿郎，
招入军中赴沙场。

三个兄弟薅高粱，①
听见山前马蹄响，
一路差人到门前，
前面一人是官长。
蒙婆喊回三儿郎。

“贼人叛乱在南方，
帝召壮士赴疆场。
久闻你们智和勇，
今遇报国时机良，
三人定不负众望。”

朝廷来员回东方，
儿们与母共商量。
母给佩剑出家门，
送走太阳迎月亮，
千里沃野留后方。

三人已经到前方，
元帅迎接出军帐。
授予三人征杀权，
各领人马气势壮，
云雾遮身赴疆场。

---

① 高粱：即玉米。

与敌厮杀在山上，
血如洪水在流淌；
与敌厮杀在平坝，
敌尸垒成群山冈，
天降奇兵贼难挡。

叛贼已经遭灭亡，
贼首头颅滚地上，
三个兄弟拾起来，
浊血糊了满手掌，
走进元帅大军帐。

元帅看见喜若狂，
令人将头装进箱：
“我即回朝复王命，
特为三人去请赏，
高官厚禄定久长。”

三个兄弟头摇晃：
“为国杀敌理应当，
不求任何官和禄，
唯愿早日回家乡，
免得望坏白发娘……”

元帅携带敌头箱，
旌旗猎猎刀剑亮。
一路春风回京城，
马蹄嘚嘚地震荡，
笑声逐云飘四方。

早朝时刻见君王，
禀奏叛贼被灭光，

讲述三兄真英勇，
歼敌犹如宰杀羊，
抬脚动手山摇晃。

皇上此刻心欢畅：
“三位将军在何方？
他们为国立功业，
朕必论功来行赏，
伟业后人须效仿。”

元帅照实奏皇上：
“三人身魁智高强，
却是荒野三农夫，
高官厚禄不期望，
他们已经回家乡。”

皇帝皱眉细思量，
心里正在咚咚响。
散朝之后回后宫，
一下瘫在龙床上，
眼前翻腾滔天浪——

南方叛贼逞凶狂，
搅得江山在摇晃。
派出精兵去平叛，
难经叛贼一扫荡，
幸有三人赴疆场。

三人杀敌敌难挡，
灭尽叛贼返回乡，
要是他们也造反，
又有何人能阻挡？
走了獾子又来狼。

皇帝越想越心慌，
眼前发黑大汗淌。
耳畔又闻刀剑声，
似觉宫殿又摇晃，
骤然一步下龙床……

三人背柴下山冈，
恰遇差人到屋旁。
又是朝廷来圣旨，
传令三人见皇上，
三人打马再离乡。

三人心中喜洋洋，
来到宫中大殿上，
仰望前面龙天子，
“吾皇万岁”声洪亮，
低头屈膝跪地上。

皇帝定睛细观望，
杀气扑来令他慌，
说了一句“卿平身”。
三人起立站殿上，
皇帝额前汗珠淌：

“你们杀敌在疆场，
功勋彪炳史册上。
赐给你们三坛酒，
带回家中再品尝，
添福添寿人安康。”

深谢皇恩浩荡荡，
三人接酒出殿堂，

跨上骏马踏风行，
大河小溪脚下淌，
高山峻岭奔后方。

头顶炎炎红太阳，
地冒热气闪火光。
喉中干渴真难忍，
忽闻御酒扑鼻香，
取它解渴尝了尝。

大哥脸色泛白光，
二哥脸色泛红光，
三哥脸色泛黑光，
只觉天旋地在晃，
眼前金花正飞扬。

三人落马滚地上，
嘴巴边上血流淌……
青烟冒处人不见，
三只白虎立地上，
张牙舞爪望北方。

三只白虎声声吭，
飞到皇宫金殿上。
皇帝上朝来金殿，
一见此景心陡慌：
鸩酒造成此下场！

双双虎眼喷绿光，
金銮宝殿在摇晃。
皇帝颤颤来封神，
百样神位上神榜，
三虎仍立龙座上。

封到白帝大天王，
三虎离座到殿上。
它们走出皇宫来，
牙齿依然咯咯响，
健步走向西南方。

西南处处山冈上，
建立大庙映日光，
供奉三尊白虎神，
保佑巴人福禄旺，
年年月月烧高香。

山王战狐精

山中有对老夫妻，
住在破旧窝棚里。
刀耕火种收荞麦，
又种红苕和洋芋，
挖葛打粉共充饥。

年轻时候无儿女，
日子过得苦凄凄，
五十岁时生一子，
两老欢天又喜地，
吃着苦瓜也如蜜。

亲朋挤在窝棚里，
都来这家送恭喜。
转眼之间儿不见，
寻了床上寻床底，
不知他往哪里去！

亲朋也在着大急，

两老急得要死去：
“额上有颗朱砂痣。”
山里山外搜得细，
不见小伢有踪迹……

几年光阴已过去，
两老时时眼泪滴：
要是小伢他要走，
何必当初奔这里，
美梦一场空欢喜！

晨光透进窝棚里，
喜鹊飞过声声啼，
一餐早饭吃过后，
婆婆挑水来洗衣，
老头上山挖葛去。

刚刚走到杉林里，
发现地上虎脚迹。
老头朝前刚抬头，
见一白虎路上立，
挡住老头朝前去。

老头不觉生惊奇，
再往老虎望过去：
一个小伢在虎背，
望着老头笑嘻嘻，
他把老虎当马骑。

老头朝虎走过去，
他把小伢看得细：
额上有颗朱砂痣，
浑身白毛长得密，

老头顿时大惊喜。

白虎俯身蹲下去，
小伢慢慢走下地。
白虎转身去林中，
几度回头泪珠滴，
它与小伢难分离。

父亲见儿热泪滴，
儿子见父心狂喜。
不挖葛了打回转，
匆匆带儿回家去，
老伴惊喜着了迷。

给他荞粑他不理，
见了生肉吃下去；
床上铺盖他不要，①
睡在堆草旮旯里，
寒冬腊月不穿衣。

最爱夜里跑出去，
穿行深山密林里，
偶尔张口吭一声，
黄叶纷纷落下地，
坡上石头滚下溪。

捉些野兽回村里，
放在穷家门前去；
遇到富人欺穷人，
便朝富人猛腾起，
吓得恶棍身战栗……

① 铺盖：被子。

莽莽入云大山里，
有只千年老狐狸。
千年白来万年黑，①
狐狸成精多诡计，
扰得人们难安居。

看见村里年轻女，
它变年轻男子去，
两人谈情又说爱，
女子癫狂胡乱语，
骨瘦如柴就死去。

见到男子很俏丽，
它变姑娘随他去，
两人谈情又说爱，
男子癫狂胡乱语，
骨瘦如柴就死去。

山民心中真焦急，
央求这娃进山去，
人们拥他为山王，
为民除掉老狐狸，
这娃深知众人意。

山王决定去山里，
爪子磨得更锋利。
带上荞粑别父母，
独自走进深山去，
叫声父母别忧虑。

---

① 千年白，万年黑：传说狐狸活到千年便为白色，活到万年便为黑色。到了这年龄的狐狸也就成精了。

深山层层罩雾气，
妖风阵阵吹得急。
走过八十一座山，
走过四十九条溪，
见一崖洞黑漆漆。

料定老狐住这里，
山王挥爪去出击。
老狐出洞来迎战，
尖牙戳来比刀利，
血口张开喷毒气。

吼声阵阵如霹雳，
洞内洞外下血雨，
激战三天三夜整，
老狐尸碎烂如泥，
山王头破也死去。

山民从此得安居，
特为山王修庙宇，
此庙名为白虎庙，
白虎大帝住庙里，
岁岁香火不曾熄。

樵哥

樵哥砍柴上山岭，
卖柴赡养老母亲。
白发老母双眼瞎，
摸黑做些杂事情，
免得儿子忙不赢。

清早砍柴到黄昏，

背脚硬柴下山岭，[1]
一只老虎面前站，
目望樵哥不转睛，
樵哥不觉猛一怔。

“畜牲为何拦我行，
心中有话就说明。
是要吃我就点头，
不是吃我就转身。”
老虎微微颤嘴唇。

“你是有何难事情，
求我帮忙去完成？
若是因此就点头，
不是因此就进林。”
老虎点头三下整。

老虎张口红殷殷，
口角边上血淋淋。
樵哥走拢去一看，
豪猪扦子扎得深，
畜牲口里正怪疼。

樵哥定睛看得准，
拿刀就往虎口伸，
动作麻利又仔细，
拔出扦子有三根，
虎口一下闭得紧。

虎身轻擦樵哥身，
摇动尾巴像摇铃。

① 背脚硬柴：脚，此处为量词，指一次背的一堆柴。硬柴：砍柴时锯断的树干。

缓缓迈步林中去，
回头再望樵哥影，
无处不是深深情。

樵哥在家已三更，
外面有虎在刨门。
樵哥开门见肥猪，
只是不见老虎影，
妈妈唤虎一声声。

林边老虎转回程，
妈妈夸它有好心：
“做我二儿好不好，
樵哥与你手足情，
遇难两人同担承。”

老虎走进樵家门，
和和美美家温馨。
日拖野猪搁阶沿，
夜衔麂子进柴门，
顿顿佳肴香醉人。

樵哥已到十八春，
没娶媳妇打单身。
妈妈越来越焦急：
“我儿几时动婚姻?”
老二听了记在心。

家中不见老二影，
它已悄悄跑出门。
去到外县地界上，
隐身路边密密林，
睁眼细看侧耳听。

长号唢呐应回声，
三眼铳响群山震。
轿子兜子中间走，①
前头后头走客人，
两家员外在结亲。

老虎突然跳出林，
疾风卷起松涛声。
所有人员怪声喊，
个个直翻白眼睛，
抢占岩壑去逃命。

轿子兜子路上停，
老虎扒开大轿门，
轻轻牵出新姑娘，
放上虎背坐得稳，
穿云破雾过山岭。

樵家母子正焦心，
老二突然进家门。
背回一个乖姑娘，
妈妈一见醉了心，
樵哥一见动了情。

金银花开在高岭，
金花银花共一藤。
樵哥爱她心善良，
她爱樵哥人忠诚，
拜过妈妈成了亲。

---

① 兜子：即滑竿。

喜事遂了妈妈心，
夫妻生活甜津津。
茅屋里面春意浓，
凉水舀来点燃灯。
老二悄悄回山林。

女方送亲男方迎，
双方不见新姑影。
两家员外打官司，
一下告到县衙门，
县官升堂来审问。

两个员外说实情，
细节不少半毫分。
说是老虎劫新娘，
她与樵哥成了亲，
县官听了也震惊。

县官下令去捉人，
樵哥被捆进衙门。
“是你占了人家妻！”
“明谋正娶凭过人。”
“除非老虎来作证。”

妈妈摸进深山林，
唤来老二说真情。
老二一听动怒气，
腾空而起进衙门，
大堂之上吭一声。

县官感到地在震，
见虎怒容吓掉魂：
“此女判给这樵哥，

成全一桩美婚姻，
本官就此已裁定。”

樵哥获释出衙门，
老二伴他缓缓行。
回到家中全家乐，
欢声笑语飘山村，
老二又回大森林。

不觉过了三年整，
中原入侵辽国兵。
烧杀抢掠般般有，
处处都见逃难民，
云天响彻悲哭声。

朝廷派出抗辽军，
屡屡较量败了阵。
朝中难找忠良将，
皇帝日夜心不宁，
张榜招贤去领兵。

樵哥卖柴进了城，
墙边榜前围些人。
议论皇上在招贤，
开赴前线抗辽兵，
水火之中救百姓。

樵哥热血在沸腾，
浑身上下来猛劲，
手臂一伸揭了榜：
“我去前线杀敌兵！”
众人望望无不惊。

“此榜何止万千钧，
你有力气几多斤？
这是皇上招元帅，
统领三军去出征，
驱逐强敌出国境！”

樵哥听罢心一怔，
重贴岂不欺了君？
不知深浅已下水，
任凭波涌狂涛惊，
这时方觉步履沉！

回家说给家人听，
都觉炸雷打头顶。
突然想起老二来，
樵哥连忙进山林，
站在岩巅喊一声。

老二闻声出森林，
樵哥面前来站定。
老大详述揭榜事，
老二皱眉细细听，
一声吭来群山应。

忽来猛虎遍山岭，
摩拳擦掌泄义愤。
老二披红率虎队，
老大挂帅领众兵，
浩浩荡荡向北进。

来到边关未扎营，
辽军袭来如浪滚。
樵哥率部二面围，

老二领虎入敌阵，
只见辽军尸纵横。

辽军残部向北行，
老大老二追得紧。
全部失地已收复，
边境线上扎重兵，
百姓返回得安宁。

樵哥班师回京城，
皇帝召见笑吟吟。
樵哥封为平辽王，
虎封山王踞森林，
卫国英雄扬美名。

裴德仁听完了这个樵哥的故事，
紧皱一阵眉头之后又显得兴奋：
“世上万物好比日月在轮流交替，
每个严冬过去之后便又是暖春。

“今天所发生的事情在昨天就有，
昨天有过的事情也在今天发生。
它们之间所需的时间长短不一，
而一个人在阳间难见到全过程。

“人们面对这常规总是大惊小怪，
殊不知这已是事前定好的事情。
古往今来有过若干的朝代更迭，
今朝不过是在重复前朝的历程。

“不同的只是它们在变换着旗号，
不同的朝代有各不相同的名称，
天天有老人在死亡和婴儿出世，

是不同时期的有同样形体的人。

“天下的乌鸦都有着相同的黑色，
世上的毛驴都有着相同的叫声。
岁月给我们留下的那许多故事，
是些皎洁、透彻又严肃的明镜。

“前朝有一只公老虎给樵哥娶妻，
帮助樵哥带兵消灭了入侵辽兵；
今朝有一只母老虎嫁给了李郎，
帮助李郎统兵消灭入侵瓦剌军。

“两者各有一群老虎为抗敌英雄，
首领都被封王，蒙受浩浩皇恩。
前朝的老虎是实实在在的野兽，
今朝的老虎是貌似人样的精灵。

“当朝的虎比前朝的虎更为奸诈，
制造阴谋将你蒙蔽得善恶难分。
樵哥的母亲放那畜牲回归深山，
李郎的母亲被那虎勾走了灵魂！”

裴德仁收拾法具走到了门口，
他的脸上闪现出了一丝笑影：
“我遵照老嫂子嘱咐离开这里——
阉猪不割尾，做事没有完成。”①

终在夜深，李母感到了昏沉，
油灯闪闪，她什么也看不清。
她摸黑准备去房屋里面睡觉，

① 阉猪时，须将猪尾割去一截，否则臀部不长肉。

却绊倒了正在燃烧的菜油灯。

菜油已蔓延到了桌面和地上，
火焰随着菜油正向四面翻滚。
桌上的纸钱，空悬着的画符，
把喷射的火焰一直送上屋顶。

李母感觉出有烈火阵阵袭人，
不知该怎样对付这突发事情。
这时一只老虎突然冲进屋来，
把李母扛在肩上向楼外飞奔。

李母被放在远处的青草坪上，
她惊惶的神态慢慢变得平静。
老巴子挤出了千里光的绿水，
一丝丝滴入李母黑暗的眼睛。

李母的双眼片刻后变得明亮，
已看得见晨光中的奇峰怪岭。
当她依稀发现了一只老巴子，
老巴子身子一闪已不见踪影……

火势更猛烈，火光直冲天顶，
滚滚浓烟笼罩着连绵的山岭。
噼噼啪啪的声音响彻百里外，
林中的禽兽仓促向四面狂奔。

皇上赐的那匹白马飞出楼外，
它的身上悬挂着一串串火星。
它向着遥远的北方奔驰而去，
晨曦中出现一道闪亮的白云……

二

一个惊人的喜讯传入土司衙门：
李郎的帅府在烈火中化为灰烬，
李郎已经被垫枪打得急急而死，
李母已在烈火中烧得尸骨不存。

张伯侯和儿子张射云欢欣鼓舞，
裴德仁和儿子裴文寿笑脸吟吟。
他们在大小官员们团团簇拥下，
由向正刚带路向李府旧址行进。

凉轿和马匹放在稍远的草坪上，
人员移动像是飘动着的五彩云。
眼前果然是堆积的木灰和瓦砾，
这里顿时交织欢笑声和叹息声。

张伯侯说："这也真是在劫难逃，
我的心腹之患此刻已消除殆尽。"
裴德仁说："您派我去茅山学法，
功夫没有白费，此次大显威灵！"

一只老巴子仿佛从天外飞过来，
猛然之间落脚在这片密集人群。
它把裴德仁猛地甩到了虎背上，
它张开利牙咬住了张伯侯的颈。

有的人吓白了脸，正仓皇外逃，
有的人双手合十，求虎神饶命。
老虎竖起尾巴，身子腾空而起，
越过了黑压压的一片茫茫森林。

人们惊魂稍定后前往林中寻找，
发现裴德仁断了脖子尸已僵硬；
张伯侯的一双脚板留在山坡上，
皮肉和骨头早已变成了老虎粪。

人们把他们的残尸从林中捡回，
分别入棺，寿衣照样穿得齐整。
跳丧歌舞进行了七个日日夜夜，
人们抬着灵柩，葬在山坡陡岭。

张射云承袭父亲爵位又当土司，
父亲拥有的权力他又全盘继承；
裴文寿承袭父亲职位又当梯玛，
法具拿在手里，法衣又穿上身……

第二十三章　深山虎啸

一

扁担花在军帐内骤然打个盹，
顷刻之间进入了清晰的梦境——
一位白发公公来到了他面前：
“家中遭横祸，赶快打马回程！”

扁担花醒来，知他是土地神，
正要开口问，不见公公身影。
他只觉得眼前飞旋层层金花，
他只觉得身上打着阵阵寒噤。

他整理着装，走到军帐外面，
帐外站匹马，犹如一颗星星。
那马见到他，不停地跺着脚，
它的双眸里，挂着道道泪痕。

它摇着颈上长鬃，飘飘荡荡，
它竖着尾上长毛，亮亮晶晶，
嘴里嘶叫，诉说有紧急要事，
身子抖擞，催促快跨上马蹬。

扁担花一步跨到了白马背上，
马腾空而起，如驾闪电飞奔。
一会儿便来到了土地庙门前，

土地公公讲述他家中的实情……

扁担花在灰中寻找他的祖母，
翻来覆去，找不到祖母遗痕：
“祖母啊，您若没在火中遇难，
就请回来见您最疼爱的孙孙。”

扁担花在荒郊找到父亲遗体，
就地搭棚，把父亲灵柩安停。
在阵阵鼓声中人们跳起丧舞，
随之唱起丧歌震撼崇山峻岭。

丧鼓开场歌·祭祖·神歌：
天生人兮地生人，
吾族母兮为盐神。
巫罗山兮有五姓，
巴务相兮号廪君。
众君山兮有来脉，
子孙旺兮有始先，
歌巫奠兮祀其祖，
远古流兮至如今。

丧鼓歌·撒尔嗬①神歌：
挨姐坐，对姐讲，
问姐想郎不想郎？
丝瓜开花常相思，
豇豆开花想成双，

① 丧鼓歌是流行于土家族地区的一种欢乐的追悼死者的歌，有的地方以末句衬词而称“撒尔嗬”。词、曲、舞甚丰。它分跳丧舞、打丧鼓、夜丧鼓、打绕棺等。其间表现出浓厚的虎图腾崇拜、祖先崇拜、自然崇拜。相传由古代巴人的“军前舞”演变而来。由于土家人认为一个人死是另一个人生（投胎），一为贺死，一为贺生，故通宵达旦地歌舞狂欢。生育是需男女相爱的，故丧鼓歌中情歌占绝大多数，表现了强烈的种族繁衍愿望。巴人尚武，其丧舞舞姿多表现虎的刚勇。

哪有姐儿不想郎。

姐儿生得像莼菜，
叶儿青青逗人爱，
买菜哥哥早些买，
莫要等到菜起薹，
时间过哒不回来。

姐儿生得烟袋形，
烟袋本是铜打成。
张三拿起亲亲嘴，
李四拿起嘴嘴亲，
不知呼（唬）了多少人。①

姐儿住在燕子窝，
天天挑水下溪河，
清水不挑挑浑水，
平路不走走上坡，
为的路上会情哥。

昨日与姐同过岩，
胸对胸啊怀对怀。
胸对胸来亲个嘴，
怀对怀来解裙带，
快些快些怕人来。

撒尔嗬·剁鼓歌：
生贺喜，喜贺死，
人生自有两分离。
人生几多伤心事，
只争来得早与迟……

① 呼烟，即吸烟。

一不高，二不低，
恰巧埋在龙窝里。
埋在龙头生贵子，
埋在龙尾出宰相。
一下埋在龙身上，
状元榜眼探花郎。
人死一去永无踪，
要得相会在梦中……

刹鼓东，刹鼓东，
儿孙代代坐朝中；
刹鼓南，刹鼓南，
儿孙代代做高官；
刹鼓西，刹鼓西，
儿孙代代穿贡衣；
刹鼓北，刹鼓北，
儿孙代代坐龙廷……

欢歌狂舞进行了三天三夜整，
歌舞的人们碰撞刀枪剑戟声。
犹如当年李郎统军激战沙场，
你追我赶，直震得地暗天昏。

猛虎摇头的舞姿潇洒又飘柔，
猛虎摆尾的舞姿庄重又苍劲。
猛虎擦痒，嬉戏得活泼可爱，
猛虎伸爪，顷刻间杀气腾腾。

时而高歌，真犹如猛虎嘶鸣，
这嘶鸣的声音摇动崇山峻岭；
时而低吟，真犹如猛虎呼吸，
这呼吸的声音震得山泉狂奔……

李郎的灵柩上覆盖红色虎毯，
被几班八大金刚抬出了棚门。①
只见人群犹如飓风般地旋转，
他们直抵着陡峭的岩壁飞腾。

抬头仰望，一只虎岿然屹立，
定睛细看，李元帅统率三军；
抬头仰望，一群小虎在蹦跳，
定睛细看，将卒们挥戈奋进。

李郎被安葬在一面绝壁之墩，
日月轮流地照耀在他的头顶。
他的腰间缭绕着五色的云彩，
他的脚下盘旋着矫健的雄鹰。

二

扁担花送别了父亲回到旧地，
看见祖母端端正正坐在那里。
悬挂在半空中的心落了下来，
亲吻祖母，倾吐亲热的话语：

“祖母，我深知您蒙受的苦难，
这些已经犹如梦一般地逝去；
祖母，您的目光应投向未来，
有新追求可避免对旧事回忆。

“在痛苦的回忆里挣扎不出来，
那只是让痛苦永远折磨自己；
在不平事的面前愤怒地斥责，

---

① 一班抬灵柩的人为八个，称八大金刚。路远的，路陡的，分则数班。

出了这口气之后倒可能快愉。

“祖母，您随同孙儿去到北国，
沿途的风光定让您产生兴趣；
祖母，您就和孙儿一起生活，
孙儿定照顾好您的饮食起居。

“您到暮年更懂得人生是悲剧，
都要扮演这角色，无法回避。
甜的去补上苦，苦的补上甜，
苦和甜的调剂只能依靠自己……”

祖母对这些话似乎全未听见，
好像不知道孙儿正坐在面前。
她双眼直直的，手向四处摸，
她焦急的呼唤飘在群山之间：

“虽然我已回到了渴别的阳间，
但还没有回到我真正的家园。
那里有我世代居住的茅草屋，
那里有我出入的山林和农田。

“儿子终年在外砍柴和种庄稼，
老娘终年在家做饭和纳针线。
只有草鞋家几布穿起最舒适，
只有面饭懒豆腐吃得最香甜。①

“如今我已是离土近来隔天远，
几乎每个梦里都是再现从前。
好的事情甜在心灵的最深处，
坏的事情也有美丽香在心间。

① 面饭：玉米面蒸的饭；懒豆腐：合渣。土家人的日常食物。

“追忆往事确是一种绝妙享受，
虽如梦幻却又历历如在目前。
只有我从前那个家是真实的，
别的五光十色全是把人欺骗……”

扁担花见到此情景无话可说，
望着慈祥的祖母，泪涌眼边。
谁又能说往日的事不是虚幻，
纵然是真实，也是昙花一现。

他找来食物和祖母共进晚餐，
面饭懒豆腐使祖母重开笑颜。
月亮带着星星已经升上天顶，
扁担花在祖母怀里静静睡眠。

“祖母，我的亲人只您在人间，
我要帮助您把美好愿望实现。”
他把随身梦婆们全召唤过来，
要她们去到两户人家屋里面……

就在各路梦婆出发后的片刻，
土司和梯玛的全家集合一处。
各持工具来到李母茅屋旧址，
把那些瓦砾和灰烬彻底清除。

他们把原来的墙脚全部砌好，
挖土打成矮墙，用锅灰遍涂。
柱头、檩子和从前一根不少，
全找来旧茅草盖成三间老屋。

白虎神像供在堂屋正中壁上，
从前的旧家具依然摆在原处。

土灶上依然有从前那道裂缝，
后门外仍是从前抱柴的小路……

早起的鸟儿已经在林中啼叫，
扁担花命各路梦婆返回原处。
土司、梯玛和他们全家老小，
都做了同一个梦：盖间茅屋。

他们虽然都还躺在各自床上，
浑身却滚淌着暴雨般的汗珠；
每个人的筋骨都在剧烈疼痛，
手上的血泡还在一层层涌出。

实在觉得奇怪，他们起床来，
去李家旧址，果见梦中茅屋。
“是谁把我们的魂勾去做苦工，
此人的确掌握了茅山真法术！”

太阳已经把亮光投向茅屋顶，
屋周围的田野罩着淡淡薄雾。
李母从深草丛中走进这屋里，
无限欣喜正从她的胸中迸出：

回到了久别的无限深情的家，
对一个年老人来说就是幸福。
在这里我可享受人生的自由，
自由比黄金万两有更大用处。

一阵阵欣喜紧紧地包围着她，
喜泪中她看见儿子走进堂屋。
她伸出双臂将儿子搂在怀里，
从前的催眠曲又从口中传出。

李母一阵阵狂欢，手舞足蹈：
“我的儿啊，妈想你想得好苦！”
李母一次次逗儿，亲吻面庞——
她抱的是巴姑给李郎的冬服……

扁担花陪伴祖母夜宿茅屋里，
昏昏月色中老虎在外面刨门。
扁担花出去见门外放一肥羊，
四面寻找却不见老虎的身影。

每隔三天，便出现这种情景，
对此现象，扁担花毫不吃惊：
这是我的母亲在关心着祖母，
只是母亲从此再不露出人形。

扁担花向土地公公说了这事，
土地公公脸上露出微微笑影，
他向扁担花传达巴姑一句话：
“把报效国家作为神圣的使命。”

扁担花皱眉沉思，鼻里发酸，
顷刻间，一双眼里热泪滚滚：
“我一定不负母亲的谆谆教诲，
特请您关照我的祖母和母亲。”

扁担花施礼向土地公公告辞，
跨上父亲的白马向北方飞奔。
在一望无垠的蔚蓝色天空中，
闪射过一颗耀人眼目的亮星……

三

在烟云朦胧的细雨季节，

在晚霞渐渐消失的黄昏，
安葬李郎的板壁岩四周，
响彻着阵阵老巴子叫声——

时而像刀枪剑戟在碰撞，
时而像激越战鼓在轰鸣，
时而像轻言细语在交谈，
时而像嘶声哑气在哀吟。

群峰听见，用薄雾蒙面，
银瀑听见，泪珠猛奔腾，
月亮听见，躲进了云里，
夜鸟听见，一阵阵悲鸣！

远近的人们都侧耳细听，
他们的脸上布满了泪痕：
“让巴姑与李郎倾诉衷肠，
沉入那虚无缥缈的幻影……”

2003 年初稿，2004 年下半年修改于狮子包

后　记

创作此诗时，主要的参考书有刘守华、丁岚的《樵哥》，刘守华主编、萧国松搜集整理的《孙家香故事集》，黄柏权的《土家族白虎文化》，田发刚、韩笑的《鄂西土家族传统文化概况》，曹毅的《土家族民间文学》，萧洪恩的《土家族仪典文化哲学研究》，朱炳祥的《土家族文化的发生学阐释》，清《长阳县志》，龚发达的《夷水古风》，萧国松搜集的《长阳民间故事》和萧国松的《竹枝词三百首》。

其中《廪君与盐水女神》写于1984年6月。其中，唱的歌一部分采用了土家族传统民歌（多为自辑本中）。历史故事、民俗故事和老虎故事，均用土家族多种民歌形式写成。《郎中梦见虎》系2003年10月14日与林继富教授、周惠英硕士在晓溪向刘桃远先生搜集。

此诗基本框架来自《樵哥》和孙家香《老巴子妈》《老巴子背新姑娘》，同时将《樵哥》按本来面目保存在此集中，其他传说故事亦保持原貌（只是由散文体改成了民歌体），其目的是想为研究土家族文化的学者们提供原始资料。此诗由民间故事中的虎“影子”创作而来，谁也不会认为这是历史。如果有一天，有人能把这个长诗当作“美丽的谎言”，则真是我的幸运。

原准备将它向自治县成立二十周年献礼，因只有一年时间，我匆匆地写，没有细加思索——只往前写，不往后看。王子君同志代表民宗委资助千元。县民族宗教事务局向祖文局长、县文体局胡世春局长和县文联陈哈林主席鼎力相助。《民族画报》、省民委给予热情鼓励。县委书记王新祝和县长马尚云更是积极扶持民族文化。我的长女肖筱认真为我看稿，有多处改得很好。老伴张其春为我搞后勤。

此书付梓之时，谨向以上同志表示最诚挚的谢意。

年轻时的锦绣岁月已经浪费，在此老之将至时，希望结几个“秋南瓜”以补救，它们是一种怪味。更何况我是由握锄到握枪，握笔只是胆大而已。水平的限制致使错处甚多，希望尊敬的读者批评指正。

萧国松

2004年9月28日于狮子包